U0534746

明代宦官文学与宫廷文艺

高志忠　著

商务印书馆

2012年·北京

图书在版编目（CIP）数据

明代宦官文学与宫廷文艺／高志忠著．—北京：商务印书馆，2012
ISBN 978‑7‑100‑09146‑6

Ⅰ.①明… Ⅱ.①高… Ⅲ.①中国文学－古典文学研究－明代 ②古代戏曲－文学研究－中国－明代 Ⅳ.①I206.2 ②I207.37

中国版本图书馆CIP数据核字(2012)第090396号

所有权利保留。

未经许可，不得以任何方式使用。

明代宦官文学与宫廷文艺
高志忠　著

商　务　印　书　馆　出　版
（北京王府井大街36号　邮政编码 100710）
商　务　印　书　馆　发　行
三河市尚艺印装有限公司印刷
ISBN 978‑7‑100‑09146‑6

2012年8月第1版　　开本 710×1000 1/16
2012年8月北京第1次印刷　印张 26
定价：65.00元

曾入皇家大网羅，樊文籠久困素若何，徒于枝索苑隨花柳無復郊原伴黍禾。秋暑每懷歸夢遠，書深室邃好音多，驅思未遂銜環報，羽翮年來漸折磨。

此萬曆時官官王翱《詠籠雀》詩也，何其有味！首句更可圈可點。明代官官人數眾，其中亦有高才深刻影响明代宮廷文化。高志忠博士經多年研究，寫成《明代宦官文學與宮廷文藝述略》專著，取材先富，排論謹嚴，可喜可賀。其書行將面世，高君索序與八衰，乃寫此數行權充序也。

王書瑜 壬辰立秋後一日於午居

序

志忠的这部《明代宦官文学与宫廷文艺》将要出版，嘱我作序，我义不容辞。志忠2007年从我攻读中国古代文学博士学位，此前，他在政府机关做过公务员，按其能力和性格，跟这份工作有相当高的匹配度。但他对学术有执着的追求和热爱，所以放弃了公务员的工作，转而攻读硕士学位，2007年毕业后又到中山大学继续攻读博士学位。

这部书稿，煌煌二十余万字，是在其博士论文基础上重新修订而成。承蒙商务印书馆厚爱，予以出版，以资研究者需要，是一件令人高兴的事情。

作为导师，我熟悉志忠研究这一课题的全过程。"宦官文学"与"宫廷文艺"在当时是一个全新的课题，即便在几年后的今天，研究这一课题的学者仍然不多。究其原因，在于这个课题属于"冷门"，许多资料未经整理，研究难度大，而且后续研究空间难测，对以后的就职也无任何可以乐观的帮助，因为它不够普及，不够"大众化"，受众少。但我仍然同意他从事这方面的研究，并以此作为博士论文的选题。因为，学术的生命在于创新，而创新又必须是有意义的。学术创新，是当今学者的共识，但并非所有的创新都是有意义的。近年有的博士论文选题，为了创新，钻"冷门"，从故纸堆中寻找一些实际上已经"死亡"，在历史上无意义，于今人也无价值的题目来做。创新是有了，但价值并不大。志忠钻研宦官文学与宫廷文艺，不止创新，而且有其特别的意义。

宦官文学，狭义地讲，指宦官创作的文学作品；广义地讲，也包括宦官的文学活动。志忠将视角聚焦于明代宦官，又有其特别的考虑。中国自古就有宦官的制度，明代宦官的特点在于其对社会政治的参与、对社会政治的影响力，远远超过其他朝代。像王振、刘瑾、刘若愚、冯保、曹化淳、金忠、魏忠贤等均是有名的太监，尤其是王振、刘瑾、魏忠贤三人，对明代政治的影响，一点也不能低估。这些太监，或多或少地从事过文学艺术的创作，有的还特别喜欢附庸风雅，与文人交往。有的则对文人实行两面手法，或打或拉，在文艺领域同样发生影响力。弘治、正德年间，李东阳茶陵派文学集团、李梦阳七子文学集团与大宦官刘瑾之间错综复杂的关系，即是明显的例子。从这些宦官的文学创作中，不仅可以看出宦官的文化修养，还可以从中窥见宦官的精神世界。此外，研究宦官与文人的互动，可以了解宦官与文坛的关系，对文人命运及文学创作趋向的影响，甚或是宦官与文人、文坛、政坛的关系。从这个角度而言，研究明代宦官文学及其文学活动，不仅在明代文学研究方面有意义，更对明代宫廷政治、明代史学研究有意义。

宫廷文艺，也是过往学界较少关注的领域。宫廷文艺，既指宦官所创制的艺术品，也包括有宦官参与的宫廷戏剧、曲艺、杂耍的表演。这是明代宫廷生活非常重要的内容，也是宦官参与甚至是主导的艺术活动。研究这部分内容，展示了宫廷生活世俗的一面，发现了宫廷与民间社会相联系的环节。对于明代宫廷生活及社会史研究，也不无重要的参考价值。

该书内容丰富，不仅在文学研究领域开拓了宦官文学的新领域，也展现了许多不为人知的宫廷生活场景与历史画面。该书研究了明代宦官文学创作内容及风格的多样性，从中我们可以看到宦官于禁锢困居中的孤独寂寥，在闲淡交游中的超然自适，倾心佛道的玄想冥思。作者还注意开掘宦官诗文中所记录的市井里巷的俚俗生活，走出宫廷看社会，展现了一个独特的视角。宫廷戏剧杂艺表演是该书浓墨重彩予以关注的部分，其中可以看到宦官演戏种类的繁多，如打稻戏、过锦戏、水傀儡戏、杂耍百戏、宗教说唱及内操扮武戏等，据戏剧专家讲，其中有些戏种过去未有人关注过。书中所搜集整理的明代宦官伶人，如阿丑、王癞子等人的来历及生活场景，记录的宦官伶人优语，也都引人入胜。

虽然书中仍有一些不尽如人意的地方，比如对宦官文学作品的搜集不够全面完整，开掘不够深入，对宦官与文人、文坛的关系论述得也略显粗疏。但作为开拓性的研究，仍有其重要的价值。志忠的著作，不以理论锐气见长，而以踏实严谨的钻研见功。在研究中，他秉持无征不信，孤证不立的原则，所有的论点均有材料的支撑，凭材料说话。所以，得出的结论较为可信。

该书的若干章节曾发表于国内多个刊物上，受到欢迎，也可见这一研究的价值。今天，这部著作得以面世，为更多的读者知晓，其对学界的意义也会逐渐显露出来。回想志忠几年前由内蒙来到广州，还相当稚嫩，今天他已成为学有所成的青年学者，高兴之余，也寄望他百尺竿头，继续他学术研究的梦想！

孙立
2012 年 5 月 10 日于中山大学

目录 Contents

绪论 // 001

第一章　明代宦官的文化教育和诗文创作 // 013
　　第一节　内书堂教育与知识型宦官 // 013
　　第二节　多元教育与知识型宦官 // 026
　　第三节　明代宦官诗文写作述略 // 034
　　第四节　明代宦官诗文作品存佚考 // 054
　　第五节　明代宦官诗文作品内容与艺术 // 064

第二章　明代宦官与宫廷戏剧（上） // 079
　　概述 // 079
　　第一节　宦官演戏的历史渊源与建制变更 // 081
　　第二节　明代帝王的戏剧喜好与宦官演戏 // 086
　　第三节　从教坊司到钟鼓司看内外廷演戏的"离合" // 101
　　第四节　从钟鼓司到玉熙宫看内廷演戏的"嬗变" // 112
　　第五节　宦官演戏在帝王娱乐中的作用及其影响 // 128
　　　　　　——以武宗朝、熹宗朝为中心

第三章　明代宦官与宫廷戏剧（下） // 142
　　第一节　宦官演戏种类述略 // 142
　　第二节　宦官伶人优语举隅 // 159

第三节　宦官演戏剧场考略　// 171
　　第四节　宦官演戏剧目考略　// 182
　　第五节　宦官演戏艺术特征　// 193

第四章　明代宦官的其他文史艺术杂作　// 208
　　第一节　刘若愚《酌中志》的文学研究　// 208
　　第二节　金忠"版画故事"研究　// 226
　　第三节　汤盛《历代年号考略》等其他　// 244

第五章　明代宦官与明代文人关系研究　// 248
　　第一节　明代宦官的诗文交游　// 248
　　第二节　从碑传文看明代宦官与文人的关系　// 271
　　第三节　宦官专权下的文人命运（上）　// 288
　　　　　　——以王振、刘瑾、魏忠贤为中心
　　第四节　宦官专权下的文人命运（下）　// 302
　　　　　　——以刘瑾与李东阳等为个案兼及魏忠贤与东林党

第六章　明代宦官与明代文学关系研究　// 319
　　第一节　宦官专权下的文学走向　// 319
　　第二节　宦官专权下的文学风气　// 337
　　第三节　明代宦官与明代文学、文化传播　// 348
　　第四节　明代宦官对明代文学主题的影响　// 361

结语　// 371
附录：明代宦官文人传记资料辑录　// 373
主要参考文献　// 386
后记　// 400

绪论

一、问题关注

宦官历来为文人所不齿，把持话语权的文人对他们的描述自然也以贬斥批判居多，所以，在人们的固有印象中他们是一群生理、心理都有缺陷的供帝后驱役的奴才，一旦受宠便擅权干政、祸乱朝纲，尤以明代为盛。学界对他们的研究也多集中在政治层面。

就明代宦官而言，总体上文化素养不高，直接涉足文学领域不多，他们与文人的关系以及对文学的影响，远不如在政治、经济、军事等领域深广，以致这其中的各种情况往往易于为人所忽略。

事实上，由于明代有专门的宦官教育机构——内书堂，加之充当帝王伴读、交游文儒等多元途径，在这一特殊群体中又形成一个文化素养相对较高的知识型阶层，他们怡情翰墨，广泛参与宫廷文化事务，其中不乏善诗能文、著书立说之人。可惜这些宦官诗文又大多散落、佚失，为数不多的存世作品也不为学界重视，搜集、梳理、解读他们的诗文作品，对于了解生活在特定场域内的特殊人群的文化教育情况、生存状态和心理状态，以及他们与周边人物的交游往来都有一定的意义和价值。

诗文之外，明代内廷三大戏曲演出机构——钟鼓司、四斋、玉熙宫，全部为宦官所职掌，他们不仅专事帝王后宫娱乐活动，而且常与外廷教坊司有业务交通往来。演戏宦官在继承与学习现有曲本的过程中，又有针对性地吸收、改编甚至新创一些更适合于内廷演出的曲本，以迎合帝王口味。为了取悦帝王以邀宠获权，他们还不时与外廷教坊司展开竞争，学习、引进新戏。同时，又与外廷文儒冲突不断，以致展开了或以戏曲或以经筵为工具和手段的帝王争夺战。政治斗争之外，就明代宫廷戏曲的发展、繁荣来说，这又不啻是一大幸事。

此外，更为重要的是，由于明代宦官人数众多、势力庞大而又屡屡专权，他们与文人在政治层面错综复杂的关系，常常导致文人政治命运、文学命运多有波折，二者之间时而互相驱动，这又直接关乎士风、文风等问题。总体而言，明代宦官与文人之间或友好往来、或权力争斗的复杂关系，对于整个明代文学生态的发展来说，既有促进和建设的一面，也有阻碍与破坏的一面。在政治层面，专权宦官成为文人或谄媚讨好或极力批判的对象，从而导致文人的政治分野，连带造成文人团体的分化与重组，也相应带来文人的命运变更、心态变化、文风转变等等，文人的文品、政品、人品也在与宦官的各种关系中呈现出相当的不确定性和多元性。广义而言，这些和宦官有关的一切文学活动都可以纳入明代宦官文学这一大范畴之中进行整体观照，即明代宦官与明代文人、文学关系的研究，也可以说明代宦官与文学生态的研究。

可惜，这些在文学层面上客观存在的事实和关系及影响，又常因为宦官特殊的身份和文人的偏见，以及人们将更多的关注投入到政治层面而被忽视。总之，无论是对明代宦官文学与宫廷文艺本身还是宦官专权下的文人生存状态、心态以及整个明代文学生态而言，这既是一个视角新颖的选题，某种程度上也具有填空补缺的研究价值。

二、研究现状

到目前为止,从文学角度全面研究明代宦官的专著尚未见到。就论文而言,也只有两篇:一是王春瑜先生于二十多年前发表在《中国史研究》上的一篇短文《说明代宦官诗》[1]。王先生综合《列朝诗集小传》、《明诗综》、《酌中志》中列举的几位宦官诗人,举出其中龚辇、张瑄、傅伦、张维、孙隆诗各一首,王翱诗二首,并就王翱的《咏笼雀》进行了些许点评,全文意在指出明代宦官群体中有几位宦官诗人的存在。二是杨立志《明代宦官咏武当山诗考释》[2]。作者在点校整理明清时期纂修的《大岳太和山志》时,又新发现了以上作品中未见的明代宦官咏武当山的诗作七首,并就这些宦官的生平和诗中涉及武当山的典故略作考释。这是目前仅有的直接研究明代宦官文学的论文。而这相对于明宫内廷培养出的庞大宦官文人阶层以及他们的若干诗文作品而言是不匹配的。原因在于大多数的宦官诗文作品散落在各种典籍之中,没有人系统整理,为研究者所见的面世作品仅有以上二人所见十多首诗歌。而笔者历时一年之久专门走访整理,发现有诗文作品的宦官文人多达三十三人,其中七人有完整的诗文集,可惜存世的目前仅见四人,即龚辇《冲虚集》、刘若愚《酌中志》、金忠《瑞世良英》和《御世仁风》,及《曹化淳遗文录》。仅就诗歌而言,存世所见的五十六首,百分之六七十为笔者搜寻到的第一手材料,从未有人研究过。完整文集的研究更是没有,除《酌中志》被当作历史文献研究外。即赵凯《明末宫廷内幕的珍贵史料——〈酌中志〉》[3]、舒习龙《明末宫廷史事研究的力作——〈酌中志〉评介》[4],二人主要论述了作者生平、著作流传情况,以

---

[1] 王春瑜:《说明代宦官诗》,《中国史研究》1987年第2期。
[2] 杨立志:《明代宦官咏武当山诗考释》,《郧阳师专学报》2001年第4期。
[3] 赵凯:《明末宫廷内幕的珍贵史料——〈酌中志〉》,《云南民族大学学报》1987年第3期。
[4] 舒习龙:《明末宫廷史事研究的力作——〈酌中志〉评介》,《长江论坛》2007年第3期。

及书籍本身的史料价值等。后者在论述此书的学术价值时简要提及人物刻画细致入微，颇有文学色彩，仅此而已。

广义地讲，本文所指宦官文学与宫廷文艺，包括和宦官相关的一切文学艺术活动。而在明代，一些有影响的文学流派、党社等，多有朝中名士的主盟或参与，这些人与宦官在政治层面常有交通往来，其中利害关系又不可避免地会延伸至文学层面。孟森《明史讲义》云："历代宦官与士大夫为对立，士大夫绝不与宦官为缘。明代则士大夫大有作为者，亦往往有宦官为之助而始有以自见。"[1] 所以，那些政权执柄者、文坛主盟者，他们作为明代众多文学团体的领袖人物，都难以脱去与宦官的干系。那么在研究他们及和他们有关的文学现象时，其中自然会涉及与专权宦官的关系，这也是本文要研究的内容。目前而言，学界在这方面的研究成果可以大致综述为以下几种类型。

（一）概述性研究

概述性研究指的是，在作者的整体研究对象中，宦官只是作为其中一个必不可少的因素考虑进去，并对其作用和影响给予概貌性叙述。如王春瑜先生在《明清史散论》中，有一篇专论明代宦官与明代文化，他是从破坏和建设两方面辩证地来看明代宦官对文化的影响的。王先生认为："明代某些宦官在文化方面的建树，从总体上看，比起明代宦官对明代文化的破坏、阻碍作用，毕竟是次要的，我们在评判其历史作用时，切不可夸大。"[2]

冯天瑜先生在《明清文化史札记》中，则有专节论述宦官干政给明代文化打下的烙印。他将宦官干政对明代文化的影响归结为三个方面：第一，宦官是明代酷烈的文化专制政策的重要推行者；第二，守身清正的文人与宦官屡屡发生冲突，是明代的一种重要文化现象；第三，揭露宦官专政的罪恶，反映民众

---

[1] 孟森：《明史讲义》，中华书局2006年版，第6页。
[2] 王春瑜：《明清史散论》，东方出版中心1996年版，第59页。

与宦官之间的斗争生活,是明代文学作品和史学著作的一个重要内容。[1]

王春瑜和冯天瑜两位先生的论述有异曲同工之处,基本是从正反两个方面来看待他们的作用的。又,商传《明代文化史》总论中也较为宏观地谈到了明代文化专制中,专权宦官亦参与其中,制造了一些文字狱等祸害活动。

此外,丁易《明代特务统治》,王春瑜、杜婉言《明朝宦官》,余华青《中国宦官制度史》,卫建林《明代宦官政治》,何伟帜《明初的宦官政治》等书对明代宦官的特务活动、宦官制度的渊源、宦官知识化问题、内廷组织机构、宦官人物传记以及宦官与皇帝、士人的关系也进行了不少有益的论述,有许多可供参考的地方。

专著之外,一些论文也有进行概述性宏观论说的,如王齐洲《明代党争与明代文学》,文章从三个方面讲了党争对明代文学的主要影响:"一是党争刺激了文学社团的勃兴;二是党争对作家们的文学创作活动以及创作风格产生了直接影响;三是明代不少优秀的文学作品是对党争的直接反映。"[2] 这一论说为研究明代阉党与文学之间的互动关系提供了一个很好的思路。另外,李绍强《皇帝、儒臣、宦官间的关系与明朝政局》[3]、冷东《明代政治家与宦官关系论略》[4]、赵兴元《中国古代宦官是非论——以明代成化年间宦官活动为例》[5]、山昌岭、张安福《宦官专权原因的社会心理学分析》[6]、齐畅《明代宦官研究的问题与反思》[7] 等研究亦较为综合,涉及宦官与皇帝、文臣的三角关系、宦官的评价问题等,这些研究成果对我们更为全面地认识宦官提供了不少思路,也开阔了视野。

---

[1] 冯天瑜:《明清文化史札记》,上海人民出版社 2006 年版,第 211—215 页。
[2] 王齐洲:《明代党争与明代文学》,《古典文学知识》1992 年第 6 期。
[3] 李绍强:《皇帝、儒臣、宦官间的关系与明朝政局》,《齐鲁学刊》1988 年第 2 期。
[4] 冷东:《明代政治家与宦官关系论略》,《广东社会科学》1995 年第 2 期。
[5] 赵兴元:《中国古代宦官是非论——以明代成化年间宦官活动为例》,《社会科学辑刊》1996 年第 4 期。
[6] 山昌岭、张安福:《宦官专权原因的社会心理学分析》,《济宁师专学报》2001 年第 2 期。
[7] 齐畅:《明代宦官研究的问题与反思》,《兰州学刊》2007 年第 9 期。

以上宏观论述基本廓清了明代宦官与明代文化的大致关系，其中有些方面已延伸到文学领域，只是尚未就此展开相关深入研究。

此外，在郭万金的《明诗文学生态研究》中，也涉及了宦官对于整个明代诗歌生态的作用。他认为："太监虽然没有阁臣的身份顾虑与道统观念，但其有限的知识修养，以及在宫廷氛围中濡染形成的审美趣味与世俗心态，却不可能产生真正的诗歌关注。尤其是，专擅太监为抬高身价的附庸风雅更使士人进退维谷，对抗者致祸，委蛇者尴尬，攀附者失德，于一代诗歌并无提倡之力，却有摧残之实。"[1] 这是目前就明代宦官对明代诗歌影响的最新研究成果。

（二）专题、专人研究

因为文人与宦官有着复杂的政治利益关系，由政治交通，进而影响到文学活动，尤其体现在一些专题、专人研究中。如台阁体与三杨、李东阳与茶陵派、前七子与复古派、魏忠贤与东林党等，这几个方面最为人所关注。相关研究成果有陈传席《台阁体研究》[2]，他论述了文人奴性品格的形成和台阁体的产生原因，并认为士人对擅权宦官王振的谄媚行为和依附心态，是受了台阁风气的直接影响。

司马周《茶陵派研究》[3]，目录中设有一章茶陵派与阉党擅权，但这一部分没有提交论文答辩，正文中空白，仅在摘要中提及要分析刘瑾为首的阉党擅权时期，茶陵派在文学作品中对时局的反映以及各自的心态。文中其他章节也部分地对此进行了一些论说。再者，尚永亮、薛泉《李东阳评传》与薛泉《李东阳研究——以政治心态、文学思想为核心》两部著作分析了李东

---

[1] 郭万金：《明诗文学生态研究》，中国社会科学院研究生院博士学位论文，2007年。
[2] 陈传席：《台阁体研究》，南京师大博士学位论文，2001年。
[3] 司马周：《茶陵派研究》，南京师大博士学位论文，2003年。

阳与刘瑾的微妙关系,并认为"吏隐"是李东阳调和山林情结和仕宦生活的中和之举。

廖可斌《明代文学复古运动研究》,专设一节"反刘瑾斗争及与茶陵派的脱钩",分析和论述了前七子等复古派成员在反刘瑾斗争中,终于与茶陵派分道扬镳。在刘瑾之乱后,又出现分头发展的局面。

金宁芬《康海研究》,对康海因救梦阳而卷入瑾党,进行了细致的考证和论说。

胡金望《人生喜剧与喜剧人生——阮大铖研究》,对阉党要人阮大铖的二丑人生进行了全面研究。

关于明末党争的研究,有刘勇刚《明末文人与党争》[1]、杜婉言《失衡的天平——明代宦官与党争》、苗棣《魏忠贤专权研究》。三人分别从文学、历史学、政治学角度对阉党政治进行了不同侧重点的研究。

关于明季党社运动的研究,有谢国桢《明清之季党社运动考》、小野和子《明季党社考》、何宗美《明末清初文人结社研究》。另,孙立师《明末清初诗论研究》中亦有专章对"晚明社事与文社诸子的兴复古学"进行研究。这些研究中都涉及一些宦官专权下文人结社、设院等问题,如反阉党斗争中崛起的社团,以及阉党文人结社与反阉文人互相斗争等。总体而言,学界关于明末东林党与阉党以及复社的研究已经较为充分,这里不再举例。

此外,史小军有《复古与新变——明代文人心态史》,其中多处论及专权宦官王振、刘瑾、魏忠贤对文人心态调整与选择的影响。

著作之外,单篇论文中涉及明代宦官与文人、文学的直接关系相对集中一些,主要是刘瑾与茶陵派及复古派的关系,阉党与东林党的党争,研究也较为细致、充分。如赵中男《刘瑾乱政时期的李东阳》[2]、司马周《论

---

[1] 刘勇刚:《明末文人与党争》,浙江大学博士后出站报告,2005年。
[2] 赵中男:《刘瑾乱政时期的李东阳》,《史学集刊》1989年第4期。

李东阳诗歌的情感取向》[1]（李东阳委曲求全的苦闷心态直接来自刘瑾的压力）、田守真《杂剧〈中山狼〉本事与李梦阳、康海关系考》[2]（康海为救梦阳坐瑾党落职为民，时人多做《中山狼》杂剧讥讽梦阳忘恩负义）、齐畅《明代宦官与士大夫关系的另一面——以宦官钱能为中心》[3]（大学士商辂为钱能母亲撰写墓志）、谢谦《论明末文人阮大铖的堕落》[4]（阮大铖依附阉党）。上述研究者主要论述了宦官由干预文人仕途，进而影响到文人的文学创作活动等情况，这些单一性研究较为深入具体，让我们看到一些更为微观的内幕。

以上专题专人研究中，仅举数例作为代表，但已基本上包括了明代几大擅权宦官王振、刘瑾、魏忠贤，只是目前尚未有人就明代宦官专权与文学、文人的关系进行整体梳理和细致论述，而以上研究成果为这一工作做了很好的前期准备和文献积累。

（三）明代宦官与宫廷戏剧的研究

学界在这方面的研究，主要包括在一些戏剧专题或戏剧史专著的整体性论述中。如孙楷第《也是园古今杂剧考》、徐慕云《中国戏剧史》、徐子方《明代杂剧史》、黎国韬《古代乐官与古代戏剧》、张世宏《中国古代宫廷戏剧史论》[5]。其中孙楷第的著作中有专门的关于宫廷内府曲本创作者的考述，他认为内府本是钟鼓司艺人用来演出，但由教坊司艺人创作的，后来研究者多认可此说。徐慕云、徐子方、张世宏的作品是在进行戏剧史的叙述中顺带

---

[1] 司马周：《论李东阳诗歌的情感取向》，《明代文学研究学术研讨会论文集》，南开大学出版社2006年版。
[2] 田守真：《〈杂剧中山狼本事〉与李梦阳、康海关系考》，《西南师院学报》1985年第1期。
[3] 齐畅：《明代宦官与士大夫关系的另一面——以宦官钱能为中心》，《史学集刊》2008年第7期。
[4] 谢谦：《论明末文人阮大铖的堕落》，《四川师大学报》2003年第6期。
[5] 张世宏：《中国古代宫廷戏剧史论》，中山大学博士学位论文，2002年。

提及且略加评述，尤其张世宏的侧重点在于宫廷戏剧史，所以对于明代内廷宦官演戏亦有不少描述。黎国韬则是对历代宦官充当乐官的源流进行了一番梳理和论说，也同样涉及明代宦官充当乐官一事。这些历时性的研究，使得我们对整个古代宦官参与戏剧活动的历程有了更为系统的认识。

专著之外，一些单篇论文的研究针对性更强一些。

有关于帝王与戏曲关系的研究，如曾永义《明代帝王与戏曲》[1]；有关于宦官以戏曲为工具与外廷朝臣争夺帝王的研究，如谢贵安《论明代儒臣与宦官在皇帝娱乐中的影响和较量》[2]；也有通过宫廷戏曲的发展变化，来反观整个戏剧文化的动态问题，如李真瑜《明中后期北京的戏剧文化》[3]、荆清珍《明代禁廷与戏曲刍议》[4]；还有具体细致地对明代宫廷演戏剧场、剧种、穿扮进行考释的，如徐子方《明初剧场及其演变》[5]、汪玉祥《水傀儡戏重考》[6]、宋俊华《蟒衣考源兼谈明宫廷演剧的武将装扮》[7]等。此外，另有一些对于内廷演出剧本——内府本的来源和流传以及创作者进行考证的，如张影、韦春喜《论明教坊与内府编演本杂剧》[8]，郑莉、邹代兰《浅谈明宫廷演剧机构——钟鼓司和教坊司》[9]，长松纯子《明代内府本研究》[10]。其中，纯子关于内府本的剧本、剧名、体例、舞台提示、人物登场等给予最为细致、全面的考证。

以上涉及明代宦官宫廷戏曲演出的若干研究成果，既有宏观概述，也有微观考证，但都属于边缘性研究，没有以宦官为主体进行综合性的专事研

---

[1] 曾永义：《明代帝王与戏曲》，《台湾大学文史哲学报》第40期，1993年6月。
[2] 谢贵安：《论明代儒臣与宦官在皇帝娱乐中的影响和较量》，《故宫博物院院刊》2008年第6期。
[3] 李真瑜：《明中后期北京的戏剧文化》，《北京师范大学学报》2003年第4期。
[4] 荆清珍：《明代禁廷与戏曲刍议》，《长江学术》2008年第3期。
[5] 徐子方：《明初剧场及其演变》，《艺术百家》2003年第2期。
[6] 汪玉祥：《水傀儡戏重考》，《民间文学论坛》1998年第2期。
[7] 宋俊华：《蟒衣考源兼谈明宫廷演剧的武将装扮》，《中山大学学报》2001年第4期。
[8] 张影、韦春喜：《论明教坊与内府编演本杂剧》，《戏剧文学》2006年第4期。
[9] 郑莉、邹代兰：《浅谈明宫廷演剧机构——钟鼓司和教坊司》，《四川戏剧》2008年第1期。
[10] 〔日〕长松纯子：《明代内府本研究》，中山大学博士学位论文，2009年。

究，这也为本文专门以明代宦官与宫廷戏剧为对象的研究预留出了可供继续探索和挖掘的空间。

（四）其他

由于明代宦官几乎全面参与了明代政府的所有事务，故而学界一些其他方面的研究，也多有涉及宦官问题，比如张升《明清宫廷藏书研究》、许媛《明代藏书文化研究》[1]、张琏《明代中央政府出版与文化政策之研究》、杜常顺《明朝宫廷与佛教研究》[2]，这些研究有涉及明代宦官与宫廷藏书、刻书问题的，有关于宦官宗教信仰问题的等等。这些多角度、多侧面的研究对于明代宦官的整体研究多有裨益。

除去研究成果外，一些关于明代宦官资料的收集与梳理者，他们所作的贡献具有文献价值。如梁绍杰《明代宦官碑传录》、中国文物研究所等编《新中国出土墓志·北京（壹）》，两书累计辑录了近一百五十九方宦官墓志，这些出土文献又多是文士撰写，另有一少部分由皇帝、僧侣撰写，也有宦官自撰和互撰的，研究这些碑传文献，可以看出宦官不同于文史书籍所描述的另一面。

另外，陈文新主编的《中国文学编年史》明代卷三本，从各种典籍中辑录了为数甚多的宦官与文学的关系史料、与文人的往来记录，文献价值很大。

综上所述，关于明代宦官既有大规模宏观的政治层面研究，也有部分微观的文学层面研究，这些研究成果既厘清了一些历史问题，也为本文的研究提供了不少思路，同时也发现其中有待填补的空白和尚需深入研究的空间，当然更需要全面整合形成完整体系。

---

[1] 许媛：《明代藏书文化研究》，台湾中国文化大学中国文学研究所博士论文，2003年。
[2] 杜常顺：《明朝宫廷与佛教研究》，暨南大学博士学位论文，2005年。

三、创新与价值

本文意在进行明代宦官与明代文学二者之间的互相阐释。通过阐释明代宦官的文学艺术行为,了解他们文人化、文学性的一面;通过阐释明代文学中的宦官因素,认识士风与文风之变中的宦官印迹。主要通过以下几个方面进行了论述,也即为本书的创新与价值所在。

(一)就明代宦官的教育问题进行了全面系统的考述。通过内书堂教育,自学成才和名太监门下受教,以及帝王伴读等多元途径,宦官群体中又分化出一个知识型阶层,他们的存在是宦官文学诞生的前提和基础。关于这部分的研究,学界对内书堂教育是有所涉及的,但也只是考证了其地理位置、成立时间,概述了其成立的宏观意义,尚没有就其师生来源、身份等给予细致考索,也并未对内书堂教育的特征和影响给予总体论述。本文对此进行了拓展、补充和更深入的研究。

(二)就知识型宦官的诗文创作进行研究。知识型宦官的文学活动与文学创作主要体现在诗文领域,既包括纯文学之诗歌、散文等,也包括实用文体之奏疏、碑传等。关于宦官诗文研究,仅就王春瑜、杨立志略有所涉。而本文将整个明代宦官的诗文活动进行了全面梳理,并就作品的存佚情况以及作品独特的思想性、艺术性进行了论述和解析,还就一些宦官文人的生平传略给予考述和辑录。

(三)就明代宦官与明代宫廷戏剧的关系进行研究。明代宦官职掌了钟鼓司、四斋、玉熙宫全部三套内廷戏剧演出机构,这些机构的设置背景以及演出场所、剧种、剧目的变更情况,不但反映了帝王的文艺政策,而且体现出宫廷戏曲的嬗变轨迹,而这其中宦官的作用和影响是显著的。相对于宦官诗文研究的近乎全面空白来说,前人关于戏剧部分的研究涉及范围是较为广泛的,但这也只是他们在论述宫廷戏剧之时出于必要考虑,顺带给予一些片断阐释,没有真正将宦官戏剧作为一个研究对象进行专门和深入地论述，而本文不仅历时性地全面分析了明代宦官演戏的发展以及嬗变过程，而且从微观上细致地观照与其演出相关的各种要素和因素。如对宦官演戏的具体剧种、剧目、剧场、剧本进行或述略或考略，以及对宦官伶人优语进行考索，而学界目前还尚未有人就明代宦官与宫廷戏剧进行如此大规模的专题式论述和研究。

（四）就明代宦官的完整遗著进行相关文学性研究。刘若愚出于辩诬而发愤著《酌中志》一书，在具体行文中作者运用了若干文学表现手法，书中也含有不少文学内容，其书的文学成就也是客观的。金忠"版画故事"《御世仁风》《瑞世良英》是出于政治需要的进献劝谏之作，其版画艺术性的背后，图文相伴的故事性、趣味性、教化性等文学价值亦值得关注。

（五）就明代宦官与明代文人、文学的关系进行研究。明代宦官与明代文人的关系无论在政治层面还是文学层面，既有交恶的一面，也有交善的一面。二者之间不仅有基于政治交通中附带的利益性文学往来，也有志趣相投的纯人情性文学往来。宦官与文人因政治原因而关系复杂，政治命运、文学命运多有波折，这不但关系到其个体的文品、人品等问题，而且直接影响到一些文学走向、文坛风气等。这一部分的内容，虽然学界在进行相关专题、专人的研究中多有涉及，但多数情况下也只是将宦官专权作为一个时政背景来描述，更多关注到他们交恶的一面，并没有就二者之间的互动情况给予综合论述，而本文将宦官与文人、文学的各种客观关系全面呈现出来，并分析了其中的主观原因所在。

总之，本文通过论述明代宦官与明代文学之间的各种关系，一方面客观展现明代宦官对明代文学或贡献或破坏的历史背景与原貌，也试图通过分析其中原委，匡正一些文史作品中对宦官的不当认识以及形象单一化等问题；另一方面，也意在还原明代宦官专权影响下的明代文人的生存状态和明代文学的原生状态。

第一章 明代宦官的文化教育和诗文创作

明代宦官作为一个势力庞大的特殊群体，不少人接受了相当的文化教育，并构成一个知识型阶层。由于深受正统思想浸染，他们常以儒者身份辅佐人主，我们暂且称呼其为"儒宦"。这些儒宦常常舞文弄墨、诗酒风雅，也还创作了一些文学作品。由于他们身处深宫大内，又广泛涉及朝政各个方面，加之他们特殊的身份和地位，故其文学作品中包含丰富的思想内容，也有其独到的艺术特色。就文体而言，其创作涉及诗歌、散文、戏剧、笔记小说，以及各种应用文体，如奏疏、序跋、碑传等。还有个别宦官从事一些学术活动。

第一节 内书堂[1] 教育与知识型宦官

明朝初期，帝王们对于宦官教育的态度总体上是由严格禁止到逐步放松的。

太祖执政，鉴于前代教训，严禁宦官干政。洪武十七年，在宫中树立"内臣不得干预政事，预者斩"[2] 的铁牌。另还规定内监禁读书识字。"初，洪武间，太祖严禁宦官毋得识字。后设内官，监典簿，掌文籍，以通书算小

---

[1] 内书堂，在一些文献中也称为内书房或内书馆。
[2] （清）张廷玉：《明史》卷304，中华书局1974年版，第7765页。

内史为之。又设尚宝监，掌御宝图书，皆仅识字，不明其义。及永乐时，始令听选教官入内教习之。"[1]

永乐帝不仅命人教习宦官，而且还设置东厂委以重任，其父祖制遭到破坏。宣宗即位，"始立内书堂，教习内官监也……至是开书堂于内府，改刑部主事刘翀为翰林修撰，专授小内使书，选内使年十岁上下者二三百人，读书其中。其后大学士陈山亦专是职，遂定翰林官四人教习以为常"[2]。

由以上文献可知，虽然太祖对于宦官通文识字和涉事干政以明确禁令，但事实上从他自己开始又对宦官委以一定文职事务。永乐帝夺位，宦官帮助很大，所以对其多加重用，且令教官对其教习之。到宣宗朝则正式设立宦官学校——内书堂，名正言顺的对其进行教育。宦官通文识字的这一变化轨迹说明，对宦官进行文化教育是帝王们统治的客观需要。关于宦官内书堂读书，刘若愚《酌中志》卷16中这样介绍道：

> 如欲内廷有真正忠实才品，必先将内书堂振刷，优选聪明、稳重、慈善之人，加以训教，以储十余年或二三十年后大用，可也。……
>
> 自宣德年间创建，始命大学士陈山教授之，后以词臣任之。凡奉旨收入官人，选年十岁上下者二、三百人，拨内书堂读书。……每学生一名，亦各具白蜡、手帕、龙挂香，以为束修。至书堂之日，每给内令一册，百家姓、千字文、孝经、大学、中庸、论语、孟子、千家诗、神童诗之类，次第给之。……凡有志官人，各另有私书自读，其原给官书，故事而已。
>
> ……凡读书官人，遇令节、朔望，亦放学一日。其每日暮放学，则排班题诗，不过"云淡风轻"之类，按春夏秋冬，随景而以腔韵题毕，方摆列鱼贯而行。有不知而挽越者，必群打诟辱之。

---

[1] （清）夏燮：《明通鉴》卷19，中华书局1959年版，第803页。
[2] 同上书，第802—803页。

史玄《旧京遗事》卷1也记：

> 祖制，内臣不许读书识字。宣德四年，命大学士陈山专授小使书，今内使读书之始也。内臣二十四衙门唯司礼监非读书不任，而掌印称内相。其体如外阁臣而权任过之。……内书堂，宣德中创建，以教内臣读书，选年十岁上下者充补，始自大学士陈山为之师。今以翰林词臣教习，不列衔官名者治之也。……所读之书……盖略取识字，不甚于悖高皇之制，垂世守焉。自内臣起立文书房，秉笔出差，要有章奏。内书堂学生皆有私书自读，原给官书，具文尔矣。[1]

从以上介绍中我们可以得出如下一些认识：

一是内书堂的成立，使得宦官教育规范化、制度化。这里也成为朝廷选拔、培养优秀宦官人才的"正途"[2]。而皇家设置它的主观目的也非常明确，"以储十余年或二三十年后大用，可也"。二是内书堂教师主要以翰林词臣充任。教学科目的设置以"四书"为主，兼及诗文教育，而且内书堂弟子皆有私书自读，所以小宦官在课余学后有题诗游戏也不足为怪。

内书堂教育的重要意义在于培养了一大批知识型宦官，他们脱离了洒水扫地的奴役行列，也有了相应的政治地位，甚至位同士大夫，自此宦官与外廷交通往来日益。除去生理上的缺陷，他们在其他方面不亚于甚至是超越了一般文人士大夫。

知识型宦官诞生的前提是内书堂教师的授业。这些内书堂教师的身份和来源，内书堂弟子日后的发展方向以及师徒关系的深远影响都是值得研究的文化现象。

收藏于故宫博物院的《徐显卿宦迹图·司礼授书》，描绘了万历初年翰林

---

[1] （明）史玄：《旧京遗事》，北京古籍出版社1986年版，第11页。
[2] 按：刘若愚《酌中志》卷16言："自内书堂奉旨派拨者，名曰正途。"

图1　徐显卿《司礼授书》图,并题诗及诗序(北京故宫博物院藏)

徐显卿为内书堂弟子授业时的情形。旁有徐显卿亲书诗及诗序(见图1):

司礼授书

时年三十六至三十九

隆庆壬申、万历癸酉、甲戌、丙子,余教习内书堂。时初选中官以千计,读书者过半,合旧选者共八九百人。余与成监吾、王忠铭、王对南、陈玉垒共五人,轮入授书。始被命,又定到任之日。八九百人分布迎接。内书堂在后宰门,齐出而南,至承运库公署;又南,进东华门,至会极门;又南,出左腋门,至六科廊;又南,出承天门,至西长安门,络绎拱候。有前导者,有后随者,有从旁邀入詹事朝房少憩设饭者。从此廿年,绝不见如此,何也?

惟帝有奔走,使令给起居。内事资赞导,不妨习诗书。

太史视其成，深入承明庐。珰貂不敢仰，千辈肃肃趋。[1]

画面中授课教师徐显卿端坐在讲堂中央，旁有侍奉及监管内官数人，堂下众多小内使分坐两边。从图中诸多内使服饰装扮，也看出其等级差别。而从诗序中可以看出当时内书堂弟子人数众多，授业教师受到弟子们的极大礼遇。其诗则直接指明内书堂读书的客观原因，也描写了内书堂教学的严格管制。总之，徐显卿《司礼授书》图文形象直观地再现了明代内书堂教学的实际情形，对今天的研究者而言，价值珍贵。

下面举出部分文献，就内书堂教师的来源与构成，内书堂学生的来源与选拔等情况进行一些说明和分析。

一、内书堂教师的来源与构成

表 1–1

姓名	文献记载	出处
刘翀	至是开书堂于内府，改刑部主事刘翀为翰林修撰，专授小内使书，选内使年十岁上下者二三百人，读书其中。	《明通鉴》卷 19
陈山	其后大学士陈山亦专是职，遂定翰林官四人教习以为常。	《明通鉴》卷 19
钱溥	盖原溥尝在内书堂教书，今之近侍者若怀恩辈，皆多出其讲下。其出以附王伦，其人以怀公之力也。	《菽园杂记》卷 6
殷士瞻	又姜淮者，年少有口。值殷太史士瞻教书，偶不在室，淮戴其纱帽，束其带，正在室中摇摆作势，殷猝至，淮不知带插横解法，殷不怿。淮曰："师父还系玉带哩，此银带何足贵。"殷笑而释之，归寓向夫人备道相笑。万历初，殷入相束玉，夫人尚忆淮名，白殷，托冯太监保察之，见任御马监奉御，随令赴殷寓拜见师母。殷，山东人，罢相致仕时，淮送至天津始回。	《酌中志》卷 16

---

[1] 一知：《〈司礼授书〉所反映的明代内书堂》，《中国文物报》2009 年 6 月 17 日 7 版；杨丽丽：《一位明代翰林官员的工作履历——〈徐显卿宦迹图〉图像简析》，《故宫博物院院刊》2005 年第 4 期，对此有专门论述和解析，可参阅。

(续)

姓名	文献记载	出处
倪岳	《奉命进学内馆和李宾之诗韵二首》："久看清秩重周行，总慰群英萃一堂。迹厕词林元琐琐，行迷学海尚茫茫。唐人已勒中兴颂，汉史仍传急就章。岂有雄才陪载笔，闻宣常近殿东廊。""鹭羽深怜白鹭行，迂疏如我亦升堂。清临华盖真叨窃，近接瀛洲岂杳茫。拟向图书探月窟，却惊奎壁焕天章。储才更荷君恩重，早见纶音下庙廊。"[1]	《青溪漫稿》卷5
张邦奇	《赴内书馆值阴霾风烈玉河浪花溅人次日柬同寅》："昨日行经玉河上，浪花腾空光景移。南山北山互昏晦，十步九步成颠危。岂无溟海培风翼，欲访高阳酤酒儿。安得长裾拂若木，旭日复照高冈枝。"《题画内书馆走笔》："澹烟游丝昼寂寂，拂花东风软无力。杨柳依依尽日垂，野禽一啭春生色。牡丹原称富贵花，古来开谢几人家。惟有乾坤专大业，春深无地不繁华。"[2]	《四友亭集》卷7
陆深	《初试羊毧予有一端藏筒中者十年兹教内馆始制为衣以御北风感而有作》："萧飒头颅感是非，半生何敢爱轻肥。相将岁晚看新制，指点年华亦故衣。北郭严凝随瘦马，西州辛苦到残机。病来却恐浑憔悴，且试休文旧带围。"[3]	《俨山续集》卷4
陈音	《奉议大夫南京太常寺卿愧斋陈公行状》："公初简入内书堂教书，从游幼宦，今亦有职守南都者，咸事公以父礼，公为文不甚构思，信笔立成，四方求请无虚日。"[4]	《东园文集》卷12
严嵩 陆子渊 刘华甫 孙远宗 尹舜弼 刘元隆 边汝明	《内馆志》："正德丁丑十一月二十一日，予受命教内馆。初六日入馆，故事诣崇圣堂，谒先圣毕，升堂，内侍诸生行四拜礼，皆立受。……与予先后同事者，编修陆子渊、刘华甫、孙远宗、尹舜弼、刘元隆，检讨边汝明。"[5]	《钤山堂集》卷28
尹襄	《早赴内馆》："晨起赴书堂，严冬正履霜。城隅风稍急，树杪日初黄。梵宇临池静，酒旗带露张。忽惊时序改，客思转悠扬。"[6]	《巽峰集》卷3
赵文懿	《明特进光禄大夫柱国少傅兼太子太傅吏部尚书建极殿大学士赠太傅谥文懿瀫阳赵公行状》："癸酉，充经筵展书官，教习内书堂，预修穆庙实录，升侍读。"[7]	《赵文懿公文集》卷4
祝颢	祝颢，字惟济，长洲人。正统己未进士，历官山西参政，初登第，有诏，大珰察进士中有声者四人，教内书堂小监。邀公如阁下，公初未知其故，比至，乃将试以诗而去留之，公不应而出。[8]	《西园闻见录》卷12
沈鲤	鲤初官翰林，中官黄锦缘同乡以币交，拒不纳。教习内书堂，侍讲筵，皆数与巨珰接，未尝与交。	《明史》卷217

(续)

姓名	文献记载	出处
陆釴	覃吉，广西人，自云九岁入内，余初在内书馆教小内官，使吉提督，因识其人，亦一温雅诚笃之士，识大体，通书史，议论方正，虽儒生不能过。……东宫出讲，吉必使左右迎请讲官。讲毕则语东宫官云："先生吃茶。"局丞张端颇不以为然，吉曰："尊师重傅，礼当如此。"	《病逸漫记》
黄凤翔等	《教内书堂记》："……与同年翰撰会□继□，翰编兰□赵君，被命教内书堂。……往时内书堂教习，皆累资十年以上者，至华亭徐文贞公，特用资浅者为之。"	《田亭草》卷7
王一宁	命入内阁预机务，以中官王诚辈尝授业焉，报其私恩也。	《礼部志稿》卷56
徐显卿 成监吾 王忠铭 王对南 陈玉垒	隆庆壬申、万历癸酉、甲戌、丙子，余教习内书堂。时初选中官以千计，读书者过半，合旧选者共八九百人。余与成监吾、王忠铭、王对南、陈玉垒共五人，轮入授书。始被命，又定到任之日。八九百人分布迎接。内书堂在后宰门，齐出而南，至承运库公署，又南，进东华门，至会极门；又南，出左腋门，至六科廊，又南，出承天门，至西长安门，络绎拱候。有前导者，有后随者，有从旁邀入詹事朝房少憩设饭者。9	《司礼授书》诗序

说明： 1.（明）倪岳：《青溪漫稿》卷5，清武林往哲遗著本。
2.（明）张邦奇：《四友亭集》卷7，明刻本。
3.（明）陆深：《俨山集》续集卷4，文渊阁四库全书本。
4.（明）郑纪：《东园文集》卷12，文渊阁四库全书本。
5.（明）严嵩：《钤山堂集》卷28，明嘉靖二十四年刻增修本。
6.（明）尹襄：《巽峰集》卷3，清光绪七年永锡堂刻本。
7.（明）赵志：《赵文懿公文集》卷4，崇祯赵世溥刻本。
8.（明）张萱：《西园闻见录》卷12，民国哈佛燕京学社印本。
9. 见《徐显卿宦迹图》之《司礼授书》诗序。

此外，据张廷玉等《明史》、焦竑《国朝献征录》、谷应泰《明史纪事本末》诸书，贾咏、严讷、李春芳、赵贞吉、李廷机、林釬等人都曾教习内书堂。再据何伟帜《明初的宦官政治》，还有郑雍，朱应、康震、韩玺、卜谦、杨溥等也曾授业于内书堂。[1]

---

[1] 何伟帜：《明初的宦官政治》（增订本），香港文星图书有限公司2002年版，第160页。

二、内书堂学生的来源与选拔

表 1-2

宦官	文献记载	出处
范弘、王瑾、阮安、阮浪	范弘，交阯人，原名安。永乐中，英国公张辅以交童之美秀者还，选为奄，弘及王瑾、阮安、阮浪等与焉。占对娴雅，成祖爱之，教令读书，涉经史，善笔札，侍仁宗东宫。	《明史》卷 304
王振	蔚州人。少选入内书堂，侍英宗东宫，为局郎。……帝（英宗）方倾心向振，尝以先生呼之。赐振敕，极褒美。振权日益积重，公侯勋戚呼曰翁父。	《明史》卷 304
覃昌	徐溥《司礼监太监葵庵覃公昌墓志》："公时年幼而姿甚美，乃选入内庭，被旨与旺同学书馆，而授业于故尚书文安刘公，学士恒简林公。已而公复被拔进，学于文华殿之东庑，特命故学士文懿吕公，少保文僖倪公教之。天顺丁丑，英宗复位，宪宗时在东宫讲学，命公伴读。"	《国朝献征录》卷 117
黄锦	徐阶《司礼监太监兼督东厂黄公锦神道碑》："公少敏慧，谨悫无躁，动无疾言，见者知为大器。正德初选入禁庭，又选读书于内馆，继又选授兴府伴读。……嘉靖乙巳，转司礼监金书。癸丑，进掌监事，兼总督东厂密务。……先皇帝御下严明，中贵人鲜克当意。独于公信任不衰，至呼为黄伴而不名。"	《国朝献征录》卷 117
王安	字允逸，号宁宇，直隶保定府雄县人。万历六年选入皇城内书堂读书。……又有先监矩密荐，遂于光庙未膺册立之前，御点为皇长子伴读。……时沉酣典籍，无书不窥，每写扇送相知士文夫。	《酌中志》卷 9
王翱	字鹏起，号村东，原籍南直句容人，永乐时，迁北直通州。嘉靖壬寅选入，时年十一岁，拨司礼监内书房读书，受业于郭东野、赵太洲、孙继泉先生，咸器重之。……刊《禁砌蛩吟稿》、《邺东集》行于世。	《酌中志》卷 22
鲍忠	多学善书……每坐大石上，拾树叶而写诗，清风徐起，飘扬山谷，以自娱乐。……世庙雅尚文学，久乏当意者，适有亲近大臣祭陵回，以忠姓名学行奏荐，特蒙召升秉笔掌印。[另，《明代宦官传录》之《鲍忠墓（致和延寿洞）门额北侧铭文》："嘉靖四十一年进内书堂，隆庆年选司礼监精微科，万历二十二年钦定伴读……"]	《酌中志》卷 22
梁端	钱溥《故明南京司礼监左监丞梁公寿藏铭》："洪熙元年，选入内书馆读书。公天性聪敏，动止端谨，博通书史，知古今大义。……上知公精于书算，谙练庶务，命总掌书算……但遇斋戒之期，于武英等殿侍上抚琴，及各调音韵诗词。……遇圣驾游幸各处，日侍左右，命书写御览，并算数等事，尤为精敏。"	《明代宦官碑传录》83 页（下同）

(续)

宦官	文献记载	出处
萧敬	杨一清《司礼监太监梅东萧敬墓表》："公自髫年给侍内庭，选入司礼监书馆肄业，业日以进。……端阳，上亲阅射，指谓公曰：'知尔能文，复能射否？'……公性颖敏，少读书，能知大义。后遍观典籍，学益富。作诗消逸，无纤丽语。"	118页
高凤	李东阳《大明故司礼监太监高公墓志铭》："景泰丙子，始受学内书馆。……壬子，奉使辽府，归，特命为东宫典玺局丞，侍今上讲读。凤夜勤恪，凡讲官所进授，日为温习。……早嗜问学，所治官自壮至老，皆文翰事。"	123页
房懋	杨廷和《明故司设监太监房公墓志铭》："年五岁，为舅氏所育，以俊逸简入内庭……越三载，诏选司礼监内书馆读书，授学于翰林院学士。……受命之余，优游桑梓，日与文人墨士笑谈诗酒，无复进取之念。……高情雅况，殆非流辈可及也。"	126页
韦岏	张天骏《明故内官监右少监韦公墓志铭》："自幼天性敏达，器识不凡，父母乡人咸爱重之。公自天顺癸未选入内府司礼监书堂肄业。……人皆交口赞颂之，谓其才当大用……"	133页
王佑	杨一清《明故御马监太监王公墓志铭》："成化丁未，被选入内廷，又选入司礼监书堂，受翰林儒臣业。今少师致仕西涯李先生实尝教之，业用有成。……生平无他嗜好，公退则读书写字以为日，喜接文儒士夫。"	140页
乔宇	顾可学《明故钦差提督巡察光禄寺上膳监太监乔公墓志铭》："幼而聪慧，长而笃实。体貌清臞，胸襟洒□。博览诗书，精通文艺，彬彬然有古君子之风也。……岁甲子，选入内书馆读书，其才华奋发，不伍于同。……人皆以中书称之。……人皆以翰林誉之。……予考公之文学、德誉、政事、勤劳、清慎，真有古人之风，一时侪辈未能或之先也。……体国政事，补衮文章。中书翰林，御史并良。"	176页
朱宝	张文宪《明故内官监太监谦斋朱公墓志铭》："公生而器宇宏厚，髫年颖悟，甚为父母钟爱之。正德甲戌选入内庭……嘉靖改元，受业内书馆。时大学士未斋顾公及诸内翰皆重公，喜其学□□□益克勤不缀。……铭曰：……'诵诗秉礼，孰与其列。'"	184页
陈矩	李廷机《明故掌司礼监太监麟冈陈公神道碑》："公自嘉靖丁未抡入内庭，于内书堂读书。……丁亥，命宫内教书……公之通晓文指，能助讲读开发如此类者多。……犹记公在日，谒余文。……"（《酌中志》卷7有详记）	202页
张升	李诚《皇明乾清宫牌子尚衣监太监慧庵张公墓志铭》："家世诗礼，代出名豪。……即业孔孟，博古识今，诚硕彦之士也。……蒇内书馆读书……其翰墨抡英，昭人耳目。虽寒暑口不绝诵，且夕手不释卷。"	205页

(续)

宦官	文献记载	出处
高时明	孙奇逢《司礼监掌印云峰高公墓表》："(公)读书博览，遇事明决，拔内书堂，历南司暨皇史宬提督。……熹宗御极，命掌司礼监印务，侍上读《大学》'在明明德'，因赐名时明。公恒以成就君德自任。"	239页
阎绶	萧海《明故署惜薪司事官西峰阎公（绶）之墓志铭》："弘治辛酉，入披庭，寻被选读书司礼监内书馆，从内翰诸名公讲学，明经史大义，兼通词翰文理。……暇即染翰观书，吟咏适情，怡然自若，是以令终。"	《新中国出土墓志·北京（壹）》235页

说明：表中，前四人范弘、王瑾、阮安、阮浪并非内书堂弟子，但亦是永乐皇帝教令读书，故列于此。

三、对内书堂教育的分析

以上所列内书堂教师与学生的相关情况，只是明代宦官内书堂教育的一个小小缩影，仅就这些文献，我们亦可大致归结出如下认识：

（一）内书堂教师和学生大多是经过选拔的。黄凤翔《田亭草》卷7"教内书堂记"云："内书堂者，奄人自弱冠而下，总角而上，遴其颖慧者，习诵读，工楷法，而董以词林官五人，直日递进，皆内阁揭请得命也。兹事实大奄主之，诸监局有禄秩者，所役属若干人，咸抡简以充，居恒各自有师，其旦暮课业，一如塾师例，而请董以词臣者重之也，彼亦自为重也。……往时内书堂教习，皆累资十年以上者。"[1]再据表1-1、表1-2中文献，就教师而言，尤其重视德行，多是有诗文特长的资深翰林官，其中不乏像钱溥、张邦奇、严嵩、沈鲤等或文坛或政坛名流显要。就学生而言，选拔或推荐标准基本是年少、俊美、聪颖者。他们因此或得到帝王的喜欢，或得到大太监的推举而得以入堂学习。王振在《敕赐智化禅寺报恩之碑》、《敕赐智化禅寺之记》中云："爰自早岁，获入禁庭，列官内秩，受太宗文皇帝眷爱，得遂问学。"此外，陆容《菽园杂记》记载："然此辈惟军前奄入内府者，得选送

---

[1]（明）黄凤翔：《田亭草》卷7，明万历四十年刻本。

书堂读书，后多得在近侍。"[1] 这里说的是明代屡禁不止且蔚然成风的自宫现象，使得宦官人数过剩，无奈之下，帝王将这些多余的无法入宫者编为净军，其中优秀者入宫后方可入内书堂读书。高素质的师资和优质的生源保障了内书堂教育的高质量。

（二）内书堂的师徒关系影响深远。通过考察内书堂师生成员及其彼此关系，内书堂已不仅仅作为一个纯粹的宦官教育机构，更重要的意义在于通过师承关系成为沟通内廷与外廷的中介，经内书堂培养出来的宦官，具有一定的文化知识，他们结业后最好的出路是被选派到文书房供职。依大明宫制，"凡升司礼者，必由文书房出，如外廷之詹翰也"[2]。这也就是说，宦官经内书堂教育后，如顺利进入文书房，就有可能进入最高权力机构司礼监，一旦担任司礼监太监，就犹如担任内廷辅臣，其权力如外廷内阁辅臣，人称内相。在明代，很大程度上内廷司礼监的权力是高于外廷阁权的。所以内书堂弟子成为知识型宦官，不但具有了为诗作文的潜质，继而也成为他们介入政治的敲门砖，"自此内官始通文墨……遂与外廷交接往来矣"[3]。

因此，成立内书堂一个重要的政治影响在于通过师生关系，内外廷更好地进行交通。据此我们可以看出文人士大夫与宦官交往的另一面。其中重要的一个现象是日后这些知识型宦官拥有权势后往往援引恩师进入内阁。教师列表中钱溥、王一宁皆因教书内馆，被弟子援引入阁。欧阳琛曾统计，明代教习于内书堂而后入阁者共计十九人，几占总教习人数的五分之二。[4] 再据张治安考证，明代由宦官援引入阁者二十二人。[5] 而杨士聪《玉堂荟记》云："自古小人进身，未有不自中珰导之者也。"[6] 这一说法显然有些武断，

---

[1] （明）陆容：《菽园杂记》，中华书局 1985 年版，第 19 页。
[2] （清）阎镇珩：《六典通考》卷 11，清光绪刻本。
[3] （清）夏燮：《明通鉴》卷 19，第 803 页。
[4] 欧阳琛：《明内府内书堂考略——兼论明司礼监和内阁共理朝政》，《江西师范大学学报》1990 年第 2 期。
[5] 张治安：《明代政治制度研究》，台北联经出版事业股份有限公司 1992 年版，第 246 页。
[6] （清）杨士聪：《玉堂荟记》卷 1，民国嘉业堂丛书本。

包括张居正在内的若干贤能的内阁都是通过宦官援引入主的，但不能就此认定他们皆为小人。还需提及的是，内书堂教师殷士瞻在自己为相后，还把弟子姜淮举荐给冯保，在殷罢相致仕归山东时，姜淮送至天津始回，足见师徒情深。

（三）内书堂出身者地位较高，前途远大。《酌中志》卷 17 云："祖宗旧制：司礼监第一层门向西，与新房门一样。门之内稍南，有松树十余株者，内书堂也。先师位供安向南，其楹联曰：'学未到孔圣门墙，须努力趱行几步；做不尽家庭事业，且开怀丢在一边。'圣人位之北一间，则教读书词林先生所憩之所也。"内书堂坐落在司礼监院内，可见其地位重要。

《明史·焦竑传》记："万历十七年，（焦竑）始以殿试第一人官翰林修撰，益讨习国朝典章。二十二年，大学士陈于陛建议修国史，欲竑专领其事，竑逊谢，乃先撰《经籍志》，其他率无所撰，馆亦竟罢。翰林教小内侍书者，众视为具文，竑独曰：'此曹他日在帝左右，安得忽之。'"[1] 焦竑的认识可谓一语中的。

史梦兰《全史宫词》卷 20 云："蜡帕龙香作束修，内书堂里课蒙求。按名拨向监司去，绣服谁先换斗牛。"其引《酌中志》注曰："自太监而上，方敢穿'斗牛补'。"[2] 服饰的变化直接表明知识型宦官的前途和地位。尤其拨派去文书房的，可以接触和批阅大量的奏疏公文等，故这些宦官对于碑传等实用文体的书写自然熟练有加。而拨去中书房的宦官由于管理大量的书籍字画、扇面，以及宫中历代传承下来的书画文物，耳濡目染的熏陶之下，他们的书画技艺自然不比寻常。《酌中志》卷 16 这样写道：

中书房，掌房官一员，散官十余员，系司礼监工年老资深者挨转。

---

[1]（清）张廷玉：《明史》卷 288，第 7392—7393 页。
[2]（清）史梦兰：《全史宫词》卷 20，出自朱权等：《明宫词》，北京古籍出版社 1987 年版，第 176 页。

专管文华殿中书所写书籍、对联、扇柄等件。承旨发写，完日奏进御前。凡官中糊饰，如不放外匠，只是监工并学手艺牌子糊饰，挨转此处并御前作。

从事文书房与中书房工作的意义在于一方面为他们进入司礼监这一核心权力机构作了铺垫，另一方面这里的熏陶和实践使他们具备了书写实用文体的资质和能力。

（四）内书堂是培养知识型宦官的主要阵地，也是他们获取文学素养的重要途径。宦官读书遂为定制，"用是多通文墨，晓古今，逞其智巧……"[1] 而就表1-2所列学生人数相对于整个明代内书堂累计培养出的"十万"[2] 弟子来说实在只是零星的点缀。一个如此庞大的知识型宦官阶层的存在，理当成为一个值得关注的群体。内书堂"振刷"[3]，使得他们通晓书算，涉猎子史，工诗文书法，并因此受到帝王的赏识而受到重用。这也为他们日后登上政治舞台创造了便利条件，但另一方面也为其进行文学创作奠定了学养基础。诚如内书堂教师徐显卿诗中所言：

> 惟帝有奔走，使令给起居。
> 内事资赞导，不妨习诗书。
> 太史视其成，深入承明庐。
> 珰貂不敢仰，千辈肃肃趋。[4]

诗中可以看出小宦官读书是帝王统治的客观需要，也见出其诗文学习的

---

[1] （清）张廷玉：《明史》卷304，第7766页。
[2] 方志远：《论明代宦官的知识化问题》，《江西师范大学学报》1989年第3期。
[3] （明）刘若愚：《酌中志》卷16"内书堂读书"条。
[4] 见《徐显卿宦迹图——司礼授书》。

导向和对老师的畏惧与敬仰。

据以上文献，无论是执教于内书堂的教师抑或受业于此的内书堂弟子皆有喜好诗文创作的倾向和行为。尤其后者学有所成后多交游文人士大夫，参与和进行了多种文学活动。

综上所述，通过内书堂教育，明代内廷培养了一大批知识型宦官，这些用知识武装起来的新型奴婢对于明代社会政治文化的影响广泛而深远，当然自身的文学活动和他们与文人的关系以及对文学的影响都是值得关注的一个重要现象。

第二节　多元教育与知识型宦官

除去内书堂的官方教育外，明代内廷宦官获取知识的途径是多元化的。有利用宫中藏书、刻书的资源优势自学成才者；有被举荐幸运选为帝王、太子伴读者；有分到大太监名下、门下接受管教者；甚至还有文士不得已或自宫或被宫而入内者。这样明宫内廷更多的宦官聚集为一个知识型阶层。

一、自学成才与门下受教

刘若愚《酌中志》，史玄《旧京遗事》都记载："内书堂弟子皆有私书自读，原给官书，具文而已。"[1]《北京志·故宫志》同样记载："凡有志者，另有私书自读。凡各衙门缺写字者，即具本奏讨，奉旨拨给。"[2]这里有必要对"私书"考究一番。按《酌中志》卷16"内府衙门职掌"，司礼监、中书

---

[1]（明）史玄：《旧京遗事》，第11页。
[2] 北京市地方志编纂委员会：《北京志·世界文化遗产卷·故宫志》，北京出版社2005年版，第264页。下文均简称《北京志·故宫志》。

房、御用监等内廷二十四衙门中的若干机构都职掌宫内书籍珍藏，包括皇家最大藏书机构文渊阁的钥匙职掌也是内廷宦官。另，藏头向民间收集图书，回到宫廷后，大多也要经过宦官之手。职务之便为他们获取所需书籍提供了机会和可能。再据《酌中志》卷18"内板经书纪略"，司礼监职掌内府书籍刊刻，这些内府刻书也是内书堂弟子以及非入堂宦官的私书来源。

由于拥有绝对的藏书和刻书的资源优势，推测私书获取途径，一是名正言顺的借阅，二是盗取书籍据为己有。宦官有如此文人雅好，内书堂的儒家式启蒙教育和外廷文儒的熏陶习染是显然的。借助宫中的书籍资源，自觉获取更多知识的宦官视为自学成才者。其中不仅包括在内书堂教育的基础上进一步进行自我提升的宦官，也应该包括那些虽未入堂但又初通文字的有志宦官，他们也完全具备自学的能力。后文所论的不少有文学创作的宦官也并非内书堂出身就是明证。

明代小内监初入宫，一般先分到大太监名下、门下接受管教。若有幸名列知识型宦官门下，则会受到严格而良好的教育。其中一些聪颖秀美者还会被推荐到内书堂读书，或者举荐为帝王、太子伴读。《酌中志》卷9载：

> 故司礼监掌印太监王公讳安，字允逸，号宁宇，直隶保定府雄县人。万历六年选入皇城内书堂读书。拨司礼监，为掌印冯太监保名下，已故秉笔曾任承天监守备太监杜茂照管。杜，陕西人，耿介好学。监少之时读书习仿，多玩嬉，不勤苦。杜将监坐于凳上，用绳缚监股仿桌之两脚；或书仿不中程，即以夏楚从事，其严督如此。及冯籍没后，监以年幼未经退斥，盖张宏辈卵翼庇护之也。神庙二十年后，廉知监学问优博，性孤介，又有先监矩密荐，遂于光庙未膺册立之前，御点为皇长子伴读。

《酌中志》卷9还记："监既万历年间频杜门养疴，时沉酣典籍，无书不窥，每写扇送相知士大夫。而门多正人，凡事多效法先监之所为。""儒宦"严格教育下的小内监成长为知识型宦官后，师承关系延续下去，就聚集为一个稳定的文化关系圈。如冯保门下王安，王安门下陈矩，陈矩门下刘若愚。他们在整个宦官阶层大的奴婢文化圈中又形成一个小的知识型文化圈，这些人多蓄古书，勤阅读，通文理。《酌中志》卷 12 记载："涂文辅下：管文书官人刘秉德，曾任暖殿，今退出。张国宁，曾任管柜子近侍，今侍金公忠。殷良弼，曾任宫内教书，今侍掌印高公时明。"涂文辅、金忠、高时明皆为知识型宦官且均有文史作品问世，故而他们名下的小宦官受其指教多有才能，像殷良弼已达到宫内教书的程度。由于学识素养的差异，内廷庞大的宦官队伍分为很多派系。此书卷 12 "各家经管纪略"有专门记录。如作者刘若愚原系陈矩名下，因才识优秀被引入逆党，归李永贞名下，阉党覆灭后卷入逆案身陷囹圄。综上所述，名列有文化有权势的大太监门下的小宦官也成长和转化为一批知识型宦官。

二、帝王伴读与单设书堂

充当帝王伴读[1]也是小内侍获取文化知识的一个值得一说的途径。上节表 1-2 所列内书堂学生中覃昌、黄锦均为帝王伴读。彭孙贻《明朝纪事本末补编》卷 5 有关于帝王伴读的记载："太监王伟，是小时与武宗同读书者，驾南巡，伟适为南京守备，呼为伴伴。"[2] 司礼监太监黄锦，正德初年入宫，到内书堂读书，不久，选派到兴王府为世子朱厚熜伴读，后掌司礼监事兼总督东厂。得皇帝信任，昵称"黄伴"而不呼名。死后，穆宗赐祭葬等、建享堂、碑亭，赐祠额为"旌芳"[3]。

---

[1] 帝王伴读中也包含太子伴读。文中多以帝王伴读统领。
[2] （清）彭孙贻：《明朝纪事本末补编》卷 5，涵芬楼秘籍本。
[3] （明）焦竑：《国朝献征录》（六）卷 117，台北明文书局 1991 年版，第 875—876 页。

又，刘若愚《酌中志》卷22记载："凡内臣读书，近有读《左》、《国》、《史》、《汉》、古文者，如先帝伴读汤太监盛。万历二十九年选入，于书无所不读，善饮酒，能诗……汤益沉酣典籍，自号醉侯，雅歌笃学……"帝王伴读中既有小内侍，也有本身具有相当学识的老内监，常被呼为"老伴"。《明史》卷304"覃吉"条记载："不知所由进，以老阉侍太子。太子年九岁，吉口授《四书》章句及古今政典。……太子偶从内侍读佛经，吉入，太子惊曰：'老伴来矣。'亟手《孝经》。吉跪曰：'太子诵佛书乎？'曰：'无有。《孝经》耳。'吉顿首曰：'甚善。佛书诞，不可信也。'弘治之世，政治醇美，君德清明，端本正始，吉有力焉。"[1]"老伴"的严格教导对帝王执政的影响可见一斑。

在充当伴读的内官中，像覃吉这样稳重的"老伴"为数不多，大多是与太子同龄的小内侍，不仅伴读，而且伴玩。"老伴"而言，本身就是知识型宦官，多对年幼人主给予规劝。"小伴"而言，陪着人君共同学业，接受等同帝王的教育。

此外，雅好文学的帝王往往对其周边内臣加以灌输和调教，使其耳濡目染。如仁宗不仅喜欢作诗，还喜作科举应试文。祝允明《前闻记》"仁庙右文"条记："仁庙好学右文，词翰并精。尤喜科举之业，在青宫已然，践阼犹不废。每得试录，必指摘瑕病，手标疏之，以示宫臣。尝戏语人曰：'使我应举，亦岂不堪作状元天子耶？'"[2]帝王的文学性影响不仅体现在只言片语中，还体现在增设讲堂对小内侍进行单独教育。焦竑《玉堂丛语》"讲读"条有记："景泰中，选内侍秀异者四五人，进学文华殿之侧室，倪谦、吕原寔教之。上时自临视，命二人讲论，倪讲《国风》，吕讲《尧典》，称旨。问二人何官，倪时以左中允兼侍读，吕以中允兼侍讲。又问几品，曰：'皆正六。'上曰：'品同安得相兼？'令取官制视之，乃命二人以侍讲

---

[1]（清）张廷玉：《明史》卷304，第7778页。
[2]（明）祝允明：《前闻记》，中华书局1985年版，第23页。

学士兼中允。"[1]《明书》卷 121 载:"吕原,字逢原,秀水人……进士及第第二人,授编修……景泰中,倪谦及原初教小竖黄赐等书于文华殿东芜。"[2] 王鏊《王文恪公笔记》"景帝"条对此也有同样记载。司礼监内书堂集体教育之外,帝王临时授意下单设文华殿侧室等讲堂也是培养知识型宦官的一条特殊途径。

  包括内书堂在内的上述知识型宦官接受的教育基本是通识性文化教育。此外,二十四衙门中尚有一些特殊部门,按其职掌需要会进行一定的专门教育。如《北京志·故宫志》中关于"灵台"的记录:"设掌印太监 1 员,近侍、佥书太监数员。看时刻近侍 30 余员。负责观星气云物,测候灾祥,每年造历,系灵台与钦天监共同经管。另有学习太监数十员,均选太监中之年幼者,读《步天歌》、《阴阳杂法》、《天官星历》等书,习写算,观星气,轮流上台,以候变异。其占候之书为《观象玩占》、《流星撮要》等书,皆抄写授受,不敢传布于世。"[3] 此外,医学教育、仪礼教育、宗教教育等等,共同使得明代宦官成为历代内臣中最有文化素养和学识的一个特殊阶层。他们不仅可以为诗做文,在其他诸多领域也颇有建树。如永乐年间由英国公张辅选送,受到成祖喜爱,遂命读书,而后成为建筑领域专家的阮安等。

  时至明末,在目不识丁的魏阉破坏下,内臣不以读书为幸事,反以进献曲艺杂耍蛊惑帝王邀得宠幸为能事。《酌中志》卷 4 记录了一段关于崇祯帝的言论:"先是课内小臣读书,有惭者,今上厉声呵责曰:'读书是好事,倒害羞,弱唱曲儿,倒不害羞耶?'"此说的背景是,魏忠贤擅权时代,曲艺小伎成为宦官们得宠和晋升的资本,内书堂规制遭到破坏,读书风气大不如前,故崇祯帝才如此训斥。

---

[1] (明)焦竑:《玉堂丛语》卷 3,中华书局 1981 年版,第 72—73 页。
[2] (清)傅维鳞:《明书》卷 121,中华书局 1985 年版,第 2413 页。
[3] 《北京志·故宫志》,第 275 页。

三、文士自（被）宫成为宦官

随着明代宦官权势的上升，其地位受到民间不少人的向往，进而形成近君养亲的现象，一度自宫蔚然成风，以致帝王多次下令严格控制。陆容《菽园杂记》卷2记载："京畿民家，羡慕内官富贵，私自奄割幼男，以求收用。"[1] 虽然政府明令禁止自宫，却屡禁不止。有趣的是，在自宫行列中也不乏已有学识的文人士大夫之族。此外，尚有出于无奈被迫实施宫刑的文儒。

《四库全书总目提要》卷128云："永乐末，诏学官考满乏功绩者，审已有子嗣，听净身入宫训女官辈。时有十余人……"[2]

《万历野获编》卷6"内监"条下记："太监何文鼎者，浙之余姚人。少习举业，能诗文，壮而始阉，弘治间，供事内廷。……陈文鼎之冤，上大感悟，特命以礼收葬，且御制文祭之。"[3]

焦竑《国朝献征录》卷117，"寺人"条下《内官监太监成公敬传》载："成敬，字思恭，永乐甲辰进士，选翰林庶吉士，改晋府奉祠。宣德时，以晋府事，尽系王府官悉论死，以敬不与事，议永远军。敬自以遗累子孙，不如死，乃自乞就死。宣庙矜怜者久之，下腐刑，觊天幸不死，后果不死。始景皇在郕邸时，敬以典宝侍讲读，既即位，升内官监太监，甚亲信任事，敬逊避不招权宠，又不乞恩泽。上尝欲官其亲属，数问亲属在京者几人，敬对曰：'亲属俱在籍里，且俱田夫，不可以官。'未几，上又问敬，又对如初。……景泰四年，敬乞省墓，上赐敕及墓祭费，更赐诗，宠行。越二年，卒。上悲悼甚，遣官护丧修坟，给葬祭，恩典殊优一时，以为奇遇。"[4] 已经是进士出身、翰林庶吉士的成敬，因罪乞死，宣宗下之腐刑，成为宦官。之后，先是侍讲读，后

---

[1] （明）陆容：《菽园杂记》卷2，第19页。
[2] （清）纪昀总纂：《四库全书总目提要》卷128，河北人民出版社2000年版，第3307页。
[3] （明）沈德符：《万历野获编》卷6，中华书局1959年版，第160页。
[4] （明）焦竑：《国朝献征录》（六）卷117，第858页。

升为内官监太监。宦官身份的他在德行上不失儒者风范和道德自律，并且对周边众人产生较多熏陶，以致皇帝也赐诗表达宠信和敬意。

不容置疑，身怀文才之士阉入宫廷后，明显提升了宦官阶层的文化品位和道德修为。

此外，宦官对于自己的旁系侄儿等多乞求走儒业之路。《酌中志》卷16："（神庙时，得宠的牌子魏学颜）未甚读书，而博闻强记，敬重士大夫，且癖好黄白之事，门多异流，虽屡为丹客哄骗，而至老不厌也。万历丙辰，科第六名中式举人赵鸣阳，遭第一名沈同和事败吃累，虽鸣阳未得廷试，然文名籍甚，学颜深慕之。后以重聘延请至外邸，训其侄魏廷献，入丰润县庠。"民众去势入宫为宦以求富贵多是不得已而为之，在家族下一代的教育上，他们仍寄希望于传统的儒家读书仕进的老路。曹秉璋手写本《曹化淳遗文录》记有曹化淳《训侄书》的片段残存："尔等年已长成，而学业未立……必为强者之所欺凌，狡者之所谋陷。……倘再不知奋勉，拿到京中重处。"几句残言断语也足以见出曹化淳对家族后嗣的严格管教。

明代宦官注意提升自我文化品位的同时，不忘教导家族后裔注重学业的态度，某种意义上有一些对于蔑视他们的文人士大夫的反驳成分在里面。《万历野获编》卷6"二中贵命相"条记录：

> 近日王笠川进士继贤，少年励志读书，以欲念频炽，去其外肾，遂作宦者状，声貌全如妇人。辛丑登第后，诸阉骄于上前，指王名云："吾曹中已有甲榜，宣力于外者矣。"上询知其故，亦为启齿。群阉出外抵王寓，称贺不绝，求附气类。[1]

宦官群体制造声势，标榜考中进士的王笠川为同类，不无骄傲地在帝王

---

[1]（明）沈德符：《万历野获编》卷6，第166页。

面前大肆夸赞，其得意的情状之中掩饰不住对"外者"的几分不满和宣泄。但不管怎么样，宦官群体中文化人的出现无疑对他们进行文学活动与创作是一个很好的前期准备。

总体而言，有机会读书识字的内监毕竟少数，多数按部就班地做着奴仆的本分工作，业余时间也多是赌博嬉戏，一旦有点权力就鱼肉百姓。谢肇淛《五杂俎》卷15"事部三"记："盖我朝内臣，目不识字者多，尽凭左右拨置一二驵棍，挟之于股掌上以鱼肉小民。如徽之程守训，扬之王朝寅，闽之林世卿，皆以衣冠子弟投为鹰犬，逢迎其欲而播其恶于众，所欲不遂，立破其家，中户以上，无一得免。故天下不怨内使之掊克，而恨此辈深入骨髓也，卒之内臣未去而此辈已先败矣。"[1] 相较而言，知识型宦官闲暇之余则喜好为诗作文，交游文儒。当然，此辈通文识字，也一度被指摘为"交通外廷，祸乱朝纲"。

小结

知识型宦官群体的存在，使得部分成员出现儒臣化倾向，他们兼具文人士大夫意识，辅佐帝王，干预政治。但这又跨越了其职责和身份界限，结果往往造成擅权干政的局面，如王振、冯保。与之相对的是两大近乎文盲的权势宦官刘瑾、魏忠贤，两相比较，差异显著。前者均有文史墨迹存世，对于规劝帝王有着外廷儒臣同等的效力，他们分别对英宗与神宗产生过较大良好影响。后者大多进献曲艺杂耍娱乐帝王，乘机擅权乱政，致使武宗、熹宗朝乌烟瘴气，党争不断。

知识型宦官群体中，部分成员还出现文人化倾向，他们广泛参与文学活动并进行文学创作，进而诞生了宦官文学。宦官的文学活动主要是繁忙的劳

---

[1] （明）谢肇淛：《五杂俎》卷15，上海古籍出版社2005年版，第1836页。

务之暇，有志者怡情翰墨，或习字作画，品鉴名迹；或写诗属文，君臣唱和，也留下了一些诗文作品，这些作品中尚有部分可观者，从中也可以大致窥知主流文化之外奴婢们的一些生存状态和心态。

第三节　明代宦官诗文写作述略

关于宦官的早期文学活动记录可以追溯到上古之《诗经》。《诗经·小雅·巷伯》中就有："寺人孟子，作为此诗。凡百君子，敬而听之。"巷伯即为宦官，太监。因居宫巷，掌宫内事，故称。《左传·襄公九年》："令司宫、巷伯儆宫。"杜预注："司宫，奄臣；巷伯，寺人。皆掌宫内之事。""寺"在《说文》中这样解释："寺，廷也，有法度者也。"[1] 之后，王安石在《字说》中认为"'诗'字从言从寺，谓法度之言也。"[2] 即"诗为寺人之言。"王氏观点即诗源于主祭者之言。

而关于"诗"的解释最早见于《说文》："诗，志也，从言，寺声。"[3] 杨树达先生认同这一说法并加以进一步阐释，他在《释诗》一文中说："古文作訨，从言，𡳿声。按志字从心𡳿声，寺字亦从𡳿声，𡳿志寺古音无二。古文从言𡳿，言𡳿即言志也。篆文从言寺，言寺亦言志也。《书·舜典》曰：'诗言志。'《礼记·乐记》曰：'诗言其志也。'……盖诗以言志为古人通义，故造文者之制字也，即以言志为文。其以𡳿为志，或以寺为志，音同假借耳。"[4]

杨氏"言志即言寺"之说，也印证了"寺人作诗以言志"的行为。《小

---

[1]（东汉）许慎：《说文解字》，中华书局1963年版，第67页。
[2]（宋）王安石：《字说》，福建人民出版社2005年版，第20页。
[3]（东汉）许慎：《说文解字》，第51页。
[4] 杨树达：《积微居小学金石论丛》（增订本），中华书局1983年版，第25—26页。

雅·巷伯》中"寺人孟子"作诗的动机，据毛传："《巷伯》，刺幽王也。寺人伤于谗，故作是诗也。"这或许就是早期的"诗言志"吧，把愤慨的情感一股脑宣泄出来，甚至透过诅咒谩骂的语态表达不满，也正是后世所谓的"不平则鸣"，发愤为诗。

就明代宦官而言，人数众多，阶层壮大，学养提高。在知识型宦官阶层中出现了为数不少的喜好舞文弄墨者。对此，学界也有论及，一是王春瑜先生的《说明代宦官诗》[1]，他援引钱谦益《列朝诗集小传》、朱彝尊《明诗综》、刘若愚《酌中志》诸书，对其中收集到的宦官诗人和诗作进行简介。其文意义在于以普及文史知识的目的让世人知道那些皇宫大内的奴婢们也有自己的诗歌作品。二是杨立志的《明代宦官咏武当山诗考释》，他在点校整理明清时期纂修的《大岳太和山志》时，发现明代宦官咏武当山的诗作七首，分别是弘治年间宦官扶安《登太和山》一首，正德年间龚辇、吕宪无题诗各一首；嘉靖年间戴义、李学无题诗各一首，万历年间张维《由太和入南岩》、《紫霄宫》二首。以上合计七首都是前人所未见。并对这些宦官的生平和诗中涉及武当山的典故略作考释。杨立志参考并援引王春瑜先生《说明代宦官诗》之论述并得出结论："明代宦官刘若愚的《酌中志》卷二十二，录有万历时太监郑之惠及隆庆时张维、嘉靖时王翱诗各一首，均为朱彝尊所未见，可补《明诗综》之不足。再加上朱彝尊的《明诗综》录有宦官诗八首（即为：龚念二首，张瑄一首，傅伦一首，王翱一首，张维二首，孙隆一首），合计七位诗人的十一首诗。"[2]而经笔者仔细核对《酌中志》卷22，非如王先生所言，每人各一首，张维应是二首，王翱应是三首，所以事实是合计共有七位诗人的十四首诗。这是目前仅有的公开研究明代宦官诗歌的论文成果，合计十一位诗人二十一首诗。事实上，笔者经过认真研读明清两代的文集、史料，明代宦官的文学创作远不止以上两位研究者所涉及的仅仅是诗歌创作。就此而

---

[1] 王春瑜：《明清史散论》，东方出版中心1999年版，第294页。
[2] 杨立志：《明代宦官咏武当山诗考释》，《郧阳师专学报》2001年第4期。

言,诗人、诗作数量也远不止以上论及。按笔者收寻辑录,以不同载体记录为据,涉及诗歌、散文、戏剧、笔记小说等,其中也有不少奏疏、碑传、序跋等实用文体,还有涉及学术论证的。各体数量不少,质量亦有可观者。

一、明代宦官诗文活动述略

(一)《酌中志》中记载的明代宦官诗文活动情况

《酌中志》是明代宦官刘若愚身陷囹圄,历时十二载,仿司马迁发愤著《史记》,为己辩诬之作。由于作者常年身居大内,耳闻目睹了许多外人鲜知的宦官活动内幕,可贵的是书中描述、记录了不少关于明代宦官的诗文创作情况等文学活动。现辑录、整理如表1-3。

表1-3 《酌中志》中记载的明代宦官诗文活动情况

宦官	文献记载	卷别	备注
陈矩	有《皇华纪实》诗一卷。……学术纯正……性不好饮酒,凡饮,稍暇即鼓琴歌诗……自《皇华纪实》之外,有《香山记游》、《闽中纪述》,惜未刻也。	7	诗歌游记、诗文集
王安	选入皇城内书堂读书。……时沉酣典籍,无书不窥,每写扇送相知士大夫。	9	内书堂、诗歌、交游文士
李永贞	善弈棋,能作诗、作古文,亦能选看时文。	15	诗歌、古文
丁绍昌	能尺牍文移。	15	公牍文体
郑之惠 曹化淳	凡御前面考随堂、秉笔,自崇祯元年冬,钦出《事君能致其身》题者,郑太监之惠、曹太监化淳中式始。……(郑之惠)赠累臣诗云……郑自此愈专心经史、古文……诗习杜工部……亦能作时艺古文。……上思文学臣,王太监永祚密荐……生前所作一册,于十年夏值常熟钱宗伯逮入,所居与郑比邻,见而称赏,为之序。初汤之卒也……(郑之惠)复为汤手勒墓碑。	16 22	宦官选拔考试(郑)存诗1首、诗歌、古文,撰写墓志铭、交游文士

(续)

宦官	文献记载	卷别	备注
鲍忠	多学善书……每坐大石上，拾树叶而写诗，清风徐起，飘扬山谷，以自娱乐。……世庙雅尚文学，久乏当意者，适有亲近大臣祭陵回，以忠姓名学行奏荐，特蒙召升秉笔掌印。嘉靖四十一年进内书堂，隆庆年选司礼监精微科，万历二十二年钦定伴读。[1]	22	内书堂、帝王伴读、文学侍臣、诗歌
史宾	多学能书……史广交游，善琴弈，好写扇，其诗字之扇，流布宫中。神庙思得好秉笔，览至史姓名，皇贵妃郑娘娘偶赞扬之……	22	交游文士、诗歌
金忠	博学能书，善琴。……曾著《御世仁风》一书刻之，博极鉴史，绘画周详，仿佛如《帝鉴图说》。其评语凡称迂拙子者，即金之道号，其自跋亲笔作也。	22	版画故事
纪纶	博学，能文善写，历升文书房，未任秉笔，人多惜之。	22	散文
汤盛	先帝伴读……善饮酒，能诗，与郑太监之惠契厚，为同僚。……汤益沉酣典籍，自号醉侯，雅歌笃学，最为李永贞嫉妒。(郑之惠为其撰碑文曰)："……诗酒旷达之士……自弱冠通经史，而尤以声诗振。常以古法出新意，人皆服焉。……君更涉猎经史，著作日繁。……汤复著有《历代年号考略》……其余遗文、诗集各若干卷，咸散失未刻，君子惜焉。"	22	伴读、交游文士、诗歌、学术考证、诗文集亡佚
张维	……幼博学好书……维善诗能文……凡诗赋翰牍，人咸宝惜。……维即拟题《荣哀慕感》，诗云……维《叹鹦鹉》诗云……题《斗促织》诗云……著有《皇华集》、《归来篇》、《莫金山人集》、《苍雪斋集》等书行于世。……维之文章恬退，咸彪炳于世云。[2]	22	伴读、诗赋翰牍、存诗3首、诗文集4
王翱	……拨司礼监内书房读书，受业于郭东野、赵太洲、孙继泉先生，咸器重之。……奉旨慈宁宫教书。……得有容与士大夫唱和吟诗……翱为人悲歌偶傥，博学自豪，视富贵若电光石火焉。其《咏笼雀》诗云……又《游三忠祠》云……翱与维前后皆有诗名，而品秩荣显，翱远不及维。刊《禁砌蛩吟稿》、《邺东集》行于世。	22	内书房、教书、存诗2首、诗文集2
毛成	……甘贫笃志，潜心濂洛之学……更留心音韵……生时，自题其墓碣曰："于呼蓝田耕夫之墓。"	22	学术研究
刘若愚	《酌中志》二十四卷。	自序	笔记小说
晏宏	今经厂所贮《晏公纲目》板一部，宏遗物也……	22	编著目录

说明：1. 梁绍杰：《明代宦官碑传录》，《鲍忠墓（致和延寿洞）门额北侧铭文》，香港大学中文系，1997年，第192页。
2. (清)钱谦益：《列朝诗集》(二)闰集第5,介绍张维中有"选神庙东宫伴读"的记录，《传世藏书》集库，总集19，海南国际新闻出版中心1996年版，第1836页。

（二）碑传文献中记载的宦官诗文活动情况

依据《明代宦官碑传录》、《新中国出土墓志·北京（壹）》两部碑传文献，许多有碑传的宦官在存世文史文献中却没有被提及，这些碑传文献恰可补文史之阙。现将其中记载的明代宦官诗文创作等文学活动梳理后的情况以表格示下。（见表 1-4）

表 1-4　碑传录中记载的明代宦官诗文活动情况[1]

宦官	撰者	碑名及文献摘录	页数	备注
金英	金英	《圆觉禅寺新建记》、《圆觉寺碑》	碑传 75	碑文、礼佛
梁端	钱溥	《明故南京司礼监左监丞梁公寿藏铭》："洪熙元年，选入内书馆读书。公天性聪敏，动止端谨，博通书史……奉英宗皇帝圣谕，但遇斋戒之期，于武英等殿侍上抚琴，及各调音韵诗词，应答称旨，上甚悦之，特加恩宠。遇圣驾游幸各处，日侍左右，命书写御览，并算数等事，尤为精敏。"	碑传 83	内书馆、诗词
牛玉	倪岳	《明故两京司礼监掌印太监牛公墓志铭》："喜读书……若儒生然。遇贤士大夫，情调周洽，与论理道……恒居无他玩好，至老手不释卷，尤喜吟咏。……登临题品，所至有之。……教诸子侄极有法，积诗书，延良师友，俾与之游。"	碑传 85	交游文士、诗歌
王振	王振	《敕赐智化禅寺报恩之碑》、《敕赐智化禅寺之记》："爱自早岁，获入禁庭，列官内秩，受太宗文皇帝眷爱，得遂问学（内书堂）。"	碑传 89	碑文、礼佛、内书堂
陈良	刘武臣	《明故内官监太监陈公墓志铭》："正统己巳，公时年二十有六，用有司荐，入内府。英宗命翰林儒臣教之。……诸凡奏疏，皆自起稿草，不假于人。酷好律诗，信意写出，多斐然成篇，可讽咏也。然其性尚谦退，不以此自多。"	碑传 103	奏疏、律诗
萧敬	杨一清	《司礼监太监梅东萧敬墓表》"公自鬐年给侍内庭，选入司礼监书馆肄业……端阳，上亲阅射，指谓公曰：'知尔能文'……后遍观典籍，学益富。作诗消逸，无纤丽语。"	碑传 118	内书馆、诗风飘逸，无藻饰语

[1] 本表中，页码一栏下"碑传"指的是《明代宦官碑传录》，"墓志"指的是《新中国出土墓志·北京（壹）》。另，最后补充了两方其他文献来源的碑传。

(续)

宦官	撰者	碑名及文献摘录	页数	备注
刘忠	赵永	《明故御马监太监署乙字库事栖岩刘公墓志铭》："（公）辄有动止，不与群戏，喜读儒书……咏读诗书，老而弥笃。……知止淡然，志笃诗篇。"	碑传 170	诗歌
乔宇	顾可学	《明故钦差提督巡察光禄寺尚膳监太监乔公墓志铭》："博览诗书……彬彬然有古君子之风也。……岁甲子，选入内书馆读书，其才华奋发，不伍于同。……人皆以中书称之。……人皆以翰林誉之。……予考公之文学……一时侪辈未能或之先也。……体国政事，补衮文章。中书翰林，御史并良。"	碑传 176	内书馆、诗文
朱宝	张文宪	《明故内官监太监谦斋朱公墓志铭》："受业内书馆。时大学士未斋顾公及诸内翰皆重公，喜其学□□□□益克勤不缀。……铭曰：……'诵诗秉礼，孰与其列。'"	碑传 184	内书馆、诗歌
陈矩	李廷机	《明故掌司礼监太监麟冈陈公神道碑》："公自嘉靖丁未抡入内庭，于内书堂读书。……丁亥，命宫内教书……公之通晓书指，能助讲读开发如此类甚多。……犹记公在日，谒余文……"（《酌中志》卷7有详记）	碑传 202	内书堂、教书、诗文
张升	李诚	《皇明乾清宫牌子尚衣监太监慧庵张公墓志铭》："蕫内书馆读书……其翰墨抡英，昭人耳目。虽寒暑口不绝诵，且夕手不释卷。"	碑传 205	内书馆、诗文
商经颖	洪声远	《丙字库掌库御马监太监商公预建碑记》："稽之往古，自为墓志，则宗元柳公；生识碑记，则元之姚公。殆今遐思而追慕之，我明御马监太监绍渠商公……其心即柳公、姚公之心，其虑即柳公、姚公之虑，诚以古人自期者。"	碑传 208	碑传
汤盛	郑之惠	《汤盛墓碑》："（公）自弱冠通经史，而尤以诗声振。常以古法出新意，人皆服焉。……之惠与君同事而兄弟之……迁东宫伴读。……君更涉猎经史，著作日繁。……汤复著有《历代年号考略》，以为我朝建元十六，而误重前代者五、六，实词臣失于参考之过也。其余遗文，诗集各若干卷，咸散失未刻，君子惜焉。"（《酌中志》卷22亦有详记）	碑传 212	伴读、诗文集、学术考略
高时明[1]	孙奇逢	《司礼监掌印云峰高公墓表》："（公）读书博览，遇事明决，拔内书堂……侍上读《大学》……公善书，上命题乾清宫扁额，公颜以'敬天法祖'四字，联曰：'人心惟危，道心惟微，惟精惟一，允执厥中。'"	碑传 239	内书堂、侍读、对联、诗文
刘璟	李贽	《明故前内官监太监湛庵刘公（璟）墓志铭》："公尤乐与士大夫游，多蓄古今名画，假观者无吝色。其在浙，有《荟美录》，侍郎瓯滨王公、洗马九川滕公作诗序以赠之。在广，有《去思录》，大学士鹅湖费公、大宗伯二泉邵公俱有诗文。……居常与士大夫相接，笑谈终日……以诗书教任与孙而已。"	墓志 208	交游文士、诗文集

(续)

宦官	撰者	碑名及文献摘录	页数	备注
黄庆	杜旻	《明故内官监左少监黄公（庆）墓志铭》："（公）幼而博学诗书……选入内庭学艺。……自朝而室，攻于翰墨，精于诗书，乐其道而忘人之势。"	墓志215	内书堂、诗文
阎绶	萧海	《明故署惜薪司事官西峰阎公（绶）之墓志铭》："弘治辛酉，入掖庭，寻被选读书司礼监内书馆，从内翰诸名公讲学，明经史大义，兼通词翰文理。……暇即染翰观书，吟咏适情，怡然自若，是以令终。"	墓志235	内书馆诗文
马腾	张居正	《明故尚衣监掌监事太监马公（腾）墓志铭》："收（公）为名下，抚育读书。……公燕闲恒与乃孙论阅诗书，讲谈先哲……坦坦若文臣焉。"	墓志259	受教于长、交游文士、诗文评论
	曹化淳[2]	创建玄帝殿碑记；创建观音阁碑记。恭纪赐御书扇、琴、画五言律三首；请妥怀宗帝后陵寝三疏；睹南来野记感怀七绝四首（有自序）……		碑记、诗歌
	张维	《国醮碑记》[3]		碑记

说明：1. 王源《居业堂文集》卷2"司礼监高时明传"："高太监时明，字复初，京师人。万历十一年进皇城，累官至司礼监掌印太监。崇祯十七年闯贼破京师，死之。时明幼颖异，读书司礼监，博学能文，善书法。及长，明习故事，掌南司房，明断有识略，晋司礼监提督。"《酌中志》卷23记载，高时明撰有《一化元宗》养生书一部。

2. 关于曹化淳，其家族后人曹秉璋专编有《曹化淳遗录》，1990年在美国Roylance Publishing出版，以历史、诗文为据对其"开门迎敌"一事进行辩诬，本章第五节及附录中有详细介绍。

3. 参见杨立志：《明代宦官咏武当山诗考释》，《郧阳师专学报》2001年第4期。

统计表1-3、表1-4两组表格，在有诗文创作的这三十三位知识宦官中呈现出以下情况：

内书堂（馆、房）出身的计十二位，按表中出现的先后顺序是：鲍忠、王翱、梁端、王振、萧敬、陈矩、乔宇、朱宝、张升、高时明、黄庆、阎绶。

帝王伴读者四人：鲍忠、汤盛、张维、高时明。

交游文士者九人：史宾、汤盛、郑之惠、王翱、牛玉、崔保、陈矩、刘璟、马腾。

文学侍从者二人：鲍忠、郑之惠。

宫内教书者二人：王翱、陈矩。

有诗文集者七人：陈矩、金忠、汤盛、张维、王翱、刘若愚、刘璟。

有撰碑传者五人：郑之惠、金英、王振、张维、曹化淳。

有完整存诗者四人：郑之惠、张维、王翱、曹化淳。

有编著目录者一人：晏宏。

这些统计中，有些是《酌中志》有记载，碑传中没有提及的，有些是碑传中有记载，而前者未提及，还有些是都有记载的，可以互相补阙。有几人还具多重身份。

除去以上三部较为集中的记录明代宦官文学活动的书籍外，尚有不少散落在其他一些文史杂著中。如褚人获《坚瓠集》九集卷2"太监吟诗"条记："嘉隆间，内官薛某采办江南，喜言诗。因与士绅欵洽，临行诸公以诗酒饮别，薛连道：'你也做诗送老薛，我也做诗送老薛'，众揶揄之而止，将解维，众促吟毕。乃云：'溪塘两岸蓼花红，尽是离人眼中血。'众乃叹服。"[1]

此外，今人杨立志在点校《大岳太和山志》中，新发现明代弘治年间扶安、吕宪，嘉靖年间戴义、李学四位曾镇守、提督过武当山的太监，都写有一些咏武当山的诗作。由此推断，明代宦官监军、矿监、税监、织造，遍布全国各地，各个机构、行业部门，他们在各自的工作地点、地区、地域应该也有为数不少的文学创作活动，可惜文史书籍中对此少有记录。[2]

前文所论，内书堂弟子识文断字是适应帝王统治的客观需要，他们结业后，大多是按需拨派到各监局从事文书性质的工作。时至晚明，内监中随堂秉笔这一代帝王书写谕旨，批答章疏的要职人员，则需通过撰写时文这样的选拔性考试，方可胜任。

叶廷管《鸥陂渔话》卷1"明末以时文考内监"条记：

---

[1]（清）褚人获：《坚瓠集》九集卷2，全国图书馆文献缩微复制中心2002年版，第733页。

[2] 笔者所见，万历年间杭州织造孙隆写有《题惠因寺》。

明之内监,有所谓随堂秉笔者,职任亚于司礼监,而书写谕旨,批答章疏,皆出其手,居中用事,其权颇重。旧由司礼监荐举擢任,崇祯元年冬始面试以时文,钦出《事君能致其身》题,郑之惠、曹化淳二人皆考中式拔用。至十二年夏季,李承芳署司礼监印时,其名下顾三聘欲图速进,密托己之名下王建鼎代作《选于众》时艺一篇,被巡绰官发其事,李不得已奏知,上立将三聘责毙,降建鼎净军,发南海子看守墙铺,事见刘若愚《酌中志》。(若愚亦内监,因得罪,废不用,发愤著此书,纪宫中规制甚详。)……试以制艺,尤属无谓。然是时奄宦皆娴习此,足见明季风气崇尚八股文之深矣。(按《酌中志》云:"郑之惠,号明渊,任邱人,读书专心经史、《左》《国》等书,诗习杜工部,字临黄山谷,能作时艺、古文。后因事下狱。值常熟钱宗伯逮入,所居与郑邻,见其诗而称赏,为之作序,称其戊辰夏奉使中州,过岳武穆故里,感'文臣不爱钱'二语赋诗申意,己巳冬,敌骑薄城,忧时爱国,赋今体诗八首,故以巷伯卒章'寺人孟子,作为此诗',夫子存而不削拟之。")余考钱之被陷于温相甚危,后得曹化淳之力而解,或即由郑为之关说,故于序文竭意推美耳。《志》又记之惠之友汤盛亦内监,著有《历代年号考略》,谓本朝建元十六,而误重前代者五,实词臣失于参考之过。盖谓永乐、天顺、正德、隆庆、天启五年号也。[1]

明末以时文考内监,史梦兰《全史宫词》卷20亦云:"致身谁效古忠良,一纸新题试内珰。较艺廷前膺上选,蟾蜍眉认两斑黄。"其引《酌中志》注曰:"郑太监之惠,任邱人。专心经史,亦能作时艺古文。天启五年起典籍,后升监官。时两眼上皮,各生黄斑一,如蟾蜍眉也。今上御极元年冬,御前亲试,出'事君能致其身'题考时艺,中选升随堂,诚古今殊遇也。"[2]

---

[1] (清)叶廷琯:《鸥陂渔话》卷1,辽宁教育出版社1998年版,第69页。
[2] (清)史梦兰:《全史宫词》卷20,第183页。

晚明之际，随堂秉笔太监要经过内廷科试之后方可晋升，故内廷也不得不风行学业。在权职的诱惑下，有人甚至在考试中铤而走险，进行舞弊行为。由于选拔所试要作时文，内廷文风亦深受外廷科举之八股文影响。娴习于此的郑之惠、曹化淳一举考中，而位高权重。尤其郑之惠的文才一度受到钱谦益的赞赏，主动为其文集作序。

如此看来，无论是内书堂教育，还是时文考试，宦官识字通文在明代不仅是客观的，也是必要的。但这又附带使得宦官们有了为诗做文的能力和志趣。也由于内廷宦官中同样讲究名下、门下，长者奖掖提拔后进，晚生尊称长者为先师等等，故而形成一个个文化型儒宦小团体。他们闲暇之余饮酒吟诗，不仅与帝王、文士有文学交游，内部成员之间友善者亦有文学往来。也由于他们具有文学才能，往往得到帝王赏识，进而成为文学侍臣，太子伴读，甚至被委任宫内教书。

二、明代宦官所撰应用性文章研究

明代知识型宦官由于广泛参与各种政务活动以及交游文人士大夫，在这些事务性或人情性活动中，他们也时有进行公牍文、碑传、序跋等实用文体的写作。

（一）公牍文——以奏疏为例

内府中有文书房专司公文的传递与批答，是皇帝的机要秘书机构。内书堂出身的知识型宦官意欲升迁者多要先于文书房工作。《酌中志》卷16介绍了文书房供职者乃"有学行才识者委用"，其职责专事内廷文书周转与批答。"通政史司每日封进本章，并会极门京官所上封本及在内各衙门本、天下各藩府本……其在外之阁票，在内之搭票，一应旨意、圣谕、御札，俱由文书房落底簿发行。"同卷"司礼监"条下记载"凡每日奏文书，自御笔亲批数本外，皆众太监分批。遵照阁中票来字样，用朱笔楷书批之。间有偏旁偶讹者，亦不妨略为改正。"这就是文书房太监的职责权力。据此，凡是涉及官府文书的各种文体，文书房宦官不仅有所接触，而且有权批答，乃至一些修改。

在宦官的公牍文写作中，最为常见的是奏疏。

《酌中志》卷5载："（田太监）义，陕西西安府人，嘉靖二十一年选入，由文书房升南京守备。神庙久知其贞介忠诚，有大臣度，特召秉笔。其楷书端严，有如其品。……二十四年三月，两宫灾，其夏偶与先监深夜坐语，仰天太息，先监会其意，诘朝乃携两奏稿往见，田看毕称好，即署名，同密谏神庙。其一疏略曰：'臣义等窃见近日以来，外廷章疏留中不报者多，以致部院屡行催发，间有疑惑议论，左右矇眬隐蔽，不行进奏。伏乞万岁爷简览批'云云。其二疏略云：'臣义等窃见御前执事宫人、内官，或干圣怒，责处发遣，络绎不绝。每致重伤，兼患时疾而死亡者，殆无虚日。盖以圣旨钦传，即以本日动刑，而用刑者，因惧罪及于己，辄加数多酷责……'神庙嘉纳之。"两则奏疏所涉内容既有外朝政事，也有内廷刑罚，言之凿凿而均被神宗采纳。

在宦官所作的奏疏中有原文或存目的以曹化淳最多，其中顺治元年至二年撰《请妥怀宗帝后陵寝三疏》，现录于《曹化淳遗文录》。其他所撰奏疏仅有存目，兹列举"疏名"如下：崇祯五年撰《为钦赐御书"公清直亮"四大字谢恩疏》、《请在京师修建营房永固京畿之本疏》；崇祯九年撰《保荐周遇吉、黄得功奋勇杀敌，屡立战功，请予逾格提升，以励士气两疏》、《为钦赐玉刻"荩志宏猷"图书谢恩疏》；崇祯十一年撰《因病乞准长假三疏》、《因先后捐助八万金以充军饷，奉旨准予在京师建祠谢恩疏》；顺治元年撰《遭谤辩诬疏》、《为坚请清帝顺治收回起任原职之成命陈情疏》、《为清帝赐号"弗二居士"谢恩疏》。

兹略析曹氏《请妥怀宗帝后陵寝三疏》部分于下，文云：

一

为仰吁王仁、恭陈微悃事：切照逆贼作乱，都城失守，迫帝后以猝崩，致臣民于水火。幸仗汤武之师，立扫妖氛倾刻，普天胥庆，率土称欢。深荷垂慈，命祭仪而典出非常。复隆哀恤，令哭临而恩流泉壤。真仁圣应期，适契万年之运，无思不服矣。

但崇祯帝后悯遭奇惨，灵柩安厝宜应有方，是犹望睿主之矜慈，想亦弘恩所不靳者也。……

二

为礼葬久奉恩纶，经管逾期不举，亟恩严饬内官监先开遂道，以仰体笃厚事：恭照崇祯先帝、后等位三处陵坟，改葬工价已估三千金。前蒙恩赐陵租一千五百两，余听各官括凑，复俾该管衙门作速经营报竣，笃厚之恩，真格鬼神而越古今矣。……庶恩旨信而大义昭，垂芳万世而无斁矣。

三

为陵工已竣，天恩难报，恭申谢悃事：……伏照怀宗帝后，悯遭奇惨，幸徼帝德王仁，弓剑奠安，臣民欣慰。兹当工竣之期，理合具本恭谢天恩。其用过工价原册，听该管官移部销算。

抑臣犹有请焉，去年曾议开隧立碑，并造香殿，嗣因钱粮不敷，遂将香殿停止。……仍建香殿一区，则栖神有所，笃厚逾彰，伏候圣裁。

奏疏首先对先朝农民起义予以蔑视，并认为他们是先帝猝崩，致臣民于水火的罪魁祸首。然后对清朝统治者还天下以太平大加赞赏，接着表达了一个遗民太监对于先帝灵柩无所着落的痛苦心境，恳请清帝能够妥善安葬前朝帝王、帝后。三则奏疏的一个共同特点是表达对清帝的感恩、对先帝的忠诚、对起义军的痛恨。且层次分明地将修建陵坟的建议和费用呈说出来，言简意赅。从文体而言，虽然略去了"臣昧死上言"开头，"死罪、死罪"结尾的严格格式，但也充分体现了奏疏这一文体事理疏通、条分缕析的文风和语言典雅的特点。奏疏中一以贯之的是曹化淳的奴性心理和愚忠本分。

综上所述，宦官所撰奏疏涉及的内容多是关乎外廷政务，显然已经超越了作为奴婢的身份。总的来说，宦官名正言顺的上疏言及政事在明代中后期已经成为一种较为普遍的现象。

（二）碑文

在明代宦官所撰写的碑文中，按笔者所见，兹举数例如下：

1. 宫室庙宇碑文

金英撰有《圆觉禅寺新建记》、《圆觉寺碑》，两方碑文均被收录入《明代宦官碑传录》[1]，碑文基本描述了自己的生平，并对帝王赐予土地、钱财感恩戴德。此外，主要叙述了建设寺庙的意图，即通过吟诵经文为王朝长治久安进行祈福。

王振撰有《敕赐智化禅寺报恩之碑》、《敕赐智化禅寺之记》，两方碑文同样收录于《明代宦官碑传录》[2]。这两方碑文的意义在于，从中可以看到王振的自述生平，以及表达自己忠心辅佐帝王的意愿；也看出王振的自述与文人士大夫笔下关于他的记录，可谓大相径庭。比如碑文中王振自述"爰自早岁，获入禁庭"，而焦竑《明史纪事本末》记载是失意文人自宫入内，笔者以为，王振所述该是事实，这无须掩饰。反倒一些文士在王振毙命之后，群起攻之，有落井下石之嫌。

此外，曹化淳撰有《创建玄帝殿碑记》、《创建观音阁碑记》。两方碑文录在《曹化淳遗文录》中[3]。两方碑文均撰写于崇祯四年，此时曹化淳受到崇祯帝的恩宠，权责甚多，文末落款均为"钦差总督忠勇勇卫、总提督礼仪

---

[1] 梁绍杰：《明代宦官碑传录》，香港大学中文系，1997年，第75—76页。
[2] 同上书，第89—90页。
[3] 曹秉璋：《曹化淳遗文录》，Roylance Publishing 1990年版，第5—12页。

房、大包厨、总提京营戎政、兼掌御马监、内府供用库印、司礼监掌印太监、两督东厂、官旗办事、掌尚膳监、惜薪司印务曹化淳"。前一碑文首先大赞玄帝"为玄天之北极而治世之福神也。帝之为帝，神哉邈矣"，并指出"佐天以检察人寰，网维世宙则帝之职也"。然而针对世间多善恶不分，报应不公，作者又能很客观辩证地予以看待实在难能可贵。"余曰：'嘻！不然，天运四时，而不能必四时之顺序，时有常变，未可胶固概四时。'"然后对于忠孝进行一番说明，且自述幼时"寒微不学，见人世有近君养亲一途，遂感而自宫，渐悔弗逮也"。然入宫后学识素养提高，恰遭逆贼（魏阉）害也。然今天下重新恢复太平，"爰作祠以奉帝居，然祝厘之胜境，瞻仰徘徊，愈觉昔事验而未来者凛凛已耳。建祠之缘，庙貌之悉……是为记"。

《创建观音庙碑记》则近半个篇幅大谈阉党逆贼迫害自己及同僚，而今天下安定，"遂叩呼大士，以余生还为祝，'俾得如是愿，即建如是祠'"。如今自己受到重用，"余兄每念彼观音力，思所顶踵，以酬慈航，惓惓以为言。于是急捐俸卜地，藉资司礼诸公，鸠工而仿建之"。

曹氏两方碑文的共性特点是痛批逆贼阉党，建祠对玄帝感恩怀念，始终要表达的是作为一个宦官奴婢对于朱氏王族的忠诚。生前尽忠不够，死后建祠表示。

上述宫室庙宇碑文一方面用来记载这些建筑兴建的缘由和经过，另一方面都是借此给帝王歌功颂德立言作传，同时也体现了宦官的礼佛观念。

2. 墓碑文

宦官撰写的墓碑文，仅见郑之惠撰写的《汤盛墓碑》。碑文如下：

> 盖闻世之君子没而不朽者，非书绩于旗常，则垂名于竹素，以至懿行隐逸之伦，诗酒旷达之士，咸得摅光传记，照映后先。是岂名誉尽属士绅，而吾侪遂乏杰俊哉？汤君讳盛，字铭新，号仲光，北直安肃人。体貌丰昂，顾眄神采，识度远大，器宇宏深，直道正辞，率行己

志。自弱冠通经史，而尤以声诗振，常以古法出新意，人皆服焉。万历辛丑夏，抡选入内，久滞下僚，顾才名显赫如刘君若愚，亦折节与君定交。之惠曾与君同事而兄事之，久蒙开益，故得少通古今。庚申秋，光庙登极，当怜才，同之惠擢司礼，迁东官伴读。蒙今上垂念潜邸劳，升司礼监典簿。之惠又同列寮采之谊。斯时也，君自以为居非常之地，必竭底蕴以报国家，不知之惠之不才寡昧，每推挽相须而轩轾罔计。岂期此志未伸，恳辞闲住，之惠亦随而求退。君更涉猎经史，著作日繁。君尝曰："吾有友乎？说心间之俗务，计衣食之琐碎，或衔杯月下，或缓辔郊垌，则范君、常君、卢君是矣。如酌古准今，谈经论史，探性命之原，图不朽之业，乐声应气求而不孤者，则刘君、郑君是矣。虽然，吾之学可以攀刘而提郑哉？"君生平月旦，令人叹服，其进识修见如此。乃暴疾初沾，一卧不起，痛哉！范君讳升，常君讳国安，卢君讳应选，于君皆同年也。无何，之惠荷恩擢复原职，寻晋监官，缅忆君容，宛然在目，恨不与君同事而终始之。呜呼痛哉！墓草虽宿，情自不能渝也。尝闻之先师曰："人之才情，本天授也。顺之者明，悖之者暗。"是则顺必得天而寿而昌，悖必反性而夭而殃，而果报何未必若是耶？据情会理，以理律人，君乃明天人之际，洞善恶之归，正拟寿期颐，逍遥笑傲，何禄寿如此之爽哉？君生于万历丁丑秋，卒于天启甲子冬，葬于都城之西，王河乡之池水村，于是树石表行，为九原之观。汤复著有《历代年号考略》，以为我朝建元十六，而误重前代者五、六，实词臣失于参考之过也。其余遗文、诗籍各若干卷，咸散失未刻，君子惜焉。[1]

郑之惠开篇就拿宦官同仁汤盛和世之不朽之君子辈并提，并以反问语气愤而疾呼"是岂名誉尽属士绅，而吾侪遂乏杰俊哉？"碑文通过赞赏汤盛的

---

[1] 梁绍杰：《明代宦官碑传录》，第211—212页。

体貌、学识、人品、事业等，重在展示其绝不亚于甚至胜过于文人士大夫的业绩和成就，以此驳斥士大夫之族对于宦官同仁的不当认识和蔑视态度，不齿心理。仿佛是一篇专写给士大夫的战斗檄文。同时也写出了宦官群体内部在学养方面的互相习染。结尾对汤盛的逝去以及若干文集尚未刊刻深感惋惜。碑文中不仅见出汤盛人品、事业卓有成就的一面，也见出撰写者郑之惠的文才和文采。

3. 纪功碑文

属于此类的碑文是，曹化淳撰《抗后金入侵纪功碑》、张维撰《国醮碑记》。

曹文已亡佚，兹将张维《国醮碑记》录于下：

> 万历十三年三月二十九日，乾清宫管事、兵仗局掌印、御马监太监臣张维，奉圣旨差往湖广大岳太和山恭送玄帝金像一堂、锦幡四对，并赍钦降内帑银二千两。除八宫二观修建普天大醮，仰祈宗社灵长，民安物阜，圣母万岁，圣寿无疆，并祈后妃嫔御，皇子皇女，福履康宁，暨圣嗣繁衍本支亿世。臣自奉命以来，夙夜寅畏，于五月初三日前至均州，会同提督太和山内官监太监臣田玉，恭奉金像晋安金顶，锦幡四对分挂各宫。随于太和、南岩、紫霄三宫，自初七日起至初九日止；又于玉虚、五龙、遇真三宫，自十一日起至十三日止；又于净乐、迎恩二宫及元和、复真二观，自十五日起至十七日止，臣等率同各宫宫道陈真碧等，斋沐身心，竭虔请祷，仰宣皇上仁孝精诚敬天勤民至意，并祈圣母万岁，圣寿无疆，官眷皇嗣，康强繁盛，共醮三十昼夜圆满。惟时气和景明，神人胥悦，此皆皇上至诚感格之应……[1]

---

[1] 据杨立志：《明代宦官咏武当山诗考释》考证，张维在万历十三年（1585）"奉使玄岳"，于武当山玉虚宫山门内东侧碑亭，撰立《国醮碑记》，详见《郧阳师专学报》2001年第4期。

张维在武当山盘桓了二十多天，建国醮，赈灾民，碑记中首先陈述自己兢兢业业完成圣旨，然后为帝王家族进行祈福，并将具体行程和每日事务处理过程详尽描述出来。其意在传达帝王勤政爱民的旨意，故立碑为文，标举善道。

碑文的撰写中，墓碑文表现的是一种人际关系，人情交往，通过颂扬死者，以表达悼念之情。纪功碑文说明一种政治参与。而宫室庙宇碑文则要一分为二地看，一是如张维这样的关于记述圣旨所令事件的来龙去脉，一是如其他几人的参与兴建、捐建庙宇，或弘扬权势，或标举善道，或自建家庙以祈求神佛保佑，并借此感激皇恩。

宦官撰写碑文，无论其主观上想法如何，客观上却保存了一些文化遗产予后世后人。

（三）序跋

依笔者所见明代宦官所写序跋有以下几例：

1. 刘若愚《大学衍义补》弁言

《酌中志》卷9：

> 又先监矩于万历乙巳冬，奏请神庙重刊《大学衍义补》，至卒后十余年始刊完。累臣曾具草募化同会之人，捐资印造。焚化一部以慰泉下，供安一部以示永久。其单前弁言乃己未年罪中语。

记载了刘若愚于其先监陈矩《大学衍义补》书前撰写序言。

2. 金忠《御世仁风》自跋

万历年间，守备凤阳太监金忠曾自刻版画故事《御世仁风》，进献帝王，表达忠诚。其自撰跋文，陈述其中原委。跋文如下（见图2）：

余观御世之道，本乎仁术。畏天康民，明德乐道，自求福善，永享无穷。在天则为元亨利贞，运行四时，万物生焉，岁功成焉，大德彰焉。此天地之道德默行乎宇宙之间，成乎妙用。自然之道，在人则为仁义礼智操存涵养，是以谓之德业；忠孝廉节，行之于世，则谓之事功。德业事功，则人之本然之性，成乎谦诚自然之礼，天人和合，服有尧景舜风之教。奈何饱诵圣贤之书，不

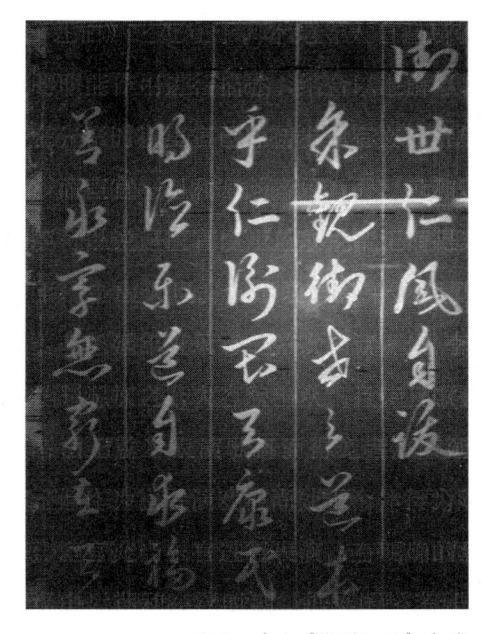

图2　金忠《御世仁风》自跋
（国家图书馆善本库藏）

明天地之德，不昧圣贤之道，何不正乎此心。……非明德亲民之臆，其道焉得正乎？其世何得宁乎？自心未制，焉能致治？是以不识道德廉耻，享能免蠹鱼之笑哉！夫子有云："愚而好自用，贱而好自专，生乎今之世，返古之道，灾及其身者也。"……余虽鄙陋，深味斯言，常诵之于口，省之于心，因阅诸书，采择古之圣帝明王圣贤格言，纂成三百六十条，余有廿四条，以取闰余之意，绘图其总，故名《御世仁风》，咸是修齐治平之道，切要身心之传，起居修摄之则。昔思禄享之□，无以报国，是以装演书屏曾启□□之览今增岁农之艺，节候之□，聊以为自度修命之陈荐厚尘寰之意，复刻成稿，可为屏帏座右之观公，诸宇内同志者清玩期继其藏。邵子诗云："何事堪为席上珍，都缘当日得师真。……胸中一点分明处，不负高天不负人。"嗟乎！此心有负无惭。夜气不察，清明不悟。扰扰浮生，攘攘业案，深可惜哉！万历庚申

孟春谷旦方城金忠书。[1]

金忠此一自跋文完全可以看作一篇关于"御世"之道的政论文。跋文中引经据典，从宇宙自然之道，到仁义礼智、忠孝贞廉，再到天人和合，颇有辩证色彩和论辩艺术。其中通过叙述自己的成书动机："采择古之圣帝明王圣贤格言，纂成三百六十条，余有廿四条，以取闰余之意，绘图其总，故名《御世仁风》，咸是修齐治平之道，切要身心之传，起居修摄之则。"重在阐释为君之道。

从跋文中，我们一方面看出金忠的学识和修养，另一方面也见出其参政辅政的强烈意识，其完全站在一个有抱负的忠臣立场，展示给我们一个视辅佐人君为己任的儒宦风范。

3. 冯保《清明上河图》跋

明万历六年戊寅仲秋（1578），冯保在《清明上河图》题跋（见图3），全文是：

> 余侍御之暇尝阅图籍，见宋时张择端《清明上河图》，观其人物界画之精，树木舟车之妙，市桥村郭迥出神品，俨真景之在目也。不觉心思爽然，虽隋珠和璧，不足云贵，诚希世之珍欤，宜珍藏之。时万历六年岁在戊寅仲秋之吉钦差总督东厂官校办事兼掌御用监事司礼监太监镇阳双林冯保跋。

跋中所言"侍御之暇尝阅图籍"，而自学成才。史玄《旧京遗事》则记录其书法来源："神庙初年，先习赵孟𬱟字，其后乃好章草。"[2] 冯保其时作为神宗的大伴，所受到的教育等同于帝王，而且效果显然较帝王不知高出多少。这里我们也可以推测帝王伴读对于宦官知识培养和才能长进的重要性。

---

[1] （明）金忠：《御世仁风》，明泰昌元年自刻本，现藏于国家图书馆善本库。
[2] （明）史玄：《旧京遗事》，第10页。

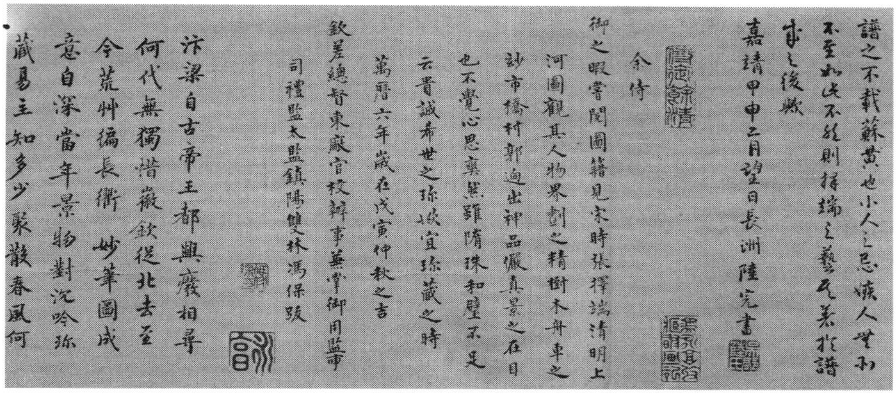
譜之不載蘇黃也小人之忌嫉人世不
不至如此不然則擇端之藝豈若於譜
事之後歟
嘉靖甲申二月望日長洲陸完書
余侍
御之暇嘗閱圖籍見宋時張擇端清明上
河圖觀其人物界劃之精樹木舟車之
妙市橋村郭迥出神品儼真景之在目
也不覺心思爽然雖隋珠和璧不足
云貴誠希世之珍歟宜珍藏之時
萬曆六年歲在戊寅仲秋之吉
欽差總督東廠官校辦事兼掌御用監事
司禮監太監鎮陽雙林馮保跋
汴梁自古帝王都興廢相尋
何代無獨惜徽欽從北去至
今荒草偏長街　妙筆圖成
意自深當年景物對沉吟珎
藏易主知多少聚散春風何

图 3　冯保《清明上河图》跋（龚汉城先生提供）

关于冯保的书法才艺，《酌中志》卷 5 介绍道：“神庙登极十龄矣，时冯太监保掌司礼监印，兼掌东厂。其仆徐爵号‘小野’，颇通文理，达事情。……神庙左右内臣，如孙海、客用之流，日以狗马拳棍导神庙以武，冯则凡事导引以文，蒙养之绩，在冯为多。司礼监所刻《启蒙集》、《四书》、《书经》、《通鉴直解》、《帝鉴图说》等书，至今见之者，每为咨嗟叹息焉。冯号双林，笃好琴书，雅歌投壶，有儒者风。神庙曾赐牙章，曰‘光明正大’，曰‘尔唯盐梅’、‘汝作舟楫’，曰‘鱼水相逢日，风云际会时’。凡冯写大字扁联之类，即以‘前章’或‘双林’及‘景仰前哲’诸图书印识之。所造琴颇多，世人咸宝爱之。”

冯保作为知识型儒宦，琴棋书画都颇有造诣，对神宗凡事导引以文，且得到相应认可。这也看出受过良好教育的宦官对于帝王以及宫廷文化是有积极作用的。

综上所述，宦官熟练地撰写各种应用文体，究其原因，除去内书堂的基础教育外，司礼监文书房的实践作用更大一些。他们每天代帝批阅大量的文书奏折，见多识广，有能力撰写或参与撰写各体文书。此外，也由于交游文人士大夫，所以常常以文交友，以文达意，进行应用文的撰写。

小结

通过整体性梳理明清遗存文献中关于明代宦官以诗文为主的各种文体创作，展示了他们文学活动的整体概貌。但一直以来人们过多地关注他们在政治层面的影响，以及怀抱猎奇之心过分关照其阴暗和负面的东西，而忽略了其文学方面的作为。

第四节 明代宦官诗文作品存佚考

较为集中收录明代宦官作品的有刘若愚《酌中志》、俞宪《盛明百家诗》、钱谦益《列朝诗集》、朱彝尊《明诗综》等。具体而言，《酌中志》所录作品多是在叙述事件的来龙去脉时作为例证附带引出的。《盛明百家诗》则完整地收录了宦官龚辇的《冲虚集》一卷。钱氏和朱氏书籍的特点是，由于他们没有找寻到足够的文献，只是将明代宦官诗人中为数甚少的几个典型人物和经典作品整理出来，作为代表以示后来观赏者和研究者。此外，在其他一些文史杂著、野史笔记以及宦官碑传中也零星散落着他们的部分诗文作品。据这些文献，不少宦官文人有完整的诗文作品问世，甚至还有文集刊刻，总体数量也还不少。通过上节综合考察明代宦官的诗文创作著录情况，拟就其作品的存佚状况以及亡佚原因给予说明。

一、作品存佚[1]

上节所论，在有诗文活动的三十三位宦官文人中，七人有诗文著作（陈

---

[1] 这里所列作者、作品不一一标明出处，具体出处在前文所列表1-3、表1-4中都已标明。

矩、金忠、汤盛、张维、王翱、刘若愚、刘璟），但只有金忠、刘若愚两人的著作完整存世。三十三位中，也仅有四人（郑之惠、张维、王翱、曹化淳）有个别完整的诗作遗存。整体而言，存世者少，亡佚者多。具体存佚情况梳理如下：

据《酌中志》记载，陈矩刊刻有《皇华纪实》诗一卷，另有《香山记游》、《闽中纪述》两部没有刊刻。金忠著有《御世仁风》一书，并刊刻流传。汤盛著有《历代年号考略》一书，其余遗文、诗集各若干卷，但都散失未刻。郑之惠存有无题诗一首、《汤盛墓碑》一方。张维存有《荣哀慕感》、《叹鹦鹉》、题《斗促织》诗歌三首；还著有《皇华集》、《归来篇》、《莫金山人集》、《苍雪斋集》等书，并且刊行于世。王翱存《咏笼雀》、《游三忠祠》诗歌二首。刊有《禁砌蛩吟稿》、《邨东集》两部书籍行于世。刘若愚著有《酌中志》一书，刊行于世。

碑传类文献记载的有，金英的《圆觉禅寺新建记》、《圆觉寺碑》；王振的《敕赐智化禅寺报恩之碑》、《敕赐智化禅寺之记》，汤盛《历代年号考略》，高时明对联一副，刘璟《荟美录》、《去思录》，张维《国醮碑记》。

以上作品中，完整诗作存世的有：郑之惠诗一首、张维诗三首、王翱诗二首，共计三位诗人六首诗作。完整著作存世的是刘若愚《酌中志》、金忠《御世仁风》。另存高时明对联一副。碑传文献而言，郑之惠《汤盛墓碑》一方、金英碑传二方、王振碑传二方、张维一方，曹化淳二方，共八方完整存世。而其他作品、文集或未刻，或佚失。

在所有作品中，宦官的诗歌最为人所关注。除《酌中志》中录有以上三位诗人的六首诗作外，钱谦益《列朝诗集·闰集第五》"内侍二人"，录有王翱诗二首，即《笼雀》、《感遇》，前者《酌中志》有录（《酌中志》中名为《咏笼雀》）。张维诗四首，其中《鹦鹉叹》、《戏题逗促织》为《酌中志》录（《酌中志》中名为《叹鹦鹉》、题《斗促织》），另二首是《蛙》、《蝇》。这样《列朝诗集》新录王翱、张维三首诗作。

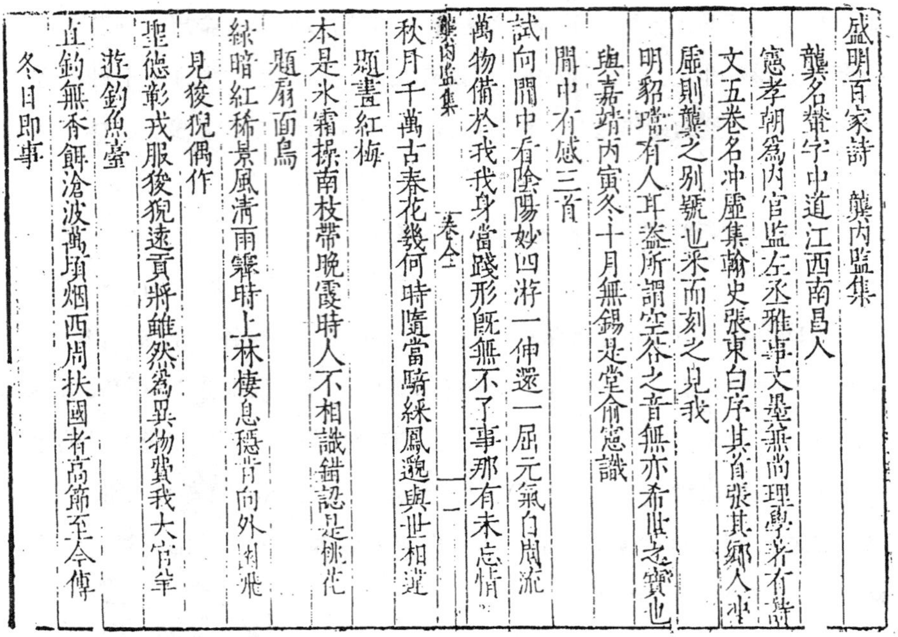
盛明百家詩　龔內監集
龔名犖字中道江西南昌人
憲孝朝爲內官監左丞雅事文墨兼尚理學著有詩
文五卷名冲虛集翰史張東白序其首張其鄉人也
虛則龔之別號也采而刻之見我
明貂璫有人耳盜所謂空谷之音無亦希世之寶也
與嘉靖丙寅冬十月無錫是堂俞憲識
閒中有感三首
試向閒中看陰陽妙回游一伸還一屈元氣自周流
萬物備於我我身當踐形既無不了事那有未忘情
龔內監集　卷全　二
秋月千萬古春花幾何時隨當騎綵鳳邀與世相違
題畫紅梅
本是冰霜操南枝帶晚霞時人不相識錯認是桃花
題扇面鳥
綠暗紅稀景風清雨霽時上林棲息穩肯向外閒飛
見狻猊偶作
聖德彰戎服狻猊遠貢將雖然爲異物豈我大官羊
遊釣魚臺
直釣無香餌滄波萬頃烟西周扶國者高節至今傳
冬日即事

图 4　龚犖《冲虚集》影印（《四库全书存目丛书》集部 306）

钱氏之后，朱彝尊《明诗综》卷 87 录有六位宦官诗人的八首诗歌，分别是：龚犖《赠顾潘》、《见狻猊偶作》二首，张瑄《平南乌江道中》一首，傅伦《题望江亭》一首，王翱《秋夜有怀》一首，张维《瑶台霁望》、《老姥词》二首，孙隆《题慧因寺》一首。

又俞宪《盛明百家诗》收有龚犖《龚内监集》一卷，名曰：《冲虚集》[1]。（见图 4）这是目前笔者所发现的唯一一卷遗留至今且又完整的宦官诗集。诗集共有诗歌二十七首，其中除上文提到的《明诗综》所收《赠顾潘》、《见狻猊偶作》二首外，其余二十五首都是新见作品，他们是：《闲间有感》三首、《题画红梅》、《题扇面鸟》、《游钓鱼台》、《冬日即事》、《杨柳吟》、《和魏国勋徐廷弼题扇面景》、《奉和怡斋唐公盆菊之韵》、《闻黎学生活

[1]（明）龚犖：《冲虚集》，《四库全书存目丛书》集部 306，齐鲁书社 1997 年版，第 632 页。

染疾因咸口号取一咲耳》、《盘中新藕有感》、《和管天节求竹韵》、《扇面李白对月》、《翁永年告别之令鄱阳席间有作奉赠》、《题携琴访友图》、《秋夜风声枕上有作》、《黎先生病中敬诗问安》、《奉和乐庵朱天锡论道诗韵》、《次韵郑山秀先生》、《监戴公韵》、《题唐勋大人园亭小景》、《冬夜偶成》、《诸友笑号冲虚戏成八句解嘲》、《挽故人酒公》。

此外，曹秉璋编录《曹化淳遗文录》中，录有曹化淳撰写碑记二方，即《创建玄帝殿碑记》、《创建观音阁碑记》。恭纪《赐御书扇》、《赐琴》、《赐画》五言律诗三首。《睹南来野记感怀诗》七绝四首。《请妥怀宗帝、后陵寝奏疏》三则。这些都是完整的遗存作品。《曹化淳遗文录》中还单列有佚文存目作品若干，具体为《抗后金入侵纪功碑》、《为钦赐御书"公清直亮"四大字谢恩疏》、《请在京师修建营房永固京畿之本疏》、《保荐周边吉、黄得功奋勇杀敌，屡立战功，请予逾格提升，以励士气两疏》、《为钦赐玉刻"莶志宏猷"图书谢恩疏》、《恭纪崇祯帝因大旱祈雨》五言律诗一首、《训侄书手迹》、《因病乞准长假三疏》、《因先后捐助八万金以充军饷，奉旨准予在京师建祠谢恩疏》、《遭谤辩诬疏》、《"纪事感言"为辩诬事雕板散发底册》、《为坚请清帝顺治收回启任原职之成命陈情疏》、《为清帝赐号"弗二居士"谢恩疏》）。

综上所述，明代宦官诗人中有完整诗作遗存的是（所指诗歌数目按下列著作出现的先后顺序，已除去前一著作中收录的重复篇目）：《酌中志》中录有郑之惠、张维、王翱三人六首。《列朝诗集》中录有张维、王翱两人三首。《明诗综》中录有龚辇、张瑄、傅伦、王翱、张维、孙隆六人八首。《盛明百家诗》之《龚内监集》中录龚辇一人二十五首。前文提到的杨立志新发现《大岳太和山志》中新录有扶安、龚辇、吕宪、戴义、李学、张维六人七首。《曹化淳遗文录》中有其遗存诗歌七首，[1] 这样合计以上十二位诗人共存诗五十六首。

---

[1]《曹化淳遗文录》所存七首诗歌中，前三首感恩诗是完整遗存，后四首只是残存语句。

二、亡佚原因

（一）宦官身份与文人偏见

明代宦官文人也还不少，但作品留世甚少。究其原因，或与宦官的身份及在一般士大夫心中的地位有关。王世贞《皇明奇事述》卷1载："景泰初，翰林院修撰王振耻与太监振同名，请改为恂。"[1] 以与宦官同名为耻，所以一般情况下也不会收录他们的作品。

李东阳门生何孟春《余冬序录摘抄》曾记述这样一件事："《怀麓堂诗文后稿》，涯翁见付编次。凡为中贵作者，悉去之，翁不以为忤。"[2] 何孟春自作主张删除了李东阳为中贵所写的全部诗文，却也得到老师的默许，这恰恰反映了文士们的一种心态。"一般文人士大夫对宦官都存有偏见，在他们眼里，阉人之流的道德修养，跟他们的生理一样，都存在缺陷……再加上种种政治风险的顾虑，士大夫一般不愿意跟宦官拉上任何关系。即使有时为了现实厉害的考虑，不得不与宦官有所过从，日后也会小心将自己跟宦官交往的痕迹洗刷净尽。"[3]

何孟春将老师文集中凡涉宦寺者删除干净，这应该是考虑到李东阳的特殊身份和地位，尤其与刘瑾的关系一度为人所构陷。他如此良苦用心，主要的原因是为老师着想，并不一定代表他本人对于宦官的态度。因为他自己也曾给太监云奇撰写墓志铭，[4] 而何孟春受命撰作的可能性不大，应该是他和云奇交善。

关于删除写给宦官，尤其是权势宦官的谄媚之作，盖因聪明的文士们会考虑到，在特定情形下出于无奈的阿谀，当时过境迁之后，这些作品将成为

---

[1]（明）王世贞：《弇山堂别集》卷16，中华书局1985年版，第296页。
[2] 梁绍杰：《明代宦官碑传录》，前言。
[3] 同上。
[4] 同上书，第35页。

他人构陷自己的把柄。出于长远考虑，他们会尽可能地避免留存这些不必要的"证据"。《酌中志》卷 17 有记："万历时，李永贞塾锁十八年，曾于怀公门住。怀公者，宪庙时贤监，国史所称怀恩者也。此门之南、井之北，神庙时灾，久缺未补。逆贤专政，委永贞等修补一新，勒碑之文，昆山相国所撰，其谀贤语，明载'居停主人'字样。今此碑或仆埋不敢存矣。"仆倒或掩埋不敢存的碑传，实实在在地折射出文士们在阉宦遭到颠覆后畏祸殃及的心理。如果说谄媚者出于现实考虑，删除、毁灭曾经的证据是情有可原的话，那么一些客观描述宦官功绩的诗文，只因这些宦官出于政治斗争而倒台、垮掉后，就将和他有关的一切全部否定，那些曾经颂扬其功绩的诗文就被后来者冠之以谄媚之作，就是一种罪过了。沈德符《万历野获编》卷 26 "王弱生续句"条云："大珰孙隆在江南织造时，修葺西湖诸古迹，一时诵其功，有人题句于湖心亭壁云：'东瀛（孙别号）本是古东坡，兴复吾杭胜事多。'止两句耳。昆山王弱生比部（志坚）时尚诸生，过见续写其后曰：'何来谄子尽情呵，其奈东瀛没脬何。'未数日，已有垩没之矣。"[1] 孙隆修缮西湖功德无量，湖心亭的题诗也只是客观陈述。但王若生的续句，给前者直接扣上了谄媚的帽子。这一现象导致的结果是，文士们或主动将有关宦官的这些诗文删除、毁灭，或者后世编撰者、出版者也会将这些诗文剔除出去，这就将一种客观的文化交流现象人为地从历史中毁灭掉。

陈田在《明诗纪事》庚签序中说："至万历人才接迹，天启奄祸滔天，秽浊一世。其与于逆案者，概不屏录，窃附巷伯之义焉。"[2] 因此，章培恒在《明诗纪事》前言中说陈氏收集明诗比之钱谦益与朱彝尊有明显不足之一的是他的认识问题。由于陈氏对阉党深恶痛绝，故"其与于逆案者，概屏不录"。他还进一步阐释道："既然是研究明诗，那么，无论诗人的人品怎样，都应作为研究对象。因为人品不足取，明明有材料也不收，这对于资料书来

---

[1] （明）沈德符：《万历野获编》卷 26，第 671 页。
[2] 陈田：《明诗纪事》，上海古籍出版社 1993 年版，第 2233 页。

说，是一种缺陷。"此盖也是宦官诗文不为后世流传之原因之一，也是文学批评以人品论诗品的一个原因吧。

以上王恂、何孟春和陈田的做法，针对的都是或擅权宦官（王振、刘瑾、魏忠贤）或有争议的人物（李东阳），而且都是在权宦遭到颠覆之后的行为。由此，我们认为凡是曾经阿谀权宦者，或公认的倒行逆施的阉宦才会被人非议和不齿。常态下，文士与宦官的一般人情性诗文往来还是被人接受和认可的，这可以从文士为宦官撰写的大量碑传文中知晓一二。

除了擅权宦官本身的因素外，也由于不少文士对权阉的痛恨，造成对整个宦官阶层持有偏见。谢肇淛《五杂俎·事部三》这样记载："文征仲作诗画有三戒：一不为阉宦作，二不为诸侯王作，三不为外夷作。故当时处刘瑾、宸濠之际而超然远引，二氏籍没，求其片纸只字不可得，亦可谓旷世之高士矣。当征仲在史局，同事太史请君皆笑其不由科目，滥竽木天，然分宜、江陵之败，家奴箧中无非翰林诸君题赠诗扇者，以此笑彼，不亦更可羞哉？"[1] 王世贞《艺苑卮言》卷 6 对此也有记载："文征仲太史有戒不为人作诗文书画者三：一诸王国，一中贵人，一外夷。"[2] 阉宦也是良莠不齐，实不可一概而论。文征仲的做法一方面说明部分文士的不当认识导致他们与宦官之间缺乏必要的往来，包括诗文交游。另一方面也看出高明文人的一种有先见的自我保护意识。

固有的偏见也使文士们很少会关注宦官的文学作品，更不愿意去记载、传播他们的作品。而从宦官自身而言，为诗毕竟也不是他们这些奴婢的主业，内书堂教师曾曰："尔诸生系内史，不必学举业文章，惟讲明经史书鉴及本朝典制，以备圣主顾问，有余力学作对与诗可也。"[3] 因此，宦官舞文弄墨多是闲暇之余，自娱自乐，或出于讨好主子即兴而作，或出于附庸风雅而

---

[1] （明）谢肇淛：《五杂俎》卷 15，第 1837 页。
[2] （明）王世贞：《艺苑卮言》卷 6，凤凰出版社 2009 年版，第 93 页。
[3] （明）刘若愚：《酌中志》，北京古籍出版社 1994 年版，第 198 页。

作。他们大多也没有刻意刊刻保存诗文作品的想法，所以外界也多是口耳相传，徒知其有诗文才华，未必真正在乎、在意他们的具体作品本身。

朱彝尊《静志居诗话》曾言及宦官的写作："明制，设内书堂以教小内侍，用史官四员主之。从学者约四十人，其后拨入读书者，多至三百人，所以教之者有方矣。而三百年来，此辈善诗者盖寡，予为收访仅得六人焉。此外若杨友、吕宪、戴义、李学辈，虽间有诗句流传，多不成章，虽欲广之而未得也。"[1] 今天看来，朱氏所说并不准确，杨立志曾搜出戴义、李学咏武当山的完整诗作，笔者也新见龚辇《冲虚集》中其他二十五首诗作，以及曹化淳诗作七首。所以朱氏在收集明代宦官诗作方面还是有一定的局限性，而且也非如其所言"作诗者盖寡"，只是许多基于政治层面的因素以及社会对宦官的不当认识等各种原因，使得他们的诗作完整存世者甚少而已。宦官身份成为他们为人所诟病的难以脱去的直接原因。

胡丹《志书中的明代宦官史料》中这样说："以《八闽通志》为例，《续修四库全书》收录该志时，注明了修纂者陈道，这符合将为修志提供赞助的地方主官列为'（监）修者'的惯例，然而《北京图书馆古籍珍本丛刊》以及台湾学生书局《中国史学丛书三编》等丛书收录该志时，均只注录黄仲昭，而未录陈道，这或许是出于忌讳陈道宦官身份的考虑。"胡丹还举例："清代地方志，多在前朝方志的基础上续修而成，故常能保存一些宦官史料，而这些材料的存废，也主要取决于修志者的识见与好恶。如清修《甘州府志》在志末所附《杂纂》中，对前朝镇守甘肃内官做了一定的考证，列出 16 个人的名字及官衔。纂者钟庚起说：'明太监镇守者，率事观游、营寺庙、织造绒罽、采办方物，为军民毒害，其杰出者亦能镇遏防御，有稗封疆，而旧志概削之，其意深矣。虽然与其去之以为快，不若存之以为防也。'他认为，宦官史料有保存的价值。但他不把镇守太监列入官师志，则表明了作者对宦官的

---

[1]（清）朱彝尊：《明诗综》，中华书局 2007 年版，第 4205 页。

否定态度。"[1]

又《四库全书总目提要》卷60史部十六所记："《钟鼎逸事一卷》（浙江范懋柱家天一阁藏本），明李文秀撰。文秀，昆明人，黔宁王沐英之阉竖也。是编皆纪英行事。事列《祠堂碑记》三篇，后为《言行拾遗录》十一条，各为之论。末附唐愚士赠文秀诗一首，而冠以张紞、刘有年、王汝玉、王骥《序》四篇。……阉寺之作，本不足录。而英本名臣，文秀所录尚与史传相出入，无诡词夸饰、变乱是非之事。故姑存其目焉。"[2] 这里，我们一方面看到王府宦官撰写传记这样的文史活动，另一方面也看到他的交际范围很广，有文人墨客的赠诗，且有不少文儒的序跋。但最后因为沐英本名臣，且其所记无诡异夸饰之词，姑且存目。笔者查阅四库存目以及补编均未找到这一卷原书。据此及以上推测，宦官与文儒往来是他们的幸运，也是不幸。幸运的是诗文交往，提升素养；不幸的是正因为宦官的书籍中留存有这些文儒的墨迹，所以时过境迁之后，他们都会希望宦官的书籍消失而不见于人世。如果只是宦官自己的纯文学作品，且其中不涉及外廷文儒者，留存的机会或许会更大一些。

（二）大明祖制与文人畏祸

除了上面提到的文士的主观因素外，客观上的现实原因也是致使宦官诗文作品难以留存的一个重要因素。这要从源头说起，明初太祖有明确的律令，对于内廷宦官言及文事的给予遣归，同时禁止外廷文人士大夫与内廷宦寺文移交接往来。陈建《皇明通纪》卷7记："有内使以文事内廷者，从容言及政事。上怒责之，即日遣还乡，终身不复用。谕群臣曰：'自古贤明之君，有谋必与公卿大夫谋诸朝廷而断之于己，未闻近习嬖幸得预谋者。况阉寺之人，朝夕在君左右，出入起居，声音笑貌，日接耳目，其小善小

---

[1] 胡丹：《志书中的明代宦官史料》，《中国地方志》2009年第3期。
[2] （清）纪昀总纂：《四库全书总目提要》，第1633页。

信,皆足以固结君心,而佞僻专忍,其体态也。苟一为所惑而不之省,将必假威福,窃权势,以干政事。及其久也,遂至于不可抑,而阶乱者多矣。朕常以为鉴戒,故立法:'寺人不过传奉洒扫,不许干预政事。'今此宦者虽事朕日久,不可姑息,决然去之。所以惩将来也。乃制:内侍不许读书识字。"[1]

夏燮《明通鉴》卷8也记:"禁内官预外事,并敕诸司毋与内官监文移往来。"[2]太祖以律令方式禁止外廷与内廷文移往来。虽然太祖的律令在后世贯彻不力,甚至被他的继承者遗弃,但文儒们还是会本能地顾及这样的律令,不愿将自己的白纸黑字作为证据成为别人的把柄。故留下的大都是碑传,而文人撰写碑传一是无奈,二是阿谀,还有钱财诱惑,还有部分是帝王谕令。

"禁止文移往来"在内书堂成立后,已经成为一纸空文。知识型宦官的大量诞生,在广泛参与"披红"的情况下,内外廷客观上已经不得不进行业务的交通往来。一些宦官乘机擅权,甚至可以左右帝王的意志,拥有对外廷文儒进行生杀予夺的权力,这也恰恰造成宦官作品佚失的另一客观原因,那就是宦官政治权力的膨胀,直接导致文儒的失利,再加之宦官通过东厂、西厂、内行厂代帝王进行特务统治,或者以权谋私,屠虐异己文士,他们也因此不仅不值得同情而且成为反动的代名词。在他们擅权之际,出于现实考虑,部分文儒与他们有文学交游和往来,但一旦他们倒台后,和他们有染的一切又都将成为污秽的东西而遭遗弃。

擅权宦官的失势,不仅使得和他们有交往的文人受到牵连,也直接连累了那些儒宦,这些有文学雅好的儒宦们的作品自然也因为宦官身份而披上了丑陋的外衣。只有极少数无争议的道德楷模型的宦官受到一些文儒们的赞赏和宣传。

周晖《金陵琐事》卷1"宦官重谏臣"条记:"嘉靖末年,陪京皇城守

---

[1] (明)陈建:《皇明通纪》卷7,中华书局2008年版,第212—213页。
[2] (清)夏燮:《明通鉴》卷8,中华书局2009年版,第426页。

门宦官高刚，堂中悬春帖云：'海无波涛，海瑞之功不浅；林有梁栋，林润之泽居多。'高之意，重刚峰、念堂二公之能谏耳。"同书"死为神"条记："陈矩庵钦，广东提学，死于任，即为广东城隍。"[1]

郑晓《今言》卷2"一百一十五"条记："近见叙名臣者，多不及武臣。如总兵马永……岂可多得！即内臣，如王岳、徐智、范亨、怀恩、覃昌，镇守陕西晏宏，河南吕宪，皆忠良廉靖，缙绅所不及也。"[2]

这样看来，只要人品端正，兢兢业业，服侍、辅助帝王，他们也会受到外廷文士的褒奖和赞誉。奇巧的是，这些得到认可的良宦基本都是儒宦——知识型宦官，所以，宦官学识修养的提高是他们得到外廷认可和认同的一个重要原因。

第五节　明代宦官诗文作品内容与艺术[3]

明代知识型宦官进行文学创作，尤以诗歌创作居多。

诗以言志，宦官独特的身心在其诗作中必然有着"烙印"。"残躯雪耻入深宫，险峻人生白发翁。养心殿里怀逊帝，储秀宫中忆旧容。浪迹江湖云游道，面壁山林苦行僧。百年沧桑皆一脉，好即了时了即空。"[4]这是中国最后一位宦官孙耀庭老人1987年八十五岁时感叹自己一生写的一首律诗。宦官的诗文中透露着他们独特的内心世界，也给文人士大夫一统天下的文坛以一抹奇异色彩。考察明代宦官的诗歌创作，从其关注对象、表现主题，情感内涵、审美取向，大致可以分为这样几类：

---

[1]（明）周晖：《金陵琐事》卷1，南京出版社2007年版，第37、57页。
[2]（明）郑晓：《今言》卷2，中华书局1984年版，第68页。
[3] 本节所列有诗文作品的宦官生平详见附录"明代宦官文人传记资料辑录"。此处略去介绍。
[4] 曲彦斌：《化作尘烟的太监》，《百科知识》2004年第7期。

一、禁锢困居，孤独寂寥

　　嘉靖时御马监右监丞，万历时又被委任宫内教书的王翱的《咏笼雀》："曾入皇家大网罗，樊笼久困奈愁何？徒于禁苑随花柳，无复郊原伴黍禾。秋暮每惊归梦远，春深空送好音多。圣恩未遂衔环报，羽翮年来渐折磨。"堪称此类作品中的上乘之作，直白甚至露骨地对皇家牢笼的冷酷、长期困居宫墙之内的寂寞凄凉，写得淋漓尽致。内心的凄苦如同笼中之鸟雀无可奈何。尤其颈联"秋暮每惊归梦远，春深空送好音多"两句极佳，描绘出一个空灵遥远的"伤春悲秋"意境。他另一首《游三忠祠》："秋深结伴出都门，望望疏林带远村。古渡到来同驻马，荒祠谒罢一开樽。松间野鹤穿云唳，天外归鸦背日翻。不是故人能好客，何繇此地得攀援。"则写得苍凉深沉，借祠堂之荒、野鹤之唳等景物折射诗人悲观灰暗的内心。其《秋夜有怀》借秋夜写"客思逢秋倍寂寥"的宦官意欲摆脱奴婢侍奉身份，而期望"何日一帆江左去，独寻山水混渔樵"的自由平民生活。王翱寂寥的心境也往往通过交游文人士大夫得以释怀。《酌中志》卷22说他"得从容与士大夫唱和吟诗"。

　　隆庆时御马监太监张维的《荣哀慕感》："薤露光阴何易晞？三年梦逐白云飞。哀吟风木人终别，怅望烟霄鹤未归。墓草可怜滋圣泽，祠旌深感照春晖。仁皇夜半思耆旧，重奉恩纶下紫薇。"这虽是为满足帝王一时怀念逝去的老内侍之心意即时应制之作，除感激皇恩的眷顾之外，诗作中更多的是由时光飞逝中景物的荣衰到人事的生死别离之伤感，写得倍感凄凉。用"哀吟"、"终别""怅望"、"未归"等悲情词语来表达心迹。而他的《叹鹦鹉》："憔悴君家历岁年，翠襟蒙宠自须怜。能言肯信争如凤，钩喙应知不类鸢。千里云山迷陇树，几回魂梦绕秦川。稻粱未必虚朝夕，直为樊笼一惘然。"借笼中鹦鹉"高贵"的宫廷生活，暗含大内中禁锢下的恩宠，有着内心自怜自叹，也寄托着一种向往自由而自然的常规生活的梦想。宦官内心的"樊笼"苦楚沥沥渗透出来，与王翱《咏笼雀》异曲同工。由于多数宦官缺乏与亲朋好友的正常沟通往来，他们孤独的心境有时甚至达到疏狂的地步。郑之惠《无题》诗曰："栖迟数载谁曾记？我亦疏狂不记人。"以上几首诗中都隐含着无尽的悲哀与苦楚，让我们对宦官的宫廷境遇有了一些更深的认识。

史梦兰《全史宫词》卷20有宫词云及张维："吟声常绕碧宫隈，共识中涓有秀才。宸翰淋漓题额处，半天苍雪护楼台。"其引《静志居诗话》注曰："张监丞以善诗称，定陵呼为秀才，命掌兵仗局。尝于禁中退食地，植竹数竿，定陵题之曰'苍雪'，因以名其集。监丞名维，隆庆中选入，伴读东宫。"[1]《酌中志》卷22则说他"幼博学好书"、"维善诗能文……凡诗赋翰牍，人咸宝惜"。足见张维诗歌的思想内容和艺术价值得到世人的认可，也无愧于神宗以秀才呼之。

以上诗作，或哀伤，或苍凉，比及士大夫诗人有更多的悲情和孤寂色彩。

究其根本原因，在于"上辱其先，中伤身体，下绝其后"。来自自身的身体缺陷，来自生存环境的禁锢，外界社会的歧视，导致心理自卑，敏感细腻。于是在诗文中借助其他外在景物的类似境况，含蓄而又不自觉地折射这种悲情与孤寂，是对自身生命意识的一种特殊观照。

二、超然自适，闲逸交游

这类诗歌多登临题品，或交游应制之作。

正德时镇守桂林的都知监太监傅伦《题望江亭》："山色拂云青，溪光照空碧。静观元化初，超然意自适。"弘治时镇守广西的内官监太监张瑄《平南乌江道中》："山束平川小路斜，不成村落两三家。分明横幅桃源景，只欠溪流泛落花。"龚辇《冬日即事》："梅作熏乡客，松为伴座人。夜深庭院静，雪月文相亲。"《杨柳吟》："西湖堤上柳，青眼看何人。多少寻春客，贤愚认

---

[1]（清）史梦兰：《全史宫词》卷20，第169页。

得真。"这些诗作,自然景物中流淌着人情人事,足见诗人感情细腻、体验敏感,心情愉悦而又别有雅致。龚辇有许多题画诗。如《题画红梅》、《题扇面鸟》、《和魏国勋徐廷弼题扇面景》、《扇面李白对月》。其《题携琴访友图》:"不惮驱驰去路深,山阳过却又山阴。山中谁是公相识,自有人知太谷音。"写得乐观旷达而饱含诗情画意,亦见其超然不拘的闲情逸致。这些诗作多借景物描写,抒发另外一番闲适的生活情趣。其《题唐勋大人园亭小景》:"谁道斯园未足夸,有亭有沼更何加。晚来带月观修竹,早起披云数落花。门外柳遮墙外屋,篱边葵映日边霞。眼前风景皆真乐,一榻清风自煮茶。"全诗纯真地展示了园中的美景,在略显直白的言辞中,我们感觉到诗人已完全沉浸在怡然自乐的享受之中。以上诗作皆淡雅、质朴,闲适自然,虽无高深意境,但也绝无矫作之痕。

龚辇诗集中亦有为数不少的唱和应制之作。《翁永年告别之令鄱阳席间有作奉赠》:"方期共结岁寒盟,岂料秋风动别情。后夜相思谁比类,王弘元只念渊明。"送别感怀,与友人的交游中饱含深情。《黎先生病中敬诗问安》:"造化小儿态,养生达人心。青山一丸药,流水几弦琴?元气有通塞,病源无浅深。悬知今日愈,过我共觞吟。"有养生哲理之趣。《赠顾潘》:"与君少小定交游,今日相逢两鬓秋。天上风云真似梦,人间岁月竟如流。可怜王粲依刘表,不遇常何荐马周。安得忘机共渔父,白苹洲上数沙鸥。"首联和领联通过曾经年少和如今暮年的两相比较,感叹时事变迁、人生如梦。颈联通过"王粲依刘表"、"常何荐马周"两则历史典故,表达对友人怀才不遇、抱负无法真正施展的惋惜。尾联再度回忆年少时期纯真的交游和快乐的童趣,在满怀淡淡的伤逝中有着无尽的追忆与寻觅。此类诗歌是与文人士大夫的友情交游之作,不仅富有情感,而且充满人生的感悟。《明故司设监太监房公(懋)墓志铭》:"……受命之余,优游桑梓,日与文人墨士笑谈诗酒……高情雅况,殆非流辈可及也。"[1]

---

[1] 梁绍杰:《明代宦官碑传录》,第126页。

《张稳长生碑记》："且素知公稚年尚好书史，□调高古，倜傥不凡。"[1]《明故前内官监太监湛庵刘（璟）公墓志铭》："公尤乐与士大夫游，多蓄古今名画，假观者无吝色。……居常与士大夫相接，笑谈终日……以诗书教侄与孙而已。"[2]亦是明证。交游外廷文人士大夫，是宦官们比较喜欢的一种生活方式。

文人型宦官除了交游外廷文儒外，对于帝王的恩宠，往往写诗属文以示感恩。曹化淳作为崇祯皇帝的宠宦，数受赏赐，写下了恭纪赐御书扇、琴、画三首五言律诗。如《赐琴》："圣志追元德，怡情及素琴。舞歌宫内杳，解阜念中深。仙籁龙吟水，鸾鸣凤啸林。焚香恭对处，愧感不能音。"可惜只是一味地感恩，多质木无文，空喊口号。

知识型宦官具有文化素养，更需要一种文化认同，他们不愿再囿于内廷奴婢文化圈，而是在闲暇之余，舞文弄墨，登临题品，诗酒唱和，交游文士。他们仿佛暂时忘却了自己残缺的身心和奴婢的身份，心理得以补偿，在世人面前维护自尊而得以"精神胜利"。所以这些知识宦官往往通过附庸风雅而求得文化认同，而这又多是带有悲情的风雅。

也由于他们的广泛交游，个别人的诗才、诗情亦得到文士的认可，乃至赞誉。如汤盛"尤以声诗振……常以古法出新意，人皆服焉"[3]。张维"凡诗赋翰牍，人咸宝惜"[4]。萧敬"作诗消逸，无纤丽语"[5]。

三、实录俚俗，化而为诗

皇甫录《明纪略》云："宣庙好促织之戏，遣取之江南。其价腾贵，至

---

[1] 梁绍杰：《明代宦官碑传录》，第 206 页。
[2] 中国文物研究所、北京石刻艺术博物馆编：《新中国出土墓志·北京（壹）》，文物出版社 2003 年版，第 208 页。
[3] （明）刘若愚：《酌中志》，第 195 页。
[4] 同上书，第 197 页。
[5] 梁绍杰：《明代宦官碑传录》，第 119 页。

十数金。时枫桥一粮长以郡遭觅得其最良者，用所乘骏马易之。"[1]

史梦兰《全史宫词》卷20有云："秋声满院月黄昏，香烬熏炉闭殿门。欲试江南新进种，罗巾轻拭饦金盆。"引《吕毖小史》注曰："宣宗酷好促织之戏，遭取之江南，价贵至十数金。"[2]

吴梅村则有《宣宗饦金蟋蟀盆歌》咏道：

……
宣宗在御升平初，便殿进览豳风图。
暖阁才人笼蟋蟀，昼长无事为欢娱。
……[3]

《万历野获编》卷24"技艺"篇之"斗物"条也记："闻牛斗最为奇观，然未之见。想虎斗必更奇，但无大胆人能看耳。最微为蟋蟀斗，然贾秋壑所著经最为纤细详核，其嗜欲情态与人无异。当蒙古破樊襄时，贾尚与群妾据地斗蟋蟀，置边递不问也。我朝宣宗最娴此戏，曾密诏苏州知府况钟进千个，一时语云：'促织瞿瞿叫，宣德皇帝要。'此语至今犹传，苏州卫中武弁，闻尚有以捕蟋蟀比首房功，得世职者。今宣窑蟋蟀盆甚珍重，其价不灭宣和盆也。近日吴越浪子有酷好此戏，每赌胜负辄数百金，至有破家者，亦贾之流毒也。"[4]

《酌中志》卷20"饮食好尚纪略"亦记此事："是月（七月）也……斗促织，善斗者一枚可值十余两不等，各有名色，以赌博求胜也。秉笔唐太监之征、郑太监之惠，最识促织，好畜斗为乐。"《北京志·故宫志》"明宫习俗"条下"斗促织"有同样记录："七月内，宫中斗促织（即蟋蟀）。促织之

---

[1] （明）皇甫录：《明纪略》，民国景元明善本丛书十种历代小史本。
[2] （清）史梦兰：《全史宫词》卷20，第162页。
[3] （清）吴伟业：《梅村家藏稿》卷3，台湾学生书局1976年版，第96页。
[4] （明）沈德符：《万历野获编》卷24，第625页。

善斗者一只可值银十余两不等，各有名色，用来赌博。晚明时的秉笔太监唐之征、郑之惠最能识别好促织，并好畜养和斗促织，以此为乐。"[1] 可见宦官与君王有共同的爱好。明代促织之风盛行，以促织为主题的诗歌尤其多，宦官写诗也多涉此俗。隆庆时御马监太监张维就作有题《斗促织》，将这一宫内习俗化而为诗。

> 自离草莽得登堂，贤主恩优念不忘。
> 饱食瓮城常养锐，怒临沙堑敢催强。
> 敌声夜振须仍奋，壮气秋高齿渐长。
> 眼底孽余平剪后，功成谁复论青黄。

字里行间有意借助描述促织比照宦官自身的生活境况，间有人事的感触。从草莽到登堂身份发生了变更，登堂后自己的命运完全取决于主子的兴趣喜好。为了感恩于贤主，期能"养精蓄锐，征战沙场"，最后一句意味浓郁而略含伤感之意。

由促织之好我们也大致对宦官们的一些日常生活习俗窥知一二。再据《北京志·故宫志》"宦官平时生活习俗"条记：无非斗鸡（按《酌中志》内臣读书安贫者少，贪婪成俗者多，是因为他们秉性赌博，甚至开斗鸡厂，以斗鸡求胜）、养猫、饲养宠物、吃喝玩乐，即便有吃素的人，修善念佛，也要罗列果品，饮茶久坐，或求精争胜，多不以箪食瓢饮为美。偶尔有一二好看书习字者，乐圣贤之道，草衣粝食，不苟取，不滥予者，但聊聊无几。[2] 这足以看出独身一人、无须养家的宦官业余生活之空虚无聊、无所事事，他们大多也只能通过这些方式打发空闲时间。间有吃斋念佛、寻求精神寄托者，也多注重形式。或有读书习字，积极上进者，惜凤毛麟角。此类宦官与

---

[1] 《北京志·故宫志》，第 526 页。
[2] 同上书，第 527—528 页。

知识型宦官两相比较，可以看出其闲暇生活的不同状态。

日常生活习俗之外，一些节令风俗也会以诗记之。《北京志·故宫志》明宫习俗"冬至数九日"条记："挂《九九消寒诗图》，据《酌中志》载：'冬至数九后，司礼监制《九九消寒诗图》，每一九有诗四句，自"一九初寒才是冬"起，至"日月星辰不住忙"止，皆謷词俚语之类，非词臣应制之作，又非御制，不知如何相传，年久遵而不改。近年多易以新式诗句之图两三种，传尚未广。'"[1] 此诗既非文士所作，也非民间谣谚，盖为宦官集体创作的类似顺口溜之类的宫廷节日歌谣。

四、发愤为诗，辩诬力作

我国一贯有"发愤著书"、"不平则鸣"的传统，大多为怀才不遇有所郁闷，或因遭遇不公著文辩解，司马迁、韩愈等皆有所论。前文提及曹化淳"甲申启门"一说传播后，不断上疏、作诗予以申辩。也由于曹氏家族的学术渊源，时至当代，家族后人曹秉璋出版《曹化淳遗文录》的目的仍然十分明确，为其祖上继续辩诬，修正历史的不公正待遇，实现政治平反。由《今晚报》关于"《曹化淳遗文录》在美国出版"的介绍，可大致窥知其出版意图。现摘引部分如下："历经明清两朝五帝的明末大太监曹化淳遗文录最近出版。该书由曹氏在我市的后裔曹洁如（曹秉璋的字）先生编著。（见图5）全部内容均由曹洁如用小楷书写影印成书。曹洁如的堂弟美籍华人曹秉绂在美国犹他州盐湖城出资印刷。崇祯末年，李自成的农民起义军攻至北京。曹化淳'开门迎闯王'成了历史上一大公案。史学家对此各执一辞。曹洁如在翻阅家族史料中，发现了由曹化淳亲笔写的《被诬遗嘱》、《睹南来野记内有捏诬语感怀诗四首》和《剖陈疏稿》等史料。这些珍贵的第一手资料对正

---

[1]《北京志·故宫志》，第527页。

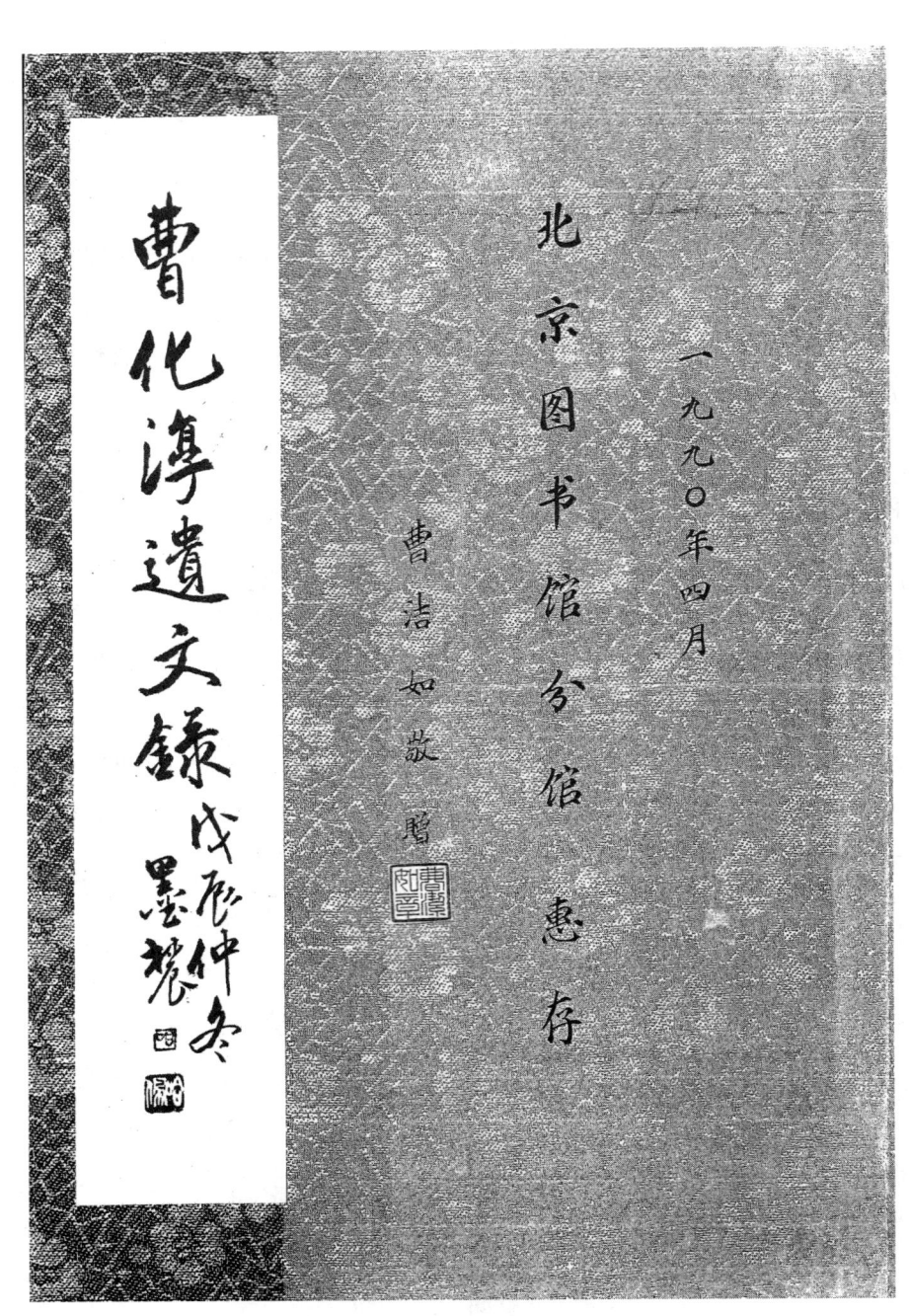

图5 曹秉璋《曹化淳遗文录》（国家图书馆古籍馆藏）

史作了补充、辨正和析疑。"[1] 在前言中，曹秉璋更是直言："关于明季甲申启门之说，事过将近三个半世纪之久，稗官野记妄为附会，逮于今弗衰。余早于六十年前即曾留心收集有关资料，拟勒为专书，作进一步深入分析研究之依据。……乃以休致之暇，翻检史志，发掘残碑断碣，重作整理。随云片羽支鳞，但亦有胜于无，足资参证。……供海内外历史学家对研究中华疑案史感兴趣者作参考。庶几依据史寔作出恰如其分之结论。"曹秉璋还在书籍附录中，关于"读阅微草堂记余家三事质疑"中用了大量篇幅进行辩论。并附有"仲儒贺希红题曹洁如同志著《甲申启门析疑》词：'澄清疑案意拳拳，博证如瞻本面然。国史焉能尽麟笔，稗官常见有鸿编。情殷一考昭清议，冤释千秋郎碧天，皂白已分传盛迹，重光先世迈前贤。'"曹秉璋为了帮助其祖上洗去冤屈作出了不懈的努力。

《曹化淳遗文录》中录有其当年辩诬诗作《睹南来野记感怀》七绝四首，有序言。可惜原手稿遭劫无存，曹秉璋仅凭片断记忆录有残句若干，转录如下：

> 囊有《纪事感言》之作，曰感言，真真感言。曰纪事，原为纪事，近刻板不存，亦已置之矣，兹录何为哉？缘余任事之时，报上心痴，饮冰念切，致招群小之愠，竟于鼎革扰攘之际，毁以大不道而无征，诬以莫须有而无据，徒以泄愤而快意。……
>
> ……
>
> 家居六载还遭谤，并信从前史不真！
>
> ……
>
> 周北黄南皆效义，[2] 如何徒自负诬名！

---

[1] 曹秉璋：《曹化淳遗文录》，书前影印。
[2] 原文自注："周遇吉、黄得功皆任职总戎，时拔之于稠人之中，卒以战功，显名于世。其后遇吉殉难宁武，得功效义南明。"

......

生前性荷明君鉴,死后凭人覆是非!

作者借助诗歌表达内心的愤懑之情,情真意切,无奈之情溢于言表,由己遭遇推及史书原来也是并不可信的,并且类比他人,何故单单自己身负诬名,但最后一首残句中,通过生前、死后对比,看出作者无奈于人世的情绪。

值得欣慰的是,由于曹化淳不断通过诗歌和奏疏为自己洗刷冤屈,清顺治帝在他《遭谤辩诬疏》上后,下旨:"化淳无端抱屈,心迹已明,不必剖陈,该部知道。钦此。"并赐予"弗二居士"。可惜顺治帝的谕旨并没有对其所受的冤屈产生实质性转变,或许这原本也只是给他一个心理安慰而已,所以在后世的记录中,无论官方抑或民间仍然认定其"甲申启门"事件。这也使得其家族后人时至当代仍然继续辩诬。

《曹化淳遗文录》附录中有署名"省三解学曾拜题"于1929年的《弗二居士赞》:"茫茫下土,品汇缤纷。……畴轶其伦。古昔哲人,亦罹困厄,凿井负岩,伊何无策……雍南是宅。振袂丘园,乃参紫垣。帝心简任,荣蔚霞轩。霞轩云何?屈佚生庭。拔凶剔玩,不平则鸣。鸣非为身,虽困犹荣。帝赐纶言,'直亮公清'。……宰予弗易,俱曰余圣。边耸寇氛,朝气善政。……弗二其心。岂无玄纁,箐密岩深。"[1] 从这则赞中也能看出作者描述曹化淳的"不平则鸣"、"虽困犹荣"等状况。

五、潜藏哲理,心向佛道

知识型宦官相对于常人更善于洞察和领悟人世间的万事万物,所以他们

---

[1] 曹秉璋:《曹化淳遗文录》,第56页。文中省略号处,原文为缺字。

在特殊的生理和心理状态下，对事物的认识和把握更具宗教哲理意味。

龚辇诗集名曰《冲虚》，朱彝尊在《明诗综》卷87中引用编者俞宪之言，谓"冲虚"乃空谷之音也。而在此诗集中，龚辇有诗《诸友笑号冲虚戏成八句解嘲》对此进行了说明。"诸公笑我号冲虚，我号冲虚公岂知。凤载琼笙遭月窟，龙衔宝盖上天池，时当动静无差处，数到乘除有定期。三十六官都览遍，不妨谈笑见庖羲。"俞宪这样介绍龚辇："雅事文墨，兼尚理学，著有诗文五卷，（《盛名百家诗》只收有一卷）名《冲虚集》，翰史张东白序其首，张，其乡人。冲虚则龚之别号也，采而刻之，见我明貂珰有人耳，盖所谓空谷之音，无亦希世之宝也。"[1]冲虚系道教用语，诗人通过戏谑的语言，貌似自我解嘲，而意在有所寄托和自我标榜，暗示一种离尘出世的超脱心态。再如《次韵郑山秀先生》："方寸不容尘虑关，纵居朝市似居山。摘花浸酒青春好，看竹钩帘白画间。道亦每游鱼□外，吟情多付水云间。即今进用皆遗逸，早为苍生愈病颜。"哲理与人世沧桑自然交融，也看出诗人归隐佛道的心态。而《闲中有感》："万物备于我，我身当践行。既无不了事，那有未忘情。"颇有顿悟之感和哲理之思。

值得一提的是，万历间与刘若愚同年的杭州织造孙隆，他先后花费数十万金，装修西湖，被人称为"西湖功德主"，他也写过不少诗歌，其中为朱彝尊收录的《题惠因寺》："笙歌日日娱西子，为爱悠闲到玉岑。旧有高人井田宅，沿流且向寺门寻。"由西子湖畔的笙歌、"玉岑"山中的悠闲，转而曲径通幽经由"寺门"去寻找旧有的"高人宅院"。诗中地点的变更由闹转静，尤其最后将着眼点停落在"寺门"进行追寻，仿佛通过归隐、皈依山林而觅得一份心灵的安顿。

明代宦官崇佛蔚然成风，金英撰有《圆觉禅寺新建记》、《圆觉寺碑》，[2]

---

[1] （明）俞宪：《盛明百家诗》，《四库全书存目丛书》集部306，第633页。
[2] 梁绍杰：《明代宦官碑传录》，第75—76页。

王振撰有《敕赐智化禅寺报恩之碑》、《敕赐智化禅寺之记》,[1] 此外他们还大量修建庙宇佛寺,北京京城及周边地区,尤其西山的寺庙多为明代宦官修建或修缮。今人梁绍杰《明代宦官碑传录》辑录了永乐以后一百一十四位明代宦官墓志铭、墓表、圹志等碑传,是迄今为止搜罗最多的明代宦官传记集。从这些碑传中看,多数宦官崇信佛教。《酌中志》卷 22 云:"中官最信因果,好佛者众,其坟必僧寺也。"卷 16 "中书房"条:"(宦官)至贫老无依,则发外经厂看守,以待毙焉。凡司礼监掌印、秉笔、随堂,故后各有牌位,送外经厂供安。各有影像,送西安门外大佛寺供安。看厂监工、守寺僧人侍香火不绝也。"卷 16 "安乐堂":"凡内臣稍富厚者,预先捐资摆酒,立老衣会、棺木会、寿地会、念经殡葬,以为身后眼目之荣。"再按《北京志·故宫志》记载:位于中海东岸的焦园,又名椒园,为明代崇智殿旧址,是小内监读书的地方。每年七月十五中元节,在此举办"盂兰盆会"。[2] 内书堂里举办佛教节日,无疑对宦官的宗教信仰有很大的影响。

礼佛之外,崇道也很兴盛,《酌中志》卷 16 "御茶房"条:"神庙时,牌子魏学颜最有宠……魏学颜,丰润县人,未甚读书,而博闻强记,敬重士大夫。且癖好黄白之事,门多异流,虽屡为丹客哄骗,而至老不厌也。"崇尚道教,尤其以镇守道教山林的外出太监最为突出。以提督武当山的太监为例,《大和太岳山志》中记录了不少内官被帝王指派到道教名山提督,在仙道名山他们也留下了些许文字,而又以诗居多。杨立志《明代宦官咏武当山诗考释》中列举的扶安、龚辇、吕宪、戴义、李学以及张维这几人都撰写了关乎武当山的诗歌,笔者考究这些诗歌都是一些神仙道化的描述和想象,并且结合人世间的一些事物,混杂在一起,人情、神性俱有,当然多是借助人事表达对仙境的向往。

成化年间的内官监太监陈谨"素好黄老之学,能通玄范科仪",先后创

---

[1] 梁绍杰:《明代宦官碑传录》,第 89—90 页。
[2] 《北京志·故宫志》,第 155 页。

建灵应观、玄妙观、妙缘观,并在灵应观后"营建寿藏,以为身后之计"。[1]嘉靖初年,司设监太监苏瑾"好读书,犹笃志老庄之学",死后"窆于宣武关外白云观之后原"。[2]

《北京志·文物志》记太监刘忠墓时说,其中位于北京海淀区香山南侧山崖下的刘忠墓是已发现的明代宦官墓中,在地势选择、棺穴安排、墓室陈设、彩绘题刻方面都具有浓厚的道教色彩,其规制是十分独特的。[3]这些道教信仰同样在诗歌中多有反映。

张维《紫霄宫》:"天作旗峰映翠微,丹岩空壑尚依依。树临紫气乘牛过,路入青霄看鸟飞。仙乐忽从天外传,岭云尽向洞中归。羡门久订餐霞约,直入玄关与世违。"借助咏武当山紫霄宫美景,联想到老子骑青牛飞天观看鸟儿自由飞翔,幻想仙乐传来,而沉湎于对仙人们餐霞饮露的隐逸生活,祈盼离尘出世,置身仙境。再如扶安《登太和山》中"奉命南来跻福地,幸踏云梯谒圣贤"。龚辇的《无题诗》:"无锁仙关昼夜开,入关疑我在蓬莱。……未得醉时心已乐,欲求玄处道难猜。"吕宪的"乘风初上望仙台……祥光飞下九天来"。戴义"功成行满几千秋,早向乾坤物外游。魂杳不知何处去,教人空倚夕阳楼"。李学"星辰手摘扶霄汉,牛女机声织练纱。吾本远来天上使,宦游元不是栖霞"。这些诗作的一个共性就是将山中人间美景想象、描述为天上神仙居住的洞天福地,充满自由、神奇和无限眷恋。抛开文学本身而言,进行这样的仙境塑造体现的是他们内心的一种仙道追求和宗教信仰。这里的自然生态使得他们的心态更加乐观、开放。也可以说自然美景、仙道心态使他们宦官的社会身份在原始山林得到了最大化的褪去。这样的自然景色、这样的仙道心态,催生出这样飘逸的诗文和意境。

---

[1] 梁绍杰:《明代宦官碑传录》,第 73 页。
[2] 同上书,第 164 页。
[3] 北京市地方志编撰委员会:《北京志·文物卷·文物志》,北京出版社 2006 年版,第 433 页。下文均简称《北京志·文物志》。

宦官们以诗文的方式与佛、神进行"对话"和"沟通"，是他们的一种心理寄托和精神追求，同时也是一种自我慰藉和解读。总之，由于他们大多出身低贱，兼之饱受现世之苦，多有宿命心理、迷信心态。通过对佛寺、道观施善，以求现世老有所养，来世求得全身。

　　在多数宦官蔚然成风的崇佛佞道之时，也有极个别例外者。如天顺年间，司礼监掌印太监牛玉"平生孝友，喜读书，不近佛老"[1]。

小结

　　综上可见，部分知识型宦官通过诗歌创作而游走于内廷奴婢文化圈和外廷士大夫文化圈之间。透过宦官诗歌，我们也看到一些独属于他们的特殊心理和潜在意识。即他们的创作不用考虑社会意义，功业名利，所以是更本真、更自然的有感而发。也因为其身处独特的人文环境，他们特有的视野和思维，形成独特的文学体现。更由于其特殊的处境，我们从其作品中体味出不同于常人的特殊性表达。较为遗憾的是由于其卑贱的身份，作品未能受到主流社会应有的重视。

---

[1]　梁绍杰：《明代宦官碑传录》，第86页。

第二章　明代宦官与宫廷戏剧（上）

概述

明初皇家的文艺政策是贬低"戏子"地位，不许参加科举，禁止军队演戏，通过律令严格控制民间戏剧演出的同时，却加大宫廷演戏的投入，实现了戏曲由蒙元时期的平民化到明初宫廷贵族化。由于宦官参与宫廷戏剧演出有深远的历史渊源，朱氏皇族的庶民出身加之政治安全考虑，太祖在皇族中大肆推广曲艺娱乐，后世好戏竟也蔚然成风，宦官演戏由可能性而到了必然性。帝王的戏剧喜好和宦官的戏曲演艺为明代戏曲的繁荣之况都作出了相应贡献。

明宫内廷二十四衙门之钟鼓司宦官专门承应内廷曲艺演出，与负责外廷演出的教坊司各司其职。但遇到大型仪礼、宴飨或者帝王一时之需，二司又往往共同承应，合作编演。由于教坊司要在文人士大夫面前公开演出，要顾及国家体面，所演剧目需经审核方可上演，故多冠冕堂皇的历史剧和神仙剧，或歌功颂德，或道德教化，风格多老套传统。而钟鼓司主要对皇帝负责，宦官投其所好，给了钟鼓司伶人取悦皇帝的机会和可能，本是宦官二十四衙门中地位不入流者，竟然也因为帝王的喜欢和自身的进献取巧而举足轻重。他们通过戏剧演出获得奖赏、升迁以至专权。于是在明代出现了一种奇异的现象，宦官通过曲艺娱乐，文臣通过经筵展开了对皇帝的争夺战，宦官以杂剧进并以新声取宠，多数情况下，宦官战胜了文臣。得到帝王宠信的外廷教坊伶人乃至民间艺人也时有进宫献艺，但由于出入内廷不便，干脆"宫之"，与宦官合一，从此可以无所顾忌地"登堂入室"。教坊司部分职能被消弱，大量教坊艺人遭到遣散，其地位亦远逊于钟鼓司。最终钟鼓司部分地取代了教坊司职能，某种程度上也实现了教坊司与钟鼓司的合流。

到明中后期，北杂剧衰落，南戏正盛行，帝王的喜好也应时变化。武宗南巡将南戏艺人带回宫中演艺。神宗则干脆再设仍由宦官统领的戏曲演出机构四斋和玉熙宫，这两个机构不仅习传统宫戏，更主要学习编演南戏，又部分地削弱和取代了钟鼓司的职能。宦官职掌下的内廷三套戏剧编演机构，对于明代宫廷戏剧乃至整个明代戏剧都影响甚大。从钟鼓司到四斋、玉熙宫，明代禁廷也实现了南曲与北杂剧的融合与嬗变。

明代宦官与宫廷戏剧部分，分为上下两章：

上章主要纵向历时性地梳理宦官演戏的历史渊源和建制变更，宏观性地把握帝王的戏曲爱好和文艺政策。从教坊司与钟鼓司由门庭对立到内外廷合作编演部分地实现了二者的合流。从钟鼓司再到玉熙宫内廷演戏亦发生了嬗变。宦官演戏本质上是娱乐帝王，满足其闲暇之余的精神生活。儒臣对此颇多微词，内外廷为了夺取帝王的或信任或恩宠，利用各自的方式方法甚至不择手段展开了对帝王的争夺战，戏剧在某种程度上成为政治斗争的工具和载体。但主观斗争之外，客观上却刺激和促进了宫廷、王府戏剧乃至民间戏剧的发展和繁荣，甚至达到举国若狂的地步。

下章主要是横向共时性地从微观上分别论述宦官演戏的内涵与外延之所在。钟鼓司艺人既承应传统戏剧，也进行即兴演出；既承金元之旧，也习外戏、南戏，所以内廷演戏种类繁多，包罗万象。由于钟鼓司地位低下，伶人演出又多集体承应，故个人多不为文史所载。但在内廷三套宦官演艺班子中也诞生了几位为人所乐道的艺人，甚至出现对帝王的规谏"台官不如伶官"

的局面，伶人优语的作用与影响也值得考究。相对于清廷多所豪华的宫廷戏楼，明代内廷的演戏场所自有其特点，开放与半开放，随意性与固定性共存，哪里有需要他们就到哪里承应。宦官艺人的超前服务意识使其不是一味地照搬前朝剧本进行演出，也和外廷教坊司共同编演新剧目，甚至独立编演内府剧本进行有针对性的演出，满足帝王之需和博取其宠，他们不仅有表演才能，也是有创作能力的。由于宦官演戏就是围绕在帝王家族周边服务其一切需要，基本是按需演出，形成了独特的内廷演出特点：礼乐性与典制性，民间性与俚俗性，节令时俗性与宗教祭祀性等。

第一节 宦官演戏的历史渊源与建制变更

追溯宦官演戏的历史渊源，还要从"寺人为诗"说起。黎国韬在《古代乐官与古代戏剧》一书中认为："以阉人为乐官，或可追溯至先秦。"他指出："上古诗乐舞同源不分，寺人与古诗有关，表明其与古乐舞亦有关。换言之，先秦时代，已有阉人宦者兼乐官的事实。"[1] 据此，先秦时期寺人既为作诗之人，亦为乐官。《诗经·秦风·车辚》云："有车辚辚，有马白颠。未见君子，寺人之令。阪有漆，隰有栗。既见君子，并坐鼓瑟。今者不乐，逝者其耋。阪有桑，隰有杨。既见君子，并坐鼓簧。今者不乐，逝者其亡。"关于"寺人之令"，唐人陆德明《经典释义》引韩诗："令作伶，云使伶。"清人王先谦《诗三家义集疏》卷9循此线索并旁征博引认为，"寺"，"侍"古通字，引《广雅·释言》："令，伶也。"进一步发展并结论为古乐官称"伶"。[2] 这就恰恰解释了寺人兼做充当乐官的论断。此篇的意义不仅说明寺人充当伶人进行歌舞表演，而且具有祭祀颂赞之功能。此诗不同于《小

---

[1] 黎国韬：《古代乐官与古代戏剧》，广东高等教育出版社2004年版，第358页。
[2] （清）王先谦：《诗三家义集疏》卷9，中华书局1987年版，第436页。

雅·巷伯》之处在于，不是寺人自己所作，而是通过旁观者的眼将寺人在宫中的职能作用进行描述。结合以上解释，寺人伶人身份的认定，向我们展示了在先秦时期宦官已经初步具有文艺侍从的角色。

而宦官一旦和宫廷音乐有关，就和帝王的娱乐不无关系。西汉的名宦李延年可以说是宦官以声色取悦帝王而得宠之前辈，《史记》卷125记载："李延年，中山人也。父母及身兄弟及女，皆故倡也。延年坐法腐败，给事狗中。……延年善承意，弦次初诗。"[1]李延年出身倡优之家，入宫充当宦者，家学渊源加之个人容貌出众，且诗且歌且舞，深得汉武帝宠信。这是较早的宦者由于善于表演歌舞而得宠者。李延年歌舞扮演，已经更加接近戏曲扮演，但作为宦者演戏他尚处于个体行为阶段，不是制度性的产物。

宦官充当乐官进行表演，有明确的名称和以制度的形式确定下来则是在西汉中后期和东汉时期。据黎国韬考证，"至西汉中后期，又出现'黄门工倡'一名。""后汉初，黄门乐非常流行……及后，东汉设黄门鼓吹，隶少府承华令，乃专由宦官统领及演奏之乐官机构。"又"郑注《周礼·旄人》：'散乐，野人为乐之善者，若今黄门倡矣。'"[2]这可以说是较早的以制度方式确定了宦官统领内廷用乐的时期。故而黎国韬认为："百戏属散乐，故散乐素被戏剧史家认为与戏剧起源有关，黄门倡之近乎散乐，表明东汉之宦者充当乐官与明清之宦者演戏于形式上相去亦不远矣。"[3]但是，汉以后至隋，经三国两晋南北朝战乱无大一统局面，后隋朝又短命之代，统治者均无礼乐享受的成熟时机，宦者充乐官之风趋衰。

唐宋又重新出现宦者掌内廷乐的局面。唐代太常乐典雅乐，俗乐归于教坊，而教坊又多由宦官充当。唐玄宗开元二年（714）即有教坊之制，史载当时"京都置左右教坊，掌俳优、杂伎，自是不隶太常，以中官为教坊

---

[1] （汉）司马迁：《史记》，中华书局1982年版，第3195页。
[2] （清）孙诒让：《周礼正义》卷46，中华书局1987年版，第1902页。
[3] 黎国韬：《古代乐官与古代戏剧》，第359页。

使"[1]。杜佑《通典》记载："歌舞戏，有《大面》、《拔头》、《踏摇娘》、《窟礧子》等戏，玄宗以其非正声，置教坊于禁中以处之。"[2]孙棨《北里志·序》又谓："京中饮妓，籍属教坊。凡朝士宴聚，须假诸曹署行牒，然后能置于他处。"据此可知唐代宦官职掌下的教坊不仅承应宫中宴飨朝会，以俳优歌舞杂戏之散乐娱人耳目之需。并且还管理京师在籍妓女，以备官僚士大夫选艳征歌。他们已经区别于传统上掌管郊庙朝仪的礼乐太常，有了自己独立的建制。之后，在武则天执政时期，虽将唐高祖时设立的禁中教坊改名为"云韶府"，但仍由宦官管领。[3]

到了宋代，由于太祖夺取政权后，偃武修文，重视礼乐。寻旧制，设立教坊。此外他还从收房而来的宦官中择其聪慧者，使其习艺于教坊，且赐名"箫韶部"，专事内廷燕乐之用。之后，宋太宗于雍熙初年，将"箫韶部"改名为"云韶部"。按马端临《文献通考·乐十九》记载："云韶部，黄门乐也。……杂剧二十四人……傀儡八人。每上元观灯、上巳、端午观水嬉，皆命作乐于宫中。"[4]在其八十名乐工中，有二十四人专司杂剧，其规模倍胜于其他演出项目。云韶部除演出杂剧外，也扮演傀儡、水嬉等其他形式的戏剧。可见宋代宦官演戏更具规模也更加多样化。虽然宋室南渡后其名数度改移，时废时存，但职能一直延续，并未中断。至仁宗天圣五年，"再令内侍二人钤辖教坊。"[5]据此，至宋代宦官不再像汉唐宦官只是承担乐官角色，而是在教坊之下又有了独立的建制，专司杂剧等曲艺扮演，已经是真正意义上的开始职掌宫廷戏曲演出。

在宫廷礼乐上，元多承宋制。元代宫廷中仍有若干宦官职掌下的职能机构。据《元史·百官制》记载，由宦官负责的内廷机构有仪鸾局，负责仪仗

---

[1]（宋）欧阳修：《新唐书》卷48，清乾隆武英殿刻本。
[2]（唐）杜佑：《通典》卷146，岳麓书社1995年版，第1966页。
[3]（宋）马端临：《文献通考》卷146，浙江古籍出版社2000年版，第1282页。
[4] 同上书，第1284页。
[5] 张世宏：《中国古代宫廷戏剧史论》，中山大学博士学位论文，2002年，第30页。

宴游等事务，此外有章佩监、秘书监等一些机构都有"宦者为之"。一些书籍记录中也有宦官统领内廷演戏的零星记录，如向斯《帝王生活·辽金元·宫廷乐舞》说："元顺帝懈于政事，沉溺游宴。他选宫女三圣奴、妙乐奴、文殊奴等十六人，特为编舞……拍板奏乐。以宦官长安迭不花为管领。遇宫中赞佛，便按舞奏乐，跳十六天魔舞。"[1]

降至明代，宫廷演戏由两套班子组成，教坊司专门负责外廷演出，内廷演出则专有宦官之钟鼓司承应。这显示有明一代演戏任务由教坊司和钟鼓司分掌，一管外廷，一管禁中。虽然二司内外有别，但事实上二者的分工并不严格分开，也有教坊人员被宫之后入钟鼓司的，钟鼓司演戏的剧本又有不少从教坊司引进。二者亦时有共同承应大型演出。到中后期南戏盛行，内廷再设宦官职掌和统领下的四斋、玉熙宫两机构，以习南戏为主，与钟鼓司共同承应内廷演出。明宫宦官掌控下的三套班子人员，钟鼓司二百为率，四斋二百为率、玉熙宫三百为率，比之宋代云韶府之八十人，规模更大。

清代的宦官演出机构为升平署，前身为南府。据张世宏《中国古代宫廷戏剧史论》认为，明之后的清，基本沿袭其前朝的礼乐制度，顺治、康熙、雍正时期设置教坊司以备朝会宴飨之用。其中有教坊女乐二十四人，司职宫内燕乐。顺治八年，停止女乐，改用太监四十八名。之后又曾改用女乐，但到顺治十六年，复改回太监司乐，遂成为定制。[2] 之后，从乾隆至道光，职掌宫廷戏剧的是南府和景山两机构。从道光七年到1924年溥仪出宫，宫廷戏剧一直由升平署掌管。清代太监演戏备受重视最在嗜戏甚深的慈禧时期，徐慕云称之为"古今第一大戏迷"[3]，为了满足自己的戏剧喜好，其干脆在升平署之外，在自己的宫中单设一个名为"普天同庆"的科班。此班挑选

---

[1] 向斯：《帝王生活》，中国工人出版社2007年版，第161页。
[2] 张世宏：《中国古代宫廷戏剧史论》，第55页。
[3] 徐慕云：《中国戏剧史》，上海古籍出版社2001年版，第71页。

年幼聪颖的太监专门学戏，为其专用戏班，惯称"本宫"或"本家"。相比于明代，清代宦官演戏的一大特点是，皇宫大内修建了若干戏楼供其专事演出，明代仅有玉熙宫初具戏楼性质。

关于宫廷之内盛行宦官演戏的原因，黎国韬认为：首先，宦官作为皇帝近侍，通过演戏，可以满足帝王的娱乐之需要。其次，宦官一般深居内廷，秘戏无所顾忌，不为外界所知，表演更加丰富多彩，最大可能的满足皇室的享受。[1] 再次，宦官不同于常人的生理特征，其人形貌及声音均不男不女，表演时遂令观众有新异、特别的感觉。最后，出于皇家安全考虑，也是宦官演戏在宫内较为流行的原因之一。[2]

历代都有宦官演戏，明代尤盛，这与明代宦官的文化构成有关，部分宦官经内书堂等教育成为知识型宦官，他们交通文儒，诗文唱和，颇有儒者风范。而大多数的宦官都是供劳务和娱乐的，这部分宦官尤其是专司钟鼓司、四斋、玉熙宫者，他们的出路就是满足帝王娱乐，以获得宠信。故他们以俗文学之曲艺杂耍进献，一方面满足宫廷仪礼祭祀等形式需要，另一方面更多的是满足帝王的精神欲望。于是他们和那些外廷文儒、内廷儒宦展开了对帝王的争夺战。明代两大最有势力的宦官刘瑾、魏忠贤都是靠此一途径邀宠获权的。但二人最终双双落马，相比于另一权势宦官王振，其出身内书堂，虽最后惨死土木堡之役，为人所诟病，但其一直以外廷儒臣的身份辅助英宗，故其死后无论外廷如何叫嚣，英宗仍然为其招魂立祠，给予极大礼遇。终明一代，或出于农本之身的家族传统，或出于宦寺之蛊惑，帝王耽于戏曲者甚多，帝王的喜好无疑也是宦官演戏盛行的一大主要原因。

---

[1] 何文焕：《历代诗话》下册，中华书局2004年版，其中第510页《韵语阳秋》有云："唐王建以宫词名家。本朝王岐公亦作宫词百篇，不过述郊祭、御试、经筵、翰苑、朝见等事，至于宫掖戏剧这事，则秘不可传，故诗词中亦罕及。"

[2] 黎国韬：《古代乐官与古代戏剧》，第362页。

再有，明代宦官演戏盛极一时，也在于明律对民间艺人的禁锢，更在于宫廷戏剧中教坊司部分职能被钟鼓司消弱或取代，以致各类优秀艺人"耻隶教坊，召募不应"。人们的思想意识中已经认可了以宦官为主流的宫廷演出，尤其明代宦官专权，负面影响甚大，这类人又极为常人所不齿，故干脆远离曲艺，为宦官演戏预留出更大的空间和机会，不愿与其"同流合污"。

小结

宦官演戏，历经整个古代社会，虽几经变更，但一直延绵不绝。先秦时期宦者充当乐官，并伴有一些表演行为，这已初具戏曲艺术的先声源头性质。两汉时期，宦官统领宫廷乐官进行散乐杂戏演出，这时已经有了明确的建制和演出剧种，宦官演戏进入了发展期。唐宋两代宦官演出机构名称变更多次，但内廷用乐和演出，一直为宦官所职掌，真正意义上的全面掌管戏曲演出始于这一时期，宦官演戏进了成熟期。至明清两代，由于帝王喜好，加之金元戏剧发展的集大成，宦官演戏达到了历代之最。总之，宦官演戏既有历史传承，又常有建制变更。

第二节　明代帝王的戏剧喜好与宦官演戏

戏剧尤其是禁廷戏剧，统治者的个人喜好与否直接影响到其文艺政策，进而关乎戏剧的兴衰和演戏宦官的命运。历代喜好戏剧的君主不乏其人，但没有一个朝代像明代这样几乎每个帝王都倾注于它。他们对戏剧投入的热情，给予戏剧以积极的支持，也极大地激发了内廷宦官进献曲艺杂耍以邀宠谋权的动力。

曾永义《明代帝王与戏曲》一文指出，明代十六帝，除英宗外[1]大抵皆喜好戏曲，其中太祖、成祖律令促使中国戏曲但能"寓教于乐"，宣宗禁歌妓开"娈童妆旦"的风气，宪宗重视宫廷演戏，留下许多内府杂剧剧本，武宗虽然荒淫、神宗虽然昏昧，但由于高度喜好戏曲，因而促成戏曲的蓬勃发展。……帝王"日理万机"，戏曲至多不过消闲娱乐之资，但由于他们位至尊而权至重，所以其好恶与观念，乃至于其沉酣之程度，对于"曲运"之走向与隆衰，也就产生相当大的影响。[2]

荆清珍《明代禁廷与戏曲刍议》一文认为，明代自洪武到崇祯共十六位皇帝，其中有数据记载喜欢戏曲的至少有洪武、成化、正德、万历、泰昌、天启等皇帝。皇帝对戏曲的钟爱大大促进明代戏曲的繁荣，然而皇帝作为统治者的代表，有时候出于政治考虑，对戏曲又采取了严厉的禁毁手段，因此有明一代，戏曲是在禁毁与喜好的双重作用下发展繁荣的。[3]

此外，日本学者岩城秀夫《明代宫廷与戏剧》[4]一文也对明代帝王与戏曲的关系给予了总体勾勒。帝王喜好无疑是宫廷戏剧繁荣的一个重要原因。

上述研究是将整个宫廷戏剧作为整体对象进行观照的，尤其侧重对外廷教坊司的论述。本文则重在关注帝王戏曲喜好对内廷钟鼓司等宦官演戏的影响。按明代十六帝的顺序，选取其中有代表性的帝王，对其主要关乎宦官演戏的时政背景，以及他们或禁毁或喜好的文艺政策梳理如下：

太祖时期，《大明律·刑律九·搬做杂剧》规定："凡乐人搬做杂剧戏文，不许装扮历代帝王后妃、忠臣烈士、先圣先贤神像，违者杖一百；官民之家，容令装扮者与同罪。其神仙道扮及义夫节妇、孝子顺孙、劝人为善者，

---

[1] 笔者认为，王振因擅权乱政遭到时人及后世无数批判，但一直得英宗赞誉，呼为"先生"，英宗受其影响甚大，故英宗不好闲逸，不尚曲艺，这同王振以儒宦身份辅佐不无干系。
[2] 曾永义：《明代帝王与戏曲》，《台湾大学文史哲学报》第40期，1993年6月。
[3] 荆清珍：《明代禁廷与戏曲刍议》，《长江学术》2008年第3期。
[4] 〔日〕岩城秀夫著、长松纯子译：《明代宫廷与戏剧》，《珞珈艺术评论》第一辑，武汉大学出版社2004年版。

不在禁限。"此外，还一再重申戏曲演员及其家属不许参加科举之禁令，从而断绝他们的仕进之途，贬低其社会地位，从思想上抑制戏曲从业者。为了整顿军纪和整肃民风，还下令禁止军队和民间学习唱戏，违反者，割舌、断手、卸脚，甚至折磨致死。

即使宫廷演出，演员服饰也多加限制。《大明会典·礼部二十·教坊司冠巾服》云：

> 洪武三年定：乐艺，冠青卍字顶巾，系红绿褡褳。乐妓，则戴明角冠，皂褙子，不许与庶民妻同……
> 又令教坊司伶人，常服绿色巾，以别士庶之服。
> 又令乐人戴鼓吹冠，不用锦绦，惟用红褡褳，服色不拘红绿。
> 又令教坊司妇人，不许戴冠，穿褙子。
> 又令乐工当承应，许穿靴，出外不许……
> 凡中官供奉女乐、奉銮……服黑漆唐巾，大红罗销金花圆领，镀金花带，皂靴。歌章女乐，服黑漆唐巾，大红罗销金裙袄，胸带，大红罗抹额，青绿罗彩画云肩，描金牡丹花，皂靴。奏乐女乐，服色与歌章同。[1]

严格的律令和残酷的惩戒使得宫廷以外的民间曲艺几乎被消灭殆尽。对于存留教坊艺人的服侍装扮同样进行严格的管制和约束，以区别于常人。内廷宦官艺人也不例外，供奉女乐、奉銮之时都有相应的服饰要求。

统治者的政策历来是有针对性和相对性的。使民顺从的同时，也不会委屈自己。周玄暐《泾林续记》卷1记载，朱元璋对流行一时的昆山腔颇有好感，在召见昆山老人周寿谊时特提及"闻昆山腔甚佳，尔亦能讴否？"[2] 有

---

[1] （明）李东阳等：《大明会典》（二）卷61，广陵书社2007年版，第1071—1072页。
[2] （明）周玄暐：《泾林续记》卷1，续修四库全书本1124册，上海古籍出版社2002年版，第188页。

人以《琵琶记》进呈太祖，高皇评价曰："五经、四书，布、帛、菽、粟也，家家皆有；高明《琵琶记》，如山珍、海错，富贵家不可无。"[1]"洪武初年，亲王之国，必以词曲一千七百本赐之。"[2]一面禁毁一面倡导，看似矛盾的表象下是其政治统治的需要，《大明律·刑律九·搬做杂剧》规定禁演的都是纯娱乐的，而道德教化类曲目不在禁止之列。而广发词曲与藩王，无非利用词曲腐化藩王的政治欲望，使其安心享乐，不至于同室操戈。无论太祖的主观目的如何，客观上却刺激了戏剧在宫廷王府的繁荣和发展。而在宫廷演戏者除去教坊司伶人外，就是钟鼓司宦官伶人，所以，太祖这种"州官放火"式的戏曲政策其实对于内廷宦官艺人来说也是一大好事。

《明史·韩宜可传（附周观政传）》记载：

> 帝之建御史台也，诸御史以敢言著者，自宜可外，则称周观政。……尝监奉天门。有中使将女乐入，观政止之。中使曰："有命。"观政执不听。中使愠而入，顷之出报曰："御史且休，女乐已罢不用。"观政又拒曰："必面奉诏。"已而帝亲出宫，谓之曰："宫中音乐废缺，欲使内家肄习耳。朕已悔之，御史言是也。"[3]

这则史料虽然是御史劝止太祖引进女乐，但却说明太祖还是有意愿在宫内以曲为乐的，且提到"宫中音乐废缺，欲使内家肄习耳"。这或许是太祖的推诿之词，也是为自己曾经的戏曲律令政策打圆场。"内家"该是宫中内侍，就是宦官。太祖的借口或许有些拙劣，但反而流露出打算让宦官学习曲艺来满足内廷之娱乐需要，既然女乐无以进，那么宫中音乐废缺的补救责任无疑就是钟鼓司宦官了。

---

[1]（明）徐渭：《南词叙录》，《中国古典戏曲论著集成》（三），中国戏剧出版社1959年版，第240页。
[2]（明）李开先：《李开先集》卷6，中华书局1959年版，第370页。
[3]（清）张廷玉：《明史》卷139，第3983—3984页。

太祖的戏剧政策明显带有多面性，对民间的高压，对王族的鼓励，对自己的宽容，当然内廷戏剧的另一个副作用或许太祖没有料到，成为后期宦官以此蛊惑帝王不事朝政，并进而专权的工具。

太祖之后，成祖在永乐九年七月再下禁词曲之令：

"该刑科署都给事中曹润等奏，乞敕下法司，今后人民倡优装扮杂剧，除依律神仙道扮义夫、节妇、孝子、顺孙劝人为善及欢乐太平者不禁外，但有亵渎帝王、圣贤之词曲，驾头杂剧，非律所该载者，敢有收藏、传诵、印卖，一时拿送法司究治。"奉旨："但这等词曲，出榜后，限他五日，都要干净，将赴官烧毁了。敢有收藏的，全家杀了。"[1]

成祖与太祖的禁令并无本质区别，只是更明确和具体地指示禁哪些不禁哪些，而且二人都是一面禁止，一面却在内廷给予一定支持。如成祖下令修纂的《永乐大典》中，著录了较大篇幅的评话、杂剧和戏文。

综上所述，太祖、成祖利用律令对戏剧有条件地限制是相当严格甚至残酷的。据此，我们也知道属于神仙道扮义夫、节妇、孝子、顺孙、欢乐太平的剧本准许演出，但冒渎圣贤、驾头杂剧等均明令禁止。从允许的剧目看，多是教化类、道德类、歌颂类的历史剧和神仙剧，而禁止的多是不利于政治统治、道德礼法规范的纯娱乐曲目。

《明史·乐志一》记载："嘉靖元年，御史汪珊请屏绝玩好，令教坊司毋得以新声巧技进。世宗嘉纳之。"这说明太祖、成祖的文艺政策深入人心，而且士大夫给予很好的贯彻。所以到了嘉靖年间，教坊司的演出仍然受到高雅文士的重重"诘难"。事实上，外廷士大夫的诘难针对的是大仪礼这样的隆重严肃的场合，至于小的宴飨娱乐场合，未见到有诘难记载。这样的结果

---

[1] （明）顾起元：《客座赘语》卷10，上海古籍出版社2005年版，第1462页。

是教坊司承应的大型宴飨,剧目多内容陈腐,乏味雷同,了无新意,但仪礼乃祖制,无论如何一直延续不止,这从教坊司编演剧目可见一二。[1] 但内廷上演的小令、杂剧等多由钟鼓司代言。明代的宫廷演出较前代有新的发展,最显著的一点便是内外有别,即在体制上外朝与内廷分开。隶属礼部的教坊司掌管外朝承应,内廷供奉职能则分出去交由钟鼓司承担了。刘若愚《酌中志》对钟鼓司的机构设置及其演出职能有最为详尽的说明。[2]

宣宗执政,于宣德四年八月谕行礼部尚书胡濙曰:"祖宗时,文武官之家,不得挟妓饮宴。近闻,大小官,私家饮酒,辄命妓歌唱,沉酣终日,息废政事,甚者留宿,败礼坏俗。尔礼部揭榜禁约,再犯者必罪之。"[3] 宣宗虽施行歌妓之禁,但他并不嫌恶戏剧,反倒是颇为喜爱。与太祖、成祖一样严于律人,宽以待己。刘宗周《人谱类记》卷下记载:

> 黄忠宣公在宣庙时,一日命观戏。曰:"臣性不好戏。"命围棋。曰:"臣不会著棋。"问:"何以不会?"曰:"臣幼时父师严,只教读书,不学无益之事,所以不会。"宣宗默然。[4]

黄忠宣公所谓的不好戏正是为了讽谏宣宗耽于戏剧。

宣宗之后英宗即位。较之其他帝王,英宗实在是一位不为曲艺所动,仅仅将其视为必要之时的礼仪来用的帝王。李贤《天顺日录》记载:

> 五年十一月二十日早,上(英宗)召李贤至文华殿……贤曰:"如此节俭,益见盛德。若朝廷节俭,天下自然富庶。前代如汉文帝、唐太

---

[1] 见下文《脉望馆钞校本古今杂剧》中现存"本朝教坊编演"。
[2] 关于钟鼓司的具体介绍见本章第三节。
[3] (明)俞汝楫:《礼部志稿》卷3,文渊阁四库全书本。
[4] (明)刘宗周:《人谱类记》卷下,文渊阁四库全书本。

宗、宋仁宗皆能节俭,当时海内富庶。惟耳目玩好不必留意,自然节俭。"上曰:"然。如钟鼓司承应,无事亦不观听,惟时节奉母后方用此辈承应一日。闲则看书,或观射。"[1]

英宗所言"钟鼓司承应无事,亦不观听,惟时节奉母后方用此辈承应一日。"可谓一语中的,曲艺原本乃节令用之。节令性承应显然是钟鼓司宦官演戏的一个主要特征。

正统年间,"北京满城忽唱《妻上夫坟》曲,有旨命五城兵马司禁捕,不止"。[2]统治者出于戏剧具有蛊惑人心的负面影响,故对于有不良反响的戏剧加以禁止传播,但英宗只是下旨禁止,没有像明初那样以严酷的刑法处置,即使没有效果,统治者也没有进行追究,这样戏曲由部分强令禁毁过渡到了有节制的任其按自身规律发展的阶段。

英宗不好曲艺也罢,他甚至还下令释放在籍教坊人员。史梦兰《全史宫词》卷20:"乐部三千放出宫,宫人新放例从同……"引《万历野获编》注曰:"宣德十年,英宗即位。谕礼部曰:'教坊乐工数多,其择堪用者量留,余悉发为民。'凡释教坊乐工三千八百余人。"[3]英宗大量释放教坊人员,一方面说明其不好曲艺,另一方面不得不考虑内廷尚有钟鼓司宦官伶人,需要之时,他们随时可以承应。所以文献记载中尚没有发现遣散钟鼓司伶人的,当然,教坊人员罢黜之后可以到民间以平民身份生存,宦官一旦遣散出宫,那无疑就是断其性命。当然还有一种可能就是,钟鼓司的不断强化从而分化和削弱了教坊司的职能,所以正统以来,教坊人员屡有裁减。况且,英宗朝一直有王振为幕僚,英宗如此行为,不得不考虑被其呼为"先生"的儒宦王振对其的作用与影响。《罪惟录》有云:"上尝与小臣击球,振至而止……振

---

[1] (明)李贤:《天顺日录》,嘉靖十二年刻明良集本。
[2] (清)于敏中:《日下旧闻考》卷146,北京古籍出版社1983年版,第2338页。
[3] (清)史梦兰:《全史宫词》卷20,第199页。

跪奏曰：'先皇帝为一球子几误天下，陛下复躏其好，如社稷何？'上愧无所容。"[1]

王振完全是一个不是文儒而胜过文儒的形象，他自小严格规谏英宗，以至后来内侍以声色诱导英宗之时，其所言完全一副道德家口吻。而英宗又极为尊敬王振，故王振对于英宗远离曲艺的影响是显然的。

明代进入中期后，太祖、成祖严格的律制影响渐趋式微，帝王们的享乐之风开始膨胀。宪宗成化帝"好听杂剧及散词，搜罗海内词本殆尽。又武宗亦好之，有进者，即蒙厚赏。如杨循吉、徐霖、陈符所进，不止数千本"。[2]以致"如成化间（钟鼓司宦官）阿丑之属，以故恃上宠颇干外事"。[3]

阿丑借助戏剧干预政事，之所以没有受到帝王的制止，说明伶人敢于言说政事，是得到帝王默许的。这也侧面说明伶人地位不像明初那样低贱，而随着帝王喜好和重视戏曲地位随之攀升。

武宗好戏是声名在外，"小时喜听曲"，还"能解其音调，知其节拍"。[4]对于宫廷两套戏剧班子的既有状况，他表现出明显的不满。《续文献通考》载："（正德三年）帝谕钟鼓司太监康能等曰：'庆成大宴，华夷臣工所观瞻，当举大乐。近来音乐废缺，非所以重朝廷也。'于是礼部议请选三院乐工年力精壮者严督教习，从之。仍令礼部移文各省，选有精通艺业者送京供应。自是筋斗百戏之类，盛于禁掖矣。"[5]武宗对着钟鼓司伶人表达不满之后，教坊司于是大肆选进新奇百戏、精技伶人供应。这说明教坊司和钟鼓司的业务已经渐趋合流，共同承应，共同担责。

武宗好戏发展到宠信伶人，曾违背律制赐予伶人臧贤一品官服，升为奉銮，至此俳优之势大涨。武宗南巡，还带回南戏名家顿仁，使得京城与

[1]（清）查继佐：《罪惟录》列传卷29，浙江古籍出版社1986年版，第2617页。
[2]（明）李开先：《李开先集》卷6，第370页。
[3]（明）沈德符：《万历野获编》补遗卷1，第798页。
[4]（明）何良俊：《曲论》，《中国古典戏曲论著集成》（四），第5页。
[5]（清）嵇璜：《续文献通考》卷104，文渊阁四库全书本。

禁廷南北曲得以融合。武宗的个人喜好，乃至近乎专业性的欣赏眼光，加之瑾党的大肆蛊惑，客观上促进了内廷戏曲的繁荣，也促成了南戏在京城的发展，这也为后来神宗专设宦官统领下的四斋、玉熙宫习演南戏奠定了基础。

武宗好戏宠信伶人，对于钟鼓司来说不啻是一大机遇。钟鼓司出身的刘瑾，几无学识，但很会借助戏曲娱乐等满足帝王之需，偕同其名下整日进献新鲜曲艺、虎豹鸟兽以及其他杂耍之戏，娱乐武宗而邀宠获信。王鏊《震泽纪闻》卷下："刘瑾奴"条记："刘瑾，陕西兴平人……少狡狯……特利口伤人，称为利嘴刘。成化中，好教坊戏剧，瑾领其事得幸。"[1]《明史》亦记："日进鹰犬、歌舞、角抵之戏，导帝微行。帝大欢乐之。"[2] 武宗钟爱曲艺，刘瑾投其所好，或供养于豹房，或导引其巡游，钟鼓司出身的刘瑾借助小小的曲艺把戏登上了司礼监宝座，乃至后来权倾朝野。

《苏州戏曲志》载："时上好新音，教坊日进院本，以新事为奇。"[3] 这样看来，在钟鼓司的刺激下，教坊司亦不甘落后，二者都在通过进献"新事"满足帝王的戏剧爱好。

神宗年幼登基，朝政大权被外相张居正、内相冯保把持，所以他有更多的时间来娱乐。《酌中志》卷1记载："（神宗）凡竺典、丹经、医、卜、小说、画像、曲本靡不购及。"《酌中志》卷16还记载："神庙孝养圣母，设有四斋，近侍二百余员，以习宫戏、外戏。凡慈圣老娘娘升座，则不时承应外边新编戏文，如《华岳赐环记》亦曾演唱。"另外还写道："神庙又自设玉熙宫近侍三百余员，习宫戏、外戏，凡圣驾升座，则承应之。"《万历野获编》补遗卷1"禁中演戏"条同样记载："（神宗）上始设诸剧于玉熙宫，以习外戏，如弋阳、海盐、昆山诸家俱有之。其人员以三百为率，不复属钟鼓司，

---

[1] （明）王鏊：《震泽纪闻》卷下，中华书局1991年版，第28页。
[2] （清）张廷玉：《明史》卷304，第7786页。
[3] 苏州市文化局、苏州戏曲志编辑委员会编：《苏州戏曲志》，古吴轩出版社1998年版，第446页。

颇采听外间风闻，以供科诨。"[1]神宗对戏曲的贡献在于，将当时流行的几大腔调全部搜罗进了宫廷。通过新设四斋、玉熙宫，以制度的方式固定下来，成立专门机构专习外戏，大量南戏入宫并占据重要地位，使得宫廷戏曲得以全面繁荣。另外，神宗在位四十八年（1572—1620），在明代帝王中最为长久。而其被冠之以"纲纪废弛，君臣否隔"[2]，由于张居正、冯保把持内外，近乎代皇帝执政，"闲来无事"的神宗把更多的精力投入到戏剧娱乐中，这是他的不幸，却是戏曲的大幸。

《酌中志》卷22记："光庙喜射，又乐观戏。于宫中教习戏曲者，近侍何明钟，鼓司官郑稽山等也。"除去钟鼓司、玉熙宫这些专职编演人员之外，近侍也参与教习曲艺。史玄《旧京遗事》也记载："光庙喜看曲本戏"并解释曲本戏即为吴歈曲本戏，也就是"外戏"。[3]

光宗之后的熹宗最为好戏。《甲申朝事小纪》云："熹庙好驰马，看武戏，又极好水戏。"《酌中志》卷16记："先帝最好武戏，于懋勤殿升座，多点岳武穆戏文。"熹宗不仅观戏，进而演戏。秦征兰《天启宫词》有记："（熹宗）尝于庭中自装宋太祖，同高永寿辈演《雪夜访赵普》之戏。"[4]高永寿是内廷知名的以容貌娇美称道的宦官伶人。俞樾《茶香室续钞》卷16"明熹宗自演戏"条对此也有同样记载。可见宦官演戏对帝王的文艺喜好影响之大，使其直接参与其中且乐此不疲。

熹宗演戏一方面出于个人爱好，但也不得不考虑其受内廷宦官演戏的影响。如果宦官演戏没有得到他的欣赏，或满足他的欲望，他也不会如此喜好。魏忠贤及其阉党再次上演刘瑾对于武宗的曲艺献媚，一个投其所好，一个正中下怀。明代历史上除刘瑾外，第二个依靠曲艺娱乐伎俩登上司礼监宝

---

[1]（明）沈德符：《万历野获编》补遗卷1，第798页。
[2]（清）张廷玉：《明史》卷21，第295页。
[3]（明）史玄：《旧京遗事》，第12页。
[4]（明）秦征兰：《天启宫词》，出自朱权等：《明宫词》，北京古籍出版社1987年版，第29页。

座且权倾朝野的魏忠贤诞生了。到底是帝王戏曲喜好及其文艺政策影响了宦官演戏，还是宦官演戏干预了帝王喜好和文艺政策，这应该是个双向互动的问题。熹宗与武宗一样过分沉溺其中，结果朝政懈怠，宦官乘机专权。

如同前代帝王，崇祯同样喜好曲艺，时常弹琵琶、鼓琴。清人王誉昌《崇祯宫词》第一一三首原注这样说："苏州织造局进女乐，帝颇惑之。田贵妃疏谏云：'当今中外多事，非皇上燕乐之秋。'批答云：'久不见卿，学问大进。但先朝有之，既非朕始，卿何虑焉。'"[1] 崇祯一言或为戏谑辩解之语，但也道出其中原委，帝王喜好戏曲是有传承的，先帝好戏成为后来好戏者辩解的凭据。但崇祯是一个把娱乐和政务可以很好把握的帝王，他亦喜好戏剧，但不耽溺其中，通过他对小内侍的批评可窥知一斑。《酌中志》卷4："先是，课内小臣读书，有惭者，今上（崇祯）厉声呵责曰：'读书是好事，倒害羞，若唱曲儿，倒不害羞耶？'"可惜崇祯生不逢时，其执政时期，内忧外患，原本也是喜欢戏剧的他不再幸玉熙宫。时人这样描述当时情况："君王十载休歌舞，故使梨园尽白头。"[2] 史玄《旧京遗事》载："京师岁时纪丽，自元旦至十二月除夕，燕娱不甚分殊。独崇祯戊寅边患荐臻，而岁时之礼稍废。岁除之夜，街火无光，守警环卫不去。明年元旦之日，呆木在东，圣主不鸣钟受贺，惟休沐诸黄门。给假无事时，绣衣红蟒相庆，往来长安街，门庑萧萧，空中闻鹰隼声，乘风高唳。"[3] 无独有偶，两相比较互相印证。同样王誉昌《崇祯宫词》第一〇五首写道："蔓衍增奇颡话新，潭香露白奏初巡。金银豆叶偏沾赐，会启天颜一笑春。"注释解曰："钟鼓司，时节奏水嬉、过锦诸戏，帝每为之欢笑。后寇氛不靖，恒谕免之。"[4] 集中记录崇祯年间的宫廷逸事的专书《烬宫遗录》，记载有在千秋

---

[1]（清）王誉昌：《崇祯宫词》，出自朱权等：《明宫词》，第96页。
[2] 语出《大鹤山人宫词纪事》，转引自胡忌、刘致中：《昆剧发展史》，中国戏剧出版社1989年版，第251页。
[3]（明）史玄：《旧京遗事》，第21页。
[4]（清）王誉昌：《崇祯宫词》，第94页。

节时演出《西厢记》、《玉簪记》。（崇祯）五年，皇后千秋节，谕沈香班优人演《西厢记》五六出，十四年演《玉簪记》一二出。十年之中，只此两次。王世德《崇祯遗录》："上恭勤节俭，励精图治。自神宗以来，膳羞日费万余金，上命尽减，但存百分之一，旧制冠袍靴履日一易，上命月一易。玉熙宫伶人立命黜散。"[1] "夫玉熙宫乃伶人所居，非离宫也。即娱情声色，向必亲幸，而后为乐宫。禁之制尚不知，乃敢于讪上，其谁欺，欺天乎！况玉熙宫伶人久奉黜散矣！"[2]

声色娱乐在多事之秋，比之政权，帝王更知孰重孰轻，明末风起云涌之际，崇祯不再幸玉熙宫，甚至遣散罢黜伶人。宦官伶人在帝王面前只是娱乐的声色工具，一旦时机不允许，他们随时成为被抛弃的对象。我们也不得不考虑宦官伶人的出路，天子的喜好直接关系到宦官执掌的演戏机构以及这些内侍伶人的命运。

通过考察明代帝王的戏曲喜好和文艺政策，我们认为正是帝王的或禁毁或喜好，明代戏曲的命运也起伏不定，但总体而言，明代帝王十之八九是尚戏之人，而他们对于戏曲的热情直接导致内廷宦官演戏的繁荣。明代帝王如此钟情或青睐于曲艺而蔚然成风的原因在于以下三个方面。

一、皇族家庭的庶民思想

《明史·太祖本纪》中记载：

> 先世家沛，徙句容，再徙泗州。父世珍，始徙濠州之钟离，生四子，太祖其季也。……至正四年，旱蝗，大饥疫。太祖时年十七，父母兄相继殁，贫不克葬。里人刘继祖与之地，乃克葬，即凤阳陵也。太祖

---

[1]（明）王世德：《崇祯遗录》，清钞本。
[2] 同上。

孤无所依，乃入皇觉寺为僧。[1]

　　太祖的布衣出身，僧侣经历，使得他对戏剧这种民间俗文学样式更为接受和欣赏。这样的喜好不仅体现在他个人自身，通过他的一系列政策律令，以及言传身教，或强制，或潜移默化，耳濡目染得以延续。所以，明代宫廷内充满着浓郁的庶民氛围。曲艺杂剧这一俗文学样式恰恰满足他们的需求，而对于民间曲艺的限制和禁演，使得宫廷成为这一艺术的避风港，这又给了按乐制名正言顺成立的钟鼓司一大发展机遇。荆清珍《明代禁廷与戏曲刍议》[2]，以及日本学者岩城秀夫《明代宫廷与戏剧》[3]诸文中都论述了朱氏家族的庶民出身对他们热衷于戏曲的影响。

二、明代帝王的个人喜好

　　从环境而言，帝王们身居大内，处理政务闲暇之余，他们的娱乐多是和内廷宦寺一起游弋或者让宦官伶人表演曲艺。而他们的喜好直接导致和带动了从内廷到外廷的好戏风气。在南戏盛行的明中后期，宦官们甚至买来幼童让南戏班子从小教习，来满足帝王和自己的感官之需。针对此，作为儒宦的刘若愚曾发誓："一曰不串戏。实不忍将民间幼男买来，付南人教习，费财耗力，以供人耳目之乐，终至戏散流落失所者多。"[4]另一方面，明代很多帝王登基尚年幼无知，一些投机宦官乘机以新奇杂耍进献讨好，以博取宠信，为其日后的生计或政治投机增加砝码，结果从小就培养了帝王们好戏的习气。再有像张居正等大臣把持朝政，帝王干脆耽于享乐，

---

[1] （清）张廷玉：《明史》卷1，第1页。
[2] 荆清珍：《明代禁廷与戏曲刍议》，《长江学术》2008年第3期。
[3] 〔日〕岩城秀夫著，长松纯子译：《明代宫廷与戏剧》，《珞珈艺术评论》第一辑。
[4] （明）刘若愚：《酌中志》卷16，第124页。

寻求精神寄托。总之或主动或被动，众多皇帝喜好曲艺是不争的事实。明代帝王好戏也有出于自娱，同时一些帝王成员亲自演戏，这在戏曲中称为"客串"，即本非伶人而参加戏班演出称为"客串"，参加这种活动的人称为"串客"。[1]这也是帝王的一种艺术实践。据赵山林在《中国戏曲传播接受史》中所述，客串在弘治、正德以后在南戏发达的江南地区很是常见，苏州著名文人祝允明尝与艺人一同化妆同台献艺。万历之后，士大夫也参与到这一行列，而戏剧家客串更是屡见不鲜，沈璟、屠隆等皆亲自编演。这样看来客串也非帝王一人而已，文人士大夫串戏在当时已是一种流行的风气。

正因为帝王与戏剧以及演戏之人宦官如此近的距离，也就是说他们共处一个大的后廷相对封闭的文化圈，所以，他们的喜好，就是意志，就是文艺政策。宦官伶人的演艺生涯完全要围绕着这一轴心进行。

三、宦官伶人的投其所好

毋庸置疑，帝王喜好就是宦官伶人的演艺风向标，反过来宦官伶人也必然左右甚至导引着帝王的文艺取向。闲暇之余身处奴婢文化圈的王族成员，对于宦官习得的一些新奇东西会产生浓厚的兴趣。帝王喜好戏剧，是宫廷戏剧的幸运，而戏剧的幸运，也是宦官伶人的幸运，本来地位低下的钟鼓司也可以扬眉吐气一番，而伶人戏子也可以耀武扬威一把，但负面的影响就是，宦官等群小乘机将帝王"拉下深水"，他们进献新声巧技，蛊惑君王沉溺其中，借助曲艺娱乐邀宠获得心理满足，或攫取政治权力直接干政，以致误国。以武宗朝之刘瑾，熹宗朝之魏忠贤为例，他们整日结党，为帝王进献狗马、鹰犬、歌舞、角抵以娱帝，隔绝君臣，使得君王不理朝政，混迹声色犬马之中，乘机邀宠而攫取权力。大内禁廷的戏曲生态发展

---

[1] 赵山林：《中国戏曲传播接受史》，上海人民出版社2008年版，第264页。

完全取决于皇帝个人喜好，但宦官是否会以戏剧博取帝王兴趣取向，同样重要。刘瑾之于武宗，魏忠贤之于熹宗，都通过曲艺伎俩赢得皇帝的开心和愉悦，权力就唾手可得。戏曲成为获取权力的敲门砖和问路之投石。这常常在外臣弹劾宦官的奏疏中屡屡出现。当外廷文臣不足以按其意志导引帝王向着他们的既定路线执政时，他们不约而同地把批判的矛头直指与皇帝一同享受娱乐的宦官伶人。

小结

有明一代二百七十多年，执政帝王十六位，除英宗对戏剧无明显喜好外，其他帝王均对戏剧表现出浓厚的兴趣。达到嗜好的几位帝王是宪宗、武宗、神宗、熹宗。其中如前文所述熹宗天启皇帝更是粉墨登场，从容扮相，乐此不疲。如果说太祖通过行政命令将曲本颁发诸王府，主观目的是以娱乐消遣转移内部权力斗争的话，客观上却使得戏剧盛行于上流社会。随着政权的稳定，律令亦随之宽松，帝王、贵族的戏剧喜好对于民间有无形的昭示作用，"上有所好，下必甚焉"，上行下效使得戏剧呈繁荣之势。事实上，无论是帝王出于政治教化还是娱乐使然，臣民出于投其所好还是政治讽谏的主观意识之外，客观上都会对戏剧本身起到促进刺激作用。当然也有负面的影响，尤其宦官既是艺人又是奴仆，由于这样的特殊关系，奴仆型艺人只能投合主宰者的喜好进行演出，这样也就会牺牲戏剧艺术本身的内在规律性而一味地去迎合君王们的口味，而缺少了传统戏曲的道德教化、讽谏意义，阿谀献媚之风充斥其中。但无论如何，帝王可以为戏剧的发展和演出提供足够的物质保障和政策支持。故，帝王意志对于内廷宦官演戏作用是一分为二的。既有积极的一面，也有消极的一面。但总的来说，刺激与促进是主流。

通过梳理明代帝王的戏剧喜好这一线索，我们也大致看出明代宫廷演戏的一个流变历程:从教坊司到钟鼓司可以看出内外廷演戏的"离合",从钟鼓司到玉熙宫可以看出内廷宦者演戏的"嬗变"。

第三节　从教坊司到钟鼓司看内外廷演戏的"离合"

明代负责宫廷戏剧演出的两套班子,一套是教坊司[1],一套是钟鼓司。他们都是满足帝王需要的御用班子,但分工不同,教坊司负责外廷演出,隶属礼部。钟鼓司负责内廷演出,隶属司礼监。二者原本内外有别而各司其职,但在帝王需要之时,往往又互有交通,甚至互相竞争,在整个明代宫廷戏剧史上二者关系总体而言是由分立到渐趋合流的。

一、外廷与内廷演戏之别

我们先来看一些有关教坊司的文献。

《明史·乐志》载:"又置教坊司,掌宴会大乐。设大使、副使、和声郎,左、右韶乐,左、右司乐,皆以乐工为之。后改和声郎为奉銮。""及进膳、迎膳等曲,皆用乐府、小令、杂剧为娱戏。"

《明史·职官志》也载:"教坊司奉銮一人(正九品),左、右韶舞各一人,左、右司乐各一人(并从九品)。"

又《万历野获编》记载:"教坊司,专备大内承应,其在外庭,维宴外夷朝贡使臣、命文武大臣陪宴乃用之。盖沿唐鸿胪寺、宋班荆馆故事,所以柔服远人,本殊典也。又赐进士恩荣宴亦用之,则圣朝加重制科,非他途可望,其他臣僚,虽至贵倨,如首辅考满,特恩赐宴始用之。惟翰林官到任,

---

[1] 本文所指教坊专指北教坊,明代留都南京亦有教坊司,俗称南教坊。南教坊作为遗留之物,不受重视,故,比之北教坊不足为重。

命教坊官俳供役，亦玉堂一佳话也。犹记丙戌诸吉士入馆，余随先人同官入观，时正承平盛时，礼数极盛，今二十年矣。"[1]

再据赵琦美《脉望馆钞校本古今杂剧》中现存"本朝教坊编演"者十八种，依序为：

225. 宝光殿天真祝万寿　　234. 紫薇宫庆贺长春寿
226. 众群仙庆赏蟠桃会　　235. 贺万寿五龙朝圣
227. 祝圣寿金母献蟠桃　　236. 众天仙庆贺长生会
228. 降丹墀三圣庆长生　　237. 庆冬至共享太平宴
229. 众神圣庆贺元宵节　　238. 贺升平群仙祝寿
230. 祝圣寿万国来朝　　　239. 庆千秋金母贺延年
231. 争玉板八仙过滨海　　240. 广成子祝贺齐天寿
232. 庆丰年五鬼闹钟馗　　241. 黄眉翁赐福上延年
233. 河嵩神灵芝献寿　　　242. 感天地群仙朝圣

我们再来看一些有关钟鼓司的文献。

《明史·职官志》"钟鼓司"条注云："掌印太监一员，佥书、司房、学艺官无定员，掌管出朝钟鼓，及内乐、传奇、过锦、打稻诸杂戏。"

刘若愚《酌中志》卷16"内府衙门职掌"之"钟鼓司"条记：

掌印太监一员，佥书数十员，司房、学艺官二百余员。掌管出朝钟鼓。凡圣驾朝圣母回，及万寿圣节、冬至、年节升殿回宫，皆穿有补红帖里，头戴青攒，顶缀五色绒，在圣驾前作乐，迎导宫中升座承应。凡遇九月登高，圣驾幸万寿山；端午斗龙舟，插柳；岁暮宫中驱傩；及日

---

[1] （明）沈德符：《万历野获编》卷10，第271—272页。

食、月蚀救护打鼓，皆本司职掌。

西内秋收之时，有打稻之戏，圣驾幸旋磨台、无逸殿等处，钟鼓司扮农夫馌妇及田畯官吏，征租交纳词讼等事……亦祖宗使知稼穑艰难之美意也。

又过锦之戏……浓淡相间，雅俗并陈，全在结局有趣，如说笑话之类。又如杂剧故事之类……备极世间骗局丑态，并闺壶拙妇呆男，及市井商匠刁赖词讼、杂耍把戏等项，皆可承应。……所以制此种种作用，无非广识见，博聪明，顺天时，恤民隐之意也。……又，上元之前，或于乾清宫丹陛上安七层牌坊灯，或寿皇殿安方圆鳌山灯，有高至十三层者。……

又木傀儡戏……或英国公三败黎王故事，或孔明七擒七纵，或三宝太监下西洋、八仙过海、孙行者大闹龙宫之类，惟暑天白昼作之，如耍把戏耳。其人物器具，御用监也；水池鱼虾，内官监也；围屏帐帷，司设监也；大锣大鼓，兵仗局也。

……

神庙孝养圣母，设有四斋近侍二百余员，以习官戏、外戏。

……

神庙又自设玉熙宫近侍三百余员，习官戏、外戏，凡圣驾升座，则承应之。刘荣即其一也。又蔡学等四十余人多怙宠不法，自万历己亥秋，俱下镇抚司狱。至庚申秋，光庙始释，然瘐死者已十之三四也。此二处不隶钟鼓司，而时道有宠，兴暖殿相亚焉。

《万历野获编》补遗卷1"禁中演戏"条：

内廷诸戏剧俱隶钟鼓司，皆习相传院本，沿金元之旧，以故其事多与教坊相通。……颇采听外间风闻，以供科诨，如成化间阿丑之属，以故恃上宠颇干外事。近日圣意颇觉之，进膳设剧，顿减于旧，此辈亦少戢矣。又有所谓过锦之戏，闻之中官，必须浓淡相间，雅俗并陈，全在结局有趣，如人说笑话，只要末语令人解颐。盖即教坊所称耍乐院本意也。今实录中谓武宗好武，遇内操时，组练成群，五色眩目，亦谓之过锦。似又是八虎及许泰、江彬辈营伍中事，即王恭襄（琼）亦在其中，非剧也。[1]

《万历野获编》补遗卷1"内官定制"条：

内职惟钟鼓司最贱，至不齿于内廷，呼曰东衙门，闻入此司者例不他迁，如外藩王官。然而正德初，刘瑾乃以钟鼓司入司礼者。又传先朝曾召教坊司幼童入侍，因阉之为此司之长，以故其侪鄙为倡优之窟，不屑列班行，未知然否。[2]

《旧京遗事》卷1："钟鼓司，专一统领俳优，如古梨园伶官之职。"[3]
《吾学编·皇明百官述》卷下："钟鼓司，掌奉先殿祭乐、御乐，并宫内筵宴乐，更漏早朝鼓。"[4]

根据以上关于教坊司的四则文献，关于钟鼓司的六则文献，两相比较，我们大致可以看出二者之间的如下区别。

（一）职能之别

归结四则教坊司文献，其职能主要有：一是掌宴会大乐，这类宴飨该

---

[1] （明）沈德符：《万历野获编》补遗卷1，第798页。
[2] 同上书，第814页。
[3] （明）史玄：《旧京遗事》，第11页。
[4] （明）郑晓：《吾学编·皇明百官述》卷下，明隆庆元年郑履淳刻本。

是国宴类型。二是掌小型宴飨，如帝王进膳、迎膳之时的欢娱之需。三是掌外交仪礼陪宴之用。四是赐进士、首辅等恩荣宴。五是翰林官员到任欢迎之用。这就很明确地说明教坊司设立之初的职能作用是在隆重场合、特定情况下、有重要人物出现才启用的具有仪礼性、荣誉性、娱乐性的曲艺演奏。总的来说，就是用其营造太平盛世下的一种歌舞升平的繁荣景象。

归结六则钟鼓司文献，其职能大致可以归为这样几类：一是掌出朝钟鼓。二是掌节庆祝寿、风俗节气之乐。三是祭祀神灵、教化子孙、开启圣聪之用。四是纯粹娱情逗乐之需。五是劝谏之需。这五类又可划为三大类型：为内廷提供娱乐；为帝王提供民情；教化、讽喻时政。总体而言，主观目的十分明确，就是达到一种寓教于乐的状态。这在后文将要论述的钟鼓司艺人阿丑部分会进行专门说明。

两相比较，教坊司职能很宏大，多是场面上的承应，在于制造欢乐祥和的氛围和大国气象，主要是一种国家政府行为。而钟鼓司的承应相对具体和有针对性，主要围绕帝王个人需要而展开。

（二）剧种之别

教坊司与钟鼓司虽皆以伎乐杂戏抵奉御前，但所呈献节目实有不同。按教坊司编演《古今杂剧》，这些剧目一概是神仙祝寿、歌功颂德类型。而内廷钟鼓司则是打稻、过锦、水傀儡、杂耍百戏，这些虽具有教化意义，但娱乐性很强，给人新奇放松的感觉。宋懋澄《九龠集》卷10所记钟鼓司诸伎有：狻猊舞（即狮子舞）、掷索、垒七卓、齿跳板、杂伎、御戏等。[1] 联系上引《明史·职官志》"钟鼓司"条所载："传奇、过锦、打稻诸杂剧。"再据蒋之翘《天启宫词》载："钟鼓司有水傀儡戏、秋收打稻戏，又有过锦戏⋯⋯备极世间昏庸受欺、奸谗巧诈情事。虽市井商匠杂耍把戏，皆可承应。祖宗

---

[1] （明）宋懋澄：《九龠集》卷10，中国社会科学出版社1984年版，第217—218页。

设此，无非欲以广后人之耳目也。"[1] 内廷伎乐远较外朝丰富，不言自明。陶慕宁《明教坊演剧考》对二者剧目差别的原因给予了一些阐释。他认为，外朝演出例于朝会宴飨时献艺，面对百官，须顾及体面，诸淫媟不恭之剧必当回避，内廷演剧则无需顾忌，全然以皇帝一人之好恶为取去。[2] 故而，外廷演戏庄严典雅、呆板传统，毫无生气；内廷则灵活多样、生动活泼。

（三）严密度之别

宋懋澄《九籥集·御戏》条云：

> 院本皆作傀儡舞，杂剧即金、元人北九宫。每将进花及时物，则教坊作曲四折，送史官校定，当御前致词呈伎，数日后，复有别呈，旧本更不复进。南九宫亦演之内庭，至战争处，两队相角，旗杖数千，别有女伎，亦几千人，特设内侍领其职。凡傅朱粉人，虽司礼亦时加厚犒，恐于至尊前有所讽刺也。然此辈多行无礼，上时毙之仗下。闻亦间及朝事，宫中秘密。侍臣休沐，不敢齿温树也。[3]

《明史·乐志》载："弘治之初，孝宗亲耕藉田，教坊司以杂剧承应，间出狎语。都御史马文升厉声斥去。"

据以上文献，外廷教坊司演出曲本是需要送呈史官"校订"的，也就是说需要经过预审程序。如前文所述，他们要在公开大型宴会场合承应，关乎国家体面和形象，所以演出程序繁杂，较少发挥和自由把握。一旦不符合相应儒家礼法，往往遭到文儒的诘难。内廷相对而言，只要不忤逆圣上龙颜，演出自由度较高，只是需要对内廷见闻加以保密。但风险依然存

---

[1] （明）蒋之翘：《天启宫词》，北京古籍出版社1987年版，第56页。
[2] 陶慕宁：《明教坊演剧考》，《南开大学学报》1999年第6期。
[3] （明）宋懋澄：《九籥集》卷10，第218页。

在，一旦"无礼"时有杖死者。至于何为"无礼"，无非就是帝王一时情绪不快而已。

严密度之别还表现在，一旦艺人入钟鼓司，就很难再转入其他机构做事。《万历野获编》补遗卷1云："内职惟钟鼓司最贱……闻入此司者例不他迁，如外藩王官。"[1] 所以，它的人员相对很固定。而教坊司经常从民间吸纳新人进入，还有帝王喜欢的民间艺人一般也是招入教坊。遇到大型宴飨、节庆需要，还经常调用民间乐工。而一旦遇到帝王对其兴趣不大之时，又可以随时遣散教坊伶人。前文有述，英宗就曾大量释放教坊伶人。所以在人员出入流动方面，教坊司较钟鼓司自由度大一些。再如《明武宗外纪》载："上称'豹房'曰'新宅'，日召教坊乐工入'新宅'承应，久之，乐工诉言乐户在外府多有，今独居京者承应，不均。乃敕礼部移文，取河间诸府乐户精技业者，送教坊承应。于是有司遣官押送伶人，日以百计，皆乘传给食。及到京，留其技精者给与口粮，敕工部相地结房室大小有差。"[2] 于是，"俳优之势大张。臧贤以伶人进，与诸佞幸角宠窃权矣"[3]。武宗自封"威武大将军"，南巡之际，在北教坊奉銮臧贤的引荐下，剧作家徐霖、南教坊乐工顿仁等皆得到武宗宠信，一时为人称羡。但南教坊由于远离京都，失去了为帝王娱乐提供服务的功能，以致"名妓仙娃，深以登场演剧为耻。"[4] 这些都说明教坊人员的出入自由度相对于钟鼓司来说很高。

（四）贡献度之别

二司作为宫廷演艺机构，对戏剧的贡献各有成就。上面提到的臧贤、徐霖等教坊伶人之所以受到帝王宠信，关键在于他们对于戏曲的个人贡献很

---

[1]（明）《万历野获编》补遗卷1，第814页。
[2]（清）毛奇龄：《明武宗外纪》，上海书店出版社1982年版，第14页。
[3]（清）张廷玉：《明史》卷61，第1509页。
[4]（明）余怀：《板桥杂记》卷上，南京出版社2006年版，第10页。

大，可以称得上是艺术家。前文所列本朝教坊编演剧目，这也是教坊司艺人创作方面的贡献。内廷宦官伶人很难用艺术家来称呼，阿丑之属也就是知名艺人而已，但钟鼓司整体上对于戏曲的贡献度也是很大的。宫廷所藏内府本全部由钟鼓司保藏，他们也与教坊司一样编演剧目，更有为了取悦帝王投献新奇曲艺，对于戏曲来说都是贡献。

（五）主被动之别等

内廷钟鼓司伶人因为唯一的服务对象就是帝王及其家族，而外廷教坊司承应的是政府官方的事务，当然也承应帝王家族事务。就距离而言，内廷可以近距离地接触帝王，所以他们往往主动投献曲艺邀宠于人主，外廷的教坊艺人多是出名之后为人主所看中给予宠信。

此外，就开放度而言，内廷出于保密，较为封闭，他们多限于深宫演出。而外廷教坊演出是公开、开放的。再有受众不同，钟鼓司演出受众局限于皇族，教坊演出面向的是整个政府官员乃至民间百姓。还有专权之别。外廷教坊伶人如何受宠，只是造成俳优之势大涨，无法造成专权之势。内廷刘瑾、魏忠贤等却可以导帝懈政，专权擅权。

二、外廷与内廷演戏之合

虽然存在以上诸多区别，但二司毕竟同为宫廷演艺机构，在帝王的主观意志下，或被动或主动地趋于合流之势，而且客观上他们都继承前朝戏曲，虽风格、剧目等诸多方面差异甚大，但本源上都是曲艺，他们之间的"融合"也很多。

（一）剧目之合

剧目之合指的是同承金元之旧。

《万历野获编》补遗卷1载："内廷诸戏剧俱隶钟鼓司，皆习相传院本，沿金元之旧，以故其事多与教坊相通。"[1]

《万历野获编》卷25"杂剧院本"条也记载："杂剧如《王粲登楼》、《韩信胯下》、《关大王单刀会》、《赵太祖风云会》之属，不特命词之高秀，而意象悲壮，自足笼盖一时；至若《㑇梅香》、《倩女离魂》、《墙头马上》等曲，非不轻俊，然不出房帏窠臼，以《西厢》例之可也……以至《三星下界》、《天官赐福》种种吉庆传奇，皆系供奉御前，呼嵩献寿，但宜教坊及钟鼓司肄习之，并勋戚贵珰辈赞赏之耳。"[2]

据此，虽内外廷戏剧演出各司其职，但他们对于前朝戏剧的继承上是一脉相通的，遇到合适的剧目共同肄习之。

（二）承应之合

承应之合指的是遇到大型庆典，二司往往共同承应，或者帝王一时之需，也会即时共同承应。

《续文献通考》载："（正德）帝谕钟鼓司太监康能等曰：'庆成大宴，华夷臣工所观瞻，当举大乐。近来音乐废缺，非所以重朝廷也。'于是礼部议请选近见叙名臣者三院乐工年力精壮者，严督教习从之。仍令礼部移文各省，选有精通艺业者，送京师供应。自是筋斗百戏之类，盛于禁掖矣。"[3]这是发生在正德三年的事情，武宗下诏令庆成大宴之时当举大乐，表明他对礼乐的重视，而且对于宫廷音乐现状颇为不满，用"废缺"来形容。于是礼部通过各种途径，多个渠道网罗艺人和百戏进京。这说明遇到大型庆典之时，二者是共同承应的。

---

[1]（明）沈德符：《万历野获编》，第798页。
[2] 同上书，第648页。
[3]（清）嵇璜：《续文献通考》卷104，文渊阁四库全书本。

(三) 身份之合

所谓身份之合指的是外廷教坊伶人或民间艺人，一旦受到帝王的赏识和喜欢，为了便于其随时入宫演出，干脆将其宫为宦者，直入钟鼓司任职。

陆容《菽园杂记》卷1载："（太监王敏）本汉府军余，擅踢鞠（即蹴鞠），宣宗爱而阉之。"[1] 于慎行《谷山笔尘》卷6"阉伶"条云："正德中，乐长臧贤甚被宠遇，曾给一品服色，然官名体秩则不易也。……未几，上有所幸，伶儿入内不便，诏尽宫之，使入为钟鼓司官，后皆赐玉。"[2] 其时伶人以新声巧伎邀宠，已与宦官沆瀣一气矣。到如今为"登堂入室"之方便，干脆进行身份变更，摇身一变而为内廷宦官伶人。

(四) 业务之合

业务之合指的是，二司在学艺和承应上，常有业务交通往来。

皇甫录《明纪略》载："正德己巳，诏问教坊童孺百人，送钟鼓司习技，又诏天下择其技倡优以进。时广平进筋斗色，数人技巧绝甚，瑾诛，乃移檄止之。"[3]

看来正德年间，武宗下诏令教坊司童孺入钟鼓司习技，与钟鼓司出身的刘瑾不无关系，且规模甚大，达百人之多，除去刘瑾的因素，就武宗来说，在他认为，教坊司的剧目或演出已经难以令其满意，更何谈愉悦。钟鼓司则在刘瑾的经营下，深得主子欢心，改进机制，不再一味地进行传统曲艺编演，而是花样翻新，引进民间新技，以新、奇、巧博取帝王欢心。所以，相对于只是被动地接受承应的教坊司，钟鼓司却主动出击，更新、改进、吸收、开创新的娱乐形式。抛开瑾党的政治目的，单从艺术的角度来讲，孰优孰劣，自不必言。故，钟鼓司逐步成为宫廷演出的主体。

---

[1] （明）陆容：《菽园杂记》，第3页。
[2] （明）于慎行：《谷山笔尘》卷6，中华书局1984年版，第67页。
[3] （明）皇甫录：《明纪略》，民国景元明善本丛书十种历代小史本。

前文已论，刘瑾执掌钟鼓司，日进鹰犬、歌舞、角抵之戏，导帝微行，帝大欢乐之。这恰恰说明刘瑾经营下的钟鼓司深得武宗欢心，故派遣教坊妇孺向其习艺。原本主要经营雅乐的教坊司也涉及俗乐，给我们一个信息是，至少在明中后期，在服务帝王曲艺爱好的职能方面，教坊司与钟鼓司已经没有实质性的差别了，二者甚至互相竞争，以致由于不良竞争而告发检举。查继佐《罪惟录》载：

> 陈义者，为钟鼓司掌事，奉旨进伎女李惜儿等，先后入宫。教坊发其事，上诛义及教坊晋荣，而释惜儿等。[1]

二司的业务交通不仅表现在以上习艺行为，前文有论教坊扮演剧目常送钟鼓司供内廷演出，即内府本。也就是说，二司上演相同的曲本。

于敏中《日下旧闻考》卷48云："京师黄华坊有东院，有本司胡同，本司者，教坊司也。"[2] 本司胡同今尚在，位居朝阳门内灯市东口以北，东西向，趾今地安门东南之钟鼓司故址（今钟鼓胡同）不远。这样近距离的位置，客观上也方便他们互相进行业务交通。徐子方在《明代杂剧史》中亦说："二者的'业务'大有交叉之处。"[3]

除了以上合流之外，二者最根本的相同点都是地位低贱，为人不齿。

都穆《都公谈纂》卷下："吴优有为南戏于京师者，门达锦衣奏其以男装女，惑乱风俗。英宗亲逮问之。优具陈劝化风俗状。上命解缚，面令演之。一优前云，'国正天心顺，官清民自安'云云，上大悦，曰：'此格言也。奈何罪之？'遂籍群优于教坊。群优耻之。驾崩，遁归于吴。"[4] "群优

---

[1] （清）查继佐：《罪惟录》列传卷29，第2620页。
[2] （明）于敏中：《日下旧闻考》卷48，第762页。
[3] 徐子方：《明代杂剧史》，中华书局2003年版，第49页。
[4] （明）都穆：《都公谈纂》卷下，上海古籍出版社2005年版，第584页。

耻之",这说明由于明初酷律的打压,至少在前中期,教坊司演戏在人们的意识中一直视为低贱的职业。而《万历野获编》补遗卷1中对于钟鼓司干脆评价为:"内职惟钟鼓司最贱,至不齿于内廷,呼曰东衙门。"[1]

小结

从教坊司与钟鼓司的"合流"情况看,某种程度上这是一种雅乐的失落。帝王不重视雅乐,严重而言就是一种礼乐崩坏,直接后果就是教坊司的衰败,钟鼓司的兴起。由于钟鼓司不断受到帝王重视,尤其武宗时期,善于经营的刘瑾使得钟鼓司地位得到很大提升,在演艺职能方面已经部分地取代了外廷教坊司的作用。一方面钟鼓司可以延伸至外廷参与大型宴飨演出,二者共同承应,而教坊艺人受到帝王宠信则"阉割"入内廷演戏,所以可以这样讲,明代宫廷的戏剧演出,虽然有两套班子,但二者比之,无论规模抑或演出技艺,钟鼓司应在教坊司之上。二者的"合流",一方面表现在业务之合,另一方面也表现在人员之合。这种变化就传播者与接受者的文化心理而言,是一个由重教化到偏娱乐的过程。

第四节　从钟鼓司到玉熙宫看内廷演戏的"嬗变"

一、南戏入宫与北杂剧衰落

在帝王人为因素下,有明一代将原本活跃于勾栏瓦肆的戏曲移植到贵族宫廷,开国之初乃至整个王朝前期宫廷垄断了杂剧演出,民间戏剧得到空前

---

[1] (明)沈德符:《万历野获编》,第814页。

遏制。但到了中后期，随着律令的宽松和城市经济的发展，南戏在江南一代得到蓬勃发展，后传至京都，进而入内廷。

《北京志·戏剧志》记："（明代的戏曲艺术）自元末至明万历年间，则是处于衰微状态。……在最高统治集团的控制下，为适应宫廷、官府和贵族人家的需要，当时创作和演出的大多是一些庆功、祝寿、歌功颂德、粉饰太平的剧目，如皇室作者朱有燉编写的《八仙庆寿》、《仙官庆会》等。戏剧逐渐走入宫廷，也越来越脱离群众，剧坛萧瑟，势所必然。直到万历年间（1573—1620），江南戏曲弋阳、昆腔先后进入北京，北京剧坛才增添了戏剧品种，其冷落局面才开始有了转机。"[1] 据此，在万历年间，南戏诸腔已经在京城"扎根"，且有繁荣之势。

追溯南戏北上进京、入宫，则有一个较长的历史过程。当年英宗逮问"以男装女，惑乱风俗"的在京南戏艺人，后将他们归于教坊，而他们却以之为耻的事件说明，至少在英宗时期，南戏已经活跃在京师一带，而到神宗单设四斋、玉熙宫专习南戏止，历经百年之久。我们先来看一些文献：

1. 《明史·乐志》云："（正德年间）俳优之势大张。臧贤以伶人进，与诸佞幸角宠窃权矣。嘉靖元年，御史汪珊请屏绝玩好，令教坊司毋得以新声巧伎进。"

2. 顾起元《客座赘语》云："南都万历以前，公侯与缙绅及富家……大会则用南戏，其始止二腔，一为弋阳，一为海盐。弋阳则错用乡语，四方士客喜阅之。海盐多官语，两京人用之。"[2] 无独有偶，《金瓶梅词话》中也说，嘉、隆间南曲兴盛，凡招待士夫贵胄，西门庆必用海盐戏班。

3. 徐树丕《识小录》卷 4 云："吴中曲调，起魏氏良辅。隆、万间精妙

---

[1] 北京地方志编纂委员会：《北京志·文化艺术卷·戏剧志》，北京出版社 2000 年版，第 14 页。下文均简称《北京志·戏剧志》。

[2] （明）顾起元：《客座赘语》，第 1430 页。

益出。四方歌曲必宗吴门，不惜千里重资致之，以教其伶、妓……"[1]

4. 沈德符《万历野获编》补遗卷1"禁中演戏"条谓："至今上始设诸剧于玉熙宫，以习外戏，如弋阳、海盐、昆山诸家俱有之。其人员以三百为率，不复属钟鼓司，颇采听外间风闻，以供科诨。"[2]

5. 刘若愚《酌中志》卷16："神庙孝养圣母，设有四斋近侍二百余员，以习宫戏、外戏。……神庙又自设玉熙宫近侍三百余员，习宫戏、外戏，凡圣驾升座，则承应之。……此二处不隶钟鼓司，而时迶有宠，兴暖殿相亚焉。"

6. 史玄《旧京遗事》："神庙时，始特设玉熙宫，近侍二百余员，兼学外戏。外戏，吴歈曲本戏也。"[3]

7. 蒋熏《廊吟》："承欢圣母四斋伶，二百笙歌绕座清。学得新声传外戏，玉熙宫内独刘荣。"[4]

8. 史梦兰《全史宫词》卷20：

院本新添弋与昆，教坊官里几伶伦。近来贵比朝绅列，抛却猪靴卍字巾。《野获编》内廷诸戏剧俱隶钟鼓司，皆习相传院本，沿金、元之旧，其事多与教坊相通。至今上始设诸剧于玉熙宫，以习外戏，如弋阳、海盐、昆山诸家俱有之。（又）教坊官在前元最为尊显，秩至三品。我朝教坊之长虽止九品，然而御前供役亦得用幞头公服，望之俨然朝士也。按祖制，乐工俱戴青卍字巾，系红绿搭膊，常服则绿头巾，以别于士庶。此会典所载也。又有穿带毛猪皮靴之制。今进贤冠束带竟与百官无异。[5]

---

[1] 叶德均：《戏曲小说丛考》上，中华书局1979年版，第43页。
[2] （明）沈德符：《万历野获编》补遗卷1，第798页。
[3] （明）史玄：《旧京遗事》，第11页。
[4] （清）蒋熏：《留素堂诗删》卷1，清康熙刻本。
[5] （清）史梦兰：《全史宫词》卷20，第204页。

以上陈列了八则关于南戏的相关文献，从中可以看出：南戏是在全国盛行已久的情况下，至少在英宗执政期间既已入京，且归于教坊。也就是说南戏最初入宫是进入教坊的，是南戏艺人直接入籍教坊在外廷演出，是一种艺人引进。这时，南戏艺人以入籍教坊为耻，他们的入宫并没有对北杂剧构成多大影响。到了正德年间，俳优之势大涨，延至嘉靖年间虽外廷屡屡上言禁绝新声巧技，终不能杜绝其势。武宗巡游南北，得宠艺人南来北往使得南曲、北剧得以互相传播。南戏入京的同时，北杂剧也被带到江南。至嘉隆间，南戏已成为招待贵胄的必用曲种。降及万历朝，南曲新声遂取代北剧位置，而独擅宫廷。

史玄《旧京遗事》云："然今京师所尚戏曲，一以昆腔为贵。"[1]所指当是启、祯年间。明初衰落的南戏，在成化年间又开始逐渐盛行。其盛行的原因和前文所述宪宗、武宗好戏直接相关。而到了万历年间，《元曲选》刊行问世，其中收录了《汉宫秋》、《梧桐雨》等之前明令禁止的剧目，而此时南戏已经入宫扎根，万历朝乃至整个明中后期，以昆曲为主的南戏成为京师和内廷戏曲演出的主流。

需要说明的是同为"外戏"，沈德符解释为"弋阳"、"海盐"、"昆山"诸腔，史玄则称为"吴歈曲本戏"，吴歈，即吴歌，也即吴音。"吴歈"与昆腔是同义语，所谓"吴歈曲本戏"也就是昆腔传奇。二人的所说范围有别，但南戏在万历朝进入宫中已是不争的事实。

南曲入宫不仅仅是神宗的个人使然，也是当时的社会风气促成，北杂剧更多的承载了历史道德教化，承应宴飨仪礼这些官方的东西。或者是一些失意文人的牢骚之作。徐翙在《盛明杂剧·序》中说明代杂剧"皆牢骚肮脏不得于时者之所为也"。此语虽不免夸张，但也道出一个事实，艺术性和娱乐性这些戏剧最本真的东西严重退化。而南戏在民间的大肆流行，加之帝王的

---

[1] （明）史玄：《旧京遗事》，第25页。

个人喜好，流行宫中乃是多方原因促成。

万历朝，明代宫廷戏曲在机构设置上发生了本质变化。不过，这次不再由钟鼓司承应，神宗新设四斋和玉熙宫专门学习。按文献8，南戏新入以及玉熙宫的成立，直接导致艺人地位极大提升，教坊艺人的服饰变化，说明其地位一改明初的低贱，教坊艺人的变化也是内廷宦寺艺人变化的一个影子。内廷引入南戏不同于外廷的是成立单独机构，让宦官自己学习，是一种技术引进。这也看出时空变化下的帝王对于民间曲艺的认可和欣赏，不再同于明初乃至英宗时一味地打压民间曲艺。而机构设置的背景是北杂剧的衰落，南戏的盛行。

这恰如陶慕宁所说："以戏曲传播规律度之，殆应先肇始于市井里巷，嗣后渐流布浸染于士林，终得输入宫掖教坊。倘此说可通，则历朝天子虽享九五之尊，其观赏新创之声腔剧种反须步布衣草民之后尘，思之亦可博一粲。"[1]

南戏入宫后，对北杂剧形成的冲击，引起部分士人的担忧。何良俊《四友斋丛说》卷37"词曲"记：

> 声音之道，与政通矣。……杨升庵曰："《南史》蔡仲熊云：'五音本在中土，故气韵调平。东南土气偏诐，故不能感动木石。'斯诚公言也。近世北曲，虽郑卫之音，然犹古者总章北里之韵。梨园教坊之调，是可证也。近日多尚海盐南曲，士夫禀心房之精，从婉娈之习者，风靡如一。甚者北土亦移而耽之。再数世后，北曲亦失传矣。"[2]

杨慎所说从一个方面说明四斋、玉熙宫设立后，帝王耽于南戏，对于北杂剧来说无疑是一大冲击。从王族成员，到士族中人风行听南曲，除去南曲

---

[1] 陶慕宁：《明教坊演剧考》，《南开大学学报》1999年第6期。
[2] （明）何良俊：《四友斋丛说》，中华书局1983年版，第336—337页。

本身的优势外，帝王喜好下的上行下效的昭示作用不可低估。于是南曲在北地的流行蔚然成风，所以杨氏担心北曲失传虽不免杞人忧天，但也不无根据。

程华平在《明清传奇编年史稿》中载："万历之前，北曲承金元余绪，从明初至隆庆年间（1368—1572）一直占据着曲坛的优势地位。……万历年间，北曲由于不断受到南曲系统的声腔，如海盐、弋阳、余姚、昆山等的冲击，在南方的地位日趋下降。……到了万历末年，北曲在北方也逐渐衰落。王骥德《曲律》卷一《论曲源第一》说：'迩年以来，燕、赵之歌童、舞女，咸弃其捍拔，尽效南声，而北词几废。'"[1]

再据祝允明《猥谈》："自国初以来，公私尚用优伶供事，数十年来所谓南戏盛行，更为无端……今遍野四方。辗转改益，又不如旧……愚人蠢工徇意更变，妄名余姚腔、海盐腔、弋阳腔、昆山腔之类。变易喉舌，趁逐抑扬，杜撰百端，真胡说耳！"[2]

按以上两则文献，北杂剧衰落已成事实，但南戏盛行之况还是受到一些人的质疑，甚至是诘难。如祝允明说其"变易喉舌，趁逐抑扬，杜撰百端，真胡说耳"。但祝氏批判之处也恰是南曲的特色所在。

宦官伶人一般深居大内，他们的忧患无非就是能否获得宠信，所以他们所关心的多是帝王一个人的兴趣口味，只要什么曲艺可以满足帝王欣赏习惯，他们就进献、编演什么，南曲无疑因为甚为流行且深得王族喜好，而南曲的特点也适合盛世王朝的声色娱乐、歌舞升平。但在帝国将倾的没落之际已经不合时宜，故崇祯帝不再幸玉熙宫。

总之，南戏在进入北京之前，在江南已经得到很大的发展，并且在全国流行起来，北杂剧的独统地位受到动摇，在明中后期，虽然南戏与北杂剧并存于内廷，但南戏的受欢迎程度和待遇明显高于北杂剧。故李真瑜在《明中后期北京的戏剧文化》中说："整个京城的戏剧在逐渐由南北并行向南长北

---

[1] 程华平：《明清传奇编年史稿》，齐鲁书社 2008 年版，第 67—68 页。
[2] 黄天骥、康保成：《中国古代戏剧形态研究》，河南人民出版社 2009 年版，第 598 页。

消的趋势演变。"[1] 这从明人秦征兰的《天启宫词》、蒋之翘的《天启宫词》，清人王誉昌所撰《崇祯宫词》可窥得一二，[2] 宫廷演出剧目除个别如《西厢记》、《风云会》以外，其余大多数为南曲传奇。曾经作为明前期戏剧主体的北杂剧演出是无可挽回地衰落于历史舞台了。整个宦官在内廷演戏的"角色变化"也是这个王朝兴衰的晴雨表，同时是戏剧在明代发展演变的风向标。当开国之初，通过上演政治教化、神仙道化剧以收拾世道人心，而当天下太平内部权力斗争之时，宦官往往通过演戏或反映时政，针砭时弊；或娱乐帝王，以戏邀宠。而一旦王朝政权不稳之时，内廷戏剧又会随着帝王的离弃而渐趋衰落。

二、从玉熙宫看内廷戏剧演变

南戏以制度的方式立足内廷，分别在四斋和玉熙宫进行习演。

关于四斋演戏的文史记录相对较少，其中史梦兰《全史宫词》卷20云：

> 龙楼弦管一时鸣，令节承欢奉辇行。初命四斋陈百戏，君王先已候乾清。《彤史拾遗》神宗尝设四斋，近侍二百余人，陈百戏，为两宫欢。[3]

蒋之翘《天启宫词》云："歌彻咸安分外妍，白翎青鹞入冰弦。四斋供奉先朝事，华狱新编尚可传。"原注："神庙孝养两宫，设有四斋。近侍两百余名，习戏承应。一日，两宫升座，神宗侍侧，演新编《华狱赐环记》。"[4]

四斋少为文史所载的原因盖在于，这一机构设置针对性极强，神宗为

---

[1] 李真瑜：《明中后期北京的戏剧文化》，《北京师范大学学报》2003年第4期。
[2] 关于明代宫词中记录的南戏演出情况，后文中有专门论述。
[3] （清）史梦兰：《全史宫词》卷20，第171页。
[4] （明）蒋之翘：《天启宫词》，第50页。

孝敬两宫皇太后所设，一般外人无从知道具体演出详情，只有节令之时，帝王前往举行表达孝心的大型宴飨仪式，外臣等才有机会见识其中场面且加以记录。

关于玉熙宫的记录就纷繁复杂了。吴长元《宸垣识略》卷4记载：

> 玉熙宫在金鳌玉蝀桥之西，明世宗嘉靖四十四年，万寿宫灾，暂御于此。万历时，选近侍三百余名，于玉熙宫学习宫戏，岁时升座，则承应之。各有院本，如《盛世新声》、《雍熙乐府》、《词林摘艳》等词。又有《玉蛾儿》，京师人尚能歌之，名"御制四景玉蛾郎"，他如"过锦之戏"，约有百回。又杂剧古事之类，各有引旗一对送上，所扮备极世间骗局俗态，并拙妇骏男及市井商贾、刁赖词讼杂耍诸项，欲深宫广见闻、恤民隐也。崇祯帝每宴玉熙宫，作"过锦"水嬉之戏。一日宴次，报汴京失守，亲藩被害，遂大恸而罢。自是不复幸玉熙宫矣。[1]

何乔远《名山藏·典谟记》记载："上不怿乃移御玉熙宫。"[2]《明史纪事本末》卷54中提到，"适万寿宫灾，宫在西苑，上自壬寅宫变，即移于此，不复居大内。忽火作，乘舆服御皆毁，上暂居玉熙宫，隘甚，邑邑不乐"[3]。

这里的"上"指的是世宗嘉靖皇帝。从中知道，玉熙宫原本就是存在的一个宫殿，属离宫性质。神宗在这里成立新的戏剧习演机构，依殿名命名。据孙承泽《天府广记》卷5、于敏中等编纂《日下旧闻考》卷41记载："金海桥之北曰玉熙宫。"其址在今北海前金鳌玉蝀桥以西，就是现在国家图书馆古籍馆所在地。

---

[1]（清）吴长元：《宸垣识略》，北京古籍出版社1982年版，第71—72页。
[2]（明）何乔远：《名山藏》卷28，崇祯刻本。
[3]（清）谷应泰：《明史纪事本末》卷54，中华书局1977年版，第828页。

另，曹静照《宫词》云："口敕传宣幸玉熙，乐工先候九龙池。装成傀儡新番戏，尽日开帘看水嬉。"[1]

再，杨恩寿《词余丛话》云："明烈帝（崇祯）每宴玉熙宫，作过锦水嬉之戏。一日宴饮，报至，汴梁失守，亲藩被害，遂大恸而罢。自是不复幸玉熙宫矣。"[2]

据以上文献，南戏在万历年间以制度方式进入内廷，通过设立两个专门机构加以学习，而且人员较钟鼓司两倍还多。值得注意的是，这两个机构引人注目的是习外戏，但同时都习旧有宫戏。所以玉熙宫中仍然大量上演钟鼓司传统宫戏，如杂剧、过锦、傀儡水嬉等。也就是说，玉熙宫已经完全将钟鼓司除出朝钟鼓外，所有职能作用都囊括其中，这样在这两个机构内部就实现了北杂剧和南戏的融合。

同为宦官演戏机构，玉熙宫不同于钟鼓司的根本地方在于，它不仅是戏剧机构，也是帝王的离宫，还是看戏的固定场所。宫内宦寺艺人都是专职演戏，不像钟鼓司那样承担很多外廷的业务，且掌管出朝钟鼓等杂役。

上节所述，由于教坊司不能适应和满足帝王无限欲望，钟鼓司逐步取代了其部分职能。但南戏大兴之后，神宗又单设四斋、玉熙宫，宫戏、外戏一同学习，又将钟鼓司的职能侵占殆尽。

然而，就在四斋、玉熙宫成立后，帝王仍然不时引进民间艺人与戏班进宫献艺。王誉昌《崇祯宫词》云："（崇祯）五年，皇后千秋节，谕沉香班优人演《西厢记》五六出。十四年，演《玉簪记》一二出。"[3]周同谷《霜猿集》亦云："（崇祯）上在玉熙宫，命梨园奏水嬉、过锦诸伎。"[4]这里说的沉香班以及梨园，显然都是民间戏班。民间梨园剧团分担了部分宦官垄断的

---

[1]（清）朱彝尊：《明诗综》卷84，第4111页。
[2] 中国戏曲研究院编：《中国古典戏曲论著集成》（九），第284页。
[3]（明）朱权等：《明宫词》，第102页。
[4]（明）周同谷：《霜猿集》，中华书局1985年版，第4页。

内廷戏剧。这也说明无论宦官伶人如何努力，帝王的欲望总是无法满足。正德间，时人武英殿大学士王鏊就有诗对民间梨园戏班入宫献艺进行描述："赓歌千载盛明良，宸翰如今更炜煌。漫衍鱼龙看未了，梨园新部出《西厢》。"[1] 前文提到的教坊司臧贤以及民间梨园艺人已经对钟鼓司宦官戏剧演出形成了冲击。钟鼓司的演艺水平比不上在宫外竞争中占优势的戏班子，因此，有些时候，宫外的戏班子会奉召进宫献艺，这在玉熙宫设立后依然进行着。我们不能武断地认为是宦官演戏在宫廷的衰落才导致帝王引进外戏，不无可能的是帝王的口味总是在不停地变更着，内廷演戏的更新远远赶不上帝王趣味的变化。曾经内廷宦官伶人的戏剧演出危及外廷教坊伶人的地位之时，谁又曾料想民间梨园也不断威胁着内廷宦官伶人的地位。但也从一个侧面说明，明代中后期戏剧政策的宽松。整体上文人广泛染指民间曲目创作或给予支持，应该说南戏的盛行有不少文人的贡献。当然宦官演戏逐步陈旧也是原因之一，与其身深居大内，没有广泛的素材，以及学识也有一定关系。当然还有一种可能就是宦官刻意引进民间梨园戏班，代己演出投帝王一时之好。这也足以说明，真戏乃在民间。

这里还有一个不得不提及的问题，为什么神宗新设四斋、玉熙宫仍旧由宦官统领呢？其中盖因宦官自身的特性恰恰最适合演出南戏。且看明代帝王对于南戏的态度演变。

据《南词叙录》所载，明初太祖甚是喜欢高明《琵琶记》，誉其为"山珍海错，富贵家不可无"。但太祖意在以杂剧之乐改造南曲《琵琶记》，最终教坊司乐工改编为"南曲北调，可于筝琶被之"[2]。太祖喜欢《琵琶记》的内容，却不喜欢它的演艺风格，故令人加以改造。前文所提都穆《都公谈纂》记载的英宗凭借吴优"以男装女，惑乱风俗。亲逮问之"。英宗不好曲

---

[1]（清）钱谦益：《列朝诗集》（二）丙集第六，《传世藏书》总集19，海南国际出版中心1996年版，第857页。
[2] 中国戏曲研究院编：《中国古典戏曲论著集成》（三），第239页。

艺是一个方面，关键是见南戏以"以男装女"有伤风化。陆容《菽园杂记》卷10："嘉兴之海盐，绍兴之余姚，宁波之慈溪，台州之黄岩，温州之永嘉，皆有习为倡优者，名曰戏文子弟，虽良家子不耻为之。其扮演传奇，无一事无妇人，无一事不哭。令人闻之，易生凄惨。此盖南宋亡国之音也。其赝为妇人者名妆旦，柔声缓步，作夹拜态，往往逼真，士大夫有志于正家者，宜峻拒而痛绝之。"[1] 从陆容《菽园杂记》成书于弘治年间，距离英宗时期已是几十年后，其所言仍然站在士大夫立场上加以批判南戏中男扮女装的娇态，但也不得不承认其反串的艺术逼真。而这一艺术对于后世戏曲中旦角的形成意义很大。

以上都穆和陆容两则材料的一个共同点就是南戏，确切地说"吴优"演戏的一大重要特征是"男扮女装"。而在南方，良家子弟亦不以为耻而为之。但在北国京都，就成为惑乱风俗的罪证。更为可笑的是当英宗将其纳入教坊时，不以为感恩，反以为耻。这又为什么呢？徐子方在《明杂剧史》给予的解释是：他们不是耻于做演员，而是更加乐于面向世俗大众，不愿禁锢于内廷。[2] 但无论如何，南曲开始兴盛，至神宗设玉熙宫大张旗鼓地令宦官习南戏，南戏才名正言顺地在内廷演艺。而宦官的生理特征无疑最为符合南戏"以男装女"的特点，也只有他们才会将这一特征表演的惟妙惟肖。黎国韬就此并综合历代宦者演戏中的脂粉装扮认为旦角的形成受其影响很大。[3]

那么宫廷内共同存在宦官执掌的三套戏剧班子，尤其以钟鼓司和玉熙宫为代表。前文论及玉熙宫的设置几乎将钟鼓司的职能所取代，但是钟鼓司并没有停止传统宫戏的演出，也并没有衰落。它的优势在于可以随班演出，不像玉熙宫是一个既定的戏场。

秦征兰《天启宫词》云："懋殿春暖御筵开，细演东窗事几回。日暮歌阑

---

[1]（明）陆容：《菽园杂记》，第124—125页。
[2] 徐子方：《明杂剧史》，第155页。
[3] 黎国韬：《古代乐官与古代戏剧》，第362页。

牙板歇，蟒襕珠穗出屏来。"其下注曰："上设地炕于懋勤殿，御宴演戏，恒临幸焉。尝演金牌记，至风魔和尚骂秦桧，魏忠贤趋匿壁后，不欲正视。"[1]

吕毖《明宫史》卷 2 载："天启六年以后，凡御前撒科打院本，有钟鼓司佥书王进朝，绰号王瘤子者抹脸诙谐……圣颜每为喜悦。"[2]

据以上两则文献，虽然外戏入宫，但钟鼓司并没有受到很大冲击。反而他们也没有完全让四斋、玉熙宫一统独演外戏、南戏。《酌中志》卷 16："五年之九月九日，驾幸万寿山，钟鼓司太监邱印执板清唱《洛阳桥记》……"《洛阳桥记》即是南戏传奇《四美记》。

钟鼓司太监清唱"外戏"，这俨然不是他们的传统承应节目。《酌中志》卷 14 记载了"泰昌元年冬，客氏迁乾西二所，先帝亲临为之移宫，升座饮宴。钟鼓司官邱印等扮戏承应"。据此也可以知道，二者在宫中时有互相接受承应。但是钟鼓司无固定剧场，随时承应，不像玉熙宫某种程度上作为皇帝的离宫，是一个专门演戏的固定宫殿。也就是说，玉熙宫演戏是观众前往观看的。钟鼓司是随着观众所需跟班表演。

据上，玉熙宫确实不仅习外戏，也习宫戏，即钟鼓司传统戏曲。但钟鼓司也在习传统宫戏的同时，进行外戏演出。所以，相较于教坊司与钟鼓司的明确建制区别，玉熙宫与钟鼓司则有分工不明的现象。但就人数而言，大大超过钟鼓司编制，且无明确分工，只是笼统而言以三百为率，这也就意味着随意性很大，其实设置玉熙宫相较开国之初设钟鼓司还是有明显区别的，前者是按律制而设，后者完全是神宗个人一时情趣使然。

三、从玉熙宫看遗民心态

玉熙宫在明朝后期作为宫廷演剧的主要场所，通过曲艺上演着王朝的盛

---

[1] （明）秦征兰：《天启宫词》，第 22 页。
[2] （明）吕毖：《明宫史》卷 2，文渊阁四库全书本。

世辉煌。作为王公贵族最高级别的娱乐场所,明亡后,回想曾经歌舞升平的时代,玉熙宫遂成为遗民感怀的对象。看来礼乐之兴旺实乃王朝兴旺的一面镜子。曾经代表大明太平享乐的故地,成为多情文人怀旧伤感的载体,进而成为他们诗文创作的一个特殊主题。如:

1. 朱彝尊《同刘侍郎入大房山时刘编修养疴山中八首》诗云:"春风依旧野棠红,麦饭僧厨饷客同。不用三车频问法,白头试话玉熙宫。"[1]

2. 丁澎《听旧宫人弹筝》诗云:"银甲斜抛雁柱飞,玉熙宫里尚依稀。不须弹到《回波曲》,说着先皇泪满衣。"[2]

3. 吴梅村长诗《琵琶行》中云:"先皇驾幸玉熙宫,凤纸金名唤乐工。苑内水嬉金傀儡,殿头过锦玉玲珑。一自中原盛豺虎,暖阁才人罢歌舞。"[3]

4. 陈维崧《听白生弹琵琶》诗云:"玉熙宫外缭垣平,卢女门前野草生。一曲红颜数行泪,江南祭酒不胜情。"[4]

5. 翁心存《阳泽门内小马圈是前明玉熙宫遗址》诗云:

> 过锦排当想像中,胜朝曾此建离宫。
> 一从凫藻缠妖彗,无复龙舟漾彩虹。
> 铜马嵯峨笼晓霭,玉蛾凄断泣秋风。
> 惟余宝月亭前月,长向渐台照绮栊。[5]

6. 铁保《玉熙宫词》:

按:明神宗时,尝选近侍三百余人演新乐府,陈过锦水嬉之戏,憨帝宴

---

[1] (清)朱彝尊:《曝书亭集》卷8,四部丛刊景清康熙本。
[2] (清)沈德潜:《清诗别裁集》,上海古籍出版社1984年版,第160页。
[3] (清)高士奇:《金鳌退食笔记》卷下,北京古籍出版社1980年版,第146页。
[4] (清)徐釚:《本事诗》卷12,清光绪十四年徐氏刻本。
[5] (清)翁心存《知止斋诗集》卷5,清光绪三年常熟毛文彬刻本。

次，报汴梁失守，遂罢宴，后不复幸。

> 太平天子教歌舞，三百官人尽媚妩。
> 止知天子宴神仙，不道筵前动鼙鼓。
> 齐声争唱玉娥儿，翻来乐府尽新词。
> 座中狎客谁第一，纪恩犹说严分宜。
> 嘈嘈杂剧名过锦，绰约轻旂对对引。
> 雅俗全登傀儡场，君王何处窥民隐。
> 水嬉之制制更神，雕刻木偶投水滨。
> 机械运掣百灵走，出没邋沓如生人。
> 汴梁烽火连天起，玉树新歌声变征。
> 极塞风烟暗夕曛，故宫花木随流水。
> 珠房月户迹全空，瓦砾如灰棘作丛。
> 惟有门前旧栽柳，依稀犹识玉熙宫。[1]

7. 屈大均《玉熙宫》：

> 玉熙宫里月，几夕照龙颜。
> 过锦陈春戏，廻风舞白鹇。
> 愁从河内乱，不见至尊闲。
> 流落龟年在，相逢两鬓斑。[2]

8. 刘逢禄《玉熙宫三十二韵》：

---

[1] （清）铁保：《梅庵诗钞》卷3，清道光二年石经堂刻本。
[2] （清）屈大均：《翁山诗外》卷7，清康熙刻凌凤翔补修本。

  徙倚青芜苑，神游万历年。
  仙妃九子佩，姹女五铢钱。
  复道芙蓉启，香车翡翠填。
  流莺娇朔管，飞燕贴花钿。
  雅子名如意，佳人字小怜。
  银屏春睡稳，金合夜盟坚。
  艳舞霓裳曲，新翻玉树篇。
  曼声中部伎，急响大罗天。
  ……[1]

9. 史梦兰《全史宫词》卷20：

  羽客南城设醮时，忧勤常恐外人知。玉熙漫进新番戏，昨日君王罢水嬉。《金鳌退食笔记》崇祯帝每宴玉熙宫，作过锦水嬉之戏。一日宴次，报汴京失守，亲藩被害，遂大恸而罢。自是不复幸玉熙宫矣。[2]

  以上九则文献给我们的一个共同感受是"物是人非"，留给文人墨客的只有无尽的回忆。于是诗人们以史诗般的笔法记录关乎玉熙宫的点点滴滴，尤其涉及末代皇帝崇祯在此观看各种曲艺的状况，以及王朝衰落后伶人的罢黜和戏曲的停演。大多诗词通过之前的热闹到之后的冷清两相比较，更见伤悲。

  为什么同是服务于宫廷的教坊司和钟鼓司没有成为后世遗民文人的感怀对象，唯独玉熙宫如此，盖因玉熙宫代表着一个王朝的兴盛，又规模宏大，不似教坊司和钟鼓司只是设在宫外一胡同之地，演出地方常有变更。加之玉

---

[1]（清）刘逢禄：《刘礼部集》附录，清道光十年思误斋刻本。
[2]（清）史梦兰：《全史宫词》卷20，第184—185页。

熙宫戏剧既有传统又有南戏，南北融合，充分体现盛世礼乐的恢弘状况。且玉熙宫已不仅仅作为一个演戏机构、戏楼、离宫，而且已经是一个王朝的象征。尤其崇祯帝自帝国罹难之际，不再幸玉熙宫这一历史转折事件，玉熙宫的命运也成为这个王朝的命运。《烬宫遗录》卷下还记：

> 中秋之夕，驾幸玉熙宫，设宴。既撤乐，命田贵妃鼓琴，时朗月如霜，器和响逸，上悦，顾谓贵妃，"卿指法洪纤，深得宜也"。……钟鼓司，时节奏水嬉、过锦诸戏，上每为之欢笑。后寇氛不靖，恒谕免之。[1]

当年沉溺戏曲的熹宗直接扮戏，如今勤政的思宗也命贵妃鼓琴，参与到整个戏剧之中。可惜一场农民起义，上不仅不再幸玉熙宫，连钟鼓司的传统演戏也下令免去。

小结

总体而言，明代内廷宦官演戏由建国之初的内外有别，到中后期内外合流，再到内廷增设新的戏剧机构，整个宦官演戏呈现由单一老套传统向多元乃至发展为全面繁荣的局面。体现在以下几个方面：

一是机构甚多。较之外廷孤立无援的教坊司，内廷先后设立钟鼓司、四斋、玉熙宫三个常设单位。针对专业性的戏曲演示则又有番经厂和道经厂宦官进行相关宗教说唱[2]。

二是兼容并包。相对于教坊司演戏的传统老套，内廷演出则北剧南曲，杂耍百戏一应俱全。

---

[1] （明）佚名《烬宫遗录》卷下，民国适园丛刊本。
[2] 关于"宗教说唱"在后文"宦官演戏种类述略"一节专门论述，暂提及。

三是多方配合。遇到大型演出，二十四衙门全面出动，以钟鼓司等为中心做好各方面的辅助工作。

第五节　宦官演戏在帝王娱乐中的作用及其影响
——以武宗朝、熹宗朝为中心

李开先《夜宴观戏》云："扮戏因开宴，坐深夜已阑。一人分贵贱，数语有悲欢。剪烛增殊态，停杯更改观。优旃曾讽谏，或谴叹言官。"[1] 诗中所言涉及戏曲伶人与文儒言官都可以影响到帝王在政务与娱乐中的意志取向。因此，帝王、文儒、宦官形成复杂的三角关系，以致文儒和宦官展开了或以"文谏"或以"戏讽"的帝王争夺战。

明初对于戏剧演出多是明文之禁，至中后期，律令性的禁毁相对减少，戏剧演出气候渐趋宽松，帝王们也投入更多的精力于戏曲娱乐，甚至懈怠政治。于是文儒们试图通过经筵等手段对帝王进行道德救赎，而一旦这一方式无济于事时，他们便将所有的罪责归咎于宦寺的蛊惑，于是上疏言劾宦官成为明代屡见不鲜的事情。

宦官演戏，广义地讲，包括所有他们组织的文体娱乐活动。帝王喜欢也无可厚非，大可不必慌张。但是，当它被宦寺和文儒们当作政治斗争的工具时，就被赋予了太多文化的含义。明代三大擅权宦官，除王振外，刘瑾、魏忠贤利用同样的伎俩邀宠得势。何以王振不同于后二者呢？这在前文中已有所说明，即是知识型宦官王振的儒宦意识，他完全把自己立足于如同外廷文儒一样的身份辅佐英宗执政，故对于那些以新巧之技蛊惑君王者给予怒斥。但他似乎忘记了自己的宦寺身份，而跨越到了儒臣身份这一边，所以外廷士

---

[1]（明）李开先：《李开先集》诗集卷2，第100页。

人往往抓住他干涉政事大肆宣传。当然，如果儒宦不涉政事，对帝王的日常规劝，还是为文儒们所认可的，甚至不惜褒奖。《罪惟录》云：

> 覃吉，广西人。初为典玺郎，老成醇谨，通书史，持论方正，儒生亡以过之。成化十四年，东官方九岁，吉侍起居惟谨，口授孔孟曾思等书，暇则间说五府六部、天下民情、农桑军务及宦官擅权蠹国之弊。曰："奴老矣，无所望，愿他日天下有贤主。"上常赐东官皇庄，吉曰："天下山河皆主有，庄何为？"竟辞之。一伴导东官读蒿里经，而吉适至，东官辄取《孝经》列案，稍自覆。其为东官所严礼如此。凡东官出讲，吉必令致敬讲官，务周折。局臣张端不然之，吉曰："尊师傅礼如是。"他日孝宗基命仁贤，吉辅导之功也。[1]

覃吉所为与王振如出一辙，差别在于，王振不仅规劝英宗，而且自己直接涉足政坛，故而王振被文儒们批判为擅权宦官，而覃吉却被他们褒奖为有德行的儒宦。

与儒宦相对的是那些没有学识、专靠通俗曲艺娱乐人君的佞宦。他们唯一的出路就是服侍君王，令其愉悦，而得到一些恩宠，但也有野心者，如刘瑾、魏忠贤，借助曲艺而获取政治权力。整个明史上，武宗朝之刘瑾及其党羽，熹宗朝之魏忠贤及其阉党，是以娱乐邀宠进而干政的两个最为显性的例子。

一、刘瑾八虎在武宗娱乐中的作用和影响

历代擅权宦官之所以能够得逞，其中自有他们的秘籍所在。《新唐书·仇士良传》记载，宦官仇士良擅文武大权，杀二王、一妃、四宰相，贪酷二十

---

[1]（清）查继佐：《罪惟录》列传卷29，第2610页。

余年。当他以老病辞归，徒子徒孙恭敬地送别时，那种功成业就的得意之态，便再也无须掩饰了。"诸君善事天子，能听老夫语乎？"众唯唯。士良曰："天子不可令闲暇，暇必观书，见儒臣，则又纳谏，智深虑远，减好玩，省游幸，吾属恩且薄而权轻矣。为诸君计，莫若殖财货，盛鹰马，日以球猎声色蛊其心，极侈靡，使悦不知息，则必斥经术，暗外事，万机在我，恩泽权力欲焉往哉？"[1] 如此"宦寺传心之秘藏"，一下子抓住了宦官事业的精髓，抓住了维系宦官集团生死存亡、荣辱进退的根本。

钟鼓司在二十四衙门中地位最低，凡入此司者不得转出他用。但出身钟鼓司的刘瑾不仅大大提升了这一衙门的地位，自己更是登上了二十四衙门中级别最高的司礼监秉笔太监的宝座，而且是一个不识字的秉笔太监。谷应泰《明史纪事本末·刘瑾用事》中记载："成化时，（刘瑾）领教坊见幸。弘治初，摈茂陵司香。其后得侍东宫，以俳弄为太子所悦，太子即位，时瑾掌钟鼓司。钟鼓司，内侍之微者也。瑾朝夕与其党八人者，为狗马鹰犬、歌舞角抵以娱帝，帝狎焉。"[2] 王世贞《弇山堂别集》中这样记载："上登极，瑾以执役钟鼓司与同辈谷大用等俱得幸，外廷攻之甚急，瑾大言曰：'此由司礼监无人耳。'同辈以为能，因共推引入司礼监。由钟鼓司而入司礼监，瑾以前盖未有也。"[3] 刘瑾苦心经营钟鼓司，以曲艺小技博取帝王开心只是手段，其目的是借此博取上位。他靠小小戏曲玩转大政治，正德皇帝终日混迹于其把持下的"豹房"之中，文史书籍对这里的记载也颇为着力。

沈德符《万历野获编》有言："伶官之盛，莫过正德。"[4] 于慎行《谷山笔尘》也记载："正德中，乐长臧贤甚被宠遇，曾给一品服色。"[5] 九品乐官竟获赐一品服色，可谓空前绝后。详情参阅郭福祥《臧贤与明武宗时期伶官

---

[1] 转引自史念海：《唐史论丛》第五辑，三秦出版社1990年版，第82页。
[2] （清）谷应泰：《明史纪事本末》卷43，中华书局1977年版，第629页。
[3] （明）王世贞：《弇山堂别集》卷95，中华书局1985年版，第1811页。
[4] （明）沈德符：《万历野获编》卷27，第700页。
[5] （明）于慎行：《谷山笔尘》卷6，第67页。

干政局面的形成》[1]。

武宗宠信伶人不分内外,关键时刻可以牺牲其生理,转变其身份,给予其待遇。"相传教坊司门曾改方向,形家相之曰:'此当出玉带数条。'闻者笑之。未几,上有所幸伶儿入内不便,诏尽宫之,使入为钟鼓司官,后皆赐玉。"[2]

宠信之人的言语不能不对武宗产生一定的影响,于是便出现了软媚文士纷纷与之交结以求进身的现象。"伶人恣横,至操文学词臣进退之权。"[3]这原本是一奇怪的现象,因为无论内外廷伶人,在士人面前都是下流的没有地位的玩物,不屑于与之交流的,但一旦他们成为帝王的宠信对象,对于士人的升迁有作用时,一些曾经清高的文士也不得不低下头来,与之周旋而获得利益,当然更多正直士人固守旧有的认识,对此加以最强烈的批判。受宠得势权宦层层围拢在帝王周边,将外廷文儒隔离于帝王活动区域之外。"正德元年丙寅,上嗣位,尚在童年。左右佞幸内臣日导引以游戏之事,由是视朝浸迟,频幸各监局为乐,或单骑挟弓矢,径出禁门弹射鸟雀,或开张市肆,货卖物件,内侍献酒食,不择粗细俱纳。大臣科道累有章疏,皆不省。"[4]刘瑾"八虎"各逞其巧,博取圣欢,搬演杂剧,进献鹰犬。武宗沉迷于歌舞、俳优杂剧的迷魂之中,荒废政业。帝王失德后,文儒们视"清君侧"为天下之己任,联名上奏、上疏弹劾、罢黜宦官成为实现或者体现他们士大夫价值的绝好机会。《武宗实录》载:"左右近幸欲擅权乱政者,以游逸淫乐蛊上,凯遂己私,而刘瑾为甚。瑾用赵高之术,导上深居。"[5]刘瑾并非个人诱导武宗逸乐无行,而是与一伙太监一起对皇帝实施包抄。按《明史·陆昆传》,当时的儒臣在争夺武宗、反击宦官的奏疏中指出,"时'八党'窃柄,朝政日非","陛下嗣位以来,天下顺然望治。乃未几宠信奄寺,颠覆典刑。太监

---

[1] 郭福祥:《臧贤与明武宗时期伶官干政局面的形成》,《东南文化》2003年第5期。
[2] (清)于敏中:《日下旧闻考》卷48,第762页。
[3] (明)沈德符:《万历野获编》卷1,第33—34页。
[4] (明)陈洪谟:《继世纪闻》卷1,中华书局1985年版,第69页。
[5] 《明武宗实录》卷197,台北"中央研究院"历史语言研究所,1962年校印。

马永成、魏彬、刘瑾、傅兴、罗祥、谷大用辈共为蒙蔽，日事宴游"。并援引前代理论如"欲擅主权，必先蛊其心志。如赵高劝二世严刑肆志，以极耳目之娱；和士开说武成毋自勤约，宜及少壮为乐；仇士良教其党以奢靡导君，勿使亲近儒生，知前代兴亡之故。其君惑之，卒皆受祸"。"若辈必谓宫中行乐，何关治乱，此正奸人欺君之故术也。"[1]

武宗对伶人的宠信无疑为佞臣当道提供了便利，导致了君臣关系的进一步混乱和恶化，激化了各种矛盾，成为武宗弊政中的一个重要方面。因此外臣毫不掩饰地说他好戏谑、好佛、好勇、好货、好士术，甚至说他"嬉游无度"[2]。文儒与帝王被内官所阻隔，正直文士纷纷上疏言劾，把一切罪过最终落实到他们的死对头身上。内官与外臣的矛盾由此展开。

陶谐《陶庄敏公文集》卷8"戒逸游以保治安事"条云：

> 臣见迩年以来，京城及各处灾异……天变非常，人心大恐，臣窃意陛下睹此变异，当必夙夜恐惧，增修德政，以回天意。奈何视为泛常，倾耳于太监刘瑾、丘聚、马永成之流，而正人君子则惮于睹，而恣意于狗马、驰射、钓猎之乐，而国政圣学则怠于究心。逸游是耽，浃旬弗止。……陛下不于此时用忠良，重加修省，而乃狎比群佞，日事逸游。……此必瑾等朝夕之间窥伺意向，举动之际巧惑圣聪，是以陷其术中而不悟耳！……乞敕司礼监会同内阁大臣查究，日逐侍从游逸人数，数其误国之罪……另选端静之人，以充侍从之役。……若知而不言，则罪同瑾等。……望皇上念缔造之艰难，思荷负之重大……戒逸游，必将瑾等罪之，弗赦。退朝之余，照旧日讲，以明圣贤大学之道，以立治天下之本。[3]

---

[1]（清）张廷玉：《明史》卷188，第4978—4979页。
[2]《明武宗实录》卷87。
[3]（明）陶谐：《陶庄敏公文集》卷8，明天启四年陶崇道重刻本。

陶谐针对武宗日夜沉溺于曲艺杂耍之中而不务政事的现状，上疏规劝其勤政的同时，主要意在弹劾刘瑾。所以将一切天灾变异，以及武宗盘游无度的原因全部归咎于刘瑾及其党羽身上，而这又显然是过分的，武宗懈政除了刘瑾等诱引、蛊惑外，其自身喜好曲艺也是重要的原因之一。前文有述，帝王一旦失政，文武大臣不会在帝王身上找根本原因，而往往将所有的罪过全部转嫁到宦官身上。

同样，刘忠《野亭刘公遗稿》卷2"戒逸游以崇圣德疏"条云：

> 近闻退朝之后，数出深宫，微服游幸，或张弓挟矢以弹射鸟雀，或临流投竿以从事鱼钓。……又况从事渔射之时，未免褰衣扬袂，以便作事，左右恐未免亵言戏谈，以助欢悦。则上以损万乘尊严之威，下以启群小狎侮之心……且玩绎书史，心清体逸，诚美事也。而反以为劳荒耽游观，损志劳神，诚非美事也。……然左右近侍亦必屏去轻靡谀佞之徒，慎选老成安重以充任使。敢再有仍前以游幸之事导启者，必置于法而无赦。[1]

刘忠的奏疏仍然在于劝诫武宗绝去游逸，而应玩绎书史。同样也将帝王懈怠政事的原因归于左右近侍的导引、诱惑。要求惩治轻靡谀佞之徒，慎选老成安重以充任使。

两则文献的一个共同点是字里行间虽有对人主懈怠的埋怨，但归根到底把帝王失政的罪过全部归咎于诸群小的导引。此外，韩文曾上《劾宦官疏》称："太监马永成、古大用、张永、罗祥、魏彬、刘瑾、高凤等，制造巧伪，淫荡上心。或击球走马，或放鹰逐犬，或俳优杂剧，错陈于前。"[2] 周玺再上《论内侍刘瑾等奸邪疏》称刘瑾等："各恃其技能工巧，言辞捷给，每早朝退，辄引圣驾，或泛海子，或游南城……或搬做杂剧以纵观，或进新声以

---

[1]（明）刘忠：《野亭刘公遗稿》卷2，明崇祯刻本。
[2]《御选明臣奏议》卷12，清武英殿聚珍版丛书本。

逞奇……"[1]

以上前两则奏疏中引发出一个共同矛盾是，文儒们希冀借助经筵规劝武宗，而宦寺群体也寄希望于曲艺新技拉拢武宗，这样曲艺就成为双方斗争的一个工具，赋予了很多文化内涵。于是，在关乎帝王政务与娱乐之间儒臣与宦官展开了激烈的皇帝保卫战和争夺战。武宗"倾耳于太监丘聚、魏彬、马永成之流"，"陷其术中而不悟"，故"恣意于驰射钓猎之乐，而国政圣学则怠于究心"。工科给事中陶谐要求"乞敕司礼监会同内阁大臣查究，日逐侍从游逸人数，数其误国之罪，告于先帝，罪之弗赦"，同时"别选端静之人以充侍从"，在"痛戒逸游"后"如旧日讲，亲君子而远小人"。[2]试图将皇帝从游乐场拉回经筵日讲的讲堂。入值经筵的翰林院学士刘忠也与太监刘瑾展开了争夺武宗的斗争："正德二年，刘瑾用事，日导帝游戏，乱祖宗旧章。忠上言戒逸游、崇正学数事。已，因进讲与杨廷和傅经义，规帝阙失，而指斥近悻尤切。帝谓瑾曰：'经筵，讲书耳，浮词何为？'瑾素恶两人，因讽吏部尚书许进出之南京。"[3]关于经筵日讲，正统定，于文华殿有讲读官，内阁学士侍班，先读四书、次读经，或读史。后于隆庆六年（1572）日讲毕后，稍事休息，讲官再进午讲。嘉靖十年（1531）定，无逸殿进讲。其内容与仪式与文华殿进讲略同。前文所述"无逸殿"本是经筵之所，后也发展为帝王观戏之台。一个小小的剧场变化我们可以觉察到二者斗争中谁是最后的胜利者。

其实，瑾党等主动投献曲艺是一方面，武宗自己喜好才是主要方面。前文关于帝王的戏剧喜好中，武宗谕钟鼓司官康能表达对内廷音乐废缺的不满，教坊司马上改进，使得俳优之势大涨。毛奇龄《明武宗外纪》也载："（武宗）尝游宝和店，令内侍出所储摊门，身衣估人衣，首戴瓜拉，自宝和至宝延凡六店，历与贸易持簿算，喧诃不相下，别令作市正调和之，拥之

---

[1] 《御选明臣奏议》卷12，清武英殿聚珍版丛书本。
[2] 《明武宗实录》卷14。
[3] （清）张廷玉：《明史》卷181，第4827页。

廊下家。廊下家者，中官住永巷卖酒家也。筝篥琵琶嘈嘈然，坐当垆妇于其中，杂出牵衣，蜂簇而入，瀽茶之顷，周历诸家。凡市戏、跳猿、骗马、斗鸡、逐犬，所至环集。且实宫人十勾栏，扮演侑酒；醉即宿其处，如是累日。"他还在西苑建豹房，"又别构院筑，筑宫殿数层，而造密室于两厢，勾连栉列，名曰'豹房'。初日幸其外，即则歇宿。比大内，令内侍环侍，名'豹房祗候'，群小见幸者，皆集于此"。[1]

综观明武宗在位的十六年（1505—1521），内有刘瑾及其党羽把玩其中，外有首辅李东阳周旋内外关系，故几乎不涉政的他巡游玩乐占据了生活中的大部分时光。

相对于瑾党蛊惑武宗，李东阳作为首辅只是偎依其间。在明代历史上，内相与外相的关系，尤其内相的学识对于帝王的政务与娱乐影响甚大。前文所述英宗朝王振自不必提。万历朝冯保也是一个知识型宦官，对于帝王的娱乐规劝与王振一样绝不亚于外廷儒官。《酌中志》卷5："神庙左右内臣，如孙海、客用之流，日以狗马拳棍导神庙以武，冯（保）则凡事导引以文，蒙养之绩，在冯为多。……遂将客用、孙海斥逐。"可见王振、冯保等儒宦以雅文学样式影响帝王，而末流奴宦却只好娱乐引导。所以对宦官也应一分为二地看待，他们并非都是一味乱政的。武宗沉溺于阉宦包围下的娱乐之中的直接后果就是瑾党祸乱朝纲，与外廷文儒大臣形成对立，无数逆瑾者被贬谪、削籍、杀戮。而包括李东阳在内的一批文人逶迤于刘瑾，一味阿谀奉承，导致整个文坛风气不振，最终遭复古"七子"的批判并与之分道扬镳。

二、魏忠贤阉党在熹宗娱乐中的作用和影响

与武宗朝刘瑾一样，熹宗朝魏忠贤同样借娱乐伎俩而得宠专权。朱长祚

---

[1]（清）毛奇龄：《明武宗外纪》，第13页。

《玉镜新谭》卷5"弄舟"条记：

> 于时三月上澣……魏忠贤导引游逸，上幸于南海子。……歌舞进御，箫鼓中流，承应者百技递呈，扈从者千官侍谯。天气清朗，圣心欢畅，忠贤传呼水次操演，以当玩戏。自为大帅，发纵指麾，千军齐出，百将拱听，五方悬帜，彩光夺目。一语开操，炮声振耳，倏绕御舟之前，忽分队伍之次……于是上悦……报曰："梅花阵势。"……天颜愈喜……又报曰："八门阵。"……于是圣意大悦，犒赏三军。千骑飞来，齐叩天恩。忠贤夸其提督有方，群臣媚以经济多才。日之将暝，传旨驾回。[1]

如果说明前中期，宦官导演一体的杂耍百戏，还大多局限于文戏的话，到后期魏忠贤时代，阉宦与依附者、羽翼者结合组成阉党，共同游戏帝王，他们直接来到郊野，利用其名下的内操军队上演军事联合演习之戏，比之前的曲艺不知道要威风多少。南海子已出宫禁，所以这里承应曲艺的应该不只钟鼓司，民间搜罗来的梨园班子也可以进献。

比之武宗朝的刘瑾八虎，熹宗朝的魏忠贤及其名下阉党团体合作斗争意识更强大，加之外廷上自内阁下至一般士林的加入，组成"内外勾结"不可一世的局面。远居江湖的东林党显然不是其对手。

关于魏阉党羽诱导熹宗驰射和沉湎于戏剧的情况，《玉镜新谭》叙述到："夫色荒、禽荒，《夏书》深戒；从桥、从船，《汉史》明征。今魏忠贤本谫劣孟浪之质，好驰骋于广众之中，流连于浩渺之上，矧其宅心叵测，未审将何为也。近处贵倖，凭作威福，奚知天子之尊严，而古来之龟鉴哉！昔唐宦官仇士良语其属以自固之策曰：'无令主上读正书，亲正人，惟日以声色货利游侠引其心，迷其念，吾属自可得志矣。'此正忠贤导上游侠

---

[1] （明）朱长祚：《玉镜新谭》卷5，中华书局1989年版，第70—71页。

之一端也。"[1]

《明熹宗实录》卷 15 也记，熹宗"颇事宴游，或优人杂剧不离左右，或射击走马驰骋后苑"，礼部主事刘宗周便指责这是"败礼之渐"，指出这是宦官"使人主以为德我而爱之，视法家弼士如仇雠，而后得指鹿为马、生杀予夺。惟所自出，而国家之大命随之。试问今得时用事亲幸如左右手者，非魏进忠耶？然则导陛下逐谏官者进忠，并导以优人杂剧、射击走马者，亦进忠也！"要求"仍赦内侍魏进忠等各凛高皇帝铁榜之戒，毋蛊惑君心，专权乱政，以酿王振、刘瑾之祸"。[2] 结果惹怒人主，"上令重处"，后经大学士叶向高等周旋方以夺薪俸半年作罢。魏阉的伎俩无非先将熹宗诱惑于娱乐，在其甚是投入之时，不失时机的进献奏章，受到"骚扰"的熹宗随意甩出一句自行处理的谕令，他们乘机擅权。

比较武宗朝之刘瑾与熹宗朝之魏忠贤，前者更多的是有逆瑾的文儒遭到或贬谪、或削籍、或杀戮的方式；有顺瑾者则升迁得势，所以文坛有痛斥也有阿谀，不断分化和组合。而后者则组成阉党，朝廷文儒很多倚靠其间，与东林文人党社进行阉党与东林党的小人君子之争，文坛一片血雨腥风。但二者的共性在于，相对于文人士大夫以"戏剧戕人之恶"的口诛笔伐，娱乐型宦官则挥戈而起，他们动用锦衣卫、东厂、西厂等特务机构，不仅将文人清高之气打击殆尽，附加将其仕途升迁也给予堵塞，更有甚者直到剥夺其性命。

除去以上以刘瑾和魏忠贤为代表的借助钟鼓司演戏进行集团性斗争外。据尹直《謇斋琐缀录》记录有关成化间，"四方白丁、钱房、商贩、技艺、革职之流以及士夫之子弟，率贪缘近侍内臣，进献珍玩，辄得赐太常少卿、通政、寺丞、郎署、中书、司务、序班等职，不由内阁、吏部，谓之传奉

---

[1]（明）朱长祚：《玉镜新谭》卷 5，第 68—69 页。
[2]《明熹宗实录》卷 15，台北"中央研究院"历史语言研究所，1962 年校印。

官"。[1] 从此可以看出，外廷各界人士为了各自利益想方设法巴结、贿赂近侍，进献珍奇技艺，以求升迁等。所以，内臣由于特殊的位置和身份不可避免地卷入政治斗争中。宦官伶人往往受到宠信，因此他们更是成为外廷趋利之人争取的对象。钟鼓司卷入权力之争外，万历朝成立的玉熙宫也时有借演戏之机缘或主动或被动地参与到政治事务甚至党争之中来。

方孔照辑《全边略记》卷9记载了沈一贯通过贿赂玉熙宫宦官编演即兴杂剧，进行权力斗争。[2]《酌中志》卷15记载了玉熙宫宦官刘荣由于具有学识，结交李永贞，卷入明末党争之中。[3]

鉴于玉熙宫伶人可以自己编演影射时政的曲艺以影响帝王意志，玉熙宫也成为内廷和外廷政治斗争的平台和载体，甚至成为他们手里的一个工具。玉熙宫伶人和钟鼓司艺人一样进行指摘时弊的"戏谏"，不过一旦为权力所染指，意义就发生了变更。玉熙宫宦官刘荣由伶人转变身份，直接进入阉党核心，成为重要幕僚参与党争，这在钟鼓司还是不大可能的，除了刘瑾一人外，尚无记载有人转出从事政务活动。钟鼓司建制中就有规定，凡入此司者，不得移为他用。这一方面说明玉熙宫伶人较为钟鼓司艺人自由，地位也高一些，也说明玉熙宫伶人学识素养较高，便于其进一步干政。

综合以上两派斗争，儒臣往往对于君王有无限期望。弘治年间，礼科给事中王纶希望孝宗"远宗帝王，近守家法，目不接优伶之戏，耳不听淫哇之声。听断之余，惟事诗书，燕闲之际，不忘义理"[4]。这简直就是塑造一个理想的圣人化身。但帝王也是凡人，也有娱乐之需，所以越是遭到外廷文儒的责难，越是亲近曲艺。于是多数情况下，在对帝王无可奈何的情况下，文儒往往借助打击内宦来达到目的。在把持官方话语权的文儒们看来，"大臣，

---

[1]（明）尹直：《謇斋琐缀录》卷8，明钞国朝典故本。
[2]（明）方孔照：《全边略记》卷9，明崇祯刻本。
[3] 关于刘荣的具体事件，在后文"宦官伶人优语"一节中有专门介绍。
[4]《明孝宗实录》卷46，台北"中央研究院"历史语言研究所，1962年校印。

阳也；宦寺，阴也。君子，阳也；小人，阴也"[1]。皇帝只有亲贤臣，远宦寺，才能勤政爱民。文儒与宦官的对立直接上升到君子小人之争。因此，在文士笔下，不管帝王曾经多么的耽于享乐，失德误政，在其自我形象的标榜以及后代的记载中多是饱读诗书的贤君形象。宪宗则将自己装饰成远离娱乐的敬业英主，在册立静妃时自称"朕富有四海，俭约是崇，日勤万几，燕娱靡暇"[2]。孝宗生前贪图游乐，死后，礼部尚书张升等上尊谥时却称赞他："内远声色，掖庭无歌舞之娱；外绝游畋，苑囿无车马之迹。讲求经史不厌详明，披览谏章不遗微贱。"[3] 南京六科给事中戴铣等说孝宗"绝货色游畋之娱，崇恭俭宽仁之实，自始逮终，常如一"[4]。

而现实中的帝王绝非如此，当儒臣对帝王的娱乐行为难以抑制时，往往以清君侧为名弹劾宦官，文史记录中更是把所有的责任和脏水一股脑地泼向宦官，他们就成为帝王失德、失政的替罪羊或代罪品。众所周知，历史都是宦官的死对头、把持话语权的文士们所写，在他们的笔下，宦官们的形象和品性可想而知。所以我们看到的历史多是一面之词。

事实上，二者的矛盾和较量是两种文化的冲突，即儒家正统道德观念和奴婢娱乐文化。前者重视工作，后者重视娱乐，都是自己的本职工作，前者往往过于干涉约束帝王个人生活而造成与帝王关系的紧张，后者又为了取悦皇帝过分地勾诱帝王沉溺娱乐，大家都在各司其职的同时，往往为了利益而影响到对方的价值，所以就冲突起来。

中国古代宫廷的阶层结构，大致呈现出这样一个基本格局：一是位于核心地位的皇帝，一是服务内务的宦寺，还有服务外廷的文儒们。在整个三角关系中，得宠的宦寺群体往往在皇帝和文儒之间形成一条隔离带，尤其是以

---

[1]（清）张廷玉：《明史》卷164，第4447页。
[2]《明宪宗实录》卷292，台北"中央研究院"历史语言研究所，1962年校印。
[3]《明武宗实录》卷2。
[4]《明武宗实录》卷3。

上钟鼓司出身的刘瑾和借曲艺杂耍得势的魏忠贤，他们最终都升入司礼监为内相，成为皇帝的御用秘书。所以，曲艺娱乐对他们来说也只是手段和过程，最终是获得权力，与外廷文化相抗衡，为了避免外廷文儒文谏于帝王，得势之后的他们依然甚至变本加厉地应用曲艺，使人君远离政务，隔离君臣。这也足见曲艺小伎这些不足为士大夫所挂齿的杂耍，以及演绎者——宦官伶人，他们都足以影响帝王的情趣爱好和文艺政策，甚至是政务活动。当然，针对文儒的进攻，宦官绝不会逆来顺受，他们为了保护自己或者赢得尊重也会不遗余力通过擅权打击那些敢于蔑视自己的外廷人士。这在后文宦官与文人关系一章中将给予专门论述。但不管怎样，主观上的夺权谋利下，客观上促进了曲艺的发展和繁荣。

与文儒对于皇帝的娱乐只堵不疏背道而驰的是，宦官们费尽心机"窥伺意向，巧惑圣聪"[1]，结成强有力的同盟千方百计导引甚至诱引皇帝娱乐。按唐代宦官仇士良的言论："天子不可令闲，常宜以奢靡娱其耳目，使日新月盛，无暇更及他事，然后吾辈可以得志。慎勿使之读书、亲近儒生。彼见前代兴亡，心知忧惧，则吾辈疏斥矣。"[2] 对此，文官们的认识也很到位："田猎是娱，宫室是侈，宦寺是狎，三者有一，足蛊君心。"[3] "宦寺是狎"，便一针见血地指明了内臣宦官在皇帝娱乐中的独特作用。因此要求君主"多接贤士大夫，少亲宦官宫妾，自能革奢靡，戒游佚，而心无不正矣"[4]。

导帝游乐以固宠这是阉宦集团窃取权势的最佳途径。在文儒与宦官的帝王争夺战中，儒臣占有道义上的优势，而宦官拥有人性上的优势。但整个农本社会，大众和主流意识认可和接受的是儒家正统观念。所以，上自皇帝，下至庶民，在一般的情况下都认同"业精于勤，荒于嬉"的古训和节制娱乐

---

[1]《明武宗实录》卷 14。
[2]（宋）司马光：《资治通鉴》下，中国友谊出版公司 1993 年版，第 1147 页。
[3]（清）张廷玉：《明史》卷 164，第 4448 页。
[4] 同上。

的观念。在这样的普世价值影响下,不少皇帝、后妃乃至少数宦官都被"儒化"了。据《酌中志》卷7,"万历中年,凡正月灯市节,司礼监掌印等各购摆设、器物、书画、手卷、册页之类进御前"。什么类型的司礼监太监就会影响出什么样的帝王。事实也确实如此,凡是知识型宦官充任司礼监太监,大多劝诫帝王德政,如王振、冯保、王安、陈矩等,他们多进献儒家经典诗文,励志、勤政之书。相反不识字者刘瑾、魏忠贤多以鹰犬曲艺进献。知识型儒宦与娱乐性佞宦同样存在对于帝王的争取。

小结

宦官把持下的一切宫廷娱乐活动,除去名正言顺的宫廷宴飨仪礼之外,大多受到文儒的反对乃至攻击。直接后果就是二者的对立和斗争,由于涉及集团性政治利益,以致演化为党争之势。虽然党争的本质在于立场和认识的差别,但戏剧娱乐和帝王本身成为双方斗争的两个表象焦点。这样帝王、文儒、宦官的三角关系都维系到戏曲娱乐这一工具或载体上来。"戏场小天地,天地大戏场。"宦官伶人在宫廷内外进行曲艺演出不过是个小小的舞台而已,舞台演出后面包含着深厚的文化内涵。总之,宦官演戏在帝王娱乐中有着突出的作用和影响,不仅是明代政治兴衰的一面镜子,也是明宫多元文化的一个浓缩。

第三章　明代宦官与宫廷戏剧（下）

第一节　宦官演戏种类述略

明宫宦官职掌下的三套专职戏剧班子，以及随驾内侍、杂耍百戏特长者到底进行一些什么样的曲艺演出？有哪些种类？下面这些文献基本将其演出的大致种类呈现了出来。

《明史·职官志》载："钟鼓司……掌管出朝钟鼓，及内乐、传奇、过锦、打稻诸杂戏。"

《北京志·故宫志》"钟鼓司"条记："西内（今中南海、北海）秋收之时，此司又承应打稻之戏，过锦之戏，杂剧故事，杂耍把戏及水傀儡戏等。"[1]

刘若愚《酌中志》卷16记："神庙孝养圣母，设有四斋近侍二百余员，以习宫戏、外戏。……神庙又自设玉熙宫近侍三百余员，习宫戏、外戏……"

史梦兰《全史宫词》卷20记："龙楼弦管一时鸣，令节承欢奉辇行。初命四斋陈百戏，君王先已候乾清。"[2]

按以上几则文献中涉及钟鼓司、四斋、玉熙宫宦官承应演戏的内容划分，其演戏种类大致归为这样几种：打稻戏、过锦戏、水傀儡、杂剧与传奇、杂耍百戏等。

---

[1]《北京志·故宫志》，第269页。
[2]（清）史梦兰：《全史宫词》卷20，第171页。

一、打稻戏

明代职掌内廷演剧的机构钟鼓司，除继承前代传统戏剧活动外，还有诸多特殊的戏剧活动，其一即"打稻戏"。史玄《旧京遗事》云："宫中西内秋成之时，设打稻之戏，圣驾幸旋磨台、无逸殿，亲赐观览。钟鼓司饰农夫贩妇及田官吏征租交纳诸艰苦民瘼事以寓献替，祖宗示稼穑艰难于其子孙也。"[1] 史梦兰《全史宫词》卷 20 云："扮演宣传钟鼓司，苑中打稻早秋时。驾来敕赐儒臣宴，进讲《豳风·七月》诗。"其下引《万历野获编》注曰："世宗初建无逸殿于西苑，翼以豳风亭，盖取诗、书义以重农务。而时率大臣游宴其中，又命阁臣李时、翟銮辈，坐讲《豳风·七月》之诗。"引《日下旧闻》注曰："打稻之戏，驾幸无逸殿，钟鼓司扮农夫、馌妇及田畯官吏征租纳税等事。"[2]

同样刘若愚《酌中志》卷 16 记："钟鼓司……西内秋收之时，有打稻之戏，圣驾幸旋磨台、无逸殿等处。钟鼓司扮农夫馌妇及田畯官吏，征租交纳词讼等事，内官监等衙门伺侯合用器具，亦祖宗使知稼穑艰难之美意也。"

关于打稻戏意义，上述《旧京遗事》、《酌中志》都给出一致性的看法，就是祖宗示稼穑艰难于其子孙也。《全史宫词》卷 20 提到的儒臣进讲《豳风·七月》诗。如此诗文辅之以戏剧，亦俗亦雅，更进一步说明以上用意。

如文献所描述，"打稻戏"就是在秋收季节由钟鼓司的官员扮作农夫农妇表演的庆祝丰收的节目。表演时皇帝都要亲临现场，根本意义在于教育子嗣重视农桑，这一曲艺活动具有浓郁的祭农味道。从明代统治者的重视，我们大概以为这和朱氏家族的庶民出身、平民本色不无关系。关于此，在明代的宫中风俗以及各种典制中都可以找到对应的文献，如《北京志·故宫志》"祭先农"条，洪武二年（1369），始建先农坛于山川坛西南，列为大

---

[1] （明）史玄：《旧京遗事》，第 11 页。
[2] （清）史梦兰：《全史宫词》卷 20，第 167—168 页。

祀。每岁亲祭，遂耕耤田。内赞导引官（宦官充当）主持祭祀，并唱读祝（文）……祝文如下（以嘉靖年为例）：维嘉靖×年×月×日嗣天子（御名）致祭于先农之神曰：“维神肇兴农事，始种嘉谷，立斯民命，万世攸赖。兹当东作之期，恭耕耤田。惟赖神慈，默施化理，俾年谷丰茂，率土皆同。以牲帛醴齐之仪，用申祭告之诚。尚享。"[1]由此可见，朱氏王朝的重农倾向，反映在戏剧中就有了打稻之戏。同样诗词之中关于打稻之戏的描述也很多。清人蒋熏《留素堂诗删》卷1"廊吟"条云："凤驾传临旋磨台，年年打稻御颜开。艰难稼穑三推后，赢得优人百戏来。"[2]清人徐昂发《明宫词》云："打稻纷纷戏绕场，扶犁稚子浴蚕娘。缫车秧马村家物，演作秋来一日忙。"诗词中实实在在地通过打稻之戏反映了明代帝王的重农意识。

戏剧艺术发展到明代，已经相当成熟了。然而作为明代宫廷一项重要戏剧活动的"打稻戏"却并不在乎其艺术性，内容简单，形式朴拙，它更重视的是通过装扮各种与农业生产、管理等相关的事项，使位居深宫的帝王后妃们以及子孙后代们"知稼穑艰难"，即寓农事之教于戏剧扮演之中。

二、过锦戏

所谓"过锦"，王国维《宋元戏曲史·余论》引吕毖《明宫史》木集谓："钟鼓司过锦之戏，约有百回，每回十余人不拘。浓淡相间，雅俗并陈，全在结局有趣。如说笑话之类，又如杂剧故事之类，各有引旗一对，锣鼓送上。所装扮者，备极世间骗局俗态，并闺阃拙妇骏男，及市井商匠刁赖词讼杂耍把戏等项。"[3]

过锦戏，"过"是指一一登场。"锦"是指各色人物、事物的典型。戏中

---

[1] 《北京志·故宫志》，第389页。
[2] （清）蒋熏：《留素堂诗删》卷1，清康熙刻本。
[3] 王国维：《宋元戏曲史》，广西师范大学出版社2010年版，第115页。

扮演的各色人物极多,包括少女、妇人、平常男子、市井工匠、流氓无赖等,用故事情节展示他们的生活和冲突,备极世间骗局百态;同时又穿插杂耍、百戏,结尾时极尽滑稽,使观者在笑声中尽兴而收场。

过锦戏之中一种叫作"水嬉过锦"的值得一提。"《芜史》:御前杂戏有水嬉过锦,皆钟鼓司承应。"[1]

《柳亭诗话》卷18"过锦"条云:"何次张宫词'昆明池水漾春流,夹岸宫花绕御舟,歌舞三千呈过锦,琵琶一曲唱梁州'。"[2]盖在水上进行演出的过锦之戏为"水嬉过锦"。

相对于打稻戏的祭祀性质,过锦之戏没有祭祀的神秘或庄重,其意义主要在于帮助皇帝在九重深宫中了知世态百相、博闻广识,以顺天恤民。同时也为各种庆典活动营造喜庆、吉祥的节日气氛。史玄《旧京遗事》这样记载:"盖祖宗恐子孙生长深宫,以上当讽喻,启其知外事,虑至深远已。"[3]比如思宗末年,从过锦戏中,犹得观民间蝗旱为灾,及农民起义情况。此时朝中做官人"缩头自保,一默三缄;黉内读书人束手长吁,隔岸观火;惟有台上唱戏人之心尚未死,克尽厥职,吁!异哉!"[4]

不言而喻,钟鼓司在御前上演打稻戏和过锦戏的娱乐作用是次要的,更为重要的是承担着通达民情、开启圣聪、劝谏帝王的政治任务。由于看重的是其演出的教育意义,其实就是一种寓教于乐,所以艺术性本身并不重要。

三、水傀儡戏

水傀儡戏,又叫"木傀儡戏",是艺人操纵傀儡进行表演的剧种。主要

---

[1] (清)姚之骃:《元明事类钞》卷27,文渊阁四库全书本。
[2] (清)宋长白:《柳亭诗话》卷18,上海杂志公司1936年版,第404页。
[3] (明)史玄:《旧京遗事》,第12页。
[4] 任二北:《优语集》,上海文艺出版社1981年版,第8—9页(弁言)。

在民间流传，最早源于古代武俑。至少在汉代已经有了木偶戏这种戏剧形式，明代在宫中甚为流行，也就是现代意义上的木偶戏。刘若愚《酌中志》卷16"钟鼓司"条记明宫中水傀儡戏最为详备：

> 又木傀儡戏，其制用轻木雕成海内四夷蛮王及仙圣、将军、士卒之像，男女不一。约高二尺余，止有臀以上，无腿足，五色油漆，彩画如生。每人之下，平底安一榫卯，用三尺长竹板承之。用长丈余、阔数丈、深二尺余方木池一个，锡镶不漏，添水七分满，下用凳支起，又用纱围屏隔之，经手动机之人，皆在围屏之内，自屏下游移动转。水内用活鱼、虾、蟹、螺、蛙、鳝、萍、藻之类浮水上。圣驾升殿，座向南，则钟鼓司官在围屏之南，将节次人物各以竹片托浮水上，游斗玩耍，鼓乐喧哄。另有一人执锣在初旁宣白题目，赞傀儡登答，道扬喝采。或英国公三败黎王故事，或孔明七擒七纵，或三宝太监下西洋，八仙过海，孙行者大闹龙宫之类，唯暑天白昼作之，如耍把戏耳。其人物器具，御用监也；水池鱼虾，内官监也；围屏帐帷，司设监也；大锣大鼓，兵仗局也。乍观之似可喜，如频作之，亦觉烦费无余矣。

这段文字详细记录了水傀儡的制作、操纵、演出以及剧目状况。此戏，相对于打稻戏、过锦戏更注重娱乐性。遇大型演出，需要内监多个部门配合。单从剧目而言仍然是传统俗套的神仙、英雄剧，缺少新鲜活泼的新剧目。

水傀儡戏作为一种传统剧目，有悠久的历史。汪玉祥《水傀儡戏重考》说："有关水傀儡戏的文献记载始见于宋孟元老《东京梦华录》。这门独特的民间艺术从宋元开始逐步被统治者摄取，至明代后期变成了皇家垄断的宫廷艺术，到清代又从宫廷回到了民间。"[1] 关于明代后期的说法值得商榷，在明

---

[1]　汪玉祥：《水傀儡戏重考》，《民间文学论坛》1998年第2期。

初设置钟鼓司就已经在上演水傀儡，不过在后期，尤其熹宗亲自改造其演出细节，受到相当重视而已。

宋之后，元人苏天爵《滋溪文稿》卷23《故嘉议大夫江西湖东道肃政廉访使董公行状》曰："近侍请于禁中海子为傀儡之戏，拟筑水殿以备乘舆游观。"这说明至少在元代内廷宦官已经参与和进行了水傀儡戏的演出。

明代皇宫崇尚水傀儡戏，这在当时及清代文献多有记载。被朱彝尊称赞为"德陵（天启）实录"的秦征兰所撰《天启宫词》，就载录了若干有关明末宫廷内侍上演此剧的情况。如："机运铜池绣幔张，玉桃偷罢下西洋。中宫性僻嫌箫皷，翠辇还宫未夕阳。"原注："上创造水傀儡戏，用方铜池纵横各三丈，贮水浮竹板，板承傀儡。池侧设帐障之。习为此者，钟鼓司官也。数人隐身帐内，引其机，辄应节转动。左右宣题目鸣锣鼓者、代傀儡问答者，又数人。所演有《东方朔偷桃》、《三宝太监下西洋》诸事。张后数辞召不欲观，上曾强邀之至，不久回宫。"[1]

又史梦兰《全史宫词》卷20云：

> 蹴圆堂接蹴圆亭，水戏翻新幻异形。瀑布喷珠球上下，随机宛转散流星。《天启宫词注》官中旧有蹴圆亭，上又手造蹴圆堂。《酌中志》先帝好作水戏，用大木桶、大铜缸之类，凿孔刱机，启闭灌输。或涌泻如喷珠，或渐流如瀑布，或使伏机于下，借水力冲拥圆木球，如核桃大者，于水涌之大小，盘旋宛转，随高随下，久而不堕，视为戏笑。[2]

秦元方《熹庙拾遗杂咏》记：

---

[1]（明）秦征兰：《天启宫词》，第28页。
[2]（清）史梦兰：《全史宫词》卷20，第208页。

> 上创造水傀儡戏，用铜方池纵横各三丈贮水，浮竹板承傀儡。池侧设帐障之，钟鼓司官隐身帐内，引其机，辄应节转动，左右鸣锣鼓者，宣题目者，代傀儡问答者，又数人。所演有方朔偷桃，三宝下西洋等，张后数辞召，不欲观。上强邀之至，不久还宫。"机运铜池绣幔张，玉桃偷罢下西洋。中官性僻嫌箫鼓，翠辇辞归未夕阳。"[1]

秦征兰的宫词描述了天启皇帝观看水嬉的状况。但文中"上创造水傀儡戏"，显然是不实之词，史梦兰《全史宫词》恰好解释了这一现象。秦元方《熹庙拾遗杂咏》有"上创造水傀儡戏"一段，就这一称谓而言，无疑惑人，但读罢下文，便知事情原委。原来是熹宗利用其对木工的爱好，创建、改进演戏道具等，这对戏剧来说不啻是一大贡献，但这只是对水傀儡戏的改造，非创造也。从这里我们足以看出熹宗对于傀儡戏的无限热衷，乃至强邀皇后前来共享。而从所演剧目看，仍然是传统的英雄传奇。

由于水傀儡戏本身的娱乐性和帝王的热情参与，在晚明时期宫中最为流行。钟鼓司之外，玉熙宫内也上演这一剧种。高士奇《金鳌退食笔记》卷下"玉熙宫"条记明宫水傀儡戏曰："明憨帝每宴玉熙宫，作过锦、水嬉之戏。一日，宴次报至，汴梁失守，亲藩被害。遂大恸而罢，自是不复幸玉熙宫矣。"[2]

据上，水傀儡戏在明代宫廷甚为流行，而到了末期，由于天启皇帝的独特爱好，利用其木工的精湛技艺给予水傀儡以诸多改造和改进，使其更加机械化。此外，熹宗还常常与宦官伶人划舟进行水嬉之乐。秦元方《熹庙拾遗杂咏》：

> 乙丑端午，驾幸西苑，用绿缯饰小舟，首尾为龙形。上手持划具，

---

[1] （明）秦元方：《熹庙拾遗杂咏》，旧钞本。
[2] （清）高士奇：《金鳌退食笔记》卷下，第146页。

同少珰刘恩源、高永寿荡漾桥北，怪风忽起，舟覆，二珰淹死。管事谭敬匍匐赴救，扶驾出水。"风掠轻舟务不开，锦鳞吹裂彩鳍摧。须臾一片欢声动，扶出真龙水面来。"[1]

由于帝王喜好水傀儡戏，后来干脆发展为真人上演的水嬉，可惜为了陪同熹宗取乐，宦官伶人以命相送。

综上所述，明代宫廷水傀儡戏的特点是，供皇帝欣赏的水嬉、"水戏"，"水嬉之戏"实质就是水上木偶戏，部分的与"水嬉过锦"异曲同工。

四、杂剧与传奇

明初宦官演戏多承金元旧制，上演院本杂剧。如"《英国公二败黎王故事》，或《孔明七擒七纵》，或《三宝太监下西洋》、《八仙过海》、《孙行者大闹龙宫》"[2]。"《三星下界》、《天官赐福》种种吉庆传奇，皆系供奉御前，呼嵩献寿，但宜教坊及钟鼓司肄习之，并勋戚、贵珰辈赞赏之耳。"[3]此戏多歌功颂德之作。《酌中志》卷16中记载的天启帝爱好武戏，多点岳武穆戏文；又载天启年间，逢重阳节，驾幸万寿山，钟鼓司太监邱印执板清唱《洛阳桥记》。再有宋懋登《九龠别集》卷3"御戏"条这样解释："院本皆作傀儡舞，杂剧即金元人北九宫（北曲），南九宫（南曲）亦演之内廷。"以及前文所列四斋、玉熙宫宫戏、外戏共同习演，这些既有传统杂剧曲目，又有外边新编南戏戏文。故，整个明宫前期以上演北杂剧为主，多神仙、庆贺、教化伦理之剧；后期则以南戏为主，多娱乐戏谑之曲。

---

[1]（明）秦元方：《熹庙拾遗杂咏》，旧钞本。
[2]（明）吕毖：《明宫史》卷2，文渊阁四库全书本。
[3]（明）沈德符：《顾曲杂言·杂剧院本》，《中国古典戏曲论著集成》（四），第215页。

五、杂耍百戏类

关于杂耍百戏，据路应昆《戏曲艺术论》解释："宋代所谓'杂剧'，或笼统指包括歌舞、说唱、傀儡、皮影、杂耍、武术等在内的'百戏'伎艺。"[1] 再据宋懋登《九龠别集》卷3记载："钟鼓司伎有狻猊舞（狮子舞）、掷索、垒七卓、齿跳板、杂伎、御戏等。"[2] 这些杂耍百戏互动性很强，有些是帝王直接参与，多数是宦官及其他艺人操作，帝后等坐观取乐。参与杂耍百戏者已不仅仅是钟鼓司等专职伶人，涉及内廷众多内侍和随从。这其中一些杂耍已经具有体育活动的意义。现将他们一一介绍如下。

（一）骑射与角抵

彭时《彭文宪公笔记》载："（天顺年间，英宗）上御西苑，阅将臣骑射……十二月，阅御马监勇士骑射，亦如之。先次有二三人畏避不赴者，罪黜之。自是将士咸感德畏威，知所奋励云。"[3]

帝王观赏御马监勇士骑射，这也是一种带有表演性质的体育娱乐。明宫专设弹子房，做弓箭、弹丸进呈帝王，供其骑射。自封威武大将军的武宗颇有此好，常常带领内侍和豹房随从一起游猎。

史载明武宗尚武，好观角抵。"上于西内练兵，时令江斌等率兵入，习营阵，校骑射，或是为角抵之戏。上戎服临之，铳炮之声不绝于禁中。""内官监备奇花、火炮、巧线盆子、烟火、火人、火马之类。"[4]

角抵也是古代武术搏击的一种形式，起源于战国，汉代角抵有广泛的群众基础，技术水平也较高。唐周缄《角抵赋》有这样的记载："前劲后敌，

---

[1] 路应昆：《戏曲艺术论》，北京广播学院出版社2002年版，第101页。
[2] （明）宋懋澄：《九龠集》，第233—234页。
[3] （明）黄佐：《翰林记》卷16，文渊阁四库全书本。
[4] （明）吕毖：《明宫史·钟鼓司》，文渊阁四库全书本。

无非有力之人，左攫右拿，尽是用拳之手。"《续文献通考·百戏散乐》云："角力戏，壮力裸袒相搏而角胜负。每群戏毕，左右军擂大鼓而引之。"这种角力游戏，类似今天的摔跤，主要是通过力量型的较量，用非常简单的人体相搏的方式来决出胜负，其游戏色彩很浓，经常是作为一种百戏的形式出现在皇廷、官府、军队和民间集会等场合中。

（二）蹴鞠之戏

这项在宋代盛行且出名的体育活动，明初遭到禁止，犯者有卸脚之刑。后开禁，明宣宗颇有此好，曾延揽蹴鞠高手入宫排练。按陆容《菽园杂记》卷1载："（太监王敏）本汉府军余，擅蹋鞠（即蹴鞠），宣宗爱而阉之。"[1] 据此，也可大概推知，真正在内廷可以固定陪同或进行杂耍表演的艺人必然要求是宦官身份，皇帝对于这道门槛是严格把守的。

史梦兰《全史宫词》卷20有记："（武宗）遂遍游宫中，日率小黄门为角抵蹋鞠之戏，随所驻辄饮宿不返。"[2] 王誉昌《崇祯宫词》中还记录了田贵妃和宫人一起蹴鞠的情况："锦罽平铺界紫庭，裙衫风度压娉婷。天边自结齐云社，一簇彩云飞便停。"[3] 看来这一体育活动在明宫中确实是比较普及和流行的，武宗喜好以至乐而不返，到晚明之际连帝后也参与其中。不过宫廷中的蹴鞠活动多非对抗性比赛，以表演竞技为主。蹴鞠还有一别称——蹴球。据郑晓《今言》卷2讲到御用左少监阮浪名下内官王尧，"饮锦衣卫指挥卢忠家，蹴球裸衣。"[4]

此外，《酌中志》卷15还记："又（王体乾）名下李晋以蹴鞠为秉笔。"一项帝王喜好的体育技艺，如果技术精湛也会因此得宠而获得权势。

---

[1] （明）陆容：《菽园杂记》，第3页。
[2] （清）史梦兰：《全史宫词》卷20，第202页。
[3] （清）王誉昌：《崇祯宫词》，第97页。
[4] （明）郑晓：《今言》，中华书局1984年版，第55页。

由于君王、帝后的喜好，蹴鞠受到重视，甚至在宫中还修建了专门的豪华场地用来专事活动。《明宫词》记："龙舟泛罢鼓渊渊，射柳分明骤锦鞯。看过数番骠骑走，彩球高处鞠场圆。"[1]描述了装饰宫廷蹴鞠场地的情形。

（三）投壶之戏

投壶之戏古已有之，是皇家贵族们比较喜欢的一种日常游戏。一人捧矢射，每人依次投矢于壶，中多者胜，寡中者罚。于汉代时甚为流行，明代对这一活动有所改进。

陆容《菽园杂记》卷11载：

> 投壶，射礼之变也，虽主乐宾，而观德之意在焉。后世若司马公图格，虽非古制，犹有古人遗意。近时投壶者，则淫巧百出，略无古意。如常格之外，有投小字、川字、画卦、过桥、隔山、斜插花、一把莲之类，是以壶矢为戏具耳。予初时于燕集见人写字画卦，亦尝为之，后即惭悔，虽违众不恤，盖非欲自重，亦以礼制心之一也。近见镇江一倅有铁投壶，状类烛檠，身为竹节梃，下分三足，上分两岐，横置一铁条，贯以三圈，为壶口耳。皆有机发矢，触之则旋转不定。转定复平，投矢其中。昔孔子叹觚不觚，其所感者大矣。今壶而不壶，能无感乎！盖世之炫奇弄巧，废坏古制，至此极矣，岂但投壶之非礼而已哉！[2]

《酌中志》卷5载："冯（保）号双休，笃好琴书，雅歌投壶，有儒者风。"看来投壶之戏非低俗之乐，连曾经极力反对以曲艺蛊惑人君的儒宦冯保亦有此好。《明宫词》亦云："烟中花朵开银树，火里珠玑簌蜃楼。比似

---

[1]（清）虫天子：《香艳丛书》（一），团结出版社2005年版，第338页。
[2]（明）陆容：《菽园杂记》卷11，第140页。

投壶天一笑，鱼龙百戏等间休。"[1] 可见明宫中包括投壶在内的游戏种类非常丰富。

（四）掉城之戏

史梦兰《全史宫词》卷20记：

> 金簪划破玉阶苔，十字纵横八面开。满握几多银豆叶，掉城同向御前来。《酌中志》神庙宫中偶兴掉城之戏。于御前十余步外画界一方城，于城内斜正十字，分作八城，挨写十两至三两止。令司礼监掌印、东厂秉笔及管事牌子，递以银豆叶八宝投之，落于某城，即照数赏之。若落进城外及压线者，即收其所掷焉。[2]

蒋熏《留素堂诗删》卷1"明宫词"条下记："万历宫中习太平，鱼龙角抵巧难名。不知塞上开原失，银豆金钱戏掉城。"[3]

《崇祯宫词》第一〇五首也写道："曼衍增奇顿话新，潭香露白奏初巡。金银豆叶偏沾赐，会启天颜一笑春。"[4]

宫词中的相关描述说明掉城之戏当时在内廷演出的一些境况。

据向斯《帝王生活·明代·宫廷游乐》记载，掉城戏又叫豆叶戏，是神宗在宫中发明的。神宗对此颇为喜好，常常带领宫女、内臣共玩之。有大小规模之分。小规模的玩法多是与宫女进行，用色罗一方，绣出井字，界作九营，中一营为上营，四方四营为中营，四角四营为下营。玩法是先让宫女用银钱或小银球投掷，落入上营赏银九两，落入中营赏银六两，下营则赏三

---

[1] （清）虫天子：《香艳丛书》（一），第338页。
[2] （清）史梦兰：《全史宫词》卷20，第172页。
[3] （清）蒋熏：《留素堂诗删》卷1，清康熙刻本。
[4] （清）王誉昌：《崇祯宫词》，第94页。

两;双抛双赏;落在营外或者压着井字,罚银六两。[1] 史梦兰宫词中所叙是大规模玩法,即与内臣游戏,与小规模大同小异。这种带有赌博性质的游戏,内臣们称为掉城之戏,随着边城失守,此戏也不再进行。

(五)溜冰之戏

溜冰之戏,即冰嬉。秦元方《熹庙拾遗杂咏》载:

> 西苑池冰既坚,上命以红版作床,四面低栏仅容一人。上坐其中,诸珰于两岸用绳及竿前引后推,数里瞬息而已。
> 西苑冬残冰未澌,胡床安坐柘黄衣。
> 行行不藉风帆力,万里霜原赤兔飞。[2]

明代西内太液池是理想的溜冰之所,尤其世宗嘉靖帝常年住在西内,冬季太子往往都是溜冰过去拜见。《明宫词》有关于溜冰嬉戏的记载:

> 玉楼银殿雪婆娑,西水桥边冻不波。
> 一霎胡床冰上过,主儿飞渡北花河。[3]

宫词中描述了西苑溜冰既是游戏行为,时而也是代步工具。

(六)迷藏之戏

史梦兰《全史宫词》卷 20 载:

---

[1] 向斯:《帝王生活》,中国工人出版社 2007 年版,第 180 页。
[2] (明)秦元方:《熹庙拾遗杂咏》,旧钞本。
[3] (明)朱权等:《明宫词》,第 256 页。

夜静琼楼吐月华，弯环洞口路横斜。相邀共赌迷藏戏，捉落君王两袖花。《天启宫词注》乾清宫丹陛下有老虎洞，上尝于月夕率内侍赌迷藏为戏，潜逃其内。诸花香气，上所笃爱，时采一二种贮襟袖间，故圣驾数步外辄识之，以芬芳袭人也。[1]

帝王与众内侍的迷藏游戏让我们看到了一个本性天真的帝王形象。

（七）其他杂耍

据宋懋登《九籥集》卷10记：

"狻猊舞已下俱钟鼓司伎"：狮子频伸凡四十八人，百骸五官无不流转应节舞，跳高十丈余。

"掷索"：大索过于斗，凡数十丈，掷之空中，直如矢，群儿争走上跳跃，良久与绳俱下。

"垒七卓"：身一转，便累一卓于堂中，不失尺寸，凡六转，卓垒如浮屠，第七卓，设五榖五核及醯盐若干器于上，又一转而第七卓已居最上矣，须臾，忽翼之而下，榖核整设如初。

"齿跳板"：艅艎上跳板，长二丈余，阔二尺，厚五六寸，一人用齿支之，使小儿立其上，歌舞一阕。

"杂伎"：美人纤足似新月，弄路鼓大于五石瓠，飞旋若弄丸。至于吞刀出腹，嚼火一炉，皆厌胜也。[2]（见图6）

此外，查慎行《人海记》"韩赞周"条还记：

---

[1]（清）史梦兰：《全史宫词》卷20，第178页。
[2]（明）宋懋澄：《九籥集》，第217—218页。

图6 《明宪宗元宵行乐图》之一（国家博物馆藏）

  司礼韩赞周，字象云，贤内侍也。弘光帝始而惮，中而疏，末而厌之。尝盛暑击球，三人交箠不休，赞周凝立不动。[1]

  据上述文献，足见钟鼓司承应传统曲艺外，杂耍曲艺又何其之多。而且很多情况下，钟鼓司艺人的精湛技艺得到认可且有民间艺人前来请教习艺。于小谷本《黄花峪》第一折："（店小二云）……整嚷了这一日，收了铺儿，往钟鼓司学行金斗去来。"[2] 这也看出，到了明中后期，随着律令的宽松，钟鼓司宦官艺人与民间艺人的相互交流更为直接。

六、宗教说唱

  如果说上述曲艺种类较为雅俗共赏的话，那么在特定场合一些较为行业

---

[1]（清）查慎行：《人海记》，北京古籍出版社1989年版，第42页。
[2] 王季思：《全元戏曲》卷7，人民文学出版社1990年版，第82页。

性的特殊曲艺表演则具有较强的针对性。如番经厂、道经厂宦官就有一些佛道说唱，这些近似曲艺的演示活动也值得关注。史梦兰《全史宫词》卷20云："番经厂内呗音喧，夹路铜楼万火殿。看到海螺声沸处，人人眼眩九连环。"其引《日下旧闻》注曰："番经厂内官遇万寿、元旦等节于英华殿作佛事。卒事之日，一人扮韦驮，抱杵面北立，余披璎珞，鸣锣鼓吹海螺诸乐器，赞唱经咒。至夜，五方设佛会立五色缯，数十人鱼贯行其间，有所谓'九连环'者。其行愈疾，至九连环变，则体迅若飞鸟，观者目眩矣。天启辛酉后，奉旨以宫人为之。"[1] 这已经近似佛事曲艺表演形式和意义。

番经厂之外，道经厂也同样进行这样说唱性质的编演。同样史梦兰《全史宫词》卷20云："月帔星冠卸艳妆，连朝道厂趣祈禳。云璈声动天神出，坛上戎衣锦绣光。"其引《日下旧闻》注曰："天启甲子岁，吴地大水。上命道经厂内官教宫女数十人演习禳醮，氅服云璈，与羽流无异。仍择躯体丰硕者一人，饰为天神，仗剑登坛行法。不能胜介胄之重，结锦绣为之。"[2]

以上两则文献说明，除去专职的宦官演艺机构外，内廷宦官执掌的一些其他机构也进行一些非纯粹意义上的戏曲演艺活动。在节庆或节令之时，原本钟鼓司宦官都有仪式性演出，但可能涉及一些宗教仪礼性质的活动，番经厂、道经厂宦官更专业一些，虽然表面看来只是参与佛事节庆活动或神仙道化祈咒，其实无论从器乐服饰、故事性、仪式性方面而言已经具有戏曲表演性质。而且据文献，道经厂宦官不仅自己编演仙道剧目，他们还担负着教习、培养宫人进行演示的任务。

七、内操扮武戏

史梦兰《全史宫词》卷20记：

---

[1] （清）史梦兰：《全史宫词》卷20，第177—178页。
[2] 同上。

女鬼何曾习六韬，妄教宫禁弄弓刀。外边章奏休轻进，凤帜龙旗正内操。《明史》魏忠贤劝帝选武阉练火器，建立内操。《天启宫词注》上欲与张后同御内操，上将内官三百人，旗帜绘龙列左，又将宫人三百人，旗帜绘凤列右。后既至，称病先归。上命宫人之丰而頎者代后，猝难其选，乃命三宫人并将之，然非真有止齐之法，各持戏具疾趋数周而已。（又）东李娘娘恒呼忠贤为女鬼，以都下有"八千女鬼乱朝纲"之谣也。[1]

魏忠贤虽不像刘瑾出身钟鼓司，但却深谙此道，对曲艺有很强的认识，他亦知道可以此蛊惑帝王，得宠获权。传统文戏之外，他更指挥内操，进行武戏编演，具有军事排演的阅兵性质。据文献可知，他的做法深得熹宗喜爱，乃至亲自上阵，导演和指挥宦官，并且将宫女纳入，龙凤各三百人合演，规模浩大，气势非凡。但魏忠贤不管怎么尽心装扮，总归不可能将帝王家族成员全部打理满意，东宫李娘娘就齿之为女鬼，并痛陈其旗下阉党祸乱朝纲。

小结

归结以上或专职内官伶人所演戏种，抑或业余陪护者的随性助演，除在钟鼓司建制中明确提到的打稻、过锦、水傀儡这几类广人耳目，教化皇族成员及其子嗣知稼穑之艰、世间百态外，再有就是传统杂剧传奇的神仙剧、英雄剧，充斥着仙道教化。以上这些戏曲种类多是祭祀、仪礼、宴飨、娱乐多种功能融合在一起的。后设四斋、玉熙宫加习南戏，相较于北杂剧，南戏传奇更注重性灵情感的抒发，此时宦者演戏可谓南北荟萃。不过所有这些戏曲

---

[1]（清）史梦兰：《全史宫词》卷20，第180页。

种类都是官方明确设置的，尚有大量的杂耍百戏，在规制中是没有明确指向的，这些百戏既有体制内伶人的演出，也有业余人员的参演。所有这些演出戏种共同组成内廷雅俗共俱的曲艺文化圈。

第二节　宦官伶人优语举隅

自从宦官参与到具有娱乐功能的宫廷戏剧演出上来，就具有了俳优功能。俳优的主要功能就是调笑取乐。此外，时有俳优借助演戏娱乐不失时机的为帝王达下情，存讽意，以幽默调笑适时规谏。关于俳优的早期记录，一是刘向《古列女传·孽嬖传·夏桀末喜》记载夏桀"收倡优侏儒狎徒能为奇伟之戏者，聚之于旁，造烂漫之乐"[1]。二是《国语·晋语二》中讲到优施自言："我优也，言无邮。"[2]（"邮"同"由"，过失）这两则文献实则道出了俳优的特点和功能。

宋懋澄《九龠别集》卷3"稗"下"御戏条"载："特设内侍领其职，凡抟朱粉人，虽司礼亦时加厚犒，恐于至尊前有所讽刺也。"借演戏讽谏，表达的是一种"不平则鸣"的戏剧观。王国维《宋元戏剧考》中说："宋之滑稽戏，虽托故事以讽时事，然不以演事实为主，而以所含之意义为主。"[3] 优伶有机会登上舞台，而舞台给予其一定的话语权，借机可以诉说时政，伶人于是也参与到政治人物的品评中来。鉴于此，他们常常受到内外廷的重视，而不敢轻易得罪，以免在帝王面前借演戏之机有所讽谏。万历年间，首辅沈一贯还曾贿赂玉熙宫伶人，借其演戏转达政治倾向，以获取政治斗争的胜利。

---

[1] （汉）刘向：《古列女传》，商务印书馆1936年版，第189页。
[2] 《国语》卷8，上海古籍出版社1988年版，第286页。
[3] 王国维：《宋元戏曲论文集》，中国戏剧出版社1957年版，第32页。

演戏宦官多才多艺，滑稽幽默，借助语言技巧活跃气氛，也还创造了若干伶人优语。如任二北所言："优语是优人在演出当中使用的，自撰自发的创语，或自选自用的成语，其目的是为'别有所讽'。……'谈言微中，意在言外'。"[1]

《旧京遗事》记载："内臣钟鼓司，专一统领俳优，如古梨园伶官之职。成化中，阿丑以谲谏，知名于后。"[2] 内廷宦官俳优虽然以滑稽的表演和幽默的语言满足了帝王家族娱乐的需要，但是源于内廷演戏多是集体承应，故有姓名可考的优伶实在太少。现将明清文献中仅仅提及的几位列举如下。

一、阿丑

（一）只知汪直不知圣驾

文林《琅琊漫钞》[3]载，宪庙时，太监阿丑善诙谐，每于上前作院本，颇有东方朔谲谏之风。时汪直用事，势倾中外。丑作醉人酗酒。一人佯曰："某官至！"酗骂如故。又曰："驾至！"酗骂如故。曰："汪太监来矣！"醉者惊迫，帖然。傍一人曰："天子驾至不惧，而惧汪直，何也？"曰："吾知有汪太监，不知有天子也。"自是直宠渐衰。

此外，《明史·汪直传》、都穆《都公谈纂》、刘若愚《酌中志》、谢在杭《文海披沙》、冯梦龙《广笑府》等书皆有记载。

（二）杖此两钺

文林《琅琊漫钞》载，（宪宗成化十九年）直既去，党人王钺、陈钺尚

---

[1] 任二北：《优语集》，第 14 页。
[2] （明）史玄：《旧京遗事》，第 11 页。
[3] （明）文林：《琅琊漫钞》，出自《历代小说笔记选》明代第一册，广东人民出版社 1985 年版，第 39 页。后面几则同出于此，不一一作注。

在。丑作直持双斧,趋跄而行。或问故。答曰:"吾将兵,惟杖此两钺耳。"问:"钺何名?"曰:"陈钺、王钺也。"后二人以次坐谪。

《明史·汪直传》、《明貂珰史鉴》、《明史纪事本末》、《明书》、《震泽纪闻》、《弇州山人续稿》等均有相关记录。《成化宫词》对此亦有所反映:"弦管纷纷画鼓催,结丝灯影射楼台。伶官博得君王笑,玉殿西头双钺来。"[1]

(三)六千兵散楚歌声

文林《琅琊漫钞》载,保国公朱永,掌十二营,役兵,治私第。丑作儒生诵诗,因高吟曰:"六千兵散楚歌声",一人曰:"八千兵散",争之不已。徐曰:"而不知耶?二千在保国公盖房。"于是宪庙秘遣太监尚明察之。保国即撤工,赂尚明得止。

此外,都穆《都公谈纂》、王鏊《震泽纪闻》、王世贞《弇州山人续稿》、吕毖《明朝小史》、冯梦龙《古今谭概》,清人傅维鳞《明书》对此都有大同小异的记录。

(四)(公道难行)胡涂去得

文林《琅琊漫钞》载,成化末年,刑政颇弛,丑于上前作六部差遣状,命精择之。既得一人,问其姓名,曰:"公论。"主者曰:"公论如今无用。"次一人,问其姓名,曰:"公道。"主者曰:"公道亦难行。"最后一人,曰:"胡涂。"主者首肯曰:"胡涂如今尽去得。"宪宗微哂而已。

吕毖《明朝小史》、傅维鳞《明书》、褚人获《坚瓠二集》卷4,均有记录。相对于前几则优语,罪恶者都受到了处罚,唯独这里宪宗微哂。何良俊《四友斋丛说》卷10云:"若宪宗因此稍加厘正,则于朝政大有所补。正太史公所谓谈言微中亦可以解纷,则滑稽其可少哉。惜乎宪庙但付之一

---

[1] (明)朱权等:《明宫词》,第244页。

哂而已。"[1]

任二北按："公论无用，优语却有用。优语强于公论，此所以'台官不如伶官'也。此条讽刺尤在'上亦微哂之'，无下文。……终报以'微哂'而已，深沉呼？麻木呼？足见所刺虽深，反映极浅。针砭纵及胸膈，奈其中全无心肝何！"[2]

又吴炎《今乐府》卷1"太监来"记：

皇帝来，酣不止；太监来，矍然起。问尔何为然？但知汪太监，不知有天子。南征北伐，伏此两钺。问钺何名？陈钺、王钺。小珰微言大珰罚，天子神明宠潜夺，淳于优孟何多言，尚不及阿丑滑。[3]

阿丑以一宦官伶人的可怜身份，临时挖掘材料，讽刺时政，做了连都察院御史都不敢做的事，有道是"礼失而求诸野"。

关于阿丑的评价，何良俊曰："阿丑，乃钟鼓司装戏者，颇机警，善谐谑。亦优旃敬新磨之流也。"[4] 傅维鳞曰："如（阿）丑者，身虽阉，志不阉。司马迁顾可谓之'史阉'耶？封建士大夫身虽全而志则阉者，滔滔然，不自觉，岂但愧迁，亦愧丑。"[5]

考察阿丑之所以被文士载入史册且一再言说的历史背景，任二北《优语集》弁言中给出了细致的解释："成化间，内优阿丑诸讽，有若异军突起，锐不可当！'杖此两钺'一刀三刃，斩馘殊丰。有此风厉，则宋绍兴间'取他三秦'语，未能专美矣。尤以'糊涂去得'揭露彼时封建统治之腐朽，入木三分，若与假托张居正语，钤束言官者合观，当时明纪不振，

---

[1] （明）何良俊：《四友斋丛说》卷10，第89页。
[2] 任二北：《优语集》，第153—154页。
[3] （清）吴炎：《今乐府》卷1，清钞本。
[4] （明）何良俊：《四友斋丛说》卷10，第89页。
[5] 转引自任二北：《优语集》，第149页。

已始于成、弘，不俟隆万之后。此时在历史上竟重演第二次'台官不如伶官'：成化间六科给事中略遇挫辱，事无大小，嗫不敢言，乃有'不语唾'治疥之谑；未料言官酿唾之日，正内优纵舌之时，岂非'台官不如伶官耶'？阿丑于是不朽。"[1]

刘若愚《酌中志》卷16则解释为："回想宪庙时，汪直擅权，尚有怀恩之流，居帝左右，所以阿丑敢谲谏也。"

二、王瘸子

史梦兰《全史宫词》卷20云：

> 鼓乐喧阗响遏云，懋勤殿里戏初陈。厂公惯听王瘸诨，作底回头避骂秦。《酌中志》先帝最好武戏，于懋勤殿升座多点岳武穆戏文，至疯和尚骂秦桧处，逆贤尝避而不视，左右多笑之。[2]

刘若愚《酌中志》记，熹宗最喜看武穆戏文，戏中有《疯僧骂秦》一出，演的是有神术的和尚装疯痛骂巨奸秦桧。而熹宗最信任的魏忠贤，大概因为与秦桧同病相怜之故，最不喜欢这出戏，每到上演此出，他就避开不看。遗憾的是，熹宗对优语不加深思，只是当作了纯粹的取乐。

无独有偶，饶智元《明宫杂咏·天启宫词》亦咏及此事："懋勤前殿暖融融，歌舞中宵蜡炬红。演到金牌心胆破，元臣趋避锦屏风。"注云："上设地坑于懋勤殿，御宴演戏。尝演《金牌记》，至疯魔和尚骂秦桧，魏忠贤趋匿屏后，不欲正视。"[3] 蒋之翘《天启宫词》也描述了此事："角抵鱼龙总是

---

[1] 任二北：《优语集》，第8页（弁言）。
[2] （清）史梦兰：《全史宫词》卷20，第208页。
[3] （明）朱权等：《明宫词》，第280页。

云，昭忠漫演岳家军。风魔何独嘲长脚，长舌东窗迥不闻。"[1]

此外，王癞子还借演戏之机，通过夸赞魏忠贤，而获得当场奖励。秦征兰《天启宫词》云："过锦阑珊日影移，蛾眉递进紫金卮。天堆六店高呼唱，癞子当场谢票儿。"[2] "过锦"是钟鼓司承应的戏名。每回数人演唱，谐谑杂发，锣鼓喧闹。宫女们在帝前奉酒。其中王癞子最无耻，高声赞颂："好个魏公公，处置得天堆米积，十分充足；宝和店裕国通商。"魏忠贤听了十分高兴，赏赐逾恒。票儿银是银作局的银票，一钱到十两不等，以备赏赐之用。

比之阿丑，王癞子的优语多了些杂质，他以博取观者愉悦，自己获得实惠为目的，故而时讽时谀。

三、高永寿

史梦兰《全史宫词》卷20云：

少年阿监骏驭装，日日承恩侍豹房。谁把羊脂蒙赐号，玉容应妒老儿当。《野获编补遗》武宗初年，选内臣俊美者以充宠倖，名曰"老儿当"，犹云等辈也，时皆用年少者，而曰"老儿"，盖反言之。其后又有"金刚老儿当"，其人皆用事大珰，如张忠辈，皆在其中。则见之弹章者，此则不得其解矣。（又）武宗南幸，至杨文襄一清家，有歌童侍焉，上悦其白皙，问何名？曰"杨芝"。赐名曰"羊脂玉"，命从驾北上。《明史·武宗本纪》正德二年八月丙戌，作豹房居之。[3]

---

[1]（明）朱权等：《明宫词》，第60页。
[2] 同上书，第39页。
[3]（清）史梦兰：《全史宫词》卷20，第166—167页。

内侍演员的选取标准，或为俊美者，或为才艺者，或为怪异者，且末净杂俱全。有按规制选入，亦有帝王一时喜欢，直接"宫入"。比之阿丑、王癞子等丑角，高永寿算是旦角了。当然，拢入豹房的他还充当男宠随侍左右。这也见出内廷中断袖之欢等性文化。史梦兰《全史宫词》卷20又云：

> 翩翩雉尾拂轻埃，南苑西风猎骑催。窄袖戎装谁最称，高家小姐扈銮来。《酌中志》内臣束发冠，蟒龙蟠绕，下加额子，左右插长雉尾。凡遇出游，先帝圣驾尚此冠，自王体乾起，至暖殿牌子止，皆戴之。……惟涂文辅[1]、高永寿年少相称，其年老者便不雅观。《天启宫词注》御前牌子高永寿，丹唇鲜眸，姣好如处女，宫中以"高小姐"呼之。凡宴饮之际，高或不与，合座为之不欢。[2]

内廷伶人不只是规制之内钟鼓司、玉熙宫的专职演员，不少受宠内侍随时成为编外伶人供帝王娱乐。

秦征兰《天启宫词》云："驻跸回龙六角亭，海棠花下有歌声。葵黄云字猩红辫，天子更装踏雪行。"后注云："回龙观多植海棠，旁有六角亭。每岁花发时，上临幸焉。常于庭中自装宋太祖，同高永寿辈演《雪夜访赵普》之戏。"[3]

再据刘若愚《酌中志》卷10："（天启五年）至五月十八日，祭方泽坛回，即幸西苑。……先帝与王体乾名下高永寿、逆贤名下刘思渊，皆十七八小珰……高、刘二竖皆淹死。"同书卷16："御前牌子高永寿等则实供先帝兴造、弄水、跑马、扮戏，至永寿覆舟溺死，几危圣驾，此可谓具大臣之体

---

[1] 按《酌中志》卷15："涂文辅，北直安肃县人。……文辅姿容修雅，有心计，善书算，通文理，能辩论，好琴善射。"
[2] （清）史梦兰：《全史宫词》卷20，第176页。
[3] 秦征兰：《天启宫词》，第29页。

者耶?"看来高永寿在帝王面前是得宠的红人,誉为牌子。只有如此宠信之人才可以陪驾游玩,可惜赔掉了性命。无论如何,伶人只是玩偶,一旦关乎帝王的人身安全,他们的生死已无足轻重。

四、于喜

《万历野获编》卷6"内监"篇下"二中贵命相"条记:

> 正德初,内臣于喜以钟鼓司选入,旧入此者,例无他选,谓之东衙门,诸监局所不齿。于以长躯伟貌,偶得选,改为伞扇长随,但日侍雉尾间,亦贱役也。一日出外,同伴侣坐玉河桥,时新暑,各解衣置栏杆上笑语,旁一人过,熟视于曰:"公何姓?旦夕且大贵。"于大喜,起询之,则曰:"从此即得蟒玉,掌内外柄,极富贵者十年。然命止此。过其期,则仍如今日。"众哗骇而侮讪之。其人且云:"只三日内吾言验,当来取赏,诸公皆其证也。"于还内,正值午节。武宗射柳,命诸珰校猎苑中,设高丽阵,仍设莫离支为夷将。比立御营,则上自坐纛下,亲申号令,以唐兵破之,败者行军令,能入者与蟒玉。诸内侍雄健者,策马以往,屡冲不得入。左右曰:"如于喜长大,或可任此。"上回顾领之,畀摄甲胄,带假髯,作小秦王装束,仪形颇伟岸可观,甚惬上意,命以所御龙驹借之。喜据鞍挥策,马顾见喜状,素所不习,大惊狂骛,直突莫离支中军,各营披靡解散。天颜大怡,即赏蟒玉如约。时从玉河桥还,正三日矣。自是日为上所宠眷,出镇宣府大同,入掌各监局,稔恶者十年。
>
> 而武宗升遐,肃皇入缵,素知其罪,仅在八党之下,偶一日问:"汝姓为于耶?"对曰:"然"。上又曰:"为俞、为余耶?"对曰:"奴婢之姓,为干字跷脚者是也。"上怒曰:"于为干字踢脚,汝敢为谩语侮我。"即褫其蟒玉,收系治罪,得诸不法,谪为孝陵净军,尽籍其家。

至嘉靖四年，复入京自辨，仍加榜掠遣归伍，冻馁死。[1]

上述于喜的命运具有几分戏剧性的蹊跷。他与高永寿的共性是拥有旦角的美貌、身材，这一外在的优势再加上才艺表演，帮助他们获得宠信而高升，但从中我们也知道宦官伶人的命运完全掌控在帝王一时的情趣变化之中，一旦失宠，命贱如纸。

五、刘荣

《酌中志》卷15记："管理刘荣者，号野亭，自玉熙宫近侍出身，健讼，通文理，逆贤之心腹掌班也。为栋属僚，遂与永贞相结，互相推奖，恨相识之晚。……贤恨之……处死。"刘荣作为玉熙宫演戏宦官，除了拥有演艺才能外，还具有较高的学识，进而入阁党权力中心，参与到党争的政治斗争之中，可怜却为此而丧命。方孔照辑《全边略记》卷9记：

> 初，上见丁应泰疏，谓御极二十六年，未见忠直如此人者，书其名于御屏，一贯惧，贿玉熙宫宦官知文溪演东征戏文，荧惑圣览，乃霁威，复召一贯入阁。[2]

沈一贯通过贿赂宦官演出特定戏文以影响帝王意志，可以看出玉熙宫伶人与钟鼓司官一样借演戏可以指摘时弊、讽谏帝王，不乏明显成效。不过也从一个侧面说明，明代中后期帝王多不上朝，耽于享乐，文武大臣与帝王相见甚难，很多情况下被宦官所阻隔。但帝王常常观赏内廷宦官上演的各种曲艺，这样利用曲艺左右帝王意志，无疑成为一些文臣或宦官甚为有效的手段。

---

[1]（明）沈德符：《万历野获编》卷6，第165页。
[2]（明）方孔照：《全边略记》卷9，明崇祯刻本。

六、其他

除去以上有些名气的极少数宦官伶人文史著作中对他们给予一定笔墨外,其他有名字可寻者尚有邱印、何明钟、郑稽山等,这些人只是提及而已,没有太多的具体描述。[1]

有姓名可考者外,尚有部分无名氏,但有优语存在,暂列举如下。

(一)政由宁氏,祭则寡人

蒋之翘《天启宫词》有云:"四斋供奉先朝事,华狱新编可尚传。"[2] 说的是一日四斋中为两宫上演新编剧《华狱赐环记》,其中有权臣骄横,宁宗不振,云:"政由宁氏,祭则寡人。"神宗看后,极为不悦。

四斋艺人借《左传》卫献公为求返国,使人谓权臣宁喜曰:"苟返,政由宁氏,祭则寡人。"这一典故暗指当时的"江陵用事"。

(二)此俱熟蹄,非生蹄也

徐咸《西园杂记》卷上有这样一个例子:"弘治已未科会试,学士程敏政主考,仆辈假通关节以要略……尝闻事未发时,孝皇内宴,优人扮出一人,以盘捧熟豚蹄匕,行且号曰:'卖蹄呵!'一人就买,问价几何。曰:'一千两一个!'买者曰:'何贵若是?'卖者曰:'此俱熟蹄,非生蹄也。'哄堂而罢。孝皇顿悟。"[3] 这显然是钟鼓司宦官伶人演出的"过锦"戏,借民间市井风气暗指科举作弊陋习。

---

[1] 关于提及这几个人的具体文献在前文"明代帝王的戏剧喜好与宦官演戏"、"从钟鼓司到玉熙宫看内廷宦官演戏的'嬗变'"两节中,此处不再引用。
[2] (明)蒋之翘:《天启宫词》,第 50 页。
[3] (明)徐咸:《西园杂记》,中华书局 1985 年版,第 30—31 页。

（三）须是无粮方好

尹直《謇斋琐缀录》载：

> （宪宗成化时）一日内宴，钟鼓司承应扮一老人部粮，责解户米湿。解户答曰："非我之罪，此船缝之病。"老人曰："便须塞了船缝，免得耗湿朝廷粮米。"答曰："若要塞船缝，须是无粮方好。"天颜为之少霁。[1]

船缝漏米成为讽刺主事者变相偷盗国家粮食的一个典故。在含蓄隐晦中鞭挞了朝政官员的腐败。

（四）爬得高，会跌得重

孝宗执政之时，张皇后及其家族显赫无比，皇后的两位兄弟都封侯拜爵，不可一世。一次，恰逢内廷演戏，二兄弟与孝宗共观之，宦官伶人一人扮作猴子，登高跳跃，威风过头，另一伶人则警示道："你这猴（喻侯）子爬得高，会跌得重！"孝宗有所悟，罢宴而去。[2]

综上所述，内廷三个宦官演戏的主要机构，钟鼓司、四斋、玉熙宫均有优秀伶人留名于世，此外还有一些近侍充当编制外伶人，但相较于宦官伶人总数而言，有名字可寻者甚少，为何？原因盖在于，一是出于伶人的低贱地位不值得提及，二是大多数内廷演出都系集体行为，参与人物众多，个人有成就者甚少，故不标明演员具体名字。

就以上宦官伶人而言，非受宠信者，即依靠有权有势者，但大多数伶人地位低下，命运悲惨。《酌中志》卷16"钟鼓司"条记："（钟鼓司）蔡学等四十余人多怙宠不法，自万历己亥秋，俱下镇抚司狱。至庚申秋，光庙始释，然瘐死者已十之三四也。"宋懋澄《九籥集》卷10也记："然此辈多行

---

[1] （明）尹直：《謇斋琐缀录》卷8，明钞国朝典故本。
[2] 向斯：《帝王生活》，第183页。

无礼，上时毙之仗下。"[1]

对于言官而言，阿丑这类名角儿也曾被冠之以"恃上宠颇干外事"，其他无名小辈则如上述文献所记一不小心就下司狱，甚至死在牢狱之中，或者一时不慎惹怒帝王，直接杖死。伶人命运总体不堪。

考察宦官伶人为何善于借助演戏，戏谑时人时事。下面这则文献或许可以给出一些解释。赵翼《陔余丛考》卷20"明人演戏多扮近事"条记：

> 明人演戏，多有用本朝事者。《明史》："魏忠贤党石三畏赴戚畹宴，既醉，误令优人演刘瑾酗酒一剧。忠贤闻之大怒，遂削籍归。"王阮亭《香祖笔记》又载姚叔详言："海盐有优儿金凤，以色幸于严东楼，非金则寝食勿甘。严氏败后，金既衰老，而《鸣凤记传奇》盛行。于是金复傅粉涂墨扮东楼焉。"此又明人演戏不讳本朝事之明证也。又余澹心《板桥杂志》："马湘兰负盛名，与王伯谷为文字饮。郑应尼落第来游，湘颇不礼。应尼乃作《白练裙杂剧》，极其嘲谑，召湘兰观之。"则并演其人而即使其人见之矣。[2]

如此看来，借助伶人优语讽谏时政时人在当时是一种普遍的现象。

小结

伶人优语是滑稽戏与幽默语的很好结合，在轻松娱乐中给人一些警示。其实这种"不经意间"地插入秉承了戏曲插科打诨的艺术传统。优语也就是科诨。科诨，即插科打诨的简称，是我国古典戏曲一种传统的戏剧手法。《中

---

[1]（明）宋懋澄：《九籥集》卷10，第218页。
[2]（清）赵翼：《陔余丛考》卷20，河北人民出版社2007年版，第375页。

国文学通典·戏曲通典》对"科诨"的解释是:"插科打诨,又称科诨,戏曲中使观众发笑的穿插。'科'指滑稽动作,'诨'指滑稽诙谐的语言。由宋杂剧中的滑稽、戏谑表演发展而成,到元杂剧中,科诨已成为喜剧性的穿插。"[1]明代宫廷宦者演戏,为了满足帝王的一时欲望与快感,常常使用夸张的动作和滑稽的语言吸引其注意,再加之特定的身份导致了宫廷杂剧特有的风格。王骥德《曲律·杂记》中云:"古之优人,第以谐谑滑稽供主人喜笑。"[2]李渔在《闲情偶寄》中说:"插科打诨,填词之末技也。然欲雅俗同欢,智愚共赏,则当全在此处留神。文字佳,情节佳,而科诨不佳,非但俗人怕看,则雅人韵士,亦有瞌睡之时。做传奇者,全要善驱睡魔。……若是,则科诨非科诨,乃看戏人之人参汤也。养精益神,使人不倦,全在于此,可作小道观乎?"[3]这段话阐述了科诨的功能和地位。阿丑等宦官艺人特定的身份既继承了前人的戏剧演出传统,也形成了有别于文人戏剧的独特风格。满足观者,得到观者认可这是戏曲的特点之一,而后来文学评论者以艺术及其思想的高度进行批评,不免成为脱离特定情境的主观评价。但不管怎么样,宦官通过这种通俗的文艺形式,干预时政,也还实践了"文以载道"的文学传统。承上所列,每一"优谏"都以当时的社会现实为依托,而有的放矢。

第三节 宦官演戏剧场考略

一、剧场分类概述

朱元璋定都南京后,曾设置了两座御勾栏进行戏剧演出,但不是建在大

---

[1] 么书仪、王永宽、高鸣鸾:《中国文学通典·戏剧通典》,解放军文艺出版社1998年版,第107页。
[2] (明)王骥德:《曲律》,《中国古典戏曲论著集成》(四),第150页。
[3] (明)李渔:《闲情偶寄》,浙江古籍出版社2000年版,第59页。

内，而是市井，皇上偶有临幸观戏，平日则是用于服务民众的商业演出。朱棣迁都北京后，于皇城东侧的勾栏胡同建有丽春院，[1] 但这些戏剧场所是否有宦官于此演出，尚无明确文献记载。但按明初律令之严和内外有别，设在市井的御勾栏应该主要用于教坊演出。这里的御勾栏或丽春院也就是官方的戏台。我国关于戏台的分类大致有这样几种：宫廷戏台、王府戏台、庙宇戏台、民间戏台。那么钟鼓司艺人上演节目到底在哪里进行呢？

先来看看钟鼓司的地理位置。吴长元《宸垣识略》记："钟鼓寺在钟鼓寺胡同，即明钟鼓司廨。"[2] 瞿宣颖《北京建制谈荟》称："钟鼓司，明内官职掌出朝钟鼓……今讹'司'为'寺'，有胡同。"[3] 按以上解释今钟鼓胡同即是明钟鼓司遗址。又《北京志·戏剧志》"明清时期宫廷王府戏台概览"表载：教坊司的办公兼演出场所在今东四地区本司胡同；钟鼓司办公兼演出场所在今地安门东南侧钟鼓胡同；乐成殿在今中南海流杯亭处；玉熙宫在今北海西侧，北京图书馆古籍馆处。[4]

再据《北京志·故宫志》"钟鼓司"条载："本司太监在圣驾前作乐。凡九月登高，皇帝幸万寿山……每年上元之前于乾清宫前安七层牌坊灯，或于寿皇殿安十三层方圆鳌山灯，近侍上灯，钟鼓司作乐，内官监放花炮。均此司承应差事。西内（今中南海、北海）秋收之时，此司又承应打稻之戏，过锦之戏，杂剧故事，杂耍把戏及水傀儡戏等。"[5] 相对于钟鼓司演出地点的不确定性，即无明确固定戏台而言，万历帝设立四斋、玉熙宫之后，这两个演出机构是三个职能综合为一的，既是机构、办公场所，也是专设的演出场所。更为关键的是，玉熙宫也是帝王的离宫。所以明中后期，曾经声势浩大、歌舞升平，代表

---

[1]《北京志·戏剧志》第 177 页"宫廷王府戏台"一章记载："明朝永乐年间迁都北京后，在北京设宫廷教坊司'掌乐舞承应'，兼演杂剧、戏文。教坊司设在本司胡同；相邻的勾栏胡同是教坊司'丽春院'艺妓演剧之处，有乐棚、勾栏；排练节目在演乐胡同。现都已无遗址。"

[2]（明）吴长元：《宸垣识略》卷 3，北京古籍出版社 1982 年版，第 50 页。

[3] 据周华斌：《京都古戏楼》，海洋出版社 1993 年版，第 63 页。

[4]《北京志·戏剧志》，第 180 页。

[5]《北京志·故宫志》，第 269 页。

大明王朝天下太平、盛世辉煌的玉熙宫，在明亡后，一度成为遗民诗人的感怀对象，并且已经和清代的专业戏台有的一比，亭台楼阁、气宇轩昂。按以上提及的钟鼓司、玉熙宫演出的场所及范围，可以归为以下种类：

（一）宫廷演出

宫廷戏台[1]最为发达的是清代，皇宫之内建设了众多戏楼专事演出。但明代，尤其前期和中期，没有明确的戏楼和戏台，多是应时随处演出而临时搭建。由于钟鼓司设置的目的十分明确就是服务于内廷皇室成员，遇到庆典节日之际与教坊司共同承应一些大型活动。平时多以后廷承应为主。故几乎没有固定的演出场所，但因为演出多应时节、风俗，故相对有几个固定的演出地点，如上述文献中重阳节于万寿山，上元节于乾清宫，秋收时节于西内。或者更为小型的随机承应，干脆就在宴会现场。如《酌中志》卷14所载的客氏迁居，钟鼓司官邱印等现场进行扮戏承应。这种戏班子随着看戏人落脚点而转换，无明确的剧场意识，演出地点随宴飨场所、祭祀地点，以及帝王行宫变化而变化。所以，多是厅堂式、殿庭式、庙堂式和广场式演出，此种演出具有封闭与半封闭的特点。遇到大型演出，多是户外进行，遇到小型宴飨，则登堂入室承应。这样的好处是具有不受环境制约的无处不歌舞的随意性。但到了明中后期，随着四斋、玉熙宫的设置，这两个机构就有了较为固定的演出场所。归结整个明代内廷宦官演出场所，是由随意性到半固定、乃至明确戏楼性质的固定演出场所这样一个大致的线索，这既是一种发展，也是一种禁锢。

（二）王府演出

李开先《张小山小令后序》云："洪武初年，亲王之国，必以词曲

---

[1] 本文所指的戏台，广义上指的是演出地点、场所。

一千七百本赐之。"[1]谈迁《国榷》卷12和卷19也记载了惠帝建文四年补赐诸王乐户，宣宗宣德元年赐朱权乐人二十七户等。

按李东阳等《大明会典·礼部十五·内官内使（府校及怀买子女物件附）》记："凡内官内使，洪武间定。亲王府内官十员……内使十名，司冠、司衣、司佩、司履各一名，司乐、司弓矢各二名。"[2]

据上，帝王不仅颁赐曲本，还拨给乐户供藩王享乐。这样做的主观目的很明确就是消磨其政治意志，但客观上促进了戏剧的发展，也诞生了像朱权、朱有燉这样的戏剧创作家。此外，需要注意的是洪武年间制定的王府内官、内使中有"司乐"一职。据此可知，藩王府邸也有一定数量的宦官进行曲艺编演。

除了这种明确的拨派外，按《万历野获编》补遗卷1"内监"篇下"阉幼童"条记载，从藩王到镇守太监，屡屡阉割幼童留用，一些大规模的阉割被发现后，奉命将阉割的幼童送司礼监，而一些小规模阉割后的幼童大多留在藩王府邸和镇守太监府中，这些小宦官都有可能成为他们进行曲艺娱乐的工具和载体。

另外，据《万历野获编》卷6"内监"篇下"内臣封外国王"条记载，明代不少宦官被分封为王，他们在自己的领地之内也会有相应的曲艺编演，这也为戏曲的发展与传播作出一些贡献。

（三）庙宇演出

除去宫廷王府戏台演出之外，由于宦官过多地参与了宗教事务，他们在京城以及周边地区广建佛寺庙宇，交游僧道。而宦官掌管的钟鼓司把持着殿堂音乐曲艺等，这些似乎和宗教庙宇没有直接联系，事实上庙宇之中往往需要音乐等配合和尚吟诵经文。所以宦官会有意识地将宫廷音乐等只要是佛寺

---

[1]（明）李开先：《李开先集》，第370页。
[2]（明）李东阳等：《大明会典》卷57，广陵书社2007年版，第994页。

图 7　智化寺（北京东城区禄米仓胡同 5 号）

需要的都可以援助甚至挪用过来。王振家庙智化寺中流传至今的被称为"活文物"的京音乐就是宫廷音乐与佛教音乐结合典范的遗存。（见图 7）因此，一些佛寺庙宇也可能成为宦官艺人演出的舞台。

还有一个现象是，明代民间戏剧演出有相当一部分是借助庙宇戏台进行的。宫内宦官捐建寺庙的同时往往兴建这些戏台，这为民间戏剧演出提供了很好的舞台。此外，尚有部分宦官借助这些戏台直接进行以牟利为目的的商业性演出。这又客观上使得宫廷戏剧流向民间，服务于民间。周晖《金陵琐事剩录》卷 4 载沈越《新亭闻见记》讲："正德丙子（1516）以后，内臣用事。南京守备者十余人，蟒衣玉带。其名下内臣，以修寺为名，各寺中搭戏台扮演，城中普利、鹫峰，城外普德、静海等处搬演，处各传来扮戏棍徒，领来妻女，明为真旦。人看者钱四文，午后二文至一文，每日处得钱十余千，彼此求胜。"[1] 这类商业演示活动虽然不成气候，但从传播学的角度看，

---

[1]　王晓传：《元明清三代禁毁小说戏曲史料》（前言），作家出版社 1958 年版，第 14—15 页。

意义非凡，使得原本"私密"的宫廷曲艺实现了万民共赏。不可否认，许多观者并不在乎戏剧艺术本身，而是抱着猎奇心理来看宦官艺人的，但这并不影响戏剧的传播与交流。

这里需要对演出宦官的身份进行说明。文献中明确指出他们是"南京守备内臣"名下，而南京作为留都，已经没有专设钟鼓司这样的内廷演出机构。南京守备不少是北京"贬谪"遭送而来，他们的生活并不宽裕。所以，这些内臣自发组织的习艺和演戏活动应该是有着几分无奈的。当然，他们还是打着修寺的名义的。

（四）市井演出

史梦兰《全史宫词》卷 20 云：

> 六店周回御路斜，跳猿骗马竞喧华。宫人敕入勾栏院，廊下当垆卖酒家。《武宗外纪》自宝和至宝延凡六店，历与贸易，持筹算喧询不相下，别令作市正调和之。拥至廊下家，廊下家者，中官住永巷卖酒家也。等篆琵琶嘈嘈然，坐当垆妇于其中。凡市戏跳猿、骗马、斗鸡、逐犬，所至环集。且实官人于勾栏，扮演侑酒，醉即宿其处。[1]

宦官为了满足武宗的趣味，装扮市井人物，在勾栏瓦肆演出，进行"商业活动"，实实在在地营造了一个众生百态图像。

二、演出剧场考略

综上所述，明代宦官或专职演戏，或业余承应，从宫廷、王府，乃至庙

---

[1]（清）史梦兰：《全史宫词》卷 20，第 202 页。

宇、市井，处处都有他们演出的身影。但作为宫廷艺人，主要还是在内廷演出，现将宫廷大内演出具体场所论述如下。

（一）旋磨台与万寿山

史玄《旧京遗事》记："宫中两内秋成之时，设打稻之戏，圣驾幸旋磨台、无逸殿，亲赐观览。"

秦元方《熹庙拾遗杂咏》记：

> 兔儿山即旋磨台，乙丑登高，圣驾临幸，钟鼓司掌印官执板唱《洛阳桥记·攒眉黛锁不开》一阕，次年复如之。官人相顾，疑怪非时，语近不祥。……"美人眉黛月同弯，侍驾登高薄暮还。共讶洛阳桥下曲，年年声绕兔儿山。"[1]

史梦兰《全史宫词》卷20云：

> 窄袖宫袍菊蕊黄，兔儿山下发清商。玉娥相觑双眉锁，怪煞年年唱洛阳。《酌中志》重九登高，宫眷内臣皆着菊花补服。《日下旧闻》天启乙丑重阳，幸兔儿山。钟鼓司唱《洛阳记·攒眉黛锁不开》一阕。次年复如之，官人相顾，以其近不祥也。[2]

据以上三则文献，旋磨台是帝王观赏打稻、过锦这等寓教于乐之戏的重要场所。旋磨台，也叫兔儿山，俗名转马台。山上垒石为山，穴山为洞，东西分径，可迁折至顶，山顶有旋磨台。这一带在明代属西苑，因附近原有兔儿，山故名。兔儿山是明代北京皇城最高的山。站在兔儿山四下俯瞰，

---

[1]（明）秦元方：《熹庙拾遗杂咏》，旧钞本。
[2]（清）史梦兰：《全史宫词》卷20，第180页。

整个都城尽收眼底，因此成为帝王重阳登高之处。每到重阳节，宫监内臣还要换上重阳景菊花补服，吃迎霜兔菊花酒。天启五年（1625）重阳节，熹宗朱由校偕着宫眷来兔儿山登高过节。钟鼓司邱印为皇帝"表演节目"，演的竟是《洛阳桥记·攒眉黛锁不开》一阕。朱由校是个糊涂皇帝，竟没听出不妥。第二年重阳节，朱由校又来兔儿山登高，节目竟还是去年的《洛阳桥记》。宫里的人们私下里纷纷议论，"这可不是好兆头"。上面文献中用诗记录了此事。果然没几年，明朝的江山已是内忧外患。明末崇祯皇帝重阳登高时留下的诗句就写道："重阳旋磨台，共进菊花怀。歌曲征亡国，愁眉锁不开。"[1] 明亡后，兔儿山虽犹在宫苑之内，但逐渐被废弃了。兔儿山上的奇石，有的被搬走，有的被清帝赏人，后来宫苑缩小，兔儿山就被铲平了。

《北京志·故宫志》"钟鼓司"条记："本司太监在圣驾前作乐。凡九月登高，皇帝幸万寿山。"[2] 明朝皇帝重阳节除了去兔儿山，还会去万岁山登高。明代在皇城里有两座万岁山，一座是景山，另一座是北海公园的琼华岛。景山最早形成于辽代，那时的景山只是一座土山，名字就叫"土丘"。明永乐年间修建紫禁城，"土丘"就位于紫禁城之北，取名为"万岁山"。传说，明朝在修建皇宫时，曾在这里堆过石炭，以备闭城不虞之用，于是民间多称万岁山为"煤山"。到了清顺治十二年（1655），"万岁山"才改名叫了"景山"。

琼华岛在元至元八年改称万寿山，又称万岁山。琼华岛在太液池南部，始建于辽代，元至元四年（1267），元世祖忽必烈以太宁宫琼华岛为中心营建大都，琼华岛及其所在的湖泊被划入皇城，赐名万寿山、太液池。

钟鼓司演戏之万岁山当是景山。

---

[1] （清）樊彬：《燕都杂咏》，出自雷梦水：《北京风俗杂咏续编》，北京古籍出版社1987年版，第134页。
[2] 《北京志·故宫志》，第269页。另，万寿山也就是万岁山。

蒋熏《留素堂诗删》卷1有关于"万寿山"的诗歌:"九日登高万寿（山名）来，山头尽醉菊花杯。比年丘印持檀板，故唱攒眉锁不开。"[1]

（二）无逸殿与懋勤殿

《万历野获编》卷2"无逸殿"条载：

> 世宗初建无逸殿于西苑，翼以豳风亭。盖取诗书中义，以重农务。而时率大臣游宴其中，又命阁臣李时、翟銮辈，坐讲《豳风·七月》之诗，赏赉加等。……世宗上宾未期月，西苑宫殿悉毁，惟无逸则至今存。至尊于西成时，间亦御幸，内臣各率其曹，作打稻之戏，凡播种收获，以及野馌、农歌、征粮诸事，无不入御览。盖较上耕耤田时尤详云。今上甲申乙酉间，无逸烬于火。辅臣申吴县等奏："皇祖作此殿，欲后世知稼穑艰难，其虑甚远，非他游观比，宜以时修复。"上深然之。今轮奂尚如新也。[2]

明世宗不仅建殿且亲自撰写碑文："无逸殿之所作者，寓戒逸之意者也。夫劳者，人之所共恶；逸者，人之所同好。"[3]神宗转述世宗的话："临御滋久，虽垂衣深拱，而宵旰几康之儆不忘于心。诸边奏报、臣下建言，手批立决，无滞咎刻。万几稍暇，则又翻经史，问农桑，即文王日昃不遑，何以加焉。"并认为乃祖"盖尝勒《豳风》、《无逸》于亭，召对群臣于便殿、于西苑，谆谆以天戒人穷为虑，而重念宫生内长之主，宴安游娱，忘其先烈"[4]。高士奇《金鳌退食笔记》云"无逸殿"原名"乐成殿"。无逸殿在今中南海流杯亭处，

---

[1] （清）蒋熏：《留素堂诗删》卷1，清康熙刻本。
[2] （明）沈德符：《万历野获编》卷2，第49页。
[3] （明）廖道南：《殿阁词林记》卷13，文渊阁四库全书本。
[4] 明神宗：《恭拟世宗实录序文》，出自张四维：《条麓堂集》卷4，明万历二十三年张泰征刻本。

明代有殿，殿右有屋，设石磨、石碓，下有流水催动，可模拟秋收农活。

明代帝王非常认同儒家无逸多劳的观念，建无逸殿的初衷是毋庸置疑的，包括钟鼓司在这里上演打稻戏也是出于重视农桑、体察民意。所以，无逸殿既是文臣筵讲的地方，也是钟鼓司上演打稻戏的剧场。

再看懋勤殿，按《北京志·故宫志》载："明嘉靖十四年（1535）建于乾清宫西庑，与东庑端凝殿相对之3间。明夏言拟额曰'懋勤'，取'懋学勤政'之义，用藏贮图史书籍。"[1]

蒋之翘《天启宫词》自注："（熹宗）好阅武戏，于懋勤殿设宴，多演岳忠武传奇。"[2] 这样看来，懋勤殿和无逸殿一样，原本是读书勤政的地方，后来发展为内臣演戏的场所。

（三）广场与西苑

遇到重大节庆，钟鼓司上演一些规模宏大的节目时，往往在宫内大殿前的空旷场地上演出。宋懋澄《九龠集》记载："至战争处，两队相角，旗仗数千。"[3] 这样的演出规模，是不可能在戏台上完成的，只能在大殿之前的空地进行。所以《北京志·故宫志》"钟鼓司"条记载："本司太监在圣驾前作乐。……每年上元之前于乾清宫前安七层牌坊灯，或于寿皇殿安十三层方圆鳌山灯……"[4]

明朝正式迁都北京后，万寿山、太液池成为紫禁城的西苑。《万历野获编》卷2"西内"条记："世宗自己亥幸承天后，以至壬寅遭宫婢之变，益厌大内不欲居。或云逆婢杨金英辈正法后，不无冤死者，因而为厉，以故上益决计他徙。宫掖事秘，莫知果否。上既迁西苑，号永寿宫，不复视朝，惟

---

[1] 《北京志·故宫志》，第57页。
[2] （明）蒋之翘：《天启宫词》，第60页。
[3] （明）宋懋澄：《九龠集》卷21，第218页。
[4] 《北京志·故宫志》，第269页。

日夕事齐醮。辛酉岁永寿火后,暂徙玉熙殿,又徙元都殿,俱湫隘不能容万乘。时分宜首揆。"[1]

世宗迁往西内后,辗转玉熙殿等地,这样西内各个区域随时都成为宫廷戏曲演出的场所。

(四)四斋、玉熙宫

相对于上面所列这些节令时俗性,或帝王随性招演的临时性、半固定场所,神宗设立四斋、玉熙宫后,明代终于有了专事演出的固定的类似戏楼性质的场所。

关于四斋的具体位置,因文献记载甚少而无从考证。有关玉熙宫的记载相对丰富许多。《天府广记》卷5记载:"金海桥之北曰玉熙宫。"《日下旧闻考》卷41记载:"金海桥之北曰玉熙宫……玉熙宫二坊,曰熙祥、熙瑞……"[2]

四斋、玉熙宫相对于钟鼓司演戏场所来说,有自己固定的场域。这里成为明朝后期主要的内廷演剧场所,同时也是教习场所和演剧机构。演出场所的固定,便于演艺活动进行集约式、精致化的发展,也有利于打造成为一种有影响力的品牌,故而给文人墨客以一种既定的意象观照。

小结

相较于清代宫中座座大规模的豪华戏楼,明代宦官宫廷演戏场所远没有那样宏大。按《北京志·戏剧志》"明清时期宫廷王府戏台概览",[3]明代仅有教坊司、钟鼓司、乐成殿、玉熙宫四座。而清代有畅音阁、漱芳斋、升平署等共计三十二处戏台,足见清代宫廷戏剧之热。至于民间会馆戏楼、庙宇

---

[1] (明)沈德符:《万历野获编》卷2,第49页。
[2] (清)于敏中:《日下旧闻考》卷41,第644页。
[3] 《北京志·戏剧志》,第180页。

戏台同样是明代比之清代可谓九牛一毛。

但不管怎样，明代宦官或于宫廷或于王府，抑或庙宇和民间戏台进行各式演出，这样对于戏剧的传播与接受无疑是一大贡献。更为重要的是，清代宫廷戏楼的大规模营建，应该受到明代玉熙宫固定演出场所的一些影响。

第四节　宦官演戏剧目考略

宦官演戏剧目，即收藏于钟鼓司的内府本，其编创者到底是教坊司艺人独立所为，还是钟鼓司艺人也有参与，学界尚有分歧。事实上，通过内府本来源考述与界定、作者考论与推测，很大程度上内府本是以教坊司编创为主，而在内廷演出时，宦官艺人又有针对性地对教坊编演曲本进行了改编。总之，藏于内府的曲本不只是"本朝教坊编演"的原有曲本，而是在此基础上，经内廷宦官艺人之手有所改编和新创。

一、内府本来源与界定

宋懋澄《九龠集》卷10"御戏"条云："院本皆作傀儡舞，杂剧即金、元人北九宫。每将进花及时物，则教坊作曲四折，送史官校定，当御前致词呈伎，数日后，复有别呈，旧本不复进。南九宫亦演之内庭。"[1]这说明明代宫中演出杂剧的剧目很多是金元相传旧本。此外，钟鼓司也将教坊司新编演的一些曲本拿来演艺（即前文所说"本朝教坊编演"的曲本）。再有，王府、民间进献而来以及征集自他们的曲本也是内廷演出曲目的一部分。而所有这些由钟鼓司珍藏于内府的明代宫廷戏剧演出的剧本俗称"内府本"或"内

---

[1]　（明）宋懋澄：《九龠集》，第218页。

本",总之是一种皇家的本子。

　　李开先在《张小山乐府序》中记载说,洪武初年,赐给亲王词曲千七百本。万历时期的戏剧家梅鼎祚在《答竹居殿下》中谈到他在京城见到过内府所藏曲本"四百种"。[1] 之后王骥德则谓"康太史谓于馆阁中见几千百种"。[2] 由此可知,当时内府本剧目数量是十分可观的。再据赵琦美《脉望馆钞校本古今杂剧》,赵为万历时人,其校录内府藏本之日,去明初已二百余年,其时北曲杂剧已几成广陵散,而琦美犹得见百余种。同样万历间臧懋循《元曲选序》云:"予家藏杂剧多秘本。顷过黄,从刘延伯借得二百五十种,云录自御戏监,与今坊本不同。"再有臧懋循《负苞堂集》卷4《寄谢在杭书》云:"去冬,挈幼孙就婚于汝宁守,因过郎陵访陈诲伯家遗书……还从麻城,于锦衣刘延伯家得抄本杂剧三百余种,世所称元人词尽是矣。其去取出汤义仍(按,即汤显祖)手。然止二十余种稍佳,余甚鄙俚不足观,反不如坊间诸刻皆其最工者也。比来衰懒日甚,戏取诸杂剧为删抹繁芜,其不合作者,即以己意改之。自谓颇得元人三昧。"[3] 郑振铎在《西谛书话·跋脉望馆抄校本古今杂剧》中说,他把附有"穿关"者都当作"内本",大约不会是错的。并认为臧懋循的话也是可靠的,并进而由清代升平署藏曲与车王府藏曲之巨多,可推知明代"御戏监"所藏曲本亦很多。他指出,李开先所说的"千七百本"正可说明其情形。[4] 如此说来,西谛认为所赐词曲应是御戏监曲本。按西谛之论,御戏监即钟鼓司,御戏监所藏曲本,就是钟鼓司所藏内府本。在文末结尾处他这样认为:"我们对于元明杂剧的研究,因了这部重要的宏伟的戏剧宝库的发现,而开始觉得有些'定论';特别重要的是,许多明代'内本'——即《元曲选》依据的

---

[1] (明)梅鼎祚:《鹿裘石室集》卷59,明天启三年玄白堂刻本。
[2] 中国戏曲研究院编:《中国古典戏曲论著集成》(四),第169页。
[3] (明)臧懋循:《负苞堂集》,上海古典文学出版社1958年版,第91—92页。
[4] 郑振铎:《西谛书话·跋脉望馆抄校本古今杂剧》,三联书店1998年版,第353—354页。

'御戏监'本——的存在，顿令人有焕然一新耳目之感。"[1] 按照以上文献及西谛论述，内府本就是"御戏监"本。

以上文献一方面说明，内府本原本数量很多，但到了万历之时已经大为减少。另一方面说明，虽然内府珍本乃为秘籍，但也是可以借来抄写的。此外，值得留意的是，为什么到了万历年间，数量就那么少了呢？这可以从两个方面作出解释：一是保管不善，再有就是时间流逝，北杂剧衰落，内廷新设四斋、玉熙宫多习南戏后，原内府本北杂剧已经少为内廷演出采用，故使用价值和保存意义不大。

但无论如何，由于明代帝王大多喜好曲艺，钟鼓司广储天下剧目，广征民间曲本，故而内府本的数量可观是不争的事实。而问题在于，后代学者不少人讨论这些内府剧除去沿袭金元之旧外，其他剧目是出自教坊艺人之手还是钟鼓司艺人之手，目前学界尚存在分歧。

张影、韦春喜在《论明教坊与内府编演本杂剧》[2]中认为内府本系教坊艺人所作。他们的主要证据一是邵曾祺的推断："但上面（按：作者指脉望馆抄校本中佚名作者的作品），一些剧本恐大多数也出于教坊艺人之手，不过这一类似是专为喜庆节日所编的承应戏而已。"[3]

证据二是孙楷第《也是园古今杂剧考》中的言论：[4]

> 或曰："今本《古今杂剧》不有教坊编演杂剧若干种乎？其剧大部分系教坊所编，其剧本亦安知不录自教坊司，何以必云钟鼓司乎？"余曰："此易辨。明教坊司隶礼部，系外庭，教坊纵有剧本不得谓之内府本。今本《古今杂剧》有教坊编演剧本，盖教坊编演之本为钟鼓司采用

---

[1] 郑振铎：《西谛书话·跋脉望馆抄校本古今杂剧》，第363页。
[2] 张影、韦春喜：《论明教坊与内府编演本杂剧》，《戏剧文学》2006年第4期。
[3] 邵曾祺：《元明北杂剧考略》，中州古籍出版社1985年版，第597页。
[4] 孙楷第：《也是园古今杂剧考》，上杂出版社1953年版，第100页。

耳，非其本属教坊司也。"

此外，他们还援引都穆《都公谈纂》载："成化末，内官阿丑，年少机敏，善作教坊杂剧。宪宗每令献技以为戏。"[1]并据此认为："阿丑为钟鼓司宦官艺人，所演杂剧为教坊司杂剧，这可以说明教坊曾编撰内廷所需杂剧。"

关于内府本的研究最新近的是日本学者长松纯子《明代内府本研究》。她依据《也是园古今杂剧考》，承认内府本是钟鼓司所保存的，但可以为外人所抄。当然她考证和推测的是，赵琦美录校的内府本不是直接借自钟鼓司，而是于小谷家借的另一套内府抄本。[2]但在她关于"内府本的搬演"一章中，却认为，这些保存于内廷钟鼓司的内府本是由外廷教坊司搬演的，主要依据是《也是园藏书古今杂剧目录》中有十八种剧本标明"本朝教坊编演"，并继而进一步认为内府本主要由教坊司搬演，钟鼓司偶尔客串。[3]

与以上观点相反的是，郑莉、邹代兰《浅谈明宫廷演剧机构——钟鼓司和教坊司》。[4]她们指出："今天所见《脉望馆钞校本古今杂剧》中所存的明代新创的宫廷杂剧就有七十多种，可以说在明前期剧坛上占据了统治地位，这都和钟鼓司的艺人创作和演出有着密不可分的关系。"可惜郑莉、邹代兰文章直接认可了钟鼓司所为，却没有给出明确理由。

针对以上两种对立的认识，笔者倾向于折中的观点，即，内府本既有教坊司的编演，也有钟鼓司的参与，并非由其中之一完全创作。关于教坊司的独立编演，在内府本中大多直接标明"本朝教坊编演"字样。而其他大多是没有标明的，且附有"穿关"的，笔者以为不少应为钟鼓司编演的，至少他们进行了相应改编。

---

[1]（明）都穆：《都公谈纂》卷下，第576页。
[2]〔日〕长松纯子：《明代内府本研究》，中山大学博士学位论文，2009年，第11页。
[3] 同上文，第116—120页。
[4] 郑莉、邹代兰：《浅谈明宫廷演剧机构——钟鼓司和教坊司》，《四川戏剧》2008年第1期。

具体针对上述孙楷第先生观点，就"阿丑善作教坊杂剧"这一文献而言，孙先生直接解释为阿丑善于表演教坊杂剧，这很正常，因为内外廷两个戏班子常常共同承应，他们常有业务交通往来。但笔者以为，另一方面可以理解为善于创作教坊司杂剧。依据是从阿丑多次表演讽喻汪直的情况看，笔者更倾向于其具有创作的可能性和必然性。教坊司不会创作讽刺宦官汪直的剧本然后给钟鼓司艺人表演的。一个现成的批判当时得势宦官汪直的本子，随时拿来上演是不合时宜的，所以这样的理解在逻辑上也不通，我以为这显然是阿丑即兴之作。为什么钟鼓司伶人敢于讽谏自己的同类呢？笔者以为钟鼓司宦官本来地位十分地下，不至于再受到什么打压。而阿丑借助内廷演出机会，不依据有章可循的剧本进行演出，即兴演出，没有证据，且直接在帝王面前上演，如遭到汪直迫害，正好印证其罪行。

而针对纯子的观点，笔者只是部分同意她的意见，钟鼓司与教坊司在明初分工虽然有所明确，一为外廷演出，一为内廷演出，但也时有遇到大型宴飨共同承应，教坊司编演的剧本也大量提供给内廷演出。在演出过程中，内廷宦官艺人也会根据帝王需要或为了取悦于帝王家族进行相应的或被动或主动的改编是很有可能的。只是这些不再著录在剧本里面，在舞台上进行实际操作而已。相对于外廷演出的严格审查，内廷演出更自由一些，内府本很大程度上是写给那些审核者"过关"使用的，钟鼓司从教坊司那里拿来或借来藏而备用，可以直接照搬演出，也可以留着借鉴而已。所以笔者认为，内府本包括教坊艺人所作，也包括钟鼓司艺人所作。

再有西谛所言"内府本"就是"御戏监"本，也是值得商榷的。笔者以为，"御戏监"本当指钟鼓司所上演的所有本子，它的范围应该是包括内府本的。也就是说，内府本只是钟鼓司上演的一部分剧本，而且这些内府本在上演中，很有可能也是经过钟鼓司改编过的。而一些即兴演出，或者直接承应帝王家族成员的不为外廷所知的临时演出，是不依据剧本的，也没有作相关记录，只是偶尔为外廷所知，在一些史书或野史笔记有所记录。这里有必要就"御戏监"本谈谈笔者的进一步认识。前面提到臧懋循在《元曲选序》中说:"予家藏杂剧多秘本。顷过黄,从刘延伯借得二百五十种,云录自御戏监,与今坊本不同。"这里的坊本,当指民间刻本,"御戏监"本包括内府本,那么与民间坊本的不同恰恰说明,教坊司编演的内府本部分经过礼部的审核,所以当有所改动,故与坊间的不同。还有可能是,在臧懋循抄内府本的时候,民间已经有人更早地抄到了,并且进行了改编,在民间刊刻,所以有所别。再有一种可能就是钟鼓司艺人改编后的教坊本。

笔者以上提及的包括内府本在内的"御戏监"本,其中的编演肯定有钟鼓司艺人的创作或改造。主观上而言钟鼓司艺人具备这样的条件,客观上为了取悦与满足帝王之需,他们也不得不进行相应的编创。所以,不可以一概否定钟鼓司艺人的参与创作。

二、内府本作者考论与推测

(一)从"鄙俗"看内府本的宦官化特征

《万历野获编》卷25"杂剧院本"条记:"今教坊杂剧,约有千本。然率多俚浅,其可阅者十之三耳。"[1]

臧懋循《寄谢在杭书》中有关于"御戏监"本的评价:"于锦衣刘延伯家得抄本杂剧三百余种。世所称元人词尽是矣。其去取出汤义仍手,然止二十余种稍佳,余甚鄙俚不足观,反不如坊间诸刻皆其最工者也。"[2] 为什么内府本如此不入文人耳目呢?笔者以为,作为宫廷演出,尤其内廷演出,是实实在在的"台上之曲"。帝王政务休息之余用来消遣娱乐的,不是文人士大夫的"案头之书"。内府本或是沿金元之旧的市井坊肆的改编剧本,或者是集体新编的创作,而且为了娱乐帝王之精神欲求,所以多俚俗。这也恰恰说

---

[1] (明)沈德符:《万历野获编》,第648页。
[2] (明)臧懋循:《负苞堂集》,第91—92页。

明纯子所说内府本多教坊司搬演的不合逻辑处，外廷教坊承应的都是大型公众、公开演出，需要对剧本进行政治审核，如此俚俗的作品应该不会适合他们演出，反倒是说明多由钟鼓司上演。也就是说，钟鼓司借自教坊司的本子应该多是神仙、道化、英雄传奇剧目，不可能出现如此鄙俗的剧本的。臧懋循《元曲选序》将曲家分为"名家"和"行家"二派。"名家"是偏重文词的一派，"行家"是偏重演出的一派。他对"行家"更多肯定，但强调"行家"之作易失于"鄙"。[1] 钟鼓司艺人终身的职业就是演戏，说他们是"行家"并不为过。按周华斌《京都古戏楼》："'与今坊本不同'（御戏监本），是在民间坊本基础上有所加工和整理的。整理者当是钟鼓司的佥书和学艺官们。"[2] 文献中所言内府本"俚俗"、"鄙俚"这进一步说明乃钟鼓司艺人所为。

按前文臧懋循《元曲选序》、《负苞堂集》卷4《寄谢在杭书》，这里抄校的内府本，也就是御戏监本都来源于锦衣卫指挥刘延伯。这也可见内府本并一定只是内府严格保管不予流通的，亦有内部人士借阅或抄出在民间传播。对此，孙楷第也认为当时钟鼓司剧本很容易被外借出。[3]

（二）从"穿关"看内府本的宦官化特征

所谓"穿关"，即剧中人物装扮，也就是"穿扮"之意，即每折登场人物所穿戴的衣服、帽鞋和式样，包括盔冠头饰、面具化装、服装砌末等。赵琦美辑《脉望馆钞本古今杂剧》，是现存唯一保留了明宫廷演剧"穿关"的杂剧集。共收杂剧剧本二百四十二种，其中附"穿关"的就有一百零二种。附有"穿关"的剧本，赵琦美在卷末题识中大都注明录自"内本"或据"内本"校过。在"穿关"中"蟒衣"又占了很大比重，它是《古今杂剧》"穿关"最为常见的一种服饰，尤其为武将所常用。蟒衣，亦称蟒、蟒服、蟒

---

[1] 傅璇琮、蒋寅：《中国古代文学通论·明代卷》，辽宁人民出版社2005年版，第206页。
[2] 周华斌：《京都古戏楼》，第61页。
[3] 孙楷第：《也是园古今杂剧考》，第148页。

袍，因绣有蟒纹图案而得名。蟒衣是宦官、贵戚、重臣和外族首领所穿的一种盛服。此服甚贵，非受特赐不得穿着。附"穿关"的杂剧达一百零二种之多，这也说明内府本杂剧涉及演出装扮时形成了一定的服饰程序，特征就是每剧之末附有"穿关"。由此，我们可以了解明朝宫中宦官艺人的舞台装扮。

宦官演戏蟒衣装扮是和宦官赐蟒有一定关联的。"永乐以后，宦官在帝左右，必蟒服，制如曳撒，绣蟒于左右，系以鸾带，此燕闲之服也。……又有膝襕者，亦如曳撒，上有蟒补……"[1] 正德元年，杨守随谏曰："（刘瑾等八内臣）紫绶金貂尽予爪牙之士，蟒衣玉带滥授心腹之人。"[2] 要求严惩竖宦。刘若愚《酌中志》卷 19"内臣佩服纪略"对于宦官服饰记载甚详：

> 司礼监掌印、秉笔、随堂、乾清宫管事牌子、各执事近侍，都许穿红贴里缀本等补，以便侍从御前。凡二十四衙门、山陵等处官、长随、内使、小火者，俱穿青贴里。自逆贤擅政，改蟒贴里膝襕之下，又加一襕，名曰三襕贴里。最贵近者方蒙钦赏服之。又有双袖襕蟒衣，凡左右袖上里外有蟒二条。自正旦灯景以至冬至阳生，万寿圣节，各有应景蟒纻。自清明秋千与九月重阳菊花，俱有应景蟒纱。逆贤又创制满身金虎、金兔之纱，及满身金葫芦、灯笼、金寿字、喜字纻……遇圣寿及千秋，或国喜，或印公等生日，檄移则穿之。惟逆贤之服，奢僭更甚，及籍没，皆赏给钟鼓司，凡承应则穿之，光焰耀目。
>
> ……
>
> 圆领衬褡襫，与外廷同，各按品级。凡司礼监掌印、秉笔及乾清宫管事之耆旧有劳者，皆得赐坐蟒补，次则斗牛补，又次俱麒麟补。凡大轿长随及都知监，戴平巾。有牙牌者，穿狮子鹦哥杂禽补。逆贤名下，凡掌印、提督者，皆滥穿坐蟒，可叹也。

---

[1]（清）张廷玉：《明史》卷 67，第 1647 页。
[2]（清）张廷玉：《明史》卷 186，第 4922 页。

宫中内侍，遇到节庆之时都要穿着"蟒衣"，至魏忠贤颠覆后，其奢靡之服皆赏赐给钟鼓司，凡承应皆穿之。再据《北京志·故宫志》"明宫习俗"条：无论是祭灶（宫眷、内臣即穿葫芦景补子及蟒衣）、辞旧岁（宫眷内臣即穿葫芦景补子及蟒衣）、元宵节灯市（内臣及宫眷均穿灯景补子和蟒衣）、端午节（宫眷、内臣穿五毒艾虎补子及蟒衣）、重阳节（宫眷及内臣自初四日换穿罗料重阳景菊花补子蟒衣）、冬至（宫眷及内臣皆穿阳生补子及蟒衣），这些时节宦官都要穿上蟒衣。[1]这都更加说明"穿关"的宦官化特征。

内府本的"穿关"特征，也说明了宫廷演剧在服饰上的虚拟化、程式化。宋俊华在《蟒衣考源兼谈明宫廷演剧的武将装扮》[2]一文中，考察这些武将装扮"穿关"时发现，尽管剧本描绘的武将往往是"披甲戴恺"的"武扮"，但武将的"穿关"主要采用蟒衣等"文扮"。通过对蟒衣渊源和形制的考察，作者认为明宫廷演剧中武将的蟒衣装扮，主要和明代的赐蟒及宦官演剧有关。再据西谛的认识，凡有"穿关"者即内府本，而宋俊华认为凡"穿关"者与宦官演戏有关，那么我们据此进一步推知，附有"穿关"的内府本和钟鼓司艺人的编演不无关系。是经过其改编后适合自己演出的本子。因为教坊司艺人是不会专门为钟鼓司艺人创作只适合他们演出的剧本的。

（三）内府本有钟鼓司艺人参与编演的进一步推测

都穆《都公谭纂》载："成化末，内官阿丑，年少机敏，善作教坊杂剧。宪宗每令献技以为戏。时汪直势方赫赫，丑欲倾之，装一醉人，仆卧于地……"[3]阿丑"善作教坊杂剧"，这一方面可以理解为演出教坊剧，一方面也可以视为创作教坊剧。而据文献，这确实是阿丑的即兴创作。

《酌中志》卷22载："光庙喜射，又乐观戏。于宫中教习戏曲者，近侍

---

[1] 《北京志·故宫志》，第523—527页。
[2] 宋俊华：《蟒衣考源兼谈明宫廷演剧的武将装扮》，《中山大学学报》2001年第4期。
[3] （明）都穆：《都公谈纂》卷下，第576页。

何明钟，鼓司官郑稽山等也。"近侍与钟鼓司官教习曲艺，本身就说明他们是有编演、改编乃至创作戏曲的能力的。

史玄《旧京遗事》载："烈皇笃好弹琴，寅卯年中，尝命司礼监丞删修琴谱。"[1] 宦官既然可以删修琴谱，那么参与删修、改编内府剧本也是可以的。

另外，从明中后期四斋、玉熙宫伶人编演南戏的能力也可以反推钟鼓司艺人同样有这样的能力。

再据沈德符《万历野获编》卷25"杂剧院本"条云："以至《三星下界》、《天官赐福》，种种吉庆传奇，皆系供奉御前，呼嵩显寿，但宜教坊及钟鼓司肄习之。"[2] 这就很明确地道出了内府本是二司共同承应、共同习艺，当然也会共同编演的。

其实在很多情况下，钟鼓司艺人的精湛技艺是得到普遍认可的，甚至有帝王下诏，令教坊人员前往钟鼓司习伎。皇甫录《明纪略》记载了"正德己巳，（武宗）诏问教坊童孺百人，送钟鼓司习技"[3]。孰优孰劣，自不必言。

除去帝王诏令之外，且有民间艺人前来钟鼓司请教习艺。宋懋澄《九籥集》有记载："狮子频伸四十八人，百骸五官无不流转应节舞，跳高十丈余。"[4] 所以，于小谷本《黄花峪》第一折："（店小二云）……整嚷了这一日，收了铺儿，往钟鼓司学行金斗去来。"[5]

再回到钟鼓司的官方设置上，按建制，钟鼓司设掌印太监一员，佥书数十员，司房、学艺官二百余员。可以肯定地推测，这么庞大的学员中必定会造就出可以进行创作和改编内府本剧目的艺人。以上是从宦官的角度来谈的。

而从帝王的角度看，其情趣爱好只有宦官最为知道，同时不至于受到外

---

[1]（明）史玄：《旧京遗事》，第10页。
[2]（明）沈德符：《万历野获编》，第648—649页。
[3]（明）皇甫录：《明纪略》，民国景元明善本丛书十种历代小史本。
[4]（明）宋懋澄：《九籥集》卷10，第217页。
[5] 王季思：《全元戏曲》卷7，第82页。

廷言官等的审核与阻挠，最好就是让宦官自编自导自演，当然由于少了专业文人的参与，艺术价值一般不高。

综上所述，包括钟鼓司艺人在内的多才多艺的内廷宦官完全有进行内府本创作和参与编演的能力和实力。

（四）关于内府本不署名的原因

徐子方在《明杂剧史》中认为："内廷杂剧即教坊司、钟鼓司无名氏艺人编演的杂剧。"[1] 万明在《奉天命三保下西洋——明宫戏台上浓缩的历史》[2]中说，赵琦美在编辑《古今杂剧》时，没有将此剧归于教坊司一类，是因为它出自内府，是钟鼓司艺人所作。她认为这些像《三保下西洋》一样只是标明内府本，而没有明确作者，盖因源于钟鼓司在宫中的地位低下，而其所属宦官艺人同样被视为卑贱之尤物，故不足以署名。这可以在时人沈德符《万历野获编》中找到合理的解释。其书记载关于内府职务中惟钟鼓司最贱，甚至不齿于内廷，呼为"东衙门"。凡入钟鼓司者都不得转迁他职等。

为什么无明确署名，笔者以为，除去万明所说艺人地位低下，也多因为内廷所演剧目的编演多集体行为，故亦不明确署名。

余论

赵琦美《脉望馆抄校古今杂剧》其中抄校"内府本"近百种（具体名称略），其中"本朝教坊编演"者十八种。[3] 这些内府本的共性特点是，就剧目而言无非神仙道化剧、英雄传奇剧、庆贺祝寿剧。就剧情来说充满太平盛世、歌舞升平、歌功颂德的吉祥喜庆氛围。单就教坊编演本来说，"福"、

---

[1]　徐子方：《明杂剧史》，第 75 页。
[2]　万明：《奉天命三保下西洋——明宫戏台上浓缩的历史》，《紫禁城》2005 年第 4 期。
[3]　相对于近百种的内府本，这里取自其中十八种，用的是全称。详细文献见第二章第三节。

"禄"、"寿"充斥其中，充分体现了礼部审核的政治性。总体而言，这些内府本都是广人耳目、道德教化的经典故事，进行忠孝节义的宣传，传统有余，新奇不足；大事件多，小民情无。多是伦理的传承与接受，少去了人情本性的自然，和整个明代前中期社会的理学盛行不无关系。值得留意的是，全部剧目都是一类正统特征，过于类型化，少去了戏剧最本真的市井俚俗性。从仙道剧目中也可以看出明代宫廷佛道信仰的盛行在戏剧中的体现。这些公开遗留下来的内府剧目适合公开大型演出，人物众多、场面宏大，所以特别适合集体承应。

综上所述，本节主要对内府本进行了界定，且将学界存在的内府本的创作到底是教坊司艺人还是钟鼓司艺人进行了一番说明和推测，并就现存内府本剧目的特征给予简要分析。据此，笔者以为钟鼓司艺人演戏，内府本只是其编演的一部分，他们并非完全照搬内府本，很多情况下他们自编自演，可惜文献中没有提及其依据的脚本。如前文所述宦官伶人优语，这些有姓名可考者，所演出的剧目没有一个出自现存内府本剧目，据此我们可以作出上述推测。

第五节　宦官演戏艺术特征

戏剧发展到明代中后期，由于文人的广泛参与，多成为"案头之书"，但宫廷戏剧是非供奉帝王阅读而专以演出为目的的，依然是"台上之曲"。两相比较，后者就不如前者具有更高的文学性、思想性，但也有自己一套独特的艺术特征。按刘若愚《酌中志》卷16"钟鼓司"条，他在介绍钟鼓司的同时连带对四斋和玉熙宫两套同样为宦官职掌下的戏曲班子给予说明。通过把握这则详尽的文献，其中可以大致归结出明代宫廷宦官演戏的一些主要特征，并且还就宦官演戏背后的功能作用——宫俗意义等有所暗示。（具体文献详见第二章第三节有关钟鼓司的介绍。)

考究这则文献,我们将明宫宦官演戏的特征归结为以下几点:

一、礼乐性与典制性

(一)礼乐性

礼乐相成自古是宫廷仪礼的基本规范,通过礼乐厘正风俗继而伦理教化是我国戏剧自诞生以来就附有的基本职能。礼乐包括宴飨之礼、庆成之礼、贺寿之礼等。

明初统治者重视儒术,且以礼乐规范"收拾"世道人心。按《明史·乐志》,太祖朱元璋"锐志雅乐",且定律制宴飨礼仪,承应诸戏,并以乐府、小令、杂剧为娱戏。这和儒家"移风易俗,莫善于乐"、"致乐以治心"是一脉相承的。太祖所推举的士大夫家不可无的高明《琵琶记》开场白中直接表明了"不关风化体,纵好也徒然"的戏剧功能。赵翼对明初戏剧的这一功能一言以蔽之:"初以重典为整顿之术,继以忠厚立久远之规。"[1]

郑晓《今言》卷2记载建文帝尝有诗云:"是日乘舆看晚晴,葱葱佳气蒲金陵。礼乐再兴龙虎地,衣冠重整凤凰城。"[2]礼乐之兴成为判断王国兴盛与否的一个标准。

邱浚在传奇《五伦全备记》开场也说:"若与伦理无关紧,纵使新奇不足传。"同样吕天成在《曲品》卷下开篇引述其舅祖孙司马之言,将传奇创作的本质特征归纳为:

> 凡南剧,第一要事佳,第二要关目好,第三要搬出来好,第四要按宫调、协音律,第五要使人易晓,第六要词采,第七要善敷衍——淡处

---

[1] (清)赵翼著、王树民校证:《廿二史劄记校证》卷32,中华书局1984年版,第599页。
[2] (明)郑晓:《今言》卷2,第95页。

做得浓，闲处做得热闹，第八要各角色派得匀妥，第九要脱套，第十要合世情、关风化。持此十要以衡传奇，靡不当矣。[1]

北杂剧的政治教化是传统功能，就连常被指斥有伤风化的南戏传奇事实上也是要求关乎"风化"的。所以整个戏曲再怎么发展，其所承担的文化职责，也就是自古文艺"教化"的德育意义还是难以回避的。因而整个明代曲艺在宫廷中也很难脱离教化论与言情说的争夺。而由于官方过于强化戏剧的思想性，对于以诗文为正统、视曲艺为"小技"的古代社会而言，帝王家的如此文艺政策无形之中却提升了戏曲的文学地位。

具体到明代宦官戏剧演出，由于其既职掌内廷曲艺，也与外廷教坊司共同承应一些大型仪礼演事活动，因而钟鼓司艺人以承担俗乐演艺为主，兼及雅乐的演艺。司马迁在《史记·滑稽列传》中，就先秦优戏的演出特征给予总结为："善于笑言，然合于大道。"这一描述用于内廷宦官演戏也是较为合适的。宫廷礼乐是宫廷文化的重要部分，而宫廷文化无疑以政治文化为主，所以宦官演戏虽然是俗乐，但仍然难脱政治干涉。因此，文士们的意愿是内廷宦官戏剧无论如何要服从和服务于宫廷政治取向，这在钟鼓司的设置规制中有明确说明，这样宦官演戏承载相当程度的礼乐功能乃是必然。如前文所述，打稻戏的祭祀意义，其他戏曲的庆典、宴飨意义都有礼乐成分。如果说礼乐意义是冠冕堂皇的话，那么，俳优意义则主要是就服务于帝王个人而言的。前者要求典雅，教化，政治意味浓重；后者更求娱乐刺激。尤其部分帝王个人意志使然，加之专权宦官的刻意投献，一些时候曲艺这些俗玩意儿完全脱离政治教化，进入纯娱乐形态，故此时宦官演戏的性质演化为"礼消乐张"，甚至"礼崩乐坏"的状态。针对此，文人士大夫往往上疏言劾，他们极尽言辞对其眼中生理、心理俱有残缺的"小

---

[1] 中国戏曲研究院编：《中国古典戏曲论著集成》（六），第223页。

人"进行抨击,造成双方的对立。事实上,内廷曲艺表面上的礼乐形式还是存在的,由于钟鼓司遇到大型演事活动往往需要内廷二十四衙门多个部门联合辅助与参与,其优越的物质保障,从行头道具,到舞台设置、雍容华贵的演出布景,以及表演的恢弘场面,钟鼓司演出形式的唯美性是不可否认的。而这些无疑是民间曲艺演出所无法比拟的,故宦官演戏对于保存、改编、发展民间曲艺都有积极意义。

俞汝楫《礼部志稿》卷12"皇太后上徽号仪"条记载:

> 钟鼓司设乐于丹陛东西,北向。是日早,上御华盖殿,具冕服,鸿胪寺官奏请行礼,导驾官导引上出至奉天殿,捧册宝官捧册宝置于案,内侍官举案由殿中门出。导驾官导引上随行至丹陛下,捧册宝官取册宝置于彩舆,内侍官举舆,上陛辂,随舆后。百官于金水桥南,北向序立。候册宝彩舆至,皆跪,过毕,兴。随至文华门外候,上至清宁门内降辂,趋至宫门外,北向立,女官奏请皇太后升座,皇太后具服出,导从如常仪。乐作,升座,册宝彩舆繇中门进,至宫中丹陛上,置于皇帝拜位前。[1]

这则文献说明钟鼓司设乐严格的仪礼性和程式化,这也完全符合汤显祖《宜黄县戏神清源师庙记》中对于戏曲的社会功能的概述:

> 可以合君臣之节,可以浃父子之恩,可以增长幼之睦,可以动夫妇之欢,可以发宾友之仪,可以释怨毒之结……岂非以人情之大窦,为名教之至乐也哉![2]

---

[1] (明)俞汝楫:《礼部志稿》卷12,文渊阁四库全书本。
[2] (明)汤显祖:《汤显祖集》,中华书局1962年版,第1127页。

《酌中志》卷16"尚膳监"条下也记："凡遇大典礼，万岁爷升大座，则司礼监催督光禄寺备办茶饭，钟鼓司承应九奏之乐。"庆典奏九奏之乐原本是教坊司承应的，或者二者共同承应，如今只有钟鼓司独自承应，说明其大大取代了教坊司的部分外廷礼乐职能。史梦兰《全史宫词》卷20有关于庆成大宴的描述：

戏竹分排引乐官，庆成开宴圣恩宽。当筵屡听黄门报，天语谆谆劝饮干。《续文献通考》明宴会乐舞仪注：大乐，二人执戏竹，引大乐工陈于丹陛西。《天禄识余》明礼典中有庆成宴。每宴必传旨曰："满斟酒官人每饮干。"故李西涯诗云："酒传天语饮教干。"盖纪实也。[1]

据《北京志·故宫志》"内赞礼官"条："其官共10余员，自答应长随太监中选其能动转便利、声音洪亮、仪表丰秀者任之。凡宫中祭祀、礼仪等事，均由内赞礼官唱赞。其职掌如同鸿胪寺官。此处官可以穿红圆领、束金镶带，以与典礼主位之衣冠相谐。"[2]宦官成为宫中仪礼宣唱的重要执行者。内官职掌宫中仪礼不仅有历史渊源，在明代也是定制。故宦官演戏中的仪礼意义是其传统职责。

（二）典制性

明代宦官演戏有明确的典制来源。《北京志·故宫志》"典制"篇有"耕耤"、"亲蚕"、"大射"、"巡狩"等。[3]这些典制设定都成为内廷宦者演戏剧种和剧目的依据。其中"耕耤"、"亲蚕"是对钟鼓司打稻戏的诠释。"大射"与"巡狩"是后来刘瑾、魏忠贤等以杂耍新巧娱乐帝王，导帝出宫巡游天下

---

[1] （清）史梦兰：《全史宫词》卷20，第169—170页。
[2] 《北京志·故宫志》，第276页。
[3] 同上书，第327—331页。

并且用以掩人耳目的典制渊源。

又《北京志·故宫志》"典制"篇中关于"祭祀通例",有宦官充当内赞礼官,在明代典制中的祭祀分等中,有郊、庙、社稷、先农具为大祭,此外又分有帝王、孔子等为中祭,诸神为小祭。[1] 这些祭祀由宦官充当的内赞礼官主持和执掌整个祭祀过程。故宦官在明代祭祀性活动和表演性活动中都充当仪礼官的重要职责。但在这种严肃的场合,容不得低俗表现。故,"弘治元年二月,上亲耕耤田,礼毕,宴群臣。时教坊司以杂剧承应,或出狎语,左都御史马文升厉声曰:'新天子当知稼穑艰难,岂宜以此渎乱宸听?'即去之"。[2] 同样在嘉靖年间,礼科给事中李锡甚至要求承应仪礼祭祀活动的教坊司和钟鼓司要进行预演。他说:"南郊耕籍,国之大礼,而教坊司承应,哄然喧笑,殊为亵渎。古者,伶官贱工,亦得因事纳忠。请自今,凡遇庆成等宴例用教坊者,皆预行演出,必使事关国体,可为鉴戒,庶于戏谑之中,亦寓箴规之益。"[3] 从重视农桑到祭农活动都是帝王宴飨之礼,同样钟鼓司也承应这些活动,仪礼意义自在其中。

礼乐性有时在很大程度上表现为仪礼性。史梦兰《全史宫词》卷20记载有神宗设置四斋陈百戏孝敬两宫皇太后,在节令之时,神宗亲往陪伴。

每遇令节,先于乾清宫大殿设两宫座,使贵嫔请导,上预俟云台门下,拱而立,北向久之。仁圣舆至景运门,慈圣舆至隆宗门,上居中,向北跪。少顷,两舆齐来前,已,复齐至乾清门,上起。于是中官王皇后扶仁圣舆,皇贵妃郑氏扶慈圣舆,导而入。少憩,请升座。自捧觞安几,以及献馔更衣,必膝行稽首,屏顾慑息,皆从来仪注所未有者。于

---

[1] 《北京志·故宫志》,第371页。
[2] (清)孙承泽:《春明梦余录》卷15,文渊阁四库全书本。
[3] 《明世宗实录》卷20,台北"中央研究院"历史语言研究所,1962年校印。

是始陈戏，剧欢乃罢。[1]

神宗设四斋孝敬两宫皇太后，借助宦官演戏前奏与善后，做足仪式性孝敬之礼。

二、民间性与俚俗性

（一）民间性

真戏在民间。明代宫廷演出往往由教坊司与钟鼓司共同承应，虽然后者承应内廷演出，但钟鼓司所在地作为组织排练、教习场所是在宫外胡同，应该会将民间的一些新鲜元素融入其中，从民间艺人那里乃至剧本、剧种等应有所借鉴。再有教坊司在宫廷之外也进行演出，且在其隶属下，各地方县府俱有教坊机构设置，同样不免反向流动，宫廷宦官亦有创新曲艺也通过教坊司流向民间，形成一种互动也是有可能的。

如果说，宦官演戏具有历史渊源是从纵向的角度来看待的话，那么横向比较而言，宦官承应的宫廷戏剧和民间戏剧有何区别与联系呢？

李开先《张小山小令后序》写道："人言宪庙好听杂剧及散词，搜罗海内词本殆尽。又武宗亦好之，有进者即蒙后赏。"[2] 明武宗即位之初，与众太监网罗新声巧伎，俳优杂剧，错陈于前，"内帑财帛，用如泥沙"[3]。可见宦官执掌的内廷演出有着深厚的财力保障和经济基础，而且更为有力的是以帝王作为政治权力后盾，这样吸引民间曲艺或者对于民间曲艺进宫而言无疑是极为方便的。

依据上述文献，我们认为民间戏剧进入宫廷一般通过两种途径：一是征

---

[1] （清）史梦兰：《全史宫词》卷20，第171页。
[2] （明）李开先：《李开先集》卷6，第370页。
[3] 周玺：《论内侍刘瑾等奸邪疏》，见《四库全书》史部二〇三《御选明臣奏议》卷12。

召；一是进献。来自民间的新声巧伎，无疑是钟鼓司宦官学习的对象。之后四斋、玉熙宫中上演的外戏，无疑是更好的例证。

关于进献的曲艺，在刘瑾、魏忠贤专权时，各地献媚者所投献新奇曲艺，大都通过他们再呈现帝王面前演艺，从而得到二人或物质或权力的回馈。

关于戏剧艺术从民间进入宫廷，张世宏在《中国古代宫廷戏剧史论》中将其归为三种主要类型：[1]

一是戏剧艺术人才从民间进入宫廷。这在明代宦者演戏中不乏例子。前文所述中那些先入教坊、后"宫入"司礼监者。还有帝王直接将宠信的民间艺人"宫入"内廷的都可以纳入此类。《万历野获编》补遗卷3"佞幸"篇下"正德二歌者"条记载：

> 武宗南幸，至杨文襄（一清）家，有歌童侍焉，上悦其白晳，问何名，曰"杨芝"，赐名曰"羊脂玉"，命从驾北上。芝妻父宋闵，以人命问抵偿，系常州府狱，芝尚未娶，而驾行已迫，巡按御史李东，急命常州知府李嵩，唤闵出狱，免罪归家，取女送府，官为具衣饰送之，从上至京师，厚赏而还。先是上出宣府，有歌者亦为上所喜，问其名，左右以"头上白"为对，盖本代府院中乐部，镇守太监借来供应者，故有此诨名。上笑曰："头既白，不知腰间亦白否？"逮上起，诸大珰遂阉之，盖虑圣意或欲呼入内廷，故有此问，后此优竟不召。同为歌童，而幸不幸至此。
>
> 按唐人谓不由诏命而自官为私白，本朝无此名，今圣语云云，必从史册得之者。
>
> 宣德间，汉府军余王敏善蹴鞠，宣宗喜之，阉为内侍，后进太监，

---

[1] 张世宏：《中国古代宫廷戏剧史论》，第103页。

镇守陕西。此则与唐太宗阉伶人罗黑黑，命教宫人琵琶事相类。"[1]

这些都是帝王倚靠权力，行政干涉使得民间艺人不管自己愿意与否，只要帝王喜欢就单方面被阉割入宫。

二是戏剧剧目由民间传进宫廷。

三是戏剧剧种或声腔由民间进入宫廷。关于张世宏总结的第二和第三条，这也在前文所述"杂耍百戏类"中宦官表演的民间杂技、曲艺，以及上文提到的"搜罗海内词本殆尽"作为例证。四斋、玉熙宫设立后，昆腔、弋阳等声腔入京进宫更是确切的例子。

可以这样讲，民间戏剧是宫廷戏剧的一个重要渊源。它是宫廷戏剧新鲜血液输入的源头。因为上层的喜好，经过宫廷上演后的民间曲艺得到认可，直接成为一种刺激或昭示，并因此获得了长足的发展。

据《武宗实录》卷40记载："本年（正德三年，1508）七月十六日，武宗谕钟鼓司太监康能等，让庆成大典选用杂戏。因宫中教坊司优人不够指派，诏令礼部征选各地工技百戏入京。"[2]

民间戏剧进入宫廷后的命运或者逐步雅化，或者更加俗化。这要依据帝王口味，宦官们在这方面是很会投其所好的。民间曲艺传入内廷的同时，宫廷曲艺也不断流入民间，这是一种互动行为。由于教坊司与钟鼓司经常共同承应，内府剧本互相通用，也由于宦官一般"退役"后仍留在宫内或京城周边的寺庙养老，他们也会把一些宫廷曲艺有限度地带到民间。到了明末，崇祯皇帝也曾下令罢黜玉熙宫伶人，宦官艺人将宫内剧种、剧目传入民间乃是必然。由于钟鼓司等内廷宦官机构大大分化了教坊司的职能，于是明代曾多次大规模地裁减教坊乐工。明英宗即位之初，就曾一次性减罢教坊乐工三千八百人，到天顺初年，全教坊只有乐工八百余人。武宗正德皇帝早年曾

---

[1] （明）沈德符：《万历野获编》补遗卷3，第891页。
[2] 转引自程华平：《明清传奇编年史稿》，第17页。

广征伶工，但正德十六年驾崩之际又遗诏命放教坊乐工，大量乐工放归乡里原籍，或流入势家，或漂流市井。曾经弹奏琵琶而成为国手的顿仁最后成为戏剧家何良俊的家乐教授；著名丑角儿刘淮则流落江南。对此张世宏亦有论说。[1] 诗人岳岱作《悼乐工刘淮》写道："曾随正德年中驾，亲见昭阳殿里花。燕赵悲歌何处觅？旅魂飘泊楚天涯。"[2] 这些流逝在民间的教坊艺人无疑会将宫廷内教坊司和钟鼓司的剧目、剧种传播出去。这些虽无明确文献记载，但按常理可以推知。无论上流还是下流，这种互动都带有宦官演戏的元素在里面。此外，宦官与民间伶人相互交流，互相学艺，也是一种互动。《万历野获编》卷6"内监"条下"宦寺宣淫"记载："比来宦寺，多蓄姬妾。以余所识三数人，至纳平康歌妓。今京师坊曲，所谓西院者，专作宦者外宅。"[3] 内廷宦官与民间歌妓为伍，甚至将歌妓处所当作外宅。笔者推测，这些宦官中不乏钟鼓司官或者帝王近侍中从事娱乐者，作为职业类别"相通"者，互相有意无意地学艺未尝不是一种可能。

史梦兰《全史宫词》卷20还记载了武宗曾下令要求宦官伶人扮作市井商贩进行"实况"演出，俨然营造了一个集市百态气象图景。（具体文献详见本章第三节。）

作为一种互动，民间戏剧对于宫廷戏剧有所贡献外，宫廷戏剧对于民间也有昭示和影响。这主要表现在内廷钟鼓司音乐对于民间音乐的促进，以智化寺为例。始建于明正统九年（1444），原司礼监太监王振家庙智化寺是北京保存很完整的一处宦官寺庙。英宗曾于天顺元年（1457）颁赐大藏经一部。其中至今上演的"京音乐"是我国现存最古老的音乐之一，被称为"活文物"。[4] 关于智化寺京音乐的起源问题，目前的研究者普遍认为是明代宦官

---

[1] 张世宏：《中国古代宫廷戏剧史论》，第105页。
[2] （清）钱谦益：《列朝诗集》（二）丁集第8，《传世藏书》集库，总集19，第1297页。
[3] （明）沈德符：《万历野获编》卷6，第176页。
[4] 《北京志·文物志》，第249页。

王振利用职权之便，盗用了宫廷（主要应该是内廷钟鼓司）音乐为自己的家庙所用。王振是英宗时的司礼监提督太监，负责督理皇城内一应礼仪刑名，管辖钟鼓司。通过与《明史·乐志》中记载的明代宫廷各种祭祀、朝贺、宴飨乐队的编制相比可以看出，智化寺的乐队所用乐器及乐器数量，也的确与明代钟鼓司管辖范围内的宴飨乐中的"丹陛大乐"所用文、武一舞乐器及进膳乐所用乐器大致相同。因此，可以说王振利用职务之便，将宫廷中钟鼓司的皇家礼乐引入自己家庙，但另一方面也使得宫廷戏剧礼乐传出外廷，并且与佛教礼乐相融合，使得皇家宫廷音乐在民间得到传播。[1]

（二）俚俗性

相对于部分典雅的礼乐演出，宫廷中也并不排斥具有世俗趣味的俚俗表演，这种演出相对于打稻戏、水傀儡戏的传统性、经典性而言随意性较强，市井意味浓重。过锦戏多是这一类剧目。《酌中志》卷16记载："……又过锦之戏，约有百回，每回十余人不拘……杂耍把戏等项，皆可承应。"某种程度上说，宦官演戏就是一种大荟萃，南戏北曲，雅乐俗乐，男女杂扮都可以参演。尤其中后期盛行的南曲戏文，王骥德《曲律》卷4《杂论》下直接说其"鄙俚浅近"。按丁淑梅《中国古代禁毁戏剧史论》，明代宫廷戏剧演出（过锦、杂耍等）一般喜庆场合还有可能上演，"但藉田、迎神、祭祖等宫廷祭仪活动中则被严令申禁了。"[2]

前文所述各种杂耍，以及杂剧传奇还有南戏很多都是靠俚俗来取悦帝王的。本章第四节关于内府本作者的考证中，详细论述了部分内府本的鄙俗化特征，这里不再赘述。而宦官演戏的俚俗性达到高潮的两个时期当属刘瑾和魏忠贤擅权之时。他们组成阉党集体进献媚俗曲艺杂耍，以致隔绝君臣。

---

[1] 孙鑫：《谈谈北京寺庙的京音乐》，《文史知识》2009年第2期。
[2] 丁淑梅：《中国古代禁毁戏剧史论》，中国社会科学出版社2008年版，第202页。

三、节令时俗性与宗教祭祀性

（一）节令时俗性

《万历野获编》卷 2 "端阳" 条记载：

> 京师及边镇最重午节，至今各边，是日俱射柳较胜。士卒命中者，将帅次第赏赉。京师惟天坛游人最胜，连钱障泥，联镳飞鞚，豪门大估之外，则中官辈竞以骑射为娱，盖皆赐沐请假而出者。内廷自龙舟之外，则修射柳故事，其名曰"走骠骑"。盖沿金元之俗，命御马监勇士驰马走解，不过御前一逞迅捷而已。惟阁部大老，及经筵日讲词臣，得拜川扇香药诸赐，视他令节独优。今上初年犹然，自内操事兴，至甲申岁之午日，预选少年强壮内侍三千名，俱先娴习骑射，至期弯弧骋辔，云锦成群，有京营所不逮者。上大悦，赏赉二万余金。[1]

遇时俗节令，宦官亦有假期出行宫外，在民间进行娱乐活动，一些宫廷杂耍可以在大庭广众之下观赏于街头闹市。御马监则承应内廷"马戏"演出，以娱乐帝王。

另据《北京志·故宫志》明宫习俗"重阳节"条："一进九月，御前要陈设菊花。自初一日起吃花糕。宫眷及内臣自初四日换穿罗料重阳景菊花补子蟒衣，皇帝至万岁山或兔儿山旋磨台登高，吃迎霜麻辣兔，饮菊花酒。"[2] 按秋收打稻之戏也在旋磨台承应，时间也是秋日，说明打稻戏除去重视农桑的祭祀仪礼之外，也有一定的习俗意义。

李贤《天顺日录》记载，（天顺）五年，英宗召见李贤，述说自己从南宫出来重新执政后的勤政与节俭，李贤对于英宗的行为大加赞誉。英宗说：

---

[1] （明）沈德符：《万历野获编》卷 2，第 67 页。
[2] 《北京志·故宫志》，第 526 页。

"然。如钟鼓司承应无事,亦不观听,惟时节奉母后,方用此辈承应一日。闲则看书,或观射。"[1] 英宗一语中的,曲艺原本主要用于节令性搬演。节令性承应显然是明代宫廷戏剧的一个重要特征。

(二)宗教祭祀性

《酌中志》卷16"内赞礼官"条记:"凡宫中祭祀礼仪,系赞礼官职掌。其官十余员,自答应长随选其动作便利、声音洪亮、仪表丰秀者为之。"宦官职掌祭祀仪礼是有典制来源的。所以,他们的演艺活动中祭祀性与仪礼性相伴而随。

史梦兰《全史宫词》卷20云:

祝厘禁御启祇林,宫女含羞演梵音。佛号暗随宫漏转,自鸣钟应自鸣琴。《酌中志》神庙在宥,孝侍两宫圣母。琳宫梵刹,遍峙郊圻。皇城内旧设汉经厂,内臣若干员,其僧伽帽袈裟缁衣与僧同,惟不落发耳。神庙曾选经典精熟心行老成者数员,教习宫女数十人,亦能于佛前作法事,行香念经,若尼姑然。《帝京景物略》天主堂在宣武门内。利玛窦自欧罗巴国航海入中国,神宗命给廪,赐第此邸。其俗,工奇器,候钟应时自击。有节天琴,铁丝弦,随所按音调如谱。[2]

史梦兰《全史宫词》卷20还记载了番经厂、道经厂也同样进行宗教意义的曲艺编演。本章第一节"宦官演戏种类述略"中"宗教说唱"部分有详细论述。番经厂和道经厂专业性佛道活动,遇到一些时节,他们说唱法事,这种演事活动带有明显的宗教性和祭祀性。关于祭祀性,前文仪礼性和典制性中谈及的"耕耤"、"亲蚕"等打稻之戏也是一种祭祀表演,具体而言是祭农活动。

---

[1] (明)李贤:《天顺日录》,明嘉靖十二年刻明良集本。
[2] (清)史梦兰:《全史宫词》卷20,第172页。

余论

综上所述，宦官演戏具有礼乐性与典制性；民间性与俚俗性；节令时俗性与宗教祭祀性等诸多特征。此外，集体性与程式化、教化性与讽谏性，以及工具性与党争性等都是明代内廷宦官演戏的特征，这在前文关于宦官演戏在帝王娱乐中的作用与影响一节中有所涉及，在此不再重复。考察以上诸多特征，其实都是基于娱乐性之中的，在娱乐的基础上达到以上效果和目的，无论是声色之美抑或嬉戏之趣，这是戏剧的最基本精神，也是观众之所以喜爱它的要素之一。关于戏剧的娱乐性特征，元人胡祗遹在《赠宋氏序》（《紫山大全集》卷8）中所言甚是：

> 百物之中，莫灵贵于人，然莫愁苦于人……此圣人所以作乐以宣其抑郁，乐工伶人之亦可爱也。[1]

这里有必要谈及宦官演戏的"当行本色"。何良俊在《四友斋丛说》卷37论"词曲"时，将凡是不"专弄学问"，不"全带脂粉"，而"清丽流便"、"不秾郁"者均视为"本色"。[2] 无疑宦官演戏作为注重舞台效果，而不是案头之书，完全符合何良俊的戏曲品评风格。与何氏持相近观点的明代戏曲批评家尚有徐复祚、沈德符、凌初，他们都强调戏曲作品的语言"天然本色，不假雕饰，合乎宫调，出发点是重视舞台效果，他们与王世贞偏重案头阅读立场迥异"[3]。所以，戏曲的教化作用也是寄托在一定的娱乐之上的，即所谓寓教于乐。关于戏剧的本真，徐渭于《南词叙录》中这样讲："曲本取与感发人心。"其实强调的是戏剧的言情性。而元末明初戏剧家高明曾说"论传奇，乐

---

[1] 转引自路应昆：《戏曲艺术论》，第237页。
[2] （明）何良俊：《四友斋丛说》卷37，第336、342页。
[3] 傅璇琮、蒋寅：《中国古代文学通论·明代卷》，辽宁人民出版社2005年版，第204页。

人易,动人难"[1],也是强调戏剧的本真在于与观众共鸣。一些杂耍更加注重现场参与性与感官性,只是缺少思想性。所以,由于具有以上特征而趋于"雅性",同时基于娱乐性而具有"俗意",因而钟鼓司演剧可谓雅俗共赏。

明代帝王文艺政策下的宦官戏剧演出呈现多元化的特点,其原因在于多元化的承应。各色主子趣味不同。"毅庙东宫袁娘娘骑马射箭,西宫田娘娘能书鼓琴,中宫周娘娘质厚少文……"[2]后宫王妃等情趣爱好,也要求钟鼓司演戏多元化,或者也可以说是钟鼓司宦官演戏感染其兴趣多元化。这也形成一个奴婢与皇族共融的相对独立的内廷文化圈。

总体而言,在明初寓教于乐的戏剧观影响下,钟鼓司宦官多是出演打稻、过锦之戏,金元院本等神仙、英雄剧,通过戏剧娱乐的形式实现政治教化的目的。明中后期,天下相对太平,王朝富裕,帝王多耽于享乐,所以,杂耍之戏充斥内廷。当内廷过于沉闷之时,他们往往走出大内,巡游天下,将民间伶人、曲艺一并带回宫内,且设立新的戏曲机构,专习宫戏、外戏,宦官又有了新的演出机构,但并没有影响钟鼓司传统演出剧目。这其中,钟鼓司宦官通过戏剧演出或进谏或劝诫或影射或揭发,在满足娱乐之需的同时一直周游于政治的边缘。也正是由于无为帝王的巡幸,将民间曲艺引入内廷,实现南戏、北杂剧在大内的融合,他们在政治上的无为反而客观上促进和刺激了宦官演戏和宫廷戏曲的繁荣,他们的喜好就是文艺政策,宦官伶人亲身实践着在帝王喜好下的演艺生涯。明中后期宫内的戏剧演出活动,与统治者的好恶有直接关系。宫廷戏剧与帝王意志、民间曲艺彼此之间都关系广泛。总之,明代宦官职掌下的宫廷戏剧演出呈现南北融合、雅俗共赏的气象,作为一门综合性舞台艺术,宦官将其"演艺"到了近乎"无可挑剔"的地步,这是戏剧的幸运。此外,作为特定场域内特殊人群所演示的"特别"曲艺,其背后功能还在于展现了一些有宫廷特色的风土人情等,其宫俗意义不可忽视。

[1] 高明:《琵琶记》第一出。
[2] (明)史玄:《旧京遗事》,第7页。

第四章 明代宦官的其他文史艺术杂作

明代宦官进行诗文创作，多是业余爱好，进行曲艺编演，多是奉旨承应。此外，他们中一些人出于现实需要，如政治诉求、功利心理和人际交往，当然也有一些出于纯粹的艺术爱好，在这样的动机之下，宦官文化圈中诞生了一些诸如笔记小说、版画故事、方志等文体作品，且不乏成就不凡者。

第一节 刘若愚《酌中志》的文学研究

刘若愚（1584—？），原名刘时敏，南直定远人，十六岁时，感异梦而自宫，万历二十九年入宫，隶属司礼太监陈矩名下。天启初年，以能文善书，被魏忠贤心腹司礼监秉笔李永贞调入内直房经管文书，借此目睹耳闻内廷种种是非，无可奈何，复改名"若愚"，暗埋苦心二字以自警。崇祯二年，魏党败，卷入其中，以"刀笔深文，明奸害众"的罪名，处斩立决，后改判斩监候。若愚因受诬告而蒙冤狱中，有苦难申，在幽囚的悲愤不平中发愤著书，为自己申诉辩白。由崇祯二年至崇祯十四年，历时十二载写成这部颇具特色的明代宫廷秘史——《酌中志》。（见图8）书中详细记述了万历至崇祯初年的宫廷事迹，主要以魏阉宦祸为中心记述相关事件，描述有关人物。全

图8 刘若愚《酌中志》书影（王春瑜、杜婉言《明朝宦官》扉页）

书由二十四个各自独立的短篇构成，一篇一卷，共计二十四卷。正文前另有《自序》一篇。（见图9）

《酌中志》书成后，刘若愚果得释免。而文人士大夫对于此书的评价却褒贬不一，批判者如李慈铭，他说此书乃"刑余贱人，其言是非，不足深据"[1]。褒奖者如黄廷鉴，他说："人不足道，而是书实创前此未有之例。具见有明一代，太阿倒持，炀灶肆焰，其来有目，不第宫闱之轶闻琐事足资考证已也，讵可以人废哉！"[2] 李慈铭所论明显带有封建文人的偏见，刑余不一定就是贱人，即使人不足论，也不该因人废言。何况他常年身居大内，有机会深入细致地了解宫廷内幕，着眼点自然也与一般文士不同，能够写出

---

[1] （清）李慈铭：《越缦堂读书记》，上海书店出版社2000年版，第708页。
[2] （明）刘若愚：《明宫史》附录三《学津讨原·跋》，北京出版社1963年版，第99页。

文人士大夫们所体会不到、写不出的东西。也由于作者不过是要为自己鸣冤,并未想到要刊印流行,完全按照自己心意自由取材,全然没有"御用文人"奉命之作的种种条条框框,而"不拘体制,不循次第"[1],所以黄廷鉴说其"实创前此未有之例"。

《酌中志》被后世普遍认为是一部资料翔实可信的明宫秘史。它一方面满足了阅读者的猎奇心理,另一方面提供给研究者大量的稀缺文献。可惜无人关注其泄情明志的政治心态下具体行文中的文学笔法,

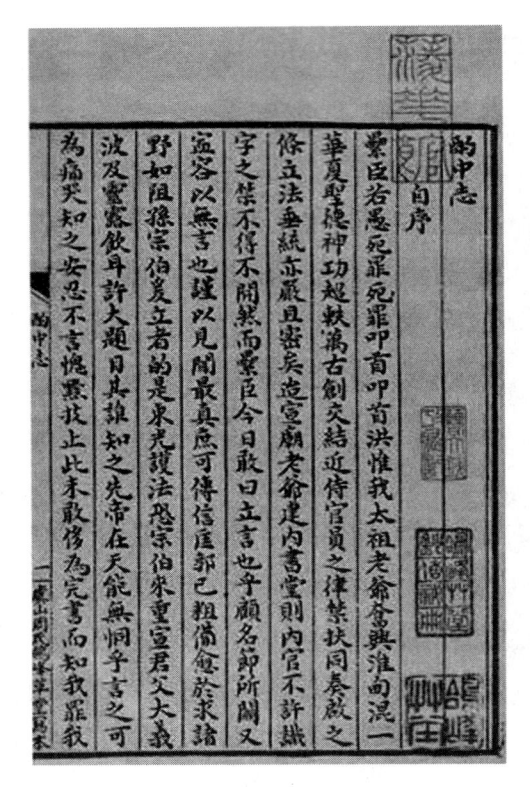

图 9　刘若愚《酌中志》自序

即《酌中志》的文学成就。事实上,在其叙事、写人、场面描写等诸多方面,都表现出明显的文学性。

一、发愤著书　泄情明志

就《酌中志》的成书动机来说,刘若愚在《自序》中明确定位,即为己辩诬。其《自序》云:"迨宣庙老爷建内书堂,则内官不许识字之禁不得不开,然而累臣今日敢曰立言也乎?顾名节所关,又宁容以无言也?

---

[1]（明）刘若愚:《酌中志》卷17,第153页。

谨以见闻最真，庶可传信，匡郭已精备，愈于求诸野。……许大题目，其谁知之？先帝在天，能无恫乎？言之可谓痛哭，知之安忍不言？愧黔技止此，未敢侈为完书，而知我罪我，后世自有公论。总之，臣子大义在，若愚不忍终默者也。……若愚既已失身中涓，焉敢没其口吻。文章家必笑其俚，在史家自存其质也。假我数年，当有可观。兹略具二十三篇以备遗忘。其累臣本末，详自叙篇中。……逆案所载之外臣无论已，自逆贤以下，共三十有六人。贵贱贫富，各有公评；远近亲疏，耳目难掩。……在累臣一介性命，岂足干天地之和；当圣明解网泣罪之朝，岂宜有飞霜致旱之枉？百世而下，宁不令吊古者笑秉钧司礼之非其人哉！'有兔爰爰，雉罹于罗。'若愚之谓也。"此一段言论发自肺腑，刘氏痛快淋漓地直言成书动机，即一方面是发愤著书以陈情泄愤，另一方面也是立言为据，待时人、后人品论功过是非。

《自序》之外，史玄《旧京遗事》也记载了刘若愚的成书之由："逆贤正罪，然后党人之籍始澄清之。然附丽于贤因以钩至党人者，朝廷颇无由而问。会太监刘若愚迕误季实纠参周起元之案，愚无以自解，乃备陈当时之始末，著其书曰《酌中志略》，欲皇上追念于前时，上览之，戚然改容，有悯若愚之色矣。若愚阉而髯，以此自异，在狱中著书，乘间投上。……然有两本，今文古文，随门户而升降，而上所览者则今文焉。上之初立，手平大难，下诏毁《三朝要典》，令甚严。既而门户角逐，锐意消融，好观书，自《三朝要典》暨《酌中志略》必以参内臣顾问。初时，志略秘密，士大夫宝为异闻，后流传稍广，上法纲高张，若愚免绞，士大夫之用刑反酷矣。"[1]这段记载印证了刘若愚立言的主观目的，即辩诬自保。这又和"《诗》三百篇，大抵圣贤发愤之所为作也"（《史记》卷130之《太史公自序第七十》），"信而见疑，忠而被谤，能无怨乎？屈平之作《离骚》，盖自怨生也"（《史记》

---

[1]（明）史玄：《旧京遗事》，第12—13页。

卷84之《屈原贾生列传》），以及司马迁发愤著书都是一脉相承的。

刘若愚本着著书辩诬的动机，将宫中纷繁庞杂的人物、事件串联起来，略显凌乱之中却贯穿着一条思想主线，就是褒近己者、贬异己者；斥阉党，"清"自己。在具体行文中，通过议论、抒情等多样化的文学手段将愤激郁勃的内心痛苦释放出来。由于事亲述见，感同身受，所以议论颇有说服力，抒情又极具感染力，以致崇祯帝阅后旋即释放刘氏。推究刘氏立言的原委，意在说明其著书的政治功用，即泄情明志，这也是《酌中志》一书的本质所在。

二、寓论辩、褒贬于叙事之中

按成书缘由，刘氏叙事只是手段而非目的，目的是通过叙事为自己洗刷冤屈，故而在行文中刘若愚每每在事件的叙述中或结束后，随即展开评论或抒发情感，以显出自己的叙事态度和立场，同时情感倾向性也早已融入其中，即寓论辩、褒贬于叙事之中。

刘若愚除在具体的人物描写和事件记叙中穿插论断和抒情外，还常以"累臣若愚曰"、"说者曰"的形式大段地展示自己的见解和思想倾向。如卷7中："累臣若愚曰：'先监（陈矩）虽内臣乎，然其才识品望，今古希有。自万历辛丑，累臣选入，得侍左右，未尝见疾言遽色。体虽清癯，若不胜衣，其处大事，决大疑，羽翼忠良，仰全君德，即贲育之勇，雷霆之威，不少易者。'"对于恩师的才识品望、为人处世风格极尽褒奖，字里行间感情色彩浓厚，使人们从中可以清楚地了解他的爱憎好恶，再如卷17中：

说者曰：《史》、《汉》以来，有因漏禁中语而得罪者，又有不答温室省中何树者。今子侈言铺张，罄怀罗列，得无非古人厚重不泄之意乎？累臣曰：固也！然闻之道路，如张金吾懋忠所刻《规制》一书，止凭慈宁宫管事齐栋所言，中多舛误，何以昭圣朝之盛美乎？我国家左右史之溺职久矣。自神庙静摄多年，起居所记注尤不能详。而内小臣独能窃知一二，揄扬鸿烈，以昭一代之盛举，垂之无穷，不亦可乎？况若愚不幸，遭罹奇冤，朝不保夕。笔此梗概，不拘体制，不循次第，不过古人之《西京杂记》、《三辅黄图》类耳。世之君子当不讳之朝，思采风之义，史失而求诸野，闲中一寓目焉，未必不兴发其致君泽民之念也。累臣所见如此，不知以为如何？

刘氏的这种行文之法，在我国古代文史作品的创作中是十分普遍的。从《左传》、《史记》，到唐人小说、明代拟话本等都有"寓论断于叙事之中"的做法。如《左传》在记述了重要人物的言行、事迹之后，往往通过"君子曰"、"君子谓"等展开评论，主要是看这些人物言行是否符合"礼"的规范。而到了司马迁《史记》里，则变成了"太史公曰"，以此明确表示太史公的爱憎与好恶倾向。

史传之外，不少唐人小说的末尾也都有一段议论性的文字，如《李娃传》篇末云："嗟乎！倡荡之姬，节行如是，虽古先烈女，不能逾也。焉得不为之叹息哉！……贞元中，予与陇西公佐话妇人操烈之品格，因遂述汧国之事。公佐拊掌竦听，命予为传。乃握管濡翰，疏而存之。"明人拟话本中同样有这样的行文方式，如《杜十娘怒沉百宝箱》结尾云："后人评论此事，以为孙富谋夺美色，轻掷千金，固非良士；李甲不识杜十娘一片苦心，碌碌蠢才，无足道者。独谓十娘千古女侠，岂不能觅一佳侣，共跨秦楼之凤，乃错认李公子，明珠美玉，投于盲人，以致恩变为仇，万种恩情，化为流水，深可惜也！"

刘若愚从创作动机，到具体行文对自身处境毫不避讳，直言苦楚，如自序中："抚卷伤心，挥毫泣下。"而对于魏忠贤则痛加批判，如卷10中说"逆贤罪罄竹难书"，卷14中又说"逆贤之死而锉骨，客氏之死而扬灰，岂不有天道哉！"行文中自然而然地流露出强烈的爱憎，这使全书充满抒情色彩。再如卷 15 在对逆贤羽翼李永贞、涂文辅、王体乾等介绍完毕后，紧接着大发感慨："呜呼痛哉！先帝圣性虚明，推赤心置内外臣子之腹。惜体乾、逆贤非宗社之器……李永贞、石元雅、涂文辅皆少不更事，骤登荣宠，天低地窄，前无古人，后无清议，满眼只知有富贵，满腹只知有谄谀，嫉贤丑正，根于性成。伏法者伏法，逃亡者逃亡，或用重贿，苟免平安。倘至夜气清明，良心忽萌之际，一追思之，不知魂梦中尚有何颜色而视息人间也！身死后又有何面目对越先帝之灵于在天也！鄙夫！鄙夫！"作者对于逆贤羽翼的批判、感叹、无奈之情溢于言表。

单就抒情来说。由于全书是作者在身陷囹圄之中通过对往事的回忆而写就的。这一"回忆录"带有强烈的愤懑心理，故行文中充满浓郁的抒情色彩，全文在写人叙事中寓褒贬、别善恶，立场鲜明地寄托爱憎。首先表现在对于帝王过多溢美之词。如卷 1 对于神庙的赞美："神庙天性至孝，上事圣母，励精勤政，万几之暇，博览载籍。每谕司礼监臣及乾清宫管事牌子，各于坊间寻买新书进览。凡竺典、丹经、医、卜、小说、画像、曲本，靡不购及。先臣陈太监矩凡所进之书，必册册过眼。"卷 3 说光庙："先帝生性虽不好静坐读书，然能留心大体，每一言一字，迥出臣子意表。"其次，对于先监陈矩、正监王安也一概加以褒奖。而对于魏忠贤、客氏则统以"逆贤"、"逆媪"称之，阉党成员则冠之以贼附、羽翼等贬义词语。

作者浓郁的抒情意识还体现在，随着"故事"情节的发展，间以感叹、反问、反诘语气而直抒胸臆。如卷 23"累臣自叙略节"云：

累臣所以被斥于御马监，又被王体乾退于外厂，实系摧折之人……当时最为贵重臣无踰体乾者，亲信掌家无踰王朝用者，或甘心阿附，或谏阻不从，今乃苛责无辜一不相干最疏最忌之人，而刑放于富，则若愚之冤诚所希有。……可谓有天日乎？……且杨、左诸公及七君子之死，自有主使加功之人，而李实空印本又的非若愚填写，各人笔迹不难比对，辄悬坐曰某杀，不亦冤枉活人而辱死者哉！……夫既成心故入，即祖宗律文不难增一紧关字样，则招之凑砌又可知矣。斯与海市蜃楼何以异耶？此冤不更希有乎？……累臣于逆贤之侧，绝无站处说处，于永贞又心志不同，久遭蒙猜妒，既不容出宫门，何由知外事？……《内臣便览》亦未刻若愚职名，而杨、左诸孤疏揭血写文章及李实、孙升疏揭又何曾有一字指及若愚？

刘若愚陈述自己在魏阉内部遭到的排挤与摧折，斥于御马监、退于外厂，这已经被逐出核心权力之外，而如今却无辜被关押，进而感叹有无天日。他举出杨、左诸公受害事件，从始至终都没有参与其中，并恳请参对笔迹，并从诸孤上疏之中没有提及自己名字来反证自己的无辜。虽情绪激动，但言之凿凿。

接着刘若愚通过一系列的质疑与反问，控诉逆阉的同时，也宣泄了自己内心的压抑情感。如："岂另俟机会耶？抑有所阻碍而沉搁耶？不可知已。'有兔爰爰，雉离于罗'戴盆何时得见天日耶？""累臣一介之死生，所关几何？""累臣如能主使杀人，何不将杨镐、李如桢同熊并处，藉封疆为名，雪先臣恨，不亦正乎？又如桢在狱，于天启五年冬曾失火，仅将如桢责之。当时累臣何不求永贞加功，置如桢死地乎？总之，暗里害人之事，必非遭斥逐猜防，不同心之人所能办者，世未有杀父之仇不能报，而乃杀没相干之人，有是理乎？""呜呼痛哉！若愚不孝不弟之罪，其通于天乎？其通于天乎？"如此长篇累牍、气贯长虹般频频反问，层层反诘，意欲将无限的感慨和无奈的悲愤这些所有积蓄的郁结都一股脑倾泻出来，已近乎一篇控诉状。

《酌中志》奖善惩恶的浓郁抒情直接感染了崇祯皇帝，"上览之，戚然改容，有悯若愚之色矣。……若愚免绞"[1]。然而爱憎分明的褒贬，又有过于"虚美"、过分"显恶"之嫌。

三、故事性叙事与场面描摹

《酌中志》作为一部明宫奇闻轶事的故事会，故事性是本书的一个显著特点，"故事"的主角刘若愚是整个事件情节的展开者、推动者。虽然事绪繁多，但书中记叙最多、也最为引人注意的是有关魏忠贤阉党乱政的内容。因为作者写此书的目的便是为自己鸣冤昭雪，故对魏党专政的黑暗内幕花大量笔墨加以披露。

全书 24 卷既可独立成文，同时也是一个完整的整体。每一卷一个主题或主旨，将分散的事件集中起来进行叙述和描绘。这在其《自序》中给予了说明：

> 上帝好生，圣人恶杀。刑狱之设，实惩一以警百，创艾以求生，求之不得，斯死者与生者两无憾也。非一触法网，便终可尽杀者焉。叙大审平反第六。先监陈太监矩，勋业著于朝端，口碑遍于区宇。若愚不才，实侍左右。所生之忝，万死犹惭。忆其懿征嘉猷，安忍湮没而不彰也？谨纪先监遗事第七。……镜明必为丑妇所羞，绳直实来曲木之忌。唐五王之祸，今乃见于貂珰。谨叙正监蒙难第九。……追想甲乙丙丁缙绅之祸，谁助之耶？纵至老死，不知有何颜面对越老先帝之灵于在天。叙逆贤擅政第十。……钩党之祸，十常侍也；刘瑾八党，六贼附焉。吁嗟乎张永！吁嗟乎萧敬！亦曾不幸，堕落其间。今在逆贤，羽翼尤繁，文则永贞、元雅、文符，鼎峙枢权；武则应坤、九思、良辅，分镇南

---

[1] （明）史玄：《旧京遗事》，第 12—13 页。

北。亲近则……叙逆贤羽翼第十五。……

刘若愚在自序中对全书各卷内容都给予提要式说明和评论，每篇各有特色，各具风采，相对完整和集中地讲述一个故事。如卷7是陈矩的人物传记，卷9是王安的人物传记，卷10则是魏忠贤擅权纪略，卷14则是叙述魏忠贤与客氏的传略，卷15又是魏忠贤阉党羽翼活动述略。每一卷讲述一个故事，但故事性的叙事背后都有明确的指向和意图，仍然是寓论断于叙事之中。也就是说，刘氏叙说故事不是创作的主旨，只是从故事情节中，还原事件本来，进而阐释自己的政治意图。

但在故事性的叙述中，开端、发展、结局等事件的来龙去脉又都相当完备。体现出作者较好的叙事能力，尤其一些重要人物的传记，大都按时间顺序纪事，包举一生行事，开篇写姓名、乡里、家世、生辰，结尾述其死，人物一生言行，构成首尾完备的故事。如卷9"正监蒙难纪略"中，对王安的来历、内书堂读书趣事、太子伴读经历、人际交往、性格特征，以及被魏忠贤羽翼排挤、迫害等都给予细致描述，把人物言行化为生动具体的故事，用以揭示人物的思想面貌。如在描述王安内书堂读书情形时这样写道："万历六年选入皇城内书堂读书，拨司礼监为掌印冯太监保名下，已故秉笔曾任承天监守备太监杜茂照管。杜，陕西人，耿介好学。监少之时，读书习仿，多玩嬉，不勤苦。杜将监坐于凳上，用绳缚监股仿桌之两脚；或书仿不中程，即以夏楚从事，其严督如此。"着墨不多，却能表现出人物特有的个性。所以，刘若愚在选择材料和谋篇布局中，常常穿插一些与所叙事件、人物相关的生活小故事，给人细节性的真实感。

再如卷14"客魏始末纪略"，对于魏忠贤、客氏的生平来历，二人如何勾结，如何成长发迹的经过娓娓道来，具体行文中仍然不忘带入若干小插曲作为点缀。如写客氏得宠时，插入移居时的钟鼓司扮戏。"泰昌元年冬，客氏迁乾西二所，先帝亲临为之移居，升座饮宴。钟鼓司官邱印等扮戏承应，司礼监卢受、邹义守居,而王安、王体乾、高时明、沈荫、宋晋随侍,另设吃膳处于所内侧室,犹孔圣之有四配焉。"以此显示客氏的殊遇。再有写魏忠贤蛊惑熹宗懈政时,插入一些嬉戏场面的描写:"逆贤喜射,好蹴鞠跑马。先帝好驰马,好看武戏,又极好作水戏,用大木桶、大铜缸之类,凿孔削机,启闭灌输,或涌泻如喷珠,或潺流如瀑布。或使伏机于下,借水力冲拥圆木球,如核桃大者,于水涌之,大小般旋宛转,随高随下,久而不坠,视为戏笑,皆出人意表。逆贤、客氏喝采赞美之,天纵聪明,非人力也。"

作为贯穿全文的线索和主讲人物,刘氏在"复述"许多内幕事件之时,常有细致、生动处。如卷10"逆贤乱政纪略"中,"至五月十八日,祭方泽坛回,即幸西苑。本日申时后,中宫张娘娘已回宫,客氏同逆贤共在桥北浅水处大舟上,饮酒乐甚。先帝与体干名下高永寿、逆贤名下刘思源,皆十七八岁小珰,在桥北水最深处,泛小舟荡漾。上身自刺船,二珰佐之,相顾欢笑若登仙然。忽风起舟覆,二珰与上俱堕水,船上金火壶酒具尽没。当时两岸惊哗,皆无人色。逆贤、客氏手足无措,逆贤亦自投水,然远不济事。最先奔趋入水救先帝圣驾者,管事谈敬等也。高、刘二竖子皆淹死,后赠升乾清宫管事"。这一游乐情节,被刘若愚描绘得既细致惊险而又生动传奇,颇有戏剧性。大故事中不断插入小片段使得情节波澜起伏。

长于叙事以外,作者还善于描摹场面、细节等。如卷14中对魏忠贤、客氏外出时的宏大场面、隆重之况进行了很好的描述:

(逆贤)凡出外之日,先期十数日庀治储偫于停骖之所,赍发赏赐银钱,络绎不绝。小民户设香案,插杨柳枝花朵,焚香跪接。冠盖车马缤纷奔赴,若电若雷,尘埃障天,而声闻于野。有狂奔死者,有挤蹈死者。燕京若干大都人马,雇赁殆尽。凡达官、戏子、蹴鞠、厨役、打茶、牢役、赶马、抬杠之人,其数不止数万。每遇逆贤远出,则京中街市寂然空虚,顿异寻常者将数日焉。大约外廷之欲亲炙逆贤,内廷之献诛乞怜者，凡四人之轿将数百乘矣。怒马鲜衣束玉而为之前后追趋、左右拥获者，又百千余矣。跑马射响箭，鸣镝之声，不绝于耳。鼓乐笙管数十余簇，且行且奏。夏则大车载冰，冬则炭火如山，古今所罕见也。逆贤坐八人大轿，前用骡二头或四头拉拽之，疾如飞焉。逆贤饱则正坐，倦则卧，醉则凭拭，两眼迷离，不知行至何处也。

……

凡客氏出宫暂归私第，必先期奏知先帝，传一特旨：某月某日奉圣夫人往私第云云。至日五更，钦差乾清宫管事牌子王朝宗或涂文辅等数员，及暖殿数十员，穿红圆领玉带，在客氏前摆队步行。客氏自咸安宫盛服靓妆，乘小轿由嘉德、咸和、顺德右门，经月华门至乾清宫门西一室，亦不下轿，而竟坐至西下马门。凡弓箭房、带简管柜子、御司房、御茶房、请小轿、管库近侍、把牌子硬弓人等，各穿红蟒衣窄袖，在轿前后摆道，围随者数百人。司礼监该班监官、典簿、掌司人数等文书房官，咸在宝宁门内跪叩道旁迎送，凡得客氏目视或颔之，则荣甚矣。内府供用库大白蜡灯、黄蜡炬、燃亮子不下二三千根，轿前提炉数对，燃沉香如雾。客氏出自西下马门，换八人大围轿，方是外役抬走。呼殿之声，远在圣驾游幸之上。灯火簇烈，照如白昼，衣服鲜美，俨若神仙，人如流水，马若游龙。天耶！帝耶！都人士从来不见此也。

刘氏以写实笔法对魏、客出行时的奢华场面进行了实况式描绘，从前期人员、车马、物资配置的准备，到出行时随从队伍的行走路线、服饰装扮、迎送情状，追随者、围观者的状貌，以及他们二人的享受情态事无巨细地书写出来，既描摹了壮观、奢华的宏观场面，也对其中人物神态的细节给予刻画，如描述魏忠贤，"饱则正坐，倦则卧，醉则凭拭，两眼迷离"。同时语言也不乏华美之处，如描述客氏出行的排场时说："灯火簇烈，照如白昼，衣服鲜美，俨若神仙，人如流水，马若游龙。"在这样一派锣鼓喧天的氛围中，作者以娴熟的笔法将这一场面描摹得声情并茂、姿态横生。诚如时人李清所言："叙次大内规制井井，而所记客氏，魏忠贤骄横状，亦淋漓尽致，其为史家必采无疑。"[1] 李清只说对了一半，《酌中志》写成后，也成为许多文学作品取材的绝好资料，如明末秦征兰撰写的《天启宫词》一百首，便是根据该书与《玉镜新谭》中的有关部分而写成的。《酌中志》为后来的文学创作者和研究者同样提供了许多不可或缺的文学史料。

四、注重对宦官文学活动的记录与人物形象的勾勒

（一）宦官文学活动的记录

刘氏对与己同类的文人型宦官予以一定关注和肯定，尤其对那些有诗文作品者的生平和文学活动多加以介绍和记录，而且有较为明显的褒奖倾向性。前文第一章第三节"明代宦官诗文活动述略"中，《酌中志》所录宦官诗文活动累计有十六人。他们是：陈矩、王安、李永贞、丁绍吕、郑之惠、曹化淳、鲍忠、史宾、金忠、纪纶、汤盛、张维、王翱、毛成、刘若愚、晏宏。按本文附录所列二十三位宦官文人中，其所占比重达三分之二还强。

具体来说，卷7"先监遗事纪略"、卷9"正监蒙难纪略"中分别对陈矩、王安的文人雅好以及诗文活动进行详述。卷15"逆贤羽翼纪略"中对李永贞、丁绍吕的文学特长予以说明。卷16"内府衙门职掌"和卷22"见闻琐事杂记"则较为集中地对宦官中的文人墨客加以不遗余力的介绍。[2]

除概貌性介绍外，刘若愚对一些重要诗文创作者，如张维、王翱等，还将其代表性作品直接抄录下来，甚至像郑之惠撰写给汤盛的墓碑文也全文抄录下来，举凡有文学特长者，刘氏都会予以提及，对于有诗文集刊刻者更是予以详述，乃至存佚情况也进行补充说明。即使如李永贞、丁绍吕这样的魏

---

[1]（明）李清：《三垣笔记》，中华书局1982年版，第42页。
[2] 具体参见第一章第三节，表1-3。

忠贤羽翼，也没有因为他们的政治倾向、人品等原因否定其文学才能，同样给予客观介绍，这也是难能可贵的。

刘氏重视和广载宦官文人及其文学活动的意义在于，让后人了解到宫廷内的宦官文学活动，尤其保存的宦官诗文作品，对于了解宦官生存状况和心理状态等价值较大。后世朱彝尊和钱谦益所辑录的宦官文人作品没有出其范围。这样无疑对于宦官文学作品的保存和流传意义非凡，而这同时也是对文人士大夫艺文的阙遗之补。可以这样讲，《酌中志》的文学价值不仅在于保存和介绍了外界世人少见少知的宦官诗人生平经历与诗文作品的介绍，以及他们内部成员间的相互习染并与皇帝、文人士大夫之间的诗文交游与唱和，还体现了他本人一种不分贵贱的平等的文学观。

此外，第二章、第三章所论述的宦官内廷戏曲编演活动的相关文献，也多数来源于本书中。

综上所述，《酌中志》最为集中和细致地记录、保存了明代宦官的文学创作活动，为我们全面了解明代宦官的文化生活提供了最原始的文献。也看出宦官群体中有学养者的一种互相认同与接受。

（二）宦官人物形象的勾勒

刘若愚不仅记录了宦官群体的文化生活，在事件的叙述与描写中也还勾勒了一系列宦官人物形象。虽然作者本意并不在于记人，而是通过记事还原历史原貌，但作者在叙事的同时，也较好地展现了这些人物的形象和性格。

《酌中志》全书中记写了众多的宦官人物，不论其地位贵贱、职务高低，据不完全统计，仅主要人物就约百人，这些人物包括了内府二十四衙门中各个监局、各行各业的成员，形形色色，姿态各异。其中，约有三分之一还多的人物有较详细的事迹记录或鲜明的形象描绘。如卷7"先监遗事纪略"、卷9"正监蒙难纪略"、卷10"逆贤擅政纪略"、卷14"客魏始末纪略"、卷23"累臣自叙略节"，这几卷已近乎是陈矩、王安、魏忠贤和客氏，以及刘若愚本人的传略。

总的来说,《酌中志》犹如一幅明宫宦官阶层的人物长卷画廊,无意中展示了明代宦官人物的众生百态。

刘若愚进行人物形象的描述,以白描式勾勒为主,一些重要人物又往往通过互见式手法加以全面照应,从而很好地表现出人物的性格特征,揭示出人物的精神风貌。

具体来说,卷7中先监陈矩的性格爱好、外貌形态刘氏仅以三言两语就概述出来。"先监极爱左、国、史、汉、字、学诸书,周、程、张、朱诸集。菲衣食,淡滋味。貌虽不甚魁梧,音虽哑而不扬,然白耳黑齿,双眸如电。……体虽清癯,若不胜衣,其处大事,决大疑,羽翼忠良,仰全君德,即贲育之勇,雷霆之威,不少易者。性不好饮酒,凡饮,稍暇即鼓琴歌诗,或跏趺静坐。……至于声名货利,了无所好,聚蓄书画玩好之类。"此外,又通过卷9描述正监王安之时,带出先监陈矩,又这样写道:"先监形不魁梧,而耳白过面,两目如曙星,阔口黑齿,然声甚哑,十步之外人不能闻",以互见法与卷7互相呼应。综合两处描写,刻画出一位体形清瘦、声音沙哑、目光炯炯有神,而又喜好读书、做事果敢,有儒者风范的人物,其形象和性格基本呈现出来。

在卷14"客魏始未纪略"中,在记叙魏忠贤来历时,这样写道:"忠贤少孤贫,好色,赌博,能饮啖嬉笑,喜鲜衣驰马,右手执弓,左手彀弦,射多奇中。不识文字,人多以傻子称之。亦担当能断,顾猜狠自用,喜事尚谀,是其短也。素好僧敬佛,宣武门外苍文殊庵之僧秋月,及高桥之僧愈光法名大谦者,乃贤所礼之名衲也。如碧云寺僧,则酒肉势利不足齿矣。"片言只语,便能勾勒出人物的性格风貌。同卷中又有"逆贤喜射,好蹴鞠跑马"。与前文互见,这样就大致呈现出魏忠贤的形象特征,即无甚学识,尚武善射,敢于担当又刚愎自用,同时礼敬僧侣,人物形象十分饱满。

同时,在卷23"累臣自叙节略"中,刘若愚也展示出一个自我形象,即学识渊博、混迹阉党、身陷囹圄、著书辩诬的"叛逆"形象。

除了对主要人物进行专人专卷叙述外，其他人物会根据事件情节的需要，随时予以展现，甚至在不同场合会重复出现若干次，人物形象也得以互相映衬。如卷12中总体介绍各家经管门下时，对于李永贞、丁绍吕只是提及而已。但卷15中则是把他们作为重点人物加以描述。此外，刘氏对于一些政治团体人物还给予集中展示，如卷15中，对二十六位逆贤羽翼按其涉事之多少进行详略得当的描述。如逆阉羽翼魁首之一李永贞的描述相对较为用力："永贞白皙长须，性狡慧，通文能书，喜读韩非短长语。极好谈天文，好说梦，频以身质言语，赌重誓，语最叵信。贪愎猜险，更善负心，而性骄好胜。"人物描述之外，作者仍然不忘加以点评："自王体乾等无一人不与之恚怒争竞者，即逆贤亦屡次委曲包容之，遂自酿杀身之祸，了无解救。"李永贞之外，其他羽翼者的描述与勾勒也根据人物重要性与否笔墨亦有所侧重。详见表4-1。

从表4-1中可知，刘氏描述人物用语是极为简洁的，最少者如对梁栋、孙暹仅四字概括。最多者如徐应元，也不过四十七个字而已，却能将其文化程度、生活品性、形体特征、人物神态等等多方面全部囊括其中。而从以上描述中我们也看出刘氏善于从文、武两方面对人物形象和性格等进行勾勒，如多用"善射"、"精骑射"，或"通文理"、"多学能书"等词来品评人物，这一方面看出阉党羽翼尚武的喜好，另一方面也见出上层宦官善书能文的优势。当然，逆贤羽翼的这些特征也大致代表了整个宦官阶层的共性，或为技艺型佞宦，或为知识型儒宦。而以上人物的行为之中，皇家的印记是十分明显的，如"畋猎"、"尺牍文移"等，这是皇家特定环境下的一些客观需要。需要指出的是，逆贤羽翼中好骑射者众多，这和熹宗以及魏忠贤的喜好有极大关系。《甲申朝事小纪》云："熹庙好驰马，看武戏。"前文有述魏忠贤喜驰马，善射。故而，在其周边形成一个尚武的羽翼团体。

表 4–1　逆贤羽翼人物形象或性格喜好

序号	宦官	描述
1	丁绍吕	为人善应对，有识见，娴兵略，好田猎，颇通堪舆家言。多智术，有心计，能尺牍文移，练达事体，揣事多奇中。
2	石元雅	善射，好畋猎，不甚读书。
3	涂文符	姿容修雅，有心计。善书算，通文理，能辩论，好琴，善射。
4	王体乾	为人柔貌深情，其贪无比。
5	梁栋	招权纳贿。
6	孙暹	作人宽厚。
7	纪用	粗通文字，慷慨有胆略，性孝友。
8	葛九思	能书，精骑射。
9	徐应元	不识字，幼无行，宿娼饮博，好谈谑嫚骂，坐立倾欹，唇不盖齿，形虽瘦长而眉目无神彩，腰股筋骨若不联属，如病初起者焉。
10	李实	为人朴素无文。
11	王国泰	性笃实，多学能书，尚气节，善治生理。广交游，胸中坦率，无机械尖巧也。
12	马谦	性刚直，晓营建，虚心采纳，可则可，否则否，敢于逆贤面前持正不阿。

值得注意的是，尽管以上皆魏忠贤羽翼，但刘氏尚能客观对待，对人物品性的评判褒贬皆有，非一概而论，既有工于心计、招权纳贿者，也有性笃实、刚直者。通过以上言简意赅的介绍，大致可知刘若愚旁搜异闻、多闻广载，基本按照人物学识、喜好、人品、性格等几个方面来描述，此外还将其生平事迹也大略概述，这又近乎为各色宦官人物立传。其价值在于可以和正史中有传者相互比照，而对于正史中无传者又可起补阙作用，这样对于丰富文史作品中的宦官人物形象是有较大贡献的。

总之，刘氏对于各色宦官人物进行形象勾勒、性格描述，既有正面儒宦形象，也有负面佞宦形象。让我们对宦官群体的认识更客观一些，同时比照文人士大夫笔下的宦官形象和印象，对宦官的认识也可以更全面一些。

综上所述，刘若愚以近乎"实录"的笔法，客观叙述历史事件以实现其政治意图的同时，讲述了若干富有戏剧性的故事，刻画了一些有特色的艺术形象，其中某些议论和抒情又颇有感染力，这些文学手法和文学成分的参入，使得本书也具有更多文学色彩。但由于此书意在记事辩诬，为了更好地还原事情的本来面目，也为了让帝王深入了解一些细节和内幕，故而写得庞杂而不够简洁，同时又过多情绪的渲染，这是本书的不足之处。

余论：宦官特殊心理的表白与展示

《酌中志》作为刘若愚的辩诬之作，其叙事、论辩、抒情，乃至描述、勾勒人物形象之中，不但有自己内心世界的流露与展示，也通过其他宦官人物的言谈举止，乃至他们的诗文作品间接描述了宦官们的一些特殊心理活动和特征。

就其自身而言，刘氏的奴性心理在行文中一以贯之。这主要体现在一些叙述口吻和语气上。开篇《自序》中下笔即言我太祖老爷如何如何，宣庙老爷怎样怎样。之后每一卷只要提及帝王，就将主子描绘成一幅近乎圣人的模样，而对于自己的一切都归功于皇恩。如卷 1 中说："神庙天性至孝，上事圣母，励精勤政，万几无暇，博览载籍。""臣本一介草民，仰蒙圣恩，忝居戚末。"凡此等等，一方面看出其自贱意识浓重，另一方面也见其愚忠本分的心理。

此外，刘氏常常进行内心独白，倾吐肺腑之言，使内心情感得以外显。如卷 23 "累臣自叙节略"中"夫累臣若愚以錾锁十余载之人，蒙改司礼。原名时敏，因在永贞直房目击耳闻，无可奈何，复改今名若愚者，暗埋'苦心'二字也"。这些直抒胸臆的内心独白让我们看到刘氏隐忍、顺从、无奈的心理。

另外，我们从刘氏记载的宦官诗文活动和作品中，也看出整个宦官阶层的一些共性心理特征。如前文关于宦官诗文作品的艺术特征分析中，我们看出他们的一些或孤独无助、敏感多疑、或超然自适、潜心佛道的心理。

总之，刘氏宦官的身份和成书的特殊动机，使得本书不仅是一部宫廷秘史，也是一部宦官心灵史。

第二节　金忠"版画故事"研究[1]

明代是我国版画刊刻的高峰时期，在文人、书商、画家、刻工的共同努力下，这一综合性艺术呈现繁荣景象，达到"书板日增月益"[2]、"家畜耳人有之"[3]的地步，尤其明中后期，小说、戏曲书籍中插入版画可谓盛况空前，这不仅影响了整个书籍刊刻业，也带动人们进入一个风行"读图"的时代。王公贵族，乡绅富贾，宫廷内监都有此好。张居正"纂古治乱事百余条，绘图，以俗语解之，使帝易晓"，刻《帝鉴图说》。[4]焦竑"采古储君事可为法戒者为《养正图说》"。[5]金忠"援经据传……或以显诤或以隐讽……以劝帝勤……因集贤往迹刻……绘以图像以便披阅"刻《御世仁风》；[6]"苦心搜括，有一懿行，必取一懿行以配之，俾之后先辉映，且绘之图，令人一展卷不惟诵法前人之嘉言美行"而成《瑞世良英》。[7]

文武大臣，乃至宦官进献如此读物的目的是十分明确的，就是对于一些或年幼、或懈政的帝王，通过直观形象、生动趣味的图文书籍，引起其兴趣

---

[1] 这里之所以以"版画故事"的名义定义金忠的两部编著，一是因为其文字辑录在先，配刻版画在后，而且文字编录的目的秉承文学的劝诫功能，以文儒的意识，经典的故事，规劝人君和臣民做到各自职守。一图一故事，故将这两部书籍定义为"版画故事"。
[2] （明）陆容：《菽园杂记》，第129页。
[3] （明）叶盛：《水东日记》卷21，中华书局1980年，第214页。
[4] （清）张廷玉：《明史》卷213，第5649页。
[5] （清）张廷玉：《明史》卷288，第7393页。
[6] （明）金忠：《御世仁风》，明泰昌元年自刻本，刘铎序。
[7] （明）金忠、车应魁：《瑞世良英》，朱统𨰜序，上海古籍出版社1994年版。

和注意，以寓教于乐的方式实现他们对帝王的无限期望。《瑞世良英》则把这一样式延伸到教化臣民忠、孝、贞、廉的层面上去。

一、金忠其人其书考述

关于金忠较为全面的介绍主要在《酌中志》卷22中：

> 金太监忠，其（史宾）照管侄也。金字敏恕，北直固安县人也。万历六年选入，历升文书房，博学能书，善琴。守备凤阳时，曾著《御世仁风》一书刻之，博极鉴史，绘画周详，仿佛如《帝鉴图说》。其评语凡称迂拙子者，即金之道号，其自跋亲笔作也。先监在时，曾向金曰："公后来秉政时，我名下中惟刘官人堪用，公善视之。"其后累臣被常太监云诖误墩锁，于万历癸丑冬，金曾折节赐顾，时存恤之。至天启七年十一月，累臣谪南，金已守备南京。崇祯元年夏，累臣复被逮赴北，蒙金惠银百两为途资用。金寻蒙今上特升秉笔，掌御用监印，予告林下，乐天年也。今秉笔车太监应魁，则金名下也。

此外，《酌中志》卷9中描述王安时，也提及金忠：

> （王安）监白皙，两目炯炯，素与文书房金太监忠契厚，金所刊《御世仁风》列监名焉。逆贤擅政之日，此书人皆不敢蓄。后金亦蒙今上眷注，升秉笔御用监印。金性宽缓，而监性卞急，然同年契爱，无逾两人者。

从以上两段介绍中，我们可以知道，金忠出于宦官诗人史宾名下，多才多艺。曾任职于文书房，后受崇祯帝眷顾升任秉笔御用太监。早年作凤阳守备时，编撰《御世仁风》。金忠与王安同年入宫，虽二人禀性差异，但交往甚笃。秉笔太监车应魁是其名下之人。

在刘的介绍中没有提及金忠及其名下车应魁共同编撰的另一著作《瑞世良英》。盖因前者刊刻于泰昌元年,后者刊刻于崇祯十一年。此时刘已身陷囹圄,对金的新作应该有所不知。

关于金忠的更多介绍主要集中在其编撰的《御世仁风》、《瑞世良英》的序跋中。《御世仁风》中有时人刘铎、周诗序言两篇,自跋一篇。笔者所知,《御世仁风》自刊刻后,后代再无新版,现国家图书馆善本库有藏。

《瑞世良英》则编入由上海古籍出版社1994年出版的中国古代版画丛刊二编,列为第九辑。明崇祯十一年车应魁刻本。书中有时人王继谟、沈自彰、朱统镇、黄奇遇序各一篇,王升跋一篇。今人虞耘芝新作跋文一篇。

通过分析《御世仁风》的两序一跋,《瑞世良英》的四序一跋,我们可以知道以下信息:

(一) 金忠、车应魁的身份

金忠,讳忠,字恕敏,号葵庵,方城人,奉差出使凤阳,镇守中都(即今安徽凤阳),秉卫内垣。

车应魁,只有王升在《瑞世良英》跋中提到了他,字明恬,号聚吾。并对其大加赞赏:"(金忠)惜乎中道而逝,未竟斯志,幸兹内垣秉卫,聚吾车先生磊落英豪,德位显崇,足以羽仪宇宙,不特黑水西河一方之冠冕而已。其维风易俗直为己任,与葵庵生有同心焉,善为之继述。"记述了金、车二人的师生情谊。

(二) 金忠编书的目的

《御世仁风》刘铎序,金忠刊刻此书的目的是:"援经据传而微以中之于人……或以显诤或以隐讽,又或以谲谏,使言之者无罪,而听者足以戒……

以劝帝勤……因集贤往迹刻成……绘之图像以便披阅。"

《御世仁风》周诗序："金葵庵公所手摘往昔懿行，最关乎人心风俗，缀之以图题之，曰《御世仁风》。云盖宇宙间动物惟风，而动物之尤神者惟仁风，何也？仁，人心也！风，君子之德也！民之归仁，沛然莫御，风以偃草，无所不靡。"

《御世仁风》自跋："采择古之圣帝明王圣贤格言，纂成三百六十条，余有廿四条，以取闰余之意，绘图其总，故名《御世仁风》，咸是修齐治平之道，切要身心之传，起居修摄之则。"

《瑞世良英》王继谟序："稔知纲常之植也，世风之维也，人心之培，名教之扶，颓废之振也，莫若以忠砥不忠，以孝砥不孝，以贞砥不贞，以廉砥不廉……"形成"为子必孝，为臣必忠，为士必廉，为妇必贞"的理想状态。

《瑞世良英》朱统镇序："苦心搜括，有一懿行，必取一懿行以配之，俾之后先辉映，且绘之图，令人一展卷不惟诵法前人之嘉言美行，且若相揖于一堂，人具一圣贤之想，谓其衣冠人也，言动人也，何以肝胆肺肠，大异常情？"

据以上序跋，作者成书的意图非常明确，就是以文儒的立场和姿态，"以天下为己任"[1]，通过"以图配文"的书籍实现对上讽谏，对下教化，以期达到圣人君主、先哲今贤的良好状况。也就是说仍然是要维护大明王朝的纲常伦理，教化百姓，稳定民心。而这和明中后期的朝廷政治腐败、社会风气混乱都有一定联系。刊刻版画图集进行训诫王族，宋代已有。"文学传记、故事类图籍版画，宋代已有梓行。宋代帝王很重视利用此类版画图释古圣明君治国为君之道，以垂训子孙，使其礼法先贤，而成圣德。据《图画见闻志》卷6载：'景佑初元，上敕待诏高克明等图画三朝盛德之事，人物才

---

[1] 语出《瑞世良英》，沈自彰序。

及寸余，宫殿山川銮舆仪卫咸备焉，命学士李淑等编次序赞之，凡一百事，为十卷，名《三朝训诫图》。图成，复令传摹镂版印染，颁赐大臣及近上宗室。'"[1] 看来图画的训诫之风由来已久，不过到了明代不是帝王颁诏下发，而是内外臣子上谏。

（三）关于书籍名称和内容

《御世仁风》刘铎序："……渔猎古史，撷采今闻，凡夫法语、绪论、寓言、□说，为邺侯实秘，靡不收之，而令圈套陈迹，焕然一新，洋洋圣模，实基之矣！唐太宗有言曰：'鉴于铜，正衣冠；鉴于古，知兴废；鉴于人，正得失。'有画云汉图，见者皆热；画北风图，见者皆寒。兹何以故，触目惊心，生恶可已矣。"

《御世仁风》周诗序："检阅集内先哲，其当年行事生平之辙迹，久与骨俱朽，**兹者偶一披览**，不觉缅焉怀想，睠焉神游，忻慕焉而愿为执鞭。是何物也？……据文诵说，按图指示，有不且悲、且喜、且歌、且舞，凭而吊、感而兴者乎！信乎为御世之善物也。"

《瑞世良英》王继谟序："迨致仕之后……潜心坟典经史，采古今之忠孝贞廉，汇辑成帙，名曰《瑞世良英》。"

《瑞世良英》沈自彰序："金公以先朝侍从近臣，曾识国家掌故，亦习闻前辈风采，德业闻望，故于古人中拔其为子必孝，为臣必忠，为士必廉，为妇必贞若干卷，命曰'瑞世'，尧天舜日也，曰'良英'，景星庆云也，且绘为图说事。"

《瑞世良英》黄奇遇序："往敷求于先哲人，摘其尤者，汇而辑之，名曰《瑞世良英》。"

《瑞世良英》王升跋："金先生雅慕古治，立大规模肇编《瑞世良英》，

---

[1] 周心慧：《古本小说版画图录》（修订增补本），学苑出版社2000年版，第3页。

集思行于世,醒豁龙聪,振起颓靡。……远采古彦,近汇今贤,某也忠,某也孝,某也廉,某也贞,既详其事,又图其迹,班班胪列,令览者披卷按图,了然于目。……《瑞世良英》名有其实,将与《诗》、《书》、《礼》、《乐》之彝典并陈于时。"

以上关于两部书名的解释和内容提要,恰恰也很好地体现了作者成书的动机和意图所在。《御世仁风》主旨在于对帝王的讽谏和劝诫。《瑞世良英》主旨在于教化和标举臣民百姓忠、孝、贞、廉。

(四)对于金忠、车应魁的评价

《御世仁风》刘铎序:"金公为人淡素、儒雅绰有道气,无尘俗腻郁之态,斯其品有足多者,诵其诗、读其书,不知其人可乎?"

《御世仁风》周诗序:"与我相遭于不言之喻,相接为素交之知。"

《瑞世良英》王继谟序:"熙朝之硕辅,盛世之俊杰也。……先生之泽久而愈远,先生之名没而弥芳。借曰沽名于当世,博誉于来兹则非……"

《瑞世良英》黄奇遇序:"高山仰止,匪异人任,后之君子,傥亦有睹是编而兴起者乎?"

序跋中对二人大加赞誉、高度褒奖,一概尊称为先生,并对车应魁继承金忠志向帮其完成遗留部分,多加赞赏。如王升在《瑞世良英》跋中所言:"葵庵先生之志遹观厥成,微葵庵先生无以创其始,微聚吾先生无以考其终,何其相须之殷,相济之美也,诗曰:'遐不作人。'葵庵先生之谓乎!书曰丕成哉!聚吾先生之谓乎!是均大有造于斯世也……葵庵先生淑世之大猷而颂,聚吾先生箕裘之克绍垂于不朽。"

以上极尽溢美之词,一方面说明编著者确实有如此之美好德行,另一方面也说明序跋者与编著者的关系之善。

这些序跋作者分别是:

赐进士第承德郎山西司员外友弟刘铎;凤阳分司署周诗;赐进士第朝议

大夫整饬关内兵备道兼管天津粮饷登莱军务山东右参议通家侍生关中王继谟；赐进士第太常寺少卿通家眷教生沈自彰；绛岩采逸朱统𨰥；赐进士第翰林院编修通家侍生黄奇遇。

如此看来，一方面说明金忠与这些人交往甚善，另一方面也说明金忠的地位之高，接触的都是一些较为高级和上层的各界人士。序跋中这些友人对其书的价值和意义，其人的功劳和贡献给予很高认可和评价，当然抛除人情关系外，金忠及其书的固有价值也是不可否认的。

二、书籍内容体例编排

《御世仁风》全书分为四卷，《瑞世良英》分为五卷。每一卷下分列出若干主题，每一个主题先附有一幅版画，再援引一整段文献进行解释。由于前者目前没有再版，不易见，笔者将部分目录抄录如下：

（一）《御世仁风》

卷之一：君道，储训，贤后，纳谏。

卷之二：任贤，予夺，去佞，重民，文事，武备，臣道，贤臣，讽谏，务德，崇位，用才，礼让，重农，好生，仁爱，谦恭，警贪，达观。

卷之三：积德，谨微，去伪，道学，恬澹，三教，戒忿，性学，清廉，孝友，感应，重本，悯农，天道，养生，操存，见道，高尚，友道，家养，自修，重师，趋向，续纂。

在以上每卷每一主题之下，又单列出若干子题，以每一子题为具体标题，再进行图画和文字的配置。

就据上列母题而言，都是关乎君鉴之事，修身、养德之理，治国、安邦之道。劝诫统治者如何自律、自省，如何善于选拔和任用贤能之才。从道德修养能力、判断辨别能力、执政策略能力各方面提示和规劝人主加以注意。

主题涉及政治、经济、教育、仪礼、道德等多个方面，意在塑造一个全能的先知先觉的圣人君主形象。

（二）《瑞世良英》

全书五卷合计三百个故事和三百幅版画。书中每一卷前印有"明方城金忠敏恕纂辑，关中车应魁明恬校梓"字样。

就内容而言：《瑞世良英》是关于"忠、孝、贞、廉"古训的典范精选，将仁义礼智信贯穿系列典故之中。意在成人如灵瑞之物，如朱统镇序所言："其人皆为一世之英也，当其时真祥麟威凤人瑞也欤。"这对于社会风气的净化无疑是一种很好的举措。总之，作者以一有良知的儒宦的身份意在提升社会道德意识，故网罗古今仁人逸事，汇集刊刻。

本书虽然分为五卷，但忠、孝、贞、廉混杂在各卷之中，并无明确分类。笔者就每一故事和版画的题目按以上分类列举数例。

以忠为题的：

卷一中：德行忠信；明训忠佞；忠义德俭；报国赤忠。

卷二中：清忠守道；忠勤守政；孝忠节义；达孝忠诚；孝忠超尘；忠孝清节；忠孝清异。

卷三中：忠清仁爱；忠谏德民；忠义联帅；同气清忠；忠谨敬畏，忠孝祥瑞，尽心忠恕。

卷四中：忠孝兼全；清忠惠爱；忠君爱民；为国死忠；智俊忠良；忠孝清廉；联明忠爱。

卷五中：忠孝兼尽；忠清勇著；孝鸣忠政；俊谋忠烈。

以孝为题的：

卷一中：明冤孝妇。

卷二中：孝忠节义；达孝忠诚；孝忠超尘；孝感跃鱼；忠孝清节；忠孝清异；孝友慈惠。

卷三中：孝全父命；诚孝冬果；孝感风涛；孝感生参；孝诚得瓜；孝感白兔；节孝兹瑞；忠孝祥瑞；孝感鹿驯。

卷四中：忠孝兼全；纯孝笃义；忠孝清廉。

卷五中：孝廉范世；忠孝兼尽。

以贞、廉为题的：

卷一中：廉严厉志；仁智廉卒；廉洁清贞。

卷二中：无。

卷三中：廉平不苟；侠骨廉洁；苾政廉明；廉洁济民；廉介清谨；廉恪可风。

卷四中：洁廉康裕。

卷五中：清廉御暴；孝廉范世；廉能正直；廉贞振世；具廉知古；廉勇真帅；廉淡勇谋。

以上是直接以题目标明主题的，其他都是和忠孝贞廉意义相关、相近、相似的诸如清、义、节、德、仁等以及起警示作用的反意事例，所举事例的目的非常明确，无非示人以榜样，标举社会道德风尚。此书刊刻于明崇祯年间，而整个明代中后期，朝廷纲常废弛，民间风俗不纯，崇祯帝即位后，极为勤政，有意割除前代弊病，在这样的背景下，金忠辑录有针对性的事例，进行编纂，是很有时效性和政治意图的。

就结构体例而言：

两部书籍的共性特点是，正文都是图文各半，具体格局是左文右图，或者说先图后文，图画全部是木刻版画，图中右上方，偶有左上方，空出一角落用于援引古籍直解图面。右边文字，先标出主题文字，再用一页文字对这一主题进行细致阐述、说明。无论是图中文字还是整版的说明文字均来源于各种典籍，并在左下角文末标名出处，但多是简称，不少是今人少见和未见的简称。

图文并茂，这在明代很是普遍。编纂者的主观意图在于以图引人入胜，以文解释主旨，归根到底不是赏图，意在从文字中明理，但图的宣传效应是客观明确的，也是很有意义的。

总体而言，如同序跋所述，编著者是辑录历代先哲圣人治国之道、忠孝贞廉为人之理的事迹，辅之以绘图互释，将深奥的道理通过直观图画展示出来。仿佛"小人书"，不过不是连环画，而是系列画。文字不是俗语白话，而是原典文献。所以，读者既可以是帝王和文人士大夫层面，也可以是民间大众水准。深层次者可以图文并解，一般读者甚至可以直接读图即可，雅俗共赏。他的通俗性通过图画的直观性来体现，可以抛开文字本身通过读图来展开想象。作者的美好主观愿望，可以从书籍的名称拟定知道一二。

另外，从主题拟定和文献选择来说，可以看出编撰者的价值取向和学术修养。如图10《御世仁风·重农·富国以农》条，引《诸子评苑》说："大凡治国之道，必先富民，民富则易治也。……民富则安乡重家。……国富而

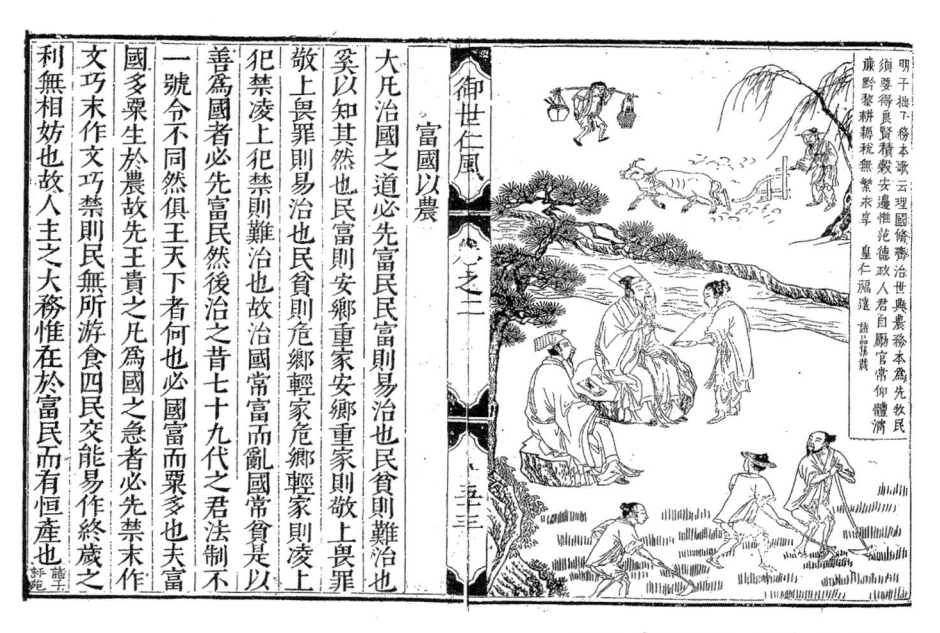

图10 《御世仁风·重农·富国以农》

粟多也，夫富国多粟，生于农故……故人主之大务，惟在于富民而有恒产也。"从材料引用中，我们也可以看出编者以农为本，重农富农的价值观。

此外根据前文提供序跋，撰者先选定文字，然后绘以图画配合，以图配文，文是本，图是辅。但后世的研究者，只是关注到了其版画的艺术性，而没有真正留意著者的本初意图，到头来却重图忘本。所以，上海古籍出版《瑞世良英》都是按版画系列丛书来出版的。《御世仁风》也只是在《中国版画史图录》一书中作为版画艺术的举例收录了其中一幅图画。

就文献来源而言：

由于每一幅版画本身在图中空出位置，利用一则文献进行直解，在主题之下，又有整篇文献诠释标题，故每一幅版画就会出现两则不同的文献来源。

据笔者统计，这些文献出处庞杂，有为人所熟知的，也有一些罕见的，而且许多都是简称。《御世仁风》所采纳的文献主要有《古今遗史》、《通鉴删要》、《艺林粹言》、《纲鉴大成》、《古今逸史》、《古文精粹》、《问奇类林》、《智品》、《新序》、《太平御览》、《唐类函》、《册府元龟》、《诸品集载》、《诸子评苑》、《君鉴》、《抱朴子》、《家语》等等。

《瑞世良英》所涉及内容较《御世仁风》更宽泛，故文献来源更加纷繁复杂。兹举数例：《君鉴》、《经济编》、《书集渊海》、《广蒙求》、《意林语要》、《廉吏传》、《列传》、《故事统宗》、《喻林》、《髓言》、《文献通考》、《化书》、《年考纂》、《御制文集》、《史记》、刘向《说苑》、《通考》、《类书》、《群书》、《神异录》、《小史》、《中监录》、《故事清抄》、《函史》、《名贤录》、《人物考》、《孝顺事实》、《菜根谈》、《故事大成》、《事文类聚》、《艺文类聚》、《尧山堂》、《吾学编》、《日镜录》、《汇编》、《太平御览》等等。当然也有一些与《御世仁风》出于同一文献，这里不一一举例。

总之，文献涉及经、史、子、集各部，这些摘录的文字对于古代史学、哲学、文学等都有一定的文献学价值。不足之处在于，由于很多是简称，故对于后人而言很难真正确定其原本书目。关于此，今人虞耘芝在《瑞世良英》新版跋中也说："书中摘录文字极多，但注出书名极简，有的仅二三字，很难确定为何书。如六一〇面'清风盖世'条讲海瑞事迹，文后仅有《本传》二字，这绝不是《明史》的《海瑞传》，因《明史》修于清代，而是别有所本。"她还指出："由于文中摘录极多，有的书今已散佚，故对研治中国文学史、史学史工作者勾稽资料、比勘文字异同，亦有所帮助。"笔者以为，抛除编著者的主观意图之外，这样广泛的原文辑录"古今"事例、事理，荟萃历朝历代庞杂的文献，而编著成集经学、文学、史学、哲学艺术等为一体的综合性图书，客观上对于古代典籍和文化也是一种整理和保存，故其文献价值、学术价值不可低估。这也可以从郑振铎关于这两部书籍的收藏典故中得到一些印证。

《西谛书话》"劫中得书续记"中这样谈及两书及其后世的流传、收藏情况：

  余酷爱版画，尤喜明人所镌者，故每见必收得，一若余之搜购剧曲、小说诸书者然。坊贾知余喜此类书，每收得，必售之余。然每每亦故昂其值。……有刘某者……至余家尤勤。……然索价则往往高昂绝伦。余渐疏之。……后又持残本《御世仁风》二册见售。无首尾，并书名亦不存。且每页均经截割重裱，书品极尘下。惟尚初印，且价亦廉，遂收之。孝慈处有此书全本。故余意：得此残本亦佳。孝慈本后归北平图书馆。十余年来，迄未再遇第三部。余乃益自珍此残本。自余得此本后数月，刘某复携《瑞世良英》四册来。价乃奇昂。余深喜是书，而怒其妄索高价；抑之。分文不让。乃忿然退还之。后知为孝慈所收。喜其得所，且喜仍可得借读也。孝慈卒，乃不知此书流落何所，孙实君从兰泉许得书甚多。此书亦在其中。盖又从孝慈许转归兰泉，兹复散出也。余如见故人，立收得之，不问价也。不意乃较刘贾所索者尤昂。余念：此次不能再交臂失之矣。遂毅然留下。所费几尽一月粮。[1]

这则故事一方面说明西谛爱书之切，另一方面也说明金忠版画本身的艺术价值，以及其中蕴含的文献价值的珍贵性。

三、"版画故事"的文学价值

据上初步认识，藏者和读者都将他们定位为两部木刻版画书籍。尚未有人就其展开相关研究，只是在一些版画丛书中偶有提及，也是意在说明木刻版画的艺术价值。笔者试图针对版画与文字的相互关系进行一些初步研究。

（一）关于"图"与"文"的关系

按前文所述，两部书籍均为半图半文，图与书一左一右，相互配合，彼此发明。

就插图而言，其作用大致不外乎两种：一是说明作用的图解；二是以主观创作为手段的故事画。金忠的两部书籍显然是后者，他摘引各种典籍，然后按照文字意思刻绘画面，而绘画是一种生活原型上的想象性虚构。于此，鲁迅在《"连环图画"辩护》中说："书籍的插图，原意是在装饰书籍，增加读者的兴趣的。但那力量，能补助文学之所不及，所以也是一种宣传画。"[2]

《明代版画书籍展览会目录》书中收录有金忠《御世仁风》，并这样介绍："史部职官类官箴之属。明金忠编，未题画人名氏，书内插图，单面方式。安徽新安派，未题镌工名氏。泰昌元年刻本，八册，白纸。北堂图书馆藏。《御世仁风》四卷全部采用全图式，以图为主，虽有文字，亦不过题识与解释而已。谢肇淛《五杂俎》下，卷13，事部一记：'近时书刻，如冯氏

---

[1] 郑振铎：《西谛书话》，第 278 页。
[2] 鲁迅：《南腔北调集》，人民文学出版社 1980 年版，第 28 页。

诗纪，焦氏类林，及新安所刻庄、骚等本，皆极精工，不下宋人，然亦多费校雠，故舛讹绝少。吴兴凌氏诸刻，急于成书射利，又悭于倩人编摩其间，亥豕相望，何怪其然？'"[1]并作为精品，在全书附录中收录了《御世仁风》版画一幅。

据如上文献，将《御世仁风》归为"史部职官类官箴之属"，显然士人也认可金忠站在一个儒臣的立场和角度进行编著和刊刻，如同张居正上《帝鉴图说》，意在规谏帝王。但是，金忠刊刻书籍的目的不在于其艺术性本身，而是通过艺术的图画导引读者读图之后，进行文字理解与体会才是其目的，艺术只是手段，这在以上提供的序跋中已经很明确地给予说明。所以，笔者不是很同意"以图为主，虽有文字，亦不过题识与解释而已"这种重图轻文的说法。

而从金忠选择新安派却不在司礼监经厂进行刊刻，应该是看重"新安"的品质，版画书籍同时也具有广告宣传的作用。再者《御世仁风》是金忠自己出资刊刻的自刻本，然后进献君王，这也是一种献书示谀。在明代，王公大臣献诗、献曲给帝王表达谄媚很是平常。但不可否认的是，通过版画的宣传效应，吸引读者，连同自己的意识形态推销出去，最终落实了观念性的文字，实在是一种有效的手段。

（二）"版画故事"的文学性体现

我们先来界定一下"版画与文学"的关系。由于我国古代印刷书籍，绝大多数是通过木板雕印的方式制作，书中的插图就是版画，所以版画与文学的关系就是插图与文学的关系。明代小说、戏曲中插图作为对文字想象的一种直观、形象化的定格，因其趣味、生动性的表现避免了文字的单调乏味，更加符合阅读者的认知心理。具体到金忠的两部版画书籍，除了版画本身的

---

[1] 北京中法汉学研究所编：《明代版画书籍展览会目录》，1944年，第68页。

艺术性外，我们来看看其文学性的一面。

1. 故事性与叙事性

就书籍具体内容来说。一幅版画配合一个单体故事，一图一故事，《御世仁风》："纂成三百六十条，余有廿四条。"[1]《瑞世良英》三百条，两书共计六百八十四个故事，"画与叙合"、"看图讲故事"，两部书就是两本故事会。故事本身具有叙事性，而阅读版画又离不开想象。"检阅集内先贤，其当年行事生平之辙迹，久与骨俱朽，兹者偶一披览，不觉缅焉怀想，睠焉神游，忻慕焉而愿为执鞭。"[2] 想象的叙事性本身也是一种文学参与。就此而言，无论是文字还是版画都内隐着文学性的一面。

以图11《御世仁风·儿孙马牛》为例，在版画中引《古文精粹》中司马公所言，遗子孙以金、书，子孙未必能守、能读，不如积德以遗之。通过讲述这一极富哲理的故事，意在告诫人们不为儿孙做马牛。

就例文而言，引《问奇类林》中三老蓄谋已久从主人儿孙手里低价收购原本费值万金的别墅，来证明版画中司马公言论的正确性。文中先描述了别墅优越的地理位置和别致如画的景观，突出其高昂的价值所在，再通过三老与太痴的对话将低价买入的来龙去脉铺展开来。整个事件采用倒叙手法，使故事情节有了一定的曲折性。

2. 形象性与生动性

版画图像是对文字的延伸，也是文字的广告与宣传，它通俗化了晦涩高深的文字，具有直观、形象，乃至生动的特点，所以它更能吸引阅读者的兴趣。金忠版画中举凡郊野山川、庭院堂室、家具什物、舟车轿马、战争扬面、劳动场景等等包罗万象，在一定程度上再现了明代各阶层人民的生活面貌。"既详其事，又图其迹，班班胪列，令览者披卷按图，了然于

---

[1]《御世仁风》自跋。
[2]《御世仁风》周诗序。

图 11 《御世仁风·儿孙马牛》

目。"[1]"据文诵说，按图指示，有不且悲、且喜、且歌、且舞，凭而吊、感而兴着乎！"[2]直观、生动的艺术形象，直接感染了阅读者的情绪，并与之发生共鸣。

这里的形象、生动性首先指的是版画本身的艺术性，图中人物神态，周围景物情状可谓精雕细刻，如图10《御世仁风·重农·富国以农》中，耕田者、锄地者、挑担者均为农夫，但神情各异，十分自然，了无斧凿之痕迹，观者有真情实感之态。而周边景物又和事件内容及背景相协调，互相照应，共同组成一个完整的图文故事。版画本身之外，例文中的一些细节描写也有可圈可点之处。如图11《御世仁风·儿孙马牛》中，三老与太痴的对话写得非常生动具体，尤其当三老不满于太痴的评论时，"闻其言愀然不悦，既而跃然引觞……"人物情态跃然纸上。所以，这里的形象性与生动性不仅就版画故事

---

[1] 《瑞世良英》王升跋。
[2] 《御世仁风》周诗序。

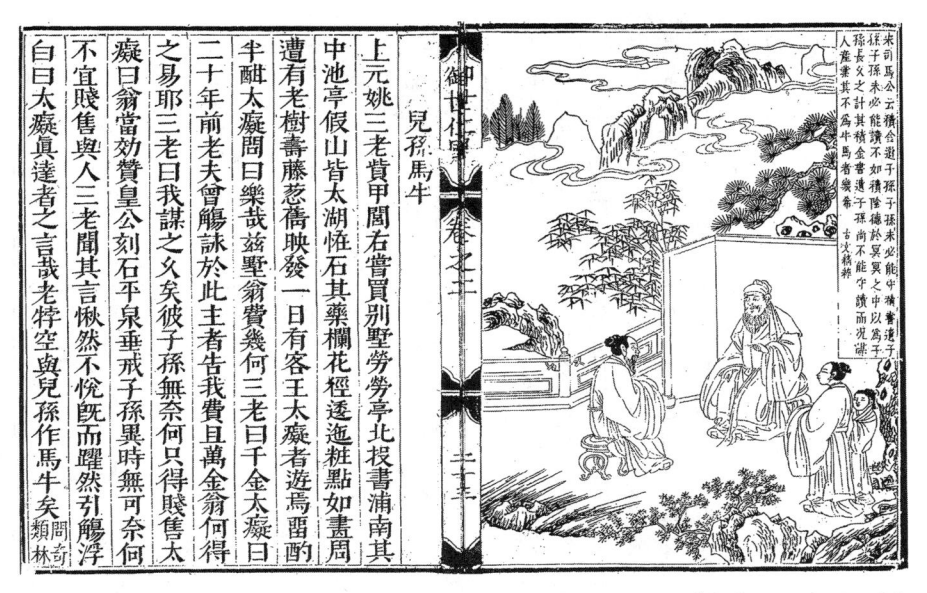

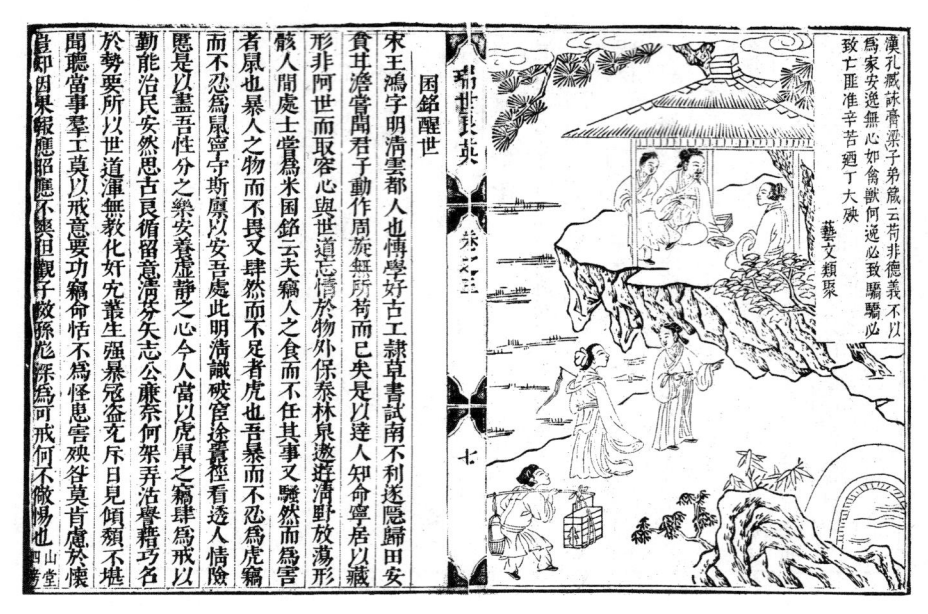

图 12 《瑞世良英·困铭醒世》

的整体性而言，也包括文献中的一些具体细节描写、人物刻画等。

3. 趣味性与教化性

根据前文所述，金忠成书动机在于通过图文并茂的版画故事进行规劝，故而生动形象的图像背后有传统诗文的教化功能。"或以显诤或以隐讽，又或以谲谏，使言之者无罪，而听者足以戒……以劝帝勤。……画云汉图，见者皆热；画北风图，见者皆寒。"[1] "稔知纲常之植也，世风之维也，人心之培，名教之扶，颓废之振也，莫若以忠砥不忠，以孝砥不孝，以贞砥不贞，以廉砥不廉。"[2] "《瑞世良英》名有其实，将与《诗》、《书》、《礼》、《乐》之彝典并陈于时。"[3] 金忠之书实现了娱乐消遣与文以载道的较好结合，避免

---

[1] 《御世仁风》刘铎序。
[2] 《瑞世良英》王继谟序。
[3] 《瑞世良英》王升跋。

了纯文字的单调乏味，辅之以图画，在趣味阅读的消遣娱乐之暇，潜移默化地实现了劝谏和教化作用。

以上所举"儿孙马牛"条意在告诫世人不做儿孙马牛，"富国以农"条则在劝谏帝王重农，实施以农为本的治国之道，凡此等等，书中逐条皆于哲理、趣味之中隐含着教化成分。

此外，金忠所录文献尚有一些直接取自文学作品，这也直接增加了作品内容本身的文学性。如图11《御世仁风·儿孙马牛》，版画中文献引自《古文精粹》。再如图12《瑞世良英·困铭醒世》，版画中文字录自《艺文类聚》。

综上所述，我们认为这两部书籍本身就有着文学与版画的深层契合，是包括二者在内的一个艺术综合体。

小结

因为小说、戏曲这种通俗文学样式的发达，版画插图得以繁荣盛行。而版画参与到文学故事中来，为整个出版业带来了福音，他的广告、传播、吸引读者的效力受到了各方重视，使得文学更加通俗化并广泛流传，甚至引发了一种盛行读图的时代现象。此外，以版画进行或劝谏或教化，是对诗教、文教的一种继承、发扬乃至变革。它的生产机制是众多人的集体智慧，需要图画艺术、需要文字收集编撰，需要刻印雕版，共同构成包含文学性在内的综合性艺术图书，因此他的传播学意义值得重视。

综上所述，无论从编撰者的出版动机来说，还是具体到文献内容以及版画的深层功用，都浸染着文人意识和文学色彩，故整部书籍都充满了人文性、文学性。当然，由于编撰者大量摘引各种典籍内容，故其对于后世文史艺术研究者来说，书中所蕴含的文献价值与学术价值亦应给以重视。

需要指出的是书籍编撰尚有不足之处，如内容选择过于政教化，文献来源标注过于简单化等。

第三节　汤盛《历代年号考略》等其他

刘若愚著笔记小说，金忠刊版画故事之外，明代宦官圈中还有不少人编撰、编创有各体文史艺术杂著、杂作，如进行学术编著，或参编、参撰实录、方志等各类书籍。

一、学术编著

汤盛《历代年号考略》

《酌中志》卷22记："凡内臣读书，近有读左、国、史、汉、古文者，如先帝伴读汤太监盛。万历二十九年选入，于书无所不读，善饮酒，能诗，与郑太监之惠契厚，为同僚。先帝登极，转典簿。不数月，即以病请准私宅闲住。汤益沉酣典籍，自号醉侯，雅歌笃学……"郑之惠撰《汤盛墓碑》说他："自弱冠通经史，而尤以声诗振，常以古法出新意，人皆服焉。……庚申秋，光庙登极，当怜才，同之惠擢司礼迁东宫伴读……之惠亦随而求退。君更涉猎经史，著作日繁。……君生于万历丁丑秋，卒于天启甲子冬，葬于都城之西，王河乡之池水邨，于是树石表行，为九原之观。汤复著有《历代年号考略》，以为我朝建元十六，而误重前代者五、六，实词臣失于参考之过也。其余遗文、诗集各若干卷，咸散失未刻，君子惜焉。"[1] 自我教育、帝王伴读为好学上进的汤盛进行诗文创作，乃至学术勘误与考论奠定了深厚的学养基础，他的文学才华也得到大家的一致赞誉。

晏宏《通鉴纲目》

《酌中志》卷22记："惟晏太监名宏者，不知何许人。武庙时曾镇守陕西，与督臣王琼同事。……今经厂所贮《晏公纲目》板一部，宏遗物也。内

---

[1] 梁绍杰：《明代宦官碑传录》，第212页。

臣多爱重刷印之。"[1] 此书该属目录学著作，对于了解和研究司礼监刊刻书籍书目有一定意义。而据徐乾学《传是楼书目》记："《通鉴纲目集说》五十九卷，明扶安、晏宏，二十九本。"[2] 这样看来，《通鉴纲目集说》当是扶安对晏宏《通鉴纲目》的说明，故而徐乾学增加了扶安的名字。或他与刘若愚对这一部著作的名称有不同的称呼，只是刘若愚略去了扶安的名字而已。

高时明《一化元宗》

《酌中志》卷23记："累臣自辛亥冬为常太监讹误墩锁，至光庙登极始释，升司礼监写字奉御。先帝登极，即侍高太监时明，后升监丞。天启元年冬，自司礼监被魏忠贤退于御马监，仍随高公居住西直门街私宅，日侍左右。高所纂辑养生之书，曰《一化元宗》，累臣曾效抄誊雠校之功，三年始成。不谓逆贤擅政之四年，被李永贞自高公宅内夺去答应，不敢不应承趋赴……"该书属于养生书籍，从书名可知黄老色彩浓重。

以上三人都是学养深厚而又交游博雅，兴趣所致继而著书立说。

二、编修实录

宦官参与实录编修在明代文史书籍中时有记录。王世贞《弇山堂别集》"中贵与实录恩"条记：

> 嘉靖五年六月，大学士费宏等言："皇考《实录》成，其于圣谟睿德纪载颇为详实，然臣等不敢自以为功也。盖累朝《实录》皆有章奏可据，若今献皇帝三十余年事，臣等所以赖以考据者，则有司礼监太监张佐、黄英、戴永原编《实录》一册，载献皇睿制序文及各年章奏为详，功当首论。后又得司设太监杨保、陈清、锦衣正千户翟裕、陆松所纂之

---

[1] 即《通鉴纲目》。
[2] （清）徐乾学：《传是楼书目》，清道光八年味经书屋钞本。

助，功当并论。"[1]

如费宏等外臣所言，其所编修实录以内臣原编实录为底本，而在具体修纂中又有内臣的直接参撰，这里体现的是内外臣的友好合作。而据谢贵安《明实录研究》，明代列朝实录的修纂人员中，专门有阉宦人员的或间接干预或直接参与，如《孝宗实录》修纂过程中，在刘瑾干预、操纵下，迫使正直文士退离纂写班子，几易修纂人员，阉党成员大肆进入纂写班底。[2]

另外，何伟帜《明初的宦官政治》有论及正统之时的宦官范弘曾参与编修实录及《五伦书》的工作。由于宦官们特殊的工作性质，参与实录编修是切合实际的。而瑾党与文士们把这里也当作他们进行权力交锋的阵地，更见出两派之间政治斗争的无所不在。

三、编修方志等

据胡丹《志书中的明代宦官史料》："福建一直没有设立巡抚，一省政务由都、布、按二司分理。由于无人主持，八闽之地始终没有修志。成化末年，御用监太监陈道来此镇守，在他的大力支持下，才开始了省志的修纂。弘治四年（1491）完成的《八闽通志·序》云：福建旧无通志，适'陈公泰命镇闽，雅好文事，藩、臬诸君子因以诸郡之志久旷不修为言，公慨然曰："谁可属笔者？"'众人于是推荐莆田人黄仲昭，'公乃具书币俾行部宪臣踵门而请焉'。……现存的《八闽通志》，在明代方志中堪称一部编修有体、镌刻精工的好志。陈道之功，不可抹杀。"[3]

除了主持修志外，明代提督武当山的太监王佐还亲修《大岳太和山志》

---

[1]（明）王世贞：《弇山堂别集》卷15，第269页。
[2] 谢贵安：《明实录研究》，湖北人民出版社2003年版，第250页。
[3] 胡丹：《志书中的明代宦官史料》，《中国地方志》2009年第3期。

十七卷。杨立志《武当山志二种》序言说:"凌云翼《大岳太和山志序》内称:'……迨至均,首索山志阅之。乃出中贵人所刻而序诸简首,未称也。遂檄均之学正卢重华为之编次……'序中所言中贵人所刻之山志,当为嘉靖三十五年(1556)提督太监王佐修《大岳太和山志》十七卷。"[1] 卢重华在此志的基础上,删繁就简,编为八卷《大岳太和山志》。可惜在后世出版的这些方志、山志中,由于他们宦官的身份,名字几乎不被提及,更何谈其修志之功。

此外,前文所论宫廷戏剧演出中,经厂宦官的宗教说唱,钟鼓司官阿丑等的戏谑短剧,都属于一种编创行为。有些宦官无意中还创造了诙谐幽默的俚俗"口谑"。《万历野获编》卷26"谐谑"条记:"如予所闻,嘉靖甲寅乙卯间,胡少保宗宪,以江南制府御倭,值浙直巡盐御史周如斗行部,与宴于舟中,二人素相狎,适侍者误倾酒壶,周谑云:'瓶倒壶撒尿。'而篙工偶揆挖,胡应声曰:'挖响舟放屁。'各以姓相嘲,然而俚矣。又同时一内珰,衔命入浙,与司北关南户曹、司南关北工曹二郎吏会饮,珰有意侮缙绅,乘酒酣出对云:'南管北关,北管南关,一过手,再过手,受尽四方八面商商贾贾辛苦东西。'此珰故卑微,曾司内阁。工部君相识者即云:'子诮我两人,我当奉报,然勿嗔乃可。'遽应曰:'前掌后门,后掌前门,千磕头,万磕头,叫了几声万岁爷爷娘娘站立左右。'珰怒愤攘臂,至于痛哭欲自裁,赖二司力劝而止。此等酬对,甚于骂詈,言之徒呕哕耳。"[2] 口头谑语也是一种特殊文学艺术形式,在特定的场合往往起到意想不到的效果。

以上列举了明代宦官撰写的一些文史艺术杂作,以及他们参与编撰诸多书籍的文化活动。据此,我们一方面看出明政府对宦官群体的重用,使得他们深入参与到各项文化事业中;另一方面,也看出个别宦官涉猎广泛,兴趣多元的文化成就。

---

[1] (明)任自垣、卢重华:《明代武当山志二种》,湖北人民出版社1999年版,第5页。
[2] (明)沈德符:《万历野获编》卷26,第665—666页。

第五章　明代宦官与明代文人关系研究

　　明代宦官专权，文人的生存际遇随之一变，二者之间的关系也更加错综复杂。既有志趣相投者常有文学往来等交善的一面；也有政见纷争者冲突不断等交恶的一面；还有出于政治投机，互相勾结妥协合作的一面。文人的政治命运与文学命运牵扯在一起，心态取向也更趋多元。

第一节　明代宦官的诗文交游

　　与文人士大夫交游是宦官喜好的一种活动。实际上，通过文学交游，内廷知识型宦官与外廷文士以及帝王、僧侣等形成了一种较好的交往。文学成为他们人际交往的一种有效手段和有益载体。具体而言，这种文学交际主要通过以下几种方式进行。

一、明代宦官与文人的诗文交游

（一）撰写序跋

　　这里指的是文士为宦官作品撰写的序跋。[1] 知识型宦官在结集出版、刊

---

[1]　目前，尚未见到宦官为文士所撰序跋。

刻一些文集或者书画时，往往愿意请友好文士撰写序跋，而一些文士时而也会为一些有德行者主动题撰。

具体而言，有出于同乡之缘撰写的。如嘉靖时期司礼监太监王翱刊《禁砌蛩吟集》："内乡李荫于美序之。"龚辇《冲虚集》五卷："翰史张东白序其首，张，其乡人。"[1]

有出于赞赏而撰写的。如《酌中志》卷22载："（郑之惠）凡所蓄书籍法帖，尽散佚一空。生前所作一册，于十年夏值常熟钱宗伯逮入，所居与郑比邻，见而称赏，为之序。"钱谦益出于赞赏，主动为郑之惠文集作序。这也足见郑之惠不愧为当年御前亲试考中的内廷随堂太监。

还有是出于礼敬而撰写的。程敏政《太监陈公荣贺序》云："公字一宁，涿郡人。景泰中入内廷。英宗初，以俊秀送司礼监书堂，从故阁老保斋先生刘文安公，眉山先生万文康公读书习字，以聪颖得名，同舍多不及。久之，送御用监学琴，而公不以自足，读书勤，字益工，尤善鉴别古法书名画，词林诸公多爱敬之。……予在词林，识公每史馆之暇，与朋辈造焉、啜茶观画，听琴对弈，恒至终日。"[2] 程敏政序中夸赞太监陈荣在内书堂深得名师指教，自己又聪颖勤奋，在琴棋书画各方面颇有造诣，深得词林诸公礼敬。程敏政为其作序当出于礼敬，其中亦有赞誉，当然也该有交善的成分。

之外，更多数量的是出于交善而撰写。《酌中志》卷22载：

> 王进德，不知何许人，号樗仙。世庙时，职章圣献皇后官管事。有甲第在东华门外，清整雅洁，门无俗客。每休沐之暇，即闭门焚香，弹琴读书，或展古名人墨妙临写不释手，故书法遒丽，遂成名家，尤好接贤士大夫，宛然有儒者风。尝与陆文裕公深善，所蓄《七贤过关图》，陆公题跋也。其辞有曰："按七贤过关，事无可考，岂竹林之人耶，或

---

[1]《四库全书存目丛书》集部306，第632页。
[2]（明）程敏政：《篁墩集》卷35，明正德二年刻本。

曰即作者七人尔。盖画家多尚兴致，不屑屑形似，要在得其意于笔墨蹊径之外可也。公遭遇圣明，参与帷幄密勿之地，以其爱画之心而为爱才之举，则天下必不致有遗才如此图中望望而去也。予重以是望之云。"累臣于滇南诸公处曾见此图，并古帖数种，咸识之以"樗仙图书"，则樗仙赏鉴好古当不凡也。

王进德尝与陆文裕深善，故其所著《七贤过关图》，陆公题跋，陆公且赞其"爱画之心而为爱才之举"。

宦官书籍中文士所撰序跋最多、最为集中的要数前文所论金忠刊刻的《御世仁风》和《瑞世良英》，其中共计七位友好人士为其撰写或序或跋，鉴于前文已论，这里不再赘述。无独有偶，《四库全书总目提要》卷60，史部16记："《钟鼎逸事一卷》（浙江范懋柱家天一阁藏本），明李文秀撰。文秀，昆明人，黔宁王沐英之阍竖也。是编皆纪英行事。事列《祠堂碑记》三篇，后为《言行拾遗录》十一条，各为之论。末附唐愚士赠文秀诗一首，而冠以张纮、刘有年、王汝玉、王骥《序》四篇……"[1] 李文秀书籍中又有四位友好人士为其作序。请知名友好人士为自己书籍撰写序跋，既提升了自己的文化地位，也宣传了书籍内容，还加深了彼此之间的人情交往，所以宦官们颇好此举。

知识型宦官为诗作文，编撰书籍，文人士大夫为之撰写序跋，根本原因该是他们的志趣相投，故而愿意往来、交善、礼敬。当然宦官们的作品值得赞赏、重视也是一个不可忽视的原因。

（二）题书（画）诗等

这里指的是文人题诗于宦官书画之上，而以题画诗最多。

李贤《题南京守备太监晏公（宏）卷》云："清名俭德重当时，道路人

---

[1]（清）纪昀总纂：《四库全书总目提要》，第1633页。

传即口碑。全陕山川遗爱在，留官管钥旧臣宜。门无杂客迹如扫，案有残书手自披。几疏乞骸恩未许，朴忠应结九重知。"[1] 按李贤题诗，我们既看到晏宏曾经"清名俭德、有口皆碑"的辉煌一面，也看到如今失去恩宠，作为南京守备太监，过着门无杂客、孤独寂寥的书斋生活的一面。

李濂《题镇守吕太监阅武图歌》：

> 长风卷云旗旆扬，幕府剑戟森秋霜。
> 甲士如云环侍旁，熊蹲虎踞纷相望。
> 中卿阅武繁台阳，紫金兜鍪云锦裳。
> 陈师郊野兵气昌，鼓严帜摇飞鸟藏。
> 白日惨淡无晶光，中卿者谁今吕强。
> 胸中韬略畴能量，中兴圣人御明堂。
> 赤符分命来吾梁，帝曰戎旅安不忘。
> 汝往敬哉绥一方，俾朕南顾无忧惶。
> 自公驻节中土康，四时训练遵王纲。
> 士饱超距马腾骧，辕门画角奏清商。
> 八阵图开天地张，蛇矛奋击何轩昂。
> 健儿跃马射穿杨，仰面一矢落檮枪。
> 汲人观者如堵墙，居然眼底无戎羌。
> 矧公德泽深且长，民和岁丰来百祥。
> ……[2]

明代镇守太监，主管一方军务。透过诗歌我们看到的是镇守吕太监阅武的威风情状。并借用典故对镇守太监多加誉美和夸饰。

---

[1]（明）李贤：《方斋存稿》卷10，文渊阁四库全书本。
[2]（明）李濂：《嵩渚文集》卷14，明嘉靖刻本。

罗玘《渔阳边防图为刘云太监题》：

  朝辞黄金台，莫宿孤竹国。
  夜深梦星月，如照永巷色。
  犹防傍麒麟，其上烟雾黑。
  觉来抚旌棨，窅窅望宸极。
  渔阳国东门，启闭慎朝夕。
  室韦元纳欵，戍卒且耕穑。[1]

相较李濂对权宦吕太监及其军队的颂赞，罗玘之诗则很本真地描述了刘太监戍边的清苦生活，同时也描绘了边防特有的景色。

文士为宦官题书画诗，也多是非功利的纯文学交游，但有时竟也可以带来意想不到的收获。《酌中志》卷22载："洪武间，临海赵某者，失其名，卒业太学。为一中贵题《蚕妇图》云：'蚕未成时叶已无，鬓云撩乱粉痕枯。宫中罗绮轻于布，争得王孙见此图。'太祖偶幸中贵宅，见之，诘问谁作，中贵以赵某对，即召除肇庆知府，在郡大有廉声。"赵某为中贵作诗，无意之中却得太祖赏识，提拔为官。

除了在宦官书画之上题诗外，一些文士也应邀在宦官收藏的珍品之上题写铭文，如湛若水曾应同乡何太监之请作有《南京司礼太监何公砚铭》：

  南京司礼太监何公，名某，吾广人也。文房贮有佳砚焉，请甘泉子铭之，铭曰："方其外，平其中。为艺之宫，静而从容。以出王言，以代天工，其用无穷。"[2]

---

[1]（明）罗玘：《圭峰集》卷26，文渊阁四库全书本。
[2]（明）湛若水：《湛甘泉先生文集》卷21，清康熙二十年黄楷刻本。

从湛若水所撰铭文中，一方面可以看出何太监的风雅兴致，另一方面也见出司礼太监从事帝王文书撰写的工作性质。

（三）风雅唱和

以上两类都是文士为宦官所作序跋或题书画诗，就目前所见文献，尚未发现宦官为文士有这方面的撰作，所以在这方面，二者之间几无互动。而在风雅唱和方面，彼此之间的诗文互动则较为活跃。如龚辇曾作《和魏国勋徐廷弼题扇面景》："带雨勤耕带月锄，闲来便读圣贤书。不因长乳能相识，谁信清风载后车。"但限于宦官诗文集除龚辇《冲虚集》一卷外，基本全部亡佚，只能以其为例，进行管窥和推测。就此类型交游来说，仍然以文士创作居多，偶有宦官唱和。具体而言，这类诗文创作的主要背景是文士与宦官共同游览、宴饮，情不自禁而作以诗歌。

1. 游览之诗文交游

孙承恩《游韩太监山园小酌二首》：

> 官监园亭好，天开枕翠微。
> 境宽鱼鸟乐，地僻吏人稀。
> 细草熏苔径，寒花照竹扉。
> 无端幽意动，惆怅故山薇。
>
> 清谈随飞盖，长筵对碧岑。
> 征歌鱼出沼，选射鹿惊林。
> 樽罩花香度，帘笼树色深。
> 无因长借榻，有约更窥临。[1]

---

[1]（明）孙承恩：《文简集》卷16，文渊阁四库全书本。

孙承恩《季冬重游韩太监山园二首》

> 使节兹仍驻，名园喜再过。
> 入山黄叶满，贮屋白云多。
> 水静鱼深隐，林空鸟不歌。
> 重来知莫遂，回首意如何。
>
> 有暇还寻胜，无庸问报书。
> 题诗不尽兴，刺眼尚如初。
> 地主仪文备，儒生礼法疎。
> 祗将连日会，摘尽一园蔬。[1]

孙承恩不同季节两游韩太监山园，对园中美景，赞叹不已，始终有意犹未尽的味道。景色留人外，韩太监"樽斝"、"仪文"的地主之谊才是孙氏怡情于此的更重要原因。同样，文士亦常邀请交善的宦官游览自家庭院，也有宦官于园亭之中怡情翰墨，如龚辇曾有《题唐勋大人园中小景》。[2]

文士与宦官的雅士之交不仅局限在庭院小园中，他们亦相邀远游天下各地。邵经邦有《黄木部邀余昆及何孟二内相同游碧霞祠》云：

> 短舆高盖出同游，淮浦春风乍可收。
> 绿树黄鹂清昼永，蕊宫朱阙碧霞幽。
> 瘴乡山我终须定，泽洞无人未足谋。
> 盻望双京联巨镇，浮云弥漫不胜愁。[3]

---

[1] （明）孙承恩：《文简集》卷16，文渊阁四库全书本。
[2] 《四库全书存目丛书》集部306，第634页。
[3] （明）邵经邦：《弘艺录》卷14，清康熙邵远平刻本。

内相是对内廷司礼监太监的称呼，相当于外廷首辅。应邀远游天下名胜，也只有他们这些权势太监才有资格，当然和他们同游者也当是外廷地位显赫者。

2. 宴饮之诗文交游

一些权势宦官或有文人雅好的儒宦也不时应邀成为外廷文儒的座上嘉宾而渐趋融入诗酒宴饮中，乃至成为诗中颂赞的人物。

韩雍《襄毅文集》卷1记：

> 十二月二十有八日，余与总兵官彰武伯杨公，副总兵都督曹公，地官郎中罗公，习正旦仪于善化寺，礼既毕，杨具酒肴邀镇守太监王公，守备中贵罗公，同此小酌。以为岁暮休暇之乐，余浩然兴发，因成五言古诗一章，聊叙情曲，且识余感。
>
> ……
>
> 内相三槐后，情意如芝兰。
>
> 总戎出关西，才器比琅玕。
>
> 谦冲副帅先，教子同登坛。
>
> 豫章先生裔，中贵及地官。
>
> ……[1]

马中锡《贻朱太监口号》：

> 弘治戊午秋，朱常侍锁宣府。踰年诏还京，予适巡抚于彼，饯送之，须咸惜其去，酒醉。予戏谓王太仆云："无计可留贤太监。"公应声云："有缘还会老都堂。"未及成篇而别。越九年，予复膺命巡抚辽东，而朱先在焉。广宁一见即诵前句，因共大噱，殆成谶也。夫仕途两任同

---

[1]（明）韩雍：《襄毅文集》卷1，文渊阁四库全书本。

事，在章逢已少，况中贵与外寮乎？盖又加少矣。因足成一诗，用纪其实云："十年前共把离觞，旧句犹能记两行。无计可留贤太监，有缘还会老都堂。重逢辽海成诗谶，兽对燕山恕酒狂。今日萍踪虽暂定，两凫安得并南翔。"评云此诗可备一故事。[1]

众多文人墨客为朱太监践行，且彼此唱和、吟诗助兴，从中我们看到的是朱太监与文人们共事共处、其乐融融的一面。于宴饮席间，有才情的宦官亦有诗作，如龚辇曾作送别感怀诗《翁永年告别之令鄱阳席间有作奉赠》。

宦官与文士同游共饮，多是源于工作上常有业务往来，其中志同道合者发展为友情往来，继而有了诗文交游。

游览、宴饮交游之外，龚辇诗集中还有一类纯粹的唱和诗。如前面提到的《次韵郑山秀先生》、《和魏国勋徐廷弼题扇面景》。此外，还有《和管天节求竹韵》："庭前种竹只三竿，冰雪丛中共奈寒。欲把一枝分赠汝，可怜二友不心安。"《奉和怡斋唐公盆景之韵》："秋来万物不禁霜，唯而高标近画堂。试看金盘盛露处，也应不让桂花香。"这些诗作更为直观地展现了宦官与文士之间的闲逸交游。再如《奉和乐庵朱天锡论道诗韵》："葩澡浮词不奈看，感君嘉惠我何安。足当濂洛之间驻，心好羲轩已上观。势力总如茅火热，功名却似草霜寒。由来造道须兢业，莫待悠悠及岁阑。"诗中既有彼此之间的习染，也表达了对人世功名利禄的无奈感叹。

（四）赠贺送别

在宦官与文士的文学交游中，文士为宦官撰写的赠贺送别诗占了相当大的比重。

---

[1]（明）马中锡：《东田漫稿》卷5，明嘉靖十七年文三畏刻本。

1. 颂赞诗

明代有权势的宦官乐于修建寺庙道观等，落成之际，常有文士为之撰写颂赞铭记，如李东阳为刘瑾建造的玄真观撰写碑记，极为称颂。此外，分布在各行各业的明代宦官，在各自的工作领域，不乏卓有成就者，如永乐间以修建为能事而著称的阮安，尝刻《营建纪成诗》一卷，一时名流显宦皆和答。彭孙贻《明朝纪事本末补编》卷5记：

> 永乐间，太监阮安，一名阿留，交阯人。为人清苦介质，更悙敏善画，尤长于工作之事。其修营北京城池、九门、两宫、三殿、五府、六部诸官寺廨舍，及开塞杨村驿河道，甚著劳绩，虞衡水曹诸属受成而已。晚岁，张秋河决，久不治，复被命行，道卒。平生所受赐予，悉上之少府，锱缕不自私。尝刻《营建纪成诗》一卷，一时名流显宦皆和答。后将传布，间以王振一言而止。[1]

《营建纪成诗》非阮安所作，乃汇集时人诗作而成。包括王直《营建纪成诗序》[2]、李时勉《营建纪成记》[3]、岳正《营建纪成诗》[4]、陈政《正统癸亥营建纪成十四韵》[5]等。诗集中也有无奈的奉命之作，如韩雍《营建纪成陈都堂命为阮太监题》：

> 内相承宣下玉阶，经营殊不费民财。
> 圣明仁化如天覆，黎庶欢心若子来。
> 洛水功成光镐邑，斯干诗咏继灵台。

---

[1] （清）彭孙贻：《明朝纪事本末补编》卷5，涵芬楼秘籍本。
[2] （明）王直：《抑庵文集后集》卷8，文渊阁四库全书本。
[3] （明）李时勉：《古廉文集》卷2，文渊阁四库全书本。
[4] （明）岳正：《类博稿》卷1，文渊阁四库全书本。
[5] （明）曹学佺：《石仓历代诗选》卷380，文渊阁四库全书本。

有周俪美逢今日，欲献赓歌愧菲才。[1]

抛开这些诗作的创作动机和具体内容，就这一文学活动的形式本身也可以看成是文士们借助诗歌和阮安有了一些交游往来。

这类诗中有相当部分是对宦官的地位和权职进行称羡和颂赞的。如刘大夏《赠市舶王太监望云思亲图》：

白云缥缈摩霄汉，望眼徘徊在岭南。
堂上慈亲恩罔极，天涯游子意何堪。
诸番有日来珍异，万里无由奉旨甘。
富贵几人知此义，从今天下重生男。[2]

马中锡《赠岑太监二绝句》：

马前甲士雁行排，旗若连云鼓若雷。
边地也劳明主虑，监军亲遣七哥来。

兽珥金铛御案前，玺书新领镇穷边。
征人莫道军容贵，不识黄云塞外天。[3]

市舶、监军这都是明代宦官职掌中相当有权势的职位，文士的赠诗中对拥有这样权位的太监也不加掩饰地给以颂赞。权贵太监外，文士们也对那些默默无闻、任劳任怨的底层守陵司香太监以一定关注和称颂。顾炎武《赠献

---

[1]（明）韩雍：《襄毅文集》卷4，文渊阁四库全书本。
[2]（明）刘大夏：《刘忠宣公遗集》诗集卷3，清光绪元年刘乙燃刻本。
[3]（明）马中锡：《东田漫稿》卷5，明嘉靖十七年文三畏刻本。

陵司香贯太监宗》：

> 萧瑟昌平路，行来十九年。
> 清霜封殿瓦，野火逼山阡。
> 镐邑风流尽，邙陵岁月迁。
> 空堂论往事，犹有旧中涓。[1]

王世贞《弇州四部稿》卷30：

> 张司礼尧，督备显陵八年而始还朝。节惠之政口碑载道，余甚媿之、敬之，于其行，赋五言近体以赠：
> > 还朝禹年并，驰传汉恩深。
> > 雨露园陵色，冰霜使者心。
> > 卧余江畔辙，颂有郢中音。
> > 云梦毋劳对，君王罢上林。[2]

孤独的守陵太监如此长时间地忠于职守，文士们出于敬重也给予其颂扬，这类赠诗中也常含感怀。龚辇的《赠顾潘》就是在伤逝中有着对往事旧情的寻觅与追忆。

2. 贺寿诗

文士与宦官的文学交游，还体现在为宦官及其家属撰写贺寿诗上，如张邦奇《贺张太监八十生日》：

> 凤凰台下重相见，已度升平八十年。

---

[1] （清）顾炎武：《亭林诗集》卷5，四部丛刊景清康熙本。
[2] （明）王世贞：《弇州四部稿》卷30，明万历刻本。

天府赐袍浮御气，秣陵新第拥祥烟。
山开霁色明图画，梅放寒香入几筵。
清酒百壶终日笑，始知平地有神仙。[1]

又刘春《寿赵太监忠》：

南极星明夜未央，寿筵高启帝城旁。
管弦谩奏南羌曲，锦绣新凝百和香。
济世才华归简任，遭时宠渥倍辉光。
一尊愿致长生祝，蕙英初开雨露瀼。[2]

刘春《寿罗太监母七十》：

四十年来陟岵心，北燕南越雁书沉。
一诚敢谓天能鉴，万里谁云母忽临。
福在慈闱方日盛，禄移中贵荷恩深。
今朝为祝南山寿，北海清尊酒满斟。[3]

贺寿诗中除却必要的夸饰成分外，我们还是可以看到富贵宦官令人羡慕的奢华、闲适生活，明代"近君养亲"的自宫风气屡禁不止，也和这些富贵宦官锦衣玉食、广交缙绅的昭示不无关系。

3. 悼亡诗文

文士们在与之交好的宦官去世后，也常撰写诗文表达哀思。如倪岳《大

---

[1] （明）张邦奇：《四友亭集》卷13，明刻本。
[2] （明）刘春：《东川刘文简公集》卷22，明嘉靖三十三年刻本。
[3] 同上。

司马王公公度挽诗》：

> 河陇归休二十年，勋名真羡始终全。
> 孤忠报主今谁及，大手摧奸世所贤。
> 功在东南资国计，令行西北付兵权。
> 经纶未尽身先老，千古高风自凛然。[1]

倪岳挽诗中的王公公曾任职于或东南或西北，且皆位高权重。之外，其忠贞报主的德行以及功业、声誉亦为人称道。

韩雍《祭镇守浙江太监卢公文》：

> 惟灵历侍累朝，圣心简在。两镇浙江，兵民咸戴。方期永年，庇此一方。忽报仙游，朝野共伤。某等昔同奉命，来征两广。因以成功，心恒感仰。倏焉永隔，悲恸弗宁。遣奠一觞，少慰英灵。尚飨！[2]

韩雍悼文中镇守浙江，兵民咸戴的卢太监与自己曾一同奉命共事，如今友人仙逝，伤痛之余，以文纪念。

罗玘《祭太监傅公文（代众作）》：

> 维公粤产也，天阊是翔。奇质也，馆阁门墙。委佩兮，宵垂垂以宫露；橐管兮，朝鼎鼎以当阳。黜陟之斩，为涉疑似。绝整之歌，以其诗张。负重则屡，荷钥孔长。孰不曰垂橐而入，公独念休之用光。辇可以望，溢其无常。尔举桓楹，闭彼幽堂。留司在位，率酹一觞。尚飨！[3]

---

[1] （明）倪岳：《青溪漫稿》卷7，清武林往哲遗著本。
[2] （明）韩雍：《襄毅文集》卷15，文渊阁四库全书本。
[3] （明）罗玘：《圭峰集》卷20，文渊阁四库全书本。

罗玘《黎太监永思诗》：[1]

> 大家东征逐子回，子如从龙母当来。
> 龙飞在天随百雷，蟒衣玉带晏清陪。
> 有羹可遗苔涓埃，高凉墓水黄猿哀。
> 毂异□同趋夜台，慈乌哑哑伤痛哉。
> 负土封丘如黄能，长楸森森手自栽，
> 寺人孟子心未灰，凡百君子诗可裁。[2]

罗玘笔下的两位太监同样是在宦官阶层德高望重之人，也同样赢得了文人士大夫的敬重，故而罗玘不惜笔墨进行夸赞。

总之，这些亡故的宦官，生前都曾地位高贵、拥有权力，且在各自的岗位上卓有成就，其德行也因此受到撰者的褒奖。

对于亡故的友人，宦官也不吝惜笔墨，撰诗予以悼念。如龚辇《挽故人酒公》："（公，姓酒，名德，素善养生。）当年豪饮若长鲸，一醉于今竟不醒。敢在江边寻李白，懒于世上谒刘伶。吟余饭颗魂何往，梦入糟□□亦馨。几度西郊寒食节，断猿啼鸟不勘听。"诗中回忆了酒德豪爽超脱的往事，也表达了自己祭奠友人时的苦楚心境。

4. 酬谢、慰问诗

由于文士与交好宦官常有礼尚往来，接受帮助、馈赠，或友人遭遇病

---

[1] 《四库全书总目提要》记载："（罗）玘以气节重一时。其《乞定宗社大计》二疏、《上李东阳书》，皆言人之所难言。……明制，以翰林教习宦官，谓之内馆。据玘所作《白江墓碑》，盖尝充是任者。故集中诸文，为宦官作者颇多。虽玘之风概，可以共谅于后世，然其为微瑕，不止陶集之闲情。顾一一录之，是所不可解也。"我们知道罗玘原本是李东阳的门生，但因为看不惯李东阳偎倚刘瑾，一气之下，去信请削门生籍。而在自己的文集中也有很多写给宦官的诗文。据此，我们认为，与宦官有文移往来是当时的一种普遍现象，只是要区别开来是与良宦还是佞宦交游。从此，我们也看到文人与宦官交往的另一个方面。但不管怎么样，后世还是认为这是"微瑕"。

[2] （明）罗玘：《圭峰集》卷27，文渊阁四库全书本。

痛时，他们也常常互撰诗歌以示酬谢和慰问，如吕希周《诹广西镇守傅太监》：

> 四星旁列紫宸前，入雅时闻孟子贤。
> 披勃有功还裕后，管苏多礼竟谁先。
> 朴中肯衔冰纨饰，纳约常存急就篇。
> 最爱相如尔能荐，渑池高会至今怜。[1]

其中一些交情密切者，对友人的关切乃至无微不至。如龚辇的《闻黎先生染病因成口号取一咲耳》："风闻贵疾在喉咙，针砭由来不可攻。削性务求方外药，灵台一点内丹红。"又《黎先生病中敬诗问安》："造化小儿态，养生达人心。青山一丸药，流水几弦琴。元气有通塞，病源无浅深。悬知今日愈，过我共觞吟。"对友人病情给予情真意切的关切，并积极建议养生治疗。这也足见他们之间交往之深厚。

（五）书信往来

明代宦官与文士也有着一定数量的书信往来。如张居正《答织造太监孙东瀛》：

> 近有旨停罢织造，实出圣母、皇上轸念小民至恩，孤面奉圣谕行之者也。承示，在今年已派，上紧完解，则上供不致匮乏，民困亦可少苏，慰甚。
>
> 先君葬期在四月十六，孤拟候大礼告成，即疏请归葬矣。顷承翰贶，深荷雅情，人旋，草草附谢。别具奏稿一册，有近奉圣谕，谨附一览。[2]

---

[1] （清）王森：《粤西诗文载》卷18，文渊阁四库全书本。
[2] （明）张居正：《张居正集》第二册，荆楚书社1987年版，第743页。

张居正在信中向孙隆陈述了皇帝停罢织造的旨意和原因，并就先君安葬、当今圣上大婚等朝中要事向孙隆作了通报，虽谈政务，但饱含人情味道，言辞更是礼敬有加。

又程敏政《与南京守备蒋太监书》：

> 台翰及所惠双币，小仆程武归得，礼意兼隆，何以克当，拜嘉之际，欣感无已。生以四月廿二日抵京，陛见之后，碌碌班行，莫能上报圣恩万一，徒增惭惧而已。远惟尊候，留务多暇，茂集蕃祉，谠言累进，邦畿奠安，此非平昔经济之志，学问之功，何以臻此。柄用之期，当不远也。因族人志温南还，专此起居，无可表忱，朱子敬斋箴及系辞二新帖，奉备一览。维时盛暑，乞谨重调护以膺宠召，不宣。[1]

程敏政的书信中先是感谢蒋太监的惠赠之礼，并向友人述说自己的近况，且奉上回赠礼物，也看出他们之间较为深厚的不俗情谊。

以上文士与宦官在不同场合和情境下互撰诗文，传情达意。一方面透过这些诗文我们看到明代宦官几乎参与了明政府的一切事务，有监管令人称羡的市舶史的王太监，有威风凛凛进行监军的岑太监，也有任劳任怨的守陵人贯太监、张太监，有拥兵自重的大司马王公公，有镇守浙江的卢太监，镇守广西的傅太监，有杭州织造孙太监，南京守备蒋太监等，这些人也只是明代庞大宦官阶层的一个缩影而已。更为主要的是这些诗文作品客观展示了宦官与文士之间的文学交游和人情交谊。而综合考察这些交游文士者，或为有学识修养者，或为德高望重者，或为功业卓著者，文士们对于他们的人品、事业不惜笔墨地给予赞美，展示给我们一批没有被妖魔化和偶像化的本真鲜活、充满人情化的宦官群体。

---

[1]（明）程敏政：《篁墩集》卷55，明正德二年刻本。

遗憾的是宦官与外廷文士的文学交游中，数量有限而又互动性相对不足，盖原因有二：一是不少文士将诗文集中与宦官的文移往来删除出去，尤其是与那些后来被否定的擅权宦官有关的诗文作品；二是宦官的诗文集大多亡佚而无从考证，只能以唯一现存的一卷宦官诗集——龚辇之《冲虚集》作为原始材料，进行管窥和推测，所以上列文献中，多是文士为宦官撰写的诗文，宦官撰写给文士的作品相当有限。但按前文所述，知识型宦官喜好与文士交游来看，他们亡佚的诗文集中当有为数不少的与文士的交游唱和之作。而这些诗文往来的重要意义在于，让我们看到了明代宦官与文士和谐相处的一面。

以上若干种常见的以诗文为媒介的交游方式外，有的宦官还聘请有学识的文儒作为自家侄嗣的家庭教师，并给予极高礼遇。如前文提到的，神宗时得宠牌子魏学颜，深慕文名籍甚的中式举人赵鸣阳，以重聘延请至外邸，训其侄魏廷献。这也是宦官与文人的一种特殊交往。

二、明代宦官与帝王、僧侣等诗文交游

宦官不但与文士有诗文交游，他们与帝王、僧侣乃至宦官成员之间也时有诗文唱和，且互动性较之文士更强一些。

（一）与帝王之诗文交游

宦官与帝王日夜相守，内务性服务的闲暇之余，除了一些曲艺性娱乐活动外，一些知识型宦官往往与帝王之间有着不少诗文交流。这首先表现在帝王赐予很多通晓琴棋书画的宦官文艺爱好者以图章、器物，乃至题词、匾额、碑文、诗歌等，加以鼓励和奖赏，再者宦官对于帝王的赐予，也往往通过诗文感恩回报。宣宗皇帝曾赐予自己非常喜欢的宦官王瑾一首离合藏头的七言律诗，即《偶成诗》：

今朝避暑到琼林，木叶含风雾气侵。
人喜轩窗开朗霁，齐听笙歌动清音。
日长偏称从容劝，力饮何妨潋滟斟。
斗酒金瓶须慢泻，写怀诗句醉时吟。

其图文为：[1]

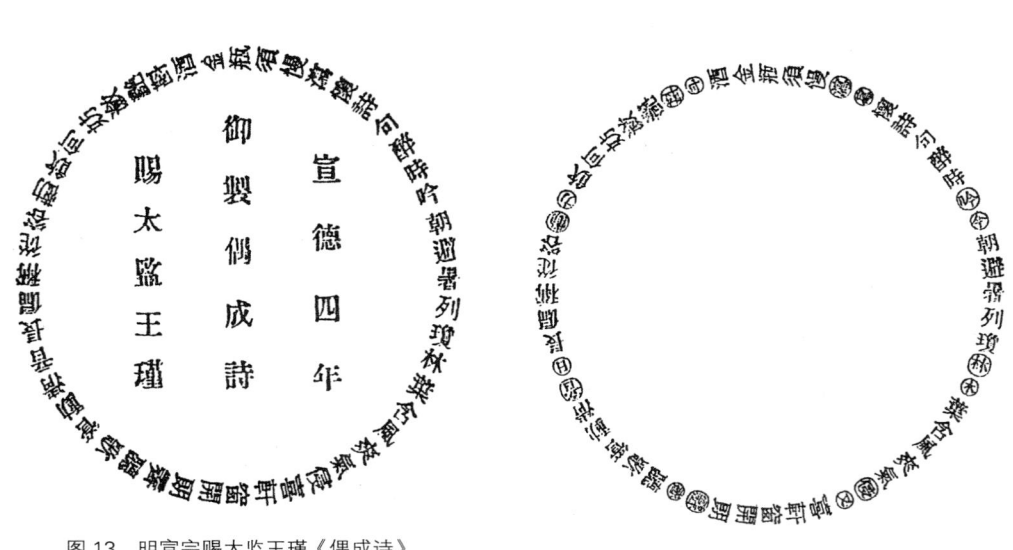

图 13 明宣宗赐太监王瑾《偶成诗》

宣宗把自己的文人雅好情趣，以诗的形式书写出来，赐给宠信太监，与之分享，可见主仆之间情深意笃。

宣宗还十分重视七下西洋的郑和与另一内使王景弘，在他们第七次出发前，即宣德五年（1430），也曾御制长诗，分别赐给二人。在《赐太监王景弘》诗中，先表彰他："昔时将命尔最忠……遍历岛屿陵巨浪。……"继而明确指出："命尔奉命继前功，尔往抚谕敷朕衷，各使务善安田农，相与辑

---

[1] （清）钱谦益：《列朝诗集》（一）乾集上，《传世藏书》集库，总集18，第7页。另，王瑾来自安南，原名陈芜，王瑾是赐姓。

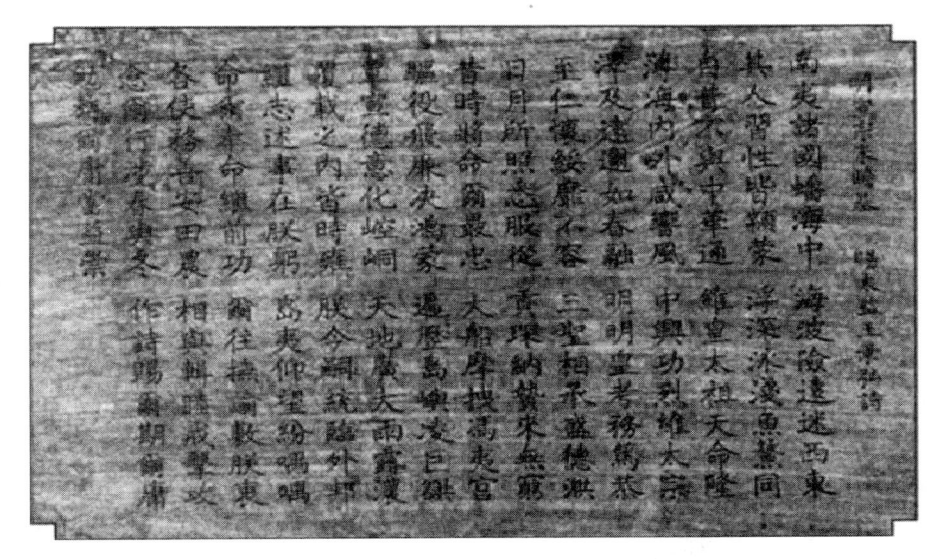

图 14　明宣宗皇帝赐太监王景弘诗（福建漳平政府网"王景弘史迹陈列馆"）

睦戒击攻。"最后提出希望并致意："念尔行涉春与冬，作诗赐尔期尔庸，勉旃尔庸当益崇。"[1] 诗中有亲切关怀，也有殷切期望。（见图14）

又焦竑《国朝献征录》卷117"寺人"条记："宣德年间宦官（成）敬乞省墓，上赐敕及墓祭费更赐诗宠。"

再有，前文曾提到的崇祯帝赐给宠信太监曹化淳琴、扇、画等物，曹化淳分别以诗歌回敬，以示感恩，如：

赐御书扇

病骨祈恩切，三封畏冒陈。
相知真患渴，原宪岂因贫。
御扇凌风露，龙章昭汉津。
悚将诗意会，敢惜再生身。

---

[1] 郑鹤声等：《郑和下西洋资料汇编》上册，齐鲁书社1980年版，第157—158页。

赐画

商老丹青古；从为御府珍。
浩波生尺素，远迳隐孤津。
白羽尝侵汗，青林不变春。
皇恩如见放，丘壑可相亲。

此外，崇祯帝还曾于崇祯十一年（1638）亲赐曹化淳御笔草书碑。碑文为（见图15）：

明理纪实，心领神会。五韵精严，八法清贵。周旋于规矩之中，超越乎凡庸之外。有以似其人乎？然也。若止于笔，文焉则未。司礼掌印化淳，有作辄佳。特赐。崇祯戊寅中秋吉旦。

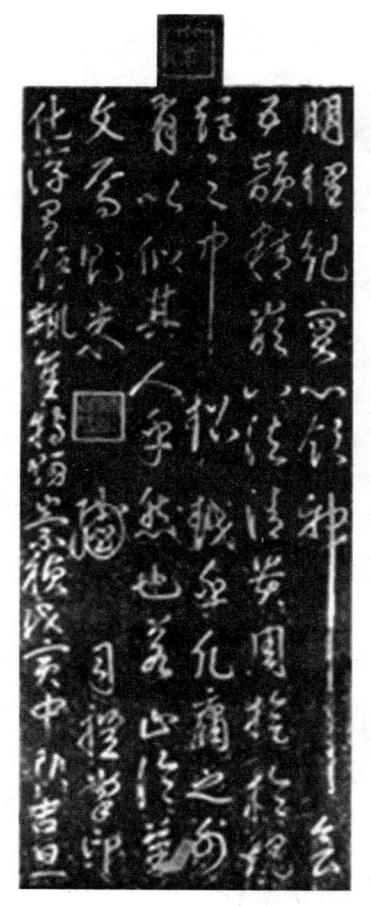

图15 明崇祯帝赐太监曹化淳草书碑（北京鼓楼西大街基督教会内）

碑文中，崇祯帝对于曹化淳做人、做事，乃至学问都给予极高评价。展示他们的诗文作品，本意并不在于关注其内容，关键是通过这种诗文交游方式呈现他们以文士自居的心态和文学交往关系。

（二）与僧侣之诗文交游

明代宦官大多笃信佛教，他们与佛寺僧侣往来频繁。据沈榜《宛署杂记》，刘侗、于奕正《帝京景物略》的叙述与描写，明代宦官在京都及其周边，尤其西山修建、修缮大量佛寺庙宇，死后多葬于寺庙周边。这些都印证了《酌中志》卷22所说："中官最信因果，好佛者众，其坟必僧寺也。"

第五章　明代宦官与明代文人关系研究 / 269

宦官与僧侣往来中也不乏文学交游。洪武时，一位任姓的少监绘有《百马图》，后梦观法师有《题任少监百马图》诗一首：

燉煌水涸龙驹伏，未央厩前秋草绿。
驴驼负石玉门关，旧苑空余三十六。
忆昔高皇马百匹，驹骁车府无监牧。
只留太仆掌天闲，不许田驽食民谷。
古来贵良不贵多，须信俭余奢不足。
任监手画百骅骝，五色如云散平陆。
八月风高水草甘，饮啮舒闲肆驰逐。
骓駓骊黄莫复辩，水叶风花乱人目。
任公生遭太平世，结思驱毫逞神速。
四海无虞百将闲，无乃图形华山麓。
吾闻善相东门京，坐阅群龙眼如烛。
帛家口齿谢家鬃，皎皎那容在空谷。
争如下乘得休安，骨相虽凡好毛肉。
杏花烟外柳阴中，绊络无加饱刍粟。
呜呼此画世已稀，徒有千金未轻鬻。
老矣支郎俊气销，抚卷空歌天马曲。[1]

诗中盛赞百骅骝之图，意在夸奖任姓太监的高超画技，并得出"呜呼此画世已稀，徒有千金未经鬻"的结论。

笃信佛学的宦官中包括不少知识型儒宦，如被称为"佛"的陈矩，他撰写了大量诗文，并结为文集。按理推测，其中应该有和僧侣往来的诗文，可

---

[1] （清）钱谦益：《列朝诗集》（二）闰集第2，《传世藏书》集库，总集19，第1704—1705页。

惜诗文集均佚失而无从考证。

由于寺庙、僧侣常常受到宦官的捐赠和施舍，在宦官死后，他们往往或主动或受命为其撰写碑文。《北京志·文物志》中记载，《智化寺旌忠祠记》画像碑中有智化寺僧然胜撰并行书的碑记。碑分为上下两截，上截刻《记》文，下截刻王振画像。碑记中言，王振在土木之役中兵败自杀。英宗复辟后，仍谓王振忠于自己，特赐智化寺名"报恩智化寺"，并为王振画像祭祀。[1] 这与《明史》等官方资料有出入，如此看来，王振的忠奸与否帝王和民间的看法是不同的。根据这些碑传文献，也可以对历史疑案给予多方验证。僧然撰王振碑记之外，僧侣至全也曾撰写《大明故司礼监太监兴公之碑》。[2]

不仅僧侣为宦官撰写碑文，反过来宦官也曾给僧侣撰写传记和碑记。

宣宗时被赐诗的王瑾，与景泰时封为大智法王的藏僧班丹扎失交往密切。王瑾在北京大隆寺为其立像并撰写碑记《西天佛子大国师班丹扎释寿像记》。按陈循《芳洲文集续编》卷2所收《西天佛子源流录序》一文可知，宦官王瑾曾以信徒身份为班丹扎夫纂辑传记，题名《西天佛子源流录》，并请陈循为其作序。[3]

宦官与僧侣的诗文交游也让我们看到他们交往对象的广泛性，也进一步印证了其崇佛的宗教信仰。

（三）宦官之间的诗文交游

龚辇《冲虚集》中还有他和宦官友人之间的诗文唱和，如《正月十六日怡斋唐公琦招游西海子同和宝太监戴公韵》："胜日追陪到海边，令人抚景思凄然。冰逢薄暖先消玉，柳带轻寒未按棉。黄鸟不闻鸣隔岸，锦鳞犹自隐深渊。东风肯扫穷阴尽，明日中和又一天。"这也是一首龚辇与唐琦、戴太

---

[1] 《北京志·文物志》，第486页。
[2] 梁绍杰：《明代宦官碑传录》，第71页。
[3] 赵改萍：《元明时期藏传佛教在内地的发展及影响》，中国社会科学出版社2009年版，第238页。

监同游共览西海子时的一首借景抒情之作。

综合以上诗文中涉及的或宦官或文士,不少人只提及姓氏,又没有相关背景介绍,故而无从确切考证其交往的历史背景和具体情况,这里也只能把他们的这种交游当作一种客观存在的现象展现出来,让我们对他们之间的关系多一些认识。

第二节　从碑传文看明代宦官与文人的关系

有权势的宦官生前死后很多都建祠、立碑作传。撰写者包括帝王、文武大臣、僧侣,以及宦官之间互撰。其中绝大多数为外廷文人士大夫所撰,不乏文坛、政坛知名人士。这些碑文主要是宫室庙宇碑文和墓碑文。

明代文士为宦官撰写的碑文,数量很大,主要集中在《明代宦官碑传录》中,编著者梁绍杰辑录了一百一十四方其所见的明代宦官碑传,于1997年出版。2003年中国文物研究所和北京石刻艺术博物馆出版《新中国出土墓志·北京（壹）》,又收有明代宦官碑传五十五方,其中绝大多数又为梁绍杰所未见。现整理如表5-1。

这些北京新出土墓志中,只有1、7、8、9、20、21、26、28、30、34,这十方与梁绍杰所收重复,其余四十五方都是新发掘的。这样截止到2003年发掘和发现的明代宦官墓志共计一百五十九方,这些还只是研究者们所收集到的宦官墓志铭等碑文,尚有很多还没有发掘、发现,此外明代宦官提督、镇守、监军、税监、织造等而散落在全国各地,许多在当地建寺、建祠,死后亦葬在当地,故关于整个明代宦官的碑文数量是十分可观的。(如弘治皇帝敕谕御马监太监邓原碑就发现于福建,见图16)据报道,北京地区又新发掘出了规模很大的明代宦官墓群,云南、湖北等地也不断发现有明代宦官的墓葬。

表 5-1 《新中国出土墓志·北京（壹）》中明代宦官墓志

宦官	碑刻	撰人	年份	页次
昌盛	1 明神宫监太监昌公（盛）墓志铭	胡濙	正统三年	68
阮公	2 明尚衣监故太监阮公墓志铭	陈秉中	天顺三年	82
柏玉	3 明故镇守宣府内官监太监柏公（玉）墓志铭	孙丞	天顺三年	84
张辉	4 明故尚膳监张公（辉）墓志铭	不详（磨灭）	天顺七年	85
赵琮	5 明故神公监太监赵公（琮）墓志铭	刘宣	成化三年	88
阎礼	6 明故都知监太监阎公（礼）墓志铭	郭纪	成化五年	90
弓胜	7 明故都知监太监弓公（胜）墓志铭	李经	成化十四年	97
张端	8 明赠内官监太监张公（端）墓志铭	刘珝	成化十八年	103
钱义	9 明故御用监太监钱公（义）墓志铭	万安	成化十二年	105
龚升	10 明御用监太监龚公（升）墓志铭	许瀚	成化二十一年	106
宁英	11 明故尚膳监太监宁公（英）墓志铭	万安	弘治六年	114
王增	12 明故中官王公（增）墓志铭	乔宇	弘治八年	116
江惠	13 明故都知监太监延平江公（惠）墓志铭	林瀚	弘治十年	117
赵新	14 明内官监左监丞赵公（新）墓志铭	刘璟	弘治十三年	123
刘赟	15 明故尚膳监太监刘公（赟）墓志铭	黎珏	弘治十三年	124
黄瑜	16 明故尚膳监太监黄公（瑜）墓志铭	马文升	弘治十五年	129
杨穆	17 明故内官监太监杨公（穆）墓志铭	刘大夏	弘治十六年	131
吴振	18 明故内官监太监吴公（振）墓志铭	李烋	正德二年	140
李公	19 明御马监太监李公寿藏记铭	不详（磨灭）	正德四年	148
高凤	20 明故司礼监太监高公（凤）墓志铭	李东阳	正德八年	154
傅锦	21 明故尚膳监太监傅公（锦）墓志铭	李东阳	正德九年	155
梁玉	22 明故御马监太监梁公（玉）墓志铭	梁储	正德十年	156
李瑾	23 明故神宫监太监李公（瑾）墓志铭	滕霄	正德十一年	160
苗旺	24 明故神宫监太监苗公（旺）墓志铭	王宇	正德十四年	169
王钦	25 明故御马监太监王公（钦）墓志铭	王升	正德十五年	173
彭喜	26 明故内官监太监彭公（喜）墓志铭	顾经	正德十六年	175
王嵩	27 明钦差总镇云南齿腾卫地方等处御用监太监王公（嵩）墓志铭	孙绍祖	嘉靖元年	177
邵恩	28 明故御马监太监邵公（恩）墓志铭	杨一清	嘉靖六年	188

(续)

宦官	碑刻	撰人	年份	页次
杨𬭎	29 明故内官监太监杨公（𬭎）墓志铭	杨一汉	嘉靖戊子	195
张永	30 明故司礼监太监张公（永）墓志铭	不详（磨灭）	嘉靖七年	199
刘璟	31 明故前内官监太监湛庵刘公（璟）墓志铭	李瓒	嘉靖十年	207
赵宣	32 明故御用监右少监赵公（宣）墓志铭	费渊	嘉靖十二年	209
芮景贤	33 明故御马监太监总督东厂官校办事钦该司礼监太监直庵芮公（景贤）墓志铭	顾鼎臣	嘉靖十二年	210
张丙世	34 明故尚衣监太监张公（丙世）墓志铭	吴惠	嘉靖十三年	213
黄庆	35 明故内官监左少监黄公（庆）墓志铭	杜旻	嘉靖十四年	214
毕云	36 明总督东厂司设监太监毕公（云）墓志铭	李时	嘉靖丁酉	218
杜江	37 明故神宫监右少监台村杜公（江）墓志铭	全元立	嘉靖二十年	223
刘玉	38 明御马监太监岐山刘公（玉）墓志铭	吴山	不详	224
刘浚	39 明故神宫监太监刘公（浚）墓志铭	郭俊	嘉靖二十三年	225
阎绶	40 明故署惜薪司事官西峰阎公（绶）墓志铭	萧海	嘉靖二十七年	235
郑恭	41 明故神宫监太监郑公（恭）墓志铭	不详（无名）	嘉靖二十七年	235
崔景	42 明故司礼监太监春轩崔公（景）墓志铭	严嵩	嘉靖二十八年	239
张保	43 明御马监太监乐安张公（保）寿藏墓志铭	高擢	嘉靖三十九年	252
阎清	44 明故内官监太监龚泉阎公（清）墓志铭	郭秉聪	嘉靖三十九年	253
马腾	45 明故尚衣监掌事太监马公（腾）墓志铭	张居正	隆庆四年	258
萧准	46 明故御马监太监萧准墓志铭	曾省吾	万历五年	266
王守成	47 明故御马监太监静庵王公（守成）墓志铭	张鹤鸣	万历八年	269
成敬	48 明故司礼监掌监事太监聚庵成公（敬）墓志铭	叶向高	万历三十八年	285
杜茂	49 明故司礼监秉笔太监管监事瑞庵杜公（茂）墓志铭	杨维新	泰昌元年	288
邹义	50 明钦差提督东厂官旗办事司礼监秉笔太监兼掌尚膳监印务邹公（义）墓志铭	顾秉谦	天启七年	290
王之佐	51 明乾清宫管事提督宫内两司房兼掌尚衣监印务尚膳监太监信吾王公（之佐）墓志铭	陆完学	崇祯十年	296
张公	52 明赠□□监□□张公之墓志铭	不详	崇祯十七年	302
三公	53 明故尚膳监太监三公墓志铭盖	不详	崇祯十七年	303
张端	54 明赠内官监太监张公（端）买地券	不详	成化十八年	358
李瑾	55 明神宫监太监李公（瑾）买地券	不详	正德十一年	359

图16　弘治皇帝敕谕御马监太监邓原碑
（碑在福建漳浦县溪东村福寿院旧址）
资料来源：转自王春瑜、杜婉言：《明朝宦官》，紫禁城出版社1989年版，扉页。前文图8同此。

除了以上出土碑传外，在一些文人士大夫的文集中也保存了为数不少的宦官碑文。关于此，梁绍杰在《明代宦官碑传录》前言注释中根据其所收集到的碑文认为："李东阳为尚膳监太监傅锦及其八虎之一的司礼监太监高凤撰写的墓志；又根据《宛署杂记》、《宛平县志》、《日下旧闻考》等书的记载和现存碑刻拓本，宦官钱喜重修关公庙，戴蒙重建弘恩寺，黄高重修正法寺，黄珠建兴善寺，张永建元灵应宫，张雄建大慧寺，李东阳都有为他们撰写碑记，这类碑记一篇也没有收进他的文集。"他还根据自己收集到的宦官碑传，指出："本书所录碑传，只有三篇出自文集：李攀龙《明德王府承奉正张君碑》、李廷机《明故掌司礼监太监麟冈陈公神道碑》、孙奇逢《司礼监掌印云峰高公墓表》。"

以上两点说明，一些文士，尤其是知名的有争议的曾经与宦官在政治层面有密切交往者，往往会刻意在文集中删除自己曾经与宦官的一些交往记录。而在表5-1中所列一些宦官碑文中撰者不详，根据原文，凡是标注为磨灭处，多是碑文完好，只是撰者处被人为磨灭，比如杨一清撰写张永的墓志铭，人所共知是其所撰，偏偏在碑文其名字处被磨灭。当然我们认为在一些特殊时期，也是不得已而为之。李东阳、杨一清关于与宦官的交往为时人及后人所诟病已是不争的事实，他们如此行为实在值得理解。故而一些碑文中甚至干脆不书写撰者姓名，而文集中更是不愿意留下这些"交恶"的记录，但许多刻在石碑上的东西还是难以毁灭的。因此才有以上梁绍杰的结论，只有三篇出自文集。这是一个事实，比如为张端撰写墓志铭的刘珝，《明史》卷168有传，据载刘珝平生应人之邀，撰写过不少墓志，张端墓志为其中之一。但该墓志，刘珝文集不载。是有意不收，还是编选时漏略，不详。

但笔者经过一番细致的检索也还在不少文人文集中找出若干写给宦官的碑文，只是这些文人很少与擅权宦官有政治层面的往来。故以为，一般处在风口浪尖上的政治人物与擅权宦官往往受到非议，对于本分为官者的文士和宦官，他们之间的往来也不会被人进行过多的纠结，而他们之间主要也是本真的人情交往，非利益往来。（详见下文碑传分类中"纯粹的人情之作"。）

此外，大多数有碑传的宦官，《明史》中却没有传记，这些碑文恰可补史之阙。

总结这些宦官的碑传，可以得出这样一些认识：

首先，有碑传的宦官基本都是宦官中的精英，也就是都是有地位、有身份的宦官，也只有他们才有资格或者能力获得这样的认可。

其次，从碑文撰写者来说，既有英宗、武宗、神宗、思宗这些帝王，也有寺庙僧侣。还有将老师李东阳文集中与宦官来往的诗文作品一概删去的何孟春，他曾撰有《赠司礼监太监云公奇墓碑铭》，[1] 更有因为李东阳依傍刘瑾，曾经发信要求脱离师生关系的罗玘也给宦官撰写过墓志铭，尚有不少曾经内

---

[1] 梁绍杰：《明代宦官碑传录》，第35页。

图17　北京宦官文化陈列馆（石景山区模式口大街明代宦官田义墓）

书堂的老师为自己的宦官弟子撰写了墓志铭。（详见下文的陆深、罗玘等。）

再有，就是宦官自撰碑文或宦官为宦官撰写碑文。如王振、金英、张维等撰写的一些宫室庙宇碑文，以及郑之惠撰写的汤盛墓碑文。

除了以上列举的特殊撰写者外，大多数宦官墓志铭是时任外廷要职的一些文人士大夫，如杨荣、李东阳、杨一清、张居正、万安、顾秉谦等文坛、政坛的领袖，更多的是翰林学士所撰写。

综合《明代宦官碑传录》和《新中国出土墓志·北京（壹）》共一百五十九方碑文，大致可以归为以下两类：

一、纯粹的人情之作

人情中主要是师徒之情、朋友之情等。考察有碑传的宦官，多数都是出于内书堂等有学识的知识型宦官。前文有论知识型宦官喜好交游文士,崇尚其儒雅的生活方式,故而他们生前死后的寿藏抑或墓志铭往往是老师,或友好人士出于人情往来为其撰写。

出于师生之情而撰写的,如陆深《司设监太监董公墓志铭》:

……予往岁以翰林编修官奉命教内书堂,每见生徒中少年敬谨者,必加礼之,且致厚望。……故今生徒之柄用者,往往不忘予为师范……义不容恝,乃志之。公讳智,字克知,别号明斋。家世湖广武岗州人,正德九年秋九月入大内,遂选近侍乾清宫……嘉靖夏六月,选入司礼监从学内书堂。[1]

从陆深所撰墓志铭中可以知道翰林教师对于内书堂中的优秀弟子往往寄予厚望,而一些日后有权势者也对偏爱自己的教师常怀感恩之心,他们之间也因此发展为一种深厚的师生情谊。

再有,如罗玘撰《故内官监太监白公墓道碑》:

予教内馆时,爱之出诸生上,尔乃丐予铭公,铭已,又丐碑其墓之隧,夫恭也,岂以予文足征于后也欤!……[2]

罗玘又撰《故南京守备司礼监太监傅公墓道碑》:

……广之顺德人,曾祖某,祖义悌,父道达,母何氏,世名家。公以选入内,内书馆者,制馆阁诸贤莅焉,以肄中贵人之幼秀出者也,例不以群凡。……宪宗嗣,擢纪事,奉御侍悼恭位下,教官人禁中,转局

---

[1] (明)陆深:《俨山集》卷72,文渊阁四库全书本。
[2] (明)罗玘:《圭峰集》卷13"碑",文渊阁四库全书本。

郎侍春官。孝宗弘治初，进司礼监太监，赐蟒衣玉带。……予无能让，乃袭叙而诗之，其词曰："踰岭而燕居也木，天业也孰师之，龙之夒维，从龙升乾清、坤宁……"[1]

罗玘撰《故内官监太监白公墓道碑》中非常明确地指出"予教内馆时，爱之出诸生上"。据此可见，在喜欢的弟子过世之后，罗玘为其撰写墓道碑显然是出于纯粹的师生情谊。在所撰傅公墓道碑中，夸赞傅公"以肆中贵人之幼秀出者也，例不以群凡"。并叙述了其由于卓尔不凡的表现，而不断获得晋升。文中虽未指出是师生关系，但从其饱含感情色彩的褒奖言辞之中，足以见出他们之间至少保持有很好的友情关系。师生之情外，更多的是出于朋友之情。

先来看两方程敏政所撰写的碑文。其一《太监何公寿藏记》：

何氏世居广州顺德县之仕版村，其先盖有显者，故因以名其居。然兵燹之后，谱逸莫可考。公生而俊颖，以景泰庚午被选入内庭，一年即奉命赐学内馆，从故学士永信刘文安公，通经史大义，讲授课习，同辈鲜及。丙子选长随。值英宗皇帝复位，以公淳谨，召随侍乾清宫。[2]

其二《太监郑公寿藏记》：

公名旺，字德懋。世家广州顺德，其所居曰泷水都先洞甲六冲尾。自祖以上率以力善闻，考讳梲福，号处静居士。赠武略将军，锦衣卫千户。妣霍氏，继廖氏，俱赠宜人。公，霍宜人之子也，生有美质，以景

---

[1] （明）罗玘：《圭峰集》卷14"墓志铭"，文渊阁四库全书本。
[2] （明）程敏政：《篁墩集》卷20，明正德二年刻本。

泰庚午被选入内庭,勤慎自将,若老成人,遂命进学司礼监书堂,从故学士永新刘文安公讲习,课试恒先诸生,久之,通经史大义,词翰并工。而于暇日兼业武事,恒语人曰:"文武一道也。"癸酉,选侍乾清宫,奉宸扈跸,一循矩度。甲戌,授长随。一日演武万岁山下,公马步骑射连发皆中的,其诸武艺亦精绝过人。观者叹服,英宗皇帝临御,有搜岐狩圃之志,乃转公御马监,治猎事,屡出畋永平、山海诸处,还奏称旨,宪宗皇帝嗣位,再转尚膳监……上知公素谨畏,复御马监左少监,又以公富文学,命教书乾清宫内书堂。[1]

从程敏政所撰何公、郑公寿藏记中,可以知道二公皆因聪颖过人,迥出同辈而选入内书堂读书,进而通经史大义,乃至词翰并工,郑公甚至被委任教书乾清宫内书堂。

此外,刘春撰有《明故司设监太监陈公墓表》:

  公出广西马平县世家,初姓熙,天顺间入内庭,改姓陈,故今以为氏。其讳迭,字达道,生而资性敏慧,在成化时,宪宗皇帝慎简读书者,盖欲重任于将来。公于癸巳被选读书内堂,日有开益,戊戌孝宗皇帝在青宫缉熙问学,公又以端谨被简随侍朝夕讲读。[2]

刘春所撰陈公墓表文中,描述了陈公资性敏慧,后入读内书堂,然后充当帝王伴读的优秀经历。

以上笔者所选碑传文均出自一些文人文集,这些人之所以没有像李东阳等一样删除文集中的写给宦官的碑文记录,盖因他们之间是一种真正的人情往来。不似李东阳与刘瑾是出于无奈的周旋,而把其中一些出自本真的人情

---

[1] (明)程敏政:《篁墩集》卷20,明正德二年刻本。
[2] (明)刘春:《东川刘文简公集》卷19,明嘉靖三十三年刻本。

之作也一并删去。这些人情之作中，我们看出多数交游文人者是内书堂聪慧弟子，并且得到帝王赏识屡屡提拔。他们儒雅纯正，人品很好，又有学识，故而与外廷文士将日常的事务性交往发展为人情性往来，诗文交流。像陆深、罗玘这些曾在内书堂教书的先生，也有自己喜欢的宦官弟子，这些日后在内廷升迁的弟子与外廷的先生仍然保持着友好师生情谊。尤其罗玘作为李东阳的门生曾因为老师对于刘瑾的逶迤态度大为不满，以至写信脱离师生关系。但其自己也曾经执教内书堂，且为弟子撰写碑文，足见他们之间的交往是平等而纯真的。从中我们也可以看出这些内书堂学生的选择标准多是外表清秀，且聪慧忠诚，当然这其中也有撰写者的溢美之词。不管怎样，我们也看到内廷宦官与外廷文儒真情交往的一面。

值得关注的是程敏政所撰《太监郑公寿藏记》中最后所言："以公富文学，命教书乾清宫内书堂。"这里应该有两种解释：一是内书堂老师中，除了外廷翰林官等充任外，宦官中有学识者，尤其是文学特长者也可以委任内书堂教书。但这在所有的文史记录中均未有提及，若属实，也是一个重要的现象。一是程敏政笔误，将宫内教书写成内书堂教书。因为宦官中有学识、无势力者常常委以宫内教书。再者，按内书堂位置也不在乾清宫内，故而，该是程敏政笔误。

二、无奈的阿谀之作

为宦官树碑立传进行阿谀，在明代文坛、政坛都是一大奇异景观。何良俊《四友斋丛说》卷38云："……墓志碑文以及饯赠序记之语编入，此等皆粉饰虚美之词，且多是套子说话。"[1] 说出了碑传文的特点。

一般来说，阿谀之词有"谀生"与"谀死"之别。"谀生"，一是为宦官

---

[1] （明）何良俊：《四友斋丛说》卷38，第345页。

营建的各种宫室庙宇撰写碑记进行谄媚；二是"谀祠"，所谓"谀祠"，即为权势宦官建立生祠进行阿谀。所谓"谀死"就是"谀墓"。在权势宦官死之前即为其撰写碑传进行阿谀，或者在其死后，家人以重金收买撰写者，对其进行歌功颂德。

（一）"谀生"

宦官营建寺观，常请朝中名士刻石以记之，或朝中文儒主动投献碑传文颂其功德。

谷应泰《明史纪事本末》卷43记刘瑾于朝阳门外造玄真观，东阳写了碑文，极其称颂刘瑾。冯保花费巨款，给自己建造了生圹，张居正写了《司礼监秉笔太监冯公预作寿藏记》，[1]对他歌颂不已。李东阳阿谀刘瑾已是定论。张居正颂赞冯保倒不是出于无奈，二人关系甚笃，且冯保是一心一意辅佐神宗之人，确实做了许多外廷士人也做不到的事情，值得颂扬，当然张的赞誉或夸张或借此阿谀冯保的成分还是有的。

在"谀生"之中，最为典型的当数对魏忠贤的"谀祠"。《明通鉴》卷80载："浙江巡抚潘汝桢倡议，奏请祀于西湖，织造太监李实请令杭州卫百户守祠。诏赐祠额曰'普德'，勒石记功德。自是请建祠者接踵矣。"[2]杭州始建魏忠贤生祠，温体仁作诗颂之。按《廿二史劄记校证》卷35"魏阉生祠"条，"自是诸方效尤，遂遍天下。……数十里间，祠宇相望"。更有甚者，监生陆万龄谓"孔子作《春秋》，忠贤作《要典》；孔子诛少正卯，忠贤诛东林党人，宜建祠国学，与先圣并尊。并以忠贤父配启圣公祠"[3]。此举已经无耻到不可救药的地步。《明史纪事本末·魏忠贤乱政》记："（魏忠贤）祠宇

---

[1]（明）张居正：《张太岳先生文集》卷9，明万历四十年唐国达刻本。
[2]（清）夏燮：《明通鉴》卷80，第3086页。
[3]（清）赵翼著、王树民校证：《廿二史劄记校证》卷35，第811—813页。

遍天下，俎豆乃学宫……颂功德者四十万人，趋势利者鸿都门下也。"[1] 大有集体谄媚之势。

关于此，朱长祚《玉镜新谭》卷7"建祠"条更是描绘殆尽：

> 窃观一刑余之人，而天下贡谀献媚、忍心昧理之徒，翕然附和而尊崇之，称其功如周、召，颂其德如禹、汤，以至遍地立祠，设像而祝厘焉。呜呼……各题其额，则曰："崇德茂勋，普惠报功。"两翼其坊，则曰："三朝捧日，一柱擎天。"嗟嗟从事，何其谬欤？
>
> ……
>
> 陆澄源疏略云："祝厘遍海内，奔走狂于城中，誉之以皋、夔，尊之以周、孔，且皋、夔、周公当时亦未尝有是赞美。惟汉代王莽，称功颂德者，至四十八万七千余人。忠贤既贤，必不屑与之合辙。而无奈身为士大夫者，首上建祠之疏，以至市儈儒枭，在在效尤。士习渐降渐卑，莫此为甚。"
>
> ……
>
> 吕图南疏略云："恶生陆万龄等之以建祠文庙中，疏未投也，臣与同官诸臣当堂折之，臣退而参驳之矣。是时，管国子监事者，林釬也。釬闻而陆万龄等例请以不相关白之体，责以礼法诗书之义，侃侃直气，与鸣鼓之攻同一斧钺。未几，而釬与同推升词臣姜曰广、庄际昌、胡尚英、朱继祚、丁进六员同日并处矣。"
>
> ……
>
> 礼科给事中吴弘业疏，奉圣旨："潘汝祯首倡生祠献媚，显是患失鄙夫，着削籍追夺诰命，以为谀佞者戒。其各处生祠，拆毁变价，解京助边。该部知道。"[2]

---

[1]（清）谷应泰：《明史纪事本末》卷71，第1172页。
[2]（明）朱长祚：《玉镜新谭》卷7，第99—101页。

又《北京志·文物志》记，天启年间，魏忠贤肆虐最甚，为迎合其气焰，内则公卿，外则督抚，在各地纷纷建立生祠，但魏阉倒台后，又纷纷拆毁。[1]

魏忠贤生祠的大建大拆中，不少士人完全是出于顺应客观政治形势之需的无奈跟风，我们批判的是那些为了捞取政治利益而带头兴建或拆毁的投机者。

窥伺权力的文人士大夫，对于手握重权者献媚阿谀本也不足为奇，而明代一些拥有生杀予夺大权者偏偏又是一向为其所看不起的宦官。但为了政治利益，他们一些人也不惜牺牲人品、文品来实现其政治抱负。在权力面前，人品、文品对许多人来说已变得微不足道，此时刑余之人也成为"精神偶像"。

（二）"谀死"

谀生之外，在钱财的诱惑下，也出于墓志铭这一文体的本身特点，撰碑者为迎合死者亲属称美死者的心理需求，在为死者撰饰终之文，刊述死者生前操行、德履时多夸大、溢美之词，即为"谀墓"。

沈德符《万历野获编》卷8"谀墓"条记："从来志状之属，尽出其家子孙所创草稿，立言者随而润色之，不免过情之誉。如考亭之状张浚，尚不免此，何论其它。"[2] 明代宦官在文人所撰的碑文中许多都近乎完美。"达生知命、无愧于民"；"仰不愧天，俯不愧地，生顺死安，名垂亿世。"包括钱溥写给王振的墓志铭赞其为"忠烈"，李东阳为刘瑾所造玄明宫作碑记，"颂其功德"。

王春瑜先生在《论明代宦官与明代文化》一文中就文士给宦官谀墓总结道："在宦官的把持下，一些文人给宦官谀墓成风，隐恶扬善，歪曲历史真相。明中叶后，墓志铭、碑碣风行一时，碑文中不时弄假，粉饰死者。甚至拉名人

---

[1] 《北京志·文物志》，第494页。
[2] （明）沈德符：《万历野获编》卷8，第225页。

立传、题字，借以自重。时人即曾指出：'近世凡墓志铭及碑碣之类，必加书撰人，并篆盖题额者于前，至往往假显者之名以夸于人，此甚可笑'。"[1]

然而，在特定时期，许多事情的判断往往走向极端。曾经对于得势宦官的阿谀近乎集体无意识，而对于失势宦官的打击又落井下石。其中也将一些有德行的良宦及其撰写者卷入其中，受到不公正的待遇。以杨一清为张永撰写墓志为例。

宦官张永墓志，首题仅存前"大明故司礼"五字，次刻"特进光禄大夫左柱国少师□□□□太师□□□□华盖殿大学士知制诰经筵官石淙□□□撰"。按：原志首题后缺，据正文，知志主为宦官张永。原志撰者缺名，据所记官衔，以及史籍记载，知为宰相杨一清。宦官张永，《明史》卷304有传。宰相杨一清，《明史》卷198有传。据载，杨一清与张永交好，二人曾经同征朱寘鐇，又一同铲除刘瑾。张永在明代宦官中尚有清誉。如焦竑《国朝献征录》卷117论曰："张永，武宗青宫时，与刘瑾等并在八虎中，其后，渐自振拨，遂为善，亦爱惜善类，忠于国家，发瑾奸，功最大。"[2]但杨一清为张永撰志，仍受到非议。如谈迁《国榷》卷54云："一清尝荐太监张永，受金器。永没，作墓志，其家复遗金器。事发，夺官闲住，追所受金。"[3]又《明史·杨一清传》云："明年，（张）璁等构朱继宗狱，坐一清受张永弟容金钱，为永志墓，又与容世锦衣指挥，遂落职闲住。"[4]因而，墓志虽为杨一清所亲撰，但杨一清个人著作不敢收录。本志仅焦竑《国朝献征录》卷117著录，名为《司礼监太监张公永墓志铭》，然而亦仅为节本。[5]

又《万历野获编》卷6"内监"篇中"内官张永志铭"条所记：

---

[1] 王春瑜：《明清史散论》，第48页。
[2] （明）焦竑：《国朝献记录》（六）卷117，第870页。
[3] （清）谈迁：《国榷》卷54，中华书局1958年版，第3420页。
[4] （清）张廷玉：《明史》卷198，第5231页。
[5] （明）焦竑：《国朝献征录》（六）卷117，第867页。

余读杨文襄石淙,所为《司礼太监张永墓志》,不过铺叙永平生宠遇,及征安化王寘鐇,随武庙南征宸濠,与诛刘瑾之功,他无所增饰。其视唐李文饶,为中尉马存亮等诸碣,过誉不情,亦大有间矣。乃张萝峰谮杨,受永弟容赂黄金二百两,因而谀墓,遂追所受润笔,尽夺其官爵,致杨疽背死,噫亦甚矣!杨从田间起,西征实与永同事,诛瑾之谋,又自杨发之,生平相知固不可讳。然张永在内臣中,建大功,亦不止诛瑾一事。宸濠被擒后,江彬等诱上仍纵之大江,与战而获之以居功。非永弥缝其间,则王守仁就逮,而濠逸去,天下事去矣。昔李文饶之平泽潞,亦仗内使杨钦议为之奥主,始克奏绩。积平后,诏告四右,云:"逆贼王涯、贾𫗧等",已就昭义诛其子孙。盖涯等为太和故相,甘露之变,谋诛宦官,事败而死。故德裕以此语悦宦寺。此等险谲,恐文襄所不屑为者。若诡遇而获功名不终,则杨石淙与李文饶,古今一辙也。近日江陵公之与冯珰,亦然。

古来宦官冒武功固多,然未有被编摩之赏者。独嘉靖初年,修《献帝实录》成,首揆费铅山等诸公,请于上,归功司礼太监张佐等数人。得旨,各荫弟侄一人,锦衣世袭指挥等官。则真千古创见之事,又唐时所无者。[1]

沈德符难能可贵地给予与宦官有染者及其宦官本人以礼遇。除去那些利益交换之外,单单从墓志铭这一文体本身而言,"只褒不贬"是其特点。朱东润在《论传记文学》中也说:"是不是可以把唐宋八家的神道碑、墓志铭、行状这一类的文字作为我们的范本呢?当然不可以,因为这些作品,大半是为了谀墓而作。"[2] 古代谀墓是一种很普通的现象,而唯独阿谀宦官之墓就常常为人所不齿,根本原因就在于士人一旦在利益上对其无所求时,在他们眼

---

[1] (明)沈德符:《万历野获编》卷6,第164页。
[2] 朱东润:《论传记文学》,《新华文摘》1980年第8期。

里宦官就是奴才,甚至非人。尤其那些得势宦官曾经让不可一世的文儒丧失人格乃至生命。时过境迁之后,这些为宦官撰写过墓志铭的文人就成为同类攻击的对象。这也直接导致宦官碑传的人为破坏。

《酌中志》卷17载:"万历时,李永贞整锁十八年,曾于怀公门住。怀公者,宪庙时贤监,国史所称怀恩者也。此门之南、井之北,神庙时灾,久缺未补。逆贤专政,委永贞等修补一新。勒碑之文,昆山相国所撰,其谀贤语,明载'居停主人'字样。今此碑或仆埋不敢存矣。"掩埋石碑,很大程度上是出于无奈,不得已而掩盖曾经的"媚俗"证据,这也导致部分碑传文物的佚失。前文所列若干宦官碑传撰者不详,不得不考虑他们出于长远考虑,在撰写之时有意略去自己的名字,实有先见之明。

除去以上两类方式之外,部分文士写给宦官的碑文是被动奉命之作。一些受到帝王重视的宦官,修建寺庙;或者一些功高劳苦的宦官死后,帝王为了对其褒奖,下旨安排厚葬,并要求一些文儒为其撰写碑志。

明代宦官尽管地位显赫,但并不是历史的记录者。历史的记录者,是他们的死对头——文人士大夫。在文士的笔下,关于他们的记载多是负面印象,这归于他们分属于不同的政治势力,二者的斗争又几乎贯穿了整个明代。通过研究宦官碑传,我们看到他们非丑陋的另一面。这和史学、文学中的印象、形象有明显出入,抛除部分溢美之词,我们还是从中了解了文士与宦官交往的另一面。

遗憾的是,虽然在实际生活中,文士们为了政治需要或人情交往,为一些宦官粉饰生平,却多数不将这些碑文收在可以流传后世的文集中。随着时间的流逝,他们的碑刻与塑像,也多数被毁坏,他们的许多史书背后的事迹也渐渐不为人所知。在以上所例举的宦官碑传中,十之八九都没有得到学界的重视和研究。只有极少部分如成化十八年(1482)内官监太监张端墓志,成化二十年(1484)御用监太监钱义墓志,嘉靖八年(1529)司礼监太监张永墓志得到学界同仁的关注和研究。[1]

研究明代宦官墓志除了客观展示他们与文士的复杂关系外,就碑文本身而言,我们可以考察宦官的家庭出身、民族区域来源、内官制度、宗教信仰、教育情况、诗文活动、政治活动、与文人的交游情况等等。尤其对于《明史》中无传的宦官,碑传文的文献价值就更珍贵了。墓志除了补史作用之外,亦可证史。作为原始文献,在传世文献不足的情况下,利用墓志研究明代政治、经济、军事、文化等作用与意义都很大。

《北京志·故宫志》中说,与宦官交恶的文士居多,当然也有一些交好的。如张居正与冯保,陈矩与沈鲤等。王安通过劝诫光宗起用邹元标等,使得中外均称其贤,尤得大学士刘一燝、给事中杨涟、御史左光斗等看重。[2]这在《酌中志》卷7中关于陈矩的叙述获得了印证。陈矩过世之后,外廷缙绅争相吊唁。"文武临吊送葬者素白塞路,雍不能行。三阴朱相公赓、晋江李相公廷机、福清叶相公向高亲诣立棺前祭奠。其文有云:'三辰无光,长夜不旦。'其敬慕推崇如此。"这样的交往更多是出于政见相同,志趣相近,建立在这一共识之上的人情往来。所以,宦官与文儒的交游前提是在政治层面上没有冲突,然后由于常有业务往来,便产生文学性交游。文学成为他们之间的交际手段。在《酌中志》卷22"见闻琐事杂记"整卷中相当多的宦官与外廷的士人都有文学性交往。

从这些文移往来看,文士与宦官的文学交游中较为突出的表现为这样几种关系:师承关系、同乡关系、志趣相投关系、利益使然关系,还有纯粹的慕名交往关系等,这说明他们之间交往的多面性。多数情况下,知识型宦官与外廷文儒之间的文学性交往的前提基础是拥有一致的文化认同,认可彼此

---

[1] 如任昉:《北京地区新出明代宦官墓志拾零》,《明史论丛》,中国社会科学出版社1997年版,第356—371页;王丽君:《钱义与直觉寺》,《北京石刻艺术博物馆建馆十周年纪念文集》,北京燕山出版社1997年版,第138—141页。
[2] 《北京志·故宫志》,第194—195页。

的政品、人品与文品。与之相反的是,举凡内廷无学识而又擅权者如刘瑾、魏忠贤辈,他们也曾试图礼遇文人士大夫,而多数情况下文士们出于政治洁癖或不齿或不敢与之为伍。但也有少数文士"铤而走险",直接堕落为他们的附庸和走狗。

  日本学者小野和子在《明季党社考》中也谈到文士与宦官有染直接导致他人的诟病。她举出《东林点将录》头号人物李三才作为例子,李曾和司礼监太监田义、陈矩有过联络,结果遭人非难和弹劾。被顾宪成问及事情原委时,李回答说:"陈(矩)之贤天下莫不知,何独我?……陈有一弟,与予为乡同年,往与李心湖仪部燕谈,偶及之。仪部跳而起曰:有这个人在,奈何放过他。予问,意欲如何?仪部曰:可罢起废一事,顿在他身上。予笑云:即系年家,平时绝无往来,这事恐难。况近侍官,吾辈安可轻与通?仪部嗔曰:若如此,只是顾自家一身名节,全不顾天下,非吾所望于子也。"[1]和宦官及其家属进行往来交通,在当时的士大夫眼里还是不受欢迎的。但按李心湖的话,如顾及天下有必要的话,也不可"只是顾自家一身名节"。这既是文士的无奈,也是宦官的无奈。

第三节 宦官专权下的文人命运(上)
——以王振、刘瑾、魏忠贤为中心

  经太祖、成祖的整治,明代皇权高度集中,而明代宦官专权就是皇权过于集中的延伸,宦官也因此成为帝王们政策实施的推动者和实际操作者,而他们也首当其冲的成为文士或抨击和弹劾,或谄媚和讨好的对象。而对于文士们的或上疏言劾,或诗文批判,宦官们也绝不逆来顺受,他们动用厂卫特

---

[1]〔日〕小野和子著,李庆、张荣湄译:《明季党社考》,上海古籍出版社2006年版,第184页。

务机构,大肆打压、排挤,甚至屠戮异己文士。同时也坦然接受愿意依附和妥协者,也不放弃招安手段,拉拢、诱导一些软媚文士为其所用。

为了大致呈现明代宦官专权下的文人命运概貌,以钱谦益《列朝诗集》、朱彝尊《明诗综》及《四库全书总目提要》为例,对其中关于王振、刘瑾、魏忠贤擅权下文人命运的各种类型进行了一番梳理,以表格归结如下:

表5-2 《列朝诗集》中所记宦官专权下的文人命运变更情况[1]

序号	宦官	文人	文献摘录	命运变更	出处	页码
1	王振	薛瑄	忤王振,下狱,将杀之。振老奴伏灶下抱薪而泣……振心动,乃免。天顺初,以礼部侍郎兼学士入内阁。	下狱→振亡→启用	乙集第4	667
2	王振	刘球	忤王振,矫旨就朝捽系诏狱,斧躓交下,縻烂而死。	下狱死	同上	669
3	刘瑾(下同)	刘大夏	逆瑾矫诏系诏狱,谪戍肃州。瑾诛,复官。	贬谪→瑾诛→复官	丙集第3	789
4		谢迁	忤逆瑾,罢归。	罢归	同上	791
5		马中锡	劾罢瑾党冒功传升者,瑾恨之,矫诏改南京工部。寻罢官,械系辽东,尽鬻田庐,偿辽镇刍粮,乃得褫职为民。瑾诛,起抚大同。	褫职→瑾诛→复起	同上	796
6		刘玉	抗论刘瑾八党,罢归。瑾诛,起河南佥事、福建副使,升南京佥都御史。	罢归→瑾诛→复起	同上	797
7		王守仁	弘治丙辰进士,除刑部主事。起改兵部,疏劾刘瑾,谪龙场驿丞。	贬谪	丙集第4	810
8		顾清	逆瑾恶之,降编修。寻调南车驾员外。瑾诛,还侍读,进少詹。	降职→瑾诛→起还	丙集第5	829
9		王鏊	在内阁未久,困于逆瑾,不得志而去。	归隐	丙集第6	854
10		吴俨	逆瑾中伤,罢归。瑾诛,召用,终南京礼部侍郎。	罢归→瑾诛→召用	同上	865
11		李梦阳	正德改元,进郎中。代尚书韩文草奏,劾八阉,坐奸党,镌职致仕。明年,复逮系。自戊午至此,凡十年,下吏者三矣。刘瑾必欲杀之,康海谒瑾,以诡辞撼瑾,乃得免。瑾诛,起江西提学副使,倚恃气节陵轹台长……	致仕→瑾诛→复起	丙集第11	961

[1] (清)钱谦益:《列朝诗集》,《传世藏书》集库,总集18—19,海南国际新闻出版中心1996年版。

(续)

序号	宦官	文人	文献摘录	命运变更	出处	页码
12		康海	瑾奏上，赦李。瑾遂欲超拜吏部侍郎，德涵力辞之，乃寝。母丧归。逾二年。瑾败，坐落职为民。德涵既罢免，以山水声妓自娱，闲作乐府小令……	落职→归隐	同上	967
13		王九思	值刘瑾乱政，翰林悉调部属，历练政务。敬夫独得吏部。不数月，长文选。瑾败，降寿州同知。居一年，会天变，言官钩瑾余党，勒致仕。	升迁→瑾败→降职→致仕	同上	968
14		熊卓	刘瑾之乱，大臣科道同日勒令致仕四十八人，以其名榜示天下，士选与焉。正德己巳，卒于家。再逾年，瑾诛，李献吉过丰城，哭其墓……	致仕	同上	976
15		何景明	正德初，刘瑾用事，谢病归。瑾诛，用李茶陵荐，复除中书，直内阁。	病归→瑾诛→复起	丙集第12	984
16		孙一元	正德中，逆瑾乱政，绍兴守刘麟去官，卜筑吴兴之南坦。建业龙霓，以按察挂冠，隐西溪。郡人御史陆昆，亦在罢。而长兴吴琉隐居蒙山，穷经著书，诸公皆主焉。琉乃以书招太初，太初至，相与盟于社，称苕溪五隐。	归隐	丙集第13	1007
17		刘麟	正德中，除刑部主事。历郎中，知绍兴府，有异政。刘瑾修郎署时，旧郡废为编氓，悦吴兴风土，遂徙家焉。瑾诛，起知西安……	废为编氓→瑾诛→复起	同上	1010
18		郑善夫	正德初，瑾逆乱政，力告得请，筑少谷草堂于金鳌峰，作迟清亭以见志焉。	归隐	同上	1011
19		许天锡	逆瑾方罗织文臣，故天锡惧祸而死。……（或曰）"天锡以查盘内库，发逆瑾奸状，瑾矫诏逮问，遣人杀之。"	惧祸死（或遭杀）	同上	1020
20		潘希曾	抗疏忤逆瑾，遭往湖、贵计处边储，复命下狱，拜杖，除名为民。瑾诛，复官。	贬谪→下狱→除名→瑾诛→复官	丙集第16	1081
21		戴铣	以劾逆瑾，廷杖落职，竟卒。	廷杖→落职→死亡	同上	1081
22	魏忠贤（下同）	赵南星	天启初，以列卿起废，拜吏部尚书。坐忤逆奄，切责罢归，遣戍大同。先帝即位，未及召用，卒于戍所。	罢归→贬谪→死亡	丁集第11	1428
23		徐良彦	以奄党崔呈秀论劾罢官，遣戍五溪。崇祯初，赦还，召拜南大理卿……	罢官→贬谪→阉党败→召还	同上	1429

(续)

序号	宦官	文人	文献摘录	命运变更	出处	页码
24		范景文	天启间，北人附逆奄专政，即家起梦章，掌文选事。梦章过余邸中，窃叹曰："彼欲厉剑血人而以我为镆铘乎？"未浃月移疾求去，天下高之。奄党败，起太常少卿。	弃官→阉党败→复起	同上	1431
25		曹学佺	天启中，除名为民。崇祯初，复起广西，疏辞不赴。家居二十余年，殉节而死……光庙在东朝，有挺击之案，能始有所撰述，直书其颠末。逆奄用事，群小立三案钩党，指能始所撰为谤书，除名为民。……能始具胜情，爱名山水，卜筑匡山之下，将携家往居，不果。家有石仓园，水木佳胜，宾友歙集，声伎杂进，享诗酒谈宴之乐，近世所罕有也。	落职→归隐→殉节死	丁集第14	1553
26		邓渼	天启乙丑，为逆奄所恶，遭戍贵州。崇祯初，赦还，未及用而卒。	贬谪→阉党败→赦免	丁集第16	1642
27		阮大铖	天启间，官吏科给事中，坐奄党，禁锢。弘光登极，召拜兵部尚书，督兵江上，乱后不知所终。	禁锢→不知所终	同上	1647

表5-3：《明诗综》中有关宦官专权下的文人命运变更情况[1]

序号	宦官	文人	文献摘录	命运变更	出处	页码
1	王振	刘球	以忤王振矫旨下狱死。	下狱死	卷18下	916
2	刘瑾（下同）	李杰	以忤刘瑾致政归。筑逸我堂，垒石为山，暇游昆尚二湖。	归隐	卷24	1209
3		潘蕃	以忤刘瑾被逮，与刘忠宣同戍甘肃，瑾诛复官。	谪戍→瑾诛→复官	卷24	1219
4		马中锡	劾罢刘瑾党之冒边功者，瑾矫诏改南京工部，寻褫职。瑾诛，起抚大同……	贬谪→瑾诛→复起	卷25	1251
5		顾清	忤刘瑾，调南京车驾员外郎。瑾诛，还侍读……	贬谪→瑾诛→复还	卷27上	1366
6		许天锡	上疏劾刘瑾，为瑾所杀。嘉靖中追赐祭葬。	屠戮	卷27上	1381
7		陈霁	忤刘瑾，勒致仕；瑾诛，复馆职，历国子监祭酒。	致仕→瑾诛→复职	卷27下	1400
8		戴铣	以论刘瑾削籍。	削籍	卷27下	1404

---

[1]（清）朱彝尊：《明诗综》，中华书局2007年版。

(续)

序号	宦官	文人	文献摘录	命运变更	出处	页码
9		王守仁	坐救戴铣，忤刘瑾，杖阙下，谪贵州龙场驿丞。	廷杖、贬谪	卷27下	1415
10		谢丕	忤刘瑾，削籍。嘉靖初，起充日讲，累官吏部左侍郎。	削籍→瑾诛→复起	卷28	1446
11		李梦阳	代尚书韩文草奏劾刘瑾，坐奸党致仕。（一云降山西布政司经历，复逮系得释。）起江西提学副使……	致仕（或降职）→瑾诛→复起	卷29	1477
12		康海	以救李梦阳，坐逆瑾党，落职为民。	落职	卷31	1571
13		王九思	坐刘瑾党，降寿州同知，寻勒致仕。	降职、致仕	卷31	1574
14	魏忠贤	周顺昌	死（魏忠贤）珰祸，赠太常寺卿……	死珰祸	卷60	3047
15	魏忠贤	万燝	首劾魏忠贤，廷杖流血死，赠太常少卿，追谥忠贞。《诗话》："天启中，忤魏珰惨死者，先后一十七人。万公首受其祸。"	廷杖死	卷61	3065

表5-4：《四库全书总目提要》中的相关资料[1]

序号	宦官	文人	文献摘录	命运变更	页码
1	王振	李时勉	终以不附王振为所构陷。前后濒死者三，而劲直之节始终如一。其在国学，以道义砥砺诸生，人才蔚起，与南京祭酒陈敬宗号"南陈北李"，而时勉尤为人望所归，明以来，司成均者莫能先也。	劲直对抗↓构陷濒死	4425
2	王振	刘球	后忤王振，下诏狱，为振党马顺就中支解死。……当王振盛时，侯伯公卿，惴惴趋风恐后。而刘球以一文弱词臣，仗大义以与之抗，至死屹不少挠。……今观其文，乃多和平温雅，殊不类其为人。其殉义之勇，非气质用事者欤。然味其词旨，大都光明磊落，无依阿汙涊之态，所谓君子之文也。	仗义对抗↓支解而死	4428
3	刘瑾（下同）	李东阳	东阳依阿刘瑾，人品事业，均无足深论，其文章则究为明代一大宗。自李梦阳、何景明崛起弘、正之间，倡复古学，于是文必秦汉，诗必盛唐，其才学足以笼罩一世，天下亦响然从之，茶陵之光焰几烬。	依附阿谀↓人品事业无足深论	4439

---

[1] （清）纪昀总纂：《四库全书总目提要》，河北人民出版社2000年版。

(续)

序号	宦官	文人	文献摘录	命运变更	页码
4		谢迁	然迁当归里以后，正刘瑾、焦芳等挟怨修隙，日在危疑震撼之中。而所作诗文，大抵词旨平和，惟惓惓寄江湖魏阙之思。老臣忧国，退不忘君，读此一编，已足已知其忠悃矣。	致仕	4448
5		张吉	且为工部主事时，则尽言直谏，忤武宗，谪官。为广西布政使时，又不肯纳赂刘瑾贬秩。……以刚正之气，发为文章，固不与雕章绘句同日而论矣。	贬谪	4450
6		吴俨	正德初，俨主顺天乡试，以《为臣不易》命题，为刘瑾所怒，以飞语罢去。瑾诛，乃复进用。其程文今在集中。史称刘瑾闻俨家多赀，遣人啖以美官。俨峻拒之，瑾怒。会大计群吏，中旨罢俨官。	罢免↓（瑾诛）复用	4453
7		李梦阳	为户部郎中时，疏劾刘瑾，遘祸几危，气节本震动一世。	遘祸几危↓气节震动	4459
8		刘麟	初，麟观政工部时，即与同年陆昆抗疏争谏官下狱事。及为绍兴知府，又以忤刘瑾褫职。后官尚书，卒以争苏松织造为宦官所挤而罢。盖始终介介自立者。……朱凤翔为其序称……"其标格高入云霄，胸中无一毫芥蒂，故所发皆盎然天趣，读之足消鄙吝。"则得其实矣。是亦文章关乎人品之验也。	褫职↓复起	4461
9		张羽	羽为御史，抗疏劾刘瑾，直声震朝野。	声震朝野	4662
10		康海	海以救梦阳故，失身刘瑾。瑾败，坐废。遂放浪自恣，征歌选妓，于文章不复精思，诗尤颓纵。	坐废	4464
11		潘希曾	又以不赂刘瑾，矫旨下狱，拷讯除名。瑾诛，起官……今观集中章奏，语皆剀切真挚，不为矫饰而深中事理，不愧其名。其平时虽不以文章著，而直抒胸臆，沛然有余，亦其刚正之气有不可掩遏者欤。	下狱除名↓瑾诛起官	4465
12	魏忠贤	周顺昌	以忤魏忠贤，为所罗织，逮治拷掠，杀之于狱。……顺昌气节盖世，本不以文章见长。且收拾于灰灭之余，大抵案牍简札随手酬应之文，非所经意。然其隐忧国事，崇尚名检，忠愤激发之气，时流露于楮墨间，尚足以廉顽立懦。区区题扇一诗，异代且珍重传之。则是集什一仅存，固未可听其湮没矣。	气节盖世↓杀之于狱	4510
13	魏忠贤	范景文	至生平历官所至，亦多引绳切墨，持正不阿。史称其为文选时，值魏忠贤、魏广征中外用事，景文同乡，不一诣其门，亦不附东林，孤立行义而已。是其丰裁峻厉，而不肯矫激以骛名，在明季尤为希觏。	不阿阉党不附东林孤立行义中立之态	4511

(续)

序号	宦官	文人	文献摘录	命运变更	页码
14	刘瑾	孙需	为礼部尚书,又忤刘瑾罢官。以风节著。	有风节 遂罢官	4650
15	刘瑾 (下同)	储巏	泰州人,成化甲辰进士,官至户部侍郎。刘瑾用事,引疾归。瑾诛,复起,调南京吏部尚书。……巏尝与李梦阳、何景明、徐祯卿相唱和。其诗规仿陶、韦,文亦恬雅,至于才力富健,则不及梦阳等也。	引疾归隐 ↓ 瑾诛复起	4654
16		吴廷举	《明史》言其发中官潘忠罪,为忠反广讦下诏狱。刘瑾矫诏枷之,几死。……编首有《刘瑞序》云:"逆瑾切齿于君,其党探望风旨诬奏,即械下锦衣卫狱,枷吏部门左,垂死而后释之。"	下狱几死 ↓ 旋即释放	4660
17		王九思	弘治丙辰进士,官至吏部郎中。坐刘瑾党,降寿州同知,寻勒致仕。	降职致仕	4666
18		陶谐	弘治丙辰进士,改庶吉士,授攻克给事中,以忤刘瑾,逮讯谪戍肃州,后起江南按察司佥事,官至兵部侍郎。	谪戍 ↓ 复起	4667
19	魏忠贤 (下同)	邓渼	万历戊戌进士,官至佥都御史,巡抚顺天。忤魏忠贤,谪戍贵州。崇祯初,放还,卒。	谪戍 ↓ 放还	4852
20		邹维琏	万历丁未进士,官吏部郎中时,以疏劾魏忠贤,谪戍贵州。崇祯初,召为南京太仆寺卿……	谪戍	4859
21		程正己	万历丁未进士,官至佥都御史,巡抚保定,以忤魏忠贤削职,后终于兵部侍郎。	削职	4860

归结以上三组表格,与王振有关的文士有薛瑄、刘球、李时勉。与刘瑾相关的最多,而又以"二李"及前七子为主。与魏忠贤及其阉党相关的多是东林党人物。据此,归结宦官专权下的文人命运变更状况,大致可以分为这样三类:禁锢与贬谪、致仕与归隐、依阿与中立。

一、禁锢与贬谪

这里所谓禁锢是指,专权宦官通过下狱和屠戮等手段对文士们实施的人身控制和生命剥夺。以上所列文士中，遭禁锢的有九人：薛瑄、刘球、许天锡、万燝、李时勉、李梦阳、潘希曾、周顺昌、吴廷举；遭贬谪的有十二人：刘大夏、王守仁、潘希曾、潘蕃、马中锡、顾清、张吉、陶谐、赵南星、徐良彦、邓渼、邹维琏；其中也有既遭禁锢又受贬谪者，如潘希曾。

遭禁锢文士的命运或遭屠戮，如刘球、万燝、许天锡、周顺昌。或于权宦覆灭之后重新启用，如薛瑄、潘希曾、李梦阳。其中也有因禁锢反而声名大震者，如李时勉、潘希曾、李梦阳。

相对于禁锢者遭受的身心摧残乃至生命终结，贬谪者只是在仕途上遭遇挫折，多被下放、流放到偏远之地，承受政治打压。不过他们在权宦倒台后大多官复原职或重新启用，如刘大夏、潘希曾、徐良彦、邓渼、陶谐等。贬谪甚至也导致个别文士干脆弃文入道、设院讲学，如王守仁。

二、致仕与归隐

这里致仕与归隐的归类较为宽泛，不仅是指那些直接致仕、归隐者，也包括那些被削籍、削职者，坐废、落职为民者，还包括罢官、罢归者。以上所列文士中，这一类文士最多，共计二十人，他们是：谢迁、刘玉、顾清、王翱、吴俨、李梦阳、康海、王九思、熊卓、何景明、孙一元、刘麟、郑善夫、曹学佺、李杰、戴铣、谢丕、孙需、储巏、程正己。他们中彻底致仕者如谢迁、熊卓、戴铣、孙需、程正己，彻底归隐者如王鏊、孙一元、康海、王九思、郑善夫、曹学佺、李杰，其他都是先无奈致仕和归隐，在权宦剿灭后又重新复出。在这些致仕与归隐者中又有主被动之分。像王鏊、郑善夫为看清形势，不愿苟且其中，遂远离政治纷争的主动归隐者。而康海、王九思则是已经卷入了政治漩涡之中，被迫离职，只好寄情声乐，麻痹自我，他们的归隐是有着几分无奈的。

无论是长期抑或暂时致仕和归隐的文士们，由于有着相似的经历和共同的情趣，在此期间，他们往往结社为盟，纵情山水、声色享乐、诗酒风雅。尤其上述彻底归隐者多有此好。

三、依阿与中立

相对于以上两类对抗者、斗争者，宦官擅权之际，出于现实需要，尚有部分文士或周旋其中或游离其外，形成一个或妥协或中立的派别。上列文士中，依阿者如李东阳，中立者如范景文。李东阳之外，明代文士依阿权宦者绝不在少数，刘瑾、魏忠贤周边软媚文士组成党羽，供其驱役。比之此类，李东阳实在算不上依附，用周旋一词更合适一些。在对抗者和阿谀者之间，反倒是中立者甚少，而范景文在阉党和东林党水火不容的中间持中立状态实在是聪明之举。此时很难说东林与阉党孰正孰邪。成王败寇，魏忠贤倒台，东林胜利，阉党成为被否定的对象，这在阮大铖曾经关于二者的两难选择上可见一斑。

就以上三类文人命运变更类型中，需要说明的是，在政治斗争之中，文品与人品的关系问题上，更为人所关注的是人品，因人废文者有之，如阮大铖。并且因为与权势宦官有染，因人品问题，而影响到文学集团内部的矛盾，师徒关系决裂，成员分化，文学集团重组等，如李东阳。相反，一些非主流文人因为气节非凡与人品高尚，受到大众的追捧，而名噪一时，如刘球与张羽等。

形成以上三类文人命运变更的原因盖有以下几点：

一是主动挑衅。文人与宦官的斗争形式主要表现为两种：一是行政手段，如上疏弹劾。一是文学手段，如诗文批判。无论何种方式，往往酿成因文生祸之局面。以刘球为例。许浩《复斋日记》上卷记："翰林修撰安福刘球鲠直有文，时太监王振招权纳赂，刘忧之。因灾异上十事，其一言北房当备，其一言太常当用儒臣，其一请上揽乾纲，不可使之下移，暗斥振也。振虽衔之，而无以罪。下其章，令百官各省。未几，编修董璘请任太常，下锦衣卫狱。镇抚马顺希振旨，抑令连刘被收。刘知不免，大骂：'目为赵高！'振怒，令顺于狱杀之。"[1] 王振对于刘球上疏暗斥的"挑衅"行为并未深究，但他"得寸进尺"，明目张胆的大骂直接招致杀身之祸。再有表5-3中遭廷杖致死的万燝，则是弹劾魏忠贤的头首。

又《中国文祸史》记载，于谦为官清廉，反对王振收受贿赂。曾作《入京诗》自明心迹："手帕蘑菇（干菌）与线香（合芽），本资民用反为殃。清风两袖朝天去，免得间阎话短长。"[2] 此诗激起王振忌恨。正统十一年（1446），于谦赴京奏事，荐举他人自代，王振便指使心腹诬告他"以久不迁怨望，擅举人自代，无人臣礼"为由，将他下狱。文士们的一些过激行为往往成为权宦打击他们的直接原因。

二是忤直冷遇。值得关注的一个现象是以上三个专权宦官实际上颇为敬重读书人，尤其有声誉的名士，特别是对于同乡有学识的文士更加礼遇，并且多方设法接近，希望可以友好往来，或者通过自己的权力给予提拔。当然也有他们借此附庸风雅或拉帮结派之嫌。而一旦遭到忤直或冷遇，他们又多加制裁与打击。以薛瑄为例。焦竑《玉堂丛语》"方正"条载："王振之专政也，问三杨曰：'吾乡亦有可为京堂官者乎？'三杨以薛瑄对，乃召为大理寺少卿。瑄初至京，居朝房，三杨先过之，不值，语其仆曰：'若主之擢，王太监力也，朝罢可诣谢。'明日朝退，又使人语之，终不往。振至阁下，问薛少卿安在，三杨为谢，且曰：'彼将来见也。'知李贤与瑄厚，令转语之，贤往道三杨意，瑄曰：'原德亦为是言乎？拜爵公朝，谢恩私室，吾不为也。'久之，振知其意，亦不复问。一日，会议东阁，公卿见振皆先拜，

---

[1]（明）许浩：《复斋日记》上卷，出自《历代小说笔记选》明代第一册，广东人民出版社1985年版，第86页。
[2] 胡奇光：《中国文祸史》，上海人民出版社2006年版，第108页。

先生独立,振自是衔之。"[1] 王振出于对同乡人才薛瑄的珍视,给予暗中提拔,得不到他的丝毫回应也就罢了,而伉直的薛瑄竟然在公开场合蔑视王振的"权威",结果受到了"惩罚"。

　　三是妥协合作。这里的妥协合作既指李东阳一类的主动妥协者,也指康海、王九思等无奈卷入,被动妥协者,还包括魏忠贤时期大量的依附者。以康海为例。《明史·康海传》云:"正德初,刘瑾乱政。以海同乡,慕其才,欲招致之,海不肯往。会梦阳下狱,书片纸招海曰:'对山救我。'对山者,海别号也。海乃谒瑾,瑾大喜,为倒屣迎。海因设诡辞说之,瑾意解,明日释梦阳。逾年,瑾败,海坐党,落职。"[2] 相对于康海的无奈卷入,储巏的逃离式回避实在也是出于无奈,而命运却因此迥异。《明史·储巏传》云:"刘瑾用事,数陵侮大臣,独敬巏,称为先生。巏愤其所为,五年春,引疾求去。诏许乘传,有司俟疾痊以闻。其秋,瑾败,以故官召,辞不赴。后起南京户部左侍郎,就改吏部,卒官。"[3] 康海和储巏在瑾诛灭后的不同命运,恰恰说明了政治斗争中原则性和方向性的重要。

　　以上三种原因可以大致概括为是否政见统一、是否志趣相同,同则和,异则分。事实上,我们也不应过分夸大宦官与文士两大群体之间的复杂关系。即使宦官与宦官之间也会因为各种原因而关系紧张,如王世贞《弇山堂别集》卷18"二黄中贵"条云:"成化中,司礼监太监黄赐以与汪直不合,出掌南京守备。正德中,司礼监太监黄伟以与刘瑾不合,出掌南京守备。"[4] 相反,一些文士与宦官彼此交善,往往会成功合作,成就一些大业。王世贞《弇山堂别集》卷18"张永功名前后相孚"条记,太监张永功成名就的原因在于一则善杨文襄,一则善王文成,结果兵未动而乱平,无损功名。一则首

---

[1] (明)焦竑:《玉堂丛语》卷5,第156页。
[2] (清)张廷玉:《明史》卷286,第7348页。
[3] 同上书,第7345—7346页。
[4] (明)王世贞:《弇山堂别集》卷18,第333页。

诛刘瑾，一则与诛逆彬。王世贞为此叹为大奇大奇。[1]这样看来，彼此交善，以和为贵，求同存异，对于双方来说都是有利的。张永与杨一清以外，冯保与张居正是比较典型的良好合作者。

总之，由于文人与权势宦官的复杂关系，导致其政治命运多起伏不定，进而影响到其文学命运。但二者也并不是绝对的相辅相成。像"三杨"、李东阳、东林名士等他们政治上得势的同时也是文坛执掌者，而有些人随着政治命运的终结反而将更多的精力投注到文学活动中来，如致仕、归隐后结社，诗酒风雅的康海、王九思等。

余论：文人命运变更与心态取向

文人命运的变更情况也折射出一些他们的心态取向。大致而言，主要可以分为这样三类，即复古心态、依附心态、归隐心态。

（一）复古心态

明代文学从始至终一直贯穿着一条线索，即复古风气。复古文人多有济世、救世情怀，他们饱含古仁人之心，满腔热忱，关注现实，把恢复远古盛世作为仕途与为文的奋斗理想，而尤以前七子李梦阳的劲节直声为最。李梦阳一面针对茶陵派，尤其盟主李东阳对待刘瑾的软媚之态，给以不留情面的批判。另一面直接上疏言劾刘瑾，直致下狱而不悔。梦阳之外，包括其他七子在内的复古人士在复古信念的驱使之下，同样展开了与刘瑾的斗争，虽然多以失败告终，但也使复古派走向了独立和成熟。正德之后，天启年间东林文人更是掀起了声势浩大的反魏忠贤及其阉党的斗争，他们至死不渝的坚持气节之重，以图挽救士大夫政治。

---

[1] （明）王世贞：《弇山堂别集》卷18，第334页。

注重君子气节，慷慨激昂，批判现实的复古心态成为明代文人在宦官专权下的重要心态取向之一。

（二）依附心态

明代高压政治迫使部分文人形成奴性品格，进而对于权力拥有者产生依附心态，宦官专权下，寻求其羽翼保护并伺机升迁者常常络绎不绝。

文人依附权势宦官，本质上讲依附的是权力本身，其实也无关乎宦官其人，只是拥有权力的人恰恰是宦官而已。这种对权力的依附心态表现在行为上即为对权力拥有者的阿谀谄媚，而为了达到依附的目的，文人们不惜笔墨，通过撰写诗文作品实现对权宦的阿谀。通过阿谀与依附，朝臣们获得权力和地位的同时，也相应地承受来自外界的批判，其中以李东阳最为典型，被人评为"人品、事业均无足深论"。

总之，阿谀的目的是实现依附，为此文士们不惜"自残"、"自伤"以获取一种权力保障下的更为安全实惠的生活。依附心态也成为宦官专权下文人无奈选择的心态之一。

（三）归隐心态

面对宦官专权的黑暗统治，为政、为文均岂畏祸及，寻找新的精神寄托和心灵归属成为部分文士亟待解决的问题，此时，归隐山林便成为他们最好的选择。文人中亦渐趋形成一股远离政治纷争，乃至注重声色享乐的风气。

一些人是岂畏祸及远离尘嚣，主动归隐，像王鏊、郑善夫。尚有归隐之人在阉宦诛灭之后，又重新返归官场，像储巏。也有因有染于阉宦而无奈归隐者，如康海。归隐者中还有一类特殊人物，即弃文入道，重情遗理，如王阳明。王阳明之后，明中后期很多文人深受王学思想影响，潜心心性、性灵，不再一心于政治，而是向往经济生活，形成"趋俗而尊情"的风气，他们更加注重人性本色和人生乐趣。体现在文学领域就是小说、戏剧俗文学，乃至色情文学大兴。

当文士们汲汲于功名利禄的人生价值在权宦当道的特殊时期难以实现时，归隐心态也成为他们进行自我救赎的重要心态之一。

除了以上三类主导的文人心态外，我们将宦官专权下整个明代文人心态变迁的过程归结如下：

明前期，从洪武元年到成化年间（1368—1487），一百多年的历史。以正统年间王振擅权为核心，以"三杨"为代表的台阁文人多采取明哲保身的处世哲学，文人心态总体较为"保守平和"。而至此，文人的骨气渐少，奴气渐多。

进入中期，从弘治到隆庆（1488—1572），也近百年历史，此期以刘瑾擅权为重点，文人中既有固守名节者，也有依阿取势者，还有归隐山林者，心态取向更趋多元化。此时，慕古尚气的复古之风和依附诌媚的阿谀之风，以及陶冶性情的隐逸之风并行于时。之后，随着阳明心学的渐趋兴起和性灵学说的广泛影响，趋俗尊情风气渐兴。

到了晚明，万历到崇祯末（1573—1644），这一时期以魏忠贤把持朝政为核心，国事日非，党争不断。加之商品经济和"心学"思潮的双重刺激，晚明社会巨变，"人情以放荡为快，世风以侈靡相高"[1]。文人对现实感到失望，便积极调整自己的理想与生活方式。张扬个性与享受人生成为晚明文人心态的基本特征。

如果说明前期、中期王振、刘瑾对文人生存状态与心态的影响是具体而直接的话，晚明时期魏忠贤对文人心态的影响除与东林文人的直接冲突外，更多的是一种潜移默化的隐性的间接刺激。

---

[1] （明）张瀚《松窗梦语》卷7，清钞本。

综观整个明代，宦官擅权的过程也是文人困惑、愤懑、"堕落"相互交织的过程。总体而言，文人心态是一个从尚雅到趋俗的过程。

第四节　宦官专权下的文人命运（下）
——以刘瑾与李东阳等为个案兼及魏忠贤与东林党

一、刘瑾与李东阳——兼及茶陵派成员

（一）刘瑾与李东阳

李东阳是刘瑾专权时饱受争议的人物。由于特殊的身份和地位，对于文坛、政坛来说，他的作用和影响都是显著的。某种程度上讲，他间接地左右着部分文人的政治前途和文学命运乃至自然生命。而他在与刘瑾的斡旋中自己的政治命运和文学命运也值得关注，特别是其政品、文品与人品，以及三者之间的关系更值得研究。

1."吏隐"政坛，"领袖"文坛

薛泉在《李东阳研究——以政治心态、文学思想为核心》一书中以"吏隐"概括李东阳的政治心态，认为："'吏隐'是李东阳调和山林情结与仕宦生活的中和之举，是忧患意识、仕宦意识、隐逸情怀整合的产物。""'吏隐'熔铸了李东阳的人格及文化品格。"[1] 李东阳非对抗性的政治心态，得到刘瑾的"阳礼敬"而没有遭到排斥，也直接保全了他在政坛的地位，这又客观上使得他有了制衡刘瑾专权的可能性。"……刘瑾威权日盛，狎视公卿，惟见东阳则改容起敬。时焦芳与东阳同官，又助瑾煽疟。东阳随事弥缝，去太去甚，或疏论廷辩，无所避忌，所以解纾调剂，潜消默夺之功居多。否则，衣冠之

---

[1] 薛泉：《李东阳研究——以政治心态、文学思想为核心》，湖南人民出版社2007年版，第55页。

祸，不知何所及也。或者乃以其依违隐忍，不即决去，非之过矣……夫宰相怜才爱士，脱略势位，如此风流，世岂能多见？"[1] 政治地位的保障和巩固，也使得他可以借此影响和执掌文坛。"李文正当国时，每日朝罢，则门生群集其家，皆海内名流，其座上常满，殆无虚日，谈文讲艺，绝口不及势利。"[2] "李西涯当国时，其门生满朝。西涯又喜延纳奖拔，故门生或朝罢或散衙后，即群集其家，讲艺谈文，通日彻夜，率岁中以为常。"[3] "文正网罗群彦，导扬风流，如帝释天人。虽无与宗派，实为法门所贵。"[4] 借助其首辅的优势政治地位，吸引、提拔、保护、奖掖甚至笼络了许多有才华的文人，对文坛的发展来说也不啻是一大贡献，李东阳顺理成章地成为一代文坛领袖。

2. 以文会友，助诛刘瑾

茶陵派作为以李东阳为领袖的文学流派，成员主要包括其唱和友人和门下诸生，唱和友人中不少也是其政坛盟友，这又以诛灭刘瑾的关键人物杨一清为最重要。"杨一清以不附瑾，构陷下锦衣狱，东阳力救，乃得释。"[5] 彭维新《文正公论》云："人知发逆瑾之奸者，张永也；激永发瑾之奸者，杨文襄也。亦知文襄之所由激永发瑾者，果孰为之乎？……故瑾既诛，文襄语少宰何燕泉曰：'宾翁补天捧日无迹。'"彭维新亦云："（李东阳）锄大憝以安社稷，有功无迹，人不得而知。"[6] 沈德潜《李东阳论》也指出："其时以言诛刘瑾者，张永也；以计授永者，杨一清也；救一清之死而使之在位者，东阳也。"[7] 这几则文献说明，一是李东阳曾于刘瑾手下力救杨一清，二是李东阳曾力助杨一清诛杀刘瑾。这恰恰体现了上面谈到的李东阳利用政治优势保护文友，而这些文友又成为其政治上强有力的盟友。

---

[1]（明）焦竑：《国朝献征录》（一）卷14，第474页。
[2]（明）何良俊：《四友斋丛说》卷8，第67页。
[3]（明）何良俊：《四友斋丛说》卷26，第234页。
[4]（清）陈田：《明诗纪事》丙簽卷1，第936页。
[5]（清）李祖陶：《国朝文录续编·海崖文录》，清同治刻本。
[6]（明）彭维新：《文正公论》，《李东阳集》卷3附录，岳麓书社1985年版，第469页。
[7]（清）法式善：《明李文正公年谱》卷7，清嘉庆九年蒙古法式善诗龛京师刻本。

有了其在文坛、政坛的这些前期铺垫,在诛灭刘瑾的过程中才显得那么得心应手。诛灭刘瑾是李、杨、张三人合力所致。这种政治合作也进一步加深了他们之间的人情交往。王世贞《弇山堂别集·中官考十一》云:"嘉靖九年,革原任大学士杨一清职闲住。一清往在陕西,与镇守太监张永同事相善,永之废而复用也,一清有力焉。及永殁,复为作志……"[1] 杨一清不仅为张永撰写墓志铭,李东阳去世之后,墓志铭也是其所撰,这也足见他们的交情之深。

3. 功成身退,毁誉参半

瑾党诛灭后,李东阳屡次乞求致仕,主上最后终于同意。功成身退、卸任居家的李东阳将主要精力集中在和得意门生何孟春整理自己的文集上,开始了晚年"弃政主文"的生活。终其一生,由于与刘瑾的关系而褒贬不一。贬者如永瑢等"东阳依阿刘瑾,人品事业,均无足深论"。此外《明史·李东阳传》、王士禛《带经堂诗话》等皆持批评态度。这些人否定他的一个很重要的把柄是,为刘瑾撰写《修玄明宫记》"颂其功德"。又王鏊《震泽长语》记载,刘瑾虽擅权天下,却不甚识文义。有时将奏疏送至内阁批阅处理,东阳就先要摸清刘瑾意图,才肯下笔批办。若琢磨不透,就派属下去刘瑾处咨询,请示,所以刘瑾更加肆无忌惮地擅权。这些批评者一致认为其人格萎弱,人品不足观。

当然仁智各见,辩护者亦不少。查继佐《经济诸臣列传》中有论及李东阳的地方:"按文正草刘瑾父封都督诰,有曰:'积善以贻子孙,常闻其语;扬名以显父母,今见其人。'又曰:'号令风行于天下,威名雷动乎四方。'或以颇比瑾,不知此谐讽也,正以彰瑾之擅,挽回尽大,有机用焉。"[2] 这里看出李东阳实质是"表谀实讥"。此外公安派袁宗道曾说:"谢、刘去国之

---

[1] (明)王世贞:《弇山堂别集》卷100,第1894页。
[2] (清)查继佐:《明书》列传卷11,转引自薛泉:《李东阳研究——以政治心态、文学思想为核心》,第197页。

日，则有李文正为大人……周旋逆竖之时……大有济于时艰。其从旁怒骂之小人，亦阴受其在覆而不知。固无异小儿饱噉熟眠，忘其为大人之赐也。"[1] 针对李东阳在刘瑾擅权时受到时人的非议，袁宗道从政治现实的角度，讲他对士人多有保护，超越了道德层面，且以"大人"待之。事实上，正是有了东阳在朝独撑局面，才制衡了刘瑾，某种程度上，李委曲求全，以损失个人声誉换取大局的安稳，最终也是在他的帮助下，才除去刘瑾。单从政治层面而言，其政治品格是值得肯定的。此外，钱谦益对东阳也持褒奖之态。"钱氏对于三杨和东阳认同多于批评，开脱多于责备。"[2] 钱氏观点和他与这些人的处境相似有关。"三杨"和东阳至少都做到了明哲保身，在文坛和政坛都是盟主地位，虽为阉宦牵连，但奖掖后进，维持大局为钱谦益所推崇，而自己恰恰因生不逢时，仕途颇不得意，在这方面和他们有距离，他们也因此成为钱氏所慕之辈。

以上两种观点基本代表了时人及后人对李东阳的认识。贬斥者，基本属于道德论者，他们否定了李的人品，进而全盘否定其政品、文品。褒奖者，基本属于政治论者，他们肯定李的政品，对其文品、人品亦能给予客观评价。

某种程度上，人品、政品的结合点在于其文品。如上面所说，李东阳为刘瑾所作《修玄明宫记》一文，成为他人贬低其人品、政品的强有力证据。

总之，李东阳从时局逆转（刘瑾擅权）开始，到孤立无援（刘健、谢迁致仕）一人独撑多难局面，奖掖良才，甚至笼络人心，排斥异己，最终利用内讧，助除刘瑾，其间功过是非同代及后代人对其可谓毁誉参半，莫衷一是。总之，李东阳的褒贬皆因与刘瑾的关系，可谓褒也因刘瑾，贬也因刘瑾。

---

[1] （明）袁宗道：《白苏斋类集》卷20"杂说类"，上海古籍出版社1989年版，第287—288页
[2] 焦中栋：《论钱谦益的明代文学批评》，浙江大学博士学位论文，2005年，第65页。

（二）刘瑾与茶陵派成员[1]

1. 刘瑾与茶陵诸执友

茶陵诸执友指的是李东阳的同年进士及其他唱和友人。诸执友中因与刘瑾的关系不善，命运亦常有不测。（见表5-5）

表5-5 刘瑾专权下茶陵诸执友命运变更表

序号	人物	事件	命运变更	生平详见
1	刘大夏	逆瑾矫诏系诏狱。谪戍肃州，瑾诛，复官。	诏狱→谪戍→复官	《列朝诗集》丙集第3
2	吴俨	正德初，俨主顺天乡试，以《为臣不易》命题，为刘瑾所怒，以飞语罢去。瑾诛，乃复进用。	罢归→瑾诛→复用	《四库全书总目提要》卷171
3	杨一清	刘瑾擅政……撼一清……逮之下诏狱。东阳力救，乃得释。	诏狱→东阳救→释放	《明史纪事本末》卷43
4	陈清	忤刘瑾致仕。	致仕	《李东阳集·文后稿》卷4
5	汪俊	以不附刘瑾、焦芳，调南京工部员外郎。	贬谪	《遵岩集》卷19
6	张敷华	论劾刘瑾，坐罪去。	罢归	《国朝献征录》卷54
7	李杰	以忤刘瑾去位。	去位	《国朝献征录》卷33
8	林瀚	性刚方，忤刘瑾，谪浙江参政，罢归。瑾诛，复官。	贬谪→瑾诛→复官	《明史》卷163
9	罗鉴	以忤瑾罢。瑾诛，复起巡抚，寻以病致仕。	罢归→瑾诛→复起	《明统一志》卷63
10	罗钦顺	乞养归，刘瑾怒，夺职为民。瑾诛复官。	削职→瑾诛→复官	《高子遗署》卷10上
11	荆茂	以忤逆瑾，疏请致仕。	致仕	《兰台法鉴录》卷12
12	柳应辰	忤刘瑾，撼以他事免归。瑾败，复职，致仕。	免归→瑾败→复职	《千顷堂书目》卷31
13	徐穆	刘瑾擅政，怒穆不通谒，迁南京兵部外郎。瑾诛。复入翰林授侍读。	贬谪→瑾诛→复起	《国朝献征录》卷20

---

[1] 关于茶陵派成员的更多具体生平事迹，可参阅司马周《茶陵派研究》第二章第二节"茶陵派成员考"，南京师大博士学位论文，2003年。另，表5-5，5-6中"事件"一栏下文献转引自其文，特此说明。

(续)

序号	人物	事件	命运变更	生平详见
14	屠滽	以忤刘瑾致仕。	致仕	《李东阳续集·文续稿》卷8
15	韩文	刘瑾用事,文率同官疏论之,瑾等恨之甚,伺隙坐以罪,降级致仕。复他罪,罚米,至家业荡然。瑾诛,复官,致仕。	致仕→瑾诛→复官	《国朝献征录》卷29
16	潘辰	正德中,刘瑾摘会典小疵,降典籍。复起故官。	降职→复官	《国朝献征录》卷22

茶陵诸执友中凡为刘瑾所贬谪、致仕者,一致的特点依然是忤逆刘瑾,主动挑衅后得到的报复。

2. 刘瑾与茶陵诸门生

茶陵诸门生指的是李东阳在翰林院教过的庶吉士和担任各级主考官时录取的士子。诸门生中亦有因与刘瑾关系不善而遭受各种变故。(见表5-6)

表5-6 刘瑾专权下茶陵诸门生命运变更表

序号	人物	事件	命运变更	生平详见
1	王承裕	刘瑾专政,逆瑾,罚粟三百石输边。瑾诛,迁至南京太常寺卿。	谪戍→瑾诛→升迁	《西河集》卷81
2	任良弼	忤刘瑾,戍辽阳。瑾诛,起右参议,仕终通政使,居官以清节闻。	谪戍→瑾诛→复起	《掖垣人鉴》卷11
3	顾清	忤刘瑾,调南京兵部员外郎。瑾诛,还侍读,进少詹事。	贬谪→瑾诛→还复	《国朝献征录》卷36
4	邵宝	时刘瑾乱政,宝议事至京,绝不与通……勒宝致仕。瑾诛,起复。	致仕→瑾诛→复起	《国朝献征录》卷36
5	何瑭	初授翰林修撰,不屈于刘瑾,出为开州同知。	贬谪	《国朝献征录》卷64

以上茶陵诸门生的命运变更与诸执友一样,也多是由于忤逆刘瑾,招致打击。他们的命运变更与上文中的群体文人命运一样,在瑾灭后,大都官复

原职或重新起用。再有，他们无论怎么反刘瑾，总体态度较之前所论文人还是要温和许多，只是持不亲近、不合作态度，很少有上疏弹劾、做文批判这样的激烈行为，所以除极个别如刘大夏、杨一清下狱外，几乎再无遭受廷杖、下狱甚至生命屠戮者，而以贬谪为主。而杨一清下狱后也很快得到李东阳的营救。

表5-5、表5-6中茶陵派成员与刘瑾的不合作，也让我们看出一个现象是，李东阳虽然作为茶陵领袖，但其成员内部的政治意见也不甚统一，这一方面看出东阳的包容性，另一方面也看出茶陵派成员更注重文学交游的一面。而这一现象也部分否定了李开先针对茶陵派成员的批评："西涯为相，诗文取絮烂者，人才取软滑者，不惟诗文靡败，而人才亦从之。"[1] 茶陵派成员中亦不乏骨气者。甚至有门生为了声誉，不惜冒天下之大不韪，上书脱离师生关系。"侍郎罗玘上书劝其早退，至请削门生籍。东阳得书，俯首长叹而已。"[2] 来自门生的诘难，还着实让李东阳痛苦了一把。当然，人性往往具有多面性，在特定的情形下，很难全面判断一个人的是非功过。表5-6中所涉邵宝因不通刘瑾而被迫致仕。但何良俊曾于《四友斋丛说》中云："刘瑾擅国日，邵二泉先生与同官。一人以公事往见，此人偶失刘瑾意。瑾大怒，以手将卓子震地一拍，二泉不觉蹲倒，遗溺于地。二泉甫出而苏州汤煎胶继至。瑾与汤最厚，常以兄呼之。瑾下堂执汤手而入，因指地下湿处语汤曰：'此是你无锡邵宝撒的尿。'"[3] 而这又部分印证了李开先所言。所以，我们对人物，尤其是政治人物的评判应该更辩证一些。

综合以上所列茶陵派成员，他们都是只反刘瑾，而不反李东阳的，李东阳也尽己所能予以保护，但由于其成员一味地忤逆刘瑾，还是遭到了排挤，文学侍从渐趋凋敝，茶陵派也失去了往昔的凝聚力。但李东阳这棵大树，在

---

[1] （清）钱谦益：《列朝诗集小传·丙集·何侍郎孟春》，上海古籍出版社1959年版，第274页。
[2] （清）罗惇衍：《集义轩咏史诗钞》卷54，清光绪元年刻本。
[3] （明）何良俊：《四友斋丛说》卷15，第124页。

刘瑾擅权之时还是诛灭之后，都没有倒下，这也是他的高明之处。所以，刘瑾灭后，复起的茶陵派成员还可以聚集在他的门下。乃致在其致仕后，仍不乏门生、故友往来其间。

二、刘瑾与李梦阳等前七子——兼及其他复古文士

（一）刘瑾与李梦阳

《明史·李梦阳传》云："刘瑾等八虎用事，尚书韩文与其僚语及而泣。"李梦阳进言："比言官劾群奄，阁臣持其章甚力，公诚率诸大臣伏阙争，阁臣必应之，去若辈易耳"[1]，并代为起草奏疏。梦阳因此而下狱。

何良俊《四友斋丛说》卷15载："李空同与韩贯道草疏，极为切直。刘瑾切齿，必欲置之于死，赖康浒西营救而脱。"[2]

又《四库全书总目提要》云："梦阳为户部郎中时，疏劾刘瑾，遘祸几危，气节本震动一世。又倡言复古，使天下毋读唐以后书，持论甚高，足以竦当代之耳目。故学者翕然从之，文体一变。"[3]

李梦阳代韩文书写弹劾刘瑾的奏疏而落难入狱。落难的梦阳没有求救于与刘瑾关系最近的东阳，而是将救命稻草寄托于刘瑾同乡康海身上。梦阳因康海相助不仅保住了性命，而且气节亦震动一世。可惜康海却使自己因此"失节"。梦阳的气节又给他倡导的复古运动带来很大社会反响，以致文体为之一变。可以这样讲，弹劾刘瑾成就了李梦阳的气节，而这一气节又进一步成就了他的复古主张。

还需注意的是梦阳与东阳的微妙关系，梦阳未曾主动求救，当然东阳亦未主动施救，这也颇能说明问题。按梦阳当初与东阳以师生称，以及瑾

---

[1]（清）张廷玉：《明史》卷286，第7347页。
[2]（明）何良俊：《四友斋丛说》卷15，第126页。
[3]（清）纪昀总纂：《四库全书总目提要》，第4459页。

诛后，落难人员几乎全部官复原职或另委他职。这就说明东阳与前七子之间的关系已渐趋疏远。其中原因之一该有梦阳等前七子讥讽东阳对待刘瑾问题上的人格萎弱，再有梦阳使"学者翕然从之，文体一变"，这显然又直接削弱了茶陵派的影响，故而，无论是政治层面，抑或文学层面，他们之间都结下了矛盾。而文人之间的内部矛盾又反过来直接影响到他们的政治、文学命运。

（二）刘瑾与康海

康海与刘瑾同乡，康海文盛当朝，刘瑾慕其文名，欲交往，借康海求救梦阳之机，得以往来。《四库全书总目提要》云："……海以救李梦阳故，失身刘瑾。瑾败，坐废。遂放浪自恣，征歌选妓，于文章不复精思，诗尤颓纵。"[1] 王九思与其同病相怜，二人晚年纵情诗酒声色，也影响到关中一方文学风气。

又何良俊《四友斋丛说》卷15云："刘瑾，陕西人，与康浒西同乡。康载翰林，才望倾天下，瑾欲借之以弹压百僚，故阳为尊礼之。康本疏诞，遂往来其门，实未尝干与政事也，遂终此以废弃，天下共惜之。后自放于声乐……康对山以状元登第，在馆阁中声望籍甚……（母亡）对山闻丧即行，求李空同作墓碑，王渼陂、段德光作墓志与传。时李西涯方秉海内文柄，大不平之。值逆瑾事起，对山遂落籍。"[2]

何说之中没有提及康海与刘瑾往来的关键，即救梦阳一事。这是个本质的问题，源于此的往来是出于无奈和被动的，虽关乎"名节"，但尚为人所理解。若不涉此，对山与瑾的往来就会实实在在地为人所诟病了。关于刘瑾欲借助康海弹压百官的说法值得商榷。我以为刘瑾尊敬康海，还是有本真的一面，政治意图并不是主要的。何氏所言更重要的信息在于传递出李东阳与

---

[1] （清）纪昀总纂：《四库全书总目提要》，第4464页。
[2] （明）何良俊：《四友斋丛说》卷15，第126页。

康海之隙，即康海为其母撰墓志铭一事，以致东阳"大不平之"，至此酿就了彼此之间的矛盾，故而康海落难，东阳亦无所表示。因此，金宁芬在《康海研究》说："康（海）、王（九思）实是专制统治时文坛派系斗争的牺牲品，是以'文学复古'为口号的革新派受到握有朝政大权的文坛霸主迫害的代表。"[1]

落职的康海没有奔走相告，而是沉湎于声色，与志趣相投的一帮文人诗酒风流起来，且拒不出仕。这也是通过一种极端的方式对于自身遭受的不公进行抗议。

（三）刘瑾与其他

前七子中，除了李梦阳、康海与刘瑾关系深广外，王九思、边贡、王廷相、何景明其他诸子也都程度不同地与刘瑾"有染"，继而命运也多波折不断。

钱谦益《列朝诗集》云："值刘瑾乱政，翰林悉调部属，历练政务，敬夫独得吏部。不数月，长文选。瑾败，降寿州同知。居一年，会天变，言官钩瑾余党，勒致仕。"[2]王九思与康海有同病相怜之缘，皆因"交善"刘瑾，在其擅权之际曾有所"受惠"，结果在瑾诛后，那些曾经被刘瑾打击的文士纷纷复起之时，他俩却以坐瑾党而落职为民，过起了纵情于诗酒声伎的"享乐"生活。

此外，李廷相《资政大夫南京户部尚书华泉边公贡神道碑》云："既而逆瑾擅权……改荆州。"[3]《明史·王廷相传》云："（正德三年）刘瑾中以罪，谪亳州判官。"[4]边贡、王廷相亦皆被刘瑾贬谪。

---

[1] 金宁芬：《康海研究》，崇文书局2004年版，第59页。
[2] （清）钱谦益：《列朝诗集》（二）丙集第11，《传世藏书》集库，总集19，第968页。
[3] （明）焦竑：《国朝献征录》（二），第478页。
[4] （清）张廷玉：《明史》卷194页，第5154页。

孟洋《中顺大夫陕西按察司提学副使何君墓志铭》云："刘瑾时，君度惟大臣可与抗节，乃上书诸尊贵，言宜自振立，挠瑾权。诸尊贵恶，顾嗛何君。丁卯，何君恐祸及，谢病归。"[1] 何景明慑于瑾党威力，恐畏祸及，谢病归隐。

七子之外，其他一些与刘瑾相关的复古派文人也多是类似境况。（除去前文已经涉及的人物）兹举数例如下：

彭泽《南京刑部尚书谥简肃方公良永墓志铭》云："……时刘瑾用事……外官至朝见毕，必造私第，至匍伏拜跪……公径趋出，瑾已衔之……瑾益怒……公自分忤瑾，祸且叵测，以得致仕为望外，谢恩即行。"瑾诛，起复。[2]

许赞《通议大夫詹事府詹事兼翰林院学士赠礼部右侍郎谥文裕陆公深墓表》："正德丁卯，授国史编修。踰年，丁母忧，逆瑾衔公不附，改为南京主事。庚午，瑾诛，复公职。"[3]

屠勋"忤刘瑾，引疾而去，加太子太保致仕"[4]。

综上所述，无论茶陵派成员还是复古派士子，他们在遭受刘瑾打击后，命运基本上仍然是或致仕，或归隐，或贬谪。而后或纵情声色，或著书立说，或弃文入道，或兼而有之这样一些模式。而在瑾诛灭后，除少部分人士依然停留在这一状态外，多数人又恢复到从前的生活状态。总之，政治风波使得这些文人的命运因个人性格、情趣不同而差异显著。尤其徐祯卿弃文入道的思想转变在当时士人中颇具代表性，经过刘瑾之乱，士人心灵遭受巨大摧残，而武宗依然荒淫无度，士人心中大明中兴，文学复古的理想化为泡影，使得弘治以来士人原本高昂的士气渐渐平息下来，不少士人纷纷走上理学道路，寻求心灵安顿。

---

[1]（清）黄宗羲：《明文海》（五），中华书局1987年版，第4565页。
[2]（明）焦竑：《国朝献征录》（三），第356—357页。
[3]（明）焦竑：《国朝献征录》（一），第747—748页。
[4] 陈文新：《中国文学编年史·明前期卷》，湖南人民出版社2006年版，第309页。

三、魏忠贤与东林文祸——朋党政治与晚明文人命运

朋党之争历代有之，明代作为史上宦祸最烈的时代之一，宦官也参与和卷入党争之中，尤其晚明之际"口含天宪，手执王爵"的魏忠贤及其阉党与以道德君子自居的东林党国事之争，"君子"、"小人"之争，本质上讲东林党祸是明政权赖以生存的主要力量士人集团与帝王豢养的阉寺势力之间的冲突。[1] 其实，早在武宗正德年间，就出现了以刘瑾为首的瑾党与文官集团的斗争，这该是明代朋党之祸的先声。据孟森《明史讲义》第四章"议礼"所言："《明史》立《阉党传》，阉以党名，始于刘瑾时之焦芳、张彩、刘宇、曹元、韩福等。前此公卿或屈于奄，不过不敢对抗，若李东阳之于刘瑾而已，未有阁部大臣公然为奄效命者也。"[2] 孟先生的论述说明，刘瑾擅权时已有阉党，只是还尚未形成士大夫为其公然效命的态势。逮至明末天启年间，由于东林党非"君子"即"小人"的归类和咄咄逼人之势，不少原本独立或友好于东林的士人不得不投奔、依附魏忠贤，来保护自己免遭东林迫害，进而窥视权力，进行一些利益分赃，一时"文丐奔竞"，[3] 犹如犬儒，形成声势浩大的阉党。

在东林党与阉党的斗争中，面对东林士人书生意气式的口诛笔伐，阉党则造《东林点将录》等名册网罗罪名，再利用厂卫特务机构，借机大造文祸，包括东林党在内的晚明士人的性命一时朝不保夕。兹举数例如下：

1. 天启五年（1625）七月，魏忠贤兴大狱，"副都御史杨涟、佥都御史左光斗、给事中魏大中卒于狱"[4]。同年十二月，又"榜东林党人姓名示天

---

[1] 沈松勤：《北宋文人与党争——中国士大夫群体研究之一》，人民出版社1998年版，第115页。
[2] 孟森：《明史讲义》，中华书局2006年版，第211页。
[3] 刘勇刚：《明末文人与党争》，浙江大学博士后出站报告，2005年，第51页。
[4] （清）夏燮：《明通鉴》卷79，第3067页。

下"。[1] 天启六年（1626），"庚子，下吏部员外郎周顺昌于（阉党）狱"。[2]

2.《明诗纪事》"刘铎"条："（刘铎）愤忠贤乱政，作诗书僧扇，有'阴霾国事非'句。侦者得之闻于忠贤。倪文焕者，扬州人也，素衔铎，遂嗾忠贤逮治之。"[3]

3. 天启六年（1626），太仓生员孙文豸、武进士顾同寅作诗哀悼被魏忠贤害死的巡按辽东的将领熊廷弼，结果被阉党"指为'妖言'，罗织案件，孙、顾即被斩首示众，同郡翰林编修陈仁锡、修撰文震孟等受到株连而被革职。"[4]

4. 中书舍人吴怀贤抄录杨涟弹劾魏忠贤奏疏后击节叹赏，并在文旁题字："宜如韩魏公治守忠故事"，"即时遭戍"。吴的题字用意在于除掉当世巨珰魏忠贤，结果被家奴告发，即被遭戍，家产籍没。又因为吴曾在致工部主事吴昌期书中，有"事极必反，反正不远"语，魏忠贤侦之，大怒曰："何物小吏，亦敢谤我！"遂下诏狱，牵入内阁中书汪文言案中，烤掠致死。[5]

5. 刘宗周"一咂于魏忠贤，再咂于温体仁，终咂于马士英，而姜桂之性，介然不改……刘公以魏忠贤削籍归，举证人社于塔山旁，执经门下者常数百人。……明季道德完人，二公（刘宗周、黄道周）为称首焉"[6]。

6.《明史·朱国祯传》："……魏忠贤窃国柄……视国祯蔑如。其冬为逆党李蕃所劾，三疏引疾。忠贤谓其党曰：'此老亦邪人，但不作恶，可令善去。'"[7]

此外，御史周宗建曾上言："魏忠贤'目既不识一丁，心复不谙大义，

---

[1] （清）夏燮：《明通鉴》卷79，第3076页。
[2] （清）夏燮：《明通鉴》卷80，第3084页。
[3] 陈田：《明诗纪事》庚签卷23，第2650页。
[4] 胡奇光：《中国文祸史》，第124页。
[5] 杨乾坤：《中国古代文字狱》，陕西人民出版社1999年版，第342—343页。
[6] 陈田：《明诗纪事》辛签卷4，第2872—2873页。
[7] （明）张廷玉：《明史》卷240，第6251页。

竭其志虑,有何远谋。'"[1]遂遭夺俸。"修撰文震孟上勤政讲学疏,忤魏忠贤。杖八十,放归。"[2]

以上略举数例,仅作管窥。就上述诸人而言,大多是因文生祸者,轻则革职、贬谪,重则下狱,乃至致死。阉党对其实施政治打压的前提是他们掌控厂卫机构,这也进一步看出手无寸铁的纯粹文人式意气用事,在庞大的拥有政治权势的对手面前除了气节外,很大程度上都是徒手待毙。他们保留了气节的同时,却遭受到从精神到肉体的无限打击和折磨。

当然,我们在批判阉党倒行逆施的同时,也该反思士人在党争中的策略问题。也由于社会的价值评判体系是士人一手造就的,故而,在阉宦面前讲求气节者则又不得不"舍生取义",以维护其道德尊严。相反,一些在反阉斗争中注重政治策略的士人,却又往往成为那些标榜文士气节者攻击的对象,并且由此引发文人群体的内部矛盾。在晚明党争中,文人内部的不团结,互相倾轧,而迫使部分文人转投、依附魏忠贤以保护自己。阉党覆灭,东林复盛,亦有投机文士转舵附和,一时鱼龙混杂,新仇旧恨,彼此报复。

《四库全书总目提要》卷58"东林列传二十四卷"云:

> 明万历间,无锡顾宪成与高攀龙重修宋杨时东林书院,与同志讲学其中。声气蔓延,趋附者几遍天下。互相标榜,自立门户,流品亦遂糅杂。迨魏忠贤乱政之初,诸人力与撐拄,未始非谋国之忠。而同类之中,贤奸先混,使小人得伺隙而中之。于是党祸大兴,一时诛斥殆尽,籍其名颁示天下。至崇祯初,权阉既殄,公论始明。而余孽尚存,竞思翻案,议论益纠纷不定。其间奸黠之徒,见东林复盛,竟假借以张其锋。水火交争,彼此报复。君子博虚名以酿实祸,小人托公论以快私仇。卒至国是日非,迄明亡而后已。……以节义炳著者,汇载于前。……

---

[1] 卫建林:《明代宦官政治》(增订本),花山文艺出版社1998年版,第398页。
[2] 同上。

其中硕士端人，固所不乏，而依草附木者，实繁有徒。厥后树帜分明，干扰时政，祸患卒隐忠于国家。足知聚徒讲学，其流弊无所不至。虽始创诸人，未必逆料及此，而推原祸本，一二君子不能不任其咎也。[1]

这一论述指出了文人内部各自结党、互相排斥异己的矛盾是党争的重要原因。据此，我们不能将明代宦祸尤其明末党争的罪魁祸首全部归咎于宦官，文人的意气用事、政治幼稚也是造成其自身命运波折不定的一个重要原因。

就以上擅权宦官所为，有必要就其迫害异己文士的文化心理，给予一些补充论述。

王夫之在《尚书引义·舜典》中云："且夫天之生人，道以成形；而人之有生，形以藏性。二气内乖，则支体外痿；支体外断，则性情内桀。故阉腐之子，豺声阴鸷；浮屠髡发，安忍无亲；逋奴黥面，窃盗益剧，矐之瞎目，顽谖无惮。形蚀气亏，符朕必合，则是以止恶之法增其恶也。名示天下以君子，而实成天下之奸回，悲夫！为复肉刑之议者，其无后乎！今夫殄人之宗而绝其世，在国曰灭，在家曰毁。罪不逮此，而绝其生理，老无与养，死无与殡；无罪之鬼，无与除墓草而奠杯浆。"[2] 基于王夫之对于宦官从生理到心理的一些特征描述，考察宦官的文化心理可以得出以下几点认识：

一是自卑心理。宦官出身多极其卑微，加之生理上的巨大缺陷，在心理上始终处于一种极度自惭形秽的境地。《汉书·司马迁传》引司马迁自己的话说，受宫刑后"乡党戮笑，污辱先人"。为了改变卑微地位，他们极尽阿谀之能事，讨好主子，保护自己。

二是权力意识。作为一个身份是奴婢的特殊阶层，却生活在权力金字塔的最高层，他们中的绝大多数人毫无保留地全力倾心于自己的主子，并以此

---

[1]（清）纪昀总纂：《四库全书总目提要》，第1599页。
[2]（清）王夫之：《尚书引义》卷1，中华书局1976年版，第21—22页。

换来短暂的荣华富贵。这就导致他们具有强烈的依附意识和参与意识。而这两种意识的最终目的是围绕权力这个中心展开的。

三是极端性格。宦官常敏感多疑，一旦有人触动维系其命运的"核心"，或冒犯其"痛处"，他们就以常人看似变态的行为给予"捍卫"。擅权后的宦官对于异己文士寻找一切可利用的机会进行打击，发泄心中积愤。尤其那些在他们面前鼓舌摇唇的自我清高型文士成为其重点打击对象。

四是贪财成性。宦官贪财成性的心理和他们没有子嗣直接相关，注重活在当下敛财以防老。擅权宦官在明朝极为富有，有了相当的物质财富后，他们开始追求更多曾经失去的精神上的空虚，所以也像文人一样讲求风雅，或者以交游文士为荣。当然在未有财富之前，他们的首要目的还是敛财，所以对于耿直的文士如若不以钱财厚赂他们，很难升迁或许还会遭受贬谪。

总之，宦官自身特殊的生理和心理是其擅权的一个不可忽视的重要因素。宦官竭尽谄媚之能事以博得主子欢心，提升自己话语权的同时，伺机攫取一些权力，继而积累财富，提升地位。同时也偶尔在士大夫面前卖弄"风雅"，甚至以结识交往他们为荣，来掩饰或弥补自己的自卑心理。而一旦受到文人士大夫的些许鄙视或忤逆，就变本加厉地广织文网，大肆打击迫害，以寻求心理慰藉。

小结

通过概述性的梳理宦官专权下，作为既是文学主体又是政治主体的复合型文士的命运变更轨迹，大致可以得出这样两点认识：作为复合型文士有利的一面是，政坛权贵可以通过权势掌控文坛，而文坛才子又可以借此涉足政坛。另外，仕途上的失意和挫折，还可以在致仕、归隐后通过文学创作找到新的生活支撑点。不利的一面是，他们会由于政治立场的不同，部分人的人品因此受到攻击，进而削弱其文学成就；部分人的气节由此声名鹊起，反而提升其文学影响。基于这样的认识，他们的文学命运、政治命运时而相辅相成，时而反向而行。总之，复合型文士的政品、文品、人品三者常常处于一种互相牵制之中，而又很难把握好三者的度的问题，一旦有所偏离，就会出现因人废文等问题。

第六章　明代宦官与明代文学关系研究

明代宦官专权严重威胁了传统的士大夫政治，文人们不得不选择相应的生存方式和生活态度以适应时局。士风之变，文风亦为之一变。综观明代文学的演进过程，其中不乏宦官政治的明显印记，二者之间不仅存在内在逻辑联系，而且呈现互动状态。

第一节　宦官专权下的文学走向

宦官专权既然关乎文人的文学命运，也就影响文学走向等文坛动态。比如在其专权影响下，文坛流派出现分化，文学集团进行重组；致仕、归隐文士又广泛结社；更有重情遣理以及弃诗文主曲艺等文学现象。宦官专权不仅作为明代一些文学走向的时政背景，个别擅权宦官有时完全成为文学走向的间接乃至直接的推动者。

一、宦官专权下文学群体的分化与重组

宦官专权促使文学群体发生分化和重组。

文士们在政治层面上，因政见之争而分化。在文学层面上，文人群体往往以在朝政治人物为核心，或者以共同政治倾向为契机，或以师承和讲学为

纽带，从而形成文学群体的重新组合。

明初从台阁体一味歌功颂德到茶陵派开始出现部分山林情结，到前七子先在李东阳的羽翼下发展，再到可以脱离内廷独立于文坛，最后到阉党与东林党大张旗鼓的集团性斗争下，文人分化为两个极端，或投靠阉宦，或忠于东林。

我国古代的一种社会现象是文人执政后，一般凭借其强大的政治影响会形成一个文学流派、团体，并且形成一种文风。这样就不仅执掌政坛也主盟文坛。"三杨"如此，李东阳亦如此。

下面就以李东阳为首的茶陵派和以七子为核心的复古派的关系为例，分析宦官专权下文学群体的分化与重组。

焦竑《玉堂丛语》"师友"条云："李西涯当国时，其门生满朝，西涯又喜延纳奖拔，故门生或朝罢或散衙后，即群集其家，讲艺谈文，通日夜以为常。……盖公于弘、正间为一时宗匠，陶铸天下之士，亦岂偶然者哉。"[1] 同书"恬适"条又云："李文正当国时，每日朝罢，则门生群集其家，皆海内名流，其坐上常满，殆无虚日，谈文讲艺，绝口不及势利。其文章亦足领袖一时。正恐兴事，建功或自有人。若论风流儒雅，虽前代宰相中，亦罕见其比也。"[2] 文献说明李东阳无论在政治上还是文学上都聚集了一大批追随者。即使晚年致仕家居，仍然是门生故吏满庭。临终前，他将平日所用袍笏、束带、砚台、书画之类，皆分赠诸门生。李东阳致仕后之所以还有如此影响力，这和他早年在政坛针对宦官的"隐忍保全"策略是有直接关系的。但负面的影响就是使得和他政见、文学思想不一的前七子等复古文士游离出去，文坛出现集团分化与重组的新走向。

前七子最初也是在李东阳及其茶陵派的羽翼下成长壮大起来的，但随着刘瑾专权，作为两坛盟主的李东阳的态度和行为让不少依附者、追随者失

---

[1] （明）焦竑：《玉堂丛语》卷6，第195页。
[2] （明）焦竑：《玉堂丛语》卷7，第235页。

望，随之对其进行了不少批评，乃至脱离其门下或名下，另立门户。

　　复古派诸子在反刘瑾集团的斗争中，许多人遭到不同程度的打压和迫害，不少人也因此声名鹊起，复古运动达到一个蓬勃高涨的阶段。关于前七子等复古派与刘瑾的冲突斗争和他们自身命运的变化在前文文人命运一节已经有所论述。李梦阳、何景明、王廷相、边贡、王九思、康海、顾璘、许天锡、刘璘、熊卓、王守仁、何塘、崔铣、徐祯卿等皆因与瑾有关联，不同程度受到报复、打击。政治上的争斗又往往以文学为重要的工具和手段。廖可斌在《明代文学复古运动研究》中说："复古运动作为一场文学运动，与政治斗争是紧密交织在一起的。复古诸子以文学为手段进行政治斗争，又通过参加政治斗争扩大复古派的影响，推动复古运动的发展。"[1] 比之复古派与刘瑾意气行为式的斗争，茶陵派成员中多数人采取的是与领导者同样的"朝隐"心态，也有不少进行反刘瑾斗争，但较之复古派的激进，茶陵派总体上是温和的。

　　包括茶陵派成员在内的馆阁之臣的软媚之态一度激起复古诸子的批评。以致原本成长于李东阳羽翼下的七子，最终与茶陵派分道扬镳。李梦阳曾与李东阳以师生相称，作诗曰："我师崛起杨与李，力挽一发回千钧。"[2] 胡应麟《诗薮》亦云："成化以还，诗道旁落，唐人风致几于尽隳。独李文正才具宏通，格律严整，高步一时，兴起李、何，厥功甚伟。"[3] 之后王九思亦"争趋怀麓堂"。七子成员大多都主动接近东阳及其茶陵派，接受其影响。然好景不长，随着刘瑾擅权，以及李东阳表现出的暧昧态度，李梦阳等人开始表现出不满乃至批评。如康海《送潇川子序》、何景明《孟有涯集》、王廷相《王氏家藏集》中都相继有文对东阳及茶陵文风予以批评，他们之间的关系开始对立。文风上的分歧，很大程度上还是源于双方对待刘瑾的态度不相合。

　　政见不和，文风分歧外，李梦阳因反刘瑾的崛起也直接削弱了李东阳

---

[1] 廖可斌：《明代文学复古运动研究》，上海古籍出版社1994年版，第69页。
[2] 陈田：《明诗纪事》丁签卷1，第1136页。
[3]（明）胡应麟：《诗薮》续编卷1，中华书局1958年版，第330页。

的文坛地位。《明史·李梦阳传》云："梦阳才思雄鸷，卓然以复古自命。弘治时，宰相李东阳主文柄，天下翕然宗之，梦阳独讥其萎弱。倡言文必秦汉，诗必盛唐，非是者弗道。与何景明、徐祯卿、边贡、朱应登、顾璘、陈沂、郑善夫、康海、王九思等号十才子，又与景明、祯卿、贡、海、九思、王廷相号七才子，皆卑视一世，而梦阳尤甚。吴人黄省曾、越人周祚，千里致书，愿为弟子。迨嘉靖朝，李攀龙、王世贞出，复奉以为宗。天下推李、何、王、李为四大家，无不争效其体。"[1]

又《四库全书总目提要》云："梦阳为户部郎中时，疏劾刘瑾，遘祸几危，气节本震动一世。又倡言复古，使天下毋读唐以后书，持论甚高，足以悚当代之耳目。故学者翕然从之，文体一变。……考明自洪武以来，运当开国，多昌明博大之音。成化以后，安享太平，多台阁雍容之作。愈久愈弊，陈陈相因，遂至啴缓冗沓，千篇一律。梦阳振起痿痹，使天下复知有古书，不可谓之无功，而盛气矜心，矫枉过直。……平心而论，其诗才力富健，实足以笼罩一时。……明人与其诗并重，未免怵于盛名。……且以著风会转变之由，谕门户纷竞之始焉。"[2]

梦阳因气节盖世，遂其倡导复古亦从者翕然，文风为之一变，门户纷竞就此开始。以梦阳为首的七子不仅讥讽东阳的人品萎弱，进而动摇了其文坛地位，改变其茶陵文风。以致李梦阳、王九思谈文论艺致李东阳"大衔之"。加之，康海"违背"常规未请内阁首辅李东阳为母撰墓志铭，而代之以王九思撰写，直接伤害了李东阳的面子，文人的内部矛盾浮出水面。故而李东阳对七子的态度由先前的提携有加，转而压抑在后。

李东阳对复古派的压制体现在政治层面上，不仅在于李梦阳下狱，无任何表示上。更表现在瑾诛后，李东阳等借清除阉党之机，亦排斥异己。如对在与刘瑾集团中斗争最为突出的李梦阳、王守仁等迟迟不予复职，或补于外

---

[1] （清）张廷玉：《明史》卷286，第7348页。
[2] （清）纪昀总纂：《四库全书总目提要》，第4459页。

职，而康海、王九思坐瑾党落职一事，更不必多言。李东阳于无声响中将异己人士驱逐出政坛、文坛。何良俊在《四友斋丛说》卷15云："同时唯李西涯长于诗文……后进有文者，如江石潭、邵二泉……皆出其门。独李空同、康浒西、何大复、徐昌谷自立门户，不为其所牢笼，而诸人在仕路，亦遂偃蹇不达。"[1] 联想李东阳暗中相助，智除刘瑾，再回想复古派与刘瑾斗争中的伤亡惨重，不得不考虑其中有李东阳有意借助刘瑾之手将他们驱逐出政坛、文坛。回到文学层面，复古派也终于与茶陵派脱钩，走向了独立和成熟。李东阳去世之后，七子等复古派对李东阳大肆批判，甚至以排斥其为能事，试图割裂李东阳等馆阁作家在创作和理论上与他们的干系。钱谦益甚至批判他们"崆峒倡为剽拟古学，佴背师门，秦人康、王辈失职訾毁"[2]。一段时间后，复古派文学逐步取代了翰林馆阁文学的地位，文柄由翰林下移至郎署，此后，馆阁文学一蹶不振。

　　文人群体的分化还表现在茶林派内部成员，东阳的态度也一度引起内部成员及其门生的分化。门生罗玘上书请求削门生籍；门生黄绾上书斥其"因寻隐忍"。内部成员的分化表现为两派：一是只反刘瑾不反李东阳，还有一派是既反刘瑾也反李东阳。这些人大多通过刘瑾之手受到了"惩罚"，这在前文刘瑾与茶陵派的关系中也已经给予论述。刘瑾的"惩罚"也直接分化了茶陵派的政治势力和文学实力。

　　刘瑾专权的影响不仅使得七子脱离李东阳，茶陵派成员出现内部分化，也使得复古派成员经过与刘瑾之争后，内部也出现了不同走向，或离世，如许天锡、熊卓、徐祯卿；或弃文入道，如王守仁、何塘、崔铣等加入了理学家的行列；或先后复官，而其间又受到李东阳执政一派的排挤，分散京外各地。还有部分人则干脆回家隐居终老，如康海、王九思于关中家里闲居。于是复古一派在团结斗争刘瑾集团后，出现了分头发展的局面。以几个主将为

---

[1]（明）何良俊：《四友斋丛说》卷15，第127页。
[2]（清）钱谦益：《列朝诗集》（二）丙集第5，《传世藏书》集库，总集19，第840页。

头，形成了若干新的作家群落，如以李梦阳为首的开封作家群，此群多当地亲友，也有部分外地唱和的诗友。再如以何景明为首的信阳作家群，以康海、王九思为首的关中作家群，以顾璘为首的南京作家群等。对此，廖可斌在《明代文学复古运动研究》中有细致论述。[1]

综上所述，七子等复古派因与主文柄者在对待刘瑾态度上的意见不合，反而成就了其规模宏大的影响，也因为刘瑾之后，他们分散各地，又各自为政，又出现了不同的文学走向和团体重组。这也说明文学不仅与政治气候有关，和作家性格、地域风格都有关联。

二、宦官专权下的文人结社与设院

文人结社由来已久，明代尤盛，尤其中后期在宦官专权刺激下，内阁与司礼监权力之争，这些都对文人结社影响重大。阉宦乱政使得士人失去进取的生活态度，此起彼伏的政治斗争，又使得仕宦者因遭到贬谪、致仕等打击或为了躲避风浪而主动退居山林，在诗酒唱和中寻求精神寄托。多数社团领袖都是政治斗争中的失势者，尤其中后期在与瑾党和魏党斗争中诞生的若干社团和书院，这些团体已经不再是纯粹的学术团体，更多的是"讽议朝政，裁量人物"[2]的"政治同盟"。关于明代文人结社，何宗美大致将其归为这样几类："其一是党争中受害削籍或乞归者的结社……其二是反阉党斗争中崛起的社团……其三是阉党的社团……晚明文人结社与党争有着密切的关系。"[3]

笔者拟在何宗美研究的基础上，就宦官专权影响下的文人结社再做一些补充和归结。

---

[1] 廖可斌：《明代文学复古运动研究》，第 77 页。
[2] 何宗美：《明末清初文人结社研究》，南开大学出版社 2003 年版，第 18 页。
[3] 同上书，第 93 页。

（一）削籍致仕而结社[1]

在强权宦官的干涉下，不少廷臣无奈致仕，而后往往结社赋诗酬唱，或者设院讲学，著书立说。他们在自我陶冶的同时，对于当地学风、文风的振起无疑有一定意义。兹举数例如下：

> 刘瑾乱政，杨守随勒令致仕，与里中诸高年结耆老会。[2]

钱谦益《列朝诗集》丙集第13"太白山人孙一元"下记："一元字太初，不知何许人。人问其邑里，曰'我秦人也'。尝栖太白之巅，故称太白山人。……正德中，逆瑾乱政，绍兴守刘麟去官，卜筑吴兴之南坦。建业龙霓，以按察挂冠，隐西溪。郡人御史陆昆，亦在罢。而长兴吴琉隐居蒙山，穷经著书，诸公皆主焉，琉乃以书招太初，太初至，相与盟于社，称苕溪五隐……"[3]

康海因救李梦阳交往刘瑾，瑾诛后，受牵削职为民，遂放浪恣睢，沉湎词曲，以山水声伎寄情自娱，尝与王九思结东鄠社。《明史·康海传》云："海、九思同里、同官，同以瑾党废。每相聚沜东鄠、杜间，挟声伎酣饮，制乐造歌曲，自比俳优，以寄其怫郁。九思尝费重赀购乐工学琵琶。海挡弹尤善。后人传相仿效，大雅之道微矣。"[4]

《明史·郑善夫传》云："时刘瑾虽诛，嬖幸用事。善夫愤之，乃告归，筑草堂金鳌峰下，为迟清亭，读书其中，曰：'俟天下之清也。'寡交游，日晏未炊，欣然自得。……所交尽名士，与孙一元、殷云霄、方豪尤友善。作诗，力摹少陵。"[5]

---

[1] 这里的削籍致仕也包括归隐在内。
[2] 何宗美：《明末清初文人结社研究》，第55页。
[3] （清）钱谦益：《列朝诗集》（二）丙集第13，《传世藏书》集库，总集19，第1007页。
[4] （清）张廷玉：《明史》卷286，第7349页。
[5] 同上书，第7356—7357页。

天启初，刘宗周"以忤魏阉削籍归，举证人社于塔山旁，执经门下者常数百人"[1]。

天启六年，曹学佺因著《野史纪略》，观点与魏党《三朝要典》相悖，削籍归里，与陈衎等结阆风楼诗社。[2]

钱谦益《列朝诗集》丁集第2"方承天九叙"条记："（方承天）嘉靖甲辰进士，除兵部主事，守山海关，知承天府，以忼直忤巨奄，罢归。为人高朗，善议事，家居结社湖上。"[3]

古代绵长的人文传统范式之一是文人致仕、削籍归里后，往往寻找命运相似之人吟诗唱和，互相慰藉，寻求精神的寄托，也会因此更易得到乡人的敬重。

实际上除了以上非常明确的在宦官专权的无奈形势下，致仕、削籍结社外，一些在朝阁臣、尤其年迈的阁老们往往愿意与志趣相投者集会，寻求精神的安宁和告慰，如"三杨"的真率会、杏园雅集，这些怡老性质的集会，与台阁雅集风气盛行密切。这些虽不是明确意义上的社团，但已经初具结社的性质。到刘瑾擅权之时，文人结社之势大涨。何宗美就此总结道："李东阳的会合联句、京闱同年会以及吴宽、王鏊与同乡京官结社唱和，台阁文人宴游酬唱风气历六七十年而不衰。"[4] 京师之外，致仕、落职到各地的文人亦效法结社乡野。到了弘治、万历时期，前七子等文人大倡复古直接影响了文人结社，并因此形成复古派与非复古派的对立文人团体，由于前后七子复古势力笼罩一时，多数社团处于他们的控制之下。如主盟福建鳌峰诗社的郑善夫，与李梦阳并称'十才子'。再如王守仁的浮峰诗社等。[5] 刘瑾专权也直接或间接地催生出一大批文人社团，其主观上的作恶，客观上却也使得复古派势力大增。

---

[1] 陈田：《明诗纪事》（六）辛签卷4，第2873页。
[2] 陈田：《明诗纪事》（六）辛签卷29，第3510页。
[3] （清）钱谦益：《列朝诗集》（二）丙集第13，《传世藏书》集库，总集19，第1127页。
[4] 何宗美：《明末清初文人结社研究》，第20页。
[5] 同上书，第21页。

（二）反阉党斗争中崛起的文社[1]

天启四年，陈子壮自翰林院去浙江主持乡试，发策问历代宦官之祸，因忤魏阉被削籍南归。崇祯四年，"起詹事府少詹，兼翰林院侍读学士。公弟子升，同里黎遂球，陈邦彦、欧必元以文章声气遥应复社"。崇祯十年，在广州辟云淙书院于白云山，集众讲学；次年修禊南园，与弟子升复修南园旧址，世称"南园十二子"。其后，吴越江楚闽中诸名流，亦来入社。[2]

崇祯元年，张溥以明经贡入国学，与周锺、杜麟征、夏允彝、王崇简等"获缔兰交，目击丑类猖狂，正绪衰息，慨然结衲，计立坛坫"[3]，订燕台十子社。[4]

崇祯二年，张溥合几社、闻社、南社、则社等十余社成立复社，兴复古学，接武东林。[5]

崇祯十二年，吴应箕、陈贞慧等在南京举国门广业社，声讨阮大铖，抵制阉党的气焰。[6]

这些文社从成立的动机而言，就是借文社之名义吸引、拉拢更多的反阉人物，扩大声势，同时也是把文社作为反阉斗争的阵地和联盟，为政治斗争服务。

（三）罢归[7]设院与讲学

致仕或罢归的文士们结社的同时，还愿意设院讲学。顾宪成罢归修东林

---

[1] 何宗美在"晚明党争对文人结社的影响"（见《明末清初文人结社研究》，第91—93页）论述中已将"反阉党斗争中崛起的文社"包罗在内，并作了详尽的考证，兹将其中直接相关者抽列于上，为便于求证，文献多列出原始出处。
[2] 《陈子壮年谱》，出自广东省文史研究馆编：《广东文物》，上海书店出版社1990年版，第522—529页。
[3] 郭绍虞：《照隅室古典文学论集》，上海古籍出版社1983年版，第589页。
[4] （清）杜登春：《社事始末》，出自李慈铭：《越缦堂读书记》，中华书局1963年版，第372页。
[5] 何宗美：《明末清初文人结社研究》，第93页。
[6] （清）黄宗羲：《南雷文定前后三四集》卷7《陈定生先生墓志铭》，清康熙刻本。
[7] 这里的罢归也包括致仕和贬谪者。

书院讲学，冯从吾因忤中人乞归后建关中书院讲学。天启年间，因魏党贬谪、致仕的官员多受东林风气影响，纷纷建院讲学。关于明末党争下的文学社团和书院的建立，何宗美在《明末清初文人结社研究》一书中有细致论述，他指出万历后期："顾宪成等人修复东林书院，专力讲学，并讽议朝政，评论人物，东林党议始此。""熹宗即位后，魏忠贤与客氏相互勾结，政归阉党，中外危栗。天启五年魏忠贤兴大狱，杨涟等'六君子'惨死狱中；次年，高攀龙等'七君子'又惨遭迫害。至此，东林党人受到残酷镇压。""崇祯即位后，志在治乱，魏、客伏诛，宗社再安。"[1] 而东林后劲复社与阉党余孽又展开新一轮的斗争。何宗美认为晚明党争使得这一时期的文人结社形成"党社并兴、党社融合"[2] 的特征。本分而言，党是党，社是社。一为政治团体，一为文学团体。但东林由讲学之书院发展为政治之党，再到后来的复社，直接就是社团外衣下的政治组织，书院、文社与党三而合一。进而形成"朝之党，援社为重；下之社，丐党为荣"[3] 的现象。这其中宦官及其依附者组成的阉党扮演了重要角色。党社融合，阉党就无疑与文社以及社之文人难解干系。

又小野和子《明季党社考》这样说：

　　天启五年八月八日，御史张讷攻击东林党时说："海内最盛四也，东林书院、江右书院、关中书院、徽州书院，南北主盟互相顽长。"[4]

除东林书院与阉党有渊源之对立外，其他三个书院都有东林人物的参与，因此，阉党同样反对书院讲学。[5]

---

[1] 何宗美：《明末清初文人结社研究》，第89页。
[2] 同上书，第91页。
[3] 谢国桢：《明清之季党社运动考》，上海书店出版社2004年版，第171页。
[4] 〔日〕小野和子著，李庆、张荣湄译：《明季党社考》，第157页。
[5] 同上书，第226—227页。小野和子有具体论说。

书院一旦卷入政治斗争,在失势之时往往遭到禁毁。阉党禁毁书院的直接原因在于其中到处充斥着反阉势力。

《明史·刘宗周传》记,刘宗周上疏揭露魏忠贤:"势将指鹿为马,生杀予夺,制国家大命。……(忠贤)大怒,停宗周俸半年。寻以国法未伸……宗周始受业于许孚远。已,入东林书院,与高攀龙辈讲习。冯从吾首善书院之会,宗周亦与焉。"[1]而首善书院又是"东林党三君"之一邹元标与冯从吾一起创立,此外,邹元标还为恢复江右书院不遗余力,冯从吾则再创关中书院。同时,徽州书院又与东林人物余懋衡关系甚大。总之,这些书院或为反阉人物直接创立,或有反阉人物的加盟,这都造成阉党对于书院的仇视。故而,魏忠贤从逆党张讷之议,把东林、关中、江右、徽州、首善各书院全部拆毁。受其影响,其他各处书院也多遭毁坏。

(四)阉党文社

阉党文人自己亦结社网罗、扩大势力。崇祯五年,阉党潘汝桢之子潘映娄、阮大铖门人方启曾等结中江社,阮大铖"阴为之主,以荐达名流饵诸士,由是一社皆在其门"。[2]阮大铖继而又入南京结群社,借以扩大势力。

杜登春《社事始末》说"社局原与朝局相表里"。方以智也曾指出:"吴下社事与朝局表里,先辨气类,凡阉党皆在所摈,吾辈奈何奉为盟主?曷早自异诸。"[3]明末文人结社都是伴随着朝政党争的。复社与阉党都以结社的方式扩大各自阵营,互相对抗。面对复社的咄咄逼人之势,阮大铖通过暗中操纵中江社与之对立,培植自己的势力社团。朱倓在《明季桐城中江社考》中就说:"大铖本亦为东林党人,后与东林党相仇,列名逆案,故见复社之盛,心颇畏忌,乃别立中江社,纲罗六皖名士,以为己羽翼,一以标榜声名,思

---

[1] (清)张廷玉:《明史》卷255,第6574、6591页。
[2] (清)钱扔禄:《钱公伙广府君年谱》,出自谢国桢:《明清之季党社运动考》,第117页。
[3] 同上。

为复职之地，一以树立党援，冀为政争之具。"[1] 阉党成立文社的目的亦同样借结社之名义培植势力，进而把它作为党争的工具。

在京城，随着阉党势力的衰弱和复社势力的扩大，阮大铖逃往南京，"日与南北在案诸逆，交通不绝，恐喝多端。而留都文武大吏半为摇惑，即有贤者，亦噤不敢发声。又假借意气，多散金钱，以至四方有才无识之士，贪其馈赠，倚其荐扬，不出门下者盖寡矣。大铖所以怵人者，曰'翻案也'，曰'启用也'"[2]。阮大铖新创群社，继续发展势力，复社就举桃叶渡大会、上《留都防乱公揭》、创国门广业社等再次掀起讨阮声浪。晚明社团业已成为"君子"之社与"小人"之社进行政治斗争的阵地和平台。

魏忠贤虽然在崇祯帝的主持下畏罪自杀，但阉党不会因为头目的突然陨落而瞬间消失，整个明末两派的斗争仍然余波不断。应社、几社、豫章社等核心人物，张溥、张采、宗锺、夏允彝、艾南英、章世纯等京城名流，组成与阉党余孽斗争的同盟继续斗争。据陈伯纪回忆，崇祯十六年，几社领袖陈子龙与社友"所言皆机务，绝不论文"[3]。燕台社、复社都是在这一共识基础之上建立和发展开来的。

关于阉党与东林党的是是非非，不能简单地断定孰是孰非。《四库全书总目提要》关于东林的论述值得参考：

> 明末东林，声气倾动四方。君子小人，互相搏击，置国君而争门户。驯至于宗社沦胥，犹蔓延诟争而未已。春秋责备贤者，推原祸本，不能不遗恨于清流。宪成其始事者也。考宪成与高攀龙初不过一二人相聚讲学，以砥砺节概为事。迨其后标榜日甚，攀附渐多，遂至流品混淆，上者或不免于好名，其下者遂至依托门墙，假借羽翼，用以快恩仇

---

[1] 朱倓：《明季桐城中江社考》，《历史语言研究所集刊》（第一册），中华书局1987年版，第252页。
[2] 据《复社姓氏传略》之《留都防乱公揭》中所记。
[3] （明）《陈子龙诗集》附录二，《陈子龙年谱》，上海古籍出版社1983年版，第679页。

而争进取。非特不得比于宋之道学，并不得希踪于汉之党锢。故论者谓攻东林者多小人，而东林不必皆君子，亦公评也。足见聚徒立说，其流弊不可胜穷，非儒者暗修之正轨矣。惟宪成持身端洁，恬于名利，且立朝大节，多有可观。其论说亦颇醇正，未尝挟私见以乱是非，尚非后来依草附木者比。[1]

据此，我们不能一概地将明季祸国之乱的罪名全部扣到阉党的头上，东林等书院、社团一些无耻文人的行径也是挑起事端的祸源之一。

三、宦官专权下文学的复古与新变

明代文学发展的贯穿性线索之一是复古路线。关于此，廖可斌《明代文学复古运动研究》、孙立师《明末清初诗论研究》均有深入论述，但在复古之中，政坛、文坛常有变动，如前文所述文人的政治命运和文学命运随之多有波折，文士们不得不调整心态寻求新变以适应时局和自身需要。对此，罗宗强《明代后期士人心态研究》、夏咸淳《情与理的碰撞——明代士林心史》、史小军《复古与新变——明代文人心态史》诸书都有一些研究。在这些著作的论述中，无论是文学复古运动，还是文人心态变化，大都涉及了宦官专权是其发生发展的一个重要时政背景。事实上，背景之外，这些变化之中或多或少有一些宦官因素的渗透，这又主要指的是专权宦官在其中起着或直接或间接的促进和激发作用。仍以刘瑾和魏忠贤专权为例进行分析和研究。

就复古而言，明代前期、中期"三杨"的台阁文风在土木堡之变后，不再适应时局的特征，之后的李东阳对台阁文风试图加以匡正，茶陵文风开始

---

[1] （清）纪昀总纂：《四库全书总目提要》卷172，第4504页。

有了山林气息，他在《怀麓堂诗话》中主张学习盛唐诗歌"浑雅正大"的格调，首开明代复古先声，但在其诗歌创作实践中却少了慷慨之气。其后，先是师承李东阳继而转舵的李梦阳真正扛起了复古的大旗，不仅在理论上而且在创作实践中使复古运动深入发展开来。就刘瑾在前七子文学复古运动中的作用，还要从茶陵派与复古派的关系说起，前七子由起初在李东阳羽翼下成长，到反刘瑾斗争中由于政治立场的不同而分道扬镳，进而造成来自刘瑾和李东阳的双重打压，但又客观上激发了复古士子的济世情怀和昂扬斗志，尤其以李梦阳为最，其几次下狱而不改一贯劲节直声的禀性，所以复古派截然不同于馆阁文臣们明哲保身、软媚为主的风格，而是示人以坚定刚毅、执着果敢的英勇形象。

复古派成员慷慨悲凉、敢于抗争的性格和心态，体现在文学层面就是反对和批评李东阳等软媚文风，并主张和追求"文必秦汉，诗必盛唐"的文学复古理想，一时"文章气节睥睨当世，天下翕然慕之"[1]。这又使得复古运动的声势进一步壮大。诚如史小军所言，复古也是"求新求变的必然选择"，"求变——对不良文风、学风、士风的反对"。[2] 但考究其求新求变的原因，这又与刘瑾专权的客观形势是分不开的。廖可斌说："如果说复古运动的第一次高潮兴起于弘治末，那么它取得实绩则主要在正德中。"[3] 武宗正德初年，正是刘瑾擅权之际，这是前七子文学复古运动的一个重要时政背景。他们在与李东阳脱钩和刘瑾交锋中，被一度打压和迫害，但也因此部分地"成就"了其声誉。然而没有权力支撑的纯文学性抗争和运动，最终还是被权力拥有者刘瑾和李东阳通过政治手段进行"围剿"，复古诸子多被分化和散落到京外各地。马美信在《阳明心学与文学复古运动》中也指出："正德元年，刘瑾等宦官用事，朝政日非。……王守仁也上《乞宥言官去权奸以章圣德

---

[1] （清）黄宗羲：《明文海》（四）卷 369《徐迪功祠记》，第 3801 页。
[2] 史小军：《复古与新变——明代文人心态史》，河北教育出版社 2001 年版，第 38、40 页。
[3] 廖可斌：《明代文学复古运动研究》，第 62 页。

疏》，对武宗滥用宦官，闭塞言路提出忠告。由于武宗昏聩不明，刘瑾等权奸非但未受到惩处，反而向朝中忠正之士发动反扑，正直的官员受到严重的打击。李梦阳和王守仁同日遭贬出京，王廷相、何景明等人也相继被流放到外地。盛极一时的文学复古运动在政治势力的打击下日趋衰微。"[1]以前七子为主的曾经激昂的复古理想至此遭受了重创。

刘瑾的打击使得复古人士认识到理想与现实的差距，也使得一些人放弃了慕古尚气的追求，转而倾向于对个人主体精神进行思考和探索。王阳明是其中一个先知先觉者，作为曾是文学复古运动的积极参与者，在被刘瑾贬谪和追杀之后，致力于探求圣贤良知之道，进而对文学采取抗拒、排斥之态，他强调文学必须合道，王阳明后期的文学主张与文学复古运动的精神是相对立的。

阳明之后，崔铣、王廷相等先后由复古派转投理学大营，部分复古派成员走上了一条弃文入道之路，即由"信古"转到"信心"。而心学的兴起和盛行无疑为复古士人解脱沉重的精神危机找到了一条新发展道路，但这也同时形成对复古运动的一种冲击。王承丹在《阳明心学兴起与复古文学迁变》一文中说："让人始料未及的是，随着心学实力和势力加强壮大，影响所及，复古健将徐祯卿、郑善夫竟为其所化。"[2]而考察徐祯卿和郑善夫由"信古"到"信心"的转变过程，其间都有过一段归隐经历，然后转而弃文入道，而他们归隐的直接原因都与刘瑾擅权有关。刘瑾乱政，徐祯卿遭受罚俸降职，友朋四散、贫病相继，乃至心灰意冷，不问世事，"久之，遂雅意神仙之事"[3]。临终嘱咐其子请王阳明撰其墓志，阳明在其墓志铭中写道："惜也昌国！……早攻声词，中乃谢弃；脱淖垢浊，修形炼气；守静致虚，恍若有

---

[1] 马美信：《阳明心学与文学复古运动》，《复旦大学学报》1993年第6期。
[2] 王承丹：《阳明心学兴起与复古文学迁变》，《厦门大学学报》2007年第1期。
[3] （清）黄宗羲：《明文海》（四）卷369，第3801页。

际。道几朝闻,遐夕先逝。"[1]墓志铭中王阳明叙述了徐祯卿早年倾心文学,而后转道追求神仙之术,进而心折阳明走向心学的一个大致历程。虽然英年早逝,但"卒乃有志于道"。而郑善夫的归隐同样源于刘瑾擅权,"正德初,瑾逆乱政,力告得请,筑少谷草堂于金鳌峰,作迟清亭以见志焉"[2]。相对于徐祯卿入道的一波三折,郑善夫是较为直接的。

按以上论述,复古派从兴起到衰落,以及部分复古士子从"信古"到"信心"的转变,宦官刘瑾及其党羽在其中是起到了一些客观上的促进和刺激作用的。

就以上前七子等复古派成员无论是与刘瑾针锋相对的政治冲突,还是与李东阳在政治立场、文学风格方面的双重分歧,这些冲突与分歧都是非常直接的,而晚明魏忠贤阉党与文士的关系却是分为两个层面的,一是阉党之祸对非东林文士的间接影响,二是阉党与东林党文士的直接斗争。

就魏忠贤阉党对非东林文士的间接影响而言,晚明天启末、崇祯初魏阉擅权之时,一方面是东林党与非东林党搅得朝政混乱,紧接在后是东林党与阉党的斗争,再往后复社与阉党余孽的斗争,整个晚明党争不断。而此一时期,李贽、汤显祖、公安三袁等人先后掀起了个性解放的思潮,面对国是日非的现实,在心学思潮面前,许多士人也难以固守自持,"不由自主地沉浸其中,沾染上异端人物思想通脱任达、个性随意放浪的气息",[3]自觉接受了李贽"童心说",公安派"性灵说"的影响,这些心学思想业已成为"失落"士人安顿心理的有效处方。因此,部分文士们不再沉溺于对功名利禄的追求和向往,继而产生了对朝廷的离心之力,尚俗求真风气一度流行起来,一大批晚明文人醉心于性灵小品、戏曲、小说、民歌的创作,诞生了一批弃诗文主曲艺,弃雅趋俗的世情文人,也生产了一批世情文学

---

[1] (明)王阳明:《王阳明全集》卷25《徐昌国墓志》,上海古籍出版社1992年版,第933页。
[2] (清)钱谦益:《列朝诗集》(二)丙集第13,《传世藏书》集库,总集19,第1011页。
[3] 王承丹:《明代诗文综论》,中国文联出版社1999年版,第49页。

作品。晚明文士重情遣性之中,还掺杂了不少趋俗的成分,这也和城市经济的发达、市民阶层的活跃是紧密相关的。阉党擅权,文士无心仕途,不少人混迹市井,染上了些许世俗情怀。李贽曾说:"市井小夫,身履是事,口便说是事,作生意者但说生意,田作者但说力田。凿凿有味,真有德之言,令人听之忘厌倦矣。"[1]趋俗心态也使得士人更加注重物质钱财的拥有,乃至崇祯年间出现"天下文不成文,而以钱神为文"[2]的社会现象。这样,当部分文人疯狂地参与或被无奈卷入党争的政治风波之时,却另有一个截然不同的文坛世界,他们是远离政治纷争、醉心于性灵心学、过着市井日子而又不亦乐乎的"师心"一族。如戏剧家汤显祖因为对矿监和税监的不满归隐居家,过着征歌度曲的世俗惬意生活。在汤之后的一段时间内,不少文士仍然沁心于此。其实,就在东林党人与阉党在京城如火如荼地斗争之际,远离朝政的江南云间派一方面坚守复古之堡垒,诗学以汉魏盛唐为圭臬,词学则胎息花间南唐北宋,但他们也能于实学之外,师心重情,"透过古典的外壳,我们看到的是真实的性灵"[3]。

但总的来说,这种进步式的"心学沉溺"显然已经超越了当时的社会现实,钟惺、谭元春新创竟陵派,企图调和"信心"与"信古"的过度分裂。对此,孙立师在《明末清初诗论研究》中指出:"钟惺、谭元春此后与袁中道的分歧,对公安派俚俗的修正,对七子诗说的兼取,都透露出一些新的信息,即由竟陵派开始,对弘治以来两大派系的论争出现了一个综合的倾向。钟惺、谭元春对古学的重视和提倡,又是此后古典主义潮流泛起的一个征兆。"[4]但竟陵派在恢复古学上的刻意为之,又走上了"幽情单绪、孤行静寄"的尴尬道路。但无论如何,文士们耽于性灵的浪漫狂潮渐趋回落,而东

---

[1] (明)李贽:《焚书》卷1,中华书局1975年版,第30页。
[2] 《明熹宗实录》卷23。
[3] 刘勇刚:《云间派文学研究》,中华书局2008年版,第4页。
[4] 孙立师:《明末清初诗论研究》,广东高等教育出版社1999年版,第3页。

林党及其之后的复社和几社又开始了新一轮的文学复古运动，部分文人的浩然正气、社会责任感又被重新激活。关于文社诸子的古典主义倾向，孙立师亦有专门论述，可参阅。[1]

就阉党与东林文士的直接斗争而言，其斗争方式较之刘瑾与复古派斗争发生了新变，双方以结社、设院为手段进行文学上、政治上的斗争，党争与文学的互动关系十分明显。而且还需关注的一个文学新变现象是，一方面无论是复社，抑或阉党余孽在以文学手段进行斗争中，不再以诗文为主，而是以戏剧创作和演出为重要斗争手段。另一方面，政治斗争之余，放浪恣睢成为各派私下一种不可或缺的生活方式，其中戏剧是他们较为重要的娱情方式。戴名世《弘光朝伪东宫伪后及党祸纪略》对复社与阮大铖利用戏剧进行争斗的情形予以记载："大铖尝以梨园子弟为间谍，每闻诸名士饮酒高会，则必用一二人阑入伶人别部中，窃听诸名士口语。顾诸名士酒酣，辄戟手詈大铖为快，大铖闻之，嚼腭搥床大恨。"[2]而复社每每社集之时，总是对阮大铖大加诋毁。

阮大铖的戏剧才能是不可否认的。他从家乡怀宁带来的戏剧班子在南京城鹤立鸡群，连复社名士陈贞慧之子陈维崧也说："金陵歌舞诸部甲天下，而怀宁歌者为冠。"[3]尤其《春灯谜》《燕子笺》可谓火爆南京城，以至复社社集之时也每每上演其《燕子笺》，并且对其艺术性给予很高评价。冒襄《同人集》卷 2 载，复社社集观演《燕子笺》，社友们"且骂且称善"。[4]关于明末党争之际的社集演剧情况，余怀《板桥杂记》也有记载，如姚澹举社于十二楼船戏剧演出之时，"招集四方应试知名之士百余人，每船邀名妓四人

---

[1] 孙立师：《明末清初诗论研究》，第 118 页。
[2] （清）戴名世：《戴名世集》卷 13，中华书局 1986 年版，第 367 页。
[3] （清）陈维崧：《奉贺冒巢民老伯既伯母苏孺人五十双寿序》，《同人集》卷 2，《四库全书存目丛书》集部 385，齐鲁书社 1997 年版，第 46 页。
[4] 同上。

侑酒，梨园一部，灯火笙歌，为一时之盛事"[1]。另外，方以智水阁社集时更是"梨园子弟，三班骈演"。[2]

总之，整个明季，无论是阉党与东林党，以及阉党余孽与东林后裔的直接斗争，还是远离党争是非而沉溺于声色享乐之中者，"社"必有"戏"，"戏"以助"社"成为文坛，乃至整个社会重要的文化现象。

第二节 宦官专权下的文学风气

宦官专权影响下，文人们或选择妥协依附，以获得保全，或劲直反抗，结果招致贬谪、致仕，甚至丢失性命。还有部分文人干脆不问时政，居家归隐。士风之变文风亦为之一变。诌诗谀文大行其道的同时，声色享乐之风亦风生水起。

一、高压政治与诌诗谀文

明初太祖疑心重、好猜忌，捕风捉影而屡兴文狱，杀害了包括开国文臣宋濂、刘基在内的成千上万正直无辜或小有过错的文人。成祖即位，"初，上命中官刺事……乃设东厂于东安门北，以内监掌之"[3]。对于不合作的文人更是刀具威逼、手段残忍。夏咸淳因此说："一部明初开国文苑传就是一部文祸史。"[4]

严密的法网、文网等高压政策，使馆阁之臣多数都怀有疑畏的心理，进

---

[1]（清）余怀：《板桥杂记》卷下，第23页。
[2] 同上书，第22页。
[3]（清）夏燮：《明通鉴》卷17，第741页。
[4] 夏咸淳：《明代文人心态之律动》，《东南大学学报》2003年第4期。

而被驯服为极为小心、屈从的一个群体。杨士奇曾自谓："秩愈进而忧愈重，宠愈厚而畏愈切。"[1] 史载其入内阁，每有惧色，太宗慰曰："朕知尔文学，亲擢于此，尔但尽心，勿自疑畏。"[2] 杨荣则"事君有体，进谏有方"，避免"以悻直取祸"。[3] 杨溥更是："性恭谨，每入朝，循墙而走。"[4] "三杨"尚且如此谨小慎微，可见，明初文祸对士人心理的影响多么深刻。

士人的畏祸心理转化为奴性品格后，诗文创作便多粉饰太平，文风承平软媚。

宣德、正统年间（1436—1449），"三杨"主盟真率会，"硕德重望，乡邦典型，酒社诗坛，太平盛世"[5]。杨荣《和真率会诗》曰："明时优老圣恩深，雅会雍容集禁林。列坐七人俱白发，论思一片总丹心。中朝文物真逾古，东洛衣冠复见今。海宇升平民物遂，何妨痛饮和新吟。"[6] 阁老们耽于修身养性，沉浸于诗酒风雅的享乐之中，诗文作品多雅集唱和所为，文风犹如士风一样雍和典雅，萎靡不振。

王振就在这样的环境中趁机崛起而专权的。拥有权力的他直接继承太祖、成祖对于士人的高压手段，通过操控司法机构进行特务活动，大肆践踏不合作文士的尊严。

朱彝尊《静志居诗话》云：

> 廷杖与东西厂、锦衣卫镇抚司狱用刑之酷，前代未有。自王振乱政，鞭挞朝士大臣，有枷项者。[7]

---

[1]（明）杨士奇：《东里续集》卷39，文渊阁四库全书本。
[2] 转引自熊礼汇：《明清散文流派论》，武汉大学出版社2003年版，第88页。
[3]（清）张廷玉：《明史》卷148，第4141页。
[4] 同上书，第4144页。
[5] 郭绍虞：《照隅室古典文学论集》，第539页。
[6]（明）杨荣：《文敏集》卷6，上海古籍出版社1991年版，第95页。
[7]（清）朱彝尊：《明诗综》卷68，第3390页。

王振之后，武宗正德年间的宦官刘瑾再立内厂，致士人道路以目。《御批历代通鉴辑览》卷 107 记载：

  时东西厂缉事人四出，道路惶惧。刘瑾复立内厂，自领之。中人以微法，无得全者，万姓汹汹。[1]

东厂、西厂、内厂，加之锦衣卫，厂卫大兴，人情大骚。

在宦官的特务活动笼罩下，文人稍有疏漏，轻则被杖、贬谪、致仕，重则惨遭屠戮。

擅权宦官的威令震慑使士人多明哲保身，而他们的威逼利诱又使不少士人走上依阿取势之路。

从王振说起，其擅权后，"三杨"为首的台阁诗文以争献谀词为能事，士风萎靡软弱，士人渐趋形成奴性品格。[2]之后，谄媚权宦就一发而不可收。王振专权，王佑因谄媚，获得超擢。"佑貌美而无须，善侍候振颜色。一日，振问曰：'王侍郎何无须？'对曰：'老爷所无，儿安敢有！'"[3]如此士风，更加助长了王振的擅权欲望，文士的命运也更大程度地掌控在权宦手中。面对强权的宦官，文士们噤若寒蝉，文坛亦一片谄媚之气。以"三杨"为主导的台阁文风遂成为后世批评和改革的对象。

刘瑾擅权后，以李东阳为首的文儒们对其采取不激不随的偎倚策略，委曲求全，结果使其愈加飞扬跋扈，强权面前，文儒们又不得不频频献媚。李贽《续藏书》卷 11 云：

  是时籍瑾书籍，得秦府永寿王为瑾庆寿诗序，中间称谓，过于卑

---

[1] 陈文新：《中国文学编年史·明前期卷》，第 498 页。
[2] 陈传席：《台阁体研究》，南京师大博士学位论文，2001 年，第 92—95 页。
[3] 王丙岐：《中国古代佞幸史》，香港天马出版有限公司 2005 年版，第 271 页。

诣。上怒甚，欲降敕切责。东阳上疏曰："自古治乱贼者，正名定罪，诛止其身。昔汉光武平王郎，得吏民交通文书数千章，不一省视，会诸将烧之曰：'令反侧子自安。'历代相传，以为故事。当刘瑾专权乱政之时，假托朝廷威福，以劫天下，生杀予夺，唯其所欲。中外臣民，谁不屈意待之？往来书信，虽于法有碍，但因畏罪避恶，多不得已。况王府懿亲，尤宜优待。若指此论罪，降敕切责，则凡有书信馈送者，不知其几。传闻惊骇，各不自安。或愧惧终身，或遂致失所。今刘瑾已正典刑，伏乞圣明广大涵容，将此寿词置之不问，一应文书并行烧毁，以灭其迹，使人心安帖。"上以为然，悉焚其往返文字，无延及者。[1]

李东阳一方面出于稳定政局的考虑，避免了一场大规模的文字狱发生。另一方面也何尝不是一种自我保护，他也曾写给刘瑾极尽称颂之作《修玄明宫记》，一旦追究起来，自己也必然会牵涉其中。从一则"庆寿诗序"，也足见当时连王公贵族也撰文阿谀刘瑾。依东阳所言，与刘瑾有书信等文移往来的人数该是很可观的。

刘瑾擅权，士大夫出于各种目的，"悉为曲学阿世"[2]"廷臣党附者甚众"。[3]乃至公审刘瑾之时，瑾公然叫嚣："满朝公卿，皆出我门，谁敢问我者！"[4]瑾诛灭后，列入瑾党的廷臣达七十多人。"明代阉宦之祸酷矣，然非诸党人附丽之，羽翼之，张其势而助其攻，虐焰不若是其烈也。"[5]如果没有朝臣文士望风献媚，充当其擅权专政的鹰犬、打手，阉宦势力何至于嚣张如此。

又《明武宗实录》卷55记："刘瑾得势之时，有供侍内殿的杂流、技艺

---

[1] （明）李贽：《续藏书》卷11，中华书局1959年版，第211页。
[2] （清）谷应泰：《明史纪事本末》卷43，第655页。
[3] （清）张廷玉：《明史》卷306，第7839页。
[4] （清）谷应泰：《明史纪事本末》卷43，第654页。
[5] （清）张廷玉：《明史》卷306，第7833页。

之人上书献诗媚瑾，以求文字官，瑾即另吏部选取之。"艺人通过献诗媚瑾，尚可得官。上至王公贵族，下至艺人均不能免俗，可见谄媚之风的普遍性。

就强权与谄媚的因果关系而言。谢肇淛在《五杂俎》卷15"事部三"中归结道：

> 宦官之祸，虽天性之无良，而亦我辈让成之，辅相大臣不得辞其责也。当三杨辅政时，王振鼠伏不敢动，及徐禧、王祐辈逢迎谄媚以保富贵，于是振之威权渐炽。商文毅击汪直，疏其十皋，西厂即日报罢，可谓易若发蒙矣。而刘、尹等继之，使直之灰复然。李献吉之击刘瑾，阁臣从中主之，阉竖环跪啼泣，彷徨无计，上心几移矣，而李东阳持议不坚，遂倒太阿以授之，卒毒天下。岂天之未厌乱耶？亦小人阶之厉也。[1]

徐禧、王佑辈谄媚王振，使之威权渐识；刘尹等谄媚汪直，使之擅权之势复燃；李东阳持议不坚，遂倒刘瑾卒毒天下。文士的谄媚行为助长了宦官专权之势，反过来又使得谄媚风气大行于世，形成恶性循环。

谄媚之风至魏忠贤时代而集大成，干儿义子门庭若市，可谓文丐奔竞。以致崇祯愤然而曰："忠贤不过一人耳，外臣诸臣附之，遂至于此！"[2]崇祯整斥魏阉，诏定逆案，魏党成员中不乏兵部尚书崔臣秀，都御史刘志选、大学士魏广征、顾秉谦、黄立极、内监李实等高层官员以及要害人物二百六十余人，也难怪当年"祠宇遍天下，俎豆及学宫……颂功德者四十万人"[3]。

如前文所述，专权宦官最终都不得善终，文儒们在他们倒台后，出于种种原因将自己与他们的文学往来记录都销毁殆尽。可惜那些刻在石碑上的谀

---

[1] （明）谢肇淛：《五杂俎》卷15，第1838页。
[2] （清）张廷玉：《明史》卷306，第7833页。
[3] （清）谷应泰：《明史纪事本末》卷71，第1172页。

墓、谀祠的文字因无法一时毁灭而留存了下来。此外，由于宦官最信因果，礼佛成风，大兴庙宇，修成，必请朝中名士刻石记之，寺庙碑记亦多颂德之作。对此，文秉在《先拨志始小序》中形容为"稽首投诚，摇尾乞怜之辈"，"同心拥戴，建祠颂德之徒"。[1] 阿谀谄媚权宦在明代政坛、文坛都已经是一种司空见惯的社会现象。

在依阿取势的文士中，我们也要一分为二地看待。不少人是出于无奈，以牺牲自我尊严和人格为代价，换取朝堂之上的一席之地，以求纠正朝政的阙失，如巡抚江南"最久功最大"的周忱便是如此。[2] 还有竭力"弥缝"、"补救"刘瑾乱政的李东阳。他们对于宦官隐忍委屈，是以达到自己的某些政治方略为目标的。但他们同时也成为另一派清高文人攻击的对象，往往被定义为人品、文品均不足论的一辈。回顾与权宦有染的文儒们，"三杨"、李东阳，以及阮大铖等，都曾是文坛显要，他们除了部分阿谀作品外，多数作品是值得肯定的，即使是阿谀作品，也不应该全盘否定，抛开思想内容本身，其艺术性尚有可观处，所谓"孔雀虽有毒，不可废文章"。[3]

梳理明代士人对权势宦官的媚态历程，"国朝文武大臣，见王振而跪者十之五，见汪直而跪者十之三，见刘瑾而跪者十之八"。[4] 至魏忠贤专权，依附者结为阉党，名曰"五虎"、"五彪"、"十狗"、"十孩儿"、"少四十孙"等，"自内阁、六部至四方总督、巡抚，遍置死党"。总体来说，是一个渐趋严重的过程。

我国古代，文学创作主体又多是政治参与主体，二者一旦有所冲突，文士们多以"牺牲"创作来换取仕途的成功，文学创作也成为他们自己获取权力的工具和手段。面对高压政治，他们除了集体失语，当然也会"无病呻

---

[1]（明）文秉：《先拨志始》，商务印书馆1937年版，第1页。
[2]（明）沈德符：《万历野获编》补遗卷3，第893页。
[3] 徐凌云、胡金望：《孔雀虽有毒，不可废文章——阮大铖四种曲卮谈》，《安庆师院学报》1990年第2期。
[4] 郑宪春：《中国笔记文史》，湖南大学出版社2004年版，第558页。

吟"。为了生存而适应，这又不能简单的拿个人名节来评说。宦官专权下的谄诗谀文归根到底是适应特定环境的产物，或许可以这样认为，正是基于谄媚者成熟政治心态之上的妥协，即以损失文学品格为代价，换取个人仕途顺达的同时，客观上又维持了整个官场生态的平衡。

二、劲直反抗与声色享乐

相对于那些汲汲于功名，有意在政坛立足而不得不在权宦面前逢场作戏的媚俗文士，还有部分文士誓死持不合作态度，他们秉承文人气节，劲直反抗，以济世之心书写着血雨腥风般的文坛抗争史。前文所论宦官专权下的文人命运中，遭禁锢、贬谪、致仕者多是劲直反抗者。

劲直反抗者不仅反对权宦，连带攻击与宦官有瓜葛者。如不少反刘瑾者同时也反李东阳。以李梦阳及前七子为例，李梦阳有多篇诗文记录自己与刘瑾斗争的情形。如正德三年，因弹劾刘瑾而被捕下狱，离家途中作《离愤》诗五首，[1] 慷慨悲怆。在狱中又作《秋夜叹》："臭虫多足蚊有翅，当我眠时忽而至。愤闷披衣坐叹息，竟夜搔爬无气力。寒霖萧萧响荆棘，君不见吹灯无烟四壁暗，野狐跳梁鬼啾唧。"[2] 借对狱中阴森景象的描绘，控诉阉宦当道、小人得志的黑暗社会。何景明曾作《玄明宫行》，对刘瑾擅权所建的这一宅院，在其倒台前后作了对比，刘瑾虽死，但佞幸之臣步其后尘者比比皆是，作者批判宦官的同时，也指出了武宗的荒淫才是祸源的本端。何又作《长安大道行》对刘瑾作威作福的行径给予了揭露。王廷相早年与李梦阳等人以气节相砥砺，同样敢于与阉宦相抗争，曾作《苑天谣》写矿监剥削下的矿民暴动，又作《玄明宫》揭露宦官的淫威与肆虐。再有曾与李梦阳、何景明、徐祯卿并称"弘治四杰"的边贡亦曾作《著桥怨》，揭露宦官罪恶，以

---

[1]（明）李梦阳：《空同集》卷9，上海古籍出版社1991年版，第65页。
[2]（明）李梦阳：《空同集》卷19，第138页。

风节著称一时。此外,郑善夫也曾一度大肆书写宦官专权和武宗耽于嬉戏的朝政现状,可惜这些性格耿直、注重气节的文人大多遭到刘瑾及其党羽的"惩治",而一度远离朝政。

反刘瑾的浪潮中,李东阳也一度成为部分文士反对的对象。罗玘就曾上书李东阳请削门生籍。焦竑《玉堂丛语》"规讽"条记:

> 正德时,李西涯于刘瑾、张永之际,不可言臣节矣。士惠其私,犹曲贷而与之,几无是非之心。罗公玘乃李之门人,引大义责之。书云:"生违教下,屡更变故,虽常贡书,然不敢频频者,恐彼此无益也。今则天下皆知,忠赤竭矣,大事亦无所措手矣。易曰'不俟终日',此言非与?彼朝夕献谄以为常依依者,皆为其身谋也。不知乃公身集百垢,百岁之后,史册书之,万世传之,不知此辈亦能救之乎?白首老生,受恩居多,致有今日,然病亦垂死,此而不言,谁复言之?伏望痛割旧志,勇而从之,不然,请先削生门墙之籍,然后公言于众,大加诛伐,以彰叛恩之罪,生亦甘心焉。生蓄诚积直有日矣,临械不觉狂悖干冒之至。"李得书泪下。[1]

劲直的罗玘不愿看到老师因依偎刘瑾,为人构陷。故上书"规谏"恩师,言辞恳切,致东阳潸然泪下。

相对于反刘瑾中部分文士的单打独斗,明末东林士人则结社、设院,网罗人才,培植势力,与魏阉形成党社之争。虽屡屡惨败,但昂扬的斗志一直不减。由于其标榜和占领着正统与道义立场,获得来自民间的广泛声援。如杨涟被阉党迫害致死后,"哭送者数万人,壮士客剑,聚而谋篡夺者几千人,所过市集,攀槛车看忠臣,及炷香设祭祝生还者,自豫、冀达荆、吴,绵延

---

[1] (明)焦竑:《玉堂丛语》卷7,第239—240页。

万余里"。[1]

越是乱世,越注重气节品格,不少文士名气之大,非因文学成就,而因反阉气节为人推崇。如钱嘉征,"孚于以秋试留国门,首上书论魏忠贤十大罪,自汉东京宋南渡诸太学生后,久无此风节矣。或劝其勿上,孚于忼慨言曰:'虎狼食人,徒手亦当搏之。举朝不言,而草莽言之,以为忠臣义士之倡,虽死何憾?'"[2]钱氏上书言劾魏阉,较之梦阳疏劾刘瑾更果敢、坚定,已将生死置之度外。

文士气节固然值得推崇,但明末阉祸惨重的一个不可回避的原因是东林过于注重君子气节,党同伐异,行为亦有偏激,将敌对势力,甚至中立者"推向"了阉党一边,这也招致不少人的批评,如张岱《与李砚翁》中说:"夫东林自顾泾阳讲学以来,以此名目,祸我国家八九十年。以其党升沉,用占世数兴败。其党盛,则为终南捷径;其党败,则为元祐之党碑。风波水火,尤战于野,其血玄黄。朋党之祸,与国家相为始终。"[3]此说虽然得到黄宗羲、计懂等人的批驳,然显而易见,东林党的负面作用是客观的。杨涟就曾被人批评为"移宫贪功"、"以交奄钓奇"、"以攻奄激祸",[4]如此批判,虽有夸张成分,但也绝非无端指责。

崇祯初,魏阉终败,但余孽尚存,复社与阉党残余继续斗争的同时,内部出现分化。一是以张溥为核心的京师一派,继续秉承东林的强烈使命感,政治倾向性明显。一是以吴伟业、陈子龙等为核心的吴中、云间、金陵等地区的一派,他们的文学活动中则多了些放浪情怀,倾向于关注自我精神愉悦,注重声色享乐,重视曲艺小品的创作和演示活动。

回顾明代的反阉宦斗争历程,会发现不断有人从中分化出来,走上了声

---

[1] (清)钱谦益:《牧斋初学集》卷50,上海古籍出版社1985年版,第1268页。
[2] (清)朱彝尊:《明诗综》卷71,第3327页。
[3] (明)张岱:《琅嬛文集》卷3,岳麓书社1985年版,第146页。
[4] (清)钱谦益:《牧斋初学集》卷50,第1272—1273页。

色享乐的道路。他们中既有遭贬谪、致仕者,也有主动、被动归隐者。他们在与专权宦官斗争的过程中,随着政治命运的变更,人生志趣、文学创作风气也随之转变。如正德时因坐瑾党落职的康海,征歌选妓,沉溺于声色享乐之中。焦竑《玉堂丛语》"任达"条记:

> 康海罢官,自隐声酒。时杨侍郎廷仪,少师廷和弟也,以使事过康,康置酒,至醉,自弹琵琶唱新词为寿。杨徐谓:"家兄居恒相念君,但得一书,吾当为君地。"康大怒,骂曰:"若伶人我耶!"手琵琶击之,杨走免。康遂入,口呐呐"蜀子",更不复见。
>
> 康德涵六十,要名倡百人,为百岁会,既毕,了无钱,第持笺命诗,送王邸处分。时鄠杜王敏夫名位差减,而才情胜之,倡和词章布人间,遂为关西风流领袖。浸淫汴洛间,遂以成俗。
>
> 康海答寇子惇云:"放逐后,流连声伎,不复拘检,虽乡党自好者,莫不耻之,又安可与士大夫同日语者!阮籍之志,在日获酷酊耳。三公、万户,非所愿也。"[1]

康海原本诗文大家,如今居家却耽于曲艺,流连声伎,连他自己也说"安可与士大夫同日语者"。与康海同病相怜的还有王九思,二人同里、同官,同因列入瑾党被免官。同样的身世遭遇,使他们志趣相投,结东鄠社,寄情自娱。远离政坛的文士们,虽然散落各地,但他们多是各个地域文坛、社团流派的代表,其诗酒风流的行为举止、享受人生的世俗情怀,感染着一方社会风尚。

回避政治,注重个人性灵情感的体验和世俗情怀的表达,在明中后期成为部分文士颇为喜好的生活方式。万历二十六年(1598),袁宗道与其他相继来京的公安派成员在崇国寺结"蒲桃社",谈禅论诗,极少干预时政。袁

---

[1] (明)焦竑:《玉堂丛语》卷7,第244—245页。

宏道亦曾有言："词曹虽冷秩，亦复慎风波。"[1]"物忌太鲜明，能保不风雨？"[2]故而，他们倡导自适逍遥、"独抒性灵"的文学风格。在性灵学说、童心说的影响下，加之城市经济的繁荣，晚明文坛盛行描写世态人情的俗文学作品。如"三言"、"二拍"、《金瓶梅》等作品，一扫台阁沉闷呆滞以及后来"前后七子"的拟古风气，更多地展示人性欲望等世情百态。

相对于远离政坛的公安派，竟陵派和他们又有着较大不同，钟惺、谭元春早期都曾卷入党争的漩涡。据《酌中志余》所录《东林同志录》、《东林党籍》、《盗柄东林伙》，钟惺的名字都赫然在列，这意味着他被划定在东林阵营之中，可是他又因教育出马士英这样的祸国之人，且与品性恶劣的师执汤宾尹交好，而这二人都是东林的公敌，他本人也因此又被划到东林的对立面中去。谭元春早年也曾对魏阉擅权有过深切的描述："盖熹庙末年，逆寺势过瑾直。虐焰所及，士大夫在鼎镬之中。"[3]经历过党争的血雨腥风后，他们晚年的文风多了些禅味与清幽，如钟惺的《两宿会圣岩》和《舟月》。谭元春的诗中则更多的是一种野老乡居的清冷幽深，如《承郡使君叶公玉壶征及近状寄谢二十韵》。

闲适文风的兴起，使得小说、戏剧等俗文学样式的创作呈繁荣之势，党社运动中也诞生了若干曲艺作品。复社成员孟称舜有《娇红记》、吴伟业有《秣陵春》、《临春阁》、《通天台》等。阉党要员阮大铖有《春灯谜》、《燕子笺》等，温育仁有《绿牡丹》。

如果说明前期、中期王振、刘瑾对文人生存状态与心态的影响是具体而直接的话，晚明时期魏忠贤对文人心态的影响除对东林文人的直接作用外，对党争之外的文人则起到一种潜移默化的隐性间接作用。

---

[1]（明）袁宏道：《袁宏道集笺校》卷13，《入燕初遇伯兄述近事，偶题》，上海古籍出版社1981年版，第588页。
[2]（明）袁宏道：《袁宏道集笺校》卷13，《夜深同伯修月下观梨花》，第589页。
[3]（明）谭元春：《谭元春集》，上海古籍出版社1998年版，第671页。

小结

宦官专权或直接或间接地导致士风、文风为之一变。从正统年间王振受宠，馆阁词臣顿衰，再到正德年间刘瑾得势，文坛内部成员分化重组，文柄从馆阁下移郎署，文柄旁落的一个重要原因在于馆阁文风的谄媚萎弱。这之后，新崛起的前七子复古文风多了些慷慨和健实。继而七子等复古成员相继落难归乡后地域归隐文风渐趋风行开来。到了明末天启、崇祯年间，则是既有阉党的谄媚文风，也有东林的伉直文风，此外趋向世情享乐的庸俗文风也大行其道。故而，整个明代宦官专权下的文风既有阿谀与慷慨并存的局面，也有从台阁到幽隐的嬗变。

第三节　明代宦官与明代文学、文化传播

明代宦官一方面通过司礼监刊刻书籍，掌控着宫廷图书的出版与流通；另一方面通过诗文交游和宫内教书等或书面或口授方式进行着文学与文化传播。

一、司礼监刻书与文学、文化传播

明代官刻比前代较为发达，且首开"内府刻书"之先河，由司礼监主持，这也和明代倚重宦官有直接关系，他们不仅把持朝政，也掌握了国家主流出版、传播机构。《北京志·故宫志》"明宫刻书"条记："嘉靖十年（1531），司礼监有工匠1583名，其中从事刻书的1200余人，规模相当庞大。经厂内部分工精细，有刊字匠315人，刷印匠134人，折配匠189人，裱褙匠293人，笺纸匠62人，裁历匠80人，笔匠48人，画匠76人，黑墨匠

图 18　明代经厂印制图书工艺流程图（《北京志·出版志》）

77人。"[1] 按这样的计算，司礼监一千五百八十三名工匠中有一千两百多人从事书籍刊刻，经厂人数占了司礼监总编制的百分之八十之多，可以见出内府刻书的恢弘气势。刘若愚《酌中志》卷18"内板经书纪略"对此有专门记载：

> 凡司礼监经厂库内所藏祖宗累朝传遗秘书典籍，皆提督总其事，而掌司、监工分其细也。自神庙静摄年久，讲幄尘封，右文不终，官如传舍，遂多被匠夫厨役偷出货卖。柘黄之帙，公然罗列于市肆中，而有宝

---

[1] 《北京志·故宫志》，第486页。

图书，再无人敢诘其来自何处者。……即库中见贮之书，屋漏浥损，鼠啮虫巢，有蛀如玲珑板者，有尘霉如泥片者，放失亏缺，且甚一日。若以万历初年较，盖已什减六七矣。……祖宗设内书堂，原欲于此陶铸真才，冀得实用。按《古文真宝》、《古文精粹》二书皆出于老学究所选。

上述文献整体介绍了司礼监所属经厂内从事书籍刊刻的人数之多、人员分工之细，以及库内所藏皆历代遗存秘书典籍的状况。还就万历以后，国势衰微，由于疏于管理，经厂所存版片或被当柴烧掉，或被监管人员盗卖掉的内情予以披露。从文献中，我们还知道，内书堂弟子的部分教材与课本，也是于内府刊刻和收藏的，这里也当是他们获取"私书"的来源之一。

关于司礼监刻书在明代刊刻机构中的地位与作用，张璉在《明代中央政府出版与文化政策之研究》中指出："明代刊刻从盛衰情况看，前期以司礼监刻书为主，正统以降，渐趋寥落，后期以南北二国子监刊刻为主。"他还指出："就出版数量与地位而言，司礼监刻书种类与数量最多，南京国子监次之，北京国子监最少。"[1]

又《四库全书总目提要》卷87，史部四十三《经厂书目一卷》云："明内府所刊书目也。黄虞稷《千顷堂书目》有此书，亦作一卷。经厂即内繙经厂，明世以宦官主之。书籍刊版，皆贮于此。所列书一百十四部，凡册数、页数、纸幅多寡，一一详载。盖即当时通行则例，好事者录而传之。然大抵皆习见之书，甚者《神童诗》、《百家姓》亦厕其中，殊为猥杂。今印行之本尚有流传，往往舛错，疑误后生。盖天禄石渠之任，而以寺人领之，此与唐鱼朝恩判国子监何异！明政不纲，此亦一端。而当时未有论及之者。宜冯保刻私印，其文曰内翰之章也。案冯保印文，见所作《经书辑音·序文》末。"[2]

---

[1] 张璉：《明代中央政府出版与文化政策之研究》，台湾花木兰出版社2006年版，第21页。
[2] （清）纪昀总纂：《四库全书总目提要》，第2259页。

这里提及的内府本具体刊印的书目，在《酌中志》卷18"内板经书纪略"中有更为详细庞杂的列举，所涉经、史、子、集各部皆有。

司礼监经厂本的特点是，"册首均钤有'广运之宝'的印记，雕刻精良，而且均刻有句读；缺点是校勘不精"[1]。这也印证了《四库全书总目提要》中说其"往往舛错，疑误后生"。

事实上，《酌中志》、《四库全书总目提要》中所提的经厂都很笼统。内府刻书分别在三个经厂进行。《北京志·故宫志》对此给予分别介绍：

汉经厂，设官不详。由太监若干员管理。每遇收选太监，则拨数十名习念佛教诸品经忏。其是否持戒，听其自便。每遇万寿节、正旦、中元等节，于宫中建道场，遣内大臣瞻礼，扬幡挂榜，如外界之应付僧所办之事。其僧伽帽、袈裟、缁衣亦与外界僧人相同，只是不落发。事毕，仍各易太监服色。万历间曾选经典精熟、心性老成、持斋者数员，教习宫女数十人，于佛前作法事，行香念经，如同尼姑，亦不落发。厂在皇城以内。

番经厂，设掌厂太监1员，贴厂太监、各司房太监数十员，于各衙带衔。此厂习念西方梵呗经咒。宫中英华殿所供西番佛像皆陈列，近侍太监司其灯烛香火。其隆德殿、钦安殿亦各有近侍太监专陈设。凡做好事，则悬设幡榜。惟此番经厂，乃立监斋神于门旁。本厂内官，皆戴番僧帽，穿红袍、黄领、黄护腰。

道经厂，设掌厂太监1员，贴厂各司房太监数十员，于各衙门带衔。有数十名太监，习演道教诸品经忏。凡建醮做好事，亦隆德殿或钦

---

[1]《北京志·出版志》，第57页。

安殿悬幡挂榜，而云璈清雅，俨若仙音。万历皇帝初欲选宫女数十人，令习道教，为女道士。掌坛太监认为诸天神将甚严肃，恐女子无知，惹咎不便。因而中止。[1]

通过以上三则文献的介绍，我们可知经厂不仅是皇家刊刻书籍的场所，同时也承担着宗教教化和仪礼的作用。前文有论经厂内官常参与佛事编演、戏剧表演等。同样，前文所论宦官诗文创作中多佛道向往，这和内府刻书的倾向性也有一些关系。宦官的诗文以及日常生活中的佛道体现，除去个人因素外，汉经厂的礼仪性教育也是重要原因。此外，从教习宫女方面而言，足见皇家希冀奴婢们都能对佛道有所虔诚，这样一心向善，也便于麻痹其思想，更便于其管理和使用。事实上皇家以佛道仪礼来达到儒家稳定性统治，佛道只是他们进行管理的有力工具而已。

而据《北京志·出版志》记："内府（皇室）刻书，大部分是以明朝皇帝的名义编著的有关政教礼治的书。……汉经厂以刻本朝四部各书（经、史、子、集）为主，番经厂以刻佛经为主，道经厂以刻道家著作为主。"[2]这样的分类，非常明确地告诉我们内府刻书以儒释道三家为主。

而番经厂又以刊刻藏经为主，这既影响了宦官的信仰，也沟通了汉藏文化交流与民族融合，同时也是儒释道三家合流在皇家意识形态的体现。司礼监刻书，就书目种类而言，所刊之书多为经史读本、国家政令及皇帝御制之书。按类别而分，有御制书，中宫御制书，此外还刊刻内府授课之读本、释道经典及殿前对策之试题，还有为数不少的通俗类文学读物。如嘉靖元年（1522），司礼监刊刻《三国志通俗演义》，凡二十四卷二百四十则。[3]

---

[1]《北京志·故宫志》，第276页。
[2]《北京志·出版志》，第87页。
[3] 嘉靖本《三国志通俗演义》，《古本小说集成》编委会据明嘉靖元年司礼监本影印，上海古籍出版社1990年版。

司礼监刻书中还有一个值得关注的地方在于，虽然是皇家出版机构，但也有许多私刻、自刻本在这里刊刻。《北京志·出版志》中这样解释自刻本："自刻本是作者自己出资主持刻印的书本。……在北京地区，自刻本则以明代最为盛行，自刻本有两种形式：一是作者出资委托书坊或雇佣刻工，按自己的意图，设计版式行款刻印；二是不但自己出资，还要自己写样上版，然后委托书坊或雇用工匠刻印。自刻本一般校勘精审，刻印精良。若是作者自己手写上版，就更为珍贵。"[1]

宦官金忠的《御世仁风》就是自刻本，但他没有选择司礼监刊刻，而是选择当时刻工精细的安徽新安，这还说明金忠的物质经济雄厚。作者非营利性刊刻，一是出于个人爱好，一是出于政治利益。

对于司礼监宦官来说，他们常常根据个人的喜好而刊刻不同书籍。《酌中志》卷5记载："神庙左右内臣，如孙海、客用之流，日以狗马拳棍导神庙以武，冯（保）则凡事引导以文，蒙养之绩，在冯为多。司礼监所刻《启蒙集》、《四书》、《书经》、《通鉴直解》、《帝鉴图说》等书，至今见之者，每为咨嗟叹息焉。"卷7记载："先监（陈矩）每暇即玩味《大学衍义补》，或令左右诵听。乙巳之冬，奏进二部，请发司礼监重刊……"《酌中志》卷9记载，先监陈矩去世之后，十余年才刊刻完毕《大学衍义补》。"累臣曾具草募化同会之人，捐资印造。"卷16记载："万历年间，惟孙太监隆，先监之同年也，多学善书，曾刻《通鉴总类》、《中鉴录》等书。"可见，经厂除了刊刻御制、典制书籍等外，权势宦官完全可以根据个人喜好和兴趣所在进行相关书籍刊刻。

而据《北京志·出版志》记，宦官二十四衙门除了司礼监刻书外，其他一些监局偶尔也会刊刻专业类书籍，如御马监曾刊刻过《马经》一书。[2]

通过以上论述，就司礼监刊刻书籍的目的和意义可以概括为以下两点：

---

[1]《北京志·出版志》，第81页。
[2] 同上书，第89页。

（一）整理古籍

书籍刊刻与出版过程中，很多情况下要进行注释、翻译、校勘、辨伪、考证、版本目录的整理。如宦官扶安、晏宏曾编著目录学著作《通鉴纲目》。《续四库提要三种》卷 2 中这样说明："《资治通鉴纲目集说五十九卷前编二卷》明扶安撰，（扶安资料详见附录）晏宏补校。……此江南图书馆所藏嘉靖原刊本，附录之以见后世宦官之无李巡其人也。"[1]《酌中志》卷 22 对此也有记载："今经厂所贮《晏公纲目》板一部，宏遗物也。内臣多爱重刷印之。"司礼监由于地处宫廷，藏书丰富，征引弘富，这些有利的客观条件是其他外廷部门所无法比拟的，只是限于工作人员学识有限，或疏于管理，所以不免存在一些讹误。

（二）传播文学、文化

宦官刊刻什么书籍原则上是受命行为，是帝王在太平盛世表达文治的需要，他们只是劳务者，但因为宦官职掌了这样的权力，客观上促成了这一事业的发展和有序进行。另外他们有时也利用这样的便利，刊刻自己喜好的书籍。尤其司礼监太监几乎都是内书堂出身，他们是具有较高文化素养的知识型宦官，所以无论主观上还是客观上他们的行为都对文学、文化的传播作出了贡献。

考察司礼监刊印书籍对文学的贡献，首先要从所刻书目说起。按《酌中志》卷 18 所提供的版目，明末天启、崇祯时期内府所藏内版书中的子部有：《孔子家语》、《刘向新序》、《刘向说苑》、《诗学大成》、《事文类聚》、《胡僧诗》等等。集部有：《李白诗》、《吕真人文集》、《御制文集》、《草堂诗余》、《恩纪含春堂诗》、《雍熙乐府》、《千家诗》、《选诗补注》、《唐诗鼓吹》、《唐圣三体诗》、《神童诗》、《祥异赋》、《古文真宝》、《古文精粹》、《击

---

[1] 胡玉缙：《续四库提要三种》，上海书店出版社 2002 年版，第 52 页。

壤集》、《步天歌》、《四时歌曲》、《山歌》。[1] 这些诗文集的刊刻对于保存和传播文学典籍是有贡献的。

当然宦官职掌内府刻书也有弊端。在监管失控的情况下，他们往往将不利于自身的内容从书籍中删除。皇甫录《明纪略》记录了这样一件事情："《皇明祖训》所以教戒后世者甚备，独委任阉人之禁无之，世以为怪，或云本有此条，因板在司礼监，削去耳。阉人当刑无斩首，惟剥皮、凌迟二条以其刑余之人也。"[2] 利用职务之便，将不利于自己同类的律令删除，这和文人将曾经书写给权势宦官的阿谀作品从自己的文集中删除真是不谋而合。

除了官方的集体行为外，一些有学养的宦官也十分注重文化书籍的传承与传播。《酌中志》卷18记："又累臣曾见《车驾幸地录》所载，正德十五年闰八月内，武庙南征回如镇江，幸大学士杨一清第，曾进抄本《册府元龟》，一部，共一千卷，计二百二本。累臣曾向韩提督世禄言及，幸有一部，然舛错颇多，至不能句，似非杨宅所献之书。李永贞遂雇人借抄一部，仍将原本交还。而抄本一部，闻丁卯冬已有人献于王体乾矣。至崇祯己卯夏，体干没产，又不知落何人手也。"像李永贞这样的知识型宦官如此善待古籍珍本，无疑促进了文学事业的传播与保存。

职掌百科全书式的皇家书籍刊刻出版，对于司礼监及其下属的经厂宦官来说也会受到这些书籍内容的熏陶、习染乃至教育。同时汉经厂的儒家教化读物；番经厂、道经厂经书的印制，对宦官的政教意识、宗教信仰同样会产生一些影响。这可以从前文所论宦官的诗文作品中思想内容、艺术特色的佛道倾向中得到印证。

由于司礼监拥有雄厚的财力、物力支持，又有精良的艺术与技术背景，所以他们所刊刻的书籍十分讲究包装。《北京志·出版志》这样记录：

---

[1] 《北京志·故宫志》，487页。
[2] （明）皇甫录：《明纪略》，民国景元明善本丛书十种历代小史本。

图19　包装精美的御制书籍(《北京志·出版志》)

　　明代在北京设立的司礼监经厂，是一所历史上规模最大的印刷厂，其总人数为1200人，其中从事书籍装帧的工匠就有700多人。
……
　　明代北京所印书籍的装帧形制，以经厂本最为代表性。它所印刷的经史类书籍，版面行格疏朗，字体楷书端正、大黑口、双鱼尾、注释用双行小字，多采用包背装。藏书家多称"监书天下第一"。经厂印刷的《大统历》，有两种装帧方式，一是包背装，一是经折装。
　　……（线装书）最具代表性的是经厂印刷的《大统历》，不但盖有政府公章，并有政府文告，申明不得私自翻印。[1]

　　一千二百人中七百人从事装帧，可见经厂本很注重包装，尤其一些佛、

---

[1]《北京志·出版志》，第404—405页。

图 20 司礼监刊刻的佛经典籍(《北京志·出版志》)

道经多采用经折装，且配有函套。包装是有很大的宣传效应的，而且已经有了类似今人的版权申明。这些都保证了书籍保存的质量问题，这对于收藏者来说是珍贵的。总体而言，经厂本书籍装帧精美，版式宽大，行格疏朗，文内多有句读。首页钤"广运通宝"朱印。

经厂书籍不但注重装帧，而且还适应不同读者的需要，进行不同层次的包装。既有供上层使用的豪华本，也有供中下层人士使用的普通本。[1]这样既利于贵族珍藏的一面，也有便于在市面上流通的一面，难怪藏书者称为"监书天下第一"。

还需补充的是，经厂本也普遍用于颁赏，因而流传更广。据《中国古籍善本目录》及《明代版刻综目》等著录，现在的经厂本仍然有数十种之多。[2]

事实上，司礼监经厂不仅是刻书之所，也是藏书之处，收藏的内版书仅

---

[1] 《北京志·出版志》，第 404 页。
[2] 张升：《明清宫廷藏书研究》，商务印书馆 2006 年版，第 85 页。

天启、崇祯两朝就有一百六十余种。[1] 此外，明代多处宫廷藏书都为宦官所职掌。《酌中志》卷16"司礼监"条下记：

> 司礼监提督一员，秩在监官之上，于本衙门居住，职掌古今书籍、名画、册叶、手卷、笔、墨、砚、绫纱、绢布、纸札，各有库贮之，选监工之老成勤敏者掌其锁钥。所属掌官四员或六员佐理之，并内书堂亦属之。又，经厂掌司四员或六员，在经厂居住，只管一应经书印板及印成书籍、佛藏、道藏、番藏，皆佐理之。自提督以下，则监官、典簿十余员。第一员监官提督皇史宬，并新房。

"中书房"条下记："专管文华殿中书所写书籍、对联、扇柄等件。""御用监"条下记："掌管武英殿中书承旨所写书籍、画扇，奏进御前，亦犹中书房之于文华殿中书也。"从以上文献可知，司礼监、中书房、御用监多个监局职掌或参与管理宫内书籍、文物珍藏，以及帝、后私人藏书。

同时，包括文渊阁、皇史宬在内的皇家藏书，宦官也是参与其中的。总之，宦官广泛参与和职掌宫廷藏书在明代是客观的事实，而这些书籍又是文学、文化的载体，所以宦官无形中对于促进文学、文化的传承与传播作出了相应的贡献。

除了参与宫内藏书的保管外，一些宦官还有私人收藏。汪砢玉《珊瑚网》"名画题跋"条记："明内监所藏（见沈石田客座新闻）小李并大李金碧各一卷，王维雪景一大卷（三四丈），阎立本锁谏图，顾宏偃松轴，韩滉班姬题扇，惠崇斗牛，韩干马五卷，黄筌醉锦图又聚禽图，周昉对镜仕女，董范巨然等卷，李景瑞应图。成化末太监钱能、王赐在南都每五日曻书画，工柜循环互玩。御史司马公望见多晋、唐、宋物，元氏不暇论矣！并收云南沐

---

[1]《北京志·故宫志》，第491页。

府物，计值四万余金。"[1]

宦官私人珍藏书画，一方面说明其文化素养较高，另一方面也有附庸风雅的可能。但不管怎样，他们对于古董字画的收藏与展玩，无疑也是对文化遗产的一种保存和保护。

二、宦官诗文交游、宫内教书等与文学传播

如果说司礼监刊刻书籍是宦官名正言顺地代皇家进行文学与文化传播的话，那么许多情况下，宦官是通过与周边文人士大夫及帝王等以风雅、娱情方式进行诗文唱和，而又不经意间使得文学与文化通过他们得以传播。

前文第一章"明代宦官的文化教育与诗文创作"；第二、三章"明代宦官与宫廷戏剧"，以及第五章明代宦官与文人、帝王、僧侣等的交游，他们的一些文学往来，这些都无形中进行着文学实践与传播。尤其彼此之间的交游，成为一个传播文学与文化的中介和平台。

此外，宦官内部亦有文学的接受与传播。《酌中志》卷22记载了关于鲍忠和史宾两位太监对于门下宦官的教育与影响：

> 鲍太监忠者……其名下王太监本，不知何许人，为穆庙时名臣。又田太监义，陕西人，亦鲍名下也，至万历二十四年掌司礼监印，其楷书得鲍教为多，见典礼之臣记中。此后留心学问之人，亦并及一二，识向往云。

> 金太监忠，（史宾）其照管佴也。……万历六年选入，历升文书房，博学能书，善琴。守备凤阳时，曾著《御世仁风》一书刻之……今秉笔

---

[1]（明）汪砢玉：《珊瑚网》卷47《名画题跋二十三》，文渊阁四库全书本。

车太监应魁，则金名下也。

以上两段文献说明有文化修养、文学素养的大太监往往门下收有不少小太监，对他们进行培养教育，并且都多有成就。在宫廷内部形成一个属于他们自己的奴婢文化圈。

明代宦官一方面通过司礼监刊刻书籍，促进了文学文化事业的发展，也使得文学得以在皇家大内及奴婢文化圈中流播。另一方面，他们与周边文化、文学人物的交游中诞生了一些即时作品，并且通过他们得以广而传之，在不自觉中又充当了明代宫廷，以及宫廷与民间文化、文学传播的中介和载体。

再据《酌中志》卷16宦官充当"宫内教书"，这仍然是一种文化、文学的传承与传播：

> 选二十四衙门多读书、善楷书、有德行、无势力者任之。三四员、五六员不拘。穿袴褶。不妨原衙门原职衔，而随御司房或管柜子关赏，亦渐升玉带骑马，仍命一秉笔提督之。所教宫女读百家姓、千字文、孝经、女训、女诫、内则、诗、大学、中庸、论语等书，学规最严。能通者升女秀才，升女史，或升官正司六局掌印。凡圣母及后妃礼仪等事，则女秀才为礼引礼赞礼官也。

秦元方《熹庙拾遗杂咏》也记："选高年有学内官，教宫女《女训》、《女孝经》等书。教成者升女秀才，女史，官六局掌印。"[1]

《酌中志》卷12还记："逆贤下：……苗全，曾侍李太监浚及先监矩，后任懋勤殿暖殿，宫内教书……夏鉴，曾任宫内教书。"明代被委任宫内教

---

[1]（明）秦元方：《熹庙拾遗杂咏》，旧钞本。

书的宦官人数甚多，故而他们对于宫内文化与文学的传播自然功不可没。

史梦兰《全史宫词》卷 20 云："别敕教书选内司，双蛾学画待年时。女经一卷粗能记，红袖灯前细问师。"[1]

考察以上几个宫内教书者，王振、陈矩等名宦赫然在列，可见选拔教师的严格性。宫内教书的教学内容与内书堂大同，既有通识性教育如四书、五经这样的儒家经典及诗文教育，也有针对性的《女训》、《女孝经》等专业教育，这样也要求宫内教书者的知识层次和学识既全又专。

宦官是明代宫廷文学的接受者，也通过内书堂、侍读、宫内教书、书籍刊刻等成为文学的重要传播者。

小结

综上所述，明代宦官通过书籍刊刻与保存，以及交游文士、帝王，进行宫内教书，无意中参与了文学的传播。王春瑜先生言："宦官中文化人的出现，无疑进一步丰富了故宫内的文化生活。"[2]而通过这些参与者出入内外廷，以及内府刻本颁奖到全国各地，将内廷与外廷，甚至庙堂与江湖都联系了起来，文化与文学也得到了一定的传播。

第四节　明代宦官对明代文学主题的影响

王春瑜先生《明清史散论》、冯天瑜先生《明清文化史札记》中，都有提到反映和揭露宦官专权的罪恶，以及文人士大夫、民众与宦官之间的斗争生活，是明代文学作品和史学著作的一个重要内容。王齐洲在《明代党争与

---

[1]　（清）史梦兰：《全史宫词》卷 20，第 176 页。
[2]　王春瑜：《明清史散论》，第 64 页。

明代文学》一文中也说"明代不少优秀的文学作品是对党争的直接反映"[1]。

具体而言,由于明代宦官深入到明代社会的方方面面,故而在进行相关文学创作之时,明代宦官不可避免地成为文学创作者的关注对象、良好素材、重要主题。[2]

一、诗文中所反映的明代宦官是非功过

明代诗文作品是反映明代宦官功过是非的主要载体。

成化时王弼《船上谣》:"千艘飞过石头城,猎猎黄旗发鼓声。中使面前传令急,江南十月进香橙。"[3]描述了宦官在江南采办皇家所需物资之时声势煊赫的出行场面。

正德时,针对刘瑾用事,徐祯卿写有《猛虎行》,又李梦阳、何景明、韩邦靖各作有《玄明宫行》,何景明还有《鲥鱼》诗,蔡羽《辛酉书事》诗都有揭露、描绘刘瑾等宦官擅权的罪行和现象。嘉靖时王廷相长诗《西山行》则形象地说明北京寺庙与宦官的关系。

万历时,神宗派宦官赴各地充矿使税使,直接搜刮民财。区大相《南行感怀四十首》即为矿税之害而作。另汤显祖《感事》、臧懋循《关河》、袁宏道《竹枝词》、欧阳钦《税官谣》等诗都对宦官对民间经济的破坏与干扰多有描述。

明末魏阉用事,以其为主题的诗作更是不断诞生。崇祯时爱国诗人陈子龙写有《白靴校尉行》,揭露东厂宦官在政治上的特务行为:

宣武门边尘漠漠,绣彀雕鞍日相索。

---

[1] 王齐洲:《明代党争与明代文学》,《古典文学知识》1992年第6期。
[2] 关于"明代宦官与文学主题"在王春瑜、杜婉言:《明朝宦官》,陕西人民出版社2007年版,第85—89页"揭露宦官的文艺作品"中也有相关论述,可参阅。本文对此也有参考,特此说明。
[3] (清)钱谦益:《列朝诗集》(二)丙集第6,《传世藏书》集库,总集19,第878页。

谁何校尉走复来，矫如饥鹘凌风作。
虎毛盘顶豪猪靴，自言曾入金吾幕。
逢人不肯道名姓，片纸探来能坐缚。
关东士子思早迁，走马下交百万钱。
一朝失策围邸第，贵人尚醉候家筵。
归来受赏增意气，鸣锣打鼓官门前。
呜呼！男儿致身何自苦？翻令此曹成肺腑。
百事瓦裂岂足怜？至今呼吸生风雨。[1]

明亡之际，周同谷《霜猿集》有诗云"授兵十万上谯楼，可是文皇靖难收。只费杜勋三四语，尽从壕内一时投。"[2]"十万"说的是明末亡国之际宦官净军的庞大数字。余金《熙朝新语》卷4也记明廷"宫女九千人，内监至十万人"。[3]侯朝宗《回忆堂诗集》卷2有诗对崇祯朝宦官监军予以嘲讽。"轸念苍生甚，恭承禁旅遥。貂珰亲节制，号令出云霄。敢谓明威远，或传将士骄。数曾城上见，未可达王朝。"[4]

除了批判作品外，也有一些正面反映下层宦官的诗作。如钱塘诗人虞稽勋《神宫监四首》：

奉帚陵园洗白苹，若为露下倍伤神。
秦宫耐可花前死，忍向秋风哭圣人。

香烟遥接白云平，原上金灯夜夜明。

---

[1] （明）陈子龙：《陈子龙诗集》，第229页。
[2] （明）周同谷：《霜猿集》，转引自王春瑜：《明清史散论》，第15页。
[3] （清）余金：《熙朝新语》卷4，转引自王春瑜：《明清史散论》，第16页。
[4] （清）侯朝宗：《回忆堂诗集》卷2，转引自王春瑜：《明清史散论》，第21页。

山鬼萝衣挽秋驾，青冥有路不教行。

黄花镇外拥胡兵，万马驱来山几层。
难去官中报天子，朝朝只是拜长陵。

比邻鹅鸭敢经过，自放牛羊满石坡。
天子故应嗔不得，春来游牝更偏多。[1]

这类诗歌让我们看到普通下层守陵宦官朝朝暮暮跟明朝皇帝墓相对无言、无所作为、百无聊赖的落寞情怀。

还有一些记录宦官功绩的诗歌。如天启时陶从政《飞虹桥诗》："中官三宝下西洋，载得仙桥白玉梁。甲翼迎风浑欲动，睛珠触目更生光。"[2] 描述了飞虹桥所用雕刻栩栩如生的白石为郑和自西域带回。再有，前文所述永乐年间以修建为能事而著称的阮安，尝刻《营建纪成诗》一卷，一时名流显宦皆和答，对其善于修建之能力极尽赞誉。其实就连臭名昭著的魏忠贤对于故宫的建设也有功不可没之处。有诗赞曰："内河环绕禁城边，疏凿清澜胜昔年。好似南风吹薄暮，藕花香拂白鸥眠。"说的是"紫禁城内河壅淤不通，魏忠贤复令疏浚之。春夏之交，景物尤胜，禽鸟菱藕，俨若江南"。[3] 关于宦官对故宫的绿化作用亦有诗赞曰："异卉传来自粤中，内官宣索种离宫。春分香艳知多少，一树番兰分外红。"[4] 以赞赏的立场和角度对明代宦官予以记载的主要集中在前文"明代宦官与文人的诗文交游"中，这里文人笔下的宦官多是正面形象。

此外，晚明之际江南民变，受到阉党的镇压，不少以此为题材和主题的

---

[1]（清）《列朝诗集》（二）丁集第15，《传世藏书》集库，总集19，第1596页。
[2]（清）于敏中：《日下旧闻考》卷40，第631页。
[3]（明）朱权等：《明宫词》，第30页。
[4] 同上书，第34页。

文学创作，如张溥《五人墓碑记》、吴应箕《吊忠赋》、谭元春《吊忠录序》、吴伟业《清忠溥序》、归庄《纪周忠介公诰命事》、《杨忠烈公传》，以及钱谦益的《杨忠烈公墓志铭》、《赠太仆寺卿黄公墓志铭》、《赠太仆寺卿顾公墓志铭》、《高忠宪公神道碑》、《赠太仆寺卿周公神道碑》等。这一组文章皆出自复社作家之手，起到了扬善惩恶的舆论作用。

二、戏剧成为展示宦官活动的重要"舞台"

宦官不仅职掌宫廷戏剧演出，他们也时而成为他人进行戏剧创作的素材。比如郑和下西洋的故事被时人、后人编为戏曲，广为流传。当时在皇宫中就曾经上演《奉天命三保下西洋》的戏剧，有两种，一种是杂剧，还有一种是傀儡戏。郑和之外，其他有德行的宦官也常常出现在戏剧作品中，如《铁冠图全贯串》内就有王承恩。

但多数的戏剧都是揭露阉宦罪行的。其中刘瑾、魏忠贤两大专权宦官成为明代戏剧创作的典型素材。按郭精锐、陈伟武等编著《车王府曲本提要》，[1] 以刘瑾为主题的戏曲有：《法门寺》、《千里驹全贯串》、《金蝴蝶》、《缝褡包》。关乎魏忠贤的有《四美图总讲》、《南天门》。另外《巧奇报》是关于监军高凤和张永的，《善道除邪》中则有御马监刘公公组织戏班的描述。

到了明末魏忠贤事败后，反映、揭露明代各个时期奄竖乱政的戏剧不断涌现，如陈开泰《冰山记》、盛于斯《鸣凤记》、穆成章《请剑记》、高汝拭《不丈夫》、王应遴《清凉扇》、范世彦《磨忠记》，再有李暗甫《新镌魏监磨忠记》、袁荞厣《瑞玉传奇》、祝佐朝《党人碑》等。此外尚有《飞丸记》、《喜逢春》、《瑞玉记》、《广爱书》等等。[2] 但这些作品也鱼龙混杂，不少失实之处。张岱在《陶庵梦忆》卷7中就曾说道："魏党败，好事作传奇十数本，

---

[1] 郭精锐、陈伟武等：《车王府曲本提要》，中山大学出版社1989年版，第457—514页。
[2] 丁淑梅：《中国古代禁毁戏剧史论》，第234页。

多失实，余为删改之，仍名《冰山》。城隍庙扬台，观数万人，台址鳞比，挤至大门外。"[1] 这也看出此类应时作品广受欢迎的程度。

在反映、揭露魏忠贤罪恶的戏剧传奇中，最有影响的是李玉的《清忠谱》和孔尚任的《桃花扇》，二者几近真实地再现了明末东林、复社与阉党及其余孽斗争的社会历史，在同类作品中堪称杰作。尤其李玉的《清忠谱》是最富有悲剧色彩和悲剧意蕴的，它以明末宦官专权、杀戮进步文人和忠义之士为背景，展示了进步士人和市民轰轰烈烈的一次自发性的反抗运动。

明代宦官干政的影响直接开启了清初文坛悲剧作品的大量诞生。如《千忠戮》、《党人碑》、《万民安》等。他们或直陈亡明史实，或托意历史故事，借以指斥天启朝政腐败，悲悼朱明败亡和东林君子、民族英雄赴身国难，抒写故国之思与亡国之痛，形成了一股强烈的悲剧主流。

三、揭露宦官罪恶成为小说创作的重要主题

对明代中叶宦官劣行加以揭露的小说当以《醉醒石》为代表，其中把宦官不懂书画，偏要附庸风雅的粗俗、琐鄙心态，刻画得入木三分。[2] 就在崇祯初年，逆党刚刚平定，书坊店老板们也纷纷赶制出版揭露魏忠贤阉党各种罪恶的应时作品，当时较为流行的有《玉镜新谭》、《皇明忠烈传》、《颂天胪笔》等。其中最有影响的首推朱长祚《玉镜新谭》（又名《逆珰事略》）。此外，还有吴越草莽臣《魏忠贤小说斥奸书》、西湖义士《中兴圣烈传》。再有，兰陵笑笑生《金瓶梅》中亦有对宦官的描写，长篇名著《西游记》、《三国演义》、《水浒》中都有宦官形象的塑造。

明末清初，陆应旸《樵史通俗演义》，西吴懒道人《新编剿闯小说》，葫

---

[1] （明）张岱：《陶庵梦忆》卷 7，作家出版社 1995 年版，第 70 页。
[2] （明）东鲁古狂生：《醉醒石》，上海古籍出版社 1994 年版，第 116 页。

芦道人《馘闯小说》，蓬蒿子《定鼎奇闻》、《新世弘勋》都在不同程度上，对崇祯年间的宦官有所描绘，而又以魏忠贤居多。

四、谣谚是揭示宦官扰民、害民的重要文学载体

　　武宗正德初年，被贬官员浙江佥事韩邦奇作有《富阳谣》，沉痛揭露镇守太监王堂、提督市舶司太监崔瑶对民间经济的掠夺。"富阳江之鱼，富阳山之茶。鱼肥卖我子，茶香破我家。采茶妇，捕鱼夫，官府拷掠无完肤。昊天胡不仁，此地亦何辜？鱼胡不生别县，茶胡不生别都？富阳山，何日摧？富阳江，何日枯？山摧茶亦死，江枯鱼始无。山难摧，江难枯，我民不可苏。"[1] 同期徐祯卿《杂谣四首》中有"东市街，西市街，黄符下，使者来。狗觟觟，鸡鸣飞上屋，风吹门前草肃肃"的描写，叙述宦官专权也导致民间生活的动荡。他还针对刘瑾擅权苛政猛于虎也，写有《猛虎行》。嘉靖时高邮诗人王磐《朝天子·咏喇叭》以民谣的形式书写宦官扰民的暴虐现象。"喇叭、锁哪，曲儿小，腔儿大；官船来往乱如麻，全仗你抬声价。军听了军愁，民听了民怕，那里去辨甚么真共假？眼见的吹翻了这家，吹伤了那家，只吹的水尽鹅飞罢！"张守中为王磐诗集《西楼乐府》作序时，指出"喇叭之咏，斥阉宦也。"[2]

　　晚明散曲家薛论道《中吕·山坡羊·冰山》：

　　　　巍巍乎势倾华岳，赫赫乎风声载道。风霜万里，尽把乾坤罩。凌凌草木凋，芒芒星斗摇。江湖裂胆，罢了严光钩，朝野寒心，逼弯陶令腰。狂飙，三冬任尔飘；尔骄！一春看尔消！

---

[1]　陈田：《明诗纪事》丁签卷16，第1380页。
[2]　路工：《明代歌曲选》，上海古典文学出版社1956年版，第28页。

这首曲子写的是冰山的赫赫寒威，终不免在春风中消亡，而以冰山比喻横行的宦官，讽刺辛辣犀利，寓意双关。

五、宫词实录了宦官内廷事务的各种情状

宫词是研究古代宫廷文学的重要文献。有明一代近三百年间，明人所作本朝宫词，以及清人所作的明宫词数量都很多。明人所作，如朱权《宫词》七十首，黄省曾《洪武宫词》十二首，沈琼莲《宫词》十首，朱让栩《拟古宫词》三十首，王世贞《正德宫词》、《弘治宫词》、《西城宫词》共四十四首，张元凯《西苑宫词》二十四首，秦征兰《天启宫词》一百首，蒋之翘《天启宫词》一百三十六首，刘城《天启宫词》、《崇祯宫词》共三十三首，王誉昌《崇祯宫词》一百八十六首。清人所作明宫词，有顾宗泰《胜国宫闱诗》四十五首，程嗣章《明宫词》一百首，史梦兰《全史宫词》中有明宫词一百九十二首，饶智元《明宫杂咏》四百七十三首。

由于宫词多是"出于帝王，宫女之口吻，务在亲睹其事，则叙事得其真矣"（朱权《宫词》序）。也由于宫词内容"细碎不堪置喙……岂讳不敢濡毫"（秦征兰《天启宫词》序）。所以，宫词某种程度上也是一部宫廷史诗，它事无巨细地将宫中大情小事实录下来，而作为宫廷中人员众多、势力庞大的宦官群体自然成为宫词描述的重点对象和主角之一。如史梦兰《全史宫词》中的明宫词部分，将前文关于"明代宦官与宫廷戏剧研究"中宦官演戏的各种情形，包括剧种、剧目、剧场、演员等等，近乎全部内容在其宫词中都有相关描述，就可见出一二。再如秦征兰《天启宫词》中很大数量的作品是关于魏忠贤和客氏专权情状的描述。如"封本呈来会极门，烧灯分勘坐黄昏。关心字句无多少，一一行间印指痕"。其下注曰："每日所进本，梁栋辈画间集乾清宫分看。惟会极门接入通政司封本，捧匣宫人于日暮送各直房，再加参阅。诸奸各据私意恩怨，摇指爪痕于其上下空纸，以识之。翌日御览

时,记侍立者口奏施行。"[1]对魏忠贤严格控制每日进呈奏本进行了细致描绘。又,"春晓龙蟠梦正长,盥盂谁叩响硇硇。宫娃不敢分明问,撺角西南指直房"。注曰:"魏忠贤晨起盥栉,手击铜盂,铿然有声。宸居咫尺,了不畏忌。"[2]足见其飞扬跋扈之状。

总之,明宫词中几乎实录了宦官在宫廷生活、工作的所有事务,这也成为我们全面认识和深入了解明代宦官的一个重要的窗口。

此外,明代宦官修建、修缮寺庙、园林等文物古迹为文人们提供了大量文学素材。

由于历代士人对宦官普遍持有偏见,留在史传书籍中的多是关于他们的恶迹。即使他们在文化、文学上有所建树,也往往不易被世人接受和流传,所以在文史典籍中少有整体描述,只能从浩如烟海的典籍中搜索只言片语。尤其这些书籍的作者恰恰是对其极为不满的死对头,把持话语权的文士。而事实上在京中京外修建、修缮寺庙,尤其西山景物,这些成为刘侗《帝京景物略》、沈榜《宛署杂记》[3]中的重要素材。嘉靖时王廷相有长诗《西山行》:"西山三百七十寺,正德年中内臣作。华缘海会走都人,碧构珠林照城郭。"[4]王世贞也有诗《游西山诸寺有感》、严嵩有《西山杂诗》、钱谦益有《碧云寺》,这都说明宦官对明代寺庙文化的建设功不可没。

除了对寺庙修建外,对园林的修建也颇用心用力。万历时北京的宦官,颇多园林之构。时人记载:"都下园亭相望,然多出戚畹勋臣以及中贵。大抵气象轩豁,廊庙多而山林少。"[5]此外,还有上文提到的魏忠贤对故宫的修缮,也曾有诗文加以赞赏。

杭州织造太监孙隆,花销数十万金装塑西湖,先后修建了灵隐寺、湖心

---

[1] (明)朱权等:《明宫词》,第26页。
[2] (明)朱权等:《明宫词》,第27页。
[3] 杜婉言:《中国历代太监传》,国际文化出版公司1992年版,第248页。
[4] (明)沈榜:《宛署杂记》卷20,北京出版社1961年版,第224页。
[5] (明)沈德符:《万历野获编》卷24,第609页。

亭、净慈寺、烟霞洞、龙井亭、片云亭、三茅观、十锦塘等景点，以至明末清初一些文人，对他赞不绝口。张岱谓"功不在苏学士之下"[1]，袁宏道在《断桥望湖亭小记》中说"此公大是西湖功德主"[2]。这些都可以看作宦官为文学创作所作的间接贡献。此外，前文提到的宦官与文士的诗酒唱和关系，另外更为直接的是他们自己进行诗文创作、著书立说、编演戏曲，这些都是对明代文学直观的建设。而他们许多主观上的破坏，客观上恰恰促进、刺激了明代文学的进一步发展和繁荣。

综上所述，由于明代宦官在明代社会的特殊影响，他们不可避免地成为明清诗文、戏剧、小说、宫词、谣谚等诸多文体的重要素材和主题。

---

[1] （明）张岱：《西湖寻梦》，上海古籍出版社 2009 年版，第 208 页。
[2] 同上书，第 209 页。

结语

宫廷既是主子的宫廷,也是奴才的宫廷。围绕在权力的周围,明宫里文臣、帝王、宦官形成复杂的三角关系。明代宦官擅权既有帝王的懈政,也有文臣的刺激。基于明政府统治的客观需要和文人对宦官一贯的蔑视态度,这都激发了他们对于知识获取的渴望和对权力攫取的欲望。这样,明代宫廷不仅诞生了一个知识型宦官阶层,也造就了一批有权势的宦官,他们也因此成为历代宦官中最有学识和地位的一个特殊群体。

而在这一群体内部也因为学识素养的差异分化为知识型儒宦和佞幸型奸宦。何为儒宦,何为奸宦,这是个相对的范畴。作为家奴,他们的本职工作就是承当帝王的生活起居,业余娱乐,而娱乐的方式无非是声色犬马,所以刘瑾也好、魏忠贤也罢,都在做着宦官的本职和分内工作,倒是王振对英宗的规劝仿佛像个儒臣化了的宦官。其他被外廷褒奖为有德行的良宦无非是他们的行为更像一个外廷文臣的角色,宦官或被动或主动儒臣化。

无论奸良,抛开他们各自的政治品性和道德品格,单就文学来说,知识型宦官进行文学活动和创作,进而诞生了宦官文学。就宦官文学本身而言,既有官场御用文学的共性,也有宫廷奴婢文学的个性;既有雅文学之诗文创作,也有俗文学之曲艺编演;既有闲情风雅之作,也有无奈辛酸之作;文学既是他们自我陶冶或取悦帝王的手段,很大程度上也是获取政治地位或展开与文臣斗争的工具。就文学带给他们的社会关系而言,有入内书堂者,有帝王的伴读者,有宫内教书者,有文学侍臣者,有戏曲演出者,有诗文唱和者等等。他们与帝王、文儒、宫女、僧侣等因此发生广泛的文学关系。而宦官文学也不再局限于只是宦官自己的创作，和他们有关的一切文学活动、文学现象和文学关系都可以纳入这一范畴之中。

而随着宦官群体的崛起和日益壮大，尤其是部分宦官的得宠得势，文士们则不遗余力地上疏言劾，而针对文人士大夫的挑衅与不齿，他们既有文学性的温和反驳，更多的是借助厂卫特务机构，不断制造文字之狱，大肆打压、排挤，甚至屠杀异己文人，进行暴力还击。这直接导致文坛时而血雨腥风，文人创作亦诚惶诚恐。文人的政治命运、文学命运在与专权宦官的斗争或调和中波折不定。文人群体内部也因为与擅权宦官的不同关系而分崩离析，文人与宦官的矛盾、文人内部的矛盾，所有这些都导致明代文坛变化多端。

也由于明代宦官既服务于内廷，也游走于外廷，既受命于朝堂之上，也时而作为矿监、税监、监军、织造、提督、镇守等任命于王朝所辖的各个领域和民间各个地方。事务性活动范围如此之广，他们接触的人员成分也十分复杂，不仅有帝王家族成员、宫廷奴婢阶层、朝廷文武大臣、地方各级官吏，乃至外交使节等等，这些便利的条件，为有学养的宦官们在这些环境中进行文学习得与活动，文学创作与交游，提供了很好的平台。其主观上的个人文学行为，客观上却对整个明代文学的建设多有裨益。如在与帝王的文学交游中，直接促进了宫廷文学的发展，而宦官之间的文学影响，以及宫内教书等，又直接促成奴婢文化圈的形成。而他们往来于地方与朝廷之间，又直接带动庙堂文学与民间文学之间的交流。其广泛交游文人士大夫和僧侣人员，又使得奴婢文学、士大夫文学、宗教文学之间多有融会贯通。也由于明代宦官对明代社会的影响广泛而深远，他们也成为明清各种文体创作的重要主题之一。

总之，研究明代宦官文学，不能就宦官而宦官，也不能就文学而文学。意在进行二者之间的"互相阐释"。我们既可以从文学角度给予他们以特殊观照，也可以透过他们的视角给文学以特定审视。

附录：明代宦官文人传记资料辑录[1]

关于明代宦官诗人的记录主要集中在刘若愚《酌中志》、朱彝尊《静志居诗话》、钱谦益《列朝诗集小传》、潘介祉《明诗人小传》、国家图书馆分馆编《孤本明代人物小传》[2]中，他们共计对七位宦官诗人进行简要介绍：分别是龚辇、张瑄、傅伦、王翱、张维、孙隆、史宾。此外，关于宦官文人的介绍大多散落在一些类书、丛书以及各种文史杂著中。就以上书籍的介绍中，以《静志居诗话》最为全面和细致，以其为核心综合各种文献兹将他们的一些生平资料述录于下。

一、龚辇等十三人

（一）龚辇、张瑄、傅伦

《静志居诗话》卷23"中涓"条：[3]

---

[1] 宦官文人小传中，凡未明确标明生卒年者，均为不详，不再一一说明。
[2] 国家图书馆分馆编：《孤本明代人物小传》第3册，全国图书馆文献缩微中心，2003年，第394页。
[3] （清）朱彝尊：《静志居诗话》卷23，人民文学出版社1998年版，第731页。

龚辇，字中道，南昌人。弘治中，为内官监左丞。有《冲虚集》。左丞《赠顾潘》七律云："与君少小定交游，今日相逢两鬓秋。天上风云真似梦，人间岁月竟如流。可怜王粲依刘表，不遇常何荐马周。安得忘机共渔父，白苹洲上数沙鸥。"《见狻猊偶作》云："圣德彰戎服，狻猊远贡将。虽然为异物，费我大官羊。"陆咸一谓其"辞旨温厚"。

《附录》俞汝成云："左丞雅事文墨，兼尚理学，《冲虚》一集，所谓空谷之音。"

张瑄，弘治中，内官监太监。镇守广西。《平南乌江道中》云："山束平川小路斜，不成邨落两三家。分明横幅桃源景，只欠溪流泛落花。"

傅伦，正德中，都知监太监。镇守桂林。伦《题望江亭》云："山色拂云青，溪光照空碧。静观元化初，超然意自适。"

又《四库全书存目丛书》集部306俞宪《盛明百家诗》之《龚内监集》有龚辇小传云："著有诗文五卷，名《冲虚集》，翰林张东白序其首，张，其乡人。'冲虚'则龚之别号也，采而刻之，见我明貂珰有人耳。盖所谓空谷之音，无亦希世之宝也。"[1]

（二）王翱

《静志居诗话》卷23"中涓"条：

王翱，字鹏起，顺天通州人。嘉靖中，选入司礼监读书，历御马监右监丞。有《禁砌蛮吟》。监丞集，内乡李荫于美序之，《秋夜有怀》云："西风吹雨夜萧萧，客思逢秋倍寂寥。十载已虚明主诏，半生徒插

---

[1] （明）俞宪：《盛明百家诗》，《四库全书存目丛书》集部306，第632页。

侍中貂。谁怜季子黄金尽，无奈冯唐白发饶。何日一帆江左去，独寻山水混渔樵。"

又《酌中志》卷22："王翱，字鹏起，号邨东，原籍南直句容人，永乐时，迁北直通州。嘉靖壬寅选入，时年十一岁。拨司礼监内书房读书，受业于郭东野、赵太洲、孙继泉先生，咸器重之。且曰：'尔诸生系内史，不必学举业文章，惟讲明经史书鉴及本朝典制，以备圣主顾问，有余力学作对与诗可也。'……乙丑升乾清宫牌子，随朝请剑。因进封事，赐斗牛，八月升太监。万历辛巳，奉旨慈宁宫教书，遂迁居于西安门北，得从容与士大夫唱和吟诗。侍母孝，待弟良翔友之爱，为内廷所少。翱为人悲歌倜傥，博学自豪，视富贵若电光石火焉。其《咏笼雀》诗云：……翱与维前后皆有诗名，而品秩荣显，翱远不及维。刊《禁砌蛩吟稿》、《邨东集》行于世。"

《列朝诗集》闰集第五："（王翱）字鹏起，通州人。御马监右监丞。嘉靖三十年（1551）选入司礼监读书。退闲后，奉旨于慈宁宫教书。著有《禁砌蛩吟》。"

（三）张维

《静志居诗话》卷23"中涓"条：

张维，字四维，霸州人。隆庆初，选入伴读东宫，历乾清宫管事，御马监太监，提督内忠勇营。有《苍雪斋稿》。张监丞以善诗称，定陵呼为秀才，命掌兵仗局，驾幸局，观所造兵器，手玩弄之。奏曰："兵凶器，非至尊所宜操。"帝笑而止。尝于禁中退食地，植竹数竿，定陵题之曰："苍雪"，因以名其集。《瑶台霁望》云："天都五月雨，一夜洗层台。日上芙蓉吐，钟鸣楼殿开。石根云卷尽，松顶鹤飞来。看尽南岩景，筠篮讵忍回。"

又《酌中志》卷 22："张太监维者，北直霸州人，号范吾。嘉靖三十八年选入，为司礼监管印张太监宏名下。幼博学好书，又最为李太监芳器许。隆庆戊辰，遂荐升神庙潜邸位下。万历初年，历升乾清宫管事，提督内忠勇营，掌兵仗局印。而秉笔孙德秀、张鲸诸人，颇妒其才，然维处之泰然。慈圣老娘娘造有玄帝金像，特差维赍请往湖广武当山供安。维善诗能文，且精于琴画，往返廉静，驿递咸德之。凡诗赋翰牍，人咸宝惜。十五年三月二十七日，夜侍神庙于乾清宫西廊，上问曰：'尔本官三年事毕了？'维奏曰：'仰荷圣恩，得予令终，臣等存没感戴。'上因从容曰：'我常想张宏好个老儿，每见我谴罚一个谏官，即叩头流涕，善言宽解，我亦为他息怒，何等忠爱！'维叩头应曰：'此是圣德纳谏，非臣下所能挽回，倘圣怒不息，他亦岂能成功。'上曰：'尔以他三年除服毕，作一首诗来我看。'维即拟题《荣哀慕感》，诗云：……至十六年九月，驾幸山陵，阅寿宫回，维股为车辄伤，又见近侍小人张守义等怙宠生事，而张鲸等眈眈未艾也，遂求退。著于思善门外直房调治半年余，始准私家调治，遂益哀法书秘籍不释手。至晚年，两目为盲，尚能濡笔写行草，凡闻有新书，必买来令左右念听者数年。至万历四十一年夏卒，享年将八十。著有《皇华集》、《归来篇》、《莫金山人集》、《苍雪斋集》等书行于世。维与先监为同官，先监之政事担当，维之文章恬退，咸彪炳于世云。"

《列朝诗集》闰集第五："张维，御马监太监。隆庆时在东宫伴读。常以诗纪事，有《苍雪斋稿》。"

《万历野获编》卷 6 "内监"篇"大珰同姓"条："今上既逐冯保后，以张宏代之。未几宏卒，次及张诚。诚从楚籍没故相还京，即继宏掌印。时东厂则张鲸，督工则张信，秉笔大珰，日在左右者，又有张明、张维、张用、张忠、张朝、张桢、张仲举等，其它监局司印，姓张者又十余人……其中张维者,今罢闲居私宅,好作律诗,亦整妥,作字学文衡山,颇得其貌,自称燕山废叟,每以此署名刺。喜交士大夫,亦此辈中之向上者,余亦曾识之。张维曾掌兵仗局。今上冲年,取后器戏玩,以直谏忤旨。又以好文,为上所知,呼之为秀才张,颇见礼重。"

(四) 孙隆

《静志居诗话》卷23"中涓"条:

孙隆,字东瀛,三河人。万历中,以太监督织造,驻杭州。隆《题慧因寺》诗云:"笙歌日日娱西子,为爱幽闲到玉岑。旧有高人并西宅,沿流且向寺门寻。"寺在西湖南,五代天成二年,吴越武肃王建,面玉岑,背兔岭,有箕泉流绕寺门,元黄子久曾筑室于是。

又《酌中志》卷16:"万历年间,惟孙太监隆,先监之同年也。多学善书,曾刻《通鉴总类》、《中鉴录》等书。所造清谨堂墨,款制精巧,犹方于鲁、程君房,而剂料精细,为殊胜焉。神庙最重之,今不易得也。隆在苏杭日久,又以暇日重修西湖苏堤,从容儒雅,盖事办而民不扰,大得东南民心,至今思之未艾也。掌印王体乾、秉笔王文致,皆隆名下也。今上即位,悯东南财物凋敝,特停止不差。"

(五) 史宾

《酌中志》卷22:"秉笔史太监宾者,嘉靖四十一年选入。多学能书,颇得欧阳率更笔法,先监最器之,历升文书房。史广交游,善琴弈,好写扇,其诗字之扇,流布宫中。神庙思得好秉笔,览至史姓名,皇贵妃郑娘娘偶赞扬之，圣意疑其从宫闱中钻营也，遂立谪南京。数年取回任事，是日值有要紧旨意发阁，例该第一员亲捧到阁，而史名原前列也。及回奏，神庙益怒，复疑其夤缘往阁中见辅臣也，复谪南京二十余年。至泰昌元年八月，光庙登极，始取回。天启元年，逆贤力于先帝前荐升秉笔，后畏其廉介，退出闲住。史性俭素，曾与京宦米公万钟契厚，贷史银七八百两，米终身困踬，未能偿而终，史即焚其券，都人多称其为义举也。金太监忠，其照管侄也。"

又《明诗人小传》："崇祯甲申，李自成陷京师被执，（史宾）骂贼而死，年九十有八。"[1]

（六）郑之惠（？—1638）

《酌中志》卷22：

郑太监之惠，号明渊，北直任邱人，亦（万历）二十九年选入，为牌子王奉名下。王则大司礼田太监义名下，王率众名下叩见，田遍熟视之，惟以手抚郑顶，嘱王曰："此子顶圆眼秀，人中端正，山根直接印堂，合伏犀贯顶法，宜令读书。"不数年，王与田相继卒，即派与管事田太监诏名下，始深心奋志，受业于卢山人龙节。山人，杭州人，号九虬，博学能诗。于人落落寡合，闻累臣名，便交如旧识者。赠累臣诗云：……郑自此愈专心经史、古文、左、国等书，诗习杜工部，字临黄山谷帖，亦能作时艺古文。性好种植牡丹等花，嗜音，善射。久为永贞嫉妒。天启五年夏，蒙先帝圣恩，起典簿，后升监官。时两眼上皮各生黄斑一，如蟾蜍眉也。今上登极元年，奉使河南藩府，沿途廉介，驿递感颂之。其年冬，御前亲试，出《事君能致其身》题，考时艺中选，同

---

[1]（清）潘介祉：《明诗人小传》，台湾"国立中央图书馆"1986年版，第214页。

文书房曹太监化淳升随堂,诚古今殊遇也。寻掌尚膳监印。二年春,告病,杜门绝客,究心学问。五年冬,上思文学臣,王太监永祚密荐,起升秉笔,总督南海子及宝和等店,委用常国安以为掌家。六年冬,总督东厂,委用王永寿为管厂掌班,分寄耳目于群小。且替名下官人何东凤报二十余年夙仇,当道者多为讲解,竟胶执不息,大为舆情所薄。七年冬,有病闲住。被参未结盐蠹赵文渊具告,反噬公止追过银八万两,尚有三万两免追。上震怒,下东厂理刑官耿良臣等于狱。逮王永寿、常国安,于司礼监提问,革郑职,下法司,屡审未决,事隶山西司。至十一年春,郑患气蛊证,庚亡于狱。临绝,属其家属,棺中多备纸笔,誓讼地下,享年四十有九。葬于阜成门外三里河,尚有八十余岁母在任邱也。凡所蓄书籍法帖,尽散失一空。生前所作一册,于十年夏值常熟钱宗伯逮入,所居与郑比邻,见而称赏,为之序。初汤之卒也,郑为经理丧事,后天启丁卯秋,复为汤手勒墓碑。

(七)杨友、扶安、吕宪、戴义、李学

《静志居诗话》卷23"中涓"条:"此外若杨友、吕宪、戴义、李学辈,虽间有诗句流传,多不成章。虽欲广之,而未得也。"

杨友,弘治丙辰,镇守(贵州)太监。

扶安,弘治间任御用监太监,嘉靖初改任司礼监太监。嘉靖十五年(1536),湖广参议方升《大岳志略》卷4中录有其《登太和山》七律一首。

又徐乾学《传是楼书目》:"《通鉴纲目集说》五十九,明扶安、晏宏,二十九本。"[1]

---

[1] (清)徐乾学:《传是楼书目》,清道光八年味经书屋钞本,第56页。另,刘若愚:《酌中志》卷22说:"今经厂所贮《晏公纲目》板一部,宏遗物也。"其中的《晏公纲目》就是《通鉴纲目》,该是他略去了另一位编著者扶安。

吕宪，李乐《见闻杂记》卷4："黄律、吕宪、晏殊，嘉靖间，三人清苦雅重，屏撤华玩，动以书史自随，恂恂然儒者风。"

又《明朝纪事本末补编》卷5："嘉靖间太监黄律，吕宪，晏殊清苦端重，屏撤浮华，时以书史自娱，恂恂然有儒者风。所镇之地，军民皆被其泽。文臣之守土者，亦藉为榜檠。不敢贪墨自恣。"

杨立志《明代宦官咏武当山诗考释》："吕宪，山东信阳人。正德八年（1513）十一月提督大岳太和山宫观内官监太监兼分守湖广行督司……在武当山写有（关于五龙宫）七律一首。"

戴义，嘉靖间司礼监太监，《大岳太和山志》卷7录有其七绝一首。《酌中志》卷22：

>宪庙好琴弈诗画。司礼戴太监义，号竹楼，不知何许人。最精于琴，而楷书笔法与沈度相埒。南中有一良家妇善琴，遍游两京各省，未有居其右者。雅闻戴名，诣外邸通名求见，久之订期。戴林沐之暇，至外邸，坐厅中延南妇，隔帘向外一揖，坐南妇帘外，不通寒温。让戴先操，曲甫终，南妇泪如雨下，色若死灰，将所携之琴，即于阶石上碎之，拂衣而去，终身再不言鼓琴事矣。戴之名下王太监献，号梧岗者，广西平乐人也，亦精于琴，有谱行世。司礼太监萧敬，字克恭，号梅东者，亦戴名下也，多读书，其楷书笔法似沈度，而草书则从张颠、怀素，间杂以篆籀边旁。今之巾帽局外厂云是萧别业，惜基址不存，但寒泉数处，烟草冥迷已耳。

李学，云南洱海人。明代太监王佐《山志》卷8说他嘉靖年间受命任提督大岳太和山右少监，在武当山任职达六年之久。卢重华《山志》录其咏武当山七律一首。

二、曹化淳

（一）文学活动背景

曹化淳（1589—1662），字晖如，道号止虚子，司礼太监，武清王庆坨人。据《王庆坨镇志》，曹化淳，赵甫庄里人。（受"近君养亲"风气的影响，于十二三岁左右入宫。）自入宫后，工儒业，善草隶。善于谋事。由司礼监任大司礼。廷鞫多所平反，矜疑开释者至二千余案。周旋掖廷，每于将顺成其匡维，思宗嘉为"公清直亮"。在京建武清会馆接待同乡食宿，助建尊经阁，翼振文风。崇祯十七年三月，帝"遣司礼监太监王承恩提督京城，召原太监曹化淳等分守诸门"。李自成率起义军兵逼京城，驻彰义门外。派降臣杜勋入城劝禅。"城守太监曹化淳、王德化等夜缒杜勋上，饮于城楼。"杜勋求见崇祯帝，劝帝禅位，受叱。帝下诏亲征。杜勋被叱出后，曹化淳缒其下城，勋顾谓曰："吾辈富贵固在也。"十八日，起义军攻城益急，"日暝，太监曹化淳启彰义门"。助起义军入城灭明。清定北京后，上疏启封陵安厝"诚恳悉沥肝膈"。清世祖顺治见其诚恳之心，召侍讲幄，准不受职位，上疏走辩启门事件，奉旨"化淳无端抱屈，心迹已明，不必剖陈，该部知道，钦此"。赐号"弗二居士"。曹化淳彰义门之事计六奇《明季北略》、孙承泽《天府广记》均有记载。《明史》、《明鉴》有定论。

（二）文学创作实况

以"甲申启门"为界，分为前后两个时期。"甲申启门"事件之前，深得崇祯帝的宠信，在宫中地位很高，此一时期曹化淳的文学活动主要是一些碑传、奏疏之类的实用文体和帝王的一些唱和、感恩之作。甲申之后，多为发愤辩诬之作。具体文学创作按文体类型例举如下：

1. 碑文类：崇祯初年，撰《抗后金入侵纪功碑》；崇祯四年夏，主持在家乡王庆坨建造了玄帝殿和观音阁，并亲撰碑文。

2. 奏书类：崇祯五年，撰《为钦赐御书"公清直亮"四大字谢恩疏》、《请在京师修建营房永固京畿之本疏》；崇祯九年撰《保荐周边吉、黄得功奋勇杀敌，屡立战功，请予逾格提升，以励士气两疏》、《为钦赐玉刻"茝志宏猷"图书谢恩疏》；崇祯十年撰《训侄书手迹》；崇祯十一年撰《因病乞准长假三疏》、《因先后捐助八万金以充军饷，奉旨准予在京师建祠谢恩疏》；顺治元年撰《遭谤辩诬疏》、《"纪事感言"为辩诬事雕板散发底册》、《为坚请清帝顺治收回启任原职之成命陈情疏》、《为清帝赐号"弗二居士"谢恩疏》；顺治元年至二年撰《请妥怀宗帝后陵寝三疏》。

3. 诗歌类：崇祯帝赐予书扇、琴、画后，作《赐御书扇》、《赐琴》、《赐画》五言律诗三首感恩；崇祯十年作《恭纪崇祯帝因大旱祈雨》（有序）五言律诗一首；顺治三年，"甲申启门"之说，仍广为流传。曹化淳阅读南方传来的野史笔记时，见仍有"捏诬之语"，深恐"流传既广而秉笔者不加确察，便成无穷之秽"，遂作《睹南来野记感怀诗》七绝四首（有序）。

这些遗文经曹氏后人传承抄录，至曹秉璋辈结集出版名曰《曹化淳遗文录》。

1957年曹秉璋将家藏崇祯皇帝赐给曹化淳的宋赵伯驹《海天旭日图》和古琴"韵磬"，分别无偿捐赠给故宫博物院和中央音乐学院。

三、其他

以上一、二部分所列各位都是被后来研究者明确定义为诗人或有诗作流传于世的明代宦官文人。下面这些或为有诗文作品，但仅有存目而已；或为广泛参与文学事务活动，且进行创作，可惜无明确作品者。兹将他们的一些文学活动以及生平简历辑录如下：

1. 范弘（？—1449）。交阯人，初名安。永乐中，英国公张辅以交童之美秀者还，选为阉。入宫后，范弘占对娴雅，成祖爱之，教令读书，涉经史，善笔札，侍仁宗东宫。

2. 王振（？—1449）。河北蔚县人。少选入内书堂，曾任宫内教书，宫人喊他王先生。宣德年间，侍太子朱祁镇读书，后入司礼监。英宗即位后，颇受宠信，公侯勋戚呼为"翁父"。曾摘取"内臣不得干预政事"的铁牌。对于异己文士多加打压。杀死上疏言劾的侍讲刘球，迫害劲节直声的大理少卿薛瑄、祭酒李时勉等。王振好佛，曾重修庆寿寺，又建家庙智化寺，并将大内宫廷音乐移到这里，一直流传至今。王振颇有学识，常以儒臣身份劝诫与辅助英宗。撰有数方碑记。后死于土木堡之役。

3. 梁端（1406—1494）。安南人。洪熙元年（1425）入内书堂读书。后入司礼监。天顺元年（1457），遇斋戒期，于武英殿等处侍上抚琴及各调音韵诗词。上游幸时亦侍左右，负责书写御览并算数等事。

4. 萧敬（1438—1528）。司礼监太监。少入内书堂，博览典籍，学识丰富，悟性极好。作诗品格清高飘逸，无华丽语句。其书法始摹欧帖，后转沈体，尤好草书。历侍孝宗、武宗、世宗等六位皇帝，先后四任司礼监秉笔太监和掌印太监，前后长达五十年。告老后甘于林下之乐，杜门不出，绝口不谈时事，只和相知来客赋诗、鼓琴、下棋。

5. 陈矩（1539—1607）。字万化，号麟冈，北直安肃县人。嘉靖丁未入内廷，曾于内书堂读书。后升司礼监掌印太监。万历十一年（1583）春，回家上坟写有《皇华纪实诗》一卷。其廉洁安静，人以"佛"称。其为人正直，暇即弹琴诵诗，收集古董字画。好读《左传》、《国语》、《史记》、《汉书》等典籍，及儒家经典文集。词臣中讲官惟与郭正域、李廷机先生善，然一揖之外亦绝不通往来。其门下刘若愚评价曰："先监学术醇正，每向人曰：我只守八个字，曰：'祖宗法度，圣贤道理。'……性不好饮酒，凡饮稍暇，即鼓琴歌诗，或跏趺静坐。"陈矩逝世后，文武官员多去吊唁，至堵塞道路。大学士朱赓、李廷机、叶向高亲自在棺前祭奠，祭文中有"三辰无光，长夜不旦"等句。神宗赐祠额题为"清忠"。著作除《皇华纪实》外，尚有《香山记》、《游闽中记述》，可惜没有进行刊刻。《酌中志》卷7有详记。

《万历野获编》卷6"内监"篇"内官勘狱"条："陈矩，安肃县人。父虎，本农家。一日邑中践更，畀迎中使，以供具不时，被笞，归而发愤，即阉其长子，得供奉内廷。曾以司礼典簿，同张诚辈籍没冯保，至是遂长司礼。又一日，复当践更，畀迎过客，亦受笞，问贵客何人，云进士也。即令次子就外傅，既而登壬辰进士。迄两遂其志，亦奇事也。进士名万策，恂恂长者，困公车二十年，甫得第，就教职，仅转国博而卒。其子承伯父荫，今为缇帅，余游西山玉泉寺，见楣间有矩诗牌，词翰俱不工，但其印章曰'白眉中使'，似亦不甘与侪辈为伍者。"

6. 王安（？—1621）。字允逸，号宁宇，河北雄县人。万历六年（1578）入内书堂读书，隶属司礼监掌印太监冯保名下。一度受秉笔太监杜茂照管，幼时多玩嬉，读书不勤苦，杜茂即按其于椅上，以绳缚于书桌两脚，严苛若此，于是学问渐长，至后更是常沉酣典籍。万历二十二年（1594），由秉笔太监陈矩向神宗推荐为皇长子朱常洛（即光宗）伴读。王安善交际，好书法、下棋，常写扇面送相知士大夫。光宗即位，任司礼监秉笔太监。王安爱才惜才，对宦官中有才识之人，多加鼓励和优待。与文书房太监金忠交往甚好，金所刊《御世仁风》列其名。王安的德行受到很多士大夫的赞赏。中书舍人汪文言见王安贤而知书，和他交往甚密。大学士刘一燝、给事中杨涟、御史大夫左光斗等名臣，对王安都很敬重。熹宗上任后，很感激王安在自己继任中所做的一切，亲自撰写"辅朕为仁明之主"七字扇面赐给他。后为客魏取代并杀害，株连甚众。崇祯帝即位后，获平反，并赐"昭忠"祠额。《酌中志》卷9有详记。

7. 鲍忠（1562—1621？）。《酌中志》卷22："鲍太监忠者，不知何许人。

多学善书，历升长陵神宫监金书。每坐大石上拾树叶而写诗，清风徐起，飘扬山谷，以自娱乐。山中巨石如虾蟆式者，鲍恒伏如几，今见存焉。世庙雅尚文学，久乏当意者，适有亲近大臣祭陵回，以忠姓名学行奏荐，特蒙召升秉笔掌印。寿逾八望九，尚耳目精明，以楷书写谕传红。世庙优赉特加，后允其予告令终云。其名下王太监本，不知何许人，为穆庙时名臣。又田太监义，陕西人，亦鲍名下也。至万历二十四年掌司礼监印，其楷书得鲍教为多，见典礼之臣记中。此后留心学问之人，亦并及一二，识向往云。"

8. 汤盛 (1577—1625)。《酌中志》卷 22："凡内臣读书，近有读左、国、史、汉、古文者。如先帝伴读汤太监盛。万历二十九年选入，于书无所不读，善饮酒，能诗，与郑太监之惠契厚，为同僚。先帝登极，转典簿。不数月，即以病请准私宅闲住。汤益沉酣典籍，自号醉侯，雅歌笃学，最为李永贞嫉妒。天启四年十二月卒。"

9. 李永贞（？—1628）。原名李进忠，通州富河庄人。五岁阉为宦，十五岁进京，侍孝瑞显皇后之母赵氏。十九岁选入皇城，后升为坤宁宫近侍。万历三十一年（1603）起，因罪被押十八年。在押期间，李永贞始读《四书》、《诗经》，后读《易经》、《书经》、《左传》、《史》、《汉》等古书，习写赵吴兴字体。善弈棋，能作诗、作古文，亦能选看时文。光宗即位后被释放，复原职近侍，于坤宁宫供职。天启初，投魏忠贤名下为心腹，升司礼监秉笔太监。常为不识字的魏忠贤更改内阁票拟。曾将能文善书的刘若愚调入魏阉班子，为其所用。魏阉败，被杀。《酌中志》卷 15 有详记。

主要参考文献

（参考文献的排列以在文中出现的先后为序）

古代文献：

《明史》 张廷玉 中华书局 1974

《明通鉴》 夏燮 中华书局 1959

《旧京遗事》 史玄 北京古籍出版社 1986

《酌中志》 刘若愚 北京古籍出版社 1994

《青溪漫稿》 倪岳 清武林往哲遗著本

《四友亭集》 张邦奇 明刻本

《俨山集》 陆深 文渊阁四库全书本

《东园文集》 郑纪 文渊阁四库全书本

《钤山堂集》 严嵩 明嘉靖二十四年刻增修本

《赵文懿公文集》 赵志 崇祯赵世溥刻本

《西园闻见录》 张萱 民国哈佛燕京学社印本

《田亭草》 黄凤翔 明万历四十年刻本

《菽园杂记》 陆容 中华书局 1985

《六典通考》 阎镇珩 清光绪刻本

《玉堂荟记》 杨士聪 民国嘉业堂丛书本

《全史宫词》 史梦兰 北京古籍出版社 1987

《明朝纪事本末补编》 彭孙贻 涵芬楼秘籍本

《国朝献征录》 焦竑 台北明文书局 1991

《前闻记》 祝允明 中华书局 1985

《明书》 傅维鳞 中华书局 1985

《西园闻见录》 张萱 民国哈佛燕京学社印本

《治世余闻》 陈洪谟 中华书局 1985

《玉堂丛语》 焦竑 中华书局 1981

《四库全书总目提要》 纪昀 河北人民出版社 2000

《万历野获编》 沈德符 中华书局 1959

《五杂俎》 谢肇淛 上海古籍出版社 2005

《说文解字》 许慎 中华书局 1963

《字说》 王安石 福建人民出版社 2005

《明代武当山志二种》 任自垣 卢重华 湖北人民出版社 1999

《列朝诗集》 钱谦益 传世藏书本 海南国际新闻出版中心 1996

《坚瓠集》 褚人获 全国图书馆文献缩微复制中心 2002

《鸥陂渔话》 叶廷管 辽宁教育出版社 1998

《御世仁风》 金忠 明泰昌元年自刻本

《闽中书画录》 黄锡蕃 民国三十二年合众图书馆丛书本

《明诗综》 朱彝尊 中华书局 2007

《静志居诗话》 朱彝尊 人民文学出版社 1998

《皇明通纪》 陈建 中华书局 2008

《金陵琐事》 周晖 南京出版社 2007

《今言》 郑晓 中华书局 1984

《梅村家藏稿》 吴伟业 台湾学生书局 1976

《盛明百家诗》 俞宪 四库全书存目丛书本 齐鲁书社 1997

《诗三家义集疏》 王先谦 中华书局 1987

《史记》 司马迁 中华书局 1982

《周礼正义》　孙诒让　中华书局　1987

《新唐书》　欧阳修　清乾隆武英殿刻本

《通典》　杜佑　岳麓书社　1995

《文献通考》　马端临　浙江古籍出版社　2000

《客座赘语》　顾起元　上海古籍出版社　2005

《榕村语录》　李光地　文渊阁四库全书本

《大明会典》　李东阳　广陵书社　2007

《泾林续记》　周玄晖　续修四库全书本

《南词叙录》　徐渭　中国戏剧出版社　1959

《李开先集》　李开先　中华书局　1959

《礼部志稿》　俞汝楫　文渊阁四库全书本

《人谱类记》　刘宗周　文渊阁四库全书本

《天顺日录》　李贤　嘉靖十二年刻明良集本

《日下旧闻考》　于敏中　北京古籍出版社　1983

《罪惟录》　查继佐　浙江古籍出版社　1986

《曲论》　何良俊　中国戏剧出版社　1959

《续文献通考》　嵇璜　文渊阁四库全书本

《明宫词》　朱权等　北京古籍出版社　1987

《崇祯遗录》　王世德　清钞本

《吾学编》　郑晓　明隆庆元年郑履淳刻本

《九龠集》　宋懋澄　中国社会科学出版社　1984

《板桥杂记》　余怀　南京出版社　2006

《谷山笔尘》　于慎行　中华书局　1984

《明纪略》　皇甫录　民国景元明善本丛书十种历代小史本

《震泽纪闻》　王鏊　明末刻本

《都公谈纂》　都穆　清钞本

《留素堂诗删》　蒋熏　清康熙刻本

《四友斋丛说》　何良俊　中华书局　1983

《宸垣识略》 吴长元 北京古籍出版社 1982

《甲申朝事小纪》 抱阳生 书目文献出版社 1987

《名山藏》 何乔远 崇祯刻本

《明宫杂咏》 饶智元 清刻本

《熹庙拾遗杂咏》 秦元方 旧钞本

《明宫史》 吕毖 文渊阁四库全书本

《曝书亭集》 朱彝尊 四部丛刊景清康熙本

《清诗别裁集》 沈德潜 上海古籍出版社 1984

《本事诗》 徐釚 清光绪十四年徐氏刻本

《知止斋诗集》 翁心存 清光绪三年常熟毛文彬刻本

《梅庵诗钞》 铁保 清道光二年石经堂刻本

《翁山诗外》 屈大均 清康熙刻凌凤翔补修本

《刘礼部集》 刘逢禄 清道光十年思误斋刻本

《烬宫遗录》 佚名 民国适园丛刊本

《明史纪事本末》 谷应泰 中华书局 1977

《弇山堂别集》 王世贞 中华书局 1985

《继世纪闻》 陈洪谟 中华书局 1985

《明武宗实录》 台北"中央研究院"历史语言研究所 1962

《陶庄敏公文集》 陶谐 明天启四年陶崇道重刻本

《野亭刘公遗稿》 刘忠 明崇祯刻本

《御选明臣奏议》 清武英殿聚珍版丛书本

《明武宗外纪》 毛奇龄 上海书店出版社 1982

《玉镜新谭》 朱长祚 中华书局 1989

《明熹宗实录》 台北"中央研究院"历史语言研究所 1962

《全边略记》 方孔炤 明崇祯刻本

《明孝宗实录》 台北"中央研究院"历史语言研究所 1962

《明宪宗实录》 台北"中央研究院"历史语言研究所 1962

《阮大铖戏曲四种》 阮大铖 黄山书社 1993

《陶庵梦忆》　张岱　上海古籍出版社　2001
《池北偶谈》　王士禛　中华书局　1982
《宛署杂记》　沈榜　北京出版社　1961
《元明事类钞》　姚之骃　文渊阁四库全书本
《柳亭诗话》　宋长白　上海杂志公司　1936
《金鳌退食笔记》　高士奇　北京古籍出版社　1980
《顾曲杂言》　沈德符　中国戏剧出版社　1959
《人海记》　查慎行　北京古籍出版社　1989
《古列女传》　刘向　商务印书馆　1936
《国语》　左丘明　上海古籍出版社　1988
《琅琊漫钞》　文林　广东人民出版社　1985
《今乐府》　吴炎　清钞本
《西园杂记》　徐咸　中华书局　1985
《謇斋琐缀录》　尹直　明钞国朝典故本
《陔余丛考》　赵翼　河北人民出版社　2007
《曲律》　王骥德　中国戏剧出版社　1959
《闲情偶寄》　李渔　浙江古籍出版社　2000
《国榷》　谈迁　中华书局　1958
《殿阁词林记》　廖道南　文渊阁四库全书本
《条麓堂集》　张四维　明万历二十三年张泰征刻本
《鹿裘石室集》　梅鼎祚　明天启三年玄白堂刻本
《负苞堂集》　臧懋循　上海古典文学出版社　1958
《廿二史劄记校证》　赵翼（王树民校证）　中华书局　1984
《汤显祖集》　汤显祖　中华书局　1962
《春明梦余录》　孙承泽　文渊阁四库全书本
《明世宗实录》　台北"中央研究院"历史语言研究所　1962
《三垣笔记》　李清　中华书局　1982
《水东日记》　叶盛　中华书局　1980

《瑞世良英》　金忠　车应魁　上海古籍出版社　1994
《通志·图谱略·索象》　郑樵　浙江古籍出版社　1988
《传是楼书目》　徐乾学　清道光八年味经书屋钞本
《篁墩集》　程敏政　明正德二年刻本
《方斋存稿》　李贤　文渊阁四库全书本
《嵩渚文集》　李濂　明嘉靖刻本
《圭峰集》　罗玘　文渊阁四库全书本
《文简集》　孙承恩　文渊阁四库全书本
《弘艺录》　邵经邦　清康熙邵远平刻本
《襄毅文集》　韩雍　文渊阁四库全书本
《东田漫稿》　马中锡　明嘉靖十七年文三畏刻本
《明朝纪事本末补编》　彭孙贻　涵芬楼秘籍本
《抑庵文集》　王直　文渊阁四库全书本
《古廉文集》　李时勉　文渊阁四库全书
《类博稿》　岳正　文渊阁四库全书
《石仓历代诗选》　曹学佺　文渊阁四库全书
《襄毅文集》　韩雍　文渊阁四库全书本
《刘忠宣公遗集》　刘大夏　清光绪元年刘乙燃刻本
《亭林诗集》　顾炎武　四部丛刊景清康熙本
《弇州四部稿》　王世贞　明万历刻本
《东川刘文简公集》　刘春　明嘉靖三十三年刻本
《粤西诗文载》　王森　文渊阁四库全书本
《张居正集》　张居正　荆楚书社　1987
《湛甘泉先生文集》　湛若水　清康熙二十年黄楷刻本
《复斋日记》　许浩　广东人民出版社　1985
《松窗梦语》　张瀚　清钞本
《国朝文录续编》　李祖陶　清同治刻本
《李东阳集》　李东阳　岳麓书社　1985

《对山集》　康海　文渊阁四库全书本

《杨一清集》　杨一清　中华书局　2001

《谢榛全集》　谢榛　齐鲁书社　2000

《渼陂集》　王九思　四库全书存目丛书本

《容春堂集》　邵宝　文渊阁四库全书本

《明李文正公年谱》　法式善　清嘉庆九年蒙古法式善诗龛京师刻本

《白苏斋类集》　袁宗道　上海古籍出版社　1989

《集义轩咏史诗钞》　罗惇衍　清光绪元年刻本

《明文海》　黄宗羲　中华书局　1987

《明儒学案》　黄宗羲　中华书局　1985

《明夷待访录》　黄宗羲　中华书局　1981

《明会要》　龙文彬　中华书局　1956

《明季北略》　计六奇　中华书局　1984

《明季南略》　计六奇　中华书局　1984

《东林列传》　陈鼎　中国书店　1991

《尚书引义》　王夫之　中华书局　1976

《诗薮》　胡应麟　中华书局　1958

《越缦堂读书记》　李慈铭　中华书局　1963

《陈子龙诗集》　陈子龙　上海古籍出版社　1983

《王阳明全集》　王阳明　上海古籍出版社　1992

《焚书》　李贽　中华书局　1975

《戴名世集》　戴名世　中华书局　1986

《同人集》　冒襄　四库全书存目丛书本

《东里续集》　杨士奇　文渊阁四库全书本

《文敏集》　杨荣　上海古籍出版社　1991

《续藏书》　李贽　中华书局　1959

《先拨志始》　文秉　商务印书馆　1937

《社事始末》　杜登春　艺海珠尘本

《空同集》 李梦阳 上海古籍出版社 1991

《琅嬛文集》 张岱 岳麓书社 1985

《牧斋初学集》 钱谦益 上海古籍出版社 1985

《袁宏道集笺校》 袁宏道 上海古籍出版社 1981

《谭元春集》 谭元春 上海古籍出版社 1998

《帝京景物略》 刘侗 于奕正 上海古籍出版社 2001

《珊瑚网》 汪砢玉 文渊阁四库全书本

《醉醒石》 东鲁古狂生 上海古籍出版 1994

《西湖寻梦》 张岱 上海古籍出版社 2009

今人著述：

《明初的宦官政治》（增订本） 何伟帜 香港文星图书有限公司 2002

《明代宦官碑传录》 梁绍杰 香港大学中文系 1997

《明代政治制度研究》 张治安 台北联经出版事业股份有限公司 1992

《北京志·世界文化遗产卷·故宫志》 北京市地方志编纂委员会 北京出版社 2005

《中国宫廷善本》 向斯 文物出版社 2003

《积微居小学金石论丛》 杨树达 中华书局 1983

《明清史散论》 王春瑜 东方出版中心 1999

《明清文化史札记》 冯天瑜 上海人民出版社 2006

《明代文化史》 商传 东方出版中心 2007

《明代特务统治》 丁易 群众出版社 2008

《中国宦官制度史》 余华青 上海人民出版社 2006

《曹化淳遗文录》 曹秉璋 美国 Roylance Publishing 1990

《新中国出土墓志·北京（壹）》 中国文物研究所 北京石刻艺术博物馆编 文物出版社 2003

《明诗纪事》 陈田 上海古籍出版社 1993

《北京志·文物卷·文物志》 北京市地方志编撰委员会 北京出版社 2006

《古代乐官与古代戏剧》 黎国韬 广东高等教育出版社 2004

《帝王生活》 向斯 中国工人出版社 2007

《中国戏剧史》 徐慕云 上海古籍出版社 2001

《脉望馆钞校本古今杂剧》 赵琦美 古本戏曲丛书 商务印书馆 1958

《昆剧发展史》 胡忌 刘致中 中国戏剧出版社 1989

《中国戏曲传播接受史》 赵山林 上海人民出版社 2008

《明代杂剧史》 徐子方 中华书局 2003

《北京志·文化艺术卷·戏剧志》 北京地方志编纂委员会 北京出版社 2000

《戏曲小说丛考》 叶德均 中华书局 1979

《明清传奇编年史稿》 程华平 齐鲁书社 2008

《中国古代戏剧形态研究》 黄天骥 康保成 河南人民出版社 2009

《中国古典戏曲论著集成》 中国戏曲研究院 中国戏剧出版社 1959

《万历十五年》 黄仁宇 中华书局 1982

《中国古代禁毁戏剧史论》 丁淑梅 中国社会科学出版社 2008

《中国戏曲概论》 吴梅 河北教育出版社 1995

《方志著录元明清曲家传略》 赵景深 张增元 中华书局 1987

《优语集》 任二北 上海文艺出版社 1981

《戏曲艺术论》 路应昆 北京广播学院出版社 2002

《全元戏曲》 王季思 人民文学出版社 1990

《中国文学通典·戏剧通典》 么书仪 王永宽 高鸣鸾 解放军文艺出版社 1998

《京都古戏楼》 周华斌 海洋出版社 1993

《元明清三代禁毁小说戏曲史料》 王晓传 作家出版社 1958

《西谛书话》 郑振铎 三联书店 1998

《元明北杂剧考略》 邵曾祺 中州古籍出版社 1985

《也是园古今杂剧考》 孙楷第 上杂出版社 1953

《中国古代文学通论·明代卷》 傅璇琮 蒋寅 辽宁人民出版社 2005

《中国画学全史》 郑昶 上海书画出版社 1985

《明代版画书籍展览会目录》 北京中法汉学研究所 1944
《郑振铎艺术考古文集》 郑尔康 文物出版社 1988
《北京志·新闻出版广播电视卷·出版志》 北京市地方志编纂委员会 北京出版社 2005
《古本小说版画图录》（修订增补本） 周心慧 学苑出版社 2000
《南腔北调集》 鲁迅 人民文学出版社 1980
《明实录研究》 谢贵安 湖北人民出版社 2003
《明清之际党社运动考》 谢国桢 上海书店出版社 2004
《明季党社考》〔日〕小野和子著 李庆 张荣湄译 上海古籍出版社 2006
《广东文物》 广东省文史研究馆编 上海书店出版社 1990 年
《照隅室古典文学论集》 郭绍虞 上海古籍出版社 1983
《中国文祸史》 胡奇光 上海人民出版社 2006
《李东阳研究——以政治心态、文学思想为核心》 薛泉 湖南人民出版社 2007
《康海研究》 金宁芬 崇文书局 2004
《中国文学编年史》 陈文新 湖南人民出版社 2006
《唐代政治史论述稿》 陈寅恪 三联书店 1956
《北宋文人与党争——中国士大夫群体研究之一》 沈松勤 人民出版社 1998
《中国古代文字狱》 杨乾坤 陕西人民出版社 1999
《明代文学复古运动研究》 廖可斌 上海古籍出版社 1994
《明末清初诗论研究》 孙立师 广东高等教育出版社 1999
《明末清初文人结社研究》 何宗美 南开大学出版社 2003
《明末清初文人结社研究续编》 何宗美 中华书局 2006
《明代后期士人心态研究》 罗宗强 南开大学出版社 2006
《情与理的碰撞——明代士林心史》 夏咸淳 河北大学出版社 2001
《复古与新变——明代文人心态史》 史小军 河北教育出版社 2001
《云间派文学研究》 刘勇刚 中华书局 2008
《明代诗文综论》 王承丹 中国文联出版社 1999
《明清散文流派论》 熊礼汇 武汉大学出版社 2003
《中国古代佞幸史》 王丙岐 香港天马出版有限公司 2005

《明代中央政府出版与文化政策之研究》　张琏　台湾花木兰出版社　2006

《明清宫廷藏书研究》　张升　商务印书馆　2006

《车王府曲本提要》　郭精锐　陈伟武　中山大学出版社　1989

《明代歌曲选》　路工　上海古典文学出版社　1956

《中国历代太监传》　杜婉言　国际文化出版公司　1992

《明史讲义》　孟森　中华书局　2006

《剑桥中国明代史》　崔瑞德　牟复礼　中国社会科学出版社　2006

《明代诗学的逻辑进程与主要逻辑问题》　陈文新　武汉大学出版社　2007

《制度·言论·心态——〈明清之际士大夫研究〉》　赵圆　北京大学出版社　2006

《明朝宦官》　王春瑜　杜婉言　陕西人民出版社　2007

《明代宦官政治》（增订本）　卫建林　花山文艺出版社　1998

《李东阳年谱》　钱振民　复旦大学出版社　1995

《李东阳评传》　尚永亮　薛泉　湖南人民出版社　2006

《明代文学研究学术研讨会论文集》　罗宗强　南开大学出版社　2006

《明代诗文论争研究》　冯小禄　云南出版集团出版　2006

《王学与中晚明士人心态》　左东岭　人民文学出版社　2000

《士风与诗风的演进——明代成化至正德前期士人与诗派研究》　刘化兵　社会科学文献出版社　2007

《明代知识界讲学活动系年 1522－1602》　吴震　学林出版社　2003

《明代中晚期讲学运动（1522－1626）》　陈时龙　复旦大学出版社　2007

《李梦阳全传》　薛正昌　长春出版社　2000

《明代政治史》　张显清　林金树　广西师范大学出版社　2003

《明清中央集权与地域经济》　欧阳琛　方志远　中国社会科学出版社　2002

《明永乐至嘉靖初诗文观研究》　黄卓越　北京师范大学出版社　2001

《明中后期文学思想研究》　黄卓越　北京大学出版社　2005

《人生喜剧与喜剧人生——阮大铖研究》　胡金望　中国社会科学出版社　2004

《续四库提要三种》　胡玉缙　上海书店出版社　2002

《中国笔记文史》　郑宪春　湖南大学出版社　2004

《魏忠贤专权研究》　苗棣　中国社会科学出版社　1994
《古谣谚》　杜文澜　中华书局　1958
《王庆坨镇志》　天津古籍出版社　1996

学位论文：

《明诗文学生态研究》　郭万金　中国社会科学院研究生院博士学位论文　2007
《台阁体研究》　陈传席　南京师大博士学位论文　2001
《茶陵派研究》　司马周　南京师大博士学位论文　2003
《中国古代宫廷戏剧史论》　张世宏　中山大学博士学位论文　2002
《明代内府本研究》　〔日〕长松纯子　中山大学博士学位论文　2009
《明代藏书文化研究》　许媛　台湾中国文化大学中国文学研究所博士论文　2003
《明朝宫廷与佛教研究》　杜常顺　暨南大学博士学位论文　2005
《明清小说戏曲版画演剧图像研究》　元鹏飞　中山大学博士学位论文　2005
《论钱谦益的明代文学批评》　焦中栋　浙江大学博士学位论文　2005

期刊论文等：

《说明代宦官诗》　王春瑜　中国史研究　1987·2
《明代宦官咏武当山诗考释》　杨立志　郧阳师专学报　2001·4
《明末宫廷内幕的珍贵史料——〈酌中志〉》　赵凯　云南民族大学学报　1987·3
《明末宫廷史事研究的力作——〈酌中志〉评介》　舒习龙　长江论坛　2007·3
《明代党争与明代文学》　王齐洲　古典文学知识　1992·6
《皇帝、儒臣、宦官间的关系与明朝政局》　李绍强　齐鲁学刊　1988·2
《明代政治家与宦官关系论略》　冷东　广东社会科学　1995·2
《中国古代宦官是非论——以明代成化年间宦官活动为例》　赵兴元　社会科学辑刊　1996·4

《宦官专权原因的社会心理学分析》　山昌岭　张安福　济宁师专学报　2001·2

《明代宦官研究的问题与反思》　齐畅　兰州学刊　2007·9

《明末文人与党争》　刘勇刚　浙江大学博士后出站报告　2005

《刘瑾乱政时期的李东阳》　赵中男　史学集刊　1989·4

《论李东阳诗歌的情感取向》　司马周　明代文学研究学术研讨会论文集　南开大学出版社　2006

《〈杂剧中山狼本事〉与李梦阳、康海关系考》　田守真　西南师院学报　1985·1

《明代宦官与士大夫关系的另一面——以宦官钱能为中心》　齐畅　史学集刊 2008·7

《〈司礼授书〉所反映的明代内书堂》　一知　中国文物报　2009·6·17

《一位明代翰林官员的工作履历——〈徐显卿宦迹图〉图像简析》　杨丽丽　故宫博物院院刊　2005·4

《论明末文人阮大铖的堕落》　谢谦　四川师大学报　2003·6

《明代帝王与戏曲》　曾永义　台湾大学文史哲学报　第 40 期　1993·6

《论明代儒臣与宦官在皇帝娱乐中的影响和较量》　谢贵安　故宫博物院院刊 2008·6

《明中后期北京的戏剧文化》　李真瑜　北京师范大学学报　2003·4

《明代禁廷与戏曲刍议》　荆清珍　长江学术　2008·3

《明初剧场及其演变》　徐子方　艺术百家　2003·2

《水傀儡戏重考》　汪玉祥　民间文学论坛　1998·2

《蟒衣考源兼谈明宫廷演剧的武将装扮》　宋俊华　中山大学学报　2001·4

《论明教坊与内府编演本杂剧》　张影　韦春喜　戏剧文学　2006·4

《浅谈明宫廷演剧机构——钟鼓司和教坊司》　郑莉　邹代兰　四川戏剧 2008·1

《明内府内书堂考略——兼论明司礼监和内阁共理朝政》　欧阳琛　江西师范大学学报　1992·2

《论明代宦官的知识化问题》　方志远　江西师范大学学报　1989·3

《明代的宦官学校内书堂》　赵映林　文史杂志　1989·6

《明代宦官教育机构的名称和初设时间新证》　梁绍杰　史学集刊　1996·3

《志书中的明代宦官史料》　胡丹　中国地方志　2009·3

《化作尘烟的太监》 曲彦斌 百科知识 2004·7

《明代宫廷与戏剧》〔日〕岩城秀夫著 长松纯子译 珞珈艺术评论·第一辑 武汉大学出版社 2004

《明初剧场及其演变》 徐子方 艺术百家 2003·2

《明教坊演剧考》 陶慕宁 南开大学学报 1999·6

《臧贤与明武宗时期伶官干政局面的形成》 郭福祥 东南文化 2003·5

《奉天命三保下西洋——明宫戏台上浓缩的历史》 万明 紫禁城 2005·4

《谈谈北京寺庙的京音乐》 孙鑫 文史知识 2009·2

《近百年明代文学与政治研究述评》 王齐洲 荆州师范学院学报 2003·3

《阳明心学与文学复古运动》 马美信 复旦大学学报 1993·6

《阳明心学兴起与复古文学迁变》 王承丹 厦门大学学报 2007·1

《明代文人心态之律动》 夏咸淳 东南大学学报 2003·4

《明代党争与明代文学》 王齐洲 古典文学知识 1992·6

《皇帝、儒臣、宦官间的关系与明朝政局》 李绍强 齐鲁学刊 1988·2

《孔雀虽有毒，不可废文章——阮大铖四种曲卮谈》 徐凌云 胡金望 安庆师院学报 1990·2

后记

修订后的学位论文就要出版面世了。说起这一"生僻"选题的来源是有些机缘巧合的，中山大学西门的文津阁书店是我们饭后休闲的好地方，很大原因是店里可以淘到不少古旧图书，而且经常打折。某日傍晚，与同届建军兄再次溜达到店内，胡乱翻看着明清史书，无意中拿到一本王春瑜先生的《明清史散论》，目录上扫到一篇《说明代宦官诗》，抱着猎奇心理阅读完不足千字的文章，明代宦官有诗文创作且颇有韵致……回去用一周的时间借助网络资源搜罗相关文献，散落在各种典籍中的只言片语也还不少。于是拟就了一份现在看来相当不成熟的研究计划拿给导师孙立教授看，一向深思的老师竟然当即拍板认可。

宦官政治是明代社会的一个重要特征，关于宦官的认识和研究一向只是停留在史学界进行的政治层面研究之上。从文学层面研究的，也多是兼治文史的研究者的偶尔一二捎带爆料。本书选择明代宦官文学取其广义，即与宦官有关的一切文学艺术活动与创作，当然就包含了宦官政治下的明代文人命运与心态、文坛走向与风气等文学秩序与生态问题。

这一问题的关注三年下来竟也写就了这近乎三十万字的书稿，外审中复旦大学汪涌豪教授、南京大学许结教授，答辩中暨南大学程国赋教授、华南师大左鹏军教授，本系张海鸥教授、吴承学教授、彭玉平教授等认为"论文系统处理了长期以来不为研究者重视甚或关注的特殊人群发生在特定场域内的文艺活动……其不惟对了解宦官阶层的文化状况以及文学创作有益，对明代文学、史学与文学关系的探讨有益，亦对传统文学整个面貌的了解大有帮助。尤其宦官的诗文创作、宦官与宫廷戏剧章节，道前人未道，满足了大众的'视野缺损'"。这也是学界对此一研究课题的价值与意义的认同和肯定。

  回顾中大康乐园三年的时光，这一能让我从内蒙来到广州的唯一机会是恩师孙立教授给予的。现在想来这一书稿能被中国社科院明史研究专家王春瑜研究员"赏识"并举荐到商务印书馆出版，没有导师平日严格而细致地精到指点，是完全不可能的。后期顺利修订也得益于导师在三年中把该注意的、回避的、不妥的、失误的基本都打扫、打磨、消灭了。老师之于这一论文、之于我都用心极深，孙门三年的修炼让我在为学为人上都获益匪浅。如果本书尚有可观处，也多半该归功于恩师的教导有方。枯燥的论文写作之余老师偕师母冯克勤老师不时带我们驾车出游聚餐，难忘莲花山顶、珠江之畔共度佳节的美好光阴。同门同届越南籍留学生阮玉麟与我志趣相投，或高兴或不快常小酌以助兴或解忧。师妹张波在师兄们论文忙得不可开交之时，亦不时主动为我们分忧解难。书稿即将刊行的今天，我要谢谢老师、师母、师弟、师妹惠予我三年快乐而幸福的治学时光。

  三年中，中大中文系古代文学教研室的张海鸥教授、吴承学教授、彭玉平教授在开题报告、预答辩、答辩等诸多环节都对论文提出了具体详细的指导、修改意见和建议，使得论文得以不断完善。三位老师各具特点，张老师的豪情与童趣；吴老师的睿智与幽默；彭老师的青春与执着，这些学术与生活之中的品性也感染着我们。感谢康保成教授给予论文命名的专业指导，谢谢黎国韬老师帮我审阅部分论文，并热情鼓励。素未谋面的北京好友龚汉城先生无偿提供其珍藏的《清明上河图》上冯保题跋的图文为我使用，也是要郑重感谢的。

  不得不说的是，这部书稿的出版没有王春瑜先生的建议和推举是根本不可能的。王老师可以说是我的长辈的长辈，他与我素昧平生，只是源于看了他的《说明代宦官诗》，确定了这个"明代宦官文学与宫廷文艺"研究的选题，之后去京冒昧请教王老师，先生不仅热情解惑答疑，且款以美食。论文完成后，王老师建议修改完善，又帮我联系出版，并欣然挥毫为序，真是别开生面。去年冬天再次入京拜见王老师，当我向先生敬酒感谢一路关照时，先生说这是我们的缘分，一屋暖气。两次面见之交我读懂了王老师的著作、文章为何多以情谊、情义为题，生活中的他就是这样一位古道热肠的长者。

本书得以出版也得益于博士后合作导师暨南大学中文系魏中林教授给予我两年时间的"保护"。魏老师开放、包容的学术理念，使我可以安心、安全地按照自己的计划修改完善，并继续我的后期研究。在与老师偶尔貌似闲聊中总能悟到和获得为学为人的真谛和点拨。尤为让我们学生感慨的是，无论政务多么繁忙，无论身在何方，只要我们的信息一到，总能在最短时间内得到回复和回应，老师对学生的体恤和关照当然也体现在这速度和效率上。

本书得以出版，如果没有中山大学管理学院院长李仲飞教授先前的"一臂之力"是不可能的。没有李老师的帮扶，我很难有现在的好处境。谢谢李老师的共勉之语，心存感激。

还需感谢的有，在我学习与工作的各个阶段给予我无微不至关怀的远在内蒙的韩文林先生和引导我走上学术之路的张福勋教授，硕士导师高林广教授、王志民教授一直关心我的论文与生活。此外，崔文恒教授、吴广义教授、张学凯教授、温斌教授亦对我助益良多，深表谢意。

书稿的顺利出版同样离不开好友刘莹莹、老同学陈静伟不厌其烦的校对。

还需说明的是，书中部分章节已先后刊发于《文化遗产》、《暨南学报》、《北方论丛》、《戏剧艺术》、《文艺评论》、《历史档案》等刊物。累计十几篇的系列文章也还形成了有些影响的明代宦官与明代文艺研究的阵势。感谢这些刊物惠赐版面，使阶段性成果得以先期示人。

2012 年 6 月 26 日于暨南大学